기독교문서선교회(Christian Literature Center: 약칭 CLC)는 1941년 영국 콜체스터에서 켄 아담스에 의해 시작되었으며 국제 본부는 미국 필라델피아에 있습니다.
국제 CLC는 59개 나라에서 180개의 본부를 두고, 약 650여 명의 선교사들이 이동 도서차량 40대를 이용하여 문서 보급에 힘쓰고 있으며 이메일 주문을 통해 130여 국으로 책을 공급하고 있습니다. 한국 CLC는 청교도적 복음주의 신학과 신앙 서적을 출판하는 문서선교기관으로서, 한 영혼이라도 구원되길 소망하면서 주님이 오시는 그날까지 최선을 다할 것입니다.

추천사 1

강 영 안 박사
서강대학교 철학과 명예교수, 전 미국 칼빈신학교 철학신학과 교수

윤리학은 철학의 3대 영역 속에서 가장 논란이 되는 영역일 수밖에 없다. 왜냐하면, 윤리학은 개인의 경험 세계관 종교와 같은 내부적 요소는 물론, 정치 경제 사회 문화 역사 전통과 같은 외부적 요소에 많은 영향을 받기 때문이다. 또한, 최근 포스트모더니즘과 다원주의의 확산으로 인해 윤리학은 더욱 혼란스러운 카오스의 상태가 되었다. 그러므로 윤리학이 보다 절대적이며 보편적인 윤리학이 되기 위해서는 절대적인 기준을 필요로 한다.

그런 의미에서 양정모 교수는 다양하고 복잡한 윤리적 질문들을 다룰 때에 종교개혁가와 같은 마음으로 그러한 절대적인 기준을 오직 성경(*sola scriptura*)에 두고 논의를 진행한다. 이것이 중요한 이유는 단지 성경이 기독교의 경전이기 때문이 아니라 실제로 성경이 윤리의 절대적인 기준을 제공하기 때문이다.

저자는 성경의 무오성과 절대성을 굳게 붙잡고 복잡한 윤리적 이슈를 성경 안으로 끌어들여와 성경의 텍스트가 무엇을 암시하며 무엇을 지향하는지 정확히 보여 준다. 게다가 사변적이며 난해한 용어 대신 논리적이며 쉬운 언어로 풀어 설명해 준다.

독자들은 이 책에서 그러한 암시와 지향성을 보고, 또한 이해하기 쉬운 설명을 들으면서 무릎을 덕 치게 되는 것을 경험할 것이다. 또한, 컨텍스트의 문제를 텍스트와 연결시켜 기독교 윤리의 적실성과 우월성을 잘 보여 주고 있는 이 책에서 많은 유익함과 통찰력을 발견할 것이다.

이렇게 쉬운 언어, 물 흐르듯 자연스러운 논리, 논증들의 유기적 상관성, 호기심을 불러 일으키는 수사법, 적당한 분량과 난이도, 핵심을 꿰뚫는 통찰력 등은 이 책의 가치를 높여 준다. 윤리적으로 혼란스러운 이 시대에 성경에서 그 해답을 찾고자 하는 모든 이에게 이 책을 강력하게 추천한다.

추천사 2

이 경 직 박사
백석대학교 기획산학부총장, 조직신학 · 기독교윤리학 교수

미국의 신학계에서 존 프레임이 차지하는 위치는 매우 독보적이라고 할 수 있다. 그는 방대한 양의 주권신학 시리즈의 저자이며, 그의 철학, 윤리, 변증, 신학 관련 책들은 많은 신학교에서 교재로 사용되고 있기 때문이다.

몇년 전 1069페이지에 달하는 그의 역작인 『기독교 윤리학』(CLC 刊)을 한국어(1327페이지)로 번역한 번역자로서, 『비블리컬 윤리학』과의 만남은 매우 신기하고 반가운 경험이었다. 이 책의 저자도 내가 번역한 책을 신학교 교재로 사용하고 있으며, 존 프레임의 책을 좀 더 쉽게 이해할 수 있도록 이 책을 집필하였다고 말하기 때문이다.

양정모 교수의 『비블리컬 윤리학』은 존 프레임의 삼중관점론을 따르며 기독교 윤리의 우수성과 우월성을 보여 주는 일에 많은 노력을 기울이고 있다. 이 책은 기독교 윤리가 타 종교나 세속 철학과 비교하여 우수한 이유를 논리적이고도 쉽게 설명하고 있다. 이것만으로도 이 책은 성공하였다고 본다.

하지만 그것만이 이 책의 유일한 장점은 아니다. 이 책은 책 제목처럼 "성경으로 풀고 성경으로 해석하는" 방식을 취하고, 성경 해석의 적실성을 논리적으로 따지고 있다. 저자가 서문에서도 밝혔듯이 많은 사람이 성경을 자신의 견해를 지지하는 용도로 사용하기 때문에 저자의 이러한 접근은 매우 중요하고 의미 있다.

이 책은 소크라테스의 산파술과 같이 문답 형식을 사용함으로써 윤리학의 난해한 개념을 착실하게 정리해 준다. 100여 개에 달하는 도표는 독자들의 빠른 이해를 돕는다. 그뿐만 아니라 윤리학에서 소홀하게 다루어져 왔던 인간 및 사회와 관련된 문제들을 충분히 다룸으로써 윤리학의 지평을 넓히고 있다.

이와 같은 장점들을 두루 가지고 있는 이 책이 많은 독자에게 사랑받지 못할 이유가 없다. 독자들이 이 책을 통해 성경이 제시하는 윤리적 가르침을 분명하게 확인하고 그 가르침에 순종하게 되기를 바라며 이 책을 강력하게 추천한다.

추천사 3

이 상 명 박사
미주장로회신학대학교 총장, 신약학 교수

잿빛 구름에 가려 하늘은 을씨년스럽고, 광풍은 쉼 없이 휘몰아친다. 그것으로 인해 세상의 온갖 분진도 덩달아 솟구쳐 우리의 시계(視界)를 혼탁하게 하고 어지럽게 한다. 이것은 물리적 환경의 기상도가 아니라 우리가 살고 있는 시대의 도덕적, 영적 생태계를 말한다.

'뷰카'(VUCA)는 현시대의 세계관을 대표하는 어휘로, 변동성(Volatility), 불확실성(Uncertainty), 복잡성(Complexity), 모호성(Ambiguity)의 각 머리글자를 딴 신조어이다. 이런 네 가지 특성은 상대주의와 아포리아(aporia)라는 사상적 카오스와 윤리적 엔트로피(entropy)의 증가에 맞닿아 있다. 모든 것이 유동하는 액체사회(liquid modernity)의 진풍경으로써, 이것이 만들어 낸 고립감과 불안감, 모럴 패닉과 영적 파산은 그 파생물이다.

기독교가 추구하는 가치는 성경에 기반한다. 그것은 예수님의 에토스와 사도의 가르침에 근거한 세계관과 공명한다. 성경적 가치관이 세계 도처에서 도전받고 있는 이때 양정모 박사의 『비블리컬 윤리학』은 시의적절한 역작이라 할 수 있다.

현대의 다양한 사회적, 윤리적 이슈에 대해 성경적 가르침의 탁월성과 실제성을 예시하고 있다는 점에서 이 책은 단연 돋보인다. 성경은 물론 신학, 철학, 종교학을 넘나들며 사유의 공간과 논리의 영역을 확장하는 글의 힘도 빼어나다. 나아가 성경적 세계관과 윤리학의 정수와 체계의 정묘함을 변증적으로 제시하는 저자의 논지는 비기독교인들에게도 새로운 통찰을 제공한다.

독자라면 기독교 윤리적 논제들을 쉽고 명쾌하게 풀어내는 저자의 솜씨에 매료될 것이다. 어렵고 복잡한 윤리적 개념을 누구나 쉽고 간명하게 이해할 수 있도록 저자가 지면 곳곳에 배치한 95개의 도표는 이 책이 지닌 주요 특징 가운데 하나이다.

영적 카오스 시대요 도덕적 엔트로피 시대인 21세기에, 이 책은 예수님께서 산상설교에서 말씀하신, 반석 위에 집을 짓는 지혜로운 자(마 7:24-25)로 살아가게 하는 이치를 우리로 하여금 깨우치게 한다. 무신론적 사상과 영적 혼돈의 시대에 '그리스도인다움'을 고민하고 지키기 원하는 분들에게 이 책의 일독을 강력하게 권한다.

추천사 4

박 성 근 박사
남가주새누리교회 담임목사, MBTS 객원교수

오늘날 한국 교회는 세상으로부터 외면당하고, 심지어 조롱을 당한다. 그것은 성경의 진리나 복음의 내용이 잘못되어서가 아니다. 성경의 진리대로 살지 못하는 우리의 실제 삶의 모습 때문이다. 또한, 그리스도인이 세상과 구별된 삶을 살아야 하며 세상을 향해 빛과 소금의 역할을 다해야 한다는 것을 머리로는 알지만, 그것을 가슴과 손발로 실천에 옮기지 못하는 까닭이다. 그런 의미에서 양정모 박사의 『비블리컬 윤리학』은 대단히 중요한 이정표가 아닐 수 없다.

첫째, 이 책은 철저히 성경적이다. 사실 윤리학에 관한 책들이나 자료들은 많지만 그 모든 책이 성경적 가치관에 뿌리를 두고 있지는 않다. 게다가 자유주의적 입장이나 상황윤리적 입장을 취하는 자료들이 많다. 그러나 이 책은 다양한 윤리적 상황 속에서 그리스도인이 참고해야 할 근본적이며 절대적인 출처를 성경으로 삼고 있다는 점에서 성경적이다.

둘째, 이 책은 매우 실천적이다. 많은 그리스도인이 윤리적 삶에 취약하다. 성경적 윤리관에 대해 잘 알지 못하거나 급변하는 세상 속에서 어떤 삶을 선택하는 것이 옳은지에 대한 확신이 없기 때문이다. 그런 의미에서 이 책은 성경의 텍스트에만 익숙한 사람들에게 컨텍스트의 중요성을 일깨워 주고, 실제적 삶으로 연결시켜 주는 탁월한 안내자의 역할을 하고 있다.

셋째, 이 책은 매우 실용적이다. 이 책은 다양한 윤리적 주제를 열 개로 나눠 도표와 함께 설명하기에 누구나 이해하기 쉽도록 구성되어 있다. 또한, 복잡한 윤리학을 현대인의 문맥에 맞게 되도록 쉬운 언어로 풀어내고 있으며, 궁금한 윤리적 주제들의 핵심을 잘 정리해 주고 있다는 점에서 매우 실용적이다.

복잡하고 혼미한 세상 속에서 참된 삶의 방향과, 기독교 윤리가 지향하는 거룩한 삶의 가치와, 그리스도인으로서의 성숙한 도덕적 비전을 알기 원한다면 이 책에서 그 유익함을 발견하리라 확신한다.

추천사 5

조 성 돈 박사
실천신학대학원대학교 교수, 기독교윤리실천운동 공동대표

　도덕과 윤리를 이야기할 수 없는 시대를 살고 있다. 특히, 코로나 이후 이 사회는 생존에 매몰되어 윤리를 이야기할 수 없게 되었다. 윤리를 이야기하는 것이 어쩌면 이 시대에 사치로 비춰지고 있다. 더군다나 이미 오래 전부터 인간 주체에 대한 관점으로 사회가 공유할 수 있는 윤리적 기준을 내려 놓았다. 이러한 시기에 기독교 윤리학도 아니고 『비블리컬 윤리학』이라는 제목의 책을 내는 것은 하나의 신선한 도전처럼 보인다.

　이 책은 무엇보다 기독교 윤리학을 잘 정리하고 있다. 윤리학을 기준으로 어떤 논의들이 이어져 왔는지, 논쟁점은 무엇인지를 잘 설명해 주고 있다. 이 한 권을 읽으면 윤리학에서 다루고 있는 주제들이 무엇인지를 잘 알 수 있다.

　보통 우리는 어떤 윤리적 문제가 닥치면 해도 되는지, 하면 안 되는지만 묻는다. 그러나 그러한 결정이 나기까지 우리 믿음의 선배들은 어떤 고민을 했는지, 그 판단의 근거는 무엇인지에 대해서는 잘 알지 못한다. 그래서 결국 이 시대에 닥치는 일들 앞에서 바람에 나는 갈대와 같이 흔들리는 것인지 모른다. 이 책은 바로 그러한 문제에 답을 준다. 근원에서 오늘의 현실까지를 성경을 근거로 해서 잘 설명하고 있다.

　무엇보다 이 책의 장점은 구어체로 편하게 윤리학의 어려운 문제들을 풀어내고 있다는 점이다. 마치 학문의 대가가 TV의 강연쇼에 나와서 한 수 가르쳐 주는 것과 같은 느낌이다. 그냥 술술 읽다 보면 보면 무언가를 깨닫게 되는 기쁨을 준다. 특히, 각 주제마다 표를 만들어 일목요연하게 설명하고 있다. 그래서 혹 길을 잃을지라도 친절하게 길안내를 다시 받을 수 있다.

　이 책을 읽으며 드는 생각은 이 혼돈의 시대에 우리 입에 마땅히 할 말을 심어 줄 것이라는 점이다. 또한, 그것은 말에 그치는 것이 아니라 우리의 마음과 행동까지도 마땅한 바를 심어 줄 것이다.

추천사 6

류응렬 박사
워싱턴중앙장로교회 담임목사, 고든콘웰신학대학원 객원교수

지금 세계는 영적 전쟁이라 불릴 만큼 사상 전쟁이 치열하다. 과학의 발전으로 진화론은 창조론을 신화로 몰아부치고 있으며, 포스트모더니즘의 확산으로 상대주의는 절대주의를 시대에 맞지 않는 구시대적 유물로 치부하고 있고, 개인의 권리와 자유를 최고의 가치로 여기는 자유주의의 거센 물결은 개인의 권리와 자유를 그리스도를 위해 자발적으로 제한하는 교회를 당장이라도 집어삼킬 듯하다.

특히, 동성애, 차별금지법, 트랜스젠더 등은 기독교 내에서도 일치되지 않은 분열된 모습을 보일 정도로 첨예한 이슈이다. 그것은 그만큼 윤리가 영적 전쟁의 정점에 서 있다는 것을 알려 준다. 이러한 시대에 기독교 윤리학의 중요성은 나날이 증대되고 있으며, 특히 성경에 기초한 윤리학이 그 어느 때보다도 요구되는 시대이다.

『비블리컬 윤리학』은 이러한 시대적 요구에 단비와 같은 책이다. 성경에서 오류를 찾는 이들에게 성경의 무오성을 논리적으로 변론하고 있으며, 윤리적 이슈에 대한 질문에는 이슈의 근본적 문제점을 지적함으로써 질문을 무력화시키고, 성경의 절대적 기준과 처방을 제시함으로써 무질서한 상황에 질서를 부여해 준다. 게다가 석의에 충실하다.

그런 의미에서 이 책은 자유주의를 막는 복음주의의 방파제라고 할 수 있다. 교회의 세속화와 자유주의가 진행되고 있는 작금의 현실 속에서 절대주의로의 회귀를 강력하게 주장하고 있는 이 책이 한국 교계에 큰 기여를 하게 되리라는 것은 자명하다. 유익함과 흥미로움을 동시에 주는 이 책을 친구로 삼아 성경에서 제시하는 통찰력을 현실 가운데에 적용하기를 강력하게 권면한다. 그리고 참으로 사랑하는 양정모 교수의 책을 추천하게 되어 너무나 기쁘고 영광스럽게 생각한다.

추천사 7

최성은 박사
지구촌교회 담임목사, 국제 KOSTA 이사 및 강사

   사람은 저마다 세상을 바라보는 창이 있으며, 우리는 이것을 세계관이라 부른다. 세계관은 개인의 사유(思惟)와 행동에 지대한 영향을 끼친다. 그러므로 겹겹으로 얽히고 설킨 실타래와 같이 복잡하며, 모든 것을 옳다고 여기는 포스트모던의 거센 파도로 인해 가치판단이 혼란스러운 이 시대에 어떤 창으로 세상을 바라보고 행동하느냐가 중요하다.
   그런 의미에서 이 책은 인류사에서 발현되는 여러 상황(context)을 성경의 상황과 매치시켜 독자의 판단과 이해를 도울 뿐만 아니라, 각자 소견에 옳은 대로 행하는 현 시대에 모든 도덕적 판단의 최종적 권위를 가지신 분은 하나님임을 논리적으로 밝히 드러낸다. 또한, 교회 안은 물론 밖에서도 인정할 수밖에 없는 기독교 윤리의 우수성, 보편성 그리고 절대성을 복음에 기초하여 간학문적(interdisciplinary) 용어로 점진적으로 또한 구체적으로 그 증거를 피력한다.
   지난번에 출간한 『비블리컬 변증학』이 절대진리를 부정하는 현시대에 하나님의 말씀을 논리적으로 변론하는 책이었다면, 이번 『비블리컬 윤리학』은 절대윤리를 부정하는 현시대에 하나님의 말씀을 논리적으로 해석하고 적용한 책이다. 이런 해석과 적용에 있어 절대윤리의 기준은 성경적 세계관임을 명징하게 보여 준다. 그런 점에서 독자들은 이 책을 통해 기독교 세계관의 찬란한 아름다움을 발견하게 될 것이다.
   인간사에서 발생하는 수많은 윤리적 질문에 대한 성경적 답변을 듣기 원하고, 복잡한 사회 현상에 대한 기독교적 접근 방식을 깊이 있게 탐구하기 원하며, 기독교 세계관의 아름다움을 발견해 신행일치의 삶을 살기 원한다면 이 책은 그러한 요구를 시원하게 충족시켜 주리라 확신한다.

비블리컬 윤리학

윤리의 방법론에 대한 성경적 솔류션

Biblical Ethics
Written by Jeongmo Yang
All rights reserved.
Korean Edition Copyright ⓒ 2022 by Christian Literature Center, Seoul, Korea.

비블리컬 윤리학
윤리의 방법론에 대한 성경적 솔류션

2022년 9월 8일 초판 발행

지 은 이 | 양정모

편　　　집 | 전희정
디 자 인 | 박성숙, 서민정
펴 낸 곳 | (사)기독교문서선교회
등　　　록 | 제16-25호(1980. 1. 18.)
주　　　소 | 서울특별시 서초구 방배로 68
전　　　화 | 02-586-8761~3(본사) 031-942-8761(영업부)
팩　　　스 | 02-523-0131(본사) 031-942-8763(영업부)
이 메 일 | clckor@gmail.com
홈페이지 | www.clcbook.com
송금계좌 | 기업은행 073-000308-04-020 (사)기독교문서선교회
일련번호 | 2022-98

ISBN 978-89-341-2461-0 (93230)

이 책의 출판권은 (사)기독교문서선교회가 소유합니다.
신저작권법에 의하여 한국 내에서 보호받는 저작물이므로 무단 전재와 무단 복제를 금합니다.

비블리컬 시리즈 ❷

윤리의 방법론에 대한 성경적 솔루션

비블리컬 윤리학

BIBLICAL ETHICS

양정모 지음

CLC

CONTENTS ▶

추천사 1 **강영안 박사** 서강대학교 철학과 명예교수, 전 미국 칼빈신학교 철학신학과 교수   1
추천사 2 **이경직 박사** 백석대학교 기획산학부총장, 조직신학·기독교윤리학 교수   2
추천사 3 **이상명 박사** 미주장로회신학대학교 총장, 신약학 교수   3
추천사 4 **박성근 박사** 남가주새누리교회 담임목사, MBTS 객원교수   4
추천사 5 **조성돈 박사** 실천신학대학원대학교 교수, 기독교윤리실천운동 공동대표   5
추천사 6 **류응렬 박사** 워싱턴중앙장로교회 담임목사, 고든콘웰신학대원 객원교수   6
추천사 7 **최성은 박사** 지구촌교회 담임목사, 국제 KOSTA 이사 및 강사   7
저자 서문   19

제1장 윤리학과 관련된 문제   22
  1. 윤리의 전제는 무엇인가요?   22
  2. 윤리의 목표는 무엇인가요?   29
  3. 윤리의 동기는 무엇인가요?   36
  4. 도덕을 구성하는 삼요소는 무엇인가요?   42
  5. 윤리를 어떻게 분류할 수 있을까요?   46

제2장 윤리의 기준과 관련된 문제   49
  1. 노만 가이슬러(Norman L. Geisler) 윤리학의 기준은 무엇인가요?   49
  2. 존 프레임(John M. Frame) 윤리학의 기준은 무엇인가요?   69
  3. 디트리히 본회퍼(Dietrich Bonhoeffer) 윤리학의 기준은 무엇인가요?   77
  4. 피터 싱어(Peter A.D. Singer) 윤리학의 기준은 무엇인가요?   83

제3장 세속 철학과 관련된 문제 — 97

1. 에피쿠로스 학파의 윤리는 성경적인가요? — 97
2. 스토아 학파의 윤리는 성경적인가요? — 105
3. 플라톤의 윤리는 성경적인가요? — 112
4. 아리스토텔레스의 윤리는 성경적인가요? — 120
5. 칸트의 윤리는 성경적인가요? — 130

제4장 세계 종교와 관련된 문제 — 143

1. 범신론의 종교는 윤리의 기준을 제시할 수 있나요? — 143
2. 다신론의 종교는 윤리의 기준을 제시할 수 있나요? — 150
3. 단일신론의 종교는 윤리의 기준을 제시할 수 있나요? — 157
4. 기독교 윤리의 특징은 무엇인가요? — 167

제5장 신과 관련된 문제 — 175

1. 도덕의 근원은 어디서 연유하나요? — 175
2. 하나님이 없어도 윤리가 작동하지 않나요? — 182
3. 왜 삼위일체 하나님만이 도덕의 근원이 되나요? — 195
4. 하나님이 악을 명령해도 순종해야 합니까? — 200
5. 최고선(Summum Bonum)은 윤리와 무슨 상관이 있나요? — 206

CONTENTS ▶▶

제6장 인간과 관련된 문제   215

    1. (지) 인간의 이성은 윤리와 무슨 상관이 있나요?   215
    2. (정) 인간의 감정은 윤리와 무슨 상관이 있나요?   223
    3. (의) 인간의 의지는 윤리와 무슨 상관이 있나요?   234
    4. (양심) 인간의 양심은 윤리와 무슨 상관이 있나요?   241

제7장 사회와 관련된 문제   251

    1. 윤리는 상대주의적인 것이 아닌가요?   251
    2. 관용과 상호존중의 미덕이 우리 사회에 필요한 것 아닌가요?   256
    3. 공리주의라면 도덕적 사회를 위해 충분하지 않나요?   264
    4. 결혼에 대한 하나님의 법은 무엇인가요??   270
    4. 그리스도와 문화의 바른 관계는 무엇일까요?   282
    6. 사회 정의에 대한 성경적 입장은 무엇인가요?   295

제8장 성경과 관련된 문제   309

    1. 성경이 윤리의 절대적인 권위를 가지고 있나요?   309
    2. 성경은 자연주의적 오류를 범하지 않나요?   319
    3. 아디아포라(adiaphora)는 존재하나요?   325
    4. 설교의 윤리적 의미는 무엇인가요?   340

제9장 구약과 관련된 문제 353

1. 창조질서는 윤리와 무슨 상관이 있나요? 353
2. 문화명령은 윤리와 무슨 상관이 있나요? 377
3. 십계명이 특별한 이유가 무엇인가요? 387
4. 율법과 권위의 바른 관계는 무엇인가요? 393
5. 율법의 사용법에 대한 세 가지 은유는 무엇을 의미하나요? 397
6. 그리스도인은 신율주의(theonomy)를 지향해야 하나요? 401

제10장 신약과 관련된 문제 414

1. 율법과 복음의 관계를 어떻게 보아야 하나요? 414
2. 복음은 윤리적 동기를 낙심시키지 않나요? 430
3. 예수님의 도덕 법칙은 사랑으로 귀결되지 않나요? 474
4. 예수님의 산상수훈은 윤리적으로 문제가 있지 않나요? 482
5. 그리스도를 본받는다는 것이 윤리적으로 어떤 의미인가요? 497
6. 신학적 덕이 윤리와 무슨 상관이 있나요? 503

표 목록

[표 1] 벤담의 쾌락 계산법 … 33
[표 2] 도덕의 삼요소 … 45
[표 3] 윤리이론 분류(이론과 응용 중심) … 47
[표 4] 윤리이론 분류(규범과 기술 중심) … 47
[표 5] 윤리이론 분류(결과와 비결과 중심) … 48
[표 6] 거짓말에 대한 여섯 가지 윤리 체계 적용 … 50
[표 7] 도덕률 폐기론의 장단점 … 53
[표 8] 상황주의의 장단점 … 55
[표 9] 일반주의의 장단점 … 57
[표 10] 무조건적 절대주의의 장단점 … 60
[표 11] 절대주의의 세 종류 … 60
[표 12] 상충적 절대주의의 장단점 … 63
[표 13] 차등적 절대주의에 대한 비판 질문 … 67
[표 14] 차등적 절대주의의 장단점 … 68
[표 15] 가이슬러의 윤리 체계 분류 … 69
[표 16] 존 프레임의 주권신학 … 71
[표 17] 존 프레임의 타 종교 분류 … 72
[표 18] 존 프레임의 세속 윤리학 분류 … 73
[표 19] 존 프레임의 삼중관점 그림 … 75
[표 20] 존 프레임의 삼중관점론 … 76
[표 21] 선행의 세 가지 필요 충분 조건 … 76
[표 22] 아리스토텔레스가 제시한 범주들 … 95
[표 23] 플라톤의 저작들 … 113
[표 24] 플라톤의 세계관 … 114
[표 25] 플라톤의 비유 … 116
[표 26] 플라톤의 몸의 유비 … 118
[표 27] 아리스토텔레스의 4원인론 … 121
[표 28] 아리스토텔레스의 가능태와 현실태 … 122
[표 29] 아리스토텔레스의 영혼의 세 가지 국면 … 124
[표 30] 아리스토텔레스의 중용의 덕 … 128
[표 31] 칸트의 세계관 … 131
[표 32] 칸트의 정언명령 … 134

표 목록

▼▼

[표 33] 칸트의 판단 형식 … 136
[표 34] 칸트의 범주(From His First Critique, 1781) … 138
[표 35] 칸트의 도덕적 판단의 메커니즘 … 138
[표 36] 콜버그의 도덕성 발달이론 … 140
[표 37] 윤리의 세 가지 관점을 소거하는 범신론의 체계 … 149
[표 38] 힌두교의 신 … 152
[표 39] 카스트 계급 구조 … 154
[표 40] 카스트 계급 구성원 … 154
[표 41] 세계관의 구성 … 157
[표 42] 유신론의 구성 … 157
[표 43] 지하드 관련 꾸란 구절들 … 161
[표 44] 613계명(Mitzvot) 구성 … 165
[표 45] 힌두교의 네 가지 가치 … 168
[표 46] 신과 도덕의 존재 선택지 … 180
[표 47] 칸트의 질문과 철학적 성찰 … 183
[표 48] 양심과 관련된 2개의 라틴어 … 184
[표 49] 아퀴나스의 법 분류 … 187
[표 50] 세 가지 변증 형태 … 191
[표 51] 칸트의 정언명법 … 212
[표 52] 최고선과 철학의 관계 … 214
[표 53] 윤리를 결정하는 요소들 … 227
[표 54] 에드워즈가 생각하는 신앙감정의 열두 가지 판단 증거 … 232
[표 55] 존 프레임의 삼중관점론의 질문들 … 239
[표 56] 선의지의 습관화를 위한 윤리적 능력들 … 240
[표 57] 양심의 세 가지 기능 … 249
[표 58] 니버의 문화와 그리스도의 관계 요약 … 290
[표 59] 문화에 대한 태도 … 292
[표 60] 정의의 여신상 상징들 … 295
[표 61] 아리스토텔레스의 정의(니코마코스 윤리학 5권) … 297
[표 62] 분배적 정의의 비교 … 307
[표 63] 가톨릭교회가 인정하는 권위들 … 310
[표 64] 아디아포라 대표 구절들 … 327

표 목록

▼▼▼

[표 65] 설교에 대한 정의	341
[표 66] 내러티브 설교의 장점	348
[표 67] 설교의 목적, 토대, 은사	350
[표 68] 설교의 윤리적 의미	351
[표 69] 케플러의 운동 법칙	354
[표 70] 창조 순서로 본 창조질서	355
[표 71] 문화명령과 지상명령(Cultural Mandate → Great Commission)	384
[표 72] 프레임이 보는 문화명령과 지상명령의 일관성	385
[표 73] 프레임이 보는 문화명령의 유비	385
[표 74] 동해보복법에 관한 함무라비 법전과 십계명 비교	391
[표 75] 율법의 사용법에 대한 세 가지 은유	401
[표 76] 율법의 세 가지 구성	406
[표 77] 율법과 복음의 다섯 가지 관점	415
[표 78] 개혁주의에서의 율법의 용도	423
[표 79] 칭의에 대한 다섯 가지 신학적 관점	432
[표 80] 성화에 대한 다섯 가지 신학적 관점	439
[표 81] 칭의/성화 논쟁에서 양보할 수 없는 전제	446
[표 82] 칭의와 성화에 관한 가톨릭 교리들(from 가톨릭 교리서)	450
[표 83] 트렌트 공의회 칭의 교령	450
[표 84] 트렌트 공의회 칭의 교령에서 칭의의 다섯 가지 원인	452
[표 85] 진보적 개혁파의 "의로 여기다"의 해석의 차이	460
[표 86] 윤리적 동기를 낙심시킬 수 있는 교리의 결함	461
[표 87] 칭의와 성화에 있어 삼위일체의 협동 사역	468
[표 88] 구원의 서정에 대한 새로운 패러다임	471
[표 89] 상황윤리의 여섯 가지 명제	475
[표 90] 복수에 대한 네 가지 반제와 실천	492
[표 91] 여섯 가지 반제	495
[표 92] 동서양의 덕목 분류	504
[표 93] 플라톤의 4주덕의 적용	512
[표 94] 가톨릭교회의 7죄종과 잠언의 7가지 악	514
[표 95] 일곱 가지의 덕과 일곱 가지의 죄 비교	515

저자 서문

양 정 모 박사

　윤리학의 범위는 매우 넓다. 이렇게 넓은 윤리학을 분류하자면 크게 윤리의 방법론과 윤리의 내용으로 나눌 수 있다. 윤리의 내용은 그렇게 어렵지 않다. 예를 들어, 생명 윤리 중 하나인 자살이나 안락사에 관해서 성경적인 지식을 제공하면 성경적인 지식의 범위를 벗어나지 않게 사고하고 행동할 수 있다.

　하지만 윤리의 방법론은 그렇지 않다. 왜냐하면, 사람들은 이미 자신의 방법론을 가지고 있으며 자신의 방법론을 선하다고 여기기 때문이다. 즉, 성경의 사사기 시대처럼 "각자 자기 소견대로"(삿 17:6) 판단하고 행동한다. 그로 인해 많은 사람이 혼란과 고통을 경험하고 있다.

　문제는 이러한 방법론은 평상시에는 드러나지 않지만 윤리적 딜레마를 만날 때에 분명하게 드러난다는 점이다. 이런 윤리적 딜레마는 과학 기술이 발달함에 따라 더 자주 발생한다. 사실 2000년 전에는 성전환이나 인간복제와 같은 문제는 아무도 상상할 수 없었다.

　그렇다면 성전환이나 인간복제와 같은 딜레마에 직면하게 될 때, 어떤 윤리적 방법론을 취해야 할까?

　이 책은 이러한 윤리적 방법론에 대한 성경적 솔루션이 그 어느 때보다 필요하다는 시대적 요청하에 기획되었다.

　윤리적 방법론은 자신이 가지고 있는 세계관에 기초한다. 예를 들어, 유물론의 세계관을 가지고 있으면 쾌락주의에 대해 매우 호의적일 수 있다. 또한, 이슬람교의 세계관을 가지고 있으면 지하드(jihad)라는 교리를 신봉하고 자살폭탄 테러를 정당화할 수 있다.

또한, 조셉 플레처(Joseph Fletcher)와 같이 사랑이라는 덕을 최고의 기준으로 삼게 되면 상황에 따라 상대주의적인 윤리적 행위를 정당화하기 쉽다. 즉, 어떤 세계관을 가지느냐에 윤리적 방법론은 다르게 나타난다. 그러므로 어떤 세계관을 가지느냐가 중요하다. 여기서 그 세계관은 성경에 기초한 세계관이어야 한다. 왜냐하면, 성경은 절대적이며 보편적인 진리인 동시에 절대적이며 보편적인 윤리의 기준이 되기 때문이다.

그렇다면 "무엇이 성경적이냐"라는 질문을 할 수 있다. 왜냐하면, 사람마다 자신의 윤리관이 성경적이라고 주장하며, 실제로 성경을 인용하여 자신의 주장을 뒷받침하기 때문이다.

문제는 사람마다 성경을 해석하는 방법이 다르다는 것이다. 이러한 해석의 차이는 성경의 절대성에도 불구하고 다른 결과를 가져올 수 있다. 예를 들어, 동성애자들은 로마서 1:20을 해석할 때, '역리'를 생물학적 본성이 아닌 사회학적 본성이라고 주장한다. 그렇기 때문에 동성애자들은 '역리'는 이성애자들이 동성애를 하거나, 동성애자들이 이성애를 하는 것이 '역리'라고 주장한다. 그러므로 윤리의 방법론을 성경적으로 해석할 때 세심한 주의가 필요하다. 이 책은 그러한 점을 감안하여 석의의 타당성과 적실성에 대해 보다 많은 주의를 기울였다.

이 책은 적지 않은 시간 동안 윤리학 교수로서 사역하면서 생겼던 고민에 대해 응답한 책이다. 그것은 윤리학의 방법론을 논함에 있어 성경으로 온전하게 적용하지 않고 성경을 자신의 견해를 지지하는 자료로만 사용하는 것에 대한 저항으로서의 작은 몸부림이다.

그러한 점을 고민하며, 이 책은 저자의 견해가 투영된 윤리의 방법론보다는 성경 자체가 말하는 윤리의 방법론을 추구하는 데에 힘을 쏟았다. 그런 의미에서 이 책은 『비블리컬 윤리학』이라는 제목과 같이 성경으로 풀어쓰고 성경으로 해석하는 윤리학책이 되도록 최선을 다하였다.

또한, 성경의 절대적 의미를 훼손하지 않으며 다양한 각도에서 그러한 방법론의 적실성을 논의하였다. 또한, 가급적 많은 도표를 제시하여 빠르게 핵심을 파악할 수 있도록 하였다.

이와 같은 작업을 통해 다음과 같은 유익을 기대한다.

첫째, 기독교 윤리의 우수성을 확인하는 것이다. 이 책의 전제는 윤리학의 방법론에 있어 성경만이 윤리의 절대적 기준과 방법을 제시한다는 것이다. 그러므로 이 책은 다양한 윤리적 주제에 있어 그러한 전제를 확신시키려고 노력하였다.

둘째, 기독교 윤리의 보편성을 확인하는 것이다. 윤리의 기준이 되려면 윤리는 보편성을 가져야 한다. 시대와 장소를 초월하여 성경이 어떻게 보편성을 가지고 있는지를 확인시키려고 노력하였다.

셋째, 기독교 윤리의 절대성을 확인하는 것이다. 윤리의 기준이 되려면 다양한 상황 속에서 윤리는 절대성을 가져야 한다. 기독교 윤리가 어떻게 절대성을 확보하고 있는지를 확인시키려고 노력하였다.

그런 의미에서 이 책은 존 프레임(John M. Frame)의 영향을 많이 받았으며, 개인적으로 그에게 감사를 드리고 싶다. 왜냐하면, 그의 삼중관점론적인 윤리학은 깊은 우물과 같이 계속해서 영감을 제공해 주기 때문이다.

또한, 살아생전 신앙과 목회의 모범을 보이시고 지금은 천국에 계신 부모님께 감사를 드린다. 또한, 물심양면으로 기도하며 서포트한 아내와 아들에게도 감사의 마음을 전하고 싶다. 마지막으로 이 책은 여러 가지로 부족하지만 이 책을 통해 기독교 윤리의 우수성과 기독교 세계관의 아름다움을 확인할 수 있는 좋은 자료가 되기를 바란다.

2022년 5월 31일

제1장

윤리학과 관련된 문제

1. 윤리의 전제는 무엇인가요?

> [갈 5:13] 형제들아! 너희가 자유를 위하여 부르심을 입었으나 그러나 그 자유로 육체의 기회를 삼지 말고 오직 사랑으로 서로 종노릇하라
>
> [요 7:17] 사람이 하나님의 뜻을 행하려 하면 이 교훈이 하나님께로서 왔는지 내가 스스로 말함인지 알리라

    윤리학을 시작하기 전에 우리는 윤리의 전제를 먼저 살펴보아야 합니다. 왜냐하면, 윤리학의 성립 조건이 먼저 충족되어야 하기 때문입니다. 윤리학의 존재 이유는 사람들에게 윤리적인 삶을 사는 기준을 제시하는 것입니다.
    하지만 사람들은 아우슈비츠 학살과 같은 예를 들면서 인간에게 과연 윤리나 도덕이 존재하는지에 대해 의문을 표시합니다. 아우슈비츠수용소는 나치 독일이 유대인들을 집단 학살하기 위해 만들었던 강제 수용소입니다. 이곳에서 처형된 사람들은 유대인뿐만 아니라 나치즘에 반대하던 사람들이었습니다. 1945년 기준으로 유럽 전체 유대인의 80퍼센트에 해당하는 약 600만명이 살해된 것으로 추정되고 있습니다. 나치는 학살 피해자들을 가축 수송 차량에 태워 이동시키고, 가축과 같이 내려지면 샤워실에 들어가 옷을 벗게 하고 독가스로 처참히 살해했습니다.
    이러한 참혹한 장소를 가보게 되면 과연 인간에게 윤리나 도덕이 존재하는지에 대해 의문을 표시할 수 있습니다. 그렇다면 과연 인간에게 윤리나 도덕이 존재할까요?

존재한다면 윤리의 전제는 무엇일까요?

1) 인간은 도덕적 인간이어야 한다

윤리의 첫 번째 전제는 인간은 도덕적인 존재라는 것입니다. 도덕적 인간은 도덕적으로 사고하고 행동할 수 있음을 전제합니다.

그렇다면 인간은 얼마나 도덕적이며 윤리적일까요?

위의 아우슈비츠수용소와 같은 예는 우리 인간이 얼마나 비도덕적이며 잔인한가를 보여 주는 극명한 사례입니다. 이러한 예는 성경에서도 찾아볼 수 있습니다. 그것은 솔로몬에게 재판해 달라고 찾아온 친자확인 소송입니다(왕상 3:16-28). 이 소송에서 갓난아기의 가짜 어머니는 솔로몬이 갓난아기를 반씩 갈라 진짜 어머니와 가짜 어머니에게 주라고 했을 때 그렇게 해 달라고 주장했던 여인이었습니다. 이 가짜 어머니의 반응을 보면 인간에게 윤리나 도덕이 존재할까라는 의문을 가질 수 있습니다.

그런 의미에서 라인홀드 니버(Reinhold Niebuhr, 1892~1971)의 『도덕적 인간과 비도덕적 사회』(Moral Man and Immoral Society)가 주는 의미를 살펴볼 필요가 있습니다. 이 책은 1932년도에 출판된 책으로 그 당시의 시대상을 반영하고 있기 때문입니다.

1930년대는 정치적으로 근대 역사에서 가장 파멸적인 전쟁 중 하나였던 제1차 세계대전 이후 폭력과 이데올로기로 점철된 시기였습니다. 또한, 경제적으로 1929년도의 증시 대폭락으로 촉발된 세계대공황으로 고통받던 시기였습니다. 그러한 시대에 니버는 국가를 위해서라면 참혹한 살상도 애국이라는 이름으로 권장되고, 산업사회에서 비도덕적인 사람이 되어야 살아남는 도덕적 괴리 현상을 목격하였습니다. 즉, 개인이 아무리 타인의 이익을 이해하고 존중하는 도덕적인 사람이라고 하더라도, 타인의 이익을 이해하거나 존중하지 않는 집단이기주의(collective egoism) 사회에서는 군중심리에 의한 충동을 통제하지 못할 수 있습니다. 결국, 개인적으로는 도덕적인 사람들도 비도덕적인 사회에 속하면 집단적 이기주의자로 변모한다는 것입니다.

사실 인간은 비도덕적이라고 여겨질 만한 본성을 갖고 있는 것이 사실입니다. 로마서 3:10-12에서는 이렇게 말씀합니다.

> [롬 3:10-12] 기록한 바 의인은 없나니 하나도 없으며 깨닫는 자도 없고 하나님을 찾는 자도 없고 다 치우쳐 한가지로 무익하게 되고 선을 행하는 자는 없나니 하나도 없도다

또한, 로마서 3:23을 보면 이렇게 선언합니다.

> [롬 3:23] 모든 사람이 죄를 범하였으매 하나님의 영광에 이르지 못하더니

그런 의미에서 성선설과 성악설 중 하나를 택하라면 성악설이 좀 더 성경적이라고 할 수 있습니다. 그러나 그것이 인간은 도덕적 인간이어야 한다는 윤리의 전제조건을 반대하는 것은 아닙니다. 왜냐하면, 하나님은 우리 인간을 도덕적 인간으로 창조하셨기 때문입니다.

위의 성경 구절들은 그러한 도덕적 인간들이 죄를 지음으로 말미암아 나타나는 결과를 보여 주는 것이지, 우리 인간이 도덕적 인간이 아니라는 것을 보여 주는 것이 아닙니다. 이것은 윤리학에 있어서 매우 중요한 개념입니다.

하나님께서는 우리 인간을 도덕적 인간으로 창조하셨습니다. 그 대표적인 예로 선악과를 먹지 말라는 명령을 주신 것에서 알 수 있습니다. 선악과는 금단의 열매입니다. 그것을 먹는 날에는 정녕 죽으리라는 명령이 내려졌습니다. 이러한 명령은 선과 악을 구분하는 명령이자 생명과 죽음을 가져오는 명령이었습니다.

그러므로 인류의 시조인 아담과 하와는 선택의 자유를 가지고 있었습니다. 그것은 우리 인간이 도덕적 인간이라는 것을 보여 주는 중요한 장치이자 기준입니다.

하나님께서는 우리 인간을 창조하셨을 때 자신의 형상(image)대로 창조하셨습니다(창 1:27). 그것은 우리 인간이 도덕적인 존재로 지음받았다는 것을 보여 줍니다.

2) 인간에게는 자유의지가 있어야 한다

윤리학의 두 번째 전제는 인간에게 자유의지가 존재해야 한다는 것입니다. 윤리학의 입장에서 자유의지의 존재는 너무 당연합니다. 왜냐하면, 자유의지가 존재하지 않는다면 윤리학이 성립하지 않기 때문입니다. 철학적으로 자유의지는 "반대선택의 능력"이라는 말로 정의됩니다.

자유의지는 자신의 행동을 스스로 결정할 수 있는 능력이며, 특히, 반대되는 것을 선택할 수 있는 자유를 의미합니다. 이러한 자유의지와 관련하여, 인간이 자유의지를 전적으로 가지고 있는지, 부분적으로 가지고 있는지, 아니면 전혀 가지고 있지 못하는지에 대해 아직도 논란이 계속되고 있습니다. 그런 논란은 네 가지의 종류로 나누어볼 수 있습니다. 그것은 결정론, 자유의지론, 양립가능론, 양립불가능론입니다.

이런 논란은 특히, 결정론에 있어서 격화됩니다. 왜냐하면, 하이퍼칼비니즘(Hyper-Calvinism)을 포함한 결정론을 신봉하는 사람들에게 자유의지의 문제는 성가신 문제가 아닐 수 없기 때문입니다. 결정론자들은 "일어날 일은 무슨 일이든 일어날 것이다"라는 생각을 가지고 있습니다.

갤른 스트로손(Galen Strawson, 1952~현재)과 같은 영국의 분석철학자는 자유의지는 단지 우발적으로 존재하지 않을 뿐만 아니라 불가능하다는 급진적인 선험적 논증을 펴고 있습니다. 그렇기에 결정론자들은 성경을 읽어도 그런 방식으로 읽습니다. 인류의 시조가 선악과를 따먹게 된 것은 하나님의 큰 그림 속에서 결정된 것이며, 그 결과 인류 구속을 위한 예수 그리스도의 구속의 역사가 진행된 것이라고 생각합니다.

특히, 에베소서 1:4-5의 말씀은 그러한 결정론을 지지하는 구절이라고 믿습니다.

> [엡 1:4-5] 곧 창세 전에 그리스도 안에서 우리를 택하사 우리로 사랑 안에서 그 앞에 거룩하고 흠이 없게 하시려고 그 기쁘신 뜻대로 우리를 예정하사 예수 그리스도로 말미암아 자기의 아들들이 되게 하셨으니

그러나 우리 인류의 시조가 선악과를 따먹는 비윤리적인 행위를 하도록 결정되었다고 말하는 것은 우리 인류의 시조의 잘못을 하나님께로 돌리는 악한 시도입니다. 또한, 그것이 결정론을 지지하는 증거로 사용될 수는 없습니다.

이와는 반대로 자유의지론이 맞다고 하면 인간의 구원 문제를 해결하기 어렵습니다. 왜냐하면, 인간의 자유의지로 하나님을 믿어서 구원을 받았다면 그러한 공로가 인간에게 조금이나마 돌려지는 것이기 때문입니다. 그러므로 변증학적인 측면에서 결정론과 자유의지론은 양립이 가능하며, 양립 가능이어야만 합니다.[1]

이것은 윤리학적인 측면에서도 동일하게 적용될 수 있습니다. 하나님께서는 인간을 만드셨을 때 윤리적으로 악한 결정을 하도록 만들지 않으셨습니다. 만약 그렇게 만드셨다면 우리는 그런 하나님을 전선하신 하나님이라고 할 수 없습니다. 우리 인류의 시조가 선악과를 따먹은 것은 그들 자신의 자유의지의 행사의 결과입니다. 즉, 그들에게는 반대선택의 능력이 있었습니다. 이것을 뒤집어서 이야기하자면, 인간이 비윤리적 행위를 하도록 결정되었다면 인간에게는 반대선택의 능력이 없습니다.

이는 윤리적 결정을 내리지 않아도 된다는 말과 같습니다. 왜냐하면, 결정론이 맞다고 하면 인간에게는 반대선택의 능력이 없으며, 결국 인간은 프로그램화되어 있는 로봇과 같은 존재가 되고 맙니다. 그러므로 인간이 자유의지를 사용할 수 없는 존재라고 하거나, 자유의지를 사용할 수 없는 상황 속에 놓여 있다면 그것은 신성모독이 됩니다. 왜냐하면, 우리 인간을 도덕적 인간으로 만드신 하나님의 창조 능력을 훼손하는 것이 되기 때문입니다.

이러한 자유의지를 옹호하는 성경 구절은 여호수아 24:15의 말씀입니다.

> [수 24:15] 만일 여호와를 섬기는 것이 너희에게 좋지 않게 보이거든 너희 조상들이 강 저쪽에서 섬기던 신들이든지 또는 너희가 거주하는 땅에 있는 아모리 족속의 신들이든지 너희가 섬길 자를 오늘 택하라 오직 나와 내 집은 여호와를 섬기겠노라

---

1 양정모, 『비블리컬 변증학』(서울: CLC, 2021), 104.

이 말씀은 여호수아가 자신의 자유의지를 사용하여 신앙을 선택하겠다는 의지의 표현입니다.

하지만 성경에는 결정론을 옹호하는 성경 구절 또한, 많습니다.

잠언 16:9을 보면 이렇게 말씀합니다.

> **[잠 16:9]** 사람이 마음으로 자기의 길을 계획할지라도 그 걸음을 인도하시는 이는 여호와시니라

이것은 하나님의 강력한 의지를 표현하는 대표적인 구절입니다. 또한, 사도 바울의 드라마틱한 회심을 보면 하나님의 의지가 얼마나 강력한가를 알 수 있습니다. 인간에게는 반대선택의 능력이 있지만, 그것을 전능하신 하나님께서는 하나님께서 원하시는 방향으로 이끄실 수 있습니다. 성경은 한쪽으로 치우쳐 있지 않습니다. 그러므로 결정론과 자유의지론이 윤리학적으로도 양립 가능하다는 것을 알아야 합니다.

3) 도덕의 최종적인 권위가 존재해야 한다

윤리학의 세 번째 전제는 도덕의 최종적인 권위가 존재해야 한다는 것입니다. 오늘날 민주국가에서는 윤리나 도덕을 결정하는 최종적인 권위로 법률 시스템을 사용하고 있습니다. 즉, 윤리적인지 아닌지를 법에 의존하고 법의 판단을 받습니다.

예를 들면, 대체적으로 의도적인 살인자에게는 법정 최고형이 내려집니다. 그것은 의도적인 살인만큼 나쁜 것은 없다는 것을 법률이 인정하고 있기 때문입니다. 즉, 법률이 도덕의 최종적인 권위로 기능합니다.

하지만 법률의 그러한 기능이 법률을 도덕의 최종적인 권위로 만들어 주지는 않습니다. 왜냐하면, 그러한 법률이 자체적으로 만들어진 것이 아니라 사람이 만든 것이기 때문입니다.

사실 사람에게는 양심과 도덕과 같은 것이 있어서 윤리를 판단합니다. 그래서 많은 사람이 양심과 도덕이 자연법의 관점에서 규범의 역할을 한다고

생각합니다. 법률은 그러한 규범을 구체화한 것이라고 생각합니다. 그래서 양심은 개인의 도덕적 기준과 규범 가치로, 법률은 국가적인 도덕적 기준과 규범 가치라고 말합니다.

즉, 양심이 옳고 그름에 대한 내면적 인식이라고 한다면 법률은 개인의 양심과 도덕 가치에 대한 집단적인 합의입니다. 하지만 법률은 대부분의 사람들이 인정하는 것을 모아놓은 것에 불과합니다. 왜냐하면, 그러한 법률을 만드는 것은 사람이기 때문입니다. 그러므로 이 논리에 의하면 도덕의 최종적인 권위는 사람에게 달려 있습니다.

하지만 이렇게 도덕의 최종적인 권위를 사람에게 두면 안 됩니다. 왜냐하면, 사람은 저마다의 판단 기준이 다 다르기 때문입니다. 또한, 양심도 선한 양심이 있는 반면, 악한 양심도 존재하기 때문입니다. 게다가 어느 한 행동이 어떤 공동체에서는 죄가 되지 않는 반면, 다른 공동체에서는 큰 죄가 되는 경우가 있습니다. 예를 들면, 어떤 공동체에서는 성폭행을 당한 여성은 자살해야 합니다. 자살하지 않을 경우 그 여성을 죽이는 명예살인을 죄로 보지 않지만, 다른 공동체에서는 그와 같은 명예살인을 극악무도한 죄로 봅니다. 그러므로 도덕의 최종적인 권위를 사람에게 두어서는 안 됩니다.

도덕의 최종적인 권위가 존재한다는 것은 윤리의 전제조건입니다. 왜냐하면, 비윤리적인 행위에 대한 처벌이 없다면, 그것은 이 세상을 아수라장으로 만들기 때문입니다. 신이 존재하지 않고 도덕의 최종적인 권위가 존재하지 않는다면, 도덕 법칙을 굳이 지켜야 할 근거가 사라집니다.

성경에서는 "죄의 삯은 사망"(롬 6:23)이라고 말씀하고 있으며, "범죄하는 그 영혼은 죽을지라"(겔 18:20)고 선언하고 있습니다. 즉, 비윤리적인 행위에 대한 처벌이 반드시 필요합니다. 이러한 점으로부터 우리는 도덕의 최종적인 권위가 존재해야만 한다는 것과 그 권위는 절대적인 것이어야 한다는 것을 알 수 있습니다. 여기에 기독교 윤리의 우수성을 확인할 수 있습니다. 왜냐하면, 기독교에서는 도덕의 최종적인 권위를 상대주의적인 사람에게 두지 않고, 절대적이며 전선하신 하나님께 두기 때문입니다.

4) 결론

윤리학을 시작하기에 앞서 윤리학의 전제를 살펴보았습니다. 왜냐하면, 아우슈비츠 학살과 같은 예를 들면서 인간에게 과연 윤리나 도덕이 존재하는지에 대해 의문을 표시할 수 있기 때문입니다.

첫째, 윤리학은 인간은 도덕적인 인간으로 창조되었다는 것을 전제해야 합니다. 왜냐하면, 인간이 도덕적으로 창조되지 않았다고 주장하는 냉소주의, 허무주의, 감상주의와 같은 것은 잘못된 윤리관이기 때문입니다.

둘째, 인간에게는 자유의지가 존재한다는 것을 전제해야 합니다. 왜냐하면, 인간에게 자유의지가 있는지 의심스럽다는 결정론과 이를 추종하는 범신론은 죄를 전가시키는 사악한 윤리관이기 때문입니다.

셋째, 도덕의 최종적인 권위가 존재해야 한다는 것을 전제해야 합니다. 왜냐하면, 도덕의 최종적인 권위를 무시하는 윤리관은 자신의 죄(비윤리)를 합리화시키는 사악한 시도이기 때문입니다.

이러한 윤리의 전제조건을 만족하지 않는 윤리는 윤리로서 기능하기 어렵습니다. 그런 의미에서 기독교 윤리의 우수성을 확인할 수 있는데, 기독교 윤리는 이러한 모든 조건을 만족시키는 윤리관이기 때문입니다.

2. 윤리의 목표는 무엇인가요?

[레 11:45] 나는 너희의 하나님이 되려고 너희를 애굽 땅에서 인도하여 낸 여호와라 내가 거룩하니 너희도 거룩할지어다

[사 43:7] 내 이름으로 불려지는 모든 자 곧 내가 내 영광을 위하여 창조한 자를 오게 하라 그를 내가 지었고 그를 내가 만들었느니라

사람들은 저마다 윤리관을 가지고 있으며, 자신만의 윤리적 목표가 있습니다. 그저 사람들에게 욕먹지만 않으면 된다고 생각하는 사람부터 타의 모범이 되어야 한다는 사람까지 다양합니다. 하지만 윤리적 딜레마 상황에 빠지면 그러한 윤리의 목표가 극명하게 드러납니다. 예를 들면, "계약을 따내기 위해서 과장된 매출자료를 제출해야 하는가"라는 질문에 대해 대답하기는 어렵습니다. 하지만 그런 대답을 통해 그 사람의 윤리의 목표를 찾아볼 수 있습니다.

그렇다면 윤리의 목표는 무엇이어야 하나요?

1) 정의 추구

인간에게는 누구나 정의가 실현되기를 바라는 욕구가 내재되어 있습니다. 법과 도덕을 준수하는 이유가 바로 여기에서 비롯됩니다. 거짓말을 하지 말라는 것부터 공정한 경쟁을 위해 불의를 저지르지 않는 것이 정의라고 생각합니다. 그래서 사회의 구조화된 불의를 지적하고 강제력을 동원해서라도 정의를 추구해야 한다고 믿습니다.

그렇기에 정의는 고대부터 현대에 이르기까지 매우 중요한 개념으로 인정받아 왔습니다. 지혜, 용기, 절제, 정의는 고대 철학자들이 생각하는 4주덕(cardinal virtues)입니다. 앞의 세 덕목은 정의라는 덕을 위해 존재하는 덕목일 정도로 고대 철학자들은 정의를 매우 중요한 덕목으로 생각했습니다.

특히, 마이클 샌델은 그의 책 『정의란 무엇인가?』에서 정의를 이해하는 세 가지 방식을 설명합니다.

첫째, 공리주의의 관점으로 "정의란 최대 다수의 최대 행복을 추구하는 것"입니다.

둘째, 자유주의의 관점으로 "정의란 개인의 자유와 권리를 침해하지 않는 것"입니다.

셋째, 공동체주의의 관점으로 "정의란 공동체의 미덕과 공동선을 추구하는 것"입니다.

이와 같이 정의의 개념은 고대로부터 현대에 이르기까지 윤리의 목표로 인기가 많습니다.

그러나 정의를 윤리의 목표로 삼기에는 여러 가지 문제가 있습니다. 그것은 정의의 개념이 변화한다는 점입니다. 예전에 정의로 생각했던 것이 더 이상 정의가 아닌 경우가 많습니다.

플라톤은 그의 국가론에서 철인만이 국가를 통치해야 하고, 일반 시민계급은 생산자 계급으로 절제된 욕망을 통해서 행복을 찾는 것이 정의로운 국가라고 생각했습니다. 하지만 플라톤이 생각한 정의는 현대인의 감각으로 볼 때 사람을 차별하는 불의입니다.

게다가 정의(正義)에 대한 정의(定義)는 사람마다 다릅니다. 예를 들어, 자신이 일한 만큼 그에 상응하는 대가를 받는 것(자유주의)을 정의로 생각하거나, 이와는 대조적으로 능력에 따라 일하는 것은 같지만 필요에 따라 분배받는 것(평등주의)을 정의로 생각하는 사람들이 있습니다. 그렇기에 정의를 일률적으로 적용하기는 어렵습니다.

여기서 질문이 생깁니다. 성경 또한, 정의와 공의에 대해 많이 언급하고 있지 않느냐는 것입니다(대상 18:14; 시 99:4, 106:3; 잠 8:20, 21:3; 사 32:16, 59:14; 렘 33:15; 겔 18:5; 암 5:7). 사실 성경에서 말하는 정의를 한마디로 정의하기는 어렵습니다. 하지만 그러한 성경 구절들의 공통점을 살펴볼 수 있습니다. 그 공통점은 정의를 사랑과 밀접한 관계 속에서 이해하고 있다는 점입니다.

성경은 사회 안의 경제적 약자에 대한 최우선적인 관심을 보입니다. 구약성경에서 고아와 과부와 나그네는 대표적인 경제적 약자입니다(출 22:22; 신 10:18, 24:17; 슥 7:10; 욥 22:9, 24:3; 시 68:5, 94:6, 109:9). 성경은 이러한 약자를 압제하거나 해를 가해서는 안된다고 경고합니다. 선지자들은 사회 내의 소외되고 경제적으로 약자인 그들을 부당하게 대우하고 착취하는 사람이 왕이라도 그들의 목숨을 걸고 비판하였습니다. 그만큼 성경은 경제적 약자에 대한 지속적인 관심을 표시하고 있습니다.

그러나 그렇다고 해서 정의를 윤리의 목표로 삼는 것은 또다른 문제입니다. 왜냐하면, 경제적 약자를 돕고 정의를 구현하기 위해 많은 노력을 기울인다 하여도, 그것이 내면적인 동기와 일치하지 않을 확률이 존재하기 때문입니다. 자신의 관대함을 보여 주기 위해서, 혹은 성공하기 위해 표면적으로 정의를 외칠 수 있습니다.

윤리의 목표는 내면과 표면이 일치해야 합니다. 즉, 표리부동하지 말아야 합니다. 성경은 이러한 표리부동에 대해 회칠한 무덤이라는 말로 강하게 견책합니다(겔 13:14-15; 마 23:27; 행 23:3). 그러므로 정의를 윤리의 목표로 삼는 것은 성경의 맥락과는 맞지 않습니다.

2) 행복 추구

사람들은 윤리의 목표를 행복 추구에 있다고 생각합니다. 심지어 철학자들도 이러한 행복 추구를 윤리의 목표라고 생각합니다. 예를 들어, 데카르트는 의학이 신체의 질병을 치료하는 것처럼 철학이 마음의 질병을 치료할 수 있다고 믿었습니다. 여기서 마음의 질병이란 행복을 가로막는 질병을 의미합니다. 이렇게 마음의 질병을 치료하면 누구나 행복에 다다를 수 있다는 것입니다.

결론적으로 그가 말하는 철학의 목표는 인간의 자연적인 삶 안에서 실현될 수 있는 행복에 자신의 노력을 집중하는 것입니다. 철학의 범주 안에 윤리학이 포함되어 있기 때문에 철학의 목표는 곧 윤리학의 목표가 됩니다.

이러한 행복 추구의 모습은 너무나 자연스러운 인간의 본성입니다. 그리고 그것을 윤리의 목표로 삼는 것도 이해하지 못하는 바는 아닙니다. 왜냐하면, 성경 또한 행복에 관해 부정적이지 않기 때문입니다. 다음과 같은 많은 구절이 행복이 얼마나 소중한 가치인지를 말해 줍니다(시 1:1-3, 16:11, 19:8, 34:5, 119:1-3, 91-93; 잠 8:32-35). 그렇기에 존 파이퍼(John Piper)는 "윤리적 쾌락주의" 혹은 "기독교 쾌락주의"를 주장하기도 하였습니다.

그러나 그렇다고 해서 행복을 윤리의 목표로 삼는 것은 또다른 문제입니다. 행복은 목표를 설정하는 데는 도움이 되지만 행복을 측정하기는 어렵습니다. 공리주의자 벤담은 쾌락의 증가와 고통의 감소를 추구하는 행동의 목표를 행복 산출이라고 보고 다음과 같이 쾌락계산법(Felicific calculus)을 고안하기도 했습니다.

[표 1] 벤담의 쾌락 계산법

강도 (Intensity)	즐거움이 얼마나 강한가?
계속성 (Duration)	얼마나 즐거움이 지속되는가?
확실성 또는 불확실성 (Certainty or uncertainty)	기쁨이 발생할 것이라고 확신하는가? 또는 가능성은 얼마나 되는가?
원근성 (Propinquity or remoteness)	얼마나 빨리 쾌락을 느끼는가?
생산성 (Fecundity)	동일한 성향에 영향을 받을 확률은 무엇인가?
순수성 (Purity)	반대성향에 영향받지 않을 확률은 무엇인가?
규모 (Extent)	얼마나 많은 사람이 영향을 받을 것인가?

벤담은 이러한 쾌락계산법에 의해 쾌락의 양을 구하고, 그 쾌락의 양에 의해 의사결정을 해야 한다고 주장했습니다. 하지만 결정적으로 이러한 계산에 있어 주관성을 벗어나기는 매우 어렵습니다. 이러한 행복 추구는 유다이모니아(eudaimonia)[2]의 행복이라고 할 수 있습니다. 즉, 내가 노력해서 얻는 행복(self-making happiness)을 의미합니다.

하지만 성경은 마카리오스(makarios)[3]의 행복을 추구합니다. 즉, 하나님께서 은총으로 주시는 행복(God-given happiness)을 의미합니다. 이러한 마카리오스의 행복은 산상수훈(마 5:3-12)에 나와 있는 팔복에 집중되어 있습니다. "복되도다"(blessed)에 해당하는 단어가 바로 마카리오스입니다. 마카리오스의 행복은 성경 전체의 맥락 속에서 발견되는 행복이며 지고지순의 행복입니다.

사실 명사 happiness(행복)가 동사 happen(우연히 일어나다)에서 유래했다고 보면, 유다이모니아의 행복은 우연한 사건으로 볼 수 있습니다. 하지만 마카리오스의 행복은 비록 심령이 가난하고 애통하고 온유하며 의를 위해 박해

---

[2] 유다이모니아(eudaimonia)는 일반적으로 행복(happiness)이나 복지(welfare)를 의미하는 그리스 단어이다. 특히, 아리스토텔레스는 유다이모니아를 인간의 '최고선'이라는 용어로 사용하였다.

[3] 마카리오스(makarios)는 일반적으로 천상의 복을 의미하는 그리스 단어이다. 특히, 성경은 예수님께서 말씀하신 복을 마카리오스라고 번역하였다.

를 받는다 하여도 변하지 않는 행복을 의미합니다. 그렇기에 행복(happiness)을 윤리의 목표로 삼는 것은 성경의 지향점이 아니라는 것을 알아야 합니다.

3) 거룩 추구

위에서 살펴본 바와 같이 윤리의 목표는 정의도 행복도 아닙니다.
그렇다면 윤리의 목표는 무엇이 되어야 할까요?
그것은 바로 거룩입니다. 윤리의 목표는 거룩을 추구하는 것입니다. 이것은 윤리의 목표를 인간에게서 찾지 말고 하나님에게서 찾아야 한다는 것을 의미합니다. 즉, 정의와 행복은 인간을 위한 목표이지 하나님을 위한 목표가 될 수는 없습니다. 거룩은 하나님의 근본적 속성 중의 하나이자 오직 하나님만이 본질적으로 거룩하십니다. 그렇기에 윤리의 목표는 그러한 하나님의 속성을 인간의 삶 속에 구현하는 것으로 삼아야 합니다.

출애굽기에는 이러한 거룩에 대한 개념이 많습니다. 거룩한 땅(출 3:5), 거룩한 모임(출 12:16), 거룩한 안식일(출 16:23), 거룩한 민족(출 19:6), 거룩한 장소(출 29:31) 등입니다.[4] 특히, 호렙 산의 불타는 떨기 나무 앞에 선 모세에게 하나님께서는 다음과 같이 명령하셨습니다.

> [출 3:5] 네가 선 곳은 거룩한 땅이니 네 발에서 신을 벗으라

그 땅이 거룩했던 이유는 그 순간에 거룩하신 하나님이 현현하신 곳이었기 때문입니다.

여기서 거룩과 구별과의 긴장관계가 나타납니다. 예를 들어, 바리새인들(Pharisees)은 자신들을 구별되고 분리된 사람이라고 생각했습니다. 여기서 'Pharisees'라는 단어는 '따로 나눠 놓은, 분리된'의 의미를 가지고 있습니다. 바리새인들은 대부분 성경사본을 쓰는 서기 출신으로 현자 역할을 감당했으

---

[4] J. D. Douglas 외 6인, 『새성경사전(New Bible Dictionary)』, 나용화, 김의원 옮김 (서울: CLC, 1996), 67.

며, 정결하지 않은 이방인이나 비종교적인 유대인과 선을 긋는 분리주의자들이었습니다. 즉, 바리새인들과 같이 거룩하기 위해 구별하고 분리하는 일은 확실히 필요합니다.

하지만 이러한 구별과 분리가 세상과의 분리를 가져올 수 있습니다. 이러한 긴장관계에 대해 예수님께서는 "너희는 세상의 빛과 소금이 되라"고 말씀하셨습니다. 이것은 세상과 구별되라는 의미이지, 세상과 분리되라는 의미가 아닙니다. 우리는 이것을 좀 더 디테일하게 세상과의 분리가 아닌 세상과의 구별을 통해 거룩함을 추구해야 한다는 말로 표현할 수 있습니다.

즉, 세상과 단절된 거룩이 아닌, 세상으로부터 구별된 거룩을 추구해야 합니다. 바꾸어 말하자면, 거룩은 세상 속의 가치관과 기준으로부터 구별하여 하나님 나라의 가치관과 기준으로 사는 것을 의미합니다. 이것은 우리가 세상을 등지고 사는 것이 아닌 세상을 변혁시켜야 한다는 함의를 갖습니다. 그러므로 기독교의 윤리는 속세를 떠나 자신의 유익만을 위하여 참선과 고행을 추구하는 여타 종교의 윤리와는 차원이 다른 윤리라고 할 수 있습니다.

4) 결론

사람들은 저마다 윤리관을 가지고 있으며, 누구나 바람직한 윤리관을 갖기를 원합니다. 그러한 윤리관은 딜레마의 상황에서 극명하게 나타나는데, 대부분의 사람들은 윤리의 목표를 정의의 추구나 행복의 추구에 둡니다.

하지만 우리는 윤리의 목표를 거룩의 추구에 두어야 합니다. 왜냐하면, 윤리의 목표가 인간을 위한 것이 아닌, 본질적으로 거룩하신 하나님을 위한 것이어야 하기 때문입니다. 이러한 거룩이 의미하는 것은 구별과 분리인데, 기독교 윤리는 세상과 단절된 거룩이 아닌, 세상으로부터 구별된 거룩을 추구합니다. 그러므로 기독교 윤리는 세상과의 분리를 주장하는 다른 종교의 윤리와는 비교할 수 없는 우월성을 보여 줍니다.

3. 윤리의 동기는 무엇인가요?

> **[롬 12:8]** 너희는 이 세대를 본받지 말고 오직 마음을 새롭게 함으로 변화를 받아 하나님의 선하시고 기뻐하시고 온전하신 뜻이 무엇인지 분별하도록 하라
>
> **[빌 2:13]** 너희 안에서 행하시는 이는 하나님이시니 자기의 기쁘신 뜻을 위하여 너희에게 소원을 두고 행하게 하시나니

우리는 위에서 윤리의 목표가 거룩의 추구에 있어야 함을 살펴보았습니다. 그렇다면 그러한 거룩의 추구에 있어 어떤 동기를 가져야 할까요?

동기는 윤리적 행위를 가져오는 근원입니다. 윤리적으로 살려는 동기가 없다면, 그렇지 않아도 이 세상은 비윤리적인데 더 비윤리적인 세상이 되고 말 것입니다. 그렇기에 동기는 매우 중요합니다. 세속 윤리학에서는 이러한 동기에 대해 다양하게 설명하지만 왜 그렇게 행동해야 하는지 설명하지 못합니다. 수많은 윤리학책과 철학책을 살펴보아도 윤리의 동기가 무엇이어야 하는지에 대해 분명하게 설명하지 못합니다. 하지만 놀랍게도 성경은 윤리의 동기에 대해 아주 명쾌하게 설명합니다.

그렇다면 윤리의 동기는 무엇인가요?

1) 하나님의 선하신 뜻(Good, ἀγαθὸν)

윤리의 동기를 성경에서 찾는 것은 칭찬할 만한 일입니다. 다행히 로마서 12:2은 윤리의 동기가 무엇이어야 하는지를 명확하게 말씀하고 있습니다.

> **[롬 12:2]** 너희는 이 세대를 본받지 말고 오직 마음을 새롭게 함으로 변화를 받아 하나님의 선하시고 기뻐하시고 온전하신(τὸ ἀγαθὸν καὶ εὐάρεστον καὶ τέλειον) 뜻이 무엇인지 분별하도록 하라
>
> **[NIV]** Do not conform any longer to the pattern of this world, but be transformed by the renewing of your mind. Then you will be able to test and approve what God's will is--his good, pleasing and perfect will

성경은 하나님의 선하시고(good), 기뻐하시고(pleasing), 온전하신(perfect) 뜻을 분별해야 한다고 말합니다. 즉, 윤리의 동기는 최소한 이러한 세 가지 요소여야 합니다.

첫째, 윤리의 동기는 하나님의 선하신(good) 뜻이어야 합니다.

윤리의 동기에 있어 선은 매우 중요한 개념입니다. 즉, 하나님의 형상으로 지음받은 인간은 나의 뜻이 아닌, 하나님의 뜻에 따라 행동해야 합니다. 여기서 우리는 이것이 윤리적으로 어떤 의미를 갖는지를 생각해야 합니다. 윤리의 동기에 있어 내재주의와 외재주의의 싸움은 매우 치열합니다. 이 싸움은 도덕적 판단이나 신념이 스스로 동기를 부여하는지, 아니면 인간 외부의 어떤 규범이나 환경이 동기를 부여하는지에 대한 싸움입니다.

원래 내재주의나 외재주의는 인식론의 영역에서 다루어지는 용어입니다. 내재주의는 인식적인 정당성을 결정하는 요인이 인간 정신의 내적 요인들에 의해, 외재주의는 인간 정신의 외적 요인들에 의해 이루어진다는 주장입니다. 윤리의 동기에 있어 내재주의와 외재주의의 싸움은 매우 중요합니다. 왜냐하면, 윤리의 동기가 내재적이라고 한다면 그것은 윤리적 행동의 원동력을 인간이 제공한 것을 의미하기 때문입니다. 다시 말해서, 하나님의 선한 뜻이 아닌 인간의 선한 뜻에 따라 행동한다는 것을 의미하기 때문입니다.

사람들은 자신들이 선하다고 생각하는 행동을 하기를 원합니다. 하지만 선이라고 하는 것은 결코 내재적인 것이 될 수 없습니다. 그러한 사실을 보여 주는 아주 극명한 예가 예수님을 찾아와 "내가 무슨 선한 일을 하여야 영생을 얻으리이까"(마 19:16-22)라고 물었던 한 청년입니다.

이때 예수님께서는 "어찌하여 선한 일을 내게 묻느냐 선한 이는 오직 한 분이시니라 네가 생명에 들어 가려면 계명들을 지키라"고 말씀하십니다. 그러자 그 청년들은 그 계명들을 다 지켰다고 말하자 예수님은 "네가 온전하고자 할진대 가서 네 소유를 팔아 가난한 자들에게 주라 그리하면 하늘에서 보화가 네게 있으리라 그리고 와서 나를 따르라"고 말씀하십니다. 하지만 그 청년은 재물이 많아 이 말씀을 듣고 근심하며 떠나갑니다.

여기서 그 청년의 관점은 내재주의적 관점입니다. 자신이 생각하기에 십계명을 지키는 것이 선이라고 생각했고, 그는 그 계명들을 빠짐없이 지켰습니다. 하지만 예수님의 관점은 외재주의적 관점입니다. 예수님께서는 소유를 팔아 가난한 자들에게 주라는 초월적인 선에 대해 말씀하십니다.

그렇기에 로마서 12:2에 쓰인 '선하시고'에 쓰인 원어를 묵상할 필요가 있습니다. 제임스 던(James D. G. Dunn)은 "바울은 아가도스(ἀγαθὸσ)를 영적, 도덕적으로 분별있는 사람들이 모두 찬동할 것을 의미하는 것으로 사용한다"[5]고 말합니다. 즉, '선'은 도덕적일 뿐만 아니라 영적인 초월성을 가지고 있다는 것입니다. 그러므로 윤리의 동기는 내가 생각하는 선이 아닌 최고선이어야 한다는 것을 알 수 있습니다. 결론적으로 윤리의 동기는 외재주의적 관점을 수용해야 합니다.

2) 하나님의 기뻐하시는 뜻(Pleasing, εὐάρεστον)

둘째, 윤리의 동기는 하나님의 기뻐하시는(pleasing) 뜻이어야 합니다.

즉, 하나님을 기쁘게 해 드려야 한다는 것입니다. 사람들은 보상이나 타인의 인정을 받기 위해 윤리적으로 행동하기도 합니다. 그들에게 윤리의 동기는 자신이나 타인을 기쁘게 하는 것입니다. 하지만 성경은 하나님을 기쁘시게 해 드려야 한다고 말씀합니다.

이것이 중요한 이유는 사람들은 인본주의적 관점으로 접근하려는 경향이 심하기 때문입니다. 즉, 많은 사람의 복지를 최우선으로 하는 것이 윤리적이라고 생각하기 때문입니다. 예를 들어, 낙태의 도덕적 허용 가능성에 대해 사람들은 낙태가 여성의 선택권을 존중하는 윤리적 선택이라고 생각합니다. 그것은 태아의 생명보다 여성의 선택을 택함으로서 낙태를 원하는 여성을 기쁘게 합니다. 이러한 예는 동성애, 대리모, 트랜스젠더, 일부다처제 등등 너무 많습니다. 이러한 문제들의 공통점은 사람들을 기쁘게 합니다. 그리

---

[5] James D. G. Dunn, 『WBC 주석 시리즈: 로마서(하)』, 김철, 채천석 옮김 (서울: 도서출판 솔로몬, 2005), 342.

고 그것을 복지라고 착각합니다.

하지만 이것은 바람직한 윤리의 동기가 될 수 없습니다. 왜냐하면, 사람을 기쁘게 하는 것은 윤리의 상대주의화를 가져오기 때문입니다. 예를 들어, 예전에는 동성애자였는데 지금은 동성애자가 아닌 경우를 설명할 수 없습니다.

예전에는 동성애자였기 때문에 동성애를 찬성하다가, 지금은 동성애자가 아니기 때문에 동성애를 반대한다면 그것을 어떻게 설명할 수 있을까요?

또한, 윤리가 사람들을 기쁘게 하려는 신념을 따르게 되면 그것은 커다란 재앙을 초래할 수 있습니다. 예를 들어, 히틀러는 제1차 세계대전 패전으로 미국 영국 프랑스의 사실상 속국이 된 독일인의 무너진 자존심을 자극하여 나치즘을 만들어 독일의 경제권을 장악한 유대인의 부를 강탈하고 유대인을 공공의 적으로 만들었습니다. 윤리가 사람을 기쁘게 하려는 신념을 따르게 되면 이러한 집단주의적 광기를 허용할 수밖에 없습니다.

성경은 한결같이 윤리의 동기를 하나님을 기쁘시게 하는 것이라고 말합니다(시 50:23, 84:1; 잠 15:8; 마 5:9, 24; 눅 15:7; 롬 12:1; 고전 10:32; 골 1:20; 벧후 3:9). 특히, 사도 바울은 이렇게 고백하고 있습니다.

> **[갈 1:10]** 이제 내가 사람들에게 좋게 하랴 하나님께 좋게 하랴 사람들에게 기쁨을 구하랴 내가 지금까지 사람들의 기쁨을 구하였다면 그리스도의 종이 아니니라

사람을 기쁘게 하고, 사람의 복지를 최우선으로 여기는 신념은 매우 인본주의적인 생각이며, 그것이 윤리의 동기가 되어서는 안 됩니다.

3) 하나님의 온전하신 뜻(Perfect, τέλειον)

셋째, 윤리의 동기는 하나님의 온전하신(perfect) 뜻이어야 합니다.

여기서 영어 성경은 텔레이오스(τέλειοσ)를 '온전하신'이라고 번역했습니다. 하지만 제임스 던은 "τέλειοσ는 '목적이나 목표를 달성함, 완전한, 완벽

한'의 뜻을 지닌다"⁶고 말합니다. 즉, 목적이나 목표를 달성하는 목적론적인 동기여야 한다는 것입니다. 윤리의 동기는 선하시고 기뻐하시기만 해서는 안됩니다. 목적이나 목표를 달성하려는 것이어야 합니다. 이러한 목적론적인 동기는 매우 설득력이 있습니다. 왜냐하면, 헬라어 텔로스(telos)가 목적(purpose) 또는 목표(goal)를 의미하기 때문입니다.

공동체주의자 마이클 샌델(Michael J. Sandel)의 정의론에서 중요한 개념이 바로 텔로스(telos)입니다. 그가 말하는 '텔로스'는 사물의 속성, 본질, 존재 의의, 최고 목적이라고 이해할 수 있으며, 한 사회에서 구성원들이 공통으로 이해하고 있는 의미 혹은 인류가 오랫동안 공통으로 가져왔던 공유된 관념들(shared understandings)이라고도 할 수 있습니다. 그러한 텔로스를 고려함 없이 일률적으로 어떤 기준을 적용하는 것은 텔로스에 반하는 것이기 때문에 부정의가 일어난다는 아리스토텔레스의 철학을 계승하고 있습니다.

사실 아리스토텔레스(Aristotle)는 모든 대상은 목적인 때문에 존재한다고 말하며, 목적인은 대상의 목적 또는 '텔로스'(telos), 즉 그것의 존재 이유를 결정한다고 말합니다.⁷ 즉, 목적론적인 윤리의 동기는 세속 철학에서도 그 유익함을 발견하고 있습니다.

이러한 목적론적 동기를 따르게 되면 사익 추구가 도덕적으로 비난받지 않음에도 불구하고 공익을 선택하는 경우를 발견할 수 있습니다. 예를 들면, 다윗은 이스라엘과 블레셋 사이에 전쟁 중에 목이 말랐던 것 같습니다(삼하 23:14-17). 그래서 베들레헴 성문 곁에 있는 우물물을 마시고 싶다고 말합니다. 그러자 세 용사들이 블레셋 진을 뚫고 나가 우물물을 길어 왔습니다. 그러나 다윗은 그 물을 마시지 않고 그 물을 여호와께 부어 드렸습니다.

이렇게 물을 부어버리는 다윗의 모습을 보면서 그렇게까지 할 필요가 있었을까라는 의문을 가질 수 있습니다. 그는 왕이었기 때문에 그 물을 마실 수 있었습니다. 하지만 그는 그렇게 하지 않았습니다. 그것은 그가 다른 목적이 있었기 때문입니다. 그렇기에 "너희가 먹든지 마시든지 무엇을 하든지

---

6 Ibid.
7 Stanley J. Grenz, 『기독교 윤리학의 토대와 흐름』, 신원하, 맹용길 옮김 (서울: IVP, 2001), 82

다 하나님의 영광을 위하여 하라"(고전 10:31)고 성경은 명령하고 있는 것입니다. 이처럼 윤리의 동기는 하나님의 온전하신 뜻이어야 합니다.

4) 결론

세속 윤리학에서는 윤리의 동기에 대해 의무, 행복, 사랑 등 여러 가지 용어로 설명합니다. 하지만 종합적이며 논리적인 설명을 찾아보기 어렵습니다. 그것은 세속 윤리학이 불완전한 윤리학이기 때문입니다. 성경은 윤리의 동기에 대해 단 한 문장으로 설명합니다. 그것은 하나님의 선하시고 기뻐하시고 온전하신 뜻이어야 한다는 것입니다.

첫째, 선은 인간의 내재성에 기초하지 않는 하나님의 선하신 뜻이어야 합니다. 인간의 내재성에 기초한 선은 진정한 선이 아닐 가능성이 많기 때문입니다.

둘째, 사람을 기쁘게 하는 것이 아닌 하나님을 기쁘시게 하는 것이어야 합니다. 사람을 기쁘게 하는 행위는 선한 행위가 아닐 가능성이 많기 때문입니다.

셋째, 하나님의 목적을 성취하는 온전한 것이어야 합니다. 하나님이 아닌 사람의 목적을 성취하는 것은 이율배반적인 악한 행위를 만들어 낼 가능성이 많기 때문입니다.

이처럼 윤리적 동기는 매우 중요한데, 참되지 않은 윤리의 동기로 일어난 결과들은 비윤리적인 결과들을 양산해 내기 쉽기 때문입니다.

4. 도덕을 구성하는 삼요소는 무엇인가요?

> [전 12:13-14] 일의 결국을 다 들었으니 하나님을 경외하고 그의 명령들을 지킬지어다 이것이 모든 사람의 본분이니라

윤리는 가치에서 비롯되고, 이러한 가치는 실천적인 원칙을 낳으며, 이러한 실천적인 원칙은 옳고 바른 것을 추구하는 윤리 기준을 보여 줍니다. 이러한 윤리 기준은 도덕의 문제를 판단하기 위해서 꼭 필요합니다. 그러나 이러한 윤리 기준은 도덕의 구성요소와 밀접한 관계가 있습니다. 그러므로 도덕의 구성 요소가 가지고 있는 함의에 대해 알아야 합니다. 도덕의 구성 요소는 대체적으로 세 가지로 압축할 수 있습니다.

그렇다면 도덕을 구성하는 삼요소는 무엇인가요?

1) 행위(Conduct)

도덕을 구성하는 요소 중 가장 먼저 언급되는 것이 행위입니다. 모든 사람은 자신의 행위에 책임이 있습니다. 이것을 다른 말로 실행(practice)라고 할 수 있으며, 육하원칙 중 하나인 'what'에 해당합니다. 행위는 도덕이 외부로 표출된 것을 의미합니다. 우리는 행위를 통해 그것이 도덕적인지 아닌지를 판단할 수 있습니다.

하지만 이렇게 외부적 행동에만 초점을 맞추게 되면 의무론적인 접근을 취할 수밖에 없습니다. 이러한 접근에 의하면, 본인이 행하기 싫어도 무조건 행해야만 합니다. 겉으로 드러나는 행위가 중요하기 때문에, 마음속으로는 미워해도 사랑하는 척이라도 해야 합니다. 이런 행동은 타인을 배려하고 자선적인 것처럼 보여질 수 있습니다. 그렇기에 이러한 행위는 율법주의의 모습을 보여 줍니다. 그런 의미에서 본다면, 마음속으로 짓는 죄는 비도덕적인 것이 아닙니다.

그러나 기독교 윤리는 마음속으로 짓는 죄 또한, 죄로 봅니다. 예수님께서는 제자들에게 "음욕을 품고 여자를 보는 자마다 마음에 이미 간음하였느니

라"(마 5:28)고 말씀합니다. 율법에서 죄로 정한 간음의 행위를 예수님께서는 마음의 모든 음욕이나 음심 또한, 동일한 죄악이라고 규정합니다. 여기서 우리는 기독교 윤리의 우월성을 확인할 수 있습니다.

2) 주체(Character)

도덕을 구성하는 요소 중 하나가 주체입니다. 선과 악을 구별하고, 옳고 그름을 판단하는 주체가 필요합니다. 이 주체는 사람(person)을 의미하며, 육하원칙 중 하나인 'who'에 해당합니다. 주체는 신지식이나 양심과 같은 사람의 내부적인 장치에 의해 도덕적으로 행동합니다.

하지만 이렇게 내부적 장치에 초점을 맞추게 되면 존재론적인 접근을 취할 수밖에 없습니다. 인간이 윤리적 선택을 할 때 실존적 선택을 하게 된다는 것입니다. 이러한 실존의 문제에 있어 윤리의 보편성을 담보하지 못할 가능성이 존재합니다. 이렇게 실존을 강조하게 되면 윤리적 주체인 자신을 가장 고려하게 됩니다. 그러므로 행위나 목표를 고려하지 않는 윤리적인 주체는 위선적이 될 수밖에 없습니다.

그런 대표적인 예가 바로 수도사나 바리새인들입니다. 자신의 실존적인 상황만을 고려하고 자신의 내면적인 도덕적 본성에만 호소하다보니 타인의 고통을 받아들이지 못하며 타인의 율법의 비준수를 용납하지 못합니다. 이를 받아들이고 있는 세속 윤리학에서는 인간의 실존을 최우선으로 생각합니다. 그러다 보니 윤리가 가지고 있는 형이상학적 의미나 윤리의 보편성이 결여될 수 있습니다. 그런 의미에서 기독교 윤리는 자신의 실존적인 상황을 고려할 뿐 아니라 타자의 고통과 윤리의 보편성을 고려하기 때문에 여기서도 기독교 윤리의 우월성을 확인할 수 있습니다.

3) 목표(Goals)

도덕을 구성하는 요소 중 하나가 목표입니다. 이것은 윤리의 주체인 사람(person)이 윤리적 행위(conduct)를 하는 목적을 의미하며, 육하원칙 중 하나인

'why'에 해당합니다. 목표는 윤리의 주체가 가지고 있는 삶의 방향성을 의미합니다. 그렇기에 도덕적 행위가 그 사람이 가지고 있는 방향성을 보여 줍니다.

이렇게 방향성에 초점을 맞추게 되면 목적론적인 접근을 취할 수밖에 없습니다. 목적론은 윤리의 주체나 행위보다도 윤리의 방향성을 더 중요하게 생각합니다. 이렇게 목적을 강조하는 윤리는 윤리의 근원이신 하나님을 가장 고려하는 윤리가 됩니다.

이와 같은 장점에도 불구하고, 행위나 주체를 고려하지 않고 목적만을 강조하다보면 무기력한 윤리가 되고 맙니다. 예를 들어, 바리새인들은 십계명의 5계명을 지키기 위한 목적으로 안식일에 해서는 안되는 일을 39가지로 규정하였습니다. 그렇기에 일정한 거리 이상을 걸어서도 안되며, 심지어 음식을 만드는 일조차 금지하였습니다.

하지만 예수님께서는 인자가 안식일의 주인이라고 말씀하셨습니다(마 12:1-8). 즉, 십계명의 궁극적인 취지가 중요한 것이지 율법을 지키게 하기 위한 목적으로 사람을 지나치게 구속해서는 안된다는 것입니다. 이처럼 기독교 윤리는 목적을 강조하면서도 행위나 주체를 고려하고 있기 때문에 여타 윤리관보다 우월하다고 할 수 있습니다.

4) 결론

도덕을 구성하는 요소는 행위, 주체, 목표입니다. 위에서 논의된 것을 다음과 같은 표로 정리해 볼 수 있습니다.

[표 2] 도덕의 삼요소

삼요소	행위 (Conduct)	주체 (Character)	목표 (Goals)
3 P	실행(Practice)	사람(Person)	목적(Purpose)
육하원칙(5W1H)	무엇(What)	누가(Who)	왜(Why)
초점 (Focus on)	외부적 행동 (External behavior)	내부적 장치 (Internal facilities)	삶 지향 (Life-orientation)
철학적 영역 (Philosophical Realm)	의무론 (Deontology)	존재론 (Ontology)	목적론 (Teleology)
윤리적 영역 (Ethical Realm)	명령 (Commands)	실존 (Being)	목적 (End)
강조 (Emphasis)	타인(Others)	자신(Self)	하나님(God)
잠재적 오류 (Potential Error)	율법주의 (Legalism – Conduct without character and goals)	위선 (Hypocrisy – Character without conduct and goals)	무기력 (Lethargy – Goals without conduct and character)

위에서 살펴본 것처럼 이 삼요소 중 하나만 강조해서는 안됩니다. 왜냐하면, 하나의 요소만 강조하면 다양한 비윤리적 행태들이 나타나기 때문입니다. 죄는 이러한 요소들을 특별하게 강조하거나 왜곡합니다. 물론 살인이나 간음과 같은 특정 행위는 항상 부도덕한 것으로 분류되지만, 어떤 행위에 있어 주체나 목표를 고려하지 않으면 본질적으로 부도덕하다고 말하기는 어렵습니다.

대부분의 윤리 체계는 도덕성의 특정한 측면을 지나치게 강조합니다. 대부분은 율법이나 계명과 같은 행위에 집중합니다. 왜냐하면, 행위는 정량화할 수 있고 입법화하기 쉽기 때문입니다. 또한, 행위는 일반적으로 공적 장소에서 도덕적 판단이 내려지는 수준을 잘 반영하기 때문입니다. 그러므로 도덕의 구성 요소 중 어떤 하나나 둘만을 지나치게 강조하는 것은 근시안적인 법을 만들게 될 가능성이 많습니다.

결론적으로 도덕의 삼요소는 모두 통합되어 있으며, 이 삼요소를 모두 고려해야 합니다. 그런 의미에서 기독교 윤리는 이러한 삼요소 모두를 통합적으로 고려하며 반영하고 있기 때문에 여타 윤리관보다 우수하고 우월한 윤리관입니다.

5. 윤리를 어떻게 분류할 수 있을까요?

> [겔 18:30-32] 나 주 여호와가 말하노라 이스라엘 족속아 내가 너희 각 사람의 행한대로 국문할지니라 너희는 돌이켜 회개하고 모든 죄에서 떠날지어다 그리한즉 죄악이 너희를 패망케 아니하리라 너희는 범한 모든 죄악을 버리고 마음과 영을 새롭게 할지어다 이스라엘 족속아 너희가 어찌하여 죽고자 하느냐 나 주 여호와가 말하노라 죽는 자의 죽는 것은 내가 기뻐하지 아니하노니 너희는 스스로 돌이키고 살지니라

윤리학은 매우 복잡한 학문입니다. 왜냐하면, 윤리와 관계된 요소들이 많기 때문입니다. 그렇기에 윤리를 분류하는 방법도 다양합니다. 이렇게 윤리를 분류하는 이유는 윤리적인 결정에 있어 자신의 결정이 어떤 지향점을 가지고 있는지, 그리고 실제로 자신이 어떤 윤리적 원칙을 사용하는지를 명확하게 식별하는데 도움을 주기 때문입니다. 또한, 윤리적 비판을 할 때에 자신과 다른 사람의 주장이 어떻게 다른지를 쉽게 찾아내는 데 도움을 주기 때문입니다.

그럼 윤리를 어떻게 분류할 수 있을까요?

1) 이론과 응용 중심

윤리학은 보는 관점에 따라 다양하게 분류할 수 있습니다. 대체적으로 윤리학은 크게 이론 윤리학과 응용 윤리학으로 나눌 수 있습니다. 이론 윤리학은 윤리의 방법에 대해서, 응용 윤리학은 윤리의 내용에 대해서 다룹니다. 윤리의 내용은 생명윤리, 성 윤리, 정치윤리, 경제윤리 등과 같이 특정한 윤리적 사안을 다루는 것을 의미합니다.

여기서 우리의 관심사는 이론 윤리학입니다. 왜냐하면, 이론 윤리학은 윤리를 결정하는 방법에 대해서 다루기 때문입니다. 서문에서도 밝혔듯이, 이론 윤리학은 자신이 가지고 있는 세계관에 기초합니다. 그리고 이 세계관은 성경에 기초해야 합니다. 왜냐하면, 성경에 기초한 세계관 속에서 최상의 윤리가 구현되기 때문입니다.

[표 3] 윤리이론 분류(이론과 응용 중심)

윤리(Ethics)	
이론(Theoretical Ethics)	응용(Applied Ethics)
윤리의 방법	윤리의 내용
규범윤리 + 기술윤리	생명윤리, 성 윤리, 정치윤리, 경제윤리 등등

2) 규범과 기술 중심

윤리의 방법을 다루는 이론 윤리학은 규범과 기술을 중심으로 다음과 같이 나눌 수 있습니다.

[표 4] 윤리이론 분류(규범과 기술 중심)

이론 윤리(Theoretical Ethics)			
규범적 윤리(Normative Ethics)			기술적 윤리(Descriptive Ethics)
목적론적 윤리 Teleological Ethics	의무론적 윤리 Deontological Ethics	덕윤리 Virtue Ethics	초윤리 Meta Ethics

규범윤리학은 '어떻게'(how)에 관심을 두는 학문으로 우리가 어떻게 윤리적으로 살 것인가를 다룹니다. 기술윤리학은 '왜'(why)에 관심을 두는 학문으로 우리가 왜 윤리적으로 살아야 하는지를 다룹니다. 그렇기에 기술윤리학을 '메타'(meta)라는 단어를 사용하여 메타윤리학이라고도 합니다. 이러한 메타윤리학은 가치, 행동의 옳고 그름, 도덕적 행위자의 특성 등을 연구하여 왜 그렇게 행동해야 하는지, 어떤 윤리적 선택을 한 이유가 무엇인지를 추론하는 방법으로 연구합니다.

3) 결과와 비결과 중심

또한, 이론 윤리학에서 결과와 비결과를 중심으로 나누면 다음과 같이 분류할 수 있습니다.

[표 5] 윤리이론 분류(결과와 비결과 중심)

이론 윤리(Theoretical Ethics)				
결과주의 윤리(Consequential Ethics)			비결과주의 윤리(Non-Consequential Ethics)	
공리주의 Utilitarianism	개인주의 Egoism	쾌락주의 Hedonism	의무론적 윤리 Deontological Ethics	덕윤리 Virtue Ethics

 윤리학에서 결과는 매우 중요한 요소입니다. 인간은 이기적이어서 결과를 중요하게 생각하며, 이러한 경향은 시간과 세대가 지날수록 강화되고 있습니다. 그렇기에 공리주의는 계속해서 득세하고 있으며 현대 윤리학의 주류로 자리잡고 있는 것이 현실입니다. 그렇기에 알래스데어 매킨타이어, 마이클 월저, 찰스 테일러, 마이클 샌델과 같은 공동체주의자들은 공리주의에 대항하여 덕윤리와 공동선을 강조하게 된 것입니다.

4) 결론

 윤리학은 매우 복잡한 학문입니다. 윤리학을 분류하는 이유는 자신의 윤리적 결정과 윤리적 비판이 무엇을 의미하는지를 쉽게 식별할 수 있게 도와주기 때문입니다. 세속 윤리학은 다양한 텀(terms)으로 분류를 시도합니다. 공리주의와 같이 결과를 중시하는 사람들은 공리주의에 호의적인 방식으로 윤리를 분류합니다.
 하지만 그리스도인들은 이러한 분류에 있어 기독교적 분류 방법에 의해 분류할 수 있어야 합니다. 왜냐하면, 윤리의 분류 방식은 윤리를 보는 사람의 관점과 가치관을 보여 주기 때문입니다.
 그런 의미에서 그리스도인들은 윤리를 삼중관점론 혹은 절대주의로 분류할 수 있어야 합니다. 왜냐하면, 인간의 관점보다는 하나님의 주권을 강조해야 하며, 상대주의가 아닌 절대주의를 받아들여야 하기 때문입니다.

제2장

윤리의 기준과 관련된 문제

1. 노만 가이슬러(Norman L. Geisler) 윤리학의 기준은 무엇인가요?[1]

[마 22:37-40] 예수께서 이르시되 네 마음을 다하고 목숨을 다하고 뜻을 다하여 주 너의 하나님을 사랑하라 하셨으니 이것이 크고 첫째 되는 계명이요 둘째도 그와 같으니 네 이웃을 네 자신 같이 사랑하라 하셨으니 이 두 계명이 온 율법과 선지자의 강령이니라

노만 가이슬러(Norman Geisler, 1932~2019)는 미국 기독교 조직신학자이자 철학자입니다. 그는 90권 이상의 책과 수백 편의 논문의 저자, 공동저자 또는 편집자였습니다. 그의 관심사는 조직신학뿐만 아니라, 철학사, 종교 철학, 변증학, 윤리학, 성경 난제 등등 다양합니다.

그는 그의 책 『기독교 윤리학』에서 각 윤리 체계들이 가지고 있는 윤리적 신학적 함의에 대해 설명합니다. 그러한 설명을 위해 생명을 구하기 위한 거짓말에 대한 여섯 가지 윤리 체계에 적용합니다.

그렇다면 가이슬러 윤리학의 기준은 무엇인가요?

1　Norman Geisler, 『기독교 윤리학』, 위거찬 옮김 (서울: CLC, 2003), 9-167. 참조 및 요약.

[표 6] 거짓말에 대한 여섯 가지 윤리 체계 적용[2]

도덕률 폐기론	거짓말하는 것은 올바르지도, 그릇되지도 않다.
일반주의	거짓말하는 것은 일반적으로 나쁘며, 보편적 도덕률은 없으나 생명을 구하기 위한 거짓말은 올바르다.
상황주의	오직 한 가지 사랑이라는 절대적 도덕 법칙이 존재하며, 거짓말하는 것은 상황에 따라 올바르다.
무조건적 절대주의	많은 절대 도덕 법칙 중 거짓말은 항상 나쁘다.
상충적 절대주의	서로 모순되는 법칙들이 존재하며, 갈등을 유발하는 잘못된 세상에 살고 있음을 인정하지만 용서받을 수 있는 거짓말이 있다.
차등적 절대주의	높은 차원의 법칙이 존재하며, 거짓말하는 것은 때에 따라서는 올바르다.

1) 도덕률 폐기론

도덕률 폐기론(antinomianism)이란 그리스어의 anti(반대) + nomos(법)의 합성어로 '반율법주의' 혹은 '율법 폐기론'이라고 부르기도 합니다. 이 관점은 율법주의(legalism)의 반대되는 사상으로 도덕법, 즉 율법을 지키지 않아도 된다고 보는 관점입니다. 이렇게 보는 이유는 도덕법이 상황에 따라, 시간에 따라 변한다고 보기 때문입니다.

누구도 똑 같은 강을 두 번 건널 수는 없다고 말한 헤라클리투스처럼 개인, 장소, 시대에 따라 도덕은 상대적일 수밖에 없다는 상대주의에 기반하고 있습니다. 이러한 상대주의는 과정주의, 쾌락주의, 회의주의, 의도주의, 주의주의, 명목주의, 공리주의, 실존주의, 진화론, 정서주의, 허무주의, 상황주의에 많은 영향력을 미치고 있습니다.

가이슬러에 의하면 도덕률 폐기론은 네 가지 기본 신념을 가지고 있습니다.

1. 하나님이 부여하신 도덕 법칙은 존재하지 않는다.
2. 객관적인 도덕 법칙은 존재하지 않는다.

---

2 Ibid., 22-25.

3. 영원한 도덕 법칙은 존재하지 않는다.
4. 율법을 전면 부정하는 율법은 존재하지 않는다.[3]

이 관점에 의하면 절대적인 도덕 법칙이 없으며 모든 것이 상대적입니다. 그렇기에 이 윤리는 개인의 책임을 강조하고 정서적인 요소를 존중합니다. 결과적으로 이 관점은 인격적인 관계를 강조하고 윤리의 유한성을 지적한다는 점에서 긍정적인 역할을 합니다.

예를 들어, 하나님께서는 믿음의 조상이라고 불릴 정도로 하나님에 대한 믿음이 강했던 아브라함에게 명령하셨습니다.

> [창 22:2] 네 아들 네 사랑하는 독자 이삭을 데리고 모리아 땅으로 가서 내가 네게 일러 준 한 산 거기서 그를 번제로 드리라

이 명령은 십계명 중 여섯 번째 계명인 "살인하지 말라"(출 20:13)와 정면으로 대립합니다. 이 구절은 항상 구속력을 가지는 절대적인 도덕 법칙은 존재하지 않는다는 도덕률 폐기론의 주장을 뒷받침하는 사례로 인용됩니다. 왜냐하면, 다음과 같은 이유 때문입니다.

첫째, 아브라함이 이삭을 번제로 바치라는 명령과 살인하지 말라는 명령 두 가지를 동시에 지킬 수 있는 방법은 없습니다.
둘째, 아브라함은 필연적으로 둘 중에서 한 가지에 순종하거나 두 가지 모두에 불순종하는 선택을 할 수밖에 없습니다.
셋째, 두 가지 모두에 불순종하는 선택을 할 수 없다면 살인하지 말라는 명령보다 이삭을 번제로 바치라는 명령을 따라야 하기 때문입니다.

또 하나의 예를 들면, 예수님의 말씀입니다.

---

3 Ibid., 32-34.

> [막 2:27] 안식일이 사람을 위하여 있는 것이요 사람이 안식일을 위하여 있는 것이 아니니라
>
> [막 3:4] 안식일에 선을 행하는 것과 악을 행하는 것, 생명을 구하는 것과 죽이는 것, 어느 것이 옳으냐

예수님의 이 말씀들은 안식일에 제자들이 밀 이삭을 자른 일과 예수님께서 손 마른 사람을 고치신 사건에 대한 결론입니다. 이는 문자적으로 "안식일을 기억하여 거룩하게 지키라"(출 20:8)는 십계명의 네 번째 계명에 위배되는 내용입니다. 규범보다는 인간을, 인격적 관계를 더 중요시한 이 성경 구절은 율법의 도덕 규범의 절대성을 부인하는 사례로 제시되고 있습니다. 이처럼 도덕률 폐기론은 규범의 절대적 준수보다는 인간의 능력에 대한 한계를 인정하고, 인격적인 관계를 강조합니다.

그러나 이러한 장점에도 불구하고 도덕률 폐기론은 지극히 주관적이고 개인주의적이어서 자기 기만적입니다. 뿐만 아니라 갈등 조정에 효과적이지 못하고 상충하는 도덕 의무가 공존하는 모순 즉 비합리성을 지니고 있습니다. 예를 들면, 사사 시대에 "그 때에는 이스라엘에 왕이 없으므로 사람마다 자기 소견에 옳은대로 행하였더라"(삿 17:6)라는 말씀과 같이, 도덕률 폐기론은 자기가 옳다고 여기는 대로 판단하는 관점입니다.

이렇게 판단하는 이유는 도덕률을 개인의 상황과 기쁨을 위해 희생시키는 개인주의 그리고 상대주의에 기초하고 있기 때문입니다. 그리스도인이라면 "믿음이 강한 우리는 마땅히 약한 자의 약점을 담당하고 자기를 기쁘게 하지 아니할 것이라"(롬 15:1)는 말씀처럼 자기를 기쁘게 하기 보다는 믿음이 약한 자의 약점을 담당하는 윤리적 관점이 필요합니다.

물론 도덕률 폐기론이 아무 근거없이 주장되는 것은 아니라 개인의 책임과 인격을 중시하기 때문에 하나님 앞에서 그리스도인의 개인적 책임과 인격적 관계를 돌아보게 하며, 자신의 감정에 충실하여 자신의 감정을 하나님의 명령으로 포장하는 그리스도인들에게 경각심을 제공한다는 측면에서 긍정적인 평가를 할 수 있습니다. 그러나 모든 것이 변하고 상대적이라고 한다면 그러한 변화와 상대성을 측정할 수 있는 기준이 필요하며, 그런 기준이

없다면 변화의 이유도 없다고 해야 할 것입니다.

또한, 도덕률 폐기론은 두 사람 이상으로 구성되어 있는 공동체에서 자유로운 선택과 불가피한 갈등을 위한 법칙의 부재로 이어진다는 면에 있어서 부정적인 평가를 받을 수밖에 없습니다.

[표 7] 도덕률 폐기론의 장단점

장점	단점
• 개인의 책임을 강조 • 정서적인 요소들을 인정 • 인격적인 관계를 강조 • 여러 가지 윤리의 유한한 차원을 강조	• 자기 기만적 • 너무나 주관적 • 너무나 개인주의적 • 비효과적 • 비합리적

2) 상황주의(situationism)

상황주의는 행위를 윤리적으로 평가할 때 절대적 도덕기준으로 판단하기보다는 행위의 특정 상황을 고려하는 윤리입니다.

상황윤리의 지지자는 실존주의 철학자인 사르트르(Sartre), 야스퍼스(Jaspers), 하이데거(Heidegger) 등을 들 수 있으며, 신학자로는 라인홀드 니버(Reinhold Niebuhr), 칼 바르트(Karl Barth), 에밀 브루너(Emil Brunner), 폴 틸리히(Paul Tillich) 등을 들 수 있습니다.

상황주의의 대표적인 주창자인 조셉 플레처(Joseph Fletcher)는 "모든 법률, 규칙, 원칙, 이상 및 규범은 우연직일 뿐이며, 사랑에 봉사하는 경우에만 유효하다"[4]고 말할 정도로 하나의 법칙만을 인정합니다. 즉, '사랑의 율법'만이 윤리의 절대기준이 되며, 사랑(agape) 외에 다른 모든 것은 상대적으로 봅니다.

---

4 Joseph Fletcher, *Situation Ethics: The new morality* (Louisville, KY: Westminster John Knox Press, 1997), 30.

플레처에 의하면 상황주의는 극단적인 율법주의와 도덕률 폐기론 사이에 위치하며, 실용주의(pragmatism), 상대주의(relativism), 실증주의(positivism), 인격주의(personalism)라는 네 가지의 전제조건들을 가지고 있습니다. 이러한 전제조건하에서 사랑만이 본질적으로 선하다고 규정짓고, 사랑과 정의를 동일시하는 상황주의는 절대적인 규범으로서 기능합니다.

왜냐하면, 상황주의는 어떠한 상대주의적인 환경에서도 이웃을 사랑해야 한다는 절대주의를 놓치지 않기 때문입니다. 또한, 상황주의는 각각의 환경에 맞는 가치를 인정하고 사랑과 인격의 가치를 중시하기에 규범의 충돌 문제를 해결할 수 있습니다.

그런 의미에서 윤리적 결정의 환경과 상황에 적절한 주의와 가치를 부여하는 이 윤리관은 실용적인 전략과 상대적인 전술, 실증적 태도, 인격적 가치를 중시하는 윤리관이라고 할 수 있습니다. 그러므로 상황윤리는 규범적이며 절대주의적일 뿐만 아니라 규범 간의 대립 내지 모순을 해결한다는 점에서 긍정적입니다.

예를 들어, 모세는 신명기에서 광야 세대 이후의 이스라엘 후손들에게 십계명과 율법을 가르치고, 결론으로 모든 것을 다 바쳐서 하나님을 사랑하라고 명령하고 있습니다(신 6:5-9).

또한, 예수님께서도 구약의 십계명과 모세의 율법을 하나님과 이웃을 사랑하라는 말로 압축해 주셨고(마 22:37-40), 제자들에게 서로 사랑하라고 말씀하셨습니다(요 13:35).

사도 바울은 "피차 사랑의 빚 외에는 아무에게든지 아무 빚도 지지 말라 남을 사랑하는 자는 율법을 다 이루었느니라"(롬 13:8)고 말씀하고 있으며, 사도 요한은 "하나님을 사랑하는 자는 또한, 그 형제를 사랑할지니라"(요일 4:21)고 말씀합니다.

사랑하라는 명령을 담은 이 성경 구절들은 사랑이 최고의 선이며 유일한 규범이고 정의와 동일하다는 상황윤리의 전제에 부합합니다. 플레처는 예수님께서 오직 사랑의 계명만을 주셨다고 역설하며 절대적인 규범으로 '사랑의 율법'을 강조합니다.

그러나 상황윤리는 사랑이라는 단일 규범이 지나치게 일반적이며, 상황이 사랑의 의미를 결정하지 못한다는 한계가 있습니다. 또한, 상황윤리의 주장과는 달리 보편적인 도덕 법칙이 많이 존재할 수도 있습니다. 즉, 사랑이라는 단일 규범에 대립하는 다른 단일 규범이 있을 가능성도 배제할 수 없습니다. 실제로 현대의 많은 학자가 다양한 윤리적 규범을 지지하고 있습니다.

또한, 사랑이 유일한 윤리 기준이라면 목적이 수단을 정당화하는 공리주의와 결을 같이 한다고도 할 수 있습니다. 그런 의미에서 성경은 "그런즉 선 줄로 생각하는 자는 넘어질까 조심하라"(고전 10:12), "그런즉 너희의 자유가 믿음이 약한 자들에게 걸려 넘어지게 하는 것이 되지 않도록 조심하라"(고전 8:9)고 경고합니다.

이렇게 경고하는 이유는 사랑이라는 절대주의를 신봉하면 자신의 의와 믿음을 강조하게 되기 때문입니다. 게다가 상황은 항상 변하기 때문에 상황이 사랑의 의미를 결정할 수 없기 때문입니다. 사랑의 의미는 오직 하나님의 계명과 말씀 안에서만 결정되어야 합니다.

[표 8] 상황주의의 장단점

장점	단점
• 규범적인 입장 • 절대주의 • 규범의 충돌 문제를 해결 • 다른 환경에 대해 적절한 가치를 부여 • 사랑과 인격의 가치를 강조	• 단일 규범은 일반적 • 상황은 사랑의 의미를 결정하지 못함 • 보편적인 규범이 많이 있을 가능성 • 다른 보편적인 규범이 가능 • 다규범의 윤리가 변호될 수 있음 • 플레처는 사실상 공리주의자

3) 일반주의(generalism)

윤리는 구속력 있는 규범들을 확신하는 윤리와 (도덕률 폐기론자들과 같이) 그렇지 않은 윤리로 나눌 수 있습니다. 구속력 있는 규범들을 확신하는 윤리는 보편적으로 구속력 있는 윤리를 확신하는 윤리와 (일반주의와 같이) 일반적으로 구속력 있는 규범들을 확신하는 윤리로 분류할 수 있습니다. 쉽게 설명하자면, 거짓말하는 것은 대체로 나쁘지만 항상 나쁜것은 아니라는 말로 설명할 수 있습니다.

　더 큰 선이 예비되어 있을 때는 거짓말도 나쁘지 않다고 보기 때문에 결국 목적이 수단을 정당화합니다. 그런 의미에서 일반주의의 대표로 공리주의를 들 수 있습니다. 일반주의의 지지자는 제레미 벤담(Jeremy Bentham), 존 스튜어트 밀(John Stewart Mill), 오스틴, 무어와 같은 공리주의자들입니다.

　가이슬러에 의하면 일반주의는 첫째, 규범들의 상치문제를 해결할 수 있으며, 둘째, 규범들의 필요성을 반영하고, 셋째, 위반할 수 없는 규범들을 주창합니다.[5] 사랑이라는 하나의 궁극적 규범을 요구하는 상황주의와 비교해서 일반주의는 다양한 규범들의 필요성을 인정합니다. 예를 들면, 생명 구원이나 약속 이행과 같은 결코 위반해서는 안되는 규범들을 제시합니다.

　하지만 그러한 규범들 모두를 지켜야 한다고 보지는 않기 때문에 예외를 인정합니다. 예를 들면, 사울은 블레셋과의 전쟁이 끝나기 전에 음식을 먹으면 저주를 받을 것이라고 맹세하지만 그 맹세를 모르고 전쟁 도중 꿀을 맛본 요나단이 죽지 않은 이야기를 들 수 있습니다.

> [삼상 14:44-45] 사울이 이르되 요나단아 네가 반드시 죽으리라 그렇지 않으면 하나님이 내게 벌을 내리시고 또 내리시기를 원하노라 하니 백성이 사울에게 말하되 이스라엘에 이 큰 구원을 이룬 요나단이 죽겠나이까 결단코 그렇지 아니하니이다 여호와의 살아 계심을 두고 맹세하옵나니 그의 머리털 하나도 땅에 떨어지지 아니할 것은 그가 오늘 하나님과 동역하였음이니이다 하여 백성이 요나단을 구원하여 죽지 않게 하니라

　이것은 맹세가 지켜야 하는 규범이지만 그 예외를 보여 주는 예로서, 어떤 도덕 법칙은 일반적이지만 보편적이지는 않다는 것을 보여 줍니다. 즉, 도덕 법칙에는 예외가 있다는 것인데, 이렇게 예외를 인정하면 규범들 간의 충돌 문제를 해결할 수 있다는 장점이 있습니다.

　그러나 일반주의는 여러 가지 결함을 가지고 있습니다. 먼저 목적은 수단을 정당화하지 않습니다. 공리주의가 행위의 결과들에 의해 평가되듯이, 일

5　Norman Geisler, 『기독교 윤리학』, 85.

반주의 또한 결과와 목적을 중시하기 때문입니다. 목적이 올바르다고 자동적으로 올바른 행동이 되지는 않습니다. 게다가 그 목적은 선명하지 않습니다.

또한, 일반주의는 보편적이 아닌 일반적인 규범만 제시하기에 보편적인 규범을 전혀 갖지 못합니다. 즉, 상대적 규범들이 일관성있게 제 역할을 하기 위해서는 절대적 규범이 필요한데, 그러한 절대적 규범이 없습니다. 정리하자면, 일반주의는 절대적이지는 않으나 구속력 있는 도덕 규범들의 존재를 인정합니다.

그러나 도덕 규범의 예외를 인정함으로써 도덕적 갈등 해결에는 도움을 주지만, 절대적으로 구속적인 도덕 규범을 인정하지 않습니다. 이는 어떤 시기의 어떤 행동이 정당화될 수 있으며, 도덕률 폐기론으로 환원되기 쉽다는 단점이 있습니다.

[표 9] 일반주의의 장단점

장점	단점
• 규범들의 필요성을 인식하고 반영 • 상치하고 있는 규범들에 대한 해결책을 제시 • 위반할수 없는 규범들을 주창	• 목적은 수단을 정당화하지 않음 • 보편적 규범을 전혀 갖지 못함 • 공리적인 행위들은 전혀 본래적인 가치를 갖지 않음 • 절대적 규범의 필요성 • '목적'이란 말의 애매모호함

4) 무조건적 절대주의(Nonconditional Absolutism)

무조건적 절대주의는 말 그대로 결코 예외가 없으며 상충하지 않는 절대적인 도덕이 있음을 강조합니다. 이렇게 무조건적 절대주의가 절대적인 도덕 법칙을 이야기하는 근거는 하나님의 변하지 않는 절대적 속성 때문입니다. 하나님께서는 절대적으로 거룩하시며 온전하시기 때문에 절대적인 규범의 적용에는 예외가 없어야 합니다.

이러한 예외는 결과를 포함하기에 결과보다는 규범 그 자체를 중시합니다. 즉, 규범이 결과에 종속되지 않습니다. 그러므로 이 관점하에서는 도덕적 갈등이 존재하지 않습니다. 도덕적 갈등은 단지 외견상의 갈등이며 실제적인 갈등은 아닙니다. 그래서 이 관점에 의하면 모든 사람은 죽어도, 심지어 생명을 구하기 위해서라도 거짓말을 해서는 안 됩니다.

절대적 도덕 법칙이 서로 모순되어 보이는 상황에서도 예외를 인정하지 않는 절대적인 도덕(Moral Absolutes)이 존재한다는 것입니다. 즉, 딜레마의 상황에서도 그 어느 하나도 폐기할 수 없습니다. 그리고 하나님의 섭리를 온전히 신뢰하면 죄를 피할 길이 반드시 있다고 믿습니다. 그렇기에 이 관점을 무상충적 절대주의(Nonconflicting Absolutism)이라고도 부릅니다.

이 관점은 어거스틴, 임마누엘 칸트, 존 머레이(John Murray), 찰스 핫지(Charles Hodge) 등이 지지하고 있습니다. 무조건적 절대주의는 아래와 같이 많은 성경 구절에 의해 지지되고 있습니다.

[레 11:45] 내가 거룩하니 너희도 거룩할지어다

[말 3:6] 나 여호와는 변하지 아니하나니 그러므로 야곱의 자손들아 너희가 소멸되지 아니하느니라

[시 19:7] 여호와의 율법은 완전하여

[시 5:5] 오만한 자들이 주의 목전에 서지 못하리이다 주는 모든 행악자를 미워하시며

[마 5:48] 하늘에 계신 너희 아버지의 온전하심과 같이 너희도 온전하라

[레 19:11-12] 너희는 도둑질하지 말며 속이지 말며 서로 거짓말하지 말며 너희는 내 이름으로 거짓 맹세함으로 네 하나님의 이름을 욕되게 하지 말라 나는 여호와이니라

[신 10:13] 내가 오늘 네 행복을 위하여 네게 명하는 여호와의 명령과 규례를 지킬 것이 아니냐

하나님께서는 "내가 거룩하니 너희도 거룩하라"고 명령하시며, 시편 기자였던 다윗은 "여호와 하나님께서 행악자를 미워하시며, 거짓말하는 자를 멸망시키시며, 피 흘리기를 즐기는 자와 속이는 자를 싫어하신다"고 노래합니다.

예수님께서도 "하늘에 계신 너희 아버지의 온전하심과 같이 너희도 온전하라"고 명령하십니다. 이처럼 우리는 성경에서 무조건적 절대주의의 삶을

살아야 한다는 성경 구절을 더 많이 찾을 수 있습니다.

그러나 성경은 이와 대비되는 많은 성경 구절이 존재합니다.

> [고전 10:13] 사람이 감당할 시험 밖에는 너희가 당한 것이 없나니 오직 하나님은 미쁘사 너희가 감당하지 못할 시험 당함을 허락하지 아니하시고 시험 당할 즈음에 또한, 피할 길을 내사 너희로 능히 감당하게 하시느니라
>
> [창 26:7] 그곳 사람들이 그 아내에 대하여 물으매 그가 말하기를 그는 내 누이라 하였으니 리브가는 보기에 아리따우므로 그곳 백성이 리브가로 말미암아 자기를 죽일까 하여 그는 내 아내라 하기를 두려워함이었더라

바울의 고백(고전 10:13)은 무조건적 절대주의가 주장하듯이, 하나님께서 항상 도덕적 갈등으로부터 우리를 구원해 주신다는 것이 아니라 유혹에 대한 승리의 약속일 뿐입니다. 그리고, 이삭은 분명히 생명을 구하기 위해 거짓말을 하였습니다(창 26:7). 아브라함 역시 사라가 사촌 동생이긴 했으나 의도적으로 거짓말을 하였습니다. 또한, 모세 시대의 히브리 산파와 라합 역시 생명을 살리기 위해 거짓말을 하였습니다. 즉, 성경에는 생명을 구하기 위한 거짓말이 많이 있습니다.

이 외에도 무조건적 절대주의는 여러 가지 전제들의 오류가 존재합니다. 반박 가능하거나 잘못된 전제들이 존재하며, 무조건적 절대주의에는 예외가 없어야 하나 많은 예외를 설정하고 있으며, 무조건적 절대주의가 실제로는 무조건이 아닌 경우가 많습니다.

또한, 도덕적 갈등의 상황에 하나님께서 항상 섭리하신다는 주장은 잘못된 믿음인데, 하나님의 섭리라고 해서 도덕적 갈등을 회피하게 하지 않기 때문입니다. 그리고 도덕 의무 간의 대치는 실재하여서 갈등 상황에서 항상 제3의 선택이나 침묵이 가능한 것도 아닙니다.

무조건적 절대주의는 근본적으로 일관성을 결여하고 있으며 무자비한 태만의 죄를 저지를 위험이 높습니다. 또한, 율법주의에서 자유롭지 못하다는 단점이 있습니다. 사실 비록 중생한 그리스도인이라 하더라도 우리는 아직 타락한 세상에서 살아가고 있는 죄인입니다. 그러므로 불분명한 도덕적 갈

등과 모순의 상황 속에서 희미하게 알 수 있는 온전하신 하나님의 뜻(고전 13:12)이 무엇인지를 구하는 삶이 되어야 할 것입니다.

[표 10] 무조건적 절대주의의 장단점

장점	단점
• 하나님의 불변성에 근거 • 결과보다는 규범을 강조 • 하나님의 섭리를 굳게 믿음 • 죄를 짓지 않을 수 있는 방법이 있다는 확신	• 반박 가능하거나 잘못된 전제들의 존재 • 무조건에는 예외가 없어야 하나 많은 예외 설정 • 무조건적 절대주의가 실제로는 무조건 아님 • 하나님의 섭리가 도덕적 갈등을 회피하게 하지 않음 • 항상 제3의 선택을 할 수 있는 것은 아님 • 비일관적이며 태만의 죄에 빠짐 • 율법주의의 경향과 침묵의 불가능성

5) 상충적 절대주의(Conflicting Absolutism)

상충적 절대주의는 기본적으로 도덕적 절대주의를 인정합니다. 그러나 어떤 상황에서는 많은 절대적 도덕들이 존재할 수 있습니다. 이렇게 둘 이상의 절대적 도덕들을 지켜야 하는데, 그러한 규범들이 불가피하게 모순이 되는 경우 세 가지 대처 방법이 제시됩니다.[6]

[표 11] 절대주의의 세 종류

무조건적 절대주의 Non-Conflicting Absolutism	두 가지 절대적인 명령이 불가피하게 모순되는 경우란 존재하지 않는다.
상충적 절대주의 Conflicting Absolutism	도덕적 모순의 실재성을 인정하면서 어떠한 선택을 하더라도 사람은 죄를 짓는다.
차등적 절대주의 Graded Absolutism	도덕적인 모순은 가끔 발생하지만 어떠한 선택이 항상 죄를 짓게 하는 것은 아니다.

---

6   Ibid., 119.

상충적 절대주의의 근거는 하나님의 도덕 법칙입니다. 하나님의 율법은 하나님의 선을 반영하고 있기에 절대적으로 완전하며 선합니다. 그러므로 율법을 지키지 못하는 것은 죄가 됩니다. 하지만 그러한 도덕 법칙이 둘 이상 결합될 때에 도덕적 규범이 실제로 대립적 혹은 갈등적일 수 있다고 봅니다. 그래서 상충적 절대주의를 갈등적 절대주의라고 불리기도 합니다.

상충적 절대주의의 지지자는 틸리케와 루터파 관련 신학자들입니다. 가이슬러에 의하면 상충적 절대주의는 네 가지 기본 전제가 있습니다.

    1. 하나님의 도덕 법칙은 절대적이다.
    2. 도덕 활동은 불가피하다.
    3. 덜 나쁜 것을 행할 의무가 있다.
    4. 용서는 가능하다.[7]

이러한 갈등 상황에서 인간은 어떤 규범을 선택하더라도 인간은 죄를 범할 수밖에 없습니다. 그러므로 인간은 덜 나쁜 것을 선택할 의무가 있으며 그로 인한 죄는 용서받을 수 있다고 봅니다. 쉽게 말하자면 피치 못할 상황에서 거짓말 하는 것은 용서받지 못할 죄는 아니라는 것입니다. 이처럼 상충적 절대주의는 절대적 도덕 법칙을 인정하며, 불완전한 현실 가운데에 도덕적 딜레마가 존재한다는 도덕적 현실성을 받아들입니다.

또한, 도덕적 갈등의 뿌리가 아담의 죄와 자신의 죄로 인한 인간의 타락에 있다고 인식하며, 비록 덜 나쁜 것을 행한다 하더라도 십자가를 통한 죄의 해결방안이 있다는 것을 인정한다는 장점이 있습니다. 성경에는 이러한 상충적 절대주의를 지지하는 구절들이 존재합니다.

    [요일 3:4] 죄를 짓는 자마다 불법을 행하나니 죄는 불법이라
    [수 2:4-5] 그 여인이 그 두 사람을 이미 숨긴지라 이르되 과연 그 사람들이 내게 왔었으나 그들이 어디에서 왔는지 나는 알지 못하였고 그 사람들이 어두워 성문을 닫을 때쯤 되

---

7   Ibid., 122-125.

어 나갔으니 어디로 갔는지 내가 알지 못하나

[행 4:18-19] 그들을 불러 경고하여 도무지 예수의 이름으로 말하지도 말고 가르치지도 말라 하니 베드로와 요한이 대답하여 이르되 하나님 앞에서 너희의 말을 듣는 것이 하나님의 말씀을 듣는 것보다 옳은가 판단하라

위의 구절들을 보면 무조건적 절대주의의 경우와는 달리 도덕적 갈등이 현실적으로 존재한다는 것을 보여 줍니다. 성경에는 대립하는 두 가지 이상의 규범 사이에서 불가피하게 선택의 기로에 선 인물들의 이야기가 다수 기록되어 있습니다.

[요 19:11] 나를 네게 넘겨 준 자의 죄는 더 크다 하시니라

[마 12:31-32] 사람에 대한 모든 죄와 모독은 사하심을 얻되 성령을 모독하는 것은 사하심을 얻지 못하겠고 또 누구든지 말로 인자를 거역하면 사하심을 얻되 누구든지 말로 성령을 거역하면 이 세상과 오는 세상에서도 사하심을 얻지 못하리라

또한, 성경은 죄의 경중이 있음을 보여 줍니다. 그러므로 도덕 행위자는 이렇게 도덕 법칙이 충돌하는 상황에서 '덜 나쁜' 것을 선택할 의무가 있으며, 그것이 용납됩니다. 그런 의미에서 우리의 도덕적 의무는 덜 나쁜 것을 행하는 것입니다. 하지만 덜 나쁜 행동이라도 면책대상이 되는 것은 아닙니다. 그렇기에 '덜 나쁜' 것을 선택하더라도 우리의 잘못에 대해 죄를 회개하면 상충적 절대주의는 그리스도의 보혈을 통한 죄 사함의 가능성을 인정합니다.

그러나 다음의 구절들은 상충적 절대주의를 지지하지 않는 구절들입니다.

[히 4:15] 모든 일에 우리와 똑같이 시험을 받으신 이로되 죄는 없으시니라

[요 19:11] 나를 네게 넘겨준 자의 죄는 더 크니라

예수님은 우리와 한결 같이 시험을 받으셨으나 죄를 짓지 않으셨습니다. 즉, 예수님께서는 때때로 도덕적 딜레마의 상황에 직면하셨고, 그 상황 속에서 예수님께서는 '덜 나쁜' 악이 아니라 항상 '최고의 선'을 행하셨습니다.

"살인하지 말라"(출 20:13; 신 5:17)라는 명령처럼 하나님께서 주신 고귀한 생명을 죽이는 것은 분명히 죄입니다. 예수님은 빌라도가 죄가 없다고 했지만 자기를 변호하지 않으셨고(요 19:4-11), 십자가의 죽음을 미리 아셨지만(마 20:18-22), 스스로 자기 목숨을 버리셨습니다(요 10:17-18; 갈 3:13).

즉, 예수님께서 타락한 세상에서 죄악된 인간들을 위해 자신의 생명을 희생하셨습니다(요 10:10). 이는 "살인하지 말지니라"는 하나님의 도덕법과 분명히 상충됩니다. 최고의 선을 행하신 예수님의 십자가 사건은 이처럼 상충적 절대주의를 지지하지 않습니다.

우리 인간 또한, 마찬가지로 타락한 현실 속에 덜 나쁜 죄를 범할 수 있습니다. 하지만 그 죄가 덜 혹은 더 나쁜 죄인지에 상관없이 죄를 짓는 것은 잘못된 일입니다. 즉, 상충적 절대주의가 말하듯이 덜 나쁜 죄를 지어야 하는 의무는 도덕적으로 성립하기 어렵습니다.

또한, 불가피한 상황은 도덕적으로 죄가 되기는 어렵습니다. 인간의 관점에서는 불가피한 상황이지만, 그 상황 또한, 하나님의 은총일 수 있습니다. 그런 상황 속에서 '덜 나쁜' 악을 행하라고 하나님께서 명령하신다고 하는 것은 하나님의 선의지와 모순됩니다.

왜냐하면, 하나님께서는 악한 것을 행하라고 명령하지 않으며, 항상 거룩하며 온전할 것을 요구하시기 때문입니다. 만일 '덜 나쁜' 악을 행할 수밖에 없는 상황에서 하나님의 명령이 사실상 선이라면 그것은 악이 될 수 없습니다. 결과적으로 상충적 절대주의는 차등적 절대주의로 귀결되고 맙니다.

[표 12] 상충적 절대주의의 장단점

장점	단점
• 도덕적 절대들을 보유 • 도덕적 현실성을 보유 • 도덕적 갈등의 뿌리가 인간의 타락에 있다고 인식 • 예외없는 해결방안	• 죄를 지어야 할 의무는 도덕적으로 터무니없는 것 • 불가피한 것은 도덕적으로 죄가 되지는 않음

6) 차등적 절대주의(Graded Absolutism)

차등적 절대주의는 말 그대로 절대적 도덕을 차등적으로 취급하는 관점입니다. 이를 거짓말에 적용하면 때에 따라서는 거짓말하는 것이 옳다고 봅니다. 차등적 절대주의의 지지자는 어거스틴(Augustine), 찰스 핫지(Charles Hodge), 칼빈파 관련 신학자들입니다. 가이슬러에 의하면 차등적 절대주의는 네 가지 기본 요소를 가지고 있습니다.

> 1. 보다 높은 수준과 낮은 수준의 도덕 법칙이 있다.
> 2. 불가피한 도덕적 갈등이 존재한다.
> 3. 어떤 죄책도 불가피한 것에 대해 전가되지는 않는다.
> 4. 차등적인 절대주의는 옳다.[8]

차등적 절대주의는 절대적 도덕의 높고 낮음이 존재한다고 봅니다(마 5:19, 22:37-39, 23:23; 요 15:13, 19:11, 고전 13:13). 이러한 높고 낮음은 성경의 많은 곳에서 발견할 수 있습니다.

지옥에서의 처벌 정도(마 5:22; 롬 2:6; 계 20:12), 천국에서 보답의 차등적인 수준(고전 3:13) 등은 죄의 정도가 다르다는 것을 보여 줍니다. 어떤 죄는 출교(고전 5:1-13), 다른 죄는 죽음의 처벌을 받기도 합니다(고전 11:30). 즉, 모든 죄가 동등하다는 것은 잘못된 믿음입니다.

이는 도덕적 갈등이 불가피하게 존재한다는 것을 의미합니다. 아브라함과 이삭(창 22장), 삼손(삿 16:30), 입다(삿 11장)의 사례에서 자살이나 살인에 대한 도덕적 갈등이 존재합니다. 히브리 산파와 기생 라합의 거짓말도 도덕적이었습니다. 무고한 사람이 처벌받아서는 안 되지만 (겔 18:20), 예수님은 우리의 죄 때문에 십자가를 지셨습니다(사 53장; 벧전 2:24; 고후 5:21). 정부에 복종하라는 하나님의 명령과 보다 높은 도덕을 준수하는 것 사이의 갈등의 사례가 성경에 많이 있습니다(히브리 산파와 단 6장).

---

[8] Ibid., 32-34.

이러한 불가피한 상황 속에서 높은 등급의 절대적 도덕을 택하는 것이 옳습니다. 상충적 절대주의는 이러한 갈등적 상황 속에서 '덜 나쁜' 악을 선택하고, 그 선택에 대해 회개하고 죄를 용서받아야 한다고 봅니다.

이에 반해 차등적 갈등주의는 낮은 규범을 준수하지 못한 것에 대한 책임을 면제받는다고 봅니다. 즉, 공의의 하나님께서 개개인이 불가능한 불가피한 일에 책임을 묻지 않으신다는 것입니다. 왜냐하면, 차등적 절대주의는 상충적 절대주의와 달리 불가피한 도덕적 갈등에 대한 선택이 '덜 나쁜' 죄를 범하는 것이 아니라 더 높은 의무를 준수하는 것이기 때문입니다. 따라서 그 선택으로 인해 죄를 짓는 것도 아니며 책임을 질 필요도 없습니다.

성경에는 갈등적인 상황에서 높은 의무를 다했기에 하나님의 칭찬을 받은 사례들이 많습니다. 성경은 거짓 증거하지 말라고 말합니다(출 20:16; 잠 12:22, 19:5; 엡 4:25,). 하지만 아브라함(창 22장, 히 11장), 다니엘(단 6장), 히브리 산파(출 1:16-21) 기생 라합(수 6:17; 히 11:31), 그리고 성전에 난입해서 진설병을 훔쳐 먹은 다윗과 그의 부하들은 예수님에 의해 무죄로 선언되었습니다(마 12:3-4).

도덕 법칙을 어겼다고 하나님의 비난을 받지 않았고, 하나님의 용서를 받았습니다. 왜냐하면, 거짓말을 하지 말라는 명령보다 생명을 구하는 자비가 높은 규범이기 때문입니다. 그런 의미에서 불가피한 상황 속에 낮은 규범을 지키지 못했다고 해서 어떤 죄에 대한 책임은 전가되지 않습니다.

게다가 예수님께서는 이렇게 말씀하십니다.

> **[마 10:37]** 아버지나 어머니를 나보다 더 사랑하는 자는 내게 합당하지아니하고 아들이나 딸을 나보다 더 사랑하는 자도 내게 합당하지 아니하며

우리는 부모에게 순종해야 하지만(골 3:20), 주안에서 순종해야 합니다(엡 6:1). 부모와 하나님 간의 상치되는 갈등 상황이라면 부모보다는 하나님을 순종해야 합니(마 22:30-38; 눅 14:26). 왜냐하면, 인간에 대한 사랑보다는 하나님에 대한 사랑이 가장 큰 계명이기 때문입니다(마 22:35-38). 또한, 정부에 복종하는 것보다 하나님께 복종해야 합니다(롬 13:1-2; 딛 3:1; 벧전 2:13). 또한,

진실을 말하기 보다 자비를 베풀어야 합니다.
이렇게 차등적 절대주의는 다음과 같은 장점이 존재합니다.

첫째, 차등적 절대주의는 도덕 법칙의 절대성을 확신할 수 있습니다.
차등적 절대주의는 도덕적 절대들의 근원을 하나님의 절대성에 두고 있습니다. 이렇게 모든 가치의 최고점이자 완성이시며 영원 불변하신 하나님의 절대성은 도덕 법칙의 보편성을 가능하게 합니다. 이것은 상황에 따라 도덕 법칙에 예외가 생길 가능성을 일축하기 때문에 차등적 절대주의가 상대주의적 요소를 지닐 위험을 원천적으로 차단합니다.

둘째, 차등적 절대주의는 불가피한 도덕적 갈등의 실재를 인정하고 그 문제를 성공적으로 해결할 수 있습니다.
차등적 절대주의는 인간이 대립하는 두 가지 명령을 동시에 이행할 수 없다는 점에서 현실적으로 불가피한 갈등이 존재한다는 사실을 인정합니다. 갈등의 실재를 인정하지 않는 무조건적인 절대주의와 달리 차등적 절대주의는 도덕적 갈등의 현실성을 전제로 실질적인 해결책을 모색하고 있습니다. 차등적 절대주의는 도덕적 의무에 등급이 있다고 보기 때문에 도덕 법칙 간의 충돌이 도덕적 폐기론이나 상황주의 혹은 일반주의의 논거가 될 가능성을 배제시킵니다.

셋째, 차등적 절대주의는 불가피한 도덕적 갈등을 해결하는 과정에서 인간에게 어떤 책임도 전가하지 않습니다.
보다 높은 단계의 규범을 우선적으로 준수해야 한다는 접근 방식은 도덕적 갈등 상황에서의 선택을 '덜 나쁜' 죄를 짓는 것이 아니라 '더 선한' 결정을 내리는 것입니다. 따라서 도덕 법칙 간의 위계 질서는 갈등 상황에서 보다 낮은 단계의 규범을 이행할 의무, 책임, 비난을 면제시켜 줍니다.

넷째, 차등적 절대주의는 십자가의 의미를 온전하게 풀어낼 수 있습니다.
차등적 절대주의는 그리스도께서 죄가 없으셨지만 도덕적 갈등 상황에 직면하신 사실을 받아들입니다.
차등적 절대주의는 특히, 십자가 사건에 내포된 갈등에 주목합니다. 자신의 의로움과 인간을 향한 사랑 사이에서의 갈등, 죄가 없음에도 인류의 죄 때문에 대신 처벌을 받아야 하는 역설은 십자가 앞에서 그리스도께서 당면하신 도덕적 딜레마를 무시하지 않습니다. 차등적 절대주의는 이 문제 역시 도덕 법칙의 등급으로 해결하는데, 자비가 공의보다 높은 차원의 규범이기 때문에 예수 그리스도의 대속이 성취되는 것을 인정할 수 있습니다.

그러나 차등적 절대주의에도 다양한 비판의 여지가 많습니다. 가이슬러는 다음과 같이 열여섯 가지의 질문을 던집니다.[9]

[표 13] 차등적 절대주의에 대한 비판 질문

1. 차등적 절대주의는 상황주의와 어떻게 다른가?	9. 어떻게 덜 나쁜 일이 해야 할 선한 일일 수 있는가?
2. 차등적 절대주의와 상황주의가 실천 속에서는 서로 일치하는가?	10. 차등적 절대주의는 실제로 공리주의인가?
3. 차등적 절대주의는 주관주의의 한 형태인가?	11. 면제와 예외는 어떻게 다른가?
4. 차등적 절대주의는 어떤 의미에서 절대주의인가?	12. 갈등이 실재하는데도 해소가 어떻게 가능하다고 할 수 있는가?
5. 하나님이 유일하시다면 어떻게 많은 도덕 법칙들이 존재할 수 있는가	13. 준수되지 않는 도덕 법칙이 어떻게 절대적일 수 있는가?
6. 하나님 안에서도 서열이 존재하는가?	14. 진실된 하나님의 본성에서 어떻게 거짓말이 나올 수 있는가?
7. 예수는 실제적인 도덕적 갈등에 직면한 적이 있었는가?	15. 차등적 절대주의는 전적인 타락을 부정하지 않는가?
8. 우리는 과연 우리 자신의 도덕적 갈등들을 창조하는가?	16. 차등적 절대주의는 모순율과 관련이 있는가?

이러한 질문의 요지는 크게 두 가지로 압축할 수 있을 것 같습니다.

하나는 '덜 나쁜' 악을 선택하는 것과 더 높은 규범을 선택하는 것의 차이가 무엇인지에 관한 것입니다. 예를 들면, "도둑이 뚫고 들어오는 것을 보고, 그를 쳐죽이면 피 흘린 죄가 없으나"(출 22:2)라는 말씀입니다.

이 구절은 정당방위에 관한 말씀으로 살인을 해도 피흘린 죄가 없다고 말합니다. 물론 정당방위이기 때문에 차등적 절대주의에 의하면 살인이 죄가 되지 않으며, 그러한 선택은 차등적인 선이라고 할 수 있습니다. 그러나 그

---

9 Ibid., 153-164.

러한 살인이 죄가 없다고 할 수 있는지, 그리고 그것을 차등적인 선이라고 할 수 있는지는 의문의 여지가 있습니다. 이런 식이라면 차등적 절대주의는 악 혹은 무죄를 선으로 선언하고 있는 것과 같습니다(사 5:20).

다른 하나는 도덕을 평가하는 주체가 인간이기에 사람에 따라 다르게 평가할 가능성이 존재한다는 것입니다. 차등적 절대주의에서 절대적 도덕을 판단하고 평가하는(graded) 주체가 바로 인간입니다. 절대적 도덕이 비슷한 등급이라면 평가하는 주체에 따라 그 등급이 다르게 나타날 수 있다는 단점이 존재합니다.

[표 14] 차등적 절대주의의 장단점

장점	단점
• 상대주의 함정에 빠지지 않음 • 도덕적 갈등을 성공적으로 해결할 수 있음 • 인간에게 책임을 전가하지 않음 • 십자가의 의미를 이해하고 있음	• '덜 나쁜' 악을 선택하는 것과 더 높은 규범을 선택하는 것의 차이가 미미 • 절대적 도덕을 평가하는 주체가 인간이기에 사람에 따라 다르게 평가할 가능성이 존재

7) 윤리 기준

가이슬러는 위에서 논의한 바와 같이 여섯 가지의 대안을 상정하고, 그 대안에 대한 장단점을 살펴봄으로써 가장 성경적이며 기독교적인 윤리관이 무엇인지를 조사합니다. 가이슬러는 그것이 차등적 절대주의라 생각합니다. 그 이유는 다음과 같습니다.

첫째, 하나님의 본성에 기초한 다수의 절대적인 도덕법이 있음을 인정하기 때문입니다.
둘째, 그들 사이에 일어나는 충돌을 피할 수 없기 때문입니다.
셋째, 그 절대적 도덕법들 사이에 차등이 있기 때문입니다.
넷째, 더 높은 수준의 규범을 따른다면 아무런 잘못이 없다고 보기 때문입니다.

윤리의 기준과 관련하여 가이슬러의 결론은 절대주의를 따라야 한다는 것을 보여 줍니다. 그는 먼저 윤리를 비절대주의와 절대주의로 분류합니다. 이렇게 분류하는 이유는 그리스도인들이 선택해야 할 윤리체계는 절대주의라는 것을 보여 주기 위해서입니다.

[표 15] 가이슬러의 윤리 체계 분류

비절대주의(=상대주의)	절대주의
도덕률 폐기론 일반주의(벤담, 밀, 무어) 상황주의(조셉 플레처)	무조건적 절대주의(칸트, 존 머레이) 상충적 절대주의(틸리케) 차등적 절대주의(어거스틴, 찰스 핫지)

역사적으로 바람직한 윤리관이 무엇인지에 대해 수많은 논쟁이 진행되어 왔습니다. 그 논쟁 중의 하나가 절대주의와 상대주의의 대결입니다. 전현대(premodern) 시대만 해도 절대주의를 강조하였지만, 현대(modern)시대를 거쳐 후현대(postmodern) 시대는 진리를 상대화하는 포스트모더니즘의 영향 아래 상대주의를 강조하는 시대가 되었습니다.

그러나 도덕률 폐기론, 일반주의, 상황주의와 같은 상대적 도덕 법칙은 규범으로서의 역할을 제대로 할 수 없습니다. 왜냐하면, 상대적 도덕 법칙은 필연적으로 자가당착의 오류에 빠지고 허무주의로 귀결되기 때문입니다.

인간의 생각과 행동과 윤리의 기준은 상황과 시간에 상관없이 보편적이고 객관적이어야 하며, 인간 사회의 갈등 문제를 해결하기 위해서도 윤리의 기준은 절대적이어야만 합니다. 그러므로 윤리적 상대주의는 복음주의의 대안이 될 수 없으며 그리스도인들은 절대주의를 회복해야 한다는 시대적 사명감을 가져야 합니다.

2. 존 프레임(John M. Frame) 윤리학의 기준은 무엇인가요?

[잠 3:5~6] 너는 마음을 다하여 여호와를 신뢰하고 네 명철을 의지하지 말라 너는 범사에 그를 인정하라 그리하면 네 길을 지도하시리라 스스로 지혜롭게 여기지 말지어다 여호와를

경외하며 악을 떠날지어다

존 프레임(John Frame, 1939~)은 미국 기독교 철학자이자 칼빈주의 신학자입니다. 그의 관심사는 윤리학, 변증학, 조직신학, 인식론 등 다양하며, 그의 책들은 수많은 신학교에서 교재로 사용되고 있습니다. 그의 신학적 뿌리는 코넬리우스 반틸(Cornelius Van Til, 1895~1987)로부터 연유합니다.

프레임은 삼위일체적 주권신학을 강조하는데, 그 이유는 그의 은사였던 반틸이 거의 모든 신학에서 삼위일체적 구조를 적용시켰기 때문입니다. 이런 영향하에 존 프레임은 『신지식론』(The Doctrine of the Knowledge of God), 『신론』(The Doctrine of God), 『기독교 윤리학』(The Doctrine of the Christian Life), 『성경론』(The Doctrine of the Word of God), 이렇게 네 가지의 주권신학 시리즈를 펴냅니다.

그렇다면 존 프레임 윤리학의 기준은 무엇인가요?

1) 주권신학(Theology of Lordship) 강조

존 프레임의 윤리학의 특징은 하나님의 주권을 윤리와 연결시킨 주권신학에 있습니다. 하나님의 주권이 윤리를 포함한 그리스도인의 모든 상황 속에서 드러나야 한다는 것입니다. 그는 하나님의 '주'되심의 의미를 세 가지로 요약합니다.

첫째, 인격적인 하나님
둘째, 거룩한 하나님
셋째, 인간과 언약적 관계를 맺으신 수장

이러한 '주'라는 호칭을 통해 하나님의 지배, 권위, 언약적 임재라는 하나님의 속성을 확인할 수 있습니다. 하나님은 모든 것을 다스리시며, 절대적 권위로부터 말씀하시고, 우리들 가운데 충만한 그분의 임재를 뜻한다는 것입니다.[10] 이러한 하나님의 주권의 삼요소는 적절하고도 합당한 인간의 반응을 요구합니다. 즉, 하나님의 지배는 신뢰, 하나님의 권위는 순종, 언약적 임재는 경배라는 반응을 불러일으킵니다.

하나님의 다스리심에 대한 삶의 경험은 하나님이 신뢰할 만한 분인가를 확신하게 만듭니다. 하나님의 권위는 인간의 순종을 촉발시킵니다. 하나님의 신실하신 언약적 임재는 인간으로 하여금 경배하게 만듭니다. 이러한 반응은 행동의 윤리적 적절성을 가지고 있으며, 그리스도인들의 윤리의 평가의 기초가 됩니다.[11] 즉, 평가는 "하나님 주권의 삼요소에 대한 반응을 적절하게 했는가"로 판가름나게 됩니다.

이러한 하나님의 주권에 대한 인간의 반응은 믿음, 소망, 사랑이라고 하는 신학적 덕으로 나타나게 됩니다. 프레임에 의하면 믿음은 하나님의 계시된 말씀을 신뢰하는 것이며, 소망은 과거에 그랬던 것처럼 다가올 미래에도 자신의 뜻을 온전히 성취하실 하나님의 통치의 능력을 갈망하는 것이며, 사랑은 마음속 가장 깊은 곳에 계시는 하나님의 임재와 그 하나님이 친히 양자삼아 일원이 되게 하신 우리의 새로운 가족을 무엇보다 소중히 여기는 행동입니다.[12] 그러한 덕은 자연스럽게 윤리적 삶을 살아갈 수 있도록 만듭니다.

[표 16] 존 프레임의 주권신학

주권의 속성	지배	권위	임재
인간의 반응	신뢰	순종	경배
신학적 덕	믿음	소망	사랑
선행의 성경적 근거	구원의 역사	하나님의 계명	성령의 임재
정말 중요한 것들	새창조	계명 준수	사랑으로 역사하는 믿음

이러한 덕은 윤리적인 행동으로 실천해야만 하는 성경적 근거들을 가지고 있습니다. 그것들은 구원의 역사, 하나님의 계명의 권위, 그리고 성령의 임재입니다. 이러한 세 가지 근거들은 전술한 주권의 세 가지 속성과 대응됩니다.

---

10 John M. Frame, 『기독교 윤리학: 그리스도인의 삶에 대한 교리』, 이경직 옮김 (서울: P&R, 2015), 74.
11 Ibid., 78.
12 Ibid., 79.

첫째, 죄 많은 우리를 구원해 주시는 구원의 역사는 하나님의 은혜이며, 하나님의 은혜는 우리의 윤리적 행동의 근거가 됩니다.

둘째, 하나님의 계명은 권위를 갖고 계시기 때문에 그러한 권위에 대한 마땅한 반응은 순종이 될 수밖에 없습니다.

셋째, 우리의 타락한 본성은 오직 성령의 임재와 성령의 유효적 사역을 통해서만 변혁될 수 있는데, 이러한 성령의 임재를 통해서만 우리의 인격은 변화되며, 그리스도의 장성한 분량만큼 자라나게 되기 때문입니다(엡 4:13).

그러므로 인간에게 중요한 것은 지배와 관련하여 새창조가 되며, 권위와 관련하여 계명 준수가 되며, 임재와 관련하여 사랑으로 역사하는 믿음입니다. 이렇게 삼위일체적 주권신학을 윤리에 적용하면, 삶의 모든 행동이 진정한 선행으로 나타나기 때문에, 그 어떤 윤리의 체계도 이룰 수 없는 기독교 윤리학의 우수성을 보여 준다고 할 수 있습니다.

2) 타 종교와 세속 윤리와의 비교

프레임의 윤리학은 기독교 윤리의 우수성을 드러내는 구조로 되어 있습니다. 기독교 윤리의 우수성을 확신하기 위해서는 타 종교나 세속 윤리와의 비교가 필수적입니다. 이러한 비교를 위해 그는 타 종교를 세 가지 관점으로 나누고, 세속 윤리를 세 가지의 전통으로 나눕니다.

[표 17] 존 프레임의 타 종교 분류

정황적 관점	실존적 관점	규범적 관점
운명에 근거한 윤리	자기 성찰로서의 윤리	복음이 없는 규율로서의 윤리

프레임은 타 종교를 세 가지 관점으로 분류합니다. 운명에 근거한 윤리는 목적론적 원칙에 의해, 자기 성찰로서의 윤리는 실존적 원칙에 의해, 복음이 없는 규율로서의 윤리는 규범적 원칙에 의해 가장 많은 영향을 받습니다. 하지만 기독교는 단순하게 권선징악과 같은 운명에 근거한 윤리가 아니며, 자

기 성찰만을 통해 구원받는 윤리가 아니며, 복음이 없는 규율만을 강조하는 윤리가 아니라는 것입니다. 이렇게 세 가지 관점을 통합적으로 적용할 수 있는 윤리는 기독교 윤리밖에 없습니다.

[표 18] 존 프레임의 세속 윤리학 분류

실존적 전통 (Existential Tradition)	목적론적 전통 (Teleological Tradition)	의무론적 전통 (Deontological Tradition)
▪ 소피스트 ▪ 흄과 루소 ▪ 칼 마르크스 ▪ 프리드리히 니체 ▪ 루드비히 비트겐슈타인 ▪ 정서주의 ▪ 실존주의 ▪ 포스트모더니즘	▪ 키레네 학파의 쾌락주의 ▪ 에피쿠로스 ▪ 아리스토텔레스 ▪ 공리주의 ▪ 존 듀이	▪ 플라톤 ▪ 견유학파의 냉소주의 ▪ 스토아 철학 ▪ 임마누엘 칸트 ▪ 관념론 ▪ 무어와 프리처드

프레임은 세속 윤리학을 세 가지 전통으로 분류합니다.

실존적 전통은 선한 행동이 선한 내적 성품에서 비롯된다는 것을 강조합니다. 하지만 바리새인들은 그릇의 안쪽(마음의 내적 동기)이 아닌 바깥(외적인 행실)만 깨끗하고 거룩하게 한 사람들이었으며(마 23:25), 아리스토텔레스를 위시한 세속 저술가들 역시 성품과 덕과 내적 동기의 옳음의 중요성을 강조하였지만 그들은 무엇이 덕인지 그리고 어떻게 하면 그 덕을 마음에 얻을 수 있는지를 성공적으로 보여 주지 못했습니다.[13]

목적론적 전통은 선한 행동은 생명체의 행복을 증진시킨다는 점을 강조합니다. 아리스토텔레스를 포함한 철학자들이 선행의 의미를 어떻게 정의할지는 차치하고서라도 선행이 행복을 가져온다는 생각만큼은 기독교 철학자들과 의견을 같이 한다고 할 수 있습니다. 왜냐하면, 윤리적인 삶은 선한 삶이며 풍성한 복을 누리는 삶이기 때문입니다(시 1편; 마 5:1-11).[14]

13　Ibid., 113.
14　Ibid., 112.

의무론적 전통은 선한 행동은 그 행동이 심지어 우리의 희생을 요구할 때에라도 그 의무를 이행함을 강조합니다. 플라톤과 칸트를 비롯한 몇몇 비기독교 사상가도 의무의 중요성을 인정하였지만, 이들은 과연 이 의무를 어디서 찾아야 할 것이지 그리고 그 의무의 실체란 도대체 무엇인지를 가늠하는 데 적잖은 어려움을 겪었습니다.[15]

이처럼 세속 윤리학은 여러 가지 면에서 부족한 점을 발견할 수 있습니다. 비록 이러한 전통들이 한 가지 관점만을 갖고 있는 것은 아니지만, 그 어떤 세속 윤리학도 이러한 세 가지 전통의 균형감을 가지고 있지는 않습니다.

그런 의미에서 기독교 윤리는 성품과 덕과 내적 동기를 강조하는 실존적 관점, 하나님의 영광과 그리스도를 닮아야 한다는 목적론적 관점, 그리고 어떠한 커다란 희생을 감수하고서라도 하나님의 말씀에 대해 순종하는 의무론적 관점을 동시에 가지고 있는 통합적인 윤리라고 할 수 있습니다.

3) 기독교 윤리학의 삼중관점론(Triperspectivalism)

프레임 윤리학의 특징은 주권 신학을 반영하여 하나의 윤리적 사건(event)에 대해 삼중관점으로 접근한다는 데에 있습니다. 그가 이렇게 삼중관점론으로 접근하는 이유는 정통 신학이 규범적 관점만을 중시하는 것으로 오해하는 것에 대해 불만을 가지고 있었기 때문입니다.

이렇게 삼중관점론으로 접근하면, 세 사람이 삼각형의 모서리에서 같은 조각상을 보고 묘사하는 것과 같이, 입체적으로 하나의 사건을 볼 수 있습니다. 이 과정에서 하나님의 지배, 권위, 임재라는 하나님의 주권을 실현시킬 수 있다는 장점이 있습니다. 지배는 정황적 관점(The Situational Perspective), 권위는 규범적 관점(The Normative Perspective), 임재는 실존적 관점(The Existential Perspective)에 해당합니다.

이를 다음과 같은 그림으로 구성할 수 있습니다.

15　Ibid., 112-3.

[표 19] 존 프레임의 삼중관점 그림

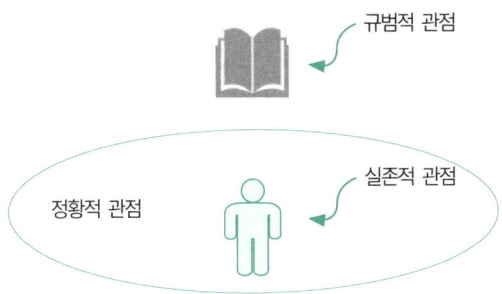

즉, 정황적 관점이라는 원 안에, 실존적 관점이라는 도덕 행위자가 존재하며, 규범적 관점이라는 도덕규범이 위에 존재합니다. 인간은 상황 속에서 규범을 참조하고 자신의 도덕적 신념에 따라 행동합니다. 이러한 윤리 구성에 있어 존 프레임의 삼중관점론을 취하게 되면 하나님의 지배와 권위와 임재라는 하나님의 주권을 구현할 수 있습니다. 예를 들어 보겠습니다.

(전제) 소득세를 속이는 것은 도둑질이다(정황적 관점)
(전제) 도둑질은 잘못된 것이다(규범적 관점)
(결론) 그러므로 소득세를 속이는 것은 잘못된 것이다(실존적 관점)

한 사람이 경제적 이유로 소득세를 누락하려는 유혹을 받습니다(정황적 관점). 이때, 하나님의 지배, 즉 다스리심을 신뢰하고 기뻐하는 사람은 과연 이러한 상황 속에서 무엇이 하나님의 영광을 위한 선택인가를 질문받습니다.

그리고 그러한 문제에 대해 하나님은 어떻게 말씀하시는지를 찾아보게 됩니다(규범적 관점). 하나님의 권위와 그 분의 계명을 인정한다고 했을 때, 우리는 과연 '하나님 사랑'과 '이웃 사랑'이라는 최고의 율법을 준행하고 있는지 질문받습니다. 그것은 도둑질은 잘못된 것이라는 사실입니다.

그때 소득세를 속이지 않겠다는 윤리적 실천을 다짐합니다(실존적 관점). 우리는 나의 윤리적 선택을 통해 하나님이 영광을 받으신다는 사실에 관심을 갖고 있는지, 즉 그러한 선택을 어떻게 실천할 것인지를 질문받습니다. 이처럼 하나님의 주권은 인간의 적절한 윤리적 반응을 요구합니다.

[표 20] 존 프레임의 삼중관점론

윤리학의 관점	정황적 관점	규범적 관점	실존적 관점
윤리적 판단의 구성요소	당신의 문제는 무엇인가?	문제에 대한 하나님의 말씀은 무엇인가?	변화를 어떻게 실천할 것인가?
선행의 필요충분조건	바른 목적 (하나님의 영광)	바른 기준 (하나님의 말씀)	바른 동기 (하나님의 성령)
기독교 윤리의 유형	내러티브윤리	명령윤리	덕윤리

이러한 윤리 구조는 바른 목적, 바른 기준, 바른 동기를 강조하는 구조가 됩니다. 윤리적 상황 속에서 하나의 문제가 하나님의 영광이라고 하는 바른 목적을 가지고 있는지, 그 문제에 대해 하나님의 말씀이라고 하는 바른 기준을 충족하는 것이 무엇인지, 그 문제를 성령님의 임재를 통한 바른 동기를 가지고 있는지를 파악할 수 있도록 도움을 주기 때문입니다.

[표 21] 선행의 세 가지 필요 충분 조건

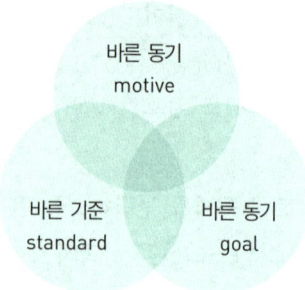

위의 표에서 도덕 행위자는 바른 동기, 바른 기준, 바른 목적을 모두 반영하는 곳(3원이 중첩된 가장 가운데 있는 작은 부분)에 위치해 있어야 합니다. 왜냐하면, 그곳이 가장 윤리적인 행위가 구현되는 곳이기 때문입니다.

4) 결론

존 프레임의 삼중관점론은 세속 윤리학이 해결하지 못하는 문제에 대해 통합적인 윤리의 해결책을 제시할 수 있다는 장점을 가지고 있습니다. 가이슬러가 하나의 윤리적 사건(event)에서 절대주의라고 하는 규범적 관점을 강조했다면, 프레임은 정황적 관점과 실존적 관점까지 강조합니다. 즉, 인간이 윤리적으로 반응하기 위해서는 윤리적 사건의 상황을 파악해야 하고(정황적 관점), 절대적 규범을 참고하여(규범적 관점), 도덕 행위자의 실천(실존적 관점)까지 고려해야 한다는 것입니다.

그러므로 이러한 세 가지 관점을 통합하는 기독교 윤리학은 그 어떤 세속 윤리학보다 우수함을 보여 줍니다. 세속 윤리학이 하나님의 주권과 윤리를 분리했다면, 기독교 윤리학은 하나님의 주권을 반영하는 윤리학이라고 할 수 있습니다.

3. 디트리히 본회퍼(Dietrich Bonhoeffer) 윤리학의 기준은 무엇인가요?

> **[벧후 3:18]** 오직 우리 주 곧 구주 예수 그리스도의 은혜와 그를 아는 지식에서 자라 가라 영광이 이제와 영원한 날까지 그에게 있을지어다

디트리히 본회퍼(1906~1945)는 독일 루터교회의 목사, 신학자, 반나치 운동가, 고백교회의 설립자 중 한 사람입니다. 그는 히틀러의 암살을 공모한 죄로 1943년 3월 체포되어 감옥에 갇혔고 1945년 4월 젊은 나이인 39세에 교수형에 처해졌습니다.

그는 일생 동안 총 16권 정도의 많은 책을 저술하였으며,[16] 그중 『윤리학』은 나치에 저항하고 투쟁하던 시절 쓴 단편들을 그의 친구 에버하르트 베트게(Eberhard Bethge)가 모아서 펴낸 책입니다.

사실 본회퍼의 윤리학은 이해하기 쉽지는 않습니다. 그것은 그가 처해 있었던 역사적 상황이 매우 독특하기 때문입니다. 모세 시대의 히브리 산파가 생명을 살리기 위해 거짓말을 했다면, 그는 많은 생명을 살리기 위해 히틀러

---

[16] 『성도의 교제』, 『행위와 존재』, 『창조와 타락』, 『그리스도론』, 『나를 따르라』, 『신도의 공동생활』, 『윤리학』, 『저항과 복종』 등 많은 책이 한국어로 번역되었다.

의 암살 공모를 했습니다.

그렇기에 그가 보여 준 저항적인 암살 공모라는 윤리적 선택과 그러한 윤리적 선택에 이르게 한 그의 윤리학을 살펴볼 필요가 있습니다. 왜냐하면, 그러한 작업을 통해 본회퍼가 가장 중시한 윤리가 무엇이고, 그러한 윤리로부터 윤리의 기준에 대한 통찰력을 기대할 수 있기 때문입니다.

그렇다면 본회퍼 윤리학의 기준은 무엇인가요?

1) 그리스도 중심적인 세계관

본회퍼에게 현실은 매우 암울할 수밖에 없었을 것입니다. 히틀러는 독일 민족이 세계를 지배해야 한다는 극우 민족주의를 확산시키고 수백만의 유태인을 학살했으며, 반나치 투쟁의 선봉에 섰던 공산주의자들 또한 히틀러의 표적이 되어 많은 희생자를 내었습니다. 노동조합도 전면 금지되고, 언론은 철저한 검열의 대상이 되었으며, 학교는 나치 이념의 교육장으로 변했으며, 교회 또한, 나치 정권에 협조하고 말았습니다.

이러한 히틀러와 나치의 광기로 인해 2차 세계대전이 발발하고, 온 세계가 전쟁의 소용돌이에 휘말리게 되었습니다. 본회퍼는 이러한 현실을 목도하고, 히틀러를 미친 운전자(crazy driver)로 보고 암살을 공모하게 됩니다. 미친 운전자로 인해 희생된 사람들의 장례나 치러 주고 그 가족들을 위로나 해 주는 것으로 만족해서는 안 되며, 그 미친 운전자에게서 핸들을 뺏어 버려야 한다는 것입니다.

그런 의미에서 본회퍼의 윤리에서 가장 중요한 개념 중 하나는 그리스도의 현존입니다. 아무리 윤리가 선과 악에 대한 체계적인 지식과 실천을 의미한다 하더라도 그리스도와 관계를 맺고 그리스도를 닮아 가지 않는다면, 그러한 윤리는 무용지물이 되고 맙니다. 그렇기에 이러한 윤리적 관점하에서는 어떤 사람도 자신이 절대적 선을 행하고 있다고 확신할 수 없습니다. 또 그러한 선을 행한다고 해서 현실을 선하게 만들지도 않습니다.

그러므로 윤리는 어떤 윤리적 규칙을 따른다기보다는 매 상황 속에서 하나님의 뜻(계시)을 분별하고 그 뜻을 행하는 것이어야 합니다. 하나님과 관계를 맺게 되면 하나님의 뜻을 알게 되고, 그 사랑 안에서 행동하게 됩니다. 그 사랑은 십자가에 못박히신 그리스도 안에서 찾을 수 있으며 그리스도만이 진정한 윤리의 근원이 됩니다.

그렇기에 본회퍼는 "그리스도교 윤리의 문제는 그리스도 안에서 일어난 하나님 계시의 현실이 피조물 가운데서 실현되는 것이다"[17]라고 말합니다. 하나님의 뜻은 오직 예수 그리스도를 통해 발견할 수 있으며, 하나님과 화목하기 위해서는 오직 그리스도를 통해야만 합니다.

정리하자면, 진정한 윤리는 그리스도를 관념적이며 종교적인 영역에만 가둘 것이 아니라 그리스도를 현실 속에 참여시켜야 한다는 것입니다. 왜냐하면, 그리스도는 종교적 영역에만 갇혀 있지 않고 세상 속에 계시기 때문입니다. 그러므로 진정한 윤리는 절망과 좌절을 경험할 수밖에 없는 상황이라 하더라도, 그리스도를 본받아 세상 가운데 그분의 고난에 동참하는 거룩한 세속성을 보여 주는 것이어야 합니다.

그러므로 선에 대한 질문은 예수 그리스도 안에서 계시된 하나님의 현실에 대한 참여(participation)의 질문으로 바뀝니다. 이것을 세계관의 관점으로 해석하면, 어거스틴의 두 도성 이론과 루터의 두 왕국 이론이 이원론의 세계관이라면, 본회퍼의 세계관은 일원론을 추구하는 세계관입니다.

본회퍼는 그리스도가 성육신하신 것처럼, 신자도 그러한 성육신에 참여해야 한다고 여겼습니다. 그러므로 그리스도를 본받는 것은 우리 자신의 노력이 아니라 그리스도에 의해 성취됩니다. 왜냐하면, 성육신에 참여하기만 하면 되기 때문입니다. 이처럼 본회퍼는 나뉘어질 수 없는 통전성(indivisible whole)을 강조합니다. 그러므로 우리는 세계를 그리스도 중심으로 일원론적으로 접근해야 합니다.

---

[17] Dietrich Bonhoeffer, 『윤리학』, 손규태 외 2인 옮김 (서울: 대한기독교서회, 2010), 41.

2) 그리스도 중심적인 공동체

본회퍼에 의하면 선은 그리스도에게로의 참여입니다. 이러한 참여의 공동체가 교회입니다. 본회퍼 당시의 독일 교회는 선거에서 나치에 투표함으로써 나치 정권을 지지하고 말았습니다. 그러나 칼 바르트나 디트리히 본회퍼와 같은 소수의 개신교 신학자들은 이러한 나치의 도덕적 신학적 원리들에 반대하였습니다.

이러한 상황 속에서 고백의 자유를 침해하는 국가에 저항하는 교회들의 연맹인 고백 교회(Confessing Church)가 형성되었습니다. 정권이 교회에 간섭하는 것은 교회의 자율성을 침해하는 것이며, 신앙의 자유를 억압하는 것은 잘못이라는 것입니다.

본회퍼에 의하면 교회는 단순히 예배하는 사람들의 집단이 아니며, 그리스도의 몸 자체입니다. 그러므로 기독교 윤리는 어떤 추상적인 원리가 아니라 상황에 따라 그리스도의 몸을 형성해 나가는 구체적인 실천입니다. 그래서 나의 행동이 세상 속에서 그리스도의 몸을 어떻게 형성하고 있는지를 끊임없이 반문해야 합니다. 진정으로 교회의 형제를 사랑하는지, 형제의 아픔과 고통을 외면하지 않는지를 되돌아 보아야 합니다.

> 세상이 교회의 형제를 멸시할 때, 그리스도인은 그를 사랑하고 섬길 것이다. 세상이 그에게 폭력을 행사할 때, 그는 도와주고 고통을 덜어 줄 것이다. 세상이 그를 멸시하고 모독할 때, 그는 형제의 치욕을 가리기 위해 자신의 명예를 줄 것이다. … 세상이 거짓 속에 숨는다면, 그는 말을 하지 못하는 자를 위해 입을 열 것이고, 진리를 증언할 것이다.[18]

그리고 미진한 부분에 대해 자신의 죄를 고백해야 합니다. 이렇게 죄를 고백함으로써 그리스도께로 돌아서며 교회의 몸을 형성해 가는 것이 중요합니

---

[18] Dietrich Bonhoeffer, 『나를 따르라』, 손규태, 이신건 옮김 (서울: 대한기독교서회, 2010), 298.

다. 이 고백은 교회가 자신의 정체성과 본질을 영원히 잃어버리지 않도록 하기 위해 절대적으로 필요합니다.

그리스도는 자신을 희생하심으로 비싼 댓가를 치루었기 때문에 우리에게 순종과 제자도의 삶을 요구합니다. 그러므로 그리스도께 순종하고 제자도의 삶을 사는 것이 필요합니다. 하지만 그러한 삶을 살지 못한다면, 그리스도께서 베풀어 주신 값비싼 은혜를 값싼 은혜(cheap grace)로 만드는 것이 됩니다. 결론적으로 본회퍼에게 기독교 윤리의 출발점은 그리스도의 몸이며, 그러한 몸을 세워 나가는 것이 바로 진정한 윤리의 모습이 됩니다.

3) 그리스도 중심적인 종말론

본회퍼에게 윤리는 그리스도 중심적인 종말론을 갖는 것입니다. 이러한 종말론에 있어서 궁극적인(ultimate) 것과 궁극 이전의(penultimate) 것은 매우 중요합니다. 여기서 궁극적인 것은 시간상 맨 마지막에 오는 것으로서, 우리가 그리스도를 믿음으로 의롭다 하심을 받는 것입니다.

즉, 이신칭의라는 궁극적인 말씀을 의미합니다. 죄인이 의롭게 되는 사건은 궁극적인 것으로, 이러한 하나님의 이신칭의의 은총을 초월하는 하나님의 말씀은 존재하지 않습니다. 이러한 궁극적인 말씀을 듣기 위해서는 궁극 이전의 모든 것이 완전히 붕괴되어야 합니다.

여기서 궁극 이전의 것은 맨 마지막 전(끝에서 두 번째)에 오는 것으로서, 그러한 궁극적인 말씀을 받을 수 있는지를 결정하는 시간입니다. 본회퍼는 이렇게 말합니다.

> 궁극 이전의 것은 궁극적인 것을 뒤따르기 위해 항상 궁극적인 것에 선행하는 모든 것이다. 궁극 이전의 것은 그 자체로서 존재하지 않기 때문에 그 어떤 것도 그 자체로서는 궁극 이전의 것으로서 정당화될 수 없다. 궁극 이전의 것은 궁극적인 것을 통해 비로소 존재하게 된다. 다시 말하면, 궁극 이전

의 것은 자신이 무력하게 된 바로 그 순간에 존재하게 된다.[19]

그러므로 지금까지의 윤리적 삶은 그런 궁극적인 말씀, 즉 이신칭의에 그 어떤 기여가 있을 수 없습니다.

그런 의미에서 "그리스도인의 삶이란 내 안에서 궁극적인 것이 싹트는 것이며, 내 안에서 예수 그리스도가 사시는 것이다. 하지만 그것은 언제나 궁극적인 것을 기다리면서 궁극 이전의 것 안에서 사는 것"[20]이기도 합니다. 이처럼 궁극적인 것은 궁극 이전의 것을 용서받는 것이 되며, 그 용서만으로 의롭게 되는 말씀입니다. 이것은 인간의 어떤 방법으로도 궁극적인 것을 얻을 수 없다는 것을 의미합니다.

여기에 종말론적 긴장관계가 존재합니다. 궁극적인 것만을 보고 궁극 이전의 것을 그리스도에 대한 적으로 간주할 수 있습니다. 혹은 궁극 이전의 것과 궁극적인 것을 분리하려고 노력할 수 있습니다. 즉, 궁극적인 것과 궁극 이전의 것을 대립적 혹은 상호 배타적인 것으로 여길 수 있습니다.

하지만 전술했듯이 본회퍼의 세계관은 일원론을 추구합니다. 즉, 궁극 이전의 것과 궁극적인 것은 그리스도 안에서 하나로 연결됩니다. 즉, 인간의 궁극 이전의 시간과 하나님의 궁극적인 시간이 현실 가운데에 이어져 있다는 것입니다.

그러므로 종말론적 긴장관계를 푸는 열쇠는 바로 예수 그리스도의 성육신, 십자가, 부활에 달려 있습니다. 성육신만을 강조하면 타협적인 신앙으로 빠지기 쉽고, 부활만을 강조하면 극단주의나 열광주의로 빠지기 쉽습니다. 오직 이 세 개의 개념의 통일 속에서 그러한 대립 관계가 해소됩니다.

예수 그리스도는 인간이 되셔서 피조 세계의 현실 시간 속으로 들어오셨고, 십자가에 달리셔서 타락한 피조계에 대한 최종적인 유죄판결을 선언하실 수 있으시며, 부활하셔서 죽음에 종말을 고하고 새창조의 시간 속으로 들어가게 하신다는 것입니다. 그러므로 이 세 개의 개념 중 그 어느 하나라도

---

[19] Dietrich Bonhoeffer, 『윤리학』, 181.
[20] Ibid., 193.

없이는 궁극적인 것이 존재할 수 없습니다.

4) 결론

본회퍼의 윤리학은 그리스도 중심적인 구조를 가지고 있습니다. 그리스도를 중심으로 하는 일원론적 세계관, 그리스도를 중심으로 하는 공동체로서의 교회의 역할, 그리스도를 중심으로 하는 종말론적 지향점이 그것입니다.

본회퍼는 암울한 현실 속에서 윤리의 정의를 그리스도의 현실 참여로 보았으며, 그러한 윤리를 현실 가운데 구현시키기 위해서는 그리스도를 중심으로 하는 공동체가 필요하며, 궁극적인 것을 지향하는 종말론적 삶의 모습을 가져야 한다고 말합니다.

즉, 그리스도인의 윤리적 삶은 내 안에서 궁극적인 것이 도래할 수 있도록 하는 것이며, 내 안에서 그리스도가 살아 계시도록 하는 것입니다. 그러므로 본회퍼가 생각하는 윤리의 기준은 그리스도 중심적인 세계관(성육신), 공동체(죽음), 종말론(부활)을 반영하는 것이어야 한다는 것입니다.

4. 피터 싱어(Peter A.D. Singer) 윤리학의 기준은 무엇인가요?

> [롬 8:22-23] 피조물이 다 이제까지 함께 탄식하며 함께 고통하는 것을 우리가 아나니 이뿐 아니라 또한 우리 곧 성령의 처음 익은 열매를 받은 우리까지도 속으로 탄식하여 양자 될 것 곧 우리 몸의 구속을 기다리느니라

플로리다 주에서는 학교에서 양호교사가 부모의 허락 없이 학생에게 아스피린을 줄 수는 없지만, 임신한 학생을 부모에게 알리지 않고 비밀스럽게 낙태수술을 받게 할 수 있습니다.[21] 같은 주에서 한 여성이 낙태를 하려고 낙태

21　Steve Oelrich, Politifact, [인터넷 자료] https://www.politifact.com/factchecks/2011/may/17/steve-oelrich/state-senator-claims-school-nurses-cant-give-aspir/ (5/29/2022 accessed).

시술자를 고용할 수는 있지만, 만약 임신 중에 규제 약물(코카인과 같은 마약)을 섭취하면 '아동학대'로 고발당할 수 있습니다.

이러한 사실을 알게 되면 우리는 윤리의 기준이 어디에 있어야 하는지 많은 혼란 가운데 빠집니다. 그렇기에 우리는 윤리 기준에 대한 원칙들을 필요로 합니다. 그런 의미에서 오스트레일리아의 철학자, 선호공리주의자, 동물권 운동 선구자, 그리고 프린스턴 대학교의 생명윤리학과의 교수이기도 한 피터 싱어(1946~)의 윤리를 살펴보는 것은 매우 유익합니다.

하지만 기독교 윤리의 기준과 관련하여 왜 싱어의 윤리학을 살펴보아야 하는지 반문할 수 있습니다. 왜냐하면, 그는 무신론자로 알려져 있으며, 그의 윤리학은 세속 윤리학의 전형을 보여 주고 있기 때문입니다. 그러나 우리는 싱어의 윤리학을 살펴 봄으로써 기독교 윤리의 기준을 다시 한번 점검할 수 있습니다.

그렇다면 싱어의 윤리학의 기준은 무엇인가요?

1) 고통과 차별에 대한 관심:『동물해방』(*Animal Liberation*)

싱어의 윤리학을 논하려면『동물해방』이라는 책을 빼고 논할 수는 없습니다. 이 책은 1975년 처음 출판된 이래 동물권 운동을 하는 사람들이라면 필독해야 할 "동물운동의 고전"으로 알려져 있습니다. 싱어에 의하면, 인류는 지금까지 동물을 이성적인 인간을 위해 존재하는 것으로, 즉 인간에게 먹을 것과 입을 것을 제공하는 훌륭한 재산이자 자원으로서 취급해 왔습니다.

대부분의 서양 철학자는 오직 이성적 존재만이 목적 그 자체이며 동물은 단지 수단에 불과하다고 생각했습니다. 벤담, 밀, 시즈위크 같은 공리주의 철학자들은 동물의 고통에 관심을 보였지만, 사람들의 이해관계와 동물들의 이해관계가 상충할 때, 사람들의 이해관계를 우선시하는 것에 대해서는 의문을 제기하지 않았습니다.

기독교는 인간은 동물에 대한 지배권을 부여받은 것으로 가르치며, 불교나 힌두교는 윤회설을 믿기에 동물의 살생을 금하는 등 동물의 지위를 격상시키기는 했지만 동물은 인간보다 열등한 것이기 때문에 동물로 태어나는 것에 대해서는 부정적 입장을 가지고 있습니다. 이처럼 동물에 대한 태도는 철학적으로나 종교적으로나 별다른 차이가 없다는 것입니다.

그는 이 책에서 동물해방이 왜 필요한지를 설명하기 위해 "모든 동물은 평등하다"(All animals are equal)라는 전제로부터 출발합니다. 여기서 평등이란 '동등한 취급'(treatment)이 아니라 '동등한 고려'(consideration)를 의미합니다.

> 평등이라는 기본 원리는 평등한 또는 동일한 처우(treatment)를 요구하지 않는다. 그러한 원리는 단지 평등하게 배려하길 요구할 따름이다. 그리고 서로 다른 존재들을 평등하게 배려한다는 것은 그들을 서로 다르게 처우하며, 그들이 서로 다른 권리를 갖는다는 사실을 의미할 것이다.[22]

싱어에 의하면 성별이나 인종에 따른 차이로 인간을 차별적으로 취급하지 않고 동등하게 고려하는 것처럼, 지능이나 능력에 따른 차이가 있다 하더라도 동물을 차별적으로 취급하지 않고 동등하게 고려해야 합니다. 이렇게 동등하게 고려해야 하는 이유는 동물도 인간과 마찬가지로 쾌락과 고통을 느끼기 때문입니다. 즉, 쾌고감수능력을 가졌다는 것입니다. 이렇게 쾌락과 고통을 느끼는 존재를 유정적 존재(sentient being)라고 말합니다.

싱어는 동물은 쾌고감수능력을 가진 유정적 존재이기에 그들에게도 도덕적 지위를 부여해야 한다고 주장합니다. 행복이나 고통을 느낄 수 있을 정도로 신경계가 발달한 생물체가 인간에 비해 차별받을 근거가 없다는 것입니다.

하지만 동물은 현실 속에서 많은 차별을 받고 있습니다. 현재 벌어지고 있는 동물 실험은 10억 마리 이상인데, 사람은 실험으로 인한 동물의 학대나 공장식 축산으로 인한 동물의 고통에 대해서는 그렇게 민감하게 반응하지 않습니다. 하지만 같은 학대가 인간에게 벌어진다면 격노할 것입니다.

싱어는 이러한 반응의 차이를 종차별주의(speciesism)라고 부르고, 종차별주의를 반대합니다. 그러한 주장을 뒷받침하기 위해 그는 지금 행해지는 종차

---

[22] Peter Singer, 『동물 해방』, 김성한 옮김 (서울: 연암서가, 2012), 29.

별이 얼마나 잔혹한지를 고발하며, 종차별의 역사적 사상적 근거가 얼마나 허술한지를 설명합니다.

예를 들면, 동물이 인간보다 지능이 낮고 고통을 덜 느낄 것이기 때문에 동물을 실험의 대상으로 사용해도 괜찮다고 주장하는 것은 틀렸다는 것입니다. 즉, 사회적 약자들을 실험의 대상으로 쓰자고 하는 주장에 동의할 사람은 없기 때문에 지능이 낮다는 이유로 동물을 실험의 대상으로 사용해도 괜찮다고 한다면 지능이 낮은 영유아나 지적 장애인들과 실험용 동물들의 차이를 설명해야 한다는 논리입니다.

그러므로 이렇게 유정적 존재인 동물을 먹는 것은 도덕적으로 변명의 여지가 없으며, 동물을 먹지 않는 것이 동물의 고통을 줄이기 위해 오늘날 할 수 있는 최선의 일이라고 주장합니다. 그러한 의미에서 싱어는 성숙한 신경계를 가지고 있는 동물들의 고통을 고려할 때 채식주의가 상당부분 옳다고 주장하며, 실제로 채식주의를 실천하고 있습니다.

그렇다고 해서 싱어는 종차별주의를 반대한다는 주장이 "모든 생명은 동등한 가치가 있다"를 함축하는 것은 아니라고 말합니다. 싱어 또한, 인간과 동물의 가치가 다르다는 것을 인정합니다. 인간은 자의식, 미래를 내다볼 수 있는 능력, 그리고 미래에 대한 희망과 포부를 가질 수 있는 능력, 타인과 의미 있는 관계를 맺을 수 있는 능력 등을 가지고 있습니다.

"추상적인 사고나 미래에 대한 계획, 그리고 복잡한 의사소통 등이 가능한 자의식을 갖추고 있는 생물의 생명이 그러한 능력을 갖지 못한 생물의 생명에 비해 가치가 있다"는 주장은 자의적인 것이 아니라는 것입니다.[23]

하지만 그러한 능력과 동물에게 고통을 야기하는 문제와는 별다른 관계가 없습니다. 설령 어떤 존재가 고통을 느낄 수 있는 능력을 넘어선 다른 어떤 특별한 능력을 가지고 있다고 해도 동물이 느끼는 고통은 결국 고통이기 때문이라는 것입니다.

우리가 알아야 할 것은 인간의 본래적인 존엄성에 대한 호소가 평등주의 철학자의 문제를 해결할 수 있는 것처럼 보이는 경우는 오직 '인간이 본래적

---

23 Ibid., 57.

으로 존엄하다는 생각이 도전을 받지 않을 경우'에 국한된다고 말합니다.

> 일단 모든 인간-유아, 지적 장애인, 반사회적 정신질환자, 히틀러, 스탈린, 그리고 그 외 다른 사람들-이 코끼리, 돼지, 또는 침팬지가 가질 수 없는 어떤 존엄성 또는 가치를 갖는 이유가 무엇인가를 묻게 되면, 우리는 이러한 질문이 답하기 어렵다는 사실을 알게 된다. 이는 인간과 다른 동물 간의 불평등을 정당화하는 어떤 적절한 사실이 무엇인가에 대한 질문과 마찬가지로 답하기가 어렵다.
> 그런데 이러한 두 가지 질문은 사실상 하나의 질문이다. 여기서 본래적인 존엄성이나 도덕적 가치를 운운하는 것은 도움이 되지 않는다. 그 이유는 모든 인간, 그리고 오직 인간만이 본래적 존엄성을 갖는다는 주장을 만족스럽게 옹호하고자 한다면 오직 인간만이 가지고 있어서, 그로 인해 인간이 유일무이한 존엄성 또는 가치를 가지고 있다고 말할 수 있는 어떤 적절한 능력이나 특징을 지적해야 하기 때문이다.[24]

즉, 싱어에 의하면 인간과 동물을 구별하는 데 있어서 다른 이유가 아닌 존엄성과 가치라는 관념을 도입하는 것은 그다지 만족스럽지 못하며, 이러한 논거를 대는 데 한계를 느끼는 사람들의 마지막 방편에 불과하다는 것입니다. 요약하자면, 인간은 한 종으로서 동물과 같은 다른 존재들을 위한 이타적인 배려를 할 수 있는데, 인간이 가지는 불완전한 정보, 강력한 이해관계, 그리고 이러한 불편한 사실들을 알려고 하지 않는 인간의 욕망이 동물을 해방시키지 못하고 있다는 것입니다.

물론 고통을 경험하는 유정적 존재에 대한 싱어의 배려는 매우 이타적인 것처럼 들립니다. 먼저 싱어에 대해 칭찬하자면, 동물의 고통에 대한 이해심이 남다르다는 점입니다. 그는 그러한 고통이 존재하는 현실에 대한 해결책으로 종차별주의를 타파할 것을 인간에게 호소합니다. 즉, 동물의 고통과 인간의 고통은 그렇게 차별받지 않아야 한다는 것입니다.

---

24 Ibid., 403.

그러나 그의 호소는 고통의 근원을 무시하고, 고통의 결과만을 공리주의 관점으로 대처하려는 시도와 다르지 않습니다. 보다 중요한 문제는 고통의 근원에 대한 진지한 성찰과 반성입니다. 성경은 이렇게 말씀합니다.

> **[롬 8:22]** 피조물이 다 이제까지 함께 탄식하며 함께 고통을 겪고 있는 것을 우리가 아느니라

원래 하나님이 만드신 창조물은 매우 선한 상태였습니다(창 1:31). 그러나 인간의 타락한 욕망과 죄로 인해 온 피조물이 고통 가운데에 처해지게 되었습니다. 그러므로 그러한 고통의 원인을 제공한 인간에게 고통 가운데에 있는 피조물을 향한 자발적인 배려가 필요하다는 근원적인 성찰과 회개에까지 나아가야 합니다.

그리고 동물이 쾌고감수능력을 가진 유정적 존재이기에 그들에게도 도덕적 지위를 부여해야 한다는 그의 주장은 납득하기 어렵습니다. 왜냐하면, 그 주장은 논리의 비약이 매우 심하기 때문입니다. 즉, 쾌고감수능력과 도덕적 지위 간의 상관성을 입증해야 합니다. 도덕적 지위는 단지 쾌락과 고통을 느낄 수 있다고 해서 주어지는 것은 아닙니다.

물론 식물에게는 뇌가 없기 때문에 고통을 느끼지 못한다고 알려져 있지만, 실제로 식물 또한, 고통을 느낄 수 있다는 합리적인 증거들이 있습니다.[25] 그리고 식물과 동물의 경계에 있는 존재도 있습니다.

결정적으로 도덕적 지위는 인간이 부여할 수 없습니다. 그것은 온 천지만물을 창조하신 하나님께만 있습니다. 그러므로 동물해방과 관련하여 윤리기준은 공리주의가 아닌 도덕을 부여하신 하나님께 두어야 합니다.

---

25 신선한 잔디의 냄새, 미모사(Mimosa) 식물의 반응, 적을 죽일 목적으로 독이 든 화학 물질을 방출, 고통을 알릴 수 있는 가스 방출, 식물의 화학언어 물질 방출 등등 식물이 고통을 느낄 수 있다는 증거들이 존재한다.

2) 평등에 대한 관심 : 『실천윤리학』(Practical Ethics)

피터 싱어의 윤리학의 결정체라고 할 수 있는 책이 바로 『실천윤리학』(Practical Ethics)입니다. 이 책의 주요 내용은 우리의 일상적인 삶 속에서 경험하는 윤리적 문제들과 실천에 관한 것입니다.

예를 들어, 동물권 옹호, 낙태의 합법화, 유전병을 갖고 태어난 아이와 불치병 환자의 안락사 지지, 인종이나 성에 근거하는 평등과 차별, 임신중절, 수정란의 연구용 사용, 안락사, 정치적 폭력과 테러리즘, 그리고 우리 행성 환경의 보존 등과 같은 문제들을 어떻게 접근하고 실천해야 하는지에 대한 것입니다.

여기서 공통적으로 발견되는 키워드가 바로 '평등'이라는 단어입니다. 인종 간의 평등, 남녀 간의 평등, 동물 간의 평등, 기회의 평등, 고려의 평등이 중요하다는 것입니다.

그에 의하면 윤리의 기준을 고려할 때에 의무주의보다는 결과주의를 고려하는 것이 덜 복잡합니다. 그러한 결과주의 가운데에서 공리주의를 선호할 수밖에 없는데, '더 많은 행복'은 그 행위에 의해서 야기될지도 모르는 고통이나 불행을 뺀 후 남는 순수 행복을 의미하며, 두 다른 행위가 최대행복을 똑같이 산출한다면 어느 행위나 옳다고 볼 수 있기 때문입니다.[26]

그리고 윤리가 보편적 관점을 취해야 한다고 보면, 어느 쪽에도 치우치지 않는 중립적인 관점을 가져야 합니다. 이러한 중립적인 관점으로 윤리를 판단하려면 공리주의적인 입장을 취할 수밖에 없다는 것입니다.[27]

윤리에서 평등은 매우 중요한데, 싱어는 인종이나 성별과 관련 없이 모두 평등하다고 말할 때, 그러한 평등이 의미하는 것이 진정한 평등인지에 대해 의문을 제시합니다. 왜냐하면, 인간 삶에 있어서 차별목록은 상당히 많기 때문입니다. 그런 의미에서 평등의 원칙을 세울 사실적 근거를 찾는 일은 가망이 없어 보입니다.[28]

---

26   Peter Singer, 『실천윤리학』, 김성동 옮김 (서울: 연암서가, 2013), 22.
27   Ibid., 38.
28   Ibid., 48.

그렇기에 그는 이익평등 고려의 원칙(the principle of equal consideration of interests)을 중요시하게 생각합니다. 왜냐하면, 이익을 가진다는 특성 외에, 능력이나 어떤 다른 특성에 근거해서 타자들의 이익을 고려하지 말아야 하기 때문입니다.

여기서 인종과 남녀의 차이에 대한 논의를 보다 넓은 영역에 적용할 수 있습니다. 실제로 소득과 사회적 지위가 타고난 능력에 따라 분배되고 성취된다면 그것을 정의로운 분배라고 할 수 없습니다. 왜냐하면, 필요나 노력의 대가와는 아무런 상관이 없기 때문입니다. 그러므로 타고난 능력에 따라 분배되는 사회는 도덕적 문제를 가진 사회입니다.

이러한 평등의 원칙을 인간 이외의 종으로 확장한다면, 그가 어떤 능력을 타고났느냐에 좌우되지 말아야 하며, 지능이 우리보다 못한 다른 동물들의 이익을 평가절하하거나 무시하지 말아야 한다는 것입니다.[29]

그렇다면 인간과 동물은 어떻게 다른 종류의 존재일까요?

싱어는 인간과 동물은 전혀 다른 종류의 존재라는 것이 서구문명의 대부분의 역사 중에 의심받지 않았다고 말합니다. 하지만 다윈이 인간과 동물간의 차이가 종류(kind)의 차이라기보다는 정도(degree)의 차이라고 주장하였듯이 그렇게 다른 종류가 아니라는 것입니다. 인간만이 도구나 언어를 사용하는 것은 아니며, 동물 또한, 도구나 언어를 사용한다는 것입니다.[30]

그러나 인간은 동물과 다르며 동물에 대해 지배적인 위치를 갖고 있다는 관점을 가지고 있으며, 그것을 유지하려고 노력하는데 그것이 바로 종족주의입니다. 싱어는 그러한 종족주의를 지지하는 데에 신학적인 동기가 특별한 역할을 했다고 봅니다. 인간은 하나님에 의해 창조되었고, 인간은 그의 소유입니다. 그러므로 인간을 죽이는 것은 생명의 주인이신 하나님의 권리를 침해하는 것이 됩니다.

아퀴나스가 주장했듯이 인간의 생명을 빼앗는 것은, 노예를 죽이는 것이 그 노예를 소유하고 있는 주인에게 죄가 되듯이, 하나님께 죄가 됩니다. 반

---

29   Ibid., 100.
30   Ibid., 126.

면에 인간이 아닌 동물은 성경(창 1:29; 9:1-3)에 기록된 대로 하나님이 인간에게 다스리라고 명한 것으로 믿어졌으며, 동물은 그것이 다른 사람의 소유가 아닌 한, 인간이 원하는 대로 죽일 수 있었다는 것입니다.[31]

또한, 쾌락주의적 공리주의의 예를 들면서 인간과 동물은 다르지 않다고 주장합니다. 쾌고감수능력을 가진 존재를 죽이는 일이 옳지 못한 명백한 이유는 그 존재가 경험할 수 있는 쾌락을 중지시키는 것이기 때문이라는 논변입니다. 쾌락에 대해 높은 가치를 부여한다면, 모든 존재의 비슷한 쾌락에 확장시켜야 한다는 것입니다.

또 다른 논변은 의심의 이득(the benefit of the doubt) 논변입니다. 이 논변은 사슴사냥꾼들 사이의 규칙과 같은 것으로서, 만약 덤불 속에서 움직이고 있는 무엇을 보았는데, 그것이 사슴인지 사냥꾼인지 확실하지 않다면, 쏘지 말아야 한다는 것입니다.[32]

싱어는 이 외에도 다양한 논변을 통해서 인간과 동물은 그렇게 다르지 않으며, 이익평등 고려의 원칙이 지켜져야 한다고 주장합니다.

사실 평등이라는 가치는 인간 사회에서 매우 중요한 가치입니다. 그러나 그것을 동물에게까지 확장 적용하는 것은 여러 가지로 문제가 될 수밖에 없습니다.

첫째, 쾌고감수능력의 차이를 고려하지 않는 방식의 문제점입니다. 싱어에 의하면 쾌고감수능력은 어떤 존재가 이익(interests)을 갖는다고 할 때의 필요충분조건입니다. 사실 인간은 동물로부터 영양분과 의약품과 입을 것과 많은 자원들을 공급받습니다.

그러나 싱어의 주장에 의하면 쾌고감수능력을 지닌 동물을 평등하게 대우하기 위해서는 어떤 동물이라도 살생하면 안 됩니다. 왜냐하면, 모든 동물들은 고통을 느낀다고 할 수 있기 때문입니다. 사실 싱어처럼 잔인한 동물실험이나 공장식 축산과 같이 고통스러운 동물의 학대에 관심을 가지는 것은 좋

---

[31] Ibid., 144.
[32] Ibid., 190.

은 일입니다. 그러나 싱어와 같이 쾌고감수능력이 있다고 해서 모든 동물의 살생을 금하는 것은 동물의 쾌고감수능력의 차이를 고려하지 않는 문제점이 있습니다.

둘째, 이익평등 고려의 원칙의 적용의 문제점입니다. 이 원칙에 의하면 인간을 우대하고 쾌고감수능력을 지닌 동물을 차별하는 종차별주의는 옳지 않습니다. 그러나 이러한 원칙은 인간의 존귀함과 동물의 존귀함의 차이를 고려하지 않는 문제점이 있습니다.

예를 들어, 선천적 장애를 가지고 있는 갓 태어난 신생아와 인격체인 침팬지의 생명 중에서 어느 쪽을 구해야 하는지 질문한다면 싱어는 침팬지의 생명을 구해야 한다고 주장할 것입니다. 왜냐하면, 인격체인 침팬지를 죽이는 것은 인격체가 아니고 될 수도 없는 선천적 장애를 가진 사람들을 죽이는 것보다 더 나쁜 일이라고 생각하기 때문입니다.

어떤 존재가 가지고 있는 고도의 사고 능력과 같은 특별한 능력이 아닌 쾌고감수능력에 의해서만 평등하게 대우되어야 한다는 것은 인간의 존귀함을 하나의 고깃덩어리로 생각하는 우를 범하는 것과 같습니다.

셋째, 논리 적용의 문제점입니다. 쾌고감수능력과 이익평등 고려의 원칙은 매우 그럴 듯한 논리를 가지고 있습니다. 하지만 이러한 논리는 필연적으로 모순에 봉착하게 됩니다. 인간과 동물은 쾌고감수능력을 가지고 있기에 이익평등 고려의 원칙을 적용하면 육식을 해서는 안 됩니다.

이에 대해 육식주의자들은 싱어에게 "동물들은 다른 동물을 잡아 먹는데, 왜 인간만 다른 동물을 잡아 먹어서는 안되는가"라고 질문할 것이고, 싱어는 "인간은 고도의 사고능력을 가진 만물의 영장이기 때문에 다른 동물을 잡아 먹어서는 안 된다"고 대답할 것입니다.

하지만 이는 필연적으로 모순을 불러 일으킬 수밖에 없습니다. 왜냐하면, 인간과 동물이 똑같이 쾌고감수능력을 가지고 있다면, 동물은 다른 동물을 잡아 먹어서는 안 되기 때문입니다. 그러나 실상은 동물은 다른 동물을 잡아 먹고 심지어는 인간을 먹기도 합니다.

그리고 인간이 만물의 영장이라면 인간의 유익을 위해 동물을 잡아 먹을 수도 있기 때문입니다. 즉, 쾌고감수능력과 이익평등 고려의 원칙은 한편으로는 논리적이면서, 다른 한편으로는 서로 모순됩니다.

3) 인간 본성에 대한 관심: 『다윈주의 좌파』(A Darwinian Left)

싱어는 고통과 평등뿐만 아니라 인간의 본성에 대한 관심을 가지고 있습니다.

그렇다면 인간의 본성은 변하는 것일까요?

싱어는 그의 책 『다윈주의 좌파』(A Darwinian Left)의 부제처럼 변하지 않는 인간의 본성이 존재하는지에 대해 탐구합니다. 다윈주의는 모든 생물은 적자생존의 법칙에 따라 진화한다는 신념을 가지고 있습니다. 인간 또한 적자생존의 법칙에서 예외가 될 수 없습니다. 그러므로 인간의 본성은 적자생존의 법칙을 따르도록 되어 있습니다. 이렇게 적자생존의 법칙을 따르려는 인간의 본성은 변하는 것이 아닙니다.

싱어에 의하면 이러한 생각은 다윈주의 우파가 다윈의 사상을 선점하고, 양육강식의 세계에 적용하면서 상식처럼 퍼진 생각이라고 봅니다. 다윈주의 우파에 의하면, 세계는 약육강식의 세계이며, 모든 생물은 적자생존이라고 하는 궁극적인 목표를 이루어야만 합니다.

이러한 논리를 따르자면, 인간은 양육강식의 세계에서 살아남기 위해 무한경쟁의 생존게임을 벌여야만 합니다. 양육강식적인 자유방임적 자본주의 세계에서 인간은 살아남기 위해서는 약자를 배려할 만한 여유가 없습니다. 약자를 짓밟고서라도 살아남아야 합니다. 그러므로 다윈주의 우파에 의하면 이기주의가 정당화되고 맙니다.

> 다윈주의를 이해함에 있어서 좌파들이 범했던 불행한 실수는 다윈주의에 대한 우파들의 이해 방식, 즉 다윈주의적 생존투쟁을 테니슨의 유명한 구절인 "이빨과 발톱 속에서 피로 범벅된 자연"이라고 이해하는 관점을 좌파들이 그대로 받아들였다는 데에서 출발한다. 다윈주의를 이렇게 이해하고 인간의

사회적 행동에 적용한다면, 경쟁적인 시장이 정당화될 것이고 그것은 '자연적인' 것 혹은 불가피한 것으로 여겨지게 되리라는 건 너무나도 자명하다.[33]

싱어에 의하면 여기서 좌파들이 범했던 불행한 실수는 인간이 진화해 온 동물이라는 사실, 그리고 우리 육체가 DNA뿐만 아니라 행동까지도 유전적인 기초를 갖고 있다는 사실을 무시해 왔습니다. 그리고 변하지 않는 인간의 본성을 부정하고 사회적인 조건이 바뀌면 타인과 협력하여 평등한 사회를 이루기 위해 인간의 본성이 변하리라고 생각한 것이 실수였다는 것입니다.

그러므로 먼저 인간의 본성을 이해하고 이를 기초로 인간의 사회적, 정치적, 그리고 경제적 행위를 이해하는 다윈주의 좌파사상을 개발해야 할 때가 되었다는 것입니다.[34] 싱어에게 정말로 중요한 것은 인간의 생물적 본성을 바탕으로 더 나은 사회를 만드는 것이며, 이를 위해 진정한 '다윈주의 좌파'가 필요하다는 것이 그의 주장의 골자입니다.

이처럼 싱어는 인간 본성에 대해 많은 관심을 가지고 있습니다. 하지만 싱어는 인간의 이타적인 본성을 이야기함에도 불구하고 인간이 진화된 존재라는 신념을 버리지 않습니다. 즉, 진화생물학에 과도하게 의존합니다. 다시 말해서 유물론적 진화론에 의지합니다.

이러한 유물론적 진화론에 의하면 인간의 본성은 동물의 본성과 다르지 않습니다. 이의 철학적 기원을 생각하자면, 아리스토텔레스의 범주론(*Categoriae*)까지 거슬러 올라가게 됩니다. 아리스토텔레스는 어떠한 사물의 존재는 그것의 정의를 통해 본질을 알 수 있고, 본질은 그의 범주를 통하여 실체를 파악할 수 있다고 보았습니다.

33　Peter Singer, 『다윈주의 좌파: 변하지 않는 인간의 본성은 있는가?』, 최정규 옮김 (서울: 이음, 2011), 36.
34　Ibid., 13-14.

[표 22] 아리스토텔레스가 제시한 범주들

(1) 실체(substance)	(6) 시간(sometime)
(2) 양(quantity)	(7) 위치(being in a position)
(3) 성질(quality)	(8) 상태(having)
(4) 관계(relatives)	(9) 능동(acting)
(5) 장소(somewhere)	(10) 수동(being acted upon)

아리스토텔레스는 그 유사한 정도에 따라 열 가지 범주로 나누었습니다. 참고로 칸트는 열두 가지 범주로 나눕니다. 이렇게 범주를 나누기 위해서는 존재들이 얼마나 유사한지를 따져야 합니다. 길고 어려운 아리스토텔레스의 범주론을 짧고 쉬운 말로 하자면, 인간과 동물은 결국 하나의 종(species)으로부터 연유한다는 것입니다. 즉, 싱어의 인간 본성에 대한 이해는 아리스토텔레스의 범주론으로 이해 가능합니다.

그러나 이러한 유사성에 근거한 싱어의 인간 본성 탐구는 실패로 끝날 수 밖에 없습니다. 왜냐하면, 성경은 인간의 본성을 하나님의 형상을 소유한 존재(God's image bearer)로 규정하기 때문입니다(창 1:27, 9:6). 인간은 유물론적으로 이해될 수 없는 존재입니다. 왜냐하면, 인간은 하나의 고깃덩어리로 이루어진 존재가 아니라, 하나님의 형상을 간직한 신비로운 영적 존재이기 때문입니다.

그가 다윈주의 좌파라는 단어를 사용하여 이타주의적 인간이 되어야 한다고 아무리 호소한다고 하여도 이타주의적 인간이 될 수 없습니다. 왜냐하면, 인간을 유물론적으로 이해하는 한, 인간은 동물과 유사성을 소유한 하나의 존재에 불과하기 때문입니다. 그리고 그러한 존재는 필연적으로 약육강식의 세계에서 적자생존을 해야 하는 동물과 그렇게 다르지 않기 때문입니다.

4) 결론

  싱어 윤리학의 특징 중 하나는 사례를 바탕으로 윤리적 기준을 확립하는 방식으로 그의 윤리학을 전개하는 데에 있습니다.

  첫째, 『동물해방』에서는 쾌고감수능력을 가진 동물들의 고통에 관심을 가지고, 고통을 줄여야 한다는 공리주의에 입각하여 논의를 전개합니다. 하지만 그는 고통의 근원이 어디에 있는지를 간과함으로써 사후약방문의 오류를 범하고 있습니다.
  둘째, 『실천윤리학』에서는 인간의 다양한 윤리적 딜레마 속의 평등이라는 가치에 관심을 가지고 동물에게까지 확장 적용합니다. 하지만 쾌고감수능력의 차이를 고려하지 못하고 있으며, 이익평등 고려의 원칙 적용의 모순성을 극복하지 못하고 있습니다.
  셋째, 『다윈주의 좌파』에서는 인간의 본성에 관심을 가지고 인간의 이타주의에 호소합니다. 하지만 그러한 호소는 유물론에 기초하여 동물과 인간을 같은 종으로 분류함으로써 유효하지 않는 호소가 되고 말았습니다.

  그러므로 윤리의 기준과 관련하여 싱어의 윤리학은 윤리의 기준을 어떻게 두느냐에 따라 얼마나 성경으로부터 멀어질 수 있는지를 보여 주는 반면 교사의 역할을 한다고 할 수 있습니다.

제3장

세속 철학과 관련된 문제

1. 에피쿠로스 학파의 윤리는 성경적인가요?

> **[행 17:18]** 어떤 에피쿠로스와 스토아 철학자들도 바울과 쟁론할새 어떤 사람은 이르되 이 말쟁이가 무슨 말을 하고자 하느냐 하고 어떤 사람은 이르되 이방 신들을 전하는 사람인가 보다 하니 이는 바울이 예수와 부활을 전하기 때문이러라

사도 바울은 그의 선교여행 중에 아테네를 방문하게 됩니다. 아테네의 파르테논 신전이 있는 산 밑에 아레오바고(전쟁의 신인 '아레스의 언덕'이라는 뜻)라는 토론장이 있는데, 그는 거기서 에피쿠로스 철학자들을 만납니다. 그리고 그들과 쟁론하는 장면이 사도행전 17:18에서 묘사되고 있습니다. 이렇게 성경에 나올 정도면 에피쿠로스 철학이 그 당시 적지 않은 영향력을 가지고 있었던 철학이었다는 것을 짐작할 수 있습니다.

문제는 에피쿠로스 철학이 지금까지도 큰 영향력을 행사하고 있다는 사실입니다. "고통을 피하고 쾌락을 추구하라"라는 것은 철학의 원칙으로 인정받을 정도로 인기가 많습니다. 고통을 즐겨할 사람은 없으며, 사람이 자신의 이익과 쾌락을 추구하는 것은 너무나 당연합니다.

공리주의자 벤담은 이렇게 말합니다.

> 자연은 인류를 고통과 쾌락이라는 두 군주의 지배 아래 두었다. 우리가 무엇을 하게 될 것인지를 결정하는 것은 물론, 우리가 무엇을 해야 할까를 지적

하는 것도 오로지 이 두 군주에게 달려 있다.[1]

말하자면 인간은 모두 고통을 피하고 쾌락을 추구하려는 본능을 지녔다는 것입니다. 사실 사회의 규범을 지키면서 본능에 충실하다면 사회적으로 지탄을 받을 이유는 없어 보입니다.

그렇다면 에피쿠로스 학파의 윤리는 성경적인가요?

1) 에피쿠로스 학파는 쾌락주의를 추구한다

에피쿠로스(BC 341~270) 하면 쾌락주의의 선구자, 혹은 쾌락주의 철학의 시조라고 알려져 있습니다. 즉, 쾌락만이 유일한 최고의 선이며 인간 생활의 목적이라고 가르칩니다. 그렇기 때문에 에피쿠로스를 방종한 파티를 즐기거나 무절제한 쾌락을 추구한 사람이라고 오해하기 쉽습니다. 하지만 그는 방종한 사람이거나 단순한 쾌락주의자가 아닙니다.

그렇다면 그가 왜 쾌락주의를 주창하게 되었을까요?

그것은 그가 속해 있는 시대적 환경과 상황을 이해하면 그 이유를 알 수 있습니다.

당시 그리스의 상황은 알렉산더 대왕 이후 정치적 사회적으로 혼란스러운 시대였습니다. 알렉산더는 엄청난 제국을 만들었지만 정해진 후계자가 없이 급작스럽게 사망했습니다. 내부적으로는 권력이 안정되지 않아 권력투쟁의 혼돈 상태였으며, 외부적으로는 외세의 침입과 전쟁으로 수많은 사람이 죽게 되었습니다. 국가를 지탱하는 중산층은 무너졌고 나라는 피폐해졌습니다.

그렇기에 에피쿠로스는 플라톤이 그의 책 『국가』에서 주장한 전체주의에 대해 실망하였고, 자연스럽게 개인의 안녕과 평안을 추구하게 되었습니다.

---

1 Jeremy Bentham, 『도덕과 입법의 원리서설』, 고정식 옮김 (파주: 나남, 2011), 27. Bentham의 『도덕과 입법의 원리서설』(*Introduction to the Principles of Morals and Legislation*)과 Mill의 『공리주의』(*Utilitarianism*)는 공리주의라는 도덕 이론에 관한 모든 논의에 있어 고전적인 근원의 역할을 한다.

에피쿠로스는 아테네에 정원을 구입하여 공동체를 시작하였고, 죽음의 두려움과 불안한 미래에 대한 공포를 극복해야 한다고 주장하였습니다. 그래서 에피쿠로스 학파(Epicureanism)를 '정원 학파'(The Garden)라고도 부릅니다. 그는 거기에서 죽음의 두려움을 해결하는 법, 혼란한 삶 가운데 마음의 평온을 회복하는 법, 고통을 줄이고 행복하게 사는 법 등을 가르쳤습니다. 즉, 공동체의 유익보다는 개인의 행복을 추구하였습니다.

여기서 그가 말하는 행복은 '아타락시아'(ataraxia)라고 부르는 마음의 평온함입니다. 즉, 자기 외부의 혼란스러움이 제거된 평정심의 상태를 특별히 중요한 가치로 여겼습니다. 행복이란 일종의 정신적 쾌락이며, 아타락시아를 추구하는 것이 인생의 목적이라고 보았습니다. 그렇기에 단기적 쾌락보다는 장기적 쾌락을, 육체적 쾌락보다는 정신적 쾌락을, 역동적 활동의 쾌락보다는 정적 휴식의 쾌락을 더 중시하였습니다. 왜냐하면, 언제 어떤 때에도 마음이 어지럽혀지지 않은 상태를 행복의 정점이라고 보았기 때문입니다.

즉, 에피쿠로스 학파는 쾌락이 인생의 최고선이라고 가르쳤습니다. 그러므로 에피쿠로스 학파와 같은 쾌락주의자들에게 최고의 선이란 최대한의 쾌락(pleasure)이자 최소한의 고통(pain)입니다. 이러한 견해를 쾌락을 의미하는 헬라어에서 유래한 '히도니즘'(hedonism)이라고 부르기도 합니다. 쾌락주의는 영국의 경험론과 공리주의에 영향을 미쳤으며, 현재에도 지속적으로 영향을 미치는 강력한 사상입니다.

2) 에피쿠로스의 유물론적 배경은 윤리의 규범적 성격을 설명하지 못한다

여기서 원자론(atomic theory)을 주장한 데모크리토스(BC 460~370)를 논하지 않을 수 없습니다. 왜냐하면, 에피쿠로스는 데모크리토스의 영향을 많이 받았기 때문입니다. 데모크리토스는 왜 이 세상의 모든 것이 썩지 않고 어떻게 똑같은 재료, 식물, 동물을 계속해서 발생시키는지에 대해 의문을 가졌습니다.

그는 나눌 수 없는 속성이 인간의 감각으로는 쉽게 볼 수 없는 방식으로 계속해서 전달되기 때문이라고 생각했습니다. 그래서 그는 그러한 속성이 어떻게 전달될 수 있는지를 설명하는 한 가지 분명한 해결책은 "원자"의 존재를 가정하는 것이라고 생각했습니다. 즉, 모든 것이 "원자"로 구성되어 있다는 것입니다. 이러한 원자론이 주는 함의는 모든 것이 물질로 이루어져 있기에, 모든 것이 자연 법칙의 결과라는 것입니다.

그러므로 원자론의 종착역은 결정론이 될 수밖에 없습니다. 왜냐하면, 원자론에 의하면 자연에 귀의하는 것이야말로 자연스러운 현상이며 모든 것이 자연의 법칙에 의해 결정되기 때문입니다.

에피쿠로스 학파 또한 세상이 질서 있고 변화에는 구체적이고 일관된 근원이 있어야 한다고 믿었기에 원자는 변하지 않는 것으로 생각했습니다. 하지만 에피쿠로스 학파는 원자론이 함의하는 결정론이 그 시대의 문제들을 해결할 수 없다고 생각했습니다. 즉, 많은 사람이 전쟁에서 죽는 것을 결정론으로 설명하는 것은 무책임한 처사라고 생각했습니다. 따라서 에피쿠로스 학파는 인간의 자유의지가 중요하며, 그러한 자유의지가 원자론이 함의하는 결정론을 극복할 수 있는 대안이라 여겼습니다.

그렇기에 에피쿠로스는 원자론을 받아들이면서도 원자의 흐름 속에 있는 불확정적 자발성(indeterminate spontaneity)에 대해 주목하였습니다. 이러한 불확정적 자발성을 자유의지의 개념으로 설명하였습니다. 즉, 자유의지는 방향전환을 의미하며, 이러한 방향전환이 없었다면 인간은 끝없는 원인과 결과의 연쇄에 종속될 수밖에 없다는 것입니다. 그러므로 자신의 자유의지를 적극적으로 사용하여 고통을 줄이고 아타락시아를 추구하라고 가르쳤습니다.

에피쿠로스는 원자론을 기본적으로 받아들이고 있기 때문에 유물론적 배경을 가지고 있습니다. 이러한 유물론적 배경은 그는 신들조차 원자로 구성되어 있다고 믿었다는 것에서 찾을 수 있습니다. 그렇기에 신은 이 세상을 통치할 수 없으며, 인간의 삶을 조정하거나 섭리할 수 없습니다.

또한, 신들은 인간의 윤리적 행위에 대해 보상이나 심판할 수 없으며 심지어 인간의 삶에 관심을 갖지도 않습니다. 그러므로 세상의 모든 현상은 물리적으로 설명되어야 하며 신은 현자가 추구하는 목적이라 할 수 있는 평온한

삶의 모델일 뿐입니다.[2]

그는 세계에 대한 참된 지식인 유물론적 사고만이 인간의 두려움을 쫓아낼 수 있기 때문에 죽음을 두려워할 필요가 없다고 주장하였습니다. 또한, 신의 심판과 같은 것이 없기 때문에 인간은 사후 세계에 대해 두려워 할 필요가 없다고 주장하였습니다.

이렇게 결정론을 배척하고 자유의지를 강조한 것은 윤리의 전제조건에 부합합니다. 하지만 그는 윤리의 규범적 성격을 규명하는 데는 실패했다고 말할 수 있습니다.

이것이 왜 그렇게 중요할까요?

그것은 신의 뜻, 초자연적인 법칙, 신으로부터 부과된 의무 등과 같은 형이상학적 개념을 설명할 수 없기 때문입니다. 신을 두려워하지 않는다면 윤리적으로 혹은 의롭게 살아야 할 이유를 설명하기 어렵습니다. 그러므로 그의 윤리학은 윤리의 규범적 성격을 설명할 수 없으며, 단지 쾌락 혹은 선한 삶을 추구하기 위해 무엇을 해야 하는지에 대해서만 관심을 갖는 윤리학이라고 할 수 있습니다.

3) 고통의 최소화와 쾌락의 최대화가 최고의 선이 될 수는 없다

쾌락주의는 목적론적 윤리입니다. 즉, 고통의 최소와 쾌락의 최대가 목적으로서 아타락시아를 추구하라는 것입니다. 하지만 그것이 최고의 선이 될 수는 없습니다.

그렇다면 성경은 이러한 목적에 대해 이렇게 설명하고 있을까요?

> [전 2:24] 사람이 먹고 마시며 수고하는 것보다 그의 마음을 더 기쁘게 하는 것은 없나니 내가 이것도 본즉 하나님의 손에서 나오는 것이로다
>
> [시 16:11] 주께서 생명의 길을 내게 보이시리니 주의 앞에는 충만한 기쁨이 있고 주의 오른쪽에는 영원한 즐거움이 있나이다

---

2 Stanley Grenz, 『기독교의 윤리학의 토대와 흐름』, 신원하 옮김 (서울: IVP, 2001), 95참조.

[요 15:11] 내가 이것을 너희에게 이름은 내 기쁨이 너희 안에 있어 너희 기쁨을 충만하게 하려 함이라

위의 성경 구절들은 확실히 인간의 기쁨과 쾌락에 대해 긍정적입니다. 그것을 기독교 쾌락주의 혹은 윤리적 쾌락주의라고 표현하기도 합니다. 물론 기독교 쾌락주의는 세속적 쾌락주의와 다르게 하나님께 순종하는 것만이 최종적이고 영속적인 행복의 길이라고 주장합니다.

이러한 윤리적 쾌락주의는 일부 복음주의 진영과 특별히 개혁주의 전통 속에서 기독교 신학의 일부분으로 인정받고 있으며, 존 파이퍼(John Piper)가 그의 책 『하나님 열망』(Desiring God)에서 기독교 쾌락주의(Christian Hedonism)라는 단어를 처음 사용했다고 알려져 있습니다. 사실 법을 지키면서 자신의 기쁨과 쾌락을 쫓는다면 누구도 그러한 삶의 방식을 블레임하기 어렵습니다. 게다가 위의 성경 구절에서처럼 성경은 인간의 쾌락에 대해 그렇게 부정적이지 않습니다.

그러나 그렇다고 해서 성경이 쾌락을 최고의 선으로 인정하는 것은 아닙니다. 하나님께서는 쾌락뿐만 아니라 고통을 사용하시기도 합니다. 변증학적으로 '더 위대한 선을 변론'은 하나님의 섭리가 얼마나 아름다운지를 설명하고 있는 좋은 논증입니다. 그렇기에 고통 또한 하나님의 관점에서 선이 될 수 있습니다. 그러한 것을 보여 주는 아주 극명한 예가 로마서 8:28입니다.

[롬 8:28] 우리가 알거니와 하나님을 사랑하는 자 곧 그의 뜻대로 부르심을 입은 자들에게는 모든 것이 합력하여 선을 이루느니라

또한, 고통은 윤리학적으로도 정당화될 수 있습니다. 법의 취지를 온전히 이해하고 법을 지키려면 육체적 정신적 경제적 고통이 수반될 수 있습니다.[3]

---

3   예를 들면, 어느 한 회사가 법의 허용치 안에서 유독화학물질을 배출한다고 했을 때 그것은 정당하다. 하지만 그러한 물질로 인해 고통받는 사람이 있다는 것을 안다면 법의 허용치보다 강화된 기준을 적용할 수 있다. 그러한 강화된 기준을 적용하려면 경제적으로 고통이 따른다. 그러한 고통은 선이라고 말할 수 있다.

그러한 고통이 있다고 해서 그것이 선이 아니라고 말할 수는 없습니다.

마찬가지로 법의 테두리 안에서 쾌락을 무한정 추구하는 것을 선이라고 할 수는 없습니다. 자신의 쾌락 추구로 인해 고통받는 자가 있을 수 있기 때문입니다. 만일 인간의 쾌락을 최고의 선으로 인정한다면 그것은 윤리적 상대주의로 진행될 수밖에 없습니다. 왜냐하면, 인간의 쾌락은 사람에 따라 차이가 있을 수 밖에 없기 때문입니다.

윤리가 상대주의화된다는 것은 최고의 선이 사람에 따라 다르다는 것을 의미합니다.

예를 들어, 아이스크림, 베토벤의 음악, 골프처럼 종류가 다른 쾌락들을 어떻게 평가할 수 있을까요?

비록 에피쿠로스가 쾌락의 종류를 구분하여 단기적 쾌락보다는 장기적 쾌락을, 육체적 쾌락보다는 정신적 쾌락을, 역동적 활동의 쾌락보다는 정적 휴식의 쾌락을 더 중시하였지만, 쾌락주의는 결국 상대주의화될 수밖에 없습니다.

4) 쾌락보다 가치 있는 것은 많다

에피쿠로스는 쾌락을 최고의 선이라고 말하며, 가장 강렬한 쾌락이 가장 양질의 쾌락이라고 생각했습니다. 하지만 인류가 쾌락보다 가치 있는 것으로 여기는 것들은 많습니다.

만일 쾌락의 정의를 매우 넓게 잡아서 자기 희생을 비롯한 다른 모든 가치들까지도 포함하게 할 경우, 쾌락이 가지는 의미는 소실되고 맙니다. 심지어 사람들이 쾌락을 다른 어떤 가치들보다도 우위에 두는 것이 사실이라 할지라도 우리가 반드시 그렇게 해야만 한다고 말하는 데는 분명 논리적 비약이 있습니다.

우리는 성경에서 그러한 쾌락을 자발적으로 버린 대표적인 인물로 모세를 들 수 있습니다.

[히 11:24-26] 믿음으로 모세는 장성하여 바로의 공주의 아들이라 칭함 받기를 거절하고 도리어 하나님의 백성과 함께 고난 받기를 잠시 죄악의 낙을 누리는 것보다 더 좋아하고 그리스도를 위하여 받는 수모를 애굽의 모든 보화보다 더 큰 재물로 여겼으니 이는 상 주심을 바라봄이라

모세뿐만 아니라 믿음의 선배들은 세상의 쾌락보다 가치 있는 일이 있었기에 수모와 고통을 감내하였습니다. 혹여 이런 행위가 신앙적인 것이라고 치부할 수도 있습니다.

하지만 신앙의 사람뿐만 아니라 세속적인 사람들도 쾌락보다 가치 있는 일에 고통을 감내하고 심지어 자신의 목숨을 걸기도 합니다. 올림픽 대회에서 금메달을 따기 위해 고통을 감내하고, 식민지 치하에서 나라의 독립을 위해 자신의 목숨을 걸기도 합니다. 그러므로 세상에는 쾌락보다 가치 있는 일은 많다는 것을 알아야 합니다.

5) 결론

에피쿠로스의 사상은 매우 인기 있는 사상입니다. 카르페 디엠(Carpe Diem)이나 욜로(YOLO)[4]와 같은 말들은 쾌락주의를 반영하는 말들입니다. 또한, 쾌락주의는 지금도 많은 사람이 선호하는 공리주의에도 영향을 미치고 있습니다. 그렇기에 쾌락주의가 성경적인지에 대해 의문을 가질 수 있습니다.

에피쿠로스 사상의 유물론적 배경은 윤리의 규범적 성격을 설명하지 못하며, 고통의 최소화와 쾌락의 최대화가 최고의 선이 될 수는 없으며, 결정적으로 쾌락보다 가치 있는 일은 많습니다. 비록 에피쿠로스의 사상을 윤리적 쾌락주의로 수용한다 하여도 성경적인 윤리가 될 수는 없습니다.

---

4 카르페 디엠(Carpe Diem)은 호라티우스의 라틴어 시 한 구절로부터 유래한 말로, "현재를 잡아라"(Seize the day)로도 알려져 있다. 즉, 미래는 알 수 없기에 현재의 쾌락을 포기하지 말라는 명언이다. YOLO는 "You Only Live Once"의 앞 글자를 딴 말로 인생은 한 번 뿐임을 의미한다. 이 말은 현재 자신의 행복을 가장 중시하여 소비하는 태도를 말한다.

2. 스토아 학파의 윤리는 성경적인가요?

> **[골 2:20-23]** 너희가 세상의 초등학문에서 그리스도와 함께 죽었거든 어찌하여 세상에 사는 것과 같이 규례에 순종하느냐 (곧 붙잡지도 말고 맛보지도 말고 만지지도 말라 하는 것이니 이 모든 것은 한때 쓰이고는 없어지리라) 사람의 명령과 가르침을 따르느냐 이런 것들은 자의적 숭배와 겸손과 몸을 괴롭게 하는 데는 지혜 있는 모양이나 오직 육체 따르는 것을 금하는 데는 조금도 유익이 없느니라

스토아 철학(stoicism)은 키프로스의 제논(Zeno of Cyprus, BC 334~262)에 의해 시작되었다고 알려져 있습니다. 헬라 사람 특히, 아테네 사람들은 서로 토론하기 위하여 시장(agora)의 길 어귀에서 모이는 습관이 있었습니다. 에피쿠로스 학파를 '정원 학파'로 부르듯이 스토아 철학을 '스토아(stoa) 학파'로 부릅니다. 그 이유는 스토아 철학자들이 스토아(στοα)에서 토론과 강의를 하였기 때문입니다.

스토아는 원래 고대 그리스 건축 양식 중 하나로 기둥들이 늘어선 회랑이 있는 건축을 의미합니다. 그들이 스토아에서 토론하게 된 것은 비와 햇빛을 차단하는 지붕이 있어 토론하기 좋은 장소였기 때문입니다. 스토아 철학은 헬레니즘 시대부터 로마 시대에 이르기까지 주요 철학 학파 중 하나로 번성했으며 지금도 영향을 미치고 있는 중요한 사상 중의 하나입니다.

그렇다면 스토아 학파의 윤리는 성경적인가요?

1) 스토아 철학은 금욕주의를 추구한다

에피쿠로스 철학은 육체적인 쾌락에서 행복을 추구하였고, 스토아 철학은 지혜를 통해 행복을 추구했습니다. 에피쿠로스는 쾌락주의의 시조로 인정받을 정도로 에피쿠로스의 철학은 직관적으로 이해하기 쉽습니다.

하지만 스토아 철학은 직관적으로 이해하기 어렵습니다. 그렇기에 직관적으로 이해하기 쉽게 금욕주의 철학이라고 할 수 있습니다. 사실 스토아 철학은 유물론적 배경을 가지고 있는 에피쿠로스 학파와 유사합니다. 그들 또한,

오직 물리적 대상만이 실체라고 가르쳤으며, 실재에 대한 결정론적 견해를 가졌습니다.

하지만 이러한 유물론적 배경에 이르게 된 과정이 다릅니다. 에피쿠로스 학파가 원자론을 받아들였다면, 스토아 학파는 4원소설을 받아들였습니다. 존재하는 것의 네 가지 기본 물질(흙, 공기, 불, 물) 중에 불을 가장 궁극적인 물질로 생각했습니다. 왜냐하면, 우주가 신의 불에서 생겨났다고 믿었기 때문입니다. 그들은 하나의 물체가 뜨거우면 그것은 우주 열체의 일부분이 그 물체로 들어갔기 때문이라는 아낙사고라스(Anaxagoras)의 생각을 받아들였습니다.

초기 스토아 철학자들은 지극히 오랜 시간이 지난 후에 우주가 다시 우주적인 화염 속에 불타 버릴 것이며, 그 순환은 영원히 계속될 것이라고 주장했습니다.[5] 이러한 주장에 있어 그들은 불이라는 단어를 형이상학적으로 해석하여 그 불은 만물에 스며들어 있는 로고스(logos)를 의미한다고 가르쳤습니다. 그렇기에 인간은 이러한 우주 안에서 로고스를 통제할 수는 없습니다. 그러므로 인간은 자연에 귀의할 수밖에 없으며 이 우주 내에서 조화로운 삶을 추구하는 데 초점을 맞추었습니다.

어떻게 유물론적 배경을 가지고 있으면서 하나는 쾌락주의를, 다른 하나는 금욕주의를 주장하게 되었을까요?

에피쿠로스 학파나 스토아 학파 모두 행복에 이르는 길을 제시합니다. 행복에 이르는 길은 크게 두 가지 길이 있습니다. 하나는 내가 원하는 것을 얻는 것입니다. 다른 하나는 얻을 수 있는 것을 원하는 것입니다. 에피쿠로스 학파가 취한 방법은 내가 원하는 것을 얻는 것이고, 스토아 학파가 취한 방법은 얻을 수 있는 것을 원하는 것입니다.

쉽게 말하자면, 에피쿠로스 학파는 박사 학위를 원한다면 노력해서 취득하라고 가르칩니다. 그것이 쾌락을 극대화시켜 행복하게 해 줄 수 있을 것이라고 말합니다. 하지만 스토아 학파는 박사 학위를 원하지만 노력해서 취득할 수 없다면 포기하라고 가르칩니다. 즉, 얻을 수 있는 것만 원하라고 말합

5　Stanley Grenz, 『기독교의 윤리학의 토대와 흐름』, 371 참조.

니다. 그것이 오히려 행복하게 되는 지름길이라고 말합니다.

그렇기에 스토아 학파에 있어 최고의 행복은 '아파테이아'(*apatheia*)라고 불리우는 상태를 말합니다. 아파테이아의 상태는 정념에서 해방된 혹은 초월한 상태를 말합니다. 아파테이아는 그리스어로 '*a*'(without) + '*pathos*'(suffering or passion)의 합성어로 고통이나 열정이 없는 상태를 뜻합니다. 그렇기에 무관심보다는 평정이라는 말로 표현하는 것이 더 좋습니다.

아리스토텔레스가 미덕은 감정의 과잉과 결핍 사이의 황금률(*metriopatheia*)에서 발견된다고 주장하는 반면, 스토아 학파는 미덕은 열정으로부터 자유로운 상태인 아파테이아에서 발견된다고 주장합니다. 그러므로 행복에 이르는 길에 있어 스토아 학파는 금욕주의를 추구한다고 말할 수 있습니다.

2) 스토아 철학의 세계관은 윤리의 규범적 성격을 설명하지 못한다

스토아 철학이 바라보는 세계는 하나의 고유한 세계정신(world-soul)이라고 하는 로고스(logos)에 의해 통치되는 단일 실체입니다. 이 로고스는 자연의 원리로서의 이성을 의미하는 종자적인 로고스(*logos spermatikos*)로서, 특정한 도시체제를 지지하는 것이 아니라 모든 사람에게 동일하게 적용될 수 있는 불문적인 자연법의 이념을 옹호하는 역할을 감당했습니다.

즉, 도덕률, 인간의 법률, 관습과 전통들은 이제 이러한 불문적인 자연법에 준거해야만 했습니다. 자연법은 어떤 특정한 도시 국가의 제한 규정들을 초월하며, 사실상 어떤 종류의 정치적 결성체의 그것들도 역시 초월하는데, 이런 이유로 이 자연법을 거스르는 것은 곧 인간의 본성을 침해하는 것이었습니다.[6]

이러한 스토아 학파의 자연법 사상은 자연스럽게 로마법의 근간이 되었습니다. 왜냐하면, 로마제국에 속하는 여러 인종들을 통치하는 법률을 합리화하기 위한 도덕적인 이념과 원리의 사상적 토대가 되었기 때문입니다. 그러므로 스토아 철학은 꽤 오랜 기간 동안 인기를 끌었고 신의 영원한 율법이라

---

6 Diogenes Allen, 『신학을 이해하기 위한 철학』, 정재현 옮김 (서울: 대한기독교서회, 1996), 109 참조.

는 관점에서 기독교에 영향을 미치기도 하였습니다.

그러나 이런 장점이 있다고 해서 스토아 철학이 윤리의 규범을 제공한다고 하기는 어렵습니다. 왜냐하면, 이 로고스는 범신론적(pantheistic) 신의 역할을 감당하기 때문입니다. 로고스는 자연의 법칙을 통해 세계 안의 모든 것을 다스립니다. 우주는 자신의 본성과 우주가 지배하는 수동적 질료의 본성에 따라 움직이기 때문에 존재하는 모든 것은 자연 법칙에 종속됩니다.

예를 들면, 인간과 동물의 영혼은 이 태초의 불에서 나온 것이므로 자연 법칙의 지배를 받습니다. 또 어떤 일도 이 법칙에 위배되지 않습니다. 그러므로 인간은 자연에 합치된 행동을 추구해야 하며, 그들에게 주어진 운명에 귀의해야 합니다.

이러한 운명론적 삶의 방식은 세상을 있는 그대로 초연한 자세로 받아들이는 것을 의미합니다. 그러므로 인생의 불행한 일을 만나도 꿋꿋하게 견뎌야 합니다. 왜냐하면, 이 세상은 로고스가 모든 곳에 스며들어 있어 완벽하게 작동되는 세상이기 때문입니다.

이러한 범신론적 사고방식을 따르면 윤리적 의무를 도출해 내기 어렵습니다. 아니 도출할 수 없습니다. 운명론적 삶의 방식은 자연의 부분을 담당하고 있는 인간 삶의 방식을 변화시킬 의무가 없습니다. 좀 더 심하게 말하면 현재에 모순과 부조리, 불공평함이 나타나도 더 좋은 세상을 만들려고 애쓸 필요가 없습니다. 그저 담담하게 받아들이기만 하면 됩니다. 그러므로 스토아 철학은 윤리의 규범적 성격을 설명하지 못하는 단점이 있습니다.

3) 스토아 철학의 이성 강조는 아디아포라(adiaphora)를 설명하지 못한다

스토아 철학은 (다른 모든 헬라 철학자들이 강조했듯이) 이성을 중요하게 생각하고 이성을 따르는 삶을 살도록 권합니다. 그들에게 이성을 따르는 삶이란 자연에 순응하는 삶과 사회의 보편적 윤리를 따르는 삶입니다.

즉, 자연에 순응하는 삶이 인간의 이성 또는 자연적 본성을 행사하는 삶입니다. 각 피조물들이 본성에 따라 행위함으로써 자신의 존재 목적을 성취하는 것처럼 인간은 이성에 따라 행위함으로써 자신의 존재 목적을 성취합니다. 그렇기 때문에 스토아 윤리학은 "이성이 이끄는 대로 따르라"는 규칙을 강조합니다.

이성에 따라 행위하는 것은 덕스럽게 사는 삶을 의미합니다. 왜냐하면, 덕은 모든 사람의 공통 이성과 본질적인 가치를 포함하고 있기 때문입니다. 그렇기에 스토아 철학도 플라톤의 가르침에서 파생된 네 가지 덕목(aretai)을 강조합니다. 그것은 지혜, 용기, 정의, 절제입니다. 여기서 문제가 제기됩니다. 그것은 모든 사람의 공통 이성과 본질적인 가치를 포함하고 있지 않은 아디아포라를 제대로 설명할 수 없다는 점입니다.

'아디아포라'는 일반적으로 도덕법에 의해 요구되거나 금지되지 않거나 도덕에 영향을 미치지 않는 행동을 말합니다. 예를 들어, 부와 명예와 같은 것입니다. 그러한 것들을 도덕적으로 무관심한 것들이라고 말하며 무관심한 것들의 교리(doctrine of things indifferent)라고 부르기도 합니다.

이렇게 무관심한 것은 도덕법의 적용 범위 밖에 있으며, 도덕적인 목적을 촉진하거나 방해하지 않는다고 여겨집니다. 이렇게 스토아 철학은 인간이 추구해야 할 대상을 세 가지로 구분합니다. 그것은 좋은 것, 나쁜 것, 무관심한 것(adiaphora)입니다.

그러나 스토아 철학에서는 아디아포라에 대해 제대로 설명할 수 있는 근거를 찾기 어렵습니다. 이것이 문제가 되는 이유는 기독교 윤리에서는 아디아포라조차 윤리의 범위(scope) 안에 있다고 여기기 때문입니다.

고린도전서 10:31에서는 "먹든지 마시든지 무엇을 하든지 다 하나님의 영광을 위하여 하라"고 말씀하고 있습니다. 그렇기에 주권신학을 주창하는 존 프레임(John M. Frame)은 심지어 마트에 가서 양배추를 고르는 일조차 윤리적인 것이라고 주장합니다. 그러므로 아디아포라는 신학적으로 존재하지 않으며, 우리 삶의 모든 것이 윤리적으로 관계가 있습니다. 스토아 철학은 이러한 아디아포라를 설명할 수 없습니다.

4) 금욕이 최고의 선이 될 수는 없다

스토아 철학에 있어 최고의 행복은 아파테이아(apatheia)의 상태입니다. 이 상태는 모든 욕망을 끊어버리고 어떤 것에 의해서도 마음이 움직이지 않는 부동심의 상태입니다. 이렇게 부동심의 경지에 이르기 위해서는 자연의 법칙을 따르면서도 이성의 힘으로 욕망을 억제하는 생활을 해야 합니다.

여기서 이성의 힘이란 만물 속에 스며들어 있는 신적인 이성(logos)을 말합니다. 인간을 포함한 만물은 로고스에 의해 지배되고 있기 때문에 로고스를 따르는 삶이야말로 선한 삶이 됩니다. 이러한 삶을 사는 사람은 지혜롭고 덕스러운 사람이며, 정념을 떨쳐버리지 못해 정념의 노예가 된 사람은 지혜롭지 못하며 부덕한 사람입니다. 그것은 인생의 궁극적 목적이자 최고선입니다.

사실 금욕은 많은 부분 유익할 때가 있습니다. 그렇기에 성경에는 금욕에 대한 구절들이 예상 외로 많습니다(살전 4:3-4; 고전 6:18-19; 골 3:5; 갈 5:19-21; 벧전 2:11; 고후 12:21; 엡 5:3; 롬 13:13; 히 13:4; 고전 7:2; 딤후 2:22). 하지만 이 구절들은 대개 성적 관계에 있어 정욕을 피하라는 구절들입니다. 그런 의미에서 4주덕 중 절제의 덕이 바로 정욕을 절제하는 금욕과 관계된 덕이라고 할 수 있습니다.

그러나 금욕한다고 해서 모두 행복해지는 것은 아닙니다. 왜냐하면, 인간은 이성 외에 감정, 상상력, 비전, 동기와 같은 다양한 요소를 가지고 있기 때문입니다. 아파테이아에 도달하기 위해 이성적으로 삶을 영위할 수 있지만, 그와 같은 다양한 요소들 때문에 금욕이 항상 행복을 가져오는 것은 아닙니다.

예를 들어, 인간은 감정의 동물로, 과도한 충동으로 인해 이성적인 목적을 실현하는 것에 있어 맹목적인 태도를 취할 수 있습니다. 예를 들어, 다이어트를 하기 위해 먹는 것을 절제하는 것은 좋지만, 다이어트에 대한 과도한 충동은 거식증으로 발전할 수 있습니다. 성적 관계에 있어 과도한 정욕을 금하는 것은 좋은 것이지만, 정욕의 과도한 금욕은 부부관계를 해칠 수 있습니다.

금욕주의에 대한 직접적인 성경 구절은 골로새서 2:20-23의 말씀입니다. 바울은 육체를 부인하고 엄격한 금욕주의로 살아야 한다는 세상 초등학문(stoikeia tou kosmou)은 잘못된 것이라고 말합니다.

> **[골 2:20-23]** 너희가 세상의 초등학문에서 그리스도와 함께 죽었거든 어찌하여 세상에 사는 것과 같이 규례에 순종하느냐 (곧 붙잡지도 말고 맛보지도 말고 만지지도 말라 하는 것이니 이 모든 것은 한때 쓰이고는 없어지리라) 사람의 명령과 가르침을 따르느냐 이런 것들은 자의적 숭배와 겸손과 몸을 괴롭게 하는 데는 지혜 있는 모양이나 오직 육체 따르는 것을 금하는 데는 조금도 유익이 없느니라

여기서 초등학문은 금욕주의를 지칭하며 사도 바울은 이것을 사람의 명령과 가르침이라고 말합니다. 바울은 금욕주의를 실천하기 위해 몸을 괴롭게 하는 것이 현명하고 영적인 것처럼 보이지만 금욕주의는 악한 생각과 온갖 종류의 방종(self-indulgence)들을 이기는 데 조금도 도움이 되지 않으며, 오히려 교만만 낳을 뿐이라고 결론을 짓습니다. 전인격적인 성장에 초점을 맞추어야지 영적인 성장의 수단으로서 몸의 굴종을 가르치는 규례는 잘못되었다는 것입니다.

그런 의미에서 사도 바울은 "너희가 세상의 초등학문에서 그리스도와 함께 죽었거든"이라고 강조하고 있으며 갈라디아서 5:24에서도 "그리스도 예수의 사람들은 육체와 함께 그 정욕과 탐심을 이미 십자가에 못 박았느니라"고 선언하고 있습니다. 금욕주의는 아직 죽지 않은 사람에게나 필요한 것이지, 이미 죽은 사람에게는 금욕주의가 필요하지 않습니다. 그리스도와 함께 죽지 않고서는 그리스도인이 될 수 없습니다.

그러므로 그리스도와 함께 죽은 그리스도인에게 금욕주의는 더 이상 필요하지 않습니다. 하나님께서는 그리스도를 살리시고 부활시킴으로 인해 그리스도인들을 세상의 모든 금욕주의로부터 해방시키셨기 때문입니다. 이 모든 것을 종합하면, 성경은 아파테이아와 같은 금욕을 최고선으로 인정하지 않습니다.

5) 결론

스토아 철학은 많은 종교들에게 있어 매우 인기가 많습니다. 수도와 고행을 통해 금욕을 실천하는 것이 매우 영적인 것으로 보여지기 때문입니다. 아직도 수도원 운동이 살아 있는 이유가 거기에 있습니다. 게다가 스토아 철학은 당시 로마의 만민법과 중세 및 근세의 자연법 사상에 이론적 기초를 제공했으며 범신론적 윤리 사상의 형성에도 큰 영향을 끼쳤습니다.

특히, 이 철학을 신봉하는 사람은 기독교를 멸시하고 대적하기까지 하였습니다. 그 대표적 인물로서 기독교를 박해한 마르쿠스 아우렐리우스(Marcus Aurelius) 황제를 들 수 있습니다. 그러나 스토아 철학의 세계관은 윤리의 규범적 성격을 설명하지 못하며, 스토아 철학의 이성 강조는 아디아포라(adiaphora)를 설명하지 못하며, 금욕이 최고의 선이 될 수는 없습니다. 비록 스토아 철학이 자연법 사상의 이론적 기초를 제공했다 하여도 성경적인 윤리가 될 수는 없습니다.

3. 플라톤의 윤리는 성경적인가요?

> [고전 1:22-25] 유대인은 표적을 구하고 헬라인은 지혜를 찾으나 우리는 십자가에 못 박힌 그리스도를 전하니 유대인에게는 거리끼는 것이요 이방인에게는 미련한 것이로되 오직 부르심을 받은 자들에게는 유대인이나 헬라인이나 그리스도는 하나님의 능력이요 하나님의 지혜니라 하나님의 어리석음이 사람보다 지혜롭고 하나님의 약하심이 사람보다 강하니라

플라톤(Plato, BC 427~347)은 고대 서양 철학의 역사에 있어 아리스토텔레스와 함께 가장 영향력 있는 철학자 중 하나입니다. 그는 정치학, 윤리학, 형이상학, 인식론 등 다양한 철학적 주제에 대해 현재 대학의 원형인 아카데미아(academia)에서 강의하기도 했습니다. 또한, 다음과 같이 많은 저술 활동을 하기도 했습니다.

[표 23] 플라톤의 저작들[7]

초기	Apology, Charmides, Crito, Euthyphro, Gorgias, Hippias Minor, Hippias Major, Ion, Laches, Lysis, Protagoras
중기	Cratylus, Euthydemus, Mono, Parmenides, Phaedo, Phaedrus, Republic, Symposium, Theatetus
말기	Critias, Sophist, Statesman, Timaeus, Philebus, Laws

그렇기에 영국 철학자인 알프레드 화이트헤드(Alfred Whitehead)는 "서양의 2000년 철학은 모두 플라톤의 각주에 불과하다"[8]고 할 정도로 그의 영향력은 지대합니다.

그렇다면 플라톤의 윤리는 성경적인가요?

1) 플라톤의 세계관은 윤리적 삶의 현장을 무의미하게 만든다

플라톤 철학의 핵심은 이데아론에 있습니다. 그는 세계가 2개의 세계로 이루어져 있다고 보았습니다. 하나는 가시적인 물리적 세계와 다른 하나는 비가시적인 이데아의 세계입니다. 그는 보이는 현실 세계가 생성, 변화, 소멸을 경험하기 때문에 불완전하다고 여겼지만, 보이지 않는 이데아의 세계는 완전하고 영원한 세계라고 보았습니다.

따라서 현실 세계는 주관적이며 이데아의 세계를 모방한 세계인데 반해, 이데아의 세계는 객관적이며 원형을 보존하고 있는 세계입니다. 이를 다음과 같이 정리할 수 있습니다.

---

[7] Eric R. Dodds, *The Greeks and the Irrational* (Oakland, CA: University of California Press, 2004).

[8] Alfred N. North, *Process and Reality* (New York, NY: Free Press, 1979), 39. "The safest general characterization of the European philosophical tradition is that it consists of a series of footnotes to Plato"

[표 24] 플라톤의 세계관

현실 세계(Physical World)	이데아 세계(Platonic World)
가시 세계(visible)	비가시 세계(invisible)
감각(senses)에 의해 파악	이성(reason)에 의해 파악
불완전(생성/변화/소멸)	완전(영원)
주관적(subjective)	객관적(objective)
모방	원형(=형상, form)

플라톤은 이러한 세계관을 '동굴의 비유'를 통해서 설명합니다. 동굴 안에 사람이 갇혀 있는데 그들은 불빛에 비추인 그림자를 실재라고 믿고 있습니다. 그러다가 한 사람이 풀려나서 동굴 밖으로 나가게 되는데, 거기에서 찬란한 태양빛을 보게 됩니다. 다시 동굴 안으로 들어와 그들이 실재라고 믿었던 그림자가 진짜가 아니라 가짜였다고 해도 사람들은 믿지 않았다는 비유입니다.

그는 이 비유를 통해서 인간이 경험 가능한 현실 세계를 동굴 안의 세계, 그리고 그 현실 세계의 모든 사물의 본질인 동굴 밖의 세계인 이데아의 세계로 구분하였습니다.

현실 세계는 끊임없이 생성하고 변화하며 소멸하는 감각의 세계이기 때문에 그림자와 같이 스스로 독립적으로 존재하지 않습니다. 즉, 현실 세계는 그 무엇에 의해 규정되는 세계이며, 그러한 점에서 의존적인 성격을 띠게 됩니다. 즉, 나무, 말, 의자, 사랑, 정의의 원형은 현실 세계에서는 발견할 수 없으며 이데아의 세계에서나 발견됩니다. 그러한 원형은 완벽하고 비물질적이고 변화하지 않으며 불가시적이고 손에 만져지지 않는 하나의 대상입니다.

플라톤이 이렇게 이데아를 강조하게 된 것은 이데아의 세계만이 이 지상에 존재하는 모조품들의 본체(model)라고 생각했기 때문입니다. 즉, 플라톤은 절대주의를 추구하였습니다. 그가 얼마나 절대주의를 추구했는지, 수학조차도 절대적인 것이라 보지 않았을 정도입니다. 수학은 현실 세계와 이데아의 세계의 중간 단계 어딘가에 존재하는 것이라고 생각했습니다. 그래서 나무, 말, 의자, 사랑, 정의 등의 실재를 구성할 수 있는 방법은 피타고라스와 같이 수학적 공식에 가까운 그 무엇으로 규정하였습니다. 이처럼 플라톤은 절대주의를 추구하였습니다.

플라톤이 절대주의를 추구한 것은 기독교 철학의 입장에서는 그렇게 나쁜 것만은 아닙니다. 왜냐하면, 절대적인 하나님의 개념과 천국과 지옥의 개념을 설명하기 위해서는 플라톤의 이데아론이 도움이 되기 때문입니다.

하지만 하나의 장점은 다른 면에 있어서 단점이 되는데, 그것은 윤리적 삶의 현장인 이 세계가 무의미해져 버린다는 것입니다. 즉, 인간이 삶을 살아가는 현장(Sitz im Leben)[9]이 무시되고 맙니다. 즉, 하나님의 구속의 계시와 섭리의 역사는 이러한 삶의 현장 가운데에 일어납니다.

윤리의 고려 요소 가운데 상황은 매우 중요합니다. 물론 상황을 너무 고려하면 죄악을 허용하고 마는 단점이 있지만, 이러한 상황을 무시하면 하나님의 구속의 계시와 섭리의 역사를 부정하게 되고 하나님의 무한하신 은혜가 축소될 수밖에 없습니다. 즉, 이스라엘 산파나 라합과 같은 경우가 발생할 수 없습니다.

그 결과 모든 사람은 율법의 정죄를 피할 수 없습니다. 게다가 현실 세계를 가짜 세계로 보기 때문에 현실 세계에서 윤리적으로 살기 위해 그렇게 노력해야 할 필요성을 느끼지 못하게 만듭니다. 그러므로 윤리적 삶의 현장을 무시하는 플라톤의 세계관은 윤리적 성경적인 세계관이 되기에는 부족한 세계관입니다.

2) 플라톤의 '선'에 대한 인식론은 너무 추상적이다

위에서 언급했듯이 플라톤 철학의 핵심은 이데아론입니다. 이데아의 세계는 형상들(forms)의 세계이기도 합니다. 그에 의하면 이러한 형상들 간에도 서열(hierarchy)이 존재합니다. 그중 가장 고귀한 존재의 자리에는 선(Good)의 형상이 위치합니다. 그러므로 존재하는 모든 것은 선한 목적에 부합하는 정

---

[9] 원래 'Sitz im Leben'은 독일의 성서비평학에서 유래한 것으로 어떤 상황에서 특정한 성서 구절이 기록되었는지를 살펴볼 때 쓰였던 말이다. 즉, 육하원칙의 질문을 통해 특정 구절이 갖고 있던 원래의 의미를 찾기 위한 노력 가운데 만들어진 용어이다.

도만큼 선의 형상에 참여합니다.

따라서 형상의 세계는 단지 대상을 만들어내는 원리뿐만 아니라 대상의 목적을 정의하는 규정까지도 포함하게 됩니다. "윤리학적 지식이 수학보다 더 명확하다"고 주장한 플라톤 철학의 가장 풍부한 원천은 국가편(Republic)에서 발견되는데, 이러한 '선'의 이데아를 다음과 같은 비유로 설명합니다.

[표 25] 플라톤의 비유

태양의 비유	'선'의 이데아는 존재(ousia)가 아니라 지위와 힘에 있어서 존재를 초월
동굴의 비유[10]	가시적인 현실 세계는 동굴 속 감옥이며 가지적인 동굴 밖 이데아의 세계와 대조
선분의 비유[11]	추측으로 알 수 있는 가시적인 세계와 이성으로 알 수 있는 가지적인 세계를 구분

태양의 비유는 태양이 이 세상에 존재하는 모든 것을 볼 수 있게 하듯이, '선'이 있어서 모든 형상들의 참모습을 볼 수 있게 만든다는 비유입니다. 그러므로 태양은 모든 존재를 밝혀 주고, 모든 존재는 태양 의존적이 됩니다. 그러므로 태양이 곧 형상의 최고 자리인 '선'이 된다는 비유입니다.

동굴의 비유는 우리 인간은 그림자의 세계, 곧 허상의 세계인 동굴에서 나와 태양의 세계, 곧 진상의 세계를 보아야 한다는 비유입니다. 여기서 그림자는 사물에 의존적이며, 사물은 태양에 의존적이 됩니다. 그러므로 어떤 존재에도 의존적이지 않은 태양은 완전한 형상인 '선'의 이데아를 의미한다는 비유입니다.

선분의 비유는 눈으로 보이는 가시적 영역과 이성으로만 보이는 가지적 영역을 선분으로 그리면서 설명하는 비유입니다. 가시적 영역은 가정과 전제와 같은 추측으로 알 수 있고, 가지적 영역은 가정과 전제가 필요 없는 직관과 사유를 통해 알 수 있다고 설명합니다. 여기서 가시적 영역은 현실 세계를 의미하며, 가지적 영역은 이데아의 세계를 의미합니다. 그러므로 최고의 앎의 대상은 이데아의 세계가 됩니다. 그렇기에 그는 "선의 이데아는 가

---

10 Plato, *The Republic*, 507b-c.
11 Ibid., 509d-510b.

장 숭고한 지식이다"¹²이라고 말합니다.

사실 소피스트들은 절대적 진리에의 접근 가능성을 말하는 플라톤의 주장을 인정하지 않았으며, 주관주의 혹은 상대주의를 주장하였습니다. 하지만 플라톤은 이와 같은 상대주의를 단호하게 거부했습니다. 인간의 내적 심연을 들여다보아야 하며, 그러한 작업을 통해서 형상들에 대한 회상(recollection)을 발견해야 한다는 것입니다. 그런 의미에서 상대주의에 대한 플라톤의 거부는 칭찬받아야 마땅합니다. 하지만 절대성에 대한 고집은 그를 전체주의자(totalitarian)가 되도록 하기에 충분합니다.

문제는 '선'의 이데아가 너무 추상적이라는 데에 있습니다. 왜냐하면, '선'은 이데아 중의 이데아이며, 지고의 형상이며, 게다가 '선'은 눈에 보이지 않는 비가시적 세계에 존재하기 때문입니다. 선에 포함되는 윤리학적 지식의 원리나 개념들은 플라톤이 좋아했던 기하학적 지식보다 더 추상적입니다. 그렇기에 우리 인간은 '선'을 정의하기 어려우며, 굳이 정의해야 한다면 비가시적인 지고의 형상인 '선'의 형상보다 가시적이며 좀 더 낮은 형상인 대상으로 눈을 낮추어야만 합니다.

게다가 우리 인간은 불완전하면서도 변화무쌍한 현실 세계에 살기 때문에 그러한 형상들을 인식하는데에 문제가 있을 수밖에 없습니다. 물론 '선'을 이데아의 세계 중에서도 최고의 자리에 둔 것은 이해할 수 있지만, 우리 인간은 그렇게 추상적인 '선'을 인식하기는 어렵습니다. 즉, 선을 하나의 추상적인 형상으로서 인식하게 되면 그 선으로부터 선의 구체적인 실체를 도출해 내는 일이 불가능해지기 때문입니다.

플라톤은 의로운 삶을 사는 것이야말로 선을 아는 것이라고 말했지만, 윤리에 관한 세부적인 물음들에 대하여 어떠한 답변도 제공할 수 없습니다. 예를 들면, 이렇게 추상적인 '선'으로는 낙태와 같은 구체적인 문제의 옳고 그름을 결론짓기 어렵습니다. 게다가 '선'에 대비되는 '악'의 실체에 대해 인식하지 않은 점은 플라톤의 윤리가 기껏해야 반쪽짜리 윤리밖에는 안된다는 구조적인 결함이 존재합니다.

---

12   Ibid., 6.505.

3) 플라톤의 덕윤리는 자의적이며 결과 중시적이다

플라톤은 그의 책 『국가』에서 몸의 유비로 덕윤리를 도출해 냅니다. 몸의 각 부분에 해당하는 영혼, 기능, 직업군으로 나누어 설명하여 지혜, 용기, 절제, 정의라는 네 가지 덕을 설명합니다.

[표 26] 플라톤의 몸의 유비

몸	영혼	기능	직업군	덕	부덕
머리	Rational Soul	Reason	Guardians (The Philosopher King)	Wisdom	Pride & Sloth
가슴	Spirited Soul	Emotion	Auxiliaries/Soldiers (Keep the workers in their place)	Courage	Envy & Anger
배	Appetitive Soul	Desire	Merchants/Workers (Self interested)	Temperance	Gluttony & Anorexia

머리에 해당하는 사람은 이성(rational soul)의 인도함을 받는 사람으로, 이상 국가에서 통치자의 역할을 감당하는 사람입니다. 이러한 역할을 감당하기 위해서는 지혜가 필요하며, 형상의 세계를 이해하는 철학자여야 합니다.

가슴에 해당하는 사람은 기개(spirited soul)의 인도함을 받는 사람으로, 이상 국가에서 방위자의 역할을 감당하는 사람입니다. 이러한 역할을 감당하기 위해서는 용기가 필요하며, 기개는 적절하게 훈련되어야 합니다.

배에 해당하는 사람은 식욕(appetitive soul)의 인도함을 받는 사람으로, 이상 국가에서 생산자의 역할을 감당하는 사람입니다. 이러한 역할을 감당하기 위해서는 절제가 필요하며, 육체적 욕망은 적절하게 통제되어야 합니다.

플라톤은 이렇게 자기가 맡은 바 기능을 탁월하게 수행할 때 이상 국가를 형성할 수 있다고 보았습니다. 그렇기에 플라톤은 덕을 탁월성(excellence)으로 정의합니다. 인간은 누구나 영혼의 세 가지 기능 중 어느 하나의 기능에 탁월한 성향을 지니고 있으며 그 기능에 대응하는 덕을 지니게 된다는 것입니다.[13]

---

13 Ibid., 6.430.

즉, 지혜를 가진 사람은 통치자로서 국가의 문화에 기여하며, 용기를 가진 사람은 군인으로서 국가의 방위에 기여하며, 절제를 가진 사람은 생산자로서 욕망을 통제함으로써 국가의 생산에 기여하게 됩니다. 정의는 각 개인의 덕을 실현함으로써 국가에 기여하게 됩니다. 이렇게 지혜, 용기, 절제가 서로 조화롭게 기능할 때 비로소 정의의 덕이 실현된다고 설명합니다. 그런 의미에서 정의는 온 몸에 해당합니다. 여기서 정의(正義)가 부족하거나 넘치면 부정의(不正義)가 발생합니다.

이러한 덕윤리에 대한 플라톤의 설명은 그 당시의 시대상을 감안하면 충분히 이해될 수 있습니다. 하지만 정의를 통치자 계급의 이익과 동일시했다는 비판을 피할 수는 없습니다. 물론 플라톤이 각 계급에 해당하는 사람에게 필요한 것이 4주덕 모두라고 하였다고 하더라도 플라톤의 덕윤리는 매우 자의적입니다. 즉, 통치의 사상적 배경을 제시한 해석이라는 것을 피할 수는 없습니다.

사실 플라톤은 『소크라테스의 변론』에서 정의와 용기의 본질에 대해 장황한 주장을 펼칩니다. 하지만 확실한 결론에 이르지는 못하며, 덕은 곧 지식이라는 정의가 그가 내린 결론의 전부입니다.

게다가 플라톤의 덕윤리는 공리주의와 같이 결과 중심적인 부분에 초점이 맞추어져 있습니다. 덕윤리는 얼마나 좋은 행위를 해야 하는가가 아니고, 얼마나 좋은 인간이 되어야 하는가에 초점이 맞추어져 있어야 합니다. 덕이 필요한 이유는 덕스러운 인간이 되기 위해서인데, 플라톤에 의하면 덕이 필요한 이유는 이상 국가를 형성해야 한다는 목적과 결과 때문입니다. 즉, 결과 중심적인 윤리라는 오명을 벗어나기는 어렵습니다.

성경은 윤리를 누군가의 이익을 내변하거나 하는 식으로 자의적으로 해석하지 않습니다. 예를 들어, 산상수훈에 나오는 덕윤리는 어떤 특정한 개인이나 국가의 이익을 대변하지 않으며, 오히려 손해를 보는 윤리로서 보편타당한 해석을 시도하고 있습니다. 또한, 성경은 거의 언제나 결과보다는 동기를 중요시합니다. 그러므로 플라톤의 덕윤리는 자의적이며 결과중시적이라는 비판을 피할 수는 없습니다.

4) 결론

플라톤은 소크라테스의 제자이며, 아리스토텔레스의 스승으로서 고대 서양 철학의 황금기를 이루었으며 많은 영향을 미쳤습니다. 그것은 플라톤의 철학이 가지고 있는 방대함과 깊이에 연유합니다. 특별히 플라톤의 이데아론은 상대주의를 거부하고 절대주의를 견고하게 지지하고 있기 때문에 그 가치는 매우 높다고 할 수 있습니다.

그러나 플라톤의 세계관은 윤리적 삶의 현장을 무의미하게 만들며, '선'에 대한 인식론은 너무 추상적이라는 단점이 있습니다. 또한, 플라톤의 덕윤리는 자의적이며 결과 중시적이라는 비판을 받을 수밖에 없습니다. 비록 플라톤 철학이 서양 철학의 기초를 놓았다 하더라도 성경적인 윤리를 제시하기에는 많은 단점이 있습니다.

4. 아리스토텔레스의 윤리는 성경적인가요?

[잠 9:10] 여호와를 경외하는 것이 지혜의 근본이요 거룩하신 자를 아는 것이 명철이니라

아리스토텔레스(Aristotle, BC 384~322)는 플라톤과 더불어 고대 그리스의 가장 영향력 있는 철학자로, 철학뿐만 아니라 물리학, 시, 생물학, 동물학, 수사학, 정치 등 다양한 주제로 책을 저술하기도 했습니다. 자연과학과 동물학에 관한 그의 견해는 중세 학문과 르네상스 시대에까지 영향을 끼쳤으며, 그의 철학은 초대 교회의 신플라톤주의(Neoplatonism)과 서방교회 전통의 스콜라 철학에 큰 영향을 끼쳤습니다.

또한, 그의 윤리학은 최근의 덕윤리에 대한 관심과 더불어 새롭게 조명되고 있습니다. 그렇기에 그는 서양 철학을 이해하기 위해서는 반드시 거쳐야 하는 관문입니다. 그렇다면 그의 윤리는 성경적인가요?

1) 윤리의 목표는 행복 추구에 있지 않다

플라톤은 이 세계가 현실 세계와 이데아의 세계로 이루어졌다고 보았습니다. 현실 세계를 질료(matter)의 세계라고 한다면, 이데아의 세계는 형상(form)의 세계입니다. 질료는 세계를 구성하는 사물 혹은 재료를 말하며, 형상은 하나의 사물에 모양, 색, 진리, 아름다움, 윤리적 덕성, 그리고 목적(telos) 등의 본질(quality)을 부여하는 본체를 말합니다. 플라톤은 질료와 형상을 각각 두 개의 분리된 세계로 설정하였고, 아리스토텔레스는 플라톤의 질료와 형상의 구분을 받아들였습니다.

하지만 그는 플라톤의 이론에서 신화적인 요소를 제거하였습니다. 여기서 신화적인 요소를 제거하였다는 것은 플라톤의 절대주의를 포기하였다는 것을 의미합니다. 좀 더 쉽게 말하자면, 플라톤이 절대적이라고 생각했던 형상(이데아)의 세계가 그렇게 절대적인 것은 아니라고 본 것입니다.

플라톤의 이데아론에 의하면 질료와 형상은 분리되어 있어서 질료의 세계에서 형상의 세계로 가는 것은 가능하지 않습니다.[14] 여기서 질료가 어떤 사물이 되는 것은 형상 때문이며, 이 형상이 사물의 본질이자 실체입니다. 하지만 아리스토텔레스의 4원인론에 의하면 현실 세계는 질료와 형상이 결합되어 있는 세계입니다. 그러한 그의 철학은 4원인론으로 설명할 수 있습니다.

[표 27] 아리스토텔레스의 4원인론

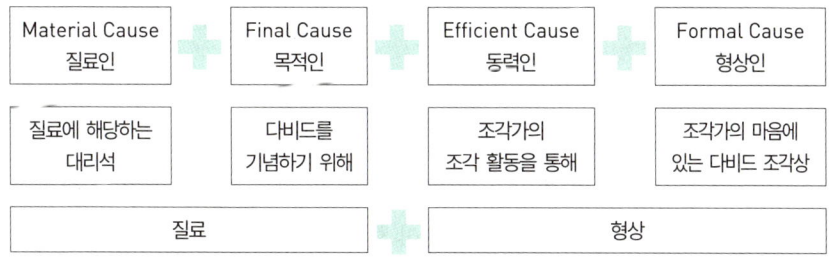

---

[14] 플라톤은 현실 세계에서 형상(이데아)의 세계로 가기 위해서는 '코라'(chora)라는 것을 통해서만 갈 수 있다고 생각했다. '코라'는 『티마이우스』에서 우주론을 논하는 가운데에 도입한 개념으로 두 세계를 매개하는 제3의 공간 혹은 빈터를 의미한다.

아리스토텔레스에 의하면 하나의 사물은 네 가지의 원인에 의해 존재합니다. 자연 안의 실체들은 자신만의 고유한 운동으로 생성, 성장, 소멸해 가기 때문에 자연을 이해하기 위해서는 자연에서 작동 중인 원인을 알아야 합니다. 이러한 실체의 운동 원인은 질료, 목적, 동력, 형상의 네 가지가 있습니다.

질료인은 현실 세계의 어떤 대상이 만들어지기 위해서 필요한 재료를 의미합니다. 목적인은 대상의 존재나 변화가 필요한 목적이 무엇인지에 관한 것입니다. 동력인은 대상의 변화를 끌어내는 행위나 도구에 관한 것입니다. 형상인은 어떤 대상의 모델이 되는 본질에 관한 것입니다. 이렇게 질료와 형상은 네 가지 원인으로 구성되어 있으며, 질료인과 목적인은 질료로, 동력인과 형상인은 형상으로 구분할 수 있습니다.

또한, 이 네 가지 원인을 다음과 같이 가능태와 현실태로 구분할 수 있습니다. 여기서 가능태는 현실태로 될 가능성이 있는 가능적 존재를 가리킵니다. 질료인이 있어야 어떤 목적인이 현실로 나타날 수 있습니다. 마찬가지로 동력인이 있어야 어떤 형상인이 나타날 수가 있습니다. 그러므로 본질인 형상은 질료 안에 내재되어 있다고 볼 수 있습니다.

[표 28] 아리스토텔레스의 가능태와 현실태

	가능태(Potential)	현실태(Actual)
질료(Matter)	질료인	목적인
형상(Form)	동력인	형상인

하지만 형상이 질료 안에 내재되어 있다면 여전히 문제가 남아 있습니다. 그것은 자연의 변화와 운동을 어떻게 설명해 내느냐라는 문제입니다. 아리스토텔레스는 이데아를 거부하고 형상과 질료를 합쳐 놓았기 때문에 끊임없이 변화하는 자연 혹은 세계를 설명해야 할 책임이 있었습니다.

그래서 그는 먼저 세상의 모든 사물이 이 네 가지의 원인 때문에 변화한다고 설명했습니다. 예를 들면, 어느 조각가가 자신의 마음속에 있는 다비드라는 조각상을 만들기 위해서 재료인 대리석을 가져다가 자르거나 조각을 통해 다비드 조각상을 만들 수 있습니다. 이렇게 다비드 조각상을 만드는 이유는 다비드를 기념하기 위해서입니다. 즉, 자연이 끊임없이 변화하는 이유는 네 가지의 원인 때문이지만, 그중에서도 목적인이 가장 중요한 역할을 한다는 것입니다.

이렇게 목적을 강조하게 된 이유는 "자연은 아무것도 헛되이 하지 않는다"(Nature does nothing uselessly)라는 말처럼, 그가 자연을 관찰하면서 어떤 자연의 대상도 목적 없는 실체는 없다고 생각했기 때문입니다. 예를 들면, 새가 날개가 있는 것은 날기 위해서인 것처럼, 하나의 사물은 저마다의 목적(telos)이 있습니다. 자연에서 일어나는 모든 일은 변화와 운동 때문에 일어나며, 이러한 변화와 운동은 하나의 발전적 과정입니다. 이러한 과정의 원인은 사물이 가지는 목적 때문입니다.

그렇다면 이런 변화와 운동을 일으키는 최초의 원인(first cause)은 무엇일까요?

그는 그것을 원동자(the Prime Mover)라고 불렀습니다. 다른 말로 하자면, 부동의 동자(Unmoved mover)입니다. 이 원동자는 최초의 원인이므로 신과 같은 존재입니다. 그래서 이 세상에 존재하는 모든 실재들은 질료와 형상으로 이루어져 있지만, 원동자만큼은 질료를 가지고 있지 않은 순수한 형상이라고 보았습니다. 그러므로 이 원동자에 의해 모든 사물이 변화와 운동을 지속합니다.

그리고 이렇게 변화와 운동이 지속되는 이유는 모든 존재가 그 존재의 본질과 본성을 실현시키려는 목적이 있기 때문입니다. 즉, 모든 존재에게 있어 최고선(summum bonum)이란 그 존재 특유의 본성을 실현 또는 실천하는 것입니다.

그렇다면 인간에게 최고선은 무엇일까요?

그것은 인간의 본질과 본성을 실현시키는 것입니다. 아리스토텔레스는 인간의 영혼을 세 가지 국면으로 파악합니다. 이렇게 세 가지 국면으로 파악하는 이유는 인간의 본질을 파악하기 위해서입니다. 인간은 식물과 동물이 가지고 있는 영혼 외에 인간만이 가질 수 있는 영혼을 소유하고 있다는 것입니다.

[표 29] 아리스토텔레스의 영혼의 세 가지 국면[15]

인간		
동물		The Rational 이성을 지닌 영혼
식물 The Vegetative 식물적 성장력을 가진 영혼 Mobility, Sensation	The Sensitive 육체적 감각을 지닌 영혼 Reproduction, Growth	Thought, Reflection

식물은 식물적 성장력을 가진 영혼만 있지만, 동물은 식물적 성장력을 가진 영혼과 육체적 감각을 지닌 영혼을 가지고 있습니다. 인간은 식물과 동물이 가지고 있는 영혼 외에 이성을 지닌 영혼을 가지고 있습니다. 즉, 인간은 "합리적 동물"(rational animal)로서, 인간의 본질은 합리성에 있습니다. 즉, 인간에게 최고선은 이성에 충실한 삶입니다.

이렇게 인간의 이성에 충실하게 산다면 인간이라는 존재의 목적에 부응하게 됩니다. 그러한 목적에 부응하게 될 때 인간은 행복(*eudaimonia*)을 느낄 수 있으며, 이러한 행복은 복된 삶(well-being)의 완벽한 실현이 됩니다. 그러므로 아리스토텔레스에게 윤리의 목표는 인간 본성의 실현이라는 목적을 성취하는 것입니다. 이렇게 목적을 성취하기만 하면 행복은 저절로 따라오게 됩니다. 이를 3단 논법으로 정리하면, 아리스토텔레스에게 윤리의 목표는 행복 추구에 있습니다.

그러나 성경은 윤리의 목표가 행복 추구에 있다고 하지 않습니다. 성경은 윤리의 목표로 두 가지를 제안합니다.

하나는 구약의 "내가 거룩하니 너희도 거룩할지어다"(레 11:45)라는 말씀처럼 거룩에 있습니다. 거룩은 레위기서의 중심 주제로써 성도들의 삶의 지

---

15 Wikipedia, Aristotle, [인터넷 자료] https://en.wikipedia.org/wiki/Aristotle (3/9/2022 accessed).

향점입니다.

다른 하나는 신약의 "너희가 먹든지 마시든지 무엇을 하든지 다 하나님의 영광을 위하여 하라"(고전 10:31)라는 말씀처럼 하나님의 영광에 있습니다.

사실 거룩과 하나님의 영광은 동치어로서 거룩한 삶을 사는 것은 하나님의 영광을 위한 삶이 됩니다. 그러므로 아리스토텔레스가 윤리의 목표로 이해하고 있는 행복 추구는 성경적인 사상이 아닙니다. 게다가 그는 윤리의 목표로 제시된 행복 추구에 대해서 충분하게 정당성을 입증하지도 못했습니다.

2) 인간 본질의 실현이 항상 최고선이 될 수는 없다

아리스토텔레스에 의하면 인간의 본질을 실현하는 것이 최고선입니다. 인간은 식물이나 동물이 가지고 있지 않은 이성을 지닌 영혼이 있습니다. 그렇기에 이러한 이성에 근거한 삶을 영위할 때 자신의 텔로스(*telos*)를 실현한 것이 됩니다. 이것을 4원인론으로 생각해 보면, 영혼은 인간의 본질 또는 본성이라는 점에서 형상인이며, 인간으로 하여금 생명보존과 같은 특별한 목적을 위한 운동을 하도록 한다는 점에서 목적인이며, 그리고 그런 운동의 동력을 제공한다는 점에서 동력인입니다.[16]

그러므로 영혼은 인간의 본질을 실현시키기 위해서 신체들에게 자신의 텔로스를 다해 줄 것을 요구합니다. 왜냐하면, 영혼은 그것들의 원인이며 원리이기 때문입니다. 그러므로 영혼이 신체들에게 자신의 텔로스를 다해 줄 것을 요구하는 것은 자연스러운 현상입니다. 이처럼 4원인론을 주창했던 아리스토텔레스에게는 이러한 인간 영혼의 요구는 자연적인 본성에 속합니다.

또한, 그의 프로네시스와 신데레시스(양심의 원리)의 논증들과 그의 책 『니코마코스 윤리학』(*Nicomachean Ethics*) 전반에 걸쳐 나타날 정도로 비중 있게 다루어지고 있는 쾌락에 관한 논증들은 이러한 자연적 본성의 실현이 얼마

---

16 Aristotle, *De Anima*, trans. R.D. Hicks (Cambridge, UK: Cambridge University Press, 1907), 415b 9-28.

나 중요한가를 보여 줍니다. 그런 의미에서 그는 노예제도가 극히 자연적인 것이기 때문에 광범위하게 실천되어야 한다고 믿었습니다. 노예제도에 관한 아리스토텔레스의 견해에 대해 제레미 벤담(Jeremy Bentham)은 다음과 같이 비판합니다.

> 아리스토텔레스는 그 시대의 편견에 사로잡혀 인류를 자유민과 노예라는 별개의 두 종류로 구분해 놓았다. 어떤 사람은 노예가 되기 위해 태어나며, 또 노예가 되어야만 한다. 왜냐하면, 그들은 실제로 그렇기 때문이다[17]

이처럼 인간 본성에 대한 제한되거나 잘못된 지식은 잘못된 길로 인도할 수밖에 없습니다. 왜냐하면, 모든 신체들이 이성의 명령을 따르는 것은 아니기 때문입니다. 특히, 인간은 이성과 더불어 감정과 의지를 소유하고 있습니다. 감정과 의지는 자연적인 욕망을 소유하고 있으며, 자신들의 텔로스를 충족시키기를 원합니다.

그러나 이러한 자연적인 욕망이 언제나 정당화되지는 않습니다. 그렇기에 존 스튜어트 밀(John Stuart Mill)은 "감각이 우리들에게 주어진 선천적인 본성이라는 사실이 모든 감각적인 자극을 정당화하는 것은 아니라"[18]라고 말합니다. 예를 들어, 다른 사람을 죽이고 싶은 '자연적인'(natural) 충동은 결코 그런 행동을 정당화시킬 수는 없습니다. 그러므로 인간 본질의 실현이 항상 최고선이 될 수는 없다는 사실을 알아야 합니다. 왜냐하면, 인간의 본질은 이성뿐만 아니라 감정과 의지를 포함한 전인격적인 것이기 때문입니다.

3) 아리스토텔레스의 덕윤리는 패러독스에 직면한다

아리스토텔레스 윤리의 특징은 덕윤리에 있습니다. 덕윤리의 기본 개념은 '선'을 행하는 주체에게 덕이 필요하다는 것입니다. 규범윤리는 의무나 책임

17　Jeremy Bentham, *An Introduction to the Principles of Morals and Legislation* (New York, NY: Hafner, 1948), 268.
18　John Stuart Mill, *Utilitarianism* (London, UK: Longmans, Green, 1907), 62.

에 관심이 많지만, 덕윤리는 의무나 책임을 행하는 주체에게 관심이 많습니다. 그런 의미에서 그의 덕윤리는 규범에 관한 이론적 근거가 취약하다는 비판을 받습니다.

그렇다면 아리스토텔레스의 덕윤리는 어떻게 패러독스에 직면할까요?

아리스토텔레스에 의하면 덕은 곧 탁월성(excellence)이며, 이 탁월성에는 두 종류가 있습니다.

> 탁월성에는 두 종류가 있다. 하나는 지적 탁월성이며, 다른 하나는 성품적 탁월성이다. 지적 탁월성은 그 기원과 성장을 주로 가르침에 두고 있다. 그런 까닭에 그것은 경험과 시간을 필요로 한다. 반면 성품적 탁월성은 습관의 결과로 생겨난다. 이런 이유로 성격을 이르는 '에토스'(ēthos)도 습관을 의미하는 '에토스'(ethos)로부터 조금만 변형해서 얻어진 것이다. 이것으로 미루어 보더라도 성품적 덕 중 어떤 것도 본성적으로 우리에게 생기는 것이 아님은 분명하다.[19]

아리스토텔레스는 덕을 지적인 덕과 성품적 덕으로 나누었습니다. 인간은 자신의 본질을 실현해야 하는데, 이러한 본질의 실현은 이성과 관련이 있습니다. 왜냐하면, 인간은 식물이나 동물이 가지고 있지 않은 이성을 가진 영혼이 있기 때문입니다. 그러므로 인간이 탁월하게 되는 것은 이러한 이성이 얼마나 그 본질을 실현하는지에 달려 있습니다. 그래서 그는 이성 그 자체의 탁월성은 지적 탁월성(지적 덕)이라고 말하며, 이성에 속해 있지 않은 인간의 의지가 이성을 충분히 따르는 탁월성을 성품적 탁월성(성품적 덕)이라고 말합니다.

그런데 문제는 지적인 덕보다 성품적 덕에 있습니다. 왜냐하면, 이성이 인간의 의지에 굴복할 때가 많기 때문입니다. 이것을 아주 쉽게 설명하자면, "덕을 머리로 아는 것보다 덕을 실천하는 것이 더 어렵다"는 말로 표현할 수 있습니다.

---

[19] Aristotle, *Aristotle's Nicomachean ethics*, trans. R.C. Bartlett & Susan D.C. (Chicago, IL: University of Chicago Press, 2011), 1103a14-20.

그렇다면 어떻게 성품적 덕을 터득할 수 있을까요?

아리스토텔레스는 이를 위해서는 윤리적 행동을 반복적으로 실천함으로써 습관을 형성해야 한다고 말합니다. 즉, 우리가 흔히 덕이라고 부르는 '성품적 덕'은 반복적인 실천에 의한 습관을 통해 형성됩니다.

> 우리가 탁월성을 획득하게 되는 것은, 여러 기예들의 경우에서와 마찬가지로 먼저 발휘함으로써 얻게 되는 것이다. 어떤 것을 어떻게 만들어야 하는지 배우는 사람은 그것을 만들어 봄으로써 배우는 것이니까. 가령 건축가는 집을 지어 봄으로써 건축가가 되며, 기타라 연주자는 기타라를 연주함으로써 기타라 연주자가 되는 것처럼 말이다. 그러니 이렇게 정의로운 일들을 행함으로써 우리는 정의로운 사람이 되며, 절제 있는 일들을 행함으로써 절제 있는 사람이 되고, 용감한 일들을 행함으로써 용감한 사람이 되는 것이다.[20]

즉, 성품적 덕은 태어날 때부터 가지고 태어난 것이 아니며, 지적인 덕이 있다고 성품적 덕이 있는 것도 아닙니다. 덕을 행하고, 그러한 행위가 습관화될 때 성품적 덕이 형성됩니다.

그렇다면 어떠한 덕을 행해야 할까요?

이에 대해 아리스토텔레스는 중용의 덕을 실천해야 한다고 주장합니다. 즉, 성품적 덕은 중용이라는 행동의 기준을 따라야 한다는 것입니다.

[표 30] 아리스토텔레스의 중용의 덕

부족함(-)	중용	넘침(+)
무지	지혜 (머리)	교만
비겁	용기 (가슴)	방종
거식	절제 (배)	폭식
불의	정의 (온몸)	불의

---

[20] Ibid., 1103a31.

그렇다면 중용이라는 행동의 기준이 덕인지를 어떻게 분별해 낼 수 있을까요?

그러한 분별은 이성의 작용에 달려 있습니다. 이러한 분별력을 위한 이성적 능력이 '프로네시스'(phronesis)입니다. 아리스토텔레스의 프로네시스는 구체적인 상황 속에서 어떤 행동이 덕스러운 행동인지를 알려 줍니다. 따라서 인간은 이를 선택하기만 하면 됩니다. 즉, 부족하거나 넘침이 없는 중용을 선택하는 것으로 덕스러운 행위를 하게 되고, 이를 습관처럼 하게 되면 성품적 덕이 함양된다는 것입니다.

여기까지는 충분히 이해될 수 있는 부분입니다. 하지만 그의 윤리학이 지닌 피할 수 없는 역설(paradox)이 여기서 드러납니다. 그것은 덕스러운 행위를 통해 유덕한 사람이 되고 결국 행복에 이르게 된다고 하는데, 유덕한 사람이 아닌데 어떻게 덕스러운 행위를 할 수 있는가라는 역설입니다. 그는 이 역설을 해결하기 위해 반드시 유덕한 사람이어야 덕스러운 행위를 할 수 있는 것은 아니고 아직 유덕한 사람이 아니어도 유덕한 사람의 행동을 모방하면 덕스러운 행위를 할 수 있다고 주장합니다.

즉, 덕이 무엇인지 아직 모른다고 하여도, 유덕한 사람을 모방하면서 덕을 서서히 배워나가면 된다는 것입니다. 하지만 이러한 임시방편 또한, 근본적인 역설을 결국 해결할 수는 없습니다.

우리가 덕스럽게 되기 위해 모방할 수 있는 그 유덕한 사람은 어떻게 유덕하게 되었을까요?

무한소급 형태로 유덕한 사람을 찾아서 거슬러 올라가면, 최초의 유덕한 사람은 어떻게 덕스러운 행위를 할 수 있게 되었는지, 그리고 그것이 덕스러운 행위라는 것은 어떻게 알게 되었는가라는 역설에 빠지게 됩니다.

그런 의미에서 성경은 하나님의 계시가 덕스러운 행위(윤리적 의무)에 관한 지식의 근원임을 말씀해 주고 있습니다.

[잠 9:10] 여호와를 경외하는 것이 지혜의 근본이요 거룩하신 자를 아는 것이 명철이니라

이 말씀처럼 그를 아는 것은 모든 존재와 윤리적 의무의 궁극적 근원이 무엇인지를 동시에 깨닫게 됩니다. 게다가 하나님은 사실(fact)이며 또한, 가치(value) 그 자체입니다. 그렇기에 하나님의 은혜는 죄인의 내면에 도덕적 성품을 창조할 뿐 아니라 이 성품을 따를 수 있도록 도와주십니다. 결국, 아리스토텔레스의 덕윤리는 패러독스에 직면할 수밖에 없는데, 그는 성품적 덕을 함양해야 한다고 주장했지만, 그 성품적 덕이 무엇인지에 대해 침묵하고 있기 때문입니다.

4) 결론

아리스토텔레스의 철학과 윤리학은 타의 추종을 불허할 정도로 그 효용성과 깊이가 있으며, 서양 철학사에 있어 플라톤과 더불어 반드시 거쳐야 하는 관문의 역할을 하고 있습니다. 특별히 아리스토텔레스의 덕윤리는 현시대의 공동체주의자들에 의해 새롭게 조명받고 있을 정도로 뛰어난 통찰력을 보여줍니다.

또한, 그의 윤리학은 규범적인 면, 상황적인 면, 실존적인 면의 세 가지 관점에서 다른 어떤 철학자들보다 더 균형이 잡혀 있습니다. 그러나 그는 윤리의 목표를 행복 추구에 두었으며, 인간 본질의 실현이 항상 최고선이라고 하였으며, 덕윤리에 있어 성품적 덕이 무엇인지를 밝히지 못함으로써 패러독스에 직면할 수밖에 없기 때문에 성경적인 윤리가 되기에는 미흡하다고 할 수 있습니다.

5. 칸트의 윤리는 성경적인가요?

[롬 7:21-25] 그러므로 내가 한 법을 깨달았노니 곧 선을 행하기 원하는 나에게 악이 함께 있는 것이로다 내 속사람으로는 하나님의 법을 즐거워하되 내 지체 속에서 한 다른 법이 내 마음의 법과 싸워 내 지체 속에 있는 죄의 법 아래로 나를 사로잡아 오는 것을 보는도다 오호라 나는 곤고한 사람이로다 이 사망의 몸에서 누가 나를 건져내랴 우리 주 예수 그

리스도로 말미암아 하나님께 감사하리로다 그런즉 내 자신이 마음으로는 하나님의 법을 육신으로는 죄의 법을 섬기노라

제레미 벤담과 스튜어트 밀이 영향력 있는 목적론의 옹호자라면, 임마누엘 칸트(Immanuel Kant, 1724~1804)는 의무론의 대표적인 옹호자입니다. 그는 대륙의 합리론과 영국의 경험론을 종합한 철학자이자, 독일 관념론 철학의 선구자로 알려져 있습니다. 그는 인식론, 윤리학, 미학을 체계적으로 집대성하였으며, 『순수이성비판』, 『실천이성비판』, 『판단력비판』 등 수 많은 저서를 남겼습니다. 그는 철학사 전체에서 가장 위대한 5대 철학자 중 한 사람으로 꼽힐 정도로 많은 영향력을 미치고 있습니다.

그렇다면 칸트의 윤리는 성경적인가요?

1) 선의지가 항상 최고선이 될 수는 없다

칸트의 윤리학을 알기 위해서는 칸트의 세계관을 먼저 살펴보아야 합니다. 칸트는 세계를 질료와 형상으로 나눈 플라톤과 같이 철저하게 이원론적 세계관을 가지고 있습니다.

[표 31] 칸트의 세계관

Noumenal World	사물자체 (thing in itself)	Mental World	Invisible World	Unknowable	God
Phenomenal World	현상계	Material World	Visible World	Knowable	Human

플라톤은 보이는 질료의 세계는 알 수 없는 세계이지만, 보이지 않는 형상의 세계는 알 수 있는 세계라고 생각했습니다. 왜냐하면, 형상(form)만이 어떤 질료(matter)의 원형이라고 생각했기 때문입니다. 하지만 칸트는 이와는 반대로 우리가 경험하고 있는 현상계는 알 수 있는 세계이지만, 우리의 경험 밖에 있는 보이지 않는 세계는 무슨 수를 써도 알 수 없는 세계라고 생각했습니다. 즉, 칸트는 형이상학을 부정하였습니다.

그렇다면 형이상학과 윤리는 무슨 상관이 있을까요?

플라톤은 최고선을 만족시키는 실체가 있다면, 그것은 형상(이데아)의 세계에 존재한다고 보았습니다. 즉, 이데아의 세계에서나 선의 추상적인 형상(the abstract form of the Good)이 있다는 것입니다. 하지만 칸트는 그러한 플라톤의 생각이 윤리적인 면에서 전혀 무의미하다고 생각했으며, 이보다 나은 솔루션을 원했습니다. 즉, 선은 추상적인 형상이 아닌, 구체적인 실체여야 하거나 포함하고 있는 것이어야 했습니다.

그러므로 윤리적 규범인 최고선을 찾기 위해서는 칸트의 세계관에 의하면 물자체의 세계에서는 찾을 수는 없으며 결국 현상계에서 찾아야 합니다. 칸트는 그것을 이 세상에 존재하는 어떤 특정한 존재가 아닌 인간에게서 찾았으며, 인간에 있어서도 어떤 이성이나 감정이 아닌 선의지(good will)에서 찾았습니다.

사실 소크라테스, 플라톤, 아리스토텔레스는 최고선을 행복에서, 스토아 학파는 이성에서, 에피쿠로스 학파는 쾌락에서, 흄은 동정심에서 찾았습니다. 이에 반해 칸트는 순수한 의미의 도덕이 무엇인지를 묻고, 동정심과 같이 변화하는 것이 아닌 보편적이고 객관적인 도덕 법칙을 따라야 한다고 생각했습니다. 그는 옳고 그른 일을 하는 것에 대해서 인간의 마음속에서는 충동과 도덕이 투쟁한다고 보았습니다. 충동이 이기면 그른 일을 하게 되고, 도덕이 이기면 옳은 일을 한다고 생각했습니다.

칸트는 그의 『윤리형이상학정초』(*Groundwork of the Metaphysics of Morals*) 서론에서 "이 세계 안에서 아니 더 넓게 이 세계 밖에서라도, 우리가 제한없이 선하다고 볼 수 있는 것은 오직 선한 의지 이외에는 아무것도 없다"[21]고 말합니다. 왜냐하면, 선은 이성적으로 머리에만 머무르면 안되고 의지적으로 팔과 다리로 실천되어야만 그것이 진정한 선이라고 생각했기 때문입니다.

아무리 마음이 착해도 그의 의지가 타락해 있으면 그는 결코 선한 사람이 될 수 없으며, 아무리 재능이 많아도 선의지가 없으면 그러한 재능도 없느니

---

21 "Nothing can possibly be conceived in the world, or even out of it, which can be called good, without qualification, except a good will."

만 못합니다. 항상 선한 것이 하나 있다면 그것은 선의지(a good will)라고 생각했습니다. 왜냐하면, 선의지만이 참된 의미의 도덕적 가치를 갖고 있기에 누구도 마음속에 품고 있는 선의지를 비판하지 않기 때문입니다.

물론 칸트가 목적론의 전통에서처럼 쾌락이나 행복을 강조하지 않고 선의지를 강조하고, 플라톤이 생각했던 선의 추상성을 보다 구체화하고, 그것을 한 사람의 인격과 관련지음으로써 플라톤의 이론을 진일보시켰다는 점에서 칭찬받아야 합니다. 그러나 이는 성경적인 사상이 될 수 없습니다. 왜냐하면, 하나님만이 최고선이시며 윤리적 규범의 원천이시기 때문입니다. 또한, 선의지는 인간의 의지가 아닌 하나님의 의지여야 하기 때문입니다.

칸트가 최고선을 인간의 선의지에서 찾게 된 것은 그가 가지고 있는 세계관 때문입니다. 칸트에게 하나님은 보이지 않는 세계, 알 수 없는 세계에 계시기 때문에 그가 누구인지, 그가 존재하시는지를 알 수 없습니다. 그렇기에 칸트는 하나님이 실재한다고 믿고 행동하는 것이 최선이라고 설명할 수밖에 없었습니다. 결국, 칸트의 철학에는 하나님을 위한 자리가 없습니다. 즉, 칸트는 최고선이시며 윤리적 규범의 원천이신 하나님을 배제하고 윤리학을 진행하는 우를 범하고 말았습니다.

2) 정언명령이 항상 옳은 것은 아니다

칸트는 선의지를 최고선이라고 보았습니다.
그렇다면 이러한 선의지를 어떻게 행동으로 옮길 수 있을까요?
그는 그것이 정언명령을 통해서 가능하다고 믿었습니다. 당시 합리주의 철학의 전통은 수학의 모델을 따라 인산의 지식을 연역법 체계에 머무르게 하는 것을 목표로 삼았습니다. 계몽주의의 중심 사상가 중 한 사람인 독일의 철학자 칸트 또한, 인간의 지식을 연역법의 체계로 구성하고자 노력하였습니다. 그러한 노력으로 탄생한 것이 바로 정언명령입니다.

의무를 구성하는 명령에는 두 가지, 즉 가언적 명령(hypothetical imperative)과 정언적 명령(categorical imperative)이 있습니다.

가언적 명령은 "만일 ~라면"의 진술을 동반한 명령입니다. 즉, 조건이 붙은 명령(conditional imperative)입니다. 예를 들면, "행복을 원한다면 당신은 살인을 피해야만 한다"와 같은 명령인데, 칸트는 이러한 가언적 명령을 윤리의 근간으로 보지는 않았습니다. 왜냐하면, 그러한 가언적 명령은 목적론적 윤리와 같다고 생각했기 때문입니다. 즉, 선의지를 실천하려는 목적을 위해서 어떤 특정한 조건에 순종해야 하기 때문입니다.

목적은 행위의 동기보다 결과를 중시하기에 이렇게 조건이 붙어 있는 선의지는 순수하다고 보기 어렵습니다. 예를 들어, 살인을 피해야만 하는 것은 너무나 당연한데, 거기에 "내가 행복하기 위해서"라는 조건을 다는 것은 어떤 상황에서도 무조건 살인을 피해야 하는 것보다는 덜 순수하다는 것입니다. 그렇기에 아무리 가언적 명령을 호의적으로 평가한다 하더라도 기본적인 의무를 적용하는 측면에서만 의미를 부여할 수 있을 뿐입니다.

이에 반해 정언적 명령은 어떠한 조건이나 특수한 삶의 상황에 의해 좌우되지 않는 명령입니다.

[표 32] 칸트의 정언명령

제1 정언명령 (보편주의 원칙)	네 의지의 준칙(격률)이 언제나 동시에 보편적 입법의 원리가 될 수 있도록 행위하라
제2 정언명령 (인격주의 원칙)	너 자신과 다른 모든 사람의 인격을 결코 수단으로 대하지 말고 언제나 동시에 목적으로 대하도록 행위하라

첫째 명령은 선의지가 누가 보더라도 보편타당하다고 여겨지는 대로 행위하도록 만들라는 명령입니다. 왜냐하면, 도덕적 원리는 보편타당성을 지녀야 하기 때문입니다.

둘째 명령은 사람을 수단으로 대하지 말고 목적으로 대하라는 명령입니다. 왜냐하면, 칸트는 당시 유럽에서 유행하던 인간이 자연 법칙의 지배를 받는다고 보는 자연론적인 인간관을 부정했기 때문입니다. 그는 인간은 절대적인 가치를 지닌 인격체로서 그에 합당한 존엄한 대우를 받아야 하며, 따라서 인간은 수단이 아닌 목적으로 대해야 한다고 강조했습니다. 칸트는 이렇게 인격적으로 서로 존중받는 이상적인 공동체를 '목적의 왕국'이라고 불렀습니다.

물론 칸트는 정언명령을 통해 의무론에 있어 크게 기여를 한 것은 칭찬받아 마땅합니다. 칸트에 의하면 선의지는 동정심과 같이 변화하는 감정에 따르는 것이 아닌 이성적으로 판단한 의무를 따르는 것이어야 하며, 정언명령은 보편주의나 인격주의 원칙과 같은 보편타당한 원칙을 그러한 이성의 판단에 의해 따라야 합니다.

하지만 이런 정언명령이 항상 옳은 것은 아닙니다. 왜냐하면, 그러한 원칙들은 개인에 의존하기 때문입니다. 인간이 생각하는 그러한 원칙들은 상대주의적 문화주의적 요소를 무시하기 어렵습니다. 예를 들어, 칸트는 스스로 약속을 지켜야 할 의무와 생명을 지켜야 할 의무는 완전하고 엄격한 의무로, 자신의 재능을 개발하거나 남을 도와야 하는 의무는 불완전한 의무로 구분합니다. 그러한 구분은 매우 자의적인 구분입니다.

그러한 원칙들에 보편성과 타당성을 부여하시고, 자연의 법칙이 되게 하시고, 또한, 그것을 정확하게 판단하실 수 있는 이는 오직 하나님이십니다. 물론 칸트가 교리보다는 정직이나 도덕적 삶을 강조한 '경건주의'를 믿는 부모의 영향을 받은 것으로 보이지만, 이러한 도덕적 판단을 내림에 있어 마치 하나님과 같이 정확한 판단을 할 수 있으리라고 생각한 것은 잘못입니다.

또한, 정언명령은 보편주의나 인격주의 원칙과 같은 원칙들을 지킨다 하여도 정언명령은 윤리적이 아닐 때가 있습니다. 왜냐하면, 그 어떤 예외도 허용하지 않기 때문입니다. 규칙을 준수하는 데 있어서는 규칙을 준수하지 못할 상황이 생기게 마련입니다.

하지만 칸트에게 예외는 있을 수 없는데, 정언명령 그 자체가 예외를 인정하지 않는 무조건적인 명령이기 때문입니다. 그러므로 정언명령에서는 예외적 상황을 고려하지 못하는 규칙주의이 문제짐이 지적됩니다. 예외적 상황을 항상 고려하는 상황주의도 문제지만, 어떤 예외적 상황도 고려하지 않는 규칙주의도 문제가 될 수밖에 없습니다. 게다가 그런 규칙주의 또한, 개인에게 의존할 수밖에 없습니다. 그러므로 윤리적 규칙에 대한 왕성한 검증활동을 개인에게 의존하게 하는 정언명령이 항상 옳을 수는 없습니다.

3) 인간의 자율성은 변화한다

칸트에게 있어 인간의 자율성은 매우 중요한 개념입니다.

그렇다면 왜 그가 그토록 자율성을 강조할까요?

칸트의 도덕 철학은 합리론과 경험론을 종합했다고 알려져 있습니다. 합리론은 이성의 역할을, 경험론은 경험의 역할을 강조합니다. 칸트의 선의지와 정언명령은 이성의 역할로 도출된 개념들입니다. 즉, 칸트의 도덕적 자율성은 본능이나 감정이 아닌 스스로 정한 보편타당한 규범에 따라 이성의 명령에 스스로 복종하는 것을 의미합니다.

그렇다면 칸트는 경험의 역할로 무엇을 도출하고 있을까요?

칸트에 의하면 경험의 기본구조는 경험 이전의 정보들에 인간의 지성(mind)이 범주(categories)를 부여함으로써 얻어진 결과물입니다. 이러한 범주는 양, 질, 관계, 양태를 기초로 구분할 수 있습니다. 이러한 범주는 인간의 지성이 만들어낸 범주로, 이러한 범주들을 실제 세계로부터 발견해 내는 것이 아니라 그 세계를 경험하는 과정에서 부여합니다.

칸트는 그의 책 『순수이성비판』(*Critique of Pure Reason*)에서 학문적 지식을 판단하는 형식을 네 가지로 제시합니다. 경험의 유무에 따라 '선험적 판단'과 '후험적 판단', 그리고 명제의 참과 거짓을 판단하기 위한 경험적 확인이 필요한가에 따라 '분석 판단'과 '종합 판단'으로 구분합니다. 이렇게 구분하는 이유는 우리의 모든 인식은 경험과 더불어 시작되며, 경험 없이는 어떤 인식도 가능하지 않기 때문입니다.

[표 33] 칸트의 판단 형식

경험에 앞서거나 경험으로부터 독립한 판단	선험적 판단 (A Priori)	⇔	후험적 판단 (Posterior)	경험으로부터 혹은 경험을 한 후의 판단
주어개념이 술어개념을 포함해 주어의 의미를 알면 자동적으로 술어의 의미가 도출되는 판단	분석 판단 (Analytic Judgment)	⇔	종합 판단 (Synthetic Judgment)	주어개념이 술어개념을 포함하지 않아 경험적 확인을 요구하는 판단

여기서 분석 판단은 '공은 둥글다', '총각은 결혼하지 않은 남자이다'와 같이 참과 거짓을 판별하기 위해 언어 이외의 아무런 경험도 필요로 하지 않는 판단입니다. 이에 반해 종합 판단은 '이 공은 금색이다'와 같이 경험을 해 보아야 알 수 있는 판단입니다. 위와 같은 네 가지 판단 형식을 조합해 생길 수 있는 경우는 수는 총 네 가지(선험적 분석 판단, 선험적 종합 판단, 후험적 분석 판단, 후험적 종합 판단)입니다.

이 중에서 우리의 관심은 선험적 종합 판단에 있습니다. 왜냐하면, 후험적 판단은 경험 후의 판단이며, 분석 판단은 주어의 의미를 알면 자동적으로 술어의 의미를 알 수 있는 판단이기 때문입니다. 즉, 후험적 판단과 분석 판단은 그렇게 노력하지 않아도 쉽게 알 수 있습니다.

그러므로 네 가지 경우 중 가장 어려운 것은 선험적 종합 판단입니다. 그래서 칸트는 학문적 지식은 선험적 종합 판단의 형식을 취해야 한다고 보았습니다. 왜냐하면, 학문적 지식은 단순히 세계에 존재하는 대상을 경험하는 것만으로는 얻을 수 없으며(종합 판단 영역), 반대로 경험없이 선험적으로 아는 지식은 세계에 대한 새로운 정보를 제공할 수 없기(선험적판단 영역) 때문입니다.

칸트는 여기서 모든 인식이 경험으로부터 나오는 것은 아니라고 말합니다. 왜냐하면, 경험만 가지고는 얻어지지 않는 선험적 인식이 있기 때문입니다. 여기서 선험적 인식은 보편성과 필연성을 지녀야만 하는데, 인간의 경험은 구체적이고 제한적이어서 인간의 경험 자체만으로는 결코 보편적이고 필연적인 지식을 얻을 수 없습니다.

좀 더 쉽게 말하자면, 선험적 인식은 어떤 사태의 실제를 설명할 수는 있지만 왜 그 사태가 필연적으로 그렇게 될 수밖에 없는지는 설명할 수 없고, 어떤 사태를 관찰한 후에는 보편적으로 그렇다는 것을 설명할 수는 있지만 그 밖의 모든 경우에도 보편적으로 그렇다는 것을 설명할 수 없습니다.

따라서 만일 우리의 인식이 필연성과 보편성을 가질 수 있다면, 이것은 우리 자신 속에 선험적 형식이 존재함을 의미합니다. 칸트는 학문적 인식이란 필연성과 보편성을 가져야 하며 동시에 세계에 대한 지식을 확장시켜 주어야 합니다. 즉, 학문적 지식은 선험적이면서 종합적인 판단이어야 함을 의미합니다. 그래서 칸트는 "선험적 종합 판단은 가능한 것인가"라고 질문합니다.

그렇다면 선험적 종합 판단이 어떻게 가능할까요?

이것이 바로 『순수이성비판』의 집필 동기가 됩니다. 즉, 선험적 종합 판단이 불가능하다면 학문적 지식을 도출할 수 없기 때문입니다.

이러한 선험적 종합 판단을 위해서 칸트는 인간의 이성을 지성과 감성으로 구분하고 다음과 같이 범주를 나누었습니다.[22]

[표 34] 칸트의 범주
(From His First Critique, 1781)

양(Quantity)	질(Quality)	관계(Relation)	양태(Modality)	21세기 해석
단일성 (Unity)	실재성 (Reality)	고유성 (Inherence)	가능성 (Possibility)	Conceptual Dimension
복수성 (Plurality)	부정성 (Negation)	원인성 (Causality)	필연성 (Necessity)	Observable Dimension
전체성 (Totality)	제한성 (Limitation)	상호성 (Correlation)	우연성 (Contingency)	Intuitive Dimension

이 표가 의미하는 바는 모든 판단은 '양, 질, 관계, 양태에 의해 결정된다는 것입니다. 칸트는 이러한 범주를 이용하여 선험적 종합 판단을 시도하였습니다. 이러한 선험적 종합 판단은 도덕적 판단에도 적용 가능합니다. 왜냐하면, 도덕적 판단도 지적 판단처럼 선험적 종합 판단이기 때문입니다.

[표 35] 칸트의 도덕적 판단의 메커니즘

지적 판단	= 지성의 선험적 형식(범주) + 감성(경험)적 판단
도덕적 판단	= 이성의 선험적 형식(정언명령) + 경험 세계에 있는 의지의 내용(행위준칙)

여기서 도덕적 판단이 일어날 수 있게 만들어 주는 동기는 도덕 법칙에 대한 존경입니다. 이러한 동기에 의해 선의지는 정언명법(도덕 법칙)에 두가지 방식으로 관계합니다.

---

[22] Making Space for Possibility, Aristotle, [인터넷 자료] https://sourcepov.com/2012/01/22/21stc-kant-convergence/ (3/9/2022 accessed).

하나는 선의지가 정언명법 앞에서 수동적으로 강요되는 방식입니다. 이 방식은 정언명법을 그저 의무로 받아들입니다.

다른 하나는 선의지가 정언명법 앞에서 능동적인 위치에 있는 방식입니다. 이 방식은 정언명법을 자발적으로 인정할 뿐 아니라 스스로 제정합니다.

이처럼 선의지는 정언명법에 대해 수동적인 복종의 위치에 있을 뿐 아니라 능동적인 자율의 위치에 있습니다. 도덕적 주체는 스스로 수립한 법칙에 대해서만 복종해야 하기 때문에 선의지는 자신이 스스로 제정한 법칙만을 자신의 의무로 받아들이게 됩니다. 이것을 논리적으로 풀어보면 다음과 같습니다.

1. 경험 이전의 정보들에 인간의 지성이 범주를 부여하여 경험을 얻는다. ⇨
2. 인간은 이러한 경험을 이용하여 선험적 종합 판단을 한다. ⇨
3. 선험적 종합 판단은 도덕적 판단을 포함한다. ⇨
4. 도덕적 판단은 선의지로 하여금 자신이 스스로 제정한 법칙만을 자신의 의무로 받아들이게 한다. ⇨
5. 이러한 과정은 자율적으로 작동한다.

종합하자면, 인간은 경험을 통해 자율적으로 선험적 종합 판단인 도덕적 판단을 한다는 것입니다. 즉, 정언명법이라는 도덕적 원칙을 세우고 판단하고 실천하는 모든 과정이 자율적이라는 것입니다. 이렇게 칸트는 인간의 도덕적 자율성(autonomy)을 매우 강조하였습니다.

그러나 안타깝게도 인간의 자율성은 항상 도덕적이지는 않습니다. 도덕 발달이론으로 유명한 미국의 심리학자인 로렌스 콜버그(Lawrence Kohlberg, 1927~1987)는 피아제의 2단계 도덕성 발달이론의 확장 형식으로 6단계 도덕성 발달이론을 제시하였습니다. 그가 이 이론에서 제시하는 결론은 연령에 따라서 도덕성이 발달하는 일종의 단계가 있다는 것입니다. 이러한 결론을 도출하기 위해 그는 하인츠 딜레마(Heinz Dilemma)를 사용합니다.[23]

---

23 "한 부인이 희귀한 암으로 죽어 가고 있었다. 그런데 그 부인이 사는 마을에서 한 약사

[표 36] 콜버그의 도덕성 발달이론[24]

수준 (Level)	단계 (Stage)	약을 훔쳐야 하는 이유	약을 훔치지 말아야 하는 이유
인습 이전 수준	1단계 주관화 복종 (Obedience)	약사가 원하는 금액을 지불하겠다고 했으나 거절당했기 때문	나쁜 사람이라는 것을 의미하는 감옥에 가게 될 것이기 때문
	2단계 상대화 욕구충족 (Self-interest)	감옥에 갇히더라도 아내를 살릴 수 있다면 훨씬 더 행복할 것이기 때문	아내의 죽음보다 끔찍한 장소인 감옥에서 괴로워할 가능성이 더 크기 때문
인습 수준	3단계 객체화 적합성 (Conformity)	아내가 약을 기대하고 있으며, 좋은 남편이 되기를 원하기 때문	법을 위반하지 않고 그가 할 수 있는 모든 것을 시도했기 때문
	4단계 사회화 법과 질서 (Law-and-order)	자신의 불법 행위에 대한 처벌을 달게 받을 것을 각오했기 때문 음이 확실히 확인된다면, 그의 위법 행위는 더 비판받을 수 없다.	법이 도둑질을 금지하고 있기 때문
인습 이후 수준	5단계 일반화 사회 계약 지향 (Social contract Orientation)	모든 사람은 법에 관계없이 생명을 선택할 권리가 있기 때문	과학자는 공정한 보상을 받을 권리가 있으며, 아내가 아프다고 하더라도 도둑질은 옳지 않기 때문
	6단계 궁극화 보편적 윤리 (Universal ethics)	사람을 구하는 것은 타인의 재산권보다 더 근본적인 가치이기 때문	다른 사람들도 마찬가지로 약이 절실히 필요할 수 있으며, 그들의 생명도 똑같이 중요하기 때문

가 그 암을 치료할 것으로 기대되는 신약을 개발했다. 약사는 그 약을 만들기 위해 200달러를 투자했으며, 약 한 알에 2,000달러의 가격을 책정하였다. 죽어 가는 부인의 남편 하인츠 씨는 있는 힘을 다해 돈을 융통하고자 애썼지만, 결국 1,000달러 정도밖에는 모으지 못했다. 하인츠 씨는 약사를 찾아가서 아내가 죽어 가고 있으니 제발 약값을 절반으로 깎아 달라고 애걸했지만, 약사는 이를 거절했을 뿐만 아니라 나중에 나머지 절반을 갚겠다는 요청까지도 거절하였다. 절망한 하인츠 씨는 결국 그날 밤 약사의 연구실에 침입하여 신약을 훔치게 되었다. 하인츠 씨는 왜 그래야만 했을까? 또는, 왜 그래서는 안 되었을까? 그의 판단에 대해서 어떻게 생각하는가?" Lawrence Kolberg, *The Philosophy of Moral Development: Moral Stages and the Idea of Justice* (Essays on Moral Development, Vol. 1) (San Francisco, CA: Harper & Row, 1981) 참조.

24 Wikipedia, Heinz dilemma, [인터넷 자료] https://en.wikipedia.org/wiki/Heinz_dilemma (4/12/2022 accessed) 참조.

피아제는 도덕성이 높을 수록 자율적으로 사고하고 보편적 원리에 따라 행동하려고 한다는 2단계 도덕성 발달이론을 주장했습니다. 인간의 도덕성이 타율적 도덕에서 자율적 도덕으로 발달한다는 것입니다. 이것은 개인이 도덕적으로 사회화된다는 것을 의미하며, 이러한 사회화 과정은 인간의 자율성이 변화할 수밖에 없다는 것을 의미합니다.

콜버그는 이것을 6단계로 확장하였는데, 인간은 성장하면서 6단계의 도덕 발달 과정을 겪는다는 것입니다. 그는 어린이들과 청소년들을 대상으로 하인츠 딜레마를 제시하고 최초 면접 이후 3-4년마다 한 번씩, 총 20년 동안 지속적으로 면접을 실시하면서 그 대답이 어떻게 변해 가는지를 지켜보았습니다. 이 과정을 통해 그는 '연령에 따라서 도덕성이 발달하는 일종의 단계가 있다'고 결론지었습니다.

여기서 도덕성의 발달과 도덕성의 자율은 다른 개념이라고 항변할 수 있습니다. 왜냐하면, 도덕성의 발달은 아주 어린 나이부터 관찰된 자료를 바탕으로 하기 때문입니다.

그렇다면 도덕성의 자율을 말하려면 몇 살부터 도덕성의 자율을 인정해야 할까요?

중요한 것은 인간의 자율성은 나이와 상관없이 시간이 지남에 따라서 변화한다는 사실입니다. 또한, 상황의 변화에 따라서 변할 수밖에 없습니다. 시간과 상황의 변화에 따라 타율적인 판단에서 자율적인 판단으로, 자율적인 판단에서 타율적인 판단으로 변화합니다. 그러한 변화는 나이와 어느 정도 관계가 있겠지만, 종속적이지는 않습니다. 왜냐하면, 성경은 인간의 지성, 감정, 의지, 양심은 타락하였다고 말씀하고 있기 때문입니다.

이러한 타락으로 인해 인간의 도덕적 자율성은 많은 부분 상실되었고, 사사기 시대나 현시대나 마찬가지로 "자기 소견에 옳은 대로" 행하려는 인간의 본성은 아직도 현재진행형이기 때문입니다(삼상 1:23; 삿 17:6; 21:25; 신 12:8).

4) 결론

칸트는 윤리학을 칸트 이전과 이후로 나눌 정도로 혁명적 변화를 일으킨 의무론의 대표자입니다. 최고선을 위한 도덕 법칙을 발견하기 위한 그의 철학적 여정은 경외감을 불러 일으킬 정도입니다. 특히, 선의지가 그 의무를 실천할 때 행복과 쾌락이라는 목적을 성취하기 위한 것이 아닌 의무 자체를 목적으로 삼는다는 그의 원칙은 자못 경건해 보입니다. 그렇다고 하더라도 그의 윤리는 성경적인 윤리가 되기에는 부족합니다.

첫째, 그가 절대적인 규범이라고 여겼던 선의지가 항상 최고선이 될 수는 없습니다. 왜냐하면, 그는 최고선이시며 윤리적 규범의 원천이시며 인격적인 존재이신 하나님을 배제하고 윤리학을 진행하는 우를 범하고 말았기 때문입니다.

둘째, 보편주의 원칙과 인격주의 원칙을 기초로 한 정언명령이 항상 옳은 것은 아닙니다. 왜냐하면, 그러한 윤리적 규칙에 대한 왕성한 검증활동을 개인에게 의존할 수밖에 없으며, 그 어떤 예외도 허용하지 않기 때문입니다.

셋째, 그가 그토록 최상의 가치로 여겼던 인간의 자율성은 변화합니다. 왜냐하면, 선험적 종합 판단인 도덕적 판단은 시간과 상황의 변화에 따라 변화하기 때문입니다.

제4장

세계 종교와 관련된 문제

1. 범신론의 종교는 윤리의 기준을 제시할 수 있나요?

> **[롬 1:25]** 이는 저희가 하나님의 진리를 거짓 것으로 바꾸어 피조물을 조물주보다 더 경배하고 섬김이라 주는 곧 영원히 찬송할 이시로다 아멘

범신론(pantheism)은 이 세상에 존재하는 모든 것(pan)이 곧 신(theism)이라고 주장하는 세계관입니다. 여기서 이 세상에 존재하는 모든 것은 우주 혹은 자연을 의미합니다. 이러한 범신론에 기초하는 철학이나 종교는 동서양을 가리지 않고 발전해 왔습니다.

서양에는 크세노파네스, 헤라클레이토스, 아낙사고라스와 같은 스토아학파, 그리고 플라톤, 플로티노스와 같은 신플라톤주의적(유출론적) 범신론, 근대의 스피노자 사상 등이 있습니다.

동양에는 도가사상과 인도의 베다(Vedas), 우파니샤드(Upanisad), 바가바드기타(Bhagavadgita) 사상, 불교의 직관주의적 신비주의적인 범신론 등이 있습니다.

이렇게 동서양을 가리지 않고 발전해 온 것을 보면 범신론이 인기가 많은 사상인 것은 틀림없어 보입니다. 그렇다면 범신론의 종교는 윤리의 기준을 제시할 수 있나요?

1) 자연(우주)은 선악 분별에 불충분하기 때문이다

기독교 안에서는 전통적으로 범신론이 반기독교적인 사상으로 배척되어 왔습니다. 범신론은 가장 중요하게도 창조주와 피조물을 구분하지 않기 때문입니다. 그렇기에 범신론은 신을 운명과 같은 비인격체로 격하시킵니다. 또한, 신의 초월성보다는 내재성을 강조합니다.

하지만 성경은 성경의 시작인 창세기 1:1부터 창조주와 피조물을 분명하게 구분합니다. 또한, 기독교의 신은 초월성과 내재성을 동시에 가지고 있는 인격체이십니다. 그러므로 기독교가 범신론을 배척하는 것은 너무나 당연합니다.

그러나 범신론은 범신론의 변형된 형태인 범재신론(panentheism)을 통해 그 영향력을 유지하려고 노력하고 있습니다. 범재신론에 대한 사전적 정의는 다음과 같습니다.

> 하나님의 존재가 우주 전체를 포함하고 관통하며, 따라서 우주의 모든 부분이 하나님 안에 존재하지만 (범신론과 반대로) 하나님의 존재는 우주보다 크며 우주에 의해 다 소진되지 않는다는 믿음이다.[1]

이러한 정의를 보면 범재신론이 그다지 위험해 보이지 않습니다. 하지만 범재신론은 범신론과 일신론을 조화시키려는 시도로, 19세기 피히테, 셸링, 헤겔로 대변되는 독일의 관념론과 20세기 화이트헤드, 찰스 하트숀으로 대변되는 과정철학의 영향을 받았습니다. 범신론을 전통적인 유신론 안으로 끌어들여와 인간의 자유와 선택을 강조하게 된 것입니다.

그러다 보니 하나님의 완전성과 자존성은 인정하면서 하나님의 의도와 목적은 인간의 자유와 선택의 상호작용을 통해 완성되어 가는 관계적 신관(relational theism)의 신학적 근거를 제시하고 말았습니다.

---

[1] F. L. Cross ed., *Oxford Dictionary of the Christian Church* (Revised Edition edited by E. A. Livingstone) (Oxford, UK: Oxford University Press, 2005), 1027.

그럼에도 불구하고 범신론이 인기가 있는 이유는 무엇일까요?

그것은 범신론이 가지고 있는 대중성에 기반하고 있기 때문입니다. 범신론은 보이는 대상 그 무엇이든 신이 될 수 있는 자격을 갖추고 있습니다. 그러다 보니 보이는 물질 중에 위대해 보이는 태양은 신으로서 많은 숭배를 받았습니다. 그 대표적인 사례가 이집트의 태양신 숭배이며, 파라오는 태양신의 아들로 인정받았습니다.

이처럼 범신론은 자연과의 일체성, 혹은 단일성, 혹은 일원론을 추구합니다. 이러한 일원론의 추구는 이 세상에 존재하는 모든 것이 신이라는 관점하에서는 너무나 당연한 결과입니다.

그렇다면 이러한 일원론과 윤리와의 관계는 어떻게 설정될까요?

사실 범신론하면 범신론의 체계화에 기여했던 바룩 스피노자(Baruch Spinoza, 1632~1677)를 빼놓을 수 없습니다. 그는 자연에 존재하는 모든 것은 하나의 실체이며 신과 자연을 같은 실체의 두 가지 이름으로 보았습니다. 그가 이렇게 보게 된 이유는 르네 데카르트(Rene Descartes, 1596~1650)의 심신이원론을 받아들이지 않았기 때문입니다.

그렇다면 데카르트는 왜 육체와 정신이 철저하게 분리되어 있다고 보는 심신이원론을 주장했을까요?

사실 데카르트는 "나는 생각한다 고로 존재한다"(*Cogito ergo sum*)라는 명언을 남길 정도로 '방법론적 회의'를 그의 철학의 수단으로 삼았습니다. '방법론적 회의'는 조금이라도 의심할 수 있는 것을 모두 의심하여 결코 의심할 수 없는 것을 찾아내는 방법론을 의미합니다. 이러한 방법론을 취한 결과 수학과 같이 인간의 관점에 따라 변화하지 않는 확고부동한 법칙을 추구하였습니다.

그렇기에 그는 철학을 포함한 모든 진리를 수학적인 원리로 해석하기 위해 노력하였습니다. 특히, 그는 기하학에 있어 큰 업적을 세울 정도로 해석기하학의 창시자이기도 합니다. 그는 이러한 방법론적 회의를 통해 감각에 기초한 물질 세계와 좀 더 엄격한 수학적인 물질 세계는 구별되어야 한다고 생각했습니다. 왜냐하면, 감각에 기초한 물질 세계는 객관적이지 않다고 보았기 때문입니다.

감각적 경험은 주관적이며, 자주 착각과 혼동을 일으키며, 명확하고 명료하지 않다고 보는 것이 더 타당하다는 것입니다. 그러므로 감각에 기초한 물질 세계는 방법론적 회의의 대상이 되고 맙니다.

그러나 스피노자는 데카르트가 주장하듯이 육체와 정신이 분리되어 있다는 이원론을 받아들일 수 없었습니다. 왜냐하면, 육체와 정신이 분리될 수 없으며, 육체와 정신이 송과선(pineal gland)으로 연결되어 있다는 데카르트의 주장을 받아들일 수 없었기 때문입니다. 그 이유는 육체와 정신이 연결되는 부분이 있다면 그것은 더 이상 이원론이 되지 않기 때문입니다. 그런 이유로 스피노자는 일원론자가 되었습니다. 육체와 정신을 하나로 인식한 스피노자는 인간과 자연 또한 하나로 인식하게 되었습니다.

그러나 이러한 인식은 스피노자 고유의 것만은 아닙니다. 왜냐하면, 고대의 스토아학파 또한, 인간과 자연을 하나로 인식했기 때문입니다. 스토아학파에 의하면 자연은 완벽한 구조와 조화를 통해 움직이며, 이것이 가능한 것은 만물에 신이 존재하기 때문에 가능합니다.

그러므로 이렇게 하나의 유기체이며 완벽한 구조의 자연에서 사는 인간도 자연과 조화를 이루며, 자연의 변화에 순응해야 합니다. 이렇게 일원론을 기초로 하는 범신론의 종교는 생성과 소멸을 반복하고 순환하는 자연에 귀의하는 것을 최고의 덕목으로 여깁니다.

이렇게 범신론의 종교는 일원론을 추구하다보니 창조주와 피조물을 구분하지 못하는 우를 범하고 맙니다. 자연은 유한하며, 제약적이며, 변화무쌍한 성격을 가지고 있는데 반해, 신은 무한하며, 제약이 없으며, 불변의 성격을 가지고 있습니다. 게다가 신은 영원하고 절대적인 존재입니다.

이러한 본질적인 차이를 무시하는 범신론의 종교는 정신과 물질과의 본질적인 차이점 정도는 가볍게 무시합니다. 이러한 무시는 윤리에 있어서 선과 악의 대립을 해석하지 못하도록 만듭니다. 왜냐하면, 그들에게 선은 오직 자연에 순응하고 귀의하는 것이기 때문입니다. 그러나 그것은 선의 정의가 되기에는 너무나도 불충분합니다.

성경은 다음과 같이 범신론을 부정합니다.

[롬 1:25] 이는 그들이 하나님의 진리를 거짓 것으로 바꾸어 피조물을 조물주보다 더 경배하고 섬김이라 주는 곧 영원히 찬송할 이시로다 아멘

[겔 28:2] 네 마음이 교만하여 말하기를 나는 신이라 내가 하나님의 자리 곧 바다 가운데에 앉아 있다 하도다

루이스(C. S. Lewis)는 만유신론자(everythingist)는 신으로부터 출발하면 범신론자(pantheist)가 되고, 자연으로부터 출발하면 자연주의자(naturalist)가 된다고 말하며, "범신론은 그냥 놓아두게 될 때 인간의 마음이 자동적으로 갖게 되는 태도이다"[2] 라고 비판하고 있습니다. 범신론은 자연의 일부인 인간의 마음에 호소하기 때문에 인기가 많지만, 선의 근원인 신을 자연으로 대치하였기 때문에 윤리의 기초를 무너뜨리고 말았습니다.

2) 자기 성찰로는 윤리적 책임을 설명하지 못하기 때문이다

범신론은 인간이 자연의 법칙대로 살아야 한다고 주장합니다. 자연의 법칙대로 살아가려면 인간의 자연스럽지 않은 생각과 행동을 통제하며 살아야 합니다. 특히, 인간 이성(logos)의 욕망과 정념을 없애거나 통제해야 합니다. 이러한 통제를 위해 자기 성찰을 추구합니다.

또한, 범신론은 일원론을 추구하기에 힌두교, 불교, 도교, 유교의 성리학에서 말하는 신인합일(神人合一) 사상으로 발전할 수 있습니다. 이러한 신인합일을 이루기 위해서 자기 성찰을 강조합니다. 이러한 강조는 고대 영지주의(Gnosticism)로부터 신플라톤주의(Neoplatonism)와 중세의 신비주의(Mysticism), 현대의 뉴에이지 운동에 반영되었습니다. 자기 성찰을 통해 깨달음을 얻는 순간 자신이 하나님이며 하나님은 곧 우리들 자신임을 발견하게 된다는 것입니다.

이들은 하나님에 대한 두 가지 관점 중 하나를 가지고 있습니다.

---

2   C. S. Lewis, *Miracles* (London, UK: Geoffrey Bles, 1947), 83.

하나는 초월적인 존재로 이 세계와 무관하게 떨어져 계신 분으로 이해하는 관점입니다. 이 관점은 주로 영지주의자들의 관점으로 신은 너무나 초월적이어서 사람들이 그 존재를 알 수도 없으며 이름을 붙여 부를 수도 없는 분입니다. 그렇기 때문에 그와 더불어 인격적인 관계를 갖는다는 것은 생각할 수도 없습니다.

다른 하나는 신이 이 세계와 하나로 결합된 존재입니다. 그래서 인간은 신이 될 수 있으며 자기 성찰이라는 방법을 통하여 가능하다고 믿습니다.

문제는 어느 쪽을 선택해도 윤리적 책임을 설명할 수 없습니다. 윤리적 책임이라는 것은 도덕의 근원인 신의 존재로 발생합니다. 만일 신이 존재하지 않는다면, 혹은 우리가 신에 대해서 전혀 알 수 없다면, 혹은 자기 성찰로 신이 될 수 있다면 인간은 신에 대해, 또한, 어느 누구에게도 윤리적 책임을 질 필요가 없기 때문입니다.

3) 윤리의 궁극적 목표를 설명하지 못하기 때문이다

범신론에서 윤리의 궁극적인 목표는 열반에 드는 것입니다. 열반(涅槃)은 산스크리트어 너바나(nirvana)를 번역한 말로 nir(없어진) + vana(불다(to blow)의 과거분사)의 합성어입니다. 어의적 의미는 '불어서 없어진', '불어서 꺼진 상태'를 의미합니다. 즉, 일체의 번뇌가 소멸된 상태 곧 더 이상 고통이 존재하지 않는 일종의 무(nothingness)의 상태를 가리킵니다. 그러므로 범신론의 윤리관은 초월적인 열반의 상태를 추구합니다. 이러한 상태에 이르게 되면 옳고 그름, 선과 악의 구분이 아무런 의미를 갖지 않게 됩니다.

그럼에도 불구하고 범신론적 동양 종교나 서양의 영지주의 분파들은 윤리적 삶을 강조합니다. 특히, 대승불교의 전통에서는 이타적 자선을 강조합니다. 왜냐하면, 부처가 열반의 경지에 들어가기 전 이를 포기하고 되돌아와 사람에게 설법을 전한 모범을 따라야 한다고 주장하기 때문입니다.

여기서 하나의 질문이 떠오릅니다. 그것은 윤리의 궁극적 목표가 열반에 있기 때문에 자기 성찰을 하는 것은 이해가 가는데, 윤리적 삶을 강조하는 이유나 근거가 무엇인지 명확하지 않다는 것입니다. 물론 이타적인 자선은 칭송받아야 마땅하지만 범신론적 종교들은 윤리적 원칙들에 대한 어떤 당위성이나 근거를 가지고 있지 않습니다.

좀 더 쉽게 말해서, 범신론적 종교들은 자기 성찰을 중심으로 하는 개인중심주의적이기 때문에 공동체를 중심으로 하는 윤리적 원칙이 그다지 필요하지 않습니다. 즉, 범신론적 종교는 윤리의 궁극적 목표를 설명하지 못하는 단점을 가지고 있습니다. 그러므로 우리는 범신론의 체계가 윤리의 세 가지 관점 모두를 소거해 버리는 것을 알 수 있습니다.[3]

[표 37] 윤리의 세 가지 관점을 소거하는 범신론의 체계

규범적 관점	일원론에 옳고 그름의 궁극적인 차이가 존재하지 않기 때문
정황적 관점	우리가 경험하는 이 세계는 환영에 지나지 않는다고 주장하기 때문
실존적 관점	자신과 타인의 실존적 자아 역시 환영에 지나지 않는다고 믿기 때문

4) 결론

범신론은 매우 인기 있는 세계관입니다. 하지만 인기가 있다고 해서 윤리적으로 문제가 없는 것은 아닙니다. 범신론이 윤리의 기준을 제시할 수 없는 이유는 다음과 같습니다.

첫째, 자연(우주)은 선악 분별에 불충분하기 때문입니다.
둘째, 자기 성찰로는 윤리적 책임을 설명하지 못하기 때문입니다.
셋째, 윤리의 궁극적 목표를 설명하지 못하기 때문입니다다.

성경은 창조주와 피조물을 구분합니다. 첫째와 관련하여 기독교의 하나님은 선악을 분별하는 절대자의 역할을 감당하시며, 둘째와 관련하여 하나님

---

3 John M. Frame, 『기독교 윤리학: 그리스도인의 삶에 대한 교리』, 이경직 옮김 (서울: P&R, 2015), 135.

의 존재로 인해 인간은 윤리적 책임을 지고 있으며, 세째와 관련하여 기독교의 윤리는 창조주 하나님께 영광을 돌려야 한다는 윤리의 궁극적 목표를 설명할 수 있습니다. 그러므로 범신론은 윤리의 기준을 제시할 수 없음이 분명합니다.

2. 다신론의 종교는 윤리의 기준을 제시할 수 있나요?

> [수 24:15] 만일 여호와를 섬기는 것이 너희에게 좋지 않게 보이거든 너희 조상들이 강 저쪽에서 섬기던 신들이든지 또는 너희가 거주하는 땅에 있는 아모리 족속의 신들이든지 너희가 섬길 자를 오늘 택하라 오직 나와 내 집은 여호와를 섬기겠노라 하니

다신론(polytheism)은 세상에는 많은(poly) 신(theism)이 있다고 주장하는 세계관입니다. 다신론은 고대 이집트와 메소포타미아 종교, 중국의 도교, 인도의 힌두교, 일본의 신토, 아프리카의 대부분의 전통적인 종교 등 많은 나라들에서 발견됩니다. 일본 신토에서 섬기는 신은 수를 헤아릴 수 없을 만큼 많으며 '800만의 신'이 있다고 전해집니다.

특히, 이탈리아의 로마에 가면 판테온(Pantheon)이라는 신전을 가게 되는데, 판테온은 그리스어 '판테이온'(Πάνθειον)에서 유래했습니다. 이는 "모든 신을 위한 신전"이라는 뜻이며, 만신전(萬神殿)이라고도 부릅니다. 판테온은 로마인이 숭배하는 신 이외에 다양한 민족의 여러 신을 숭배하기 위해 지어졌습니다. 그만큼 다신론은 고대로부터 영향력 있는 세계관입니다.

그렇다면 다신론의 종교는 윤리의 기준을 제시할 수 있나요?

1) 인간의 윤리를 반영하기 때문이다

그리스 로마 신화는 신들의 전쟁이라고 불릴 만큼 많은 신이 나옵니다. 특히, 올림포스 산 정상에서 살고 있다는 그리스 판테온의 주역인 신은 12신이나 됩니다. 이 신화가 다른 신화들과 달리 시대와 문화를 초월하여 사랑받는

이유는 그 신들의 모습이 인간사와 흡사하기 때문입니다. 사랑하고, 갈등하고, 질투하고, 반항하고, 심지어 불륜을 저지르는 등, 비윤리적인 세속적 욕망을 적나라하게 보여 줍니다. 그렇기에 크세노파네스(Xenophanes, BC565 – BC470)는 그리스의 신들이 방종한 신들로 묘사된 것은 인간 욕망의 투사라고 지적했습니다.

> 만일 소와 말, 그리고 사자가 손을 가졌거나, 그들이 손을 가지고 그림을 그릴 수 있고 인간들이 하는 일을 행할 수 있다면, 말은 신의 모습이 자신들을 닮도록, 소는 소의 모습으로, 그리고 신들의 몸을 그들 각자가 가지고 있는 형태에 따라서 만들었을 것이다(DK. 21. B15).

쉽게 말해서, 소나 말이 신을 그렸다면 소나 말처럼 그렸을 것이라는 것입니다. 즉, 방종한 그리스의 신들은 방종한 그리스인들의 반영이라는 것입니다. 이 말이 함의하는 것은 신은 인간의 상상력 속에서 존재하는 유한한 존재가 될 수밖에 없다는 것입니다.

물론 다신론은 다양한 형태의 종교가 있습니다. 모든 신을 항상 동등하게 숭배하지는 않으며, 많은 신 가운데 특정한 하나의 신을 숭배하기도 합니다. 중요한 것은 많은 신 중 하나를 선택하든, 많은 수의 신을 선택하든, 그것은 인간의 윤리를 반영할 수밖에 없다는 것입니다. 왜냐하면, 사람들은 자신이 선호하고 섬길 신을 선택하려고 할 것이기 때문입니다.

이것은 윤리의 관점에서 매우 문제가 될 수밖에 없습니다. 왜냐하면, 윤리는 보편적이어야 하기 때문입니다. 개인마다 섬길 신을 선택한다는 것은 개인의 선호와 윤리를 반영할 수밖에 없습니다. 그러므로 나신론은 궁극적으로 윤리의 기준을 제시할 수 없습니다.

2) 운명에 근거한 윤리이기 때문이다

사도 바울은 선교하기 위해 아테네를 방문하였는데, 그곳에서 "알지 못하는 신에게"(TO AN UNKNOWN GOD)라고 새겨진 제단을 발견합니다(행

17:23). 이렇게 알지 못하는 신을 위한 제단을 만들게 된 것은 그 신이 노해서 저주를 내릴 지도 모르기 때문입니다. 즉, 후일에 일어날지 모르는 불상사를 미연에 방지하는 차원에서 제단을 만든 것입니다. 이것은 다신론의 관점에서 인간의 운명은 이미 어느 정도는 결정되어 있다고 보아야 합니다. 그러니까 알지 못하는 신을 섬기지 않으면, 자신이 전혀 알지 못하는 신의 저주로 죽을 운명에 처할 지도 모른다는 것입니다.

이처럼 다신론의 종교들은 신들이 우주의 세력을 통제하고 민족과 개인의 운명을 좌우합니다. 힌두교는 범신론과 다신론적 성향이 섞여 있지만, 대체적으로 다신론의 종교로 인정받고 있습니다. 그런 힌두교에서는 다음과 같은 3대 주요신을 숭배합니다.

[표 38] 힌두교의 신

3대 주요신	상징	역할	기능
브라마(Brahma)	하늘	창조(Creation)	미래 창조(Creating the future)
비슈누(Vishnu)	태양	유지(Preservation)	현재 유지(Preserving the present)
시바(Shiva)	달	파괴(Destruction)	과거 포기(Selectively abandoning the past)

힌두교에서 브라마 신은 우주를 창조한 신으로서 3대 주요 신 가운데 가장 인기가 없습니다. 왜냐하면, 브라마 신이 세상을 창조하는 순간, 그의 역할은 끝나기 때문에 인간들의 삶의 문제에는 개입하지 못한다고 믿기 때문입니다.

비슈누 신은 브라마 신이 창조한 세상을 보호하고 유지하는 신입니다. 이 신은 악을 제거하고 정의를 회복하는 신으로 인기가 많을 법하지만 시바 신만큼 인기가 있는 것은 아닙니다. 왜냐하면, 힌두교의 본산인 인도의 카스트 제도 때문입니다. 카스트 제도라는 현재 상태를 유지한 채 정의를 회복한다고 하여도 그것이 그렇게 유의미한 변화를 가져오기는 어렵습니다.

반면에 시바 신은 파괴의 신이라고 불리며 절대적인 파괴력에 있어서 추종을 불허합니다. 시바 신은 힌두교에서 가장 인기가 많은데 그 이유는 대체적으로 두 가지 이유 때문입니다.

첫째, 시바 신이 파괴 능력이 대단하여 카스트 제도나 업보와 같은 인간의 굴레를 파괴하는 것을 강하게 기대하기 때문입니다.

둘째, 이러한 파괴가 있어야 새로운 창조가 오기 때문입니다.

그래서 힌두교의 핵심교리는 창조 ⇨ 유지 ⇨ 파괴 ⇨ 새창조의 순환으로 설명하기도 합니다. 오랫동안 이어져온 카스트라는 신분 제도와 부의 불평 등으로 인해 빈곤층일수록 시바 신에 대한 믿음이 강합니다.

이러한 선호가 함의하는 것은 자신의 운명을 스스로 개척할 수 없다는 자괴감에서 비롯된 것입니다. 이처럼 다신론의 종교는 운명에 근거한 윤리가 되고 맙니다.

프레임에 의하면 이러한 비인격적인 운명을 절대자로 인정하는 문헌적 증거들은 이집트(마앗maat), 바벨론(메me), 유교(하늘천)등에서도 발견됩니다.[4] 또한, 유교와 일부 헬라종교의 문헌에 나타난 운명은 스스로의 존재적 정당성을 옹호하면서 이를 저항하는 자들을 응징하는 매우 강력한 힘을 가진 존재가 됩니다. 하지만 다신교의 신들은 자기 외적 존재에 대한 의존함 없이 스스로 존재하지 못할 뿐 아니라 궁극적 윤리의 권위자로서의 역할을 감당하지도 않습니다.

3) 선의지를 개선시키지 못하기 때문이다

윤리의 제1원칙은 "선을 행하고 악을 피하라"는 것입니다. 그러므로 윤리는 선을 행하고 악을 피하려는 의지를 강화시켜야 합니다. 그러나 다신론의 종교인 힌두교의 윤리는 운명론적 사고체계를 가지고 있으며 이러한 체계로는 선의지를 개선시키지 못합니다. 힌두교의 운명론적 사고체계는 카스트 제도(Caste System) 때문입니다.

원래 '카스트'라는 단어는 인도와 무역하던 포르투갈 상인들이 인도인의 특이한 사회적 계급 제도를 보면서, "인종, 혈통, 품종"을 의미하는 카스타

---

[4] Ibid., 125.

(casta)라는 포트투갈어를 사용했다고 알려져 있습니다. 하지만 카스트의 정확한 어원은 계급, 유형, 순서 등의 의미를 가진 산스크리트어인 바르나(varna)에서 유래했다고 보기도 합니다.

카스트는 다음과 표와 같이 네 개 계급을 분류하고 있습니다.

[표 39] 카스트 계급 구조

브라만 (Brahmin)
크샤트리아 (Kshatrya)
바이샤 (Vaisha)
수드라 (Sudra)
불가촉천민 (The Untouchables)

이렇게 계급을 나누게 된 것은 피부색이 백인에 가까운 아리아인(Aryans)이 피부색이 흑인에 가까운 인도 원주민들을 정복하면서 피부색에 의한 계급 제도를 만들어 냈다는 것이 정설로 되어 있습니다.

위의 3계급은 정복민이며, 밑의 2계급은 피정복민으로 구성되어 있습니다. 가장 맨 밑의 계급은 하나의 계급으로도 인정받지 못하며, 전체인구의 15퍼센트에 달한다고 전해지는 달릿(dalit)이라고 하는 불가촉천민 계급입니다.

[표 40] 카스트 계급 구성원

계급	역할	기능
브라만(Brahmins)	사제	성스러운 지식의 전달자
크샤트리아(Kshatryas)	정치, 군사	국가를 방어하고 왕의 직무를 수행
바이샤(Vaishas)	농업, 상업, 공업	농상공에 종사하여 세금 납부
수드라(Sudras)	육체 노동자	위의 세 계급을 위해 헌신하고 복종하는 노예
달릿(dalits)	불가촉천민	시체처리, 길거리 청소, 오물 청소

운명론적 체계를 갖고 있는 카스트 제도하에서 힌두교는 계급 사회를 혁명하지 못하고, 계급 사회 내에서 희망을 주는 역할로 현실 타협을 하고 말았습니다. 그래서 다르마(dharma)라는 교리를 강조하였습니다. 다르마의 교리는 '윤리적인 행위 규범'이라는 뜻으로 '부처님의 말씀', '진리', '현상' 등을 의미하며, 대체적으로 '법'(法)으로 해석합니다.

다르마의 철학적 종교적 의미는 사물의 본성, 존재의 본질을 성취하는 것입니다. 자신의 계급 속에서 자신의 본성과 본질을 성취하는 것이 진리와 윤리의 핵심이라는 것입니다.

이런 현실 속에서 윤리의 제1원칙인 '선을 행하고 악을 피하라'는 원칙은 "옳은 일을 하면 보상받고, 악을 행하면 징벌을 받는다"는 권선징악과는 모순됩니다. 아무리 옳은 일을 한다고 하여도 그러한 행위에 대한 보상을 현실 속에서는 전혀 기대할 수 없기 때문입니다.

그래서 다신론의 종교에서는 윤회를 강조합니다. 현실 속에 '선을 행하고 악을 피하라'는 윤리의 제1원칙을 지킨다면 다음 생애에서 더 나은 계급으로 태어나 보상을 받는다는 것입니다. 이러한 윤회에 의하면 이번 생애에서 안된다면 다음 생애에서 보상을 받고, 그것도 안된다면, 또 그다음 생애에서 보상을 받습니다.

그러므로 현실론자들에게 이러한 윤회 사상은 카스트 제도를 합리화하기 위한 종교적 사기에 지나지 않는다는 비난을 받습니다. 현실 속에서 어떤 보상을 기대할 수 없기에 선의지에 대한 동기 부여가 되지 않습니다. 결론적으로 다신론의 종교는 윤리의 관점에서 선의지를 개선시키지 못하는 단점을 지니고 있습니다.

그런 의미에서 기독교의 윤리가 어떻게 선의지를 개선시키는지 살펴볼 필요가 있습니다. 카스트 제도와 같이 선의지를 무력화시킨다거나, 윤회 사상과 같이 선의지를 낙심시키지 않습니다. 하나님께서는 인간의 의지를 무력화 혹은 낙심시키지 않으며, 오히려 선의지를 격려하고 자극합니다.

사도 바울은 이렇게 격려합니다.

[빌 2:13] 너희 안에서 행하시는 이는 하나님이시니 자기의 기쁘신 뜻을 위하여 너희에게 소원을 두고 행하게 하시나니

[빌 1:6] 너희 안에서 착한 일을 시작하신 이가 그리스도 예수의 날까지 이루실 줄을 우리는 확신하노라

또한, 사도 바울은 "두렵고 떨림으로 구원을 이루라"(빌 2:12)고 자극합니다. 왜냐하면, 인간의 궁극적인 목표는 반복되는 윤회로 고통 많은 이 세상에 사는 것이 아니라 영원한 천국에서 고통 없이 지극한 기쁨 가운데에 사는 것이기 때문입니다.

4) 결론

다신론은 고대로부터 현대에 이르기까지 많은 영향력을 미치고 있는 세계관입니다. 특히, 다신론의 종교는 신의 선택에 있어 인간의 자유를 최고로 강조하기에 인기가 많습니다. 그러나 다신론의 종교는 윤리적으로 많은 문제점을 가지고 있기 때문에 윤리의 기준을 제시할 수 없습니다.

첫째, 보편성(universal)에 있어 인간의 윤리를 반영하기 때문입니다.
둘째, 구속성(obligatory)에 있어 운명에 근거하기 때문입니다.
셋째, 필연성(necessary)에 있어 선의지를 개선시키지 못하기 때문입니다.

이러한 점을 고려할 때에 다신론은 윤리의 기준을 제시할 수 없음이 분명합니다.

3. 단일신론의 종교는 윤리의 기준을 제시할 수 있나요?

[습 3:17] 너의 하나님 여호와가 너의 가운데에 계시니 그는 구원을 베푸실 전능자이시라 그가 너로 말미암아 기쁨을 이기지 못하시며 너를 잠잠히 사랑하시며 너로 말미암아 즐거이 부르며 기뻐하시리라 하리라

[고전 1:9] 너희를 불러 그의 아들 예수 그리스도 우리 주와 더불어 교제하게 하시는 하나님은 미쁘시도다

세계관은 다음의 표와 같이 크게 세 가지로 나눌 수 있습니다. 무신론은 신이 없다고 보는 관점이며, 불가지론은 신이 있는지 없는지 알 수 없다는 관점이며, 유신론은 신이 있다고 보는 관점입니다.

[표 41] 세계관의 구성

또한, 유신론은 다음의 표와 같이 크게 세 가지로 나눌 수 있습니다. 범신론은 자연을 신으로 보는 관점이며, 일신론은 신은 하나라고 보는 관점이며, 다신론은 신은 여럿이라고 보는 관점입니다.

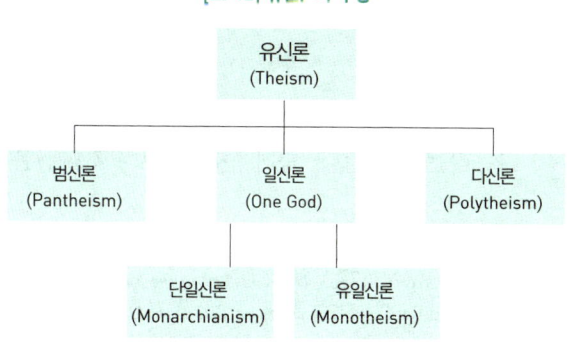

[표 42] 유신론의 구성

여기서 일신론(One God)은 단일신론(Monarchianism)과 유일신론(Monotheism)으로 나눌 수 있습니다.

단일신론에서 'monarch'라는 말의 뜻은 군주를 의미하며, 성부 하나님께서 군주와 같이 성자와 성령을 지배하고 다스린다고 보는 관점입니다. 그래서 단일군주론, 군주신론, 동력적 단일신론이라고도 합니다. 단일신론이란 한 본질에 3위격으로 존재하는 삼위일체 하나님과 대조적으로 오직 한 위만 강조하는 일위일체적 관점입니다. 그리스도의 완전한 신성을 부인하며 복수 위격을 배제한 채 하나님의 단일성만을 인정합니다.

즉, 유대교, 이슬람교, 여호와의 증인과 같은 이단, 신학적 자유주의자들은 삼위일체론이 아닌 단일신론(Monarchianism)을 표방합니다. 특히, 신학적 자유주의자들 중 예일대학교 신학대학원의 신학교수인 미로슬라브 볼프(Miroslav Volf)는 그의 책 『알라에 대한 크리스천 반응』(Allah: A Christian Response) 전반에 걸쳐 그리스도인과 무슬림은 같은 하나님을 예배한다고 말합니다.[5] 이 책이 출판된 후 미국에서는 종교다원주의와 종교혼합주의를 우려하는 목소리들로 인해 적지않은 논란이 되었습니다.

여기서 우리의 관심사는 일위일체적인 신을 섬기는 단일신론과 삼위일체적인 신(Triune God)을 섬기는 유일신론의 윤리적 차이에 있습니다. 즉, 단일신론과 유일신론이 교리적으로 차이가 있다는 것은 이해할 수 있는데, 하나님을 이해하는 방식의 차이가 윤리적으로 어떤 의미가 있는지에 관한 것입니다.

그렇다면 단일신론의 종교는 윤리의 기준을 제시할 수 있나요?

1) 초월성과 내재성을 보여 줄 수 없기 때문이다

가장 먼저 언급해야 할 것은 단일신론의 하나님은 초월성과 내재성을 동시에 보여 주지 않는다는 것입니다. 특히, 이슬람교의 하나님은 초월성만을

---

[5] Miroslav Volf , *Allah: A Christian Response* (New York, NY: HarperOne, 2011), 11. 또한, 다음의 책을 참조하라 Miroslav Volf (ed), *Do We Worship the Same God? Jews, Christians and Muslims in dialogue* (Grand Rapids, MI: Eerdmans, 2012), 1-166.

보여 줍니다. 이러한 초월성은 꾸란에서 인간은 도저히 알라에게 다가갈 수 없는(inaccessible) 무소불위의 존재로 묘사하고 있다는 점에서 알 수 있습니다.

먼저 '알라'라는 이름은 초월성을 강조하는 이름입니다. 알라는 정관사 (the)를 뜻하는 아랍어 알(al)과 신(god)을 뜻하는 아랍어 일라흐(ilah)의 합성어입니다. 여기서 al-ilah(the God)가 동화되어 알라(Allah)가 되었다고 봅니다. 다음의 꾸란을 보면 알라가 어떤 존재인지를 알 수 있습니다.

> **[꾸란 2:255]** 하나님 외에는 신이 없나니 그분은 살아계시사 영원하시며 모든 것을 주관하시도다 졸음도 잠도 그분을 엄습하지 못하도다 천지의 모든 것이 그분의 것이니 그분의 허락없이 어느 누가 하나님 앞에서 중재할 수 있으랴 그분은 그들의 안중과 뒤에 있는 모든 것을 알고 계시며 그들은 그분에 대하여 그분이 허락한 것 외에는 그분의 지식을 아무것도 모르니라 권자가 천지 위에 펼쳐져 있어 그것을 보호하는데 피곤하지 아니하시니 그분은 가장 위에 계시며 장엄하시노라.
>
> **[꾸란 112:1-4]** (자비로우시고 자애로우신 하나님의 이름으로) 일러 가로되 하나님은 단 한 분이시고 하나님은 영원하시며 성자와 성부도 두지 않으셨으며 그분과 대등한 것은 세상에 없노라.

꾸란에 의하면, 알라는 유일한 하나님이며 우주의 창조주입니다.[6] 알라는 졸음도 잠도 엄습하지 못하는데, 천지 창조 후 휴식을 취할 이유가 없다고 할 정도로 초월적인 존재입니다. 게다가 그는 태어나지도 않았으며, 어떤 이를 낳지도 않는 존재이기에 그와 견줄 만한 존재는 이 세상에 존재하지 않습니다.

알라는 창조세계(인간세계)와는 완전히 구분되어 있으며, 피조물에 속하는 모든 속성들과는 완전히 다른 존재입니다. 그러다 보니 인간은 알라의 진정한 본성(nature)에 대해 알 수 없으며, 인간이 이해하거나 파악할 수 없는 존재(Allah cannot be perceived by anyone)입니다. 문제는 자신을 어떤 형태로

---

6 꾸란 11:7, 25:59에서는 천지창조가 6일이라고 하는데, 꾸란 41:9-12을 보면 안식일을 빼고도 2+4+2=8일의 천지창조를 말하고 있다. "이틀만에 대지를 창조하신 하나님 … 나흘간의 양식을 주었노라 … 하늘에 오르시며 … 이틀만에 일곱 개의 하늘을 완성하신 후 …"

도 계시하지 않는 데에 있습니다. 그 결과 알라는 궁극적으로 "알 수 없는 존재"(unknowable entity)가 됩니다.

기독교에서는 삼위일체 하나님을 믿는데 반해 이슬람교에서는 일위일체적인 알라를 믿습니다. 즉, 삼위일체를 부정합니다.

[꾸란 5:116-117] 알라께서 마리얌의 아들 이싸야 네가 백성에게 말하여 알라를 제외하고 나 이싸와 나의 어머니를 경배하라 하였느뇨 하시니, 영광을 받으소서 결코 그렇게 말하지 아니했으며 그렇게 할 권리도 없나이다 저는 다만 내 주심이시며 너희의 주님인 알라만을 숭배하라는 말 이외에는 아무것도 그들에게 말하지 않았습니다.

그렇다면 꾸란에서는 왜 이렇게 삼위일체를 부정할까요?

그것은 알라의 절대적인 유일성과 초월성을 강조하는 데에 있습니다. 물론 알라의 유일성과 초월성을 강조하는 것은 이해할 수 있습니다. 하지만 그 교리는 신과의 합일이나 신과의 인격적 교제를 기대할 수 없게 만드는 단점이 있습니다. 그렇기에 이슬람교에서는 알라와의 인격적인 교제가 아니라 알라에 대한 '섬김'(service), '복종'(obedience) 그리고 '충성'(allegiance)을 강조할 수밖에 없는 시스템이 되고 맙니다.

그에 반해 우리는 성경의 많은 곳에서 아버지되시는 하나님의 개념을 찾아볼 수 있습니다(마 6:9, 10:32; 막 14:36; 요 5:17). 또한, 성경은 다음과 같이 인간과 인격적으로 교제하기를 원하시는 분으로 묘사하고 있습니다.

[습 3:17] 너의 하나님 여호와가 너의 가운데에 계시니 그는 구원을 베푸실 전능자이시라 그가 너로 말미암아 기쁨을 이기지 못하시며 너를 잠잠히 사랑하시며 너로 말미암아 즐거이 부르며 기뻐하시리라 하리라

[고전 1:9] 너희를 불러 그의 아들 예수 그리스도 우리 주와 더불어 교제하게 하시는 하나님은 미쁘시도다

[요일 1:3] 우리가 보고 들은 바를 너희에게도 전함은 너희로 우리와 사귐이 있게 하려 함이니 우리의 사귐은 아버지와 그의 아들 예수 그리스도와 더불어 누림이라

그렇다면 이렇게 초월성이 강조되는 것이 인간의 윤리와 어떤 관계가 있을까요?

그것은 초월성과 내재성 사이의 균형이 상실되면 갖가지 심각한 윤리적 문제들이 발생하기 때문입니다.

첫째, 초월성이 강조되면 주관적인 신앙주의를 갖게 만듭니다. 좀 더 쉬운 말로 맹목적인 신앙으로 흐르기 쉽습니다. 사실 하나님은 초월적인 분이시기 때문에 인간의 이성으로는 파악되기 어렵습니다. 그래서 일찍이 안셀름(Anselm, 1033~1109)은 "*Fides Quarens Intellectum*"(Faith Seeking Understanding,)을 추구하였습니다. 이는 "이해를 추구하는 신앙"의 라틴어로, "나는 이해하기 위해 믿는다"(I believe in order to understand)라는 말로 표현할 수 있습니다.

그러나 초월성의 강조는 무조건적인 믿음을 강조합니다. 이러한 맹목적이고 무조건적인 신앙은 인간이 속해 있는 상황과의 관련성을 잃어 버리게 됩니다. 예를 들면, 이슬람교의 지하드(jihad)는 성전을 의미하는 교리입니다. 초월적인 알라는 알라를 섬기지 않는 비무슬림들과의 성전(聖戰)을 명령합니다.

[표 43] 지하드 관련 꾸란 구절들

(꾸란 3:157-158) 성전에 대한 보상	하나님의 길에서 살해당했거나 죽었다면 하나님으로부터 관용과 자비가 있을지니 이는 생전에 축적한 것보다 나으리라 만일 너희가 죽었거나 살해당했다면 너희는 하나님께로 돌아가니라
(꾸란 3:195) 성전에 대한 보상	주님께서 그들에 응하사 나는 남녀를 불문하고 그들이 행한 어떠한 일도 헛되지 않게 할 것이라 너희는 서로 동등하니라 그들의 집을 떠났거나 추방당했거나 나의 길에서 수고한자 성전하였거나 살해당한 그들을 속죄하여 줄 것이며 강이 흐르는 천국으로 들어가게 하리니 이것이 하나님으로부터 받는 보상이라 그중 좋은 보상은 하나님께 있노라
(꾸란 4:89) 포획하고 살해하라	그들이 그랬듯이 너희도 불신자가 되기를 원하면 너희가 그들과 같이 되기를 바라거늘 너희는 그들이 하나님을 위해 떠날 때까지 그들 가운데 어느 누구도 친구로 택하지 말라 그럼에도 그들이 배반한다면 그들을 포획하고 그들을 발견하는 대로 살해할 것이며 친구나 후원자를 찾지 말라
(꾸란 8:12) 목과 손가락을 때리라	그대의 주님께서 천사들에게 말씀으로 영감하여 나는 너희와 함께 있으니 신앙인들에게 확신을 줄 것이며 내가 불신자들의 마음을 두렵게 하리니 그들의 목을 때리고 또한, 그들 각 손가락을 때리라

(꾸란 8:17) 살해에 대한 정당성 부여	그들을 살해한 것은 너희가 아니라 하나님께서 그들을 멸망케 하였으며 그들에게 던진 것은 그대가 아니라 하나님께서 던지셨음이라 이는 훌륭한 시험으로 믿는 자들에게 은혜를 베풀고자 함이니 실로 하나님은 들으심과 아심으로 충만하심이라
(꾸란 8:39) 끝까지 성전하라	박해가 사라지고 종교가 온전히 하나님만의 것이 될 때까지 성전하라
(꾸란 9:5) 불신자들마다 살해하고 포로로 만들라	금지된 달이 지나면 너희가 발견하는 불신자들마다 살해하고 그들을 포로로 잡거나 그들을 포위할 것이며 그들에 대비하여 복병하라 그러나 그들이 회개하고 예배를 드리며 이슬람세를 낼 때는 그들을 위해 길을 열어 주리니 실로 하나님은 관용과 자비로 충만하심이라
(꾸란 9:29) 세금을 낼 때까지 성전하라	하나님과 내세를 믿지 아니하며 하나님과 선지자가 금기한 것을 지키지 아니하고 진리의 종교를 따르지 아니한 자들에게 비록 그들이 성서의 백성이라 하더라도 항복하여 인두세를 지불할 때까지 성전하라 그들은 스스로 저주스러움을 느끼리라
(꾸란 9:123) 불신자들에게 투쟁하라	믿는 자들이여 너희 가까이에 있는 불신자들에게 투쟁하고 그들로 하여금 너희가 엄함을 알게 하라 하나님은 항상 정의로운 자들과 함께 하시니라
(꾸란 22:78) 성전의 권리를 행사하라	하나님의 길에서 성전하라 그 성전은 그분의 권리라 그분께서 너희를 선택하사 종교생활에 어려움이 없도록 했노라
(꾸란 37:48-49) 성전에 대한 보상	그들 주위에는 순결한 여성들이 있나니 그녀의 눈은 잘 보호되었고 눈이 크고 아름다우매 마치 잘 보호받은 달걀과 같더라
(꾸란 44:54) 성전에 대한 보상	그들은 그곳에서 온갖 과일을 평화롭게 즐기도다
(꾸란 47:4) 불신자의 목들을 때리고 포로로 만들라	너희가 전쟁에서 불신자를 만났을 때 그들의 목들을 때리라 너희가 완전히 그들을 제압했을 때 그들을 포로로 취하고 그후 은혜로써 석방을 하던지 아니면 전쟁이 종식될 때까지 그들을 보상금으로 속죄하여 주라 그렇게 하라 너희에게 명령이 있었노라 하나님께서 원하셨다면 그들에게 응벌을 내렸을 것이라 그러나 그분은 너희로 하여금 성전하도록 하였으니 이로 하여 너희를 다른 자들에게 비유하여 시험코자 하심이라 그러나 하나님의 길에서 살해된 자 있다면 그분은 그의 행위가 결코 손실되지 않게 하실 것이라
(꾸란 52:20) 성전에 대한 보상	그들이 침상에 줄지어 기대니 하나님은 그들에게 눈이 큰 아름다운 배우자를 앉게 하시더라
(꾸란 56:36-37) 성전에 대한 보상	그녀들을 순결케 하였으며 나이가 같으며 사랑받게 하셨느니라
(꾸란 61:11) 성전에 대한 보상	그것은 너희가 하나님과 그분의 선지자를 믿으며 하나님 사업을 위해 너희 재산과 너희 생명으로 성전하는 것으로 너희가 알고 있다면 그것이 너희를 위한 복이라

사람들은 꾸란에 성전(*jihad*)에 대해 한 두개 정도의 구절이 있으리라고 예상할 것입니다. 하지만 이렇게 많은 구절이 있다는 것을 알게 되면 놀랄 것입니다. 알라의 유일성과 초월성을 강조하면 할수록 맹목적이고 무조건적인 신앙으로 흐를 가능성이 높아집니다. 그 결과 자살폭탄테러와 같은 일을 자행하게 됩니다.

둘째, 내재성이 강조되면 객관적인 경험주의로 흐를 가능성이 높습니다. 사실 계몽주의 이전에는 하나님의 초월성을 강조하였는데, 이성의 부흥을 모토로 하는 르네상스 시대 이후 하나님의 내재성을 강조하기 시작했습니다. 이렇게 내재성이 강조되면 어떤 특정한 상황에만 얽매이거나 신앙의 특별한 영역을 상실하게 됩니다. 그래서 "나는 내가 이해할 수 있는 것을 믿는다"와 같이 자신의 이성이 이해할 수 있는 범위 내에서 신앙을 갖기를 원합니다.

그런 의미에서 기독교의 하나님은 초월성과 내재성이 균형을 이룬 분입니다. 신학적으로 초월성(transcendence)은 창조된 세계와 분리됨(separateness)을 뜻하고, 내재성(immanence)은 창조된 세계와 인간의 역사 가운데 적극적인 현존(presence)을 뜻합니다. 하나님은 초월적이면서도 동시에 내재적인 분으로, 높이 계시면서도 동시에 피조 세계 가운데 현존하시는 분입니다(왕상 8:27, 시 113:5-6).

하나님의 아름다운 섭리의 역사는 이러한 내재성을 보여 주는 명확한 예입니다. 그러므로 유대교, 이슬람, 자유주의 기독교 등에 근거를 둔 단일신론은 하나님의 초월성을 비성경적인 방식으로 이해함으로써 객관주의와 주관주의의 균형을 잃어버리는 단점이 있습니다.

2) 운명론적 접근을 취하기 때문이다

단일신론에서 초월성을 강조하는 것은 장점과 단점이 있습니다. 장점은 신에 대한 경외감을 고취시킴으로써 신심(神心) 혹은 종교심을 두텁게 한다는 점입니다. 단점은 단일신론의 하나님은 다신론의 많은 신 중 하나를 선택한 것과 같은 결과를 가져온다는 점입니다. 단일신론은 많은 신이 아니라 오직 하나의 신만 존재한다고 믿을 뿐, 다신론이 취하고 있는 운명론적 접근을 취할 수밖에 없습니다.

이것은 인간의 자유의지를 무시하는 결과를 가져옵니다. 예를 들어, 성경의 예정교리는 하나님의 내재성에 근거합니다. 하지만 내재성이 전무한 이슬람에서는 성경의 예정교리는 운명의 한 형태로 전락하고 맙니다. 내재성이라고 하는 것은 기도의 효험이 있음을 전제합니다. 기도의 효험이 있다는 것은 인간이 운명을 바꿀 수 있다는 말과 같습니다.

만일 하나님께서 내재하신다면 하나님께서는 인간의 기도에 응답하셔서 운명을 바꾸어 주실 수 있습니다. 예를 들면, 히스기야는 이사야의 예언에 의하면 곧 죽을 운명이었습니다. 하지만 히스기야는 눈물을 흘리며 간절히 기도했고, 하나님께서 그 기도를 들으시고 15년의 생명을 연장해 주셨습니다(왕하 20:1-21).

그러나 하나님께서 내재하지 않으신다면 그 누구라도 기도의 효험을 경험할 수 없습니다. 왜냐하면, 인간의 기도를 들을 수 없기 때문입니다. 그러므로 인간의 자유로운 선택, 즉 자유의지는 인간의 운명에 궁극적인 영향을 미치지 못합니다. 즉, 내재성이 결핍된 단일신론은 운명론으로 귀결되고, 결국 윤리에 대한 타당한 근거를 제공해 주지 못합니다.

운명을 관찰함으로써 윤리적 지식을 얻는다는 주장은 합리주의적 선언(인간 정신에 대한 찬양)일 수 있지만 이러한 주장은 동시에 비합리주의적이기도 하다는 것을 알아야 합니다.[7]

3) 복음이 없는 규율만을 강조하기 때문이다

이슬람교에서 여섯 가지 교리와 신앙고백(*Shahada*), 기도(*Salah*), 자선(*Zakat*), 금식(*Sawm*), 순례(*Hajj*)의 다섯 가지 기둥(Five Pillars of Islam)을 강조합니다. 이렇게 다섯 가지 기둥을 강조하는 이유는 그것이 구원의 조건이기 때문입니다.

---

[7] John M. Frame, 『기독교 윤리학: 그리스도인의 삶에 대한 교리』, 132-3.

유대교에서는 10계명을 613개의 세부 항목으로 나눈 613개의 율법을 강조하며, 그것을 "613 미츠보트"(Commandments - Mitzvot)라고 부릅니다. 명령적 율법(Mandatory laws)은 248개로 인체의 뼈와 장기의 수에 해당한다고 말하며, 금지적 율법(Forbidden laws)은 365개로 태양년의 날 수와 같다고 말합니다.

[표 44] 613계명(Mitzvot) 구성

성경 순서대로 편집된 버전	창세기 (1-3) / 출애굽기 (4-114) / 레위기 (115-361) / 민수기 (362-413) / 신명기 (414-613)
주제별로 편집된 버전	God (1-10) / Torah (11-16) / Signs and Symbols (17-21) / Prayer and Blessings (22-25) / Love and Brotherhood (26-39) / The Poor and Unfortunate (40-52) / Treatment of Gentiles (53-58) / Marriage, Divorce and Family (59-81) / Forbidden Sexual Relations (82-106) / Times and Seasons (107-142) / Dietary Laws (143-169) / Business Practices (170-183) / Employees, Servants and Slaves(184-202) / Vows, Oaths and Searing (203-209) / The Sabbatical and Jubilee Years (210-226) / The Court and Judicial Procedure (227-262) / Injuries and Damages (263-266) / Property and Property Rights (267-277) / Criminal Laws (278-284) / Punishment and Restitution (285-308) / Prophecy (309-311) / Idolatry, Idolaters and Idolatrous Practices (312-357) / Agriculture and Animal Husbandry (358-364) / Clothing (365-367) / The Firstborn (368-371) / Kohanim and Levites (372-401) / T'rumah, Tithes and Taxes (402-425) / The Temple, the Sanctuary and Sacred Objects (426-458) / Sacrifices and Offerings (459-560) / Ritual Purity and Impurity (561-576) / Lepers and Leprosy (577-580) / The King (581-587) / Nazarites (588-597) / Wars (598-613)

왜 이렇게 이슬람교와 유대교는 계율을 강조할까요?

그것은 행위를 통해 의를 성취하는 것이 가능하며, 선행을 통해 그에 합당한 도덕적 지위를 얻을 수 있다고 믿기 때문입니다. 그러나 안타깝게도 성경은 모든 사람은 죄를 범함으로 인해 하나님을 기쁘시게 할 수 없음을 강조하며(롬 3:23-25), 인간의 최선으로 하나님의 사랑을 얻기에는 역부족임을 증언합니다(사 64:6).

이렇게 선행으로 얻는 의로움의 교리는 인간을 두 가지 길로 인도합니다.

하나는 교만입니다. 선행으로 의로움을 얻을 수 있기에 의로움의 기준에 어느 정도 근접한 사람은 교만하게 됩니다. 그래서 이런 사람은 하나님의 궁극적 기준에 대해서는 관심이 없으며, 인간의 기준을 달성한 자신을 기만하게 됩니다.

다른 하나는 절망입니다. 의로움의 기준에 부합되지 못한 삶을 산 사람은 절망하게 됩니다. 하나님이 요구하시는 행위와 자신이 실천해 오고 있는 행위와의 심각한 불일치를 발견하고 그 결과 하나님과의 관계를 유지할 수 있다는 희망 자체를 잃어버리고 맙니다.

그렇다면 유일신론을 강조하는 기독교 또한 규율을 강조하고 있지 않느냐고 반문할 것입니다. 기독교가 규율을 강조하는 것은 맞습니다. 하지만 기독교는 복음이 없는 규율을 강조하지 않습니다. 항상 복음과 규율을 동시에 강조합니다. 예수님은 간음하다 현장에서 붙잡혀 온 여인에게 먼저 은혜를 베푸셔서 살려 주시고 다시는 죄를 범치 말라고 강조하셨습니다(요 8:1-11). 이것은 기독교가 얼마나 복음이 있는 규율을 강조하는지를 보여 주는 명확한 예입니다.

4) 결론

단일신론은 기독교의 유일신론과 비슷하기에 범신론이나 다신론보다는 문제가 적다고 볼 수 있습니다. 특히, 유대교나 여호와의 증인은 성부 하나님을 믿고 있기에 단일신론의 윤리 체계가 그다지 문제가 없는 듯이 여길 수 있습니다. 그러나 단일신론은 윤리의 기준을 제시하기에는 충분치 않습니다. 그 이유는 초월성과 내재성을 보여 줄 수 없기 때문이며, 운명론적 접근을 취하기 때문이고, 복음이 없는 규율을 강조하기 때문입니다. 그러므로 단일신론은 윤리의 기준을 제시하기에는 너무나 부족합니다.

4. 기독교 윤리의 특징은 무엇인가요?

[신 33:4] 모세가 우리에게 율법을 명령하였으니 곧 야곱의 총회의 기업이로다

[고전 1:18] 십자가의 도가 멸망하는 자들에게는 미련한 것이요 구원을 받는 우리에게는 하나님의 능력이라

[고후 5:1] 그런즉 누구든지 그리스도 안에 있으면 새로운 피조물이라 이전 것은 지나갔으니 보라 새것이 되었도다

우리는 위에서 범신론, 다신론, 단일신론이 윤리의 기준을 제시하기에는 다양한 문제가 있음을 살펴보았습니다. 그 결과 우리는 기독교 윤리가 최소한 그런 문제를 갖고 있지 않음을 알게 되었습니다.

즉, 기독교 윤리는 범신론, 다신론, 단일신론의 종교보다 최소한 비교우위에 있습니다. 하지만 우리는 기독교 윤리가 비교우위가 아닌 절대우위에 있음을 잘 알고 있습니다. 그럼에도 불구하고 비교우위가 절대우위 즉 최고의 윤리임을 의미하는 것은 아니라고 반문할 수 있습니다.

좀 더 원색적으로 말하자면, 다른 종교의 약점을 통해 비교우위를 설명하는 것은 온당치 않다고 말할 것입니다. 그렇기에 기독교 윤리가 비교우위가 아닌 절대우위에 있음을 설명하기 위해서는 기독교 윤리의 특징을 직접 설명하는 편이 오히려 더 효과적일 수 있습니다.

그렇다면 기독교 윤리의 특징은 무엇일까요?

여기서 우리는 듀크 대학교 신학부의 신약학 교수였던 리차드 헤이스(Richard B. Hays)의 『신약의 윤리적 비전』(The Moral Vision of New Testament)이라는 책을 참조하려고 합니다. 그는 이 책에서 신약의 윤리적 비전에 통일성을 찾는 작업을 통해 세 가지의 초점 이미지(focal image)를 제시합니다. 그것은 C로 시작하는 Community, Cross, (New) Creation의 3C입니다. 즉, 3C의 초점 이미지가 신약을 관통하는 윤리의 핵심이라는 것입니다.

1) Community(공동체)

기독교 윤리의 핵심 중 하나는 공동체 중심적이라고 하는 사실입니다. 이렇게 말하면 기독교만 공동체 중심적인 것은 아니며, 다른 종교에서도 공동체를 중요시하고 있다고 반문할 것입니다. 하지만 기독교만큼 공동체 중심적인 종교는 없습니다.

불교는 공동체보다는 개인중심의 종교로서, 깨달음을 얻기 위해서는 자신이 살던 공동체를 버리고 출가합니다. 불교의 구원관이 마음속에서 일어나는 깨달음에 있다고 한다면, 이런 깨달음은 개인 중심적이지 공동체 중심적인 것은 아닙니다. 다신론의 종교인 힌두교나 신토에서는 자신이 섬길 신을 개인의 집에 모심으로써 개인의 해탈과 안녕을 추구합니다.

특히, 힌두교에서는 다음과 같이 네 가지의 가치를 추구합니다.

[표 45] 힌두교의 네 가지 가치

까마(Kama)	인간의 기본적인 모든 욕망	현세적 가치
아르타(Artha)	물질적인 부(富)	
다르마(Dharma)	종교 사회적인 의무를 준수	
모크샤(Moksha)	정신적으로 지향해야 할 궁극적인 가치	정신적으로 고차원적인 가치

이러한 네 가지 가치의 최종적인 목표는 모크샤에 있습니다. 이러한 모크샤에 다다르기 위해서 다르마를 강조하며, 다르마와 모크샤의 실천이 방해받지 않는 선에서 까마와 아르타를 추구하는 것을 인정합니다. 비록 사회적인 가치를 부정하지는 않지만, 개인적인 가치 추구가 가장 우선시됨을 알 수 있습니다.

그렇다면 기독교가 얼마나 공동체 중심적일까요?

구약에서는 이스라엘 백성들을 총회라는 말로(민 19:20, 20:12; 신 9:10, 18:16), 또한 회중이라는 말로(출 12:19, 16:22; 레 4:13, 8:4-5; 민 1:18)로 표현합니다.[8]

---

8 하용조 편찬, 『비전성경사전』(서울: 도서출판두란노, 2001), 52.

이러한 공동체 중심적인 것은 고아, 과부, 나그네와 같은 사회적 약자에 대한 관심을 표현하고 있는 것을 보면 알 수 있습니다. 그들은 종종 억압의 희생자들이었으나(렘 7:6; 암 2:6-7), 야훼는 그들의 변호자 역할을 감당하셨습니다(신 10:17-19; 시 68:5-6).

율법은 그들을 위한 식량을 만들 것을 명령하고 있으며(신 24:19-22), 그들과 더불어 레위인들에 대한 분깃도 언급하고 있습니다(신 14:28-29). 왜냐하면, 그들에게는 땅이 없었기 때문입니다. 어떤 사람이 자신을 노예로 팔 수 있지만, 만약 그가 히브리인이면 그는 외국인과 다르게 다루어져야 한다는 유의사항도 기록하고 있습니다(레 25:39-46).[9]

율법에서는 사회적 약자인 이들을 반드시 배려하도록 명령하고 있으며(출 22:22; 신 10:18; 14:29), 고아를 학대하고 해롭게 하는 것은 죄라고 지적하고 있습니다(사 1:23; 렘 5:28; 슥 7:10; 말 3:5). 야고보는 진정한 경건은 고아와 과부를 돌보는 것이라고까지 말합니다(약 1:27).[10]

고아와 과부를 돌보시는 하나님의 방법
1. 채권자들은 이들의 옷을 저당잡을 수 없도록 만드셨다(신 24:17).
2. 이들을 압제하지 말고 도우라고 하셨다(사 1:17).
3. 추수할 때 곡식 한 단을 밭에 잃어버렸으면 이들을 위해 찾지 말고 내버려 두라고 하셨다(신 24:19).
4. 3년의 십일조는 고아와 과부, 나그네, 레위인을 위해 쓰라고 하셨다(신 14:29; 26:12-13).[11]

이렇게 성경 곳곳에서 고아, 과부, 나그네를 언급하고 있는 이유는 성경은 이러한 사회적 약자까지라도 공동체의 일원으로서 얼마나 중요하게 여기고 있는가를 보여 주기 위해서입니다. 그만큼 성경은 공동체 중심적입니다.

---

9 J. D. Douglas 외 6인, 『새성경사전』, 나용화, 김의원 옮김 (서울: CLC, 1996), 24.
10 하용조 편찬, 『비전성경사전』, 43.
11 Ibid., 44.

헤이스는 이러한 구약의 공동체 개념을 신약에서 어떻게 이어가고 있는지를 설명합니다. 즉, "교회는 반문화적인 제자도 공동체이며, 이 공동체는 하나님의 명령을 최우선적으로 받는 이들"이라고 정의합니다.[12] 즉, 성경 전체의 이야기는 언약 백성을 형성하기 위한 하나님의 계획에 초점을 맞추어서 진행되며, 이러한 이야기의 윤리적 함의는 도덕적 관심의 최우선적인 영역은 개인의 성품이 아니라 교회의 집단적인 순종임을 알려 줍니다.

> 공동체는 그 집단적 삶을 통해 세상에 대한 하나님의 구속 목적의 표시로 서서 대안적 질서를 구현하라는 부르심을 입었다. 따라서 공동체는 단지 개념이 아니다. 여기서 그 용어가 사용되는 것처럼 공동체는 하나님 백성이 사회에서 구체적으로 표현된 것이다. 우리는 교회라는 용어도 이와 마찬가지로 사용할 수 있다. 그러나 이 용어는 제도적인 위계질서를 나타내는 용어로 오해될 수도 있다. 그래서 '공동체'라는 용어가 그리스도 안에 있는 하나님 백성의 집단적 참여의 성격을 더 잘 내포한다.[13]

헤이스는 먼저 공동체의 존재 이유가 세상에 대한 대안적 질서를 구현하라는 부르심으로 정의합니다. 그리고 그 부르심에 합당한 삶은 하나님의 부르심의 성격을 교회론적 관점에서 이해해야 한다고 강조합니다. 즉, "내가 무엇을 해야 하는가"가 아니라 "우리가 무엇을 해야 하는가"를 먼저 물어보아야 한다는 것입니다. 그렇게 하나님의 뜻을 구할 때에 신약의 윤리적 명령이 통일성을 갖게 되고, 윤리적 비전이 성취된다는 것입니다.

헤이스가 이렇게 공동체를 초점 이미지(focal image)로 생각하게 된 이유는 신약성경 전체가 그 이미지 안에서 통일성을 이루고 있기 때문입니다. 신약성경에서 우리는 종말론적인 공동체 모습을 살펴볼 수 있습니다.

사도행전 2장과 4장에서는 초대 교회 공동체의 은혜로운 모습을 가감없이 묘사하고 있습니다.

---

12 Richard B. Hays, 『신약의 윤리적 비전』, 유승원 옮김 (서울: IVP, 2002), 311.
13 Ibid., 311-2.

고린도후서에서 바울은 공동체가 '이미'의 측면에 기초해 살고 있다고 묘사하고 있습니다. 종말론적인 공동체 모습은 하나님의 의(義) 자체가 되어야 한다는 것입니다.

데살로니가전서에서는 미래를 향한 종말론적 기대가 윤리 형성에 현저한 역할을 하는데, 공동체를 위로하고, 공동체 구성원들을 서로 덕을 세우는 사랑의 관계 속으로 부르는 모습을 살펴볼 수 있습니다.

하나님은 언약 공동체를 부르셔서 그 공동체로 하여금 사랑과 진리의 모델이 되게 하십니다. 또한, 공동체의 사명은 토라의 성취를 선포하고 삶 속에서 구체화하는 것입니다. 그러한 예로서 사도 바울은 특히, 여성을 억압하지 말아야 한다는 의견을 피력합니다. 구약에서 고아, 과부, 나그네를 언급한 것과 같이 신약에서는 여성, 노예, 이방인을 언급함으로써 억압받고 희생당하는 경제적 사회적 약자에 대한 관심과 경제적 지원을 촉구하고 있습니다. 이와 같은 모든 증거들은 기독교 윤리가 얼마나 공동체 중심적인가를 보여 줍니다.

2) Cross(십자가)

스타센(Glen H. Stassen)과 거쉬(David P. Gushee)는 『하나님의 통치와 예수 따름의 윤리』에서 사랑과 정의를 기독교 윤리학의 중심 규범들로 취급하고, 이 두 규범의 근원은 성서 드라마에서 나타난 대로 하나님의 성품과 행동에 두고 있으며, 하나님 나라의 돌입에서 정점을 이룬다고 생각합니다.[14]

그들은 사랑을 희생적 사랑, 상호적인 사랑, 평등한 존중으로서의 사랑, 구원하는 사랑, 너의 원수를 사랑하라는 관점에서 살펴보고, 십자가를 사랑의 정점인 아가페의 사랑으로 해석합니다. 그들은 "아가페를 '구원하는 사랑'으로 이해하는 것은 십자가를 성육신이라는 문맥 안에 놓는 것"[15]이며, "사

---

14 Glen H. Stassen & David P. Gushee, 『하나님의 통치와 예수 따름의 윤리』, 신광은, 박종금 옮김 (대전: 대장간, 2011), 436.
15 Ibid., 458.

랑을 희생적인 것으로 이해할 때 강력한 진실이 존재한다"[16]고 말합니다.

이처럼 기독교 윤리의 핵심은 십자가에 있습니다. 헤이스는 "예수님의 십자가 죽음은 이 세상에서 하나님을 향한 신실함을 보여 주는 패러다임"이라고 말합니다. 그에 의하면 공동체는 그분의 '고난의 코이노니아'에 동참함으로써 하나님 나라의 임재를 표현하고 경험하게 됩니다. 뿐만 아니라 신약에서 예수님의 죽음은 자신을 희생하는 사랑의 행위로 일관되게 해석됩니다. 그리고 공동체는 십자가를 지고 예수님의 죽음이 정의하는 방식으로 그를 따라오라는 일관된 요청을 받습니다.

> 십자가라는 이미지는 권력을 쥐고 있는 사람들이 힘없는 사람들의 굴종적 고난을 확보하는 데 사용되어서는 안 된다. 신약은 공동체 전체가 예수님의 고난의 길을 따르도록 부르심을 입었다고 주장한다. 신약의 기자들은 권력과 특권을 소유한 사람들에게 약한 자들을 위하여 그 권력과 특권을 포기하라고 요청할 때 바로 이 십자가의 모형을 일관되게 채택한다.[17]

예수님의 십자가와 죽음은 사랑과 희생의 결과입니다. 그러므로 예수님의 제자가 되기 위해서는 십자가를 지라는 그분의 부르심에 순종해야만 합니다. 그리고 자신의 권력과 특권을 포기할 수 있어야 합니다. 기독교 윤리의 핵심은 죽기까지 순종한 십자가의 정신으로 사랑하고 희생하는 데에 있습니다. 그 어떤 종교의 윤리도 이러한 십자가와 같은 사랑과 희생을 보여 주지는 않습니다. 십자가 하나만으로도 기독교 윤리의 절대우위는 확보되고도 남습니다.

---

16 Ibid., 439.
17 Richard B. Hays, 『신약의 윤리적 비전』, 313.

3) (New) Creation(새창조)

모든 종교는 새로운 창조를 지향합니다. 이러한 새로운 창조는 궁극적으로 구원을 의미합니다. 불교는 깨달음을 통해 해탈하여 열반에 이르는 것이 구원입니다. 이슬람교는 회개와 참회를 통해 유일신인 하나님께 용서를 구함으로써 구원을 받습니다. 그러나 이러한 용서를 받기 위해서는 인간의 노력이 필요합니다.

꾸란 23:102-103에는 "그때 그의 선행이 많았던 자들은 번성할 것이며 그의 저울이 가벼운 자들은 그들의 영혼을 잃고 지옥에서 영원히 사노라"라고 말합니다. 여기서 '저울'이 의미하는 것은 사람의 선한 행위를 무게로 측정하는 것을 의미합니다. 사람의 영원한 운명을 가늠할 저울의 기울기를 결정하는 것은 오로지 인간의 선한 행위입니다. 결국, 이슬람교에서 사람의 구원을 결정하는 것은 알라에 대한 믿음이 아니라 인간의 선한 행위입니다.

그렇다면 기독교의 새창조는 무엇을 의미할까요?

고린도후서 5:17을 보면 "누구든지 그리스도 안에 있으면 새로운 피조물이라"고 말씀합니다. 여기서 중요한 것이 바로 현재성입니다. 불교, 이슬람교를 포함한 대부분의 종교는 새창조가 미래에 이루어집니다. 미래에 이루어질 새창조를 위해 깨달음에 정진하고, 선한 행위를 쌓는 데에 몰두해야만 합니다. 즉, 현재의 모든 삶을 희생하여 구원을 위한 조건을 이루어 가는 일에 전념하지 않으면 안됩니다.

하지만 기독교의 새창조는 현재에 경험할 수 있는 천국의 모습입니다. 왜냐하면, "그리스도 안에 있기만 하면" 새로운 피조물이 되기 때문입니다. 궁극적인 구원은 미래에 완성될 것이지만, 새창조는 이미 이루어져 있다는 것입니다. 그것이 다른 종교와의 근본적인 차이입니다.

헤이스는 "교회는 아직 구속받지 못한 세상 한가운데서 부활의 능력을 구현한다"[18]고 말합니다. 부활의 능력은 기쁨을 선사합니다. 그러므로 그리스도안에 있는 종말론적 삶의 틀은 이상한 시간 감각을 줍니다. 그것은 현 상

---

18 Ibid., 313.

태의 고난과 어려움 중에서도 동시에 기쁨을 누릴 수 있는 묘한 능력을 허락한다는 데에 있습니다. 우리는 "이미 그러나 아직"(already but not yet)의 긴장, 예수님의 부활과 파루시아(재림) 사이의 긴장 가운데서 사는 존재입니다. 그는 결론적으로 교회는 바울의 뛰어난 표현처럼 말세를 만난 사람들의 공동체(고전 10:11)임을 강조하며, 그리스도 안에서 우리의 옛 시대의 능력들은 멸망하게 되어 있고, 새창조가 이미 나타나고 있다고 강조합니다.

다른 종교에서는 볼 수 없는 이러한 기독교 윤리의 특징은 도덕 행위자에게 부담, 스트레스, 억압보다는 감사, 기쁨, 자발을 선사합니다. 하지만 다른 종교에서는 자신의 행위가 구원받을만한 행위인지를 끊임없이 질문함으로써 도덕 행위자는 부담, 스트레스, 억압을 경험할 수 있습니다. 이것은 도덕 행위자에게 매우 가혹한 삶의 방식이 될 수밖에 없습니다.

4) 결론

우리는 위에서 범신론, 다신론, 단일신론의 세계관은 윤리의 기준을 제시할 수 없음을 살펴보았습니다. 그러나 그것이 기독교 윤리가 절대우위를 가지고 있다고는 할 수 없다고 반문할 수 있습니다. 그런 이유로 우리는 공동체, 십자가, 새창조라는 기독교 윤리의 특징을 살펴보았습니다.

기독교 윤리는 고아, 과부, 나그네, 여성과 같이 경제적 사회적 약자에 대한 관심을 갖고 있으며(공동체), 사랑과 희생을 통한 통합을 지향하고(십자가), 새로운 창조의 현재성이 주는 감사, 기쁨, 보람을 추구합니다(새창조).

이러한 특징들이 함의하는 것은 기독교 윤리가 범신론, 다신론, 단일신론의 윤리가 감히 넘볼 수 없는 절대우위를 가지고 있다는 것을 보여 주는 명확한 예들입니다.

제5장

신과 관련된 문제

1. 도덕의 근원은 어디서 연유하나요?

[레 11:45] 나는 너희의 하나님이 되려고 너희를 애굽 땅에서 인도하여 낸 여호와라 내가 거룩하니 너희도 거룩할지어다

사람은 본능적으로 살인과 성폭력과 같은 것들은 나쁜 것이라고 인식하고, 착하고 정직하게 사는 것을 선한 것이라고 인식합니다. 또한, 사람을 판단할 때도 그 사람의 행위가 도덕(윤리)적인지 비도덕(비윤리)적인지를 자연스럽게 판단합니다.

이러한 인간의 삶의 방식과 판단을 보면 도덕적 권위의 근원이 어디에 있는지, 이러한 도덕 법칙은 도대체 어디서 왔는지 궁금해할 수 있습니다. 과연 신이 인간에게 선하게 살라는 도덕 법칙을 주셨는지, 아니면 사회 질서를 유지하기 위해 도덕 법칙이 자연스럽게 생긴 건지 의문을 가질 수 있습니다. 게다가 모든 종교들은 도덕 법칙을 강조합니다.

그렇다면 도덕의 근원은 어디서 연유하나요?

1) 도덕은 진화의 산물이 아니다

지금까지 많은 철학자가 도덕의 기원에 대해 다양하게 설명해 왔습니다. 소크라테스는 만일 사람들이 무엇이 옳은 것인지를 정확히 안다면 자연스럽게 좋은 일을 할 것이라고 가정하였습니다. 악이나 나쁜 행동은 무지의 결과

라는 것입니다.

하지만 최근 들어 진화론자들은 도덕은 진화의 산물이라고 주장하기 시작했습니다. 진화론을 주장하는 다윈의 『종의 기원』(The Origin of Species)과 『인류의 기원』(The Descent of Man)의 발간은 도덕 철학에도 영향을 미치고 있습니다. 그러한 영향 중 하나는 진화론이 윤리의 영역에 시사하는 바가 무엇인지에 대한 것이며, 도덕 철학 또한 자연과학의 발전에 따른 변화를 수용해야 한다는 것입니다. 그래서 '윤리 진화론'(Evolution of Ethics) 혹은 '진화론적 윤리'(Evolutionary Ethics)와 같은 개념들이 생기게 되었습니다.

이러한 관점이 시사하는 바는 인간은 진화하고 있고 진화된 존재이기 때문에 도덕 또한, 진화되고 있고 진화할 것이라고 하는 것입니다. 즉, 도덕의 기원은 인간에게서 나온 것이라는 것입니다.

특히, 무신론자이자 동물의 도덕적 지위(the moral status of animals) 혹은 동물해방(animal liberation)으로 유명한 피터 싱어(Peter Singer)는 도덕의 기원을 진화론적으로 설명하는 대표적인 철학자입니다. 그는 인간이 진화 과정을 거치면서 갖추게 된 이타성을 출발점으로 하여 인간의 도덕 발달을 설명하고 있습니다. 그는 도덕의 기원에 대해 진화론적으로 설명하다 보니 도덕의 기원을 신이 아닌 인간에게서 찾게 된 것입니다.

하지만 그것은 대단히 잘못된 생각입니다. 가장 먼저 언급해야 하는 것은 인간은 창조된 것이지 진화의 존재가 아니라는 사실입니다. 하나님께서는 인간을 창조할 때 인간 내면에 양심을 주셨습니다. 그것은 자연진화적으로 생겨난 우연한 산물이 아닙니다. 그리고 인간이 진화 과정을 거치면서 이타성을 갖게 되었다는 가설은 인간을 동물과 완전히 구별된 존재로 인식하지 못하게 만듭니다. 왜냐하면, 인간은 조금 더 발전하고 진화된 동물이 아니기 때문입니다.

특히, 도덕의 기원의 대한 진화론적 설명은 그 기원을 신이 아닌 인간에게서 찾고 있기 때문에 성경적이지 않습니다. 또한, 그러한 설명은 논리적으로도 맞지 않습니다. 만일 도덕의 근원이 인간에게 있다면, 인간은 항상 선한 존재여야만 하기 때문입니다.

2) 도덕은 철학의 산물이 아니다

프리드리히 니체(Friedrich Nietzsche, 1844~1900)는 『도덕의 계보』(On the Genealogy of Morality)라는 책에서 도덕 관념들의 기원을 다루고 있습니다. 이 책은 세 편의 논문으로 이루어져 있습니다.

첫 번째 논문은 '선과 악', '우와 열', 두 번째 논문은 '죄', '양심의 가책', 세 번째 논문은 '금욕주의적인 이상은 무엇을 의미하는가'입니다. 니체는 이 책에서 유대교의 도덕은 증오심에서 발원한 위선 도덕이며, 강자를 약자에게 종속시키는 '노예 도덕'이라고 주장합니다.

첫 번째 논문에서 그는 선과 악은 매우 다른 기원을 가지고 있으며 '선'이라는 단어 자체가 두 가지 상반된 의미를 나타내게 되었다고 말합니다. 니체는 도덕을 '귀족 도덕'과 '노예 도덕'으로 나누어서 생각합니다. 귀족 도덕에서의 '선'은 강력하고 생명을 의미하는 것과 동의어지만, 노예 도덕에서의 '선'은 귀족 도덕에서의 '선'과 대조되는 개념으로 '악'이라고 말합니다.

이렇게 '선'의 개념이 바뀌게 된 이유는 약자가 강자에 대해 느끼는 원한(ressentiment)에서 비롯된 것이라고 봅니다. 그는 이것을 "금발의 야수"라는 은유를 사용하여 설명합니다. 게르만 전사 귀족들은 금발의 야수로 불리웠으며, 게르만의 관습이 그들이 지배하던 유럽 대륙 전체로 전파되어 유럽 사회의 가치 기준이 되었다는 것입니다. 그렇기에 그는 맹수 그 자체를 '악'으로 간주하는 것은 실수라고 명시적으로 주장합니다.

하지만 노예 도덕에서의 선은 귀족 도덕에서의 선과 다른 의미를 가지고 있습니다. 그것은 피지배 계층이 갖고 있던 지배자들에 대한 원한과 증오의 표현에서 비롯되었다는 것입니다. 그는 유대교 사제들이 대중의 원한과 증오를 이용하여 그들의 원한을 분출시키고 지배자들에게 복수하는 것을 선으로 인정하는 것을 보며, 선과 악은 매우 다른 기원을 가지고 있다고 생각하게 되었습니다.

그렇기에 그는 유대교 사제들이 피지배자 혹은 약자들의 원한과 증오를 이용해 권력을 획득하는 과정을 보며 사회적 약자들이 가지고 있는 원한이 만들어 내는 독소는 특히, 위험하다고 강조하였습니다.

이러한 선과 악의 구분법을 보면 도덕은 철학의 산물이라는 인상을 받습니다. 하지만 그러한 철학은 시대적 배경과 시대적 요청에 부응하는 경우가 많이 있습니다.

예를 들어, 플라톤은 그의 책 『국가』(*The Public*)에서 계급을 3계급으로 나누어 자기 일을 열심히 실천할 때에 국가가 정의로와진다고 생각했습니다. 통치 계급의 철인은 지혜를 가지고, 수비 계급의 군인은 용기를 가지고, 서민 계급의 농공상인은 절제를 가지고 자신에게 주어진 덕을 실천하는 것이 선이라고 보았습니다.

그러나 현대인의 관점에서 보면, 사람을 계급으로 나누는 것을 선이라고 볼 수 없습니다. 그렇기에 도덕이 철학의 산물이라고 말할 수는 없습니다. 왜냐하면, 선과 악의 구분에 대해 철학자들이 열심히 탐구하여 선악을 구분한다고 해도 그러한 구분이 정확하다고 할 수 없기 때문입니다.

우리는 그러한 사실을 선악과를 따먹고 선악을 구분하려고 했던 인류의 시조로부터 배울 수 있습니다. 선악을 구분하는 것은 하나님 노릇을 하는 것이라는 사실을 알아야 합니다(전 12:14).

3) 도덕은 사회적 합의의 산물이 아니다

도덕적 권위의 근원에 대해 다양한 설명들이 존재합니다. 조선 성리학에서는 사단칠정 논쟁을 통해 도덕의 기원에 대해 설명하기도 합니다. 사단(四端)은 '측은지심, 수오지심, 사양지심, 시비지심'으로 대표되는 순수 도덕감정이며, 칠정(七情)은 '희노애락애오욕'으로 대표되는 일반 감정입니다. 성리학은 이러한 사단칠정의 기원과 발현 과정을 논함으로써 선과 악을 설명하였습니다.

서양 철학에서는 흄과 칸트와 같은 학자들은 도덕감정이 도덕의 기원이라고 설명하기도 합니다. 특히, 스코틀랜드 계몽주의 철학자들은 경험론에 입각하여 도덕감정(moral sentiment)의 역할을 강조하였습니다.

이러한 도덕감정은 개인의 감정, 과거의 경험, 사회적으로 통용되는 유용성(utility) 등에 의해 결정되어집니다. 특히, 도덕감정은 사회적인 합의인 묵계(silent convention)에 의해 승인과 비승인의 단계를 거쳐 형성된다고 주장합니다. 이러한 묵계는 사회의 관습과 전통을 포함합니다.

하지만 도덕은 사회적 합의의 산물이 아닙니다. 굳이 윤리적 상대주의를 언급하지 않아도 한 사회의 관습과 전통이 도덕의 근원이 될 수는 없습니다. 예를 들어, 식인의 풍습이 있는 사회에서 살인은 정당화되며, 동성애자 그룹의 도덕감정은 동성애를 악한 행동으로 보지 않습니다.

그런 의미에서 도덕은 사회적 합의의 산물이 될 수 없습니다. 이렇게 도덕을 사회적 합의 산물로 보는 것은 도덕의 근원을 인간에게서 찾는 것과 다르지 않습니다. 도덕의 근원을 인간에게서 찾을 때에 그러한 도덕은 결국 상대주의화가 되고 맙니다.

4) 도덕의 근원은 하나님께 있다

위에서 다루었듯이 윤리학의 세 번째 전제는 도덕의 최종적 권위가 존재해야 한다는 것입니다. 이러한 전제가 의미하는 것은 도덕은 절대적인 것이어야 하고, 도덕의 근원은 절대자에게서 찾아야 한다는 것입니다. 우리는 이러한 도덕의 근원을 다음과 같은 3단 논법으로 설명할 수 있습니다.

(1) 모든 법은 입법자가 있다.
(2) 도덕법이 존재한다.
(3) 따라서 도덕법의 입법자가 존재한다.

이러한 3단 논법을 사용함으로써 도덕의 근원이 하나님께 있음을 논리적으로 유추할 수 있습니다. 여기서 중요한 것은 도덕성은 오직 인격체에만 적용된다는 점입니다. 즉, 도덕이 성립하려면 인격이 있어야만 합니다. 그러므로 3단 논법에서의 입법자는 곧 인격체이신 하나님이라고 말할 수 있습니다. 그렇기에 성경에서는 그러한 선악을 판단하는 최종적 권위를 하나님께 두고 있습니다(전 12:14).

굳이 성경의 근거를 들지 않더라도 철학적으로 도덕의 근원은 하나님께 있다는 것을 설명할 수 있습니다. 임마누엘 칸트(Immanuel Kant)는 도덕의 자율성을 주장하고, 『이성의 한계 안에서의 종교』(Religion within the Boundaries of Mere Reason)를 통해 종교 없는 도덕이 존립할 수 있다고 주장했던 사람입니다. 그럼에도 불구하고 그는 도덕 법칙이 신을 전제로 하지 않으면 안 된다고 하는 도덕 논증을 펼쳤습니다.

그는 인간이 짧은 생을 살아가면서 절대적인 선과 도덕적인 완성을 달성한다는 것은 불가능하며, 원칙적으로 도덕 법칙은 인간에게 절대적인 것을 요구한다고 생각했습니다. 이러한 요구는 우리가 죽은 이후에도 계속 삶을 살아야 하며 결국 신은 우리가 마땅히 받았어야 할 온전한 행복을 주어야 한다는 사실을 보여 준다고 생각했습니다.

이러한 도덕론적 논증을 다음과 같이 표현할 수 있습니다.

(1) 신이 존재하지 않는다면 객관적 도덕 가치와 의무는 존재하지 않는다.
(2) 객관적 도덕 가치와 의무는 존재한다.
(3) 따라서 신은 존재한다.

사람들은 이러한 도덕 논증이 신의 존재를 입증한 것이지 도덕의 근원이 하나님께 있다는 것을 입증한 것은 아니라고 주장할지 모릅니다. 하지만 여기서 중요한 것은 신이 존재한다면, 그 신은 도덕의 근원이 될 수밖에 없습니다. 여기서 우리에게는 다음과 같이 네 가지의 선택지가 있습니다.

[표 46] 신과 도덕의 존재 선택지

	첫째	둘째	셋째	넷째
신의 존재	O	O	X	X
도덕의 존재	O	X	O	X

여기서 둘째, 넷째 선택지는 선택할 수 없습니다. 왜냐하면, 우리는 선험적으로 객관적 도덕 가치와 의무가 존재함을 알고 있기 때문입니다. 그리고

셋째 선택지는 선택할 수 없습니다. 왜냐하면, 사회질서를 유지하기 위해 존재하지도 않는 신을 만들어서 도덕을 정당화하는 것은 아니기 때문입니다. 만일 그렇다면 그 도덕 법칙은 사기에 해당합니다.

그러므로 우리에게는 첫째 선택지만 남아 있습니다. 즉, 신이 존재하고 그 신이 우리에게 선하게 살라는 도덕 법칙을 부여했다는 것입니다. 우리는 도덕 법칙에 따라 사후 세계에서 심판을 받는다는 것과 선과 악을 쌓은 자는 각각 자신의 행위에 따른 보상을 받는다는 것에 대해 동의합니다.

만일 넷째 선택지와 같이 신이 존재하지 않고 도덕 법칙은 어디에도 존재하지 않는다고 하면, 우리 인간은 자연적으로 진화하여 탄생한 우연적인 존재가 되며, 자신의 어떠한 나쁜 행위에 대해서도 심판을 받을 이유가 없습니다. 또한, 심판받을 사후 세계도 존재하지 않기에 인간은 결국 그 모든 도덕 법칙의 의무에서 자유롭게 됩니다. 결국, 선하게 살아야 할 아무런 이유가 없는 무법천지의 세상에 사는 것과 같습니다.

그러므로 우리는 신이 존재하고 그 신이 도덕의 근원이라고 하는 사실을 받아들이는 것이 이 세상을 선하게 살아야 하는 동기를 제공해 주는 아름다운 결론임을 알 수 있습니다.

5) 결론

"도덕의 근원은 어디서 연유하나요"라는 질문에 대해 우리는 네 가지로 대답할 수 있습니다.

첫째, 도덕은 진화의 산물이 아닙니다.
둘째, 도덕은 철학의 산물의 아닙니다.
셋째, 도덕은 사회적 합의의 산물이 아닙니다.
넷째, 도덕의 근원은 하나님께 있습니다.

이러한 대답은 논리적으로 두 개의 옵션으로 줄일 수 있습니다. 하나는 인간이며, 다른 하나는 하나님입니다. 인간이 자유의지와 양심을 갖고 있다고 해서, 도덕의 근원을 인간에게서 찾는다면 그것은 인간을 하나님보다 으뜸으로 여기는 인본주의적 사고방식을 보여 줍니다. 인간에게 자유의지와 양심은 그냥 만들어진 것이 아니라 하나님으로부터 주어졌다는 것을 알아야 합니다. 결론적으로 도덕의 근원은 인간이 아닌 하나님께 있으며, 하나님은 최고선으로서 도덕의 기원으로서의 역할을 한다는 것을 알아야 합니다.

2. 하나님이 없어도 윤리가 작동하지 않나요?

> [히 10:22] 우리가 마음에 뿌림을 받아 악한 양심으로부터 벗어나고 몸은 맑은 물로 씻음을 받았으니 참 마음과 온전한 믿음으로 하나님께 나아가자

대부분의 사람은 신호등의 신호를 잘 지킵니다. 가끔 빨간 신호등인데도 도로를 무단횡단하는 사람도 가끔은 있지만 대체적으로 질서를 잘 지킵니다. 이렇게 잘 지키고 있는 모습을 보면 어떤 종교적 계율이 아니더라도 윤리가 잘 작동하고 있다고 생각할 수 있습니다. 실제로 많은 사람이 하나님이 없어도 윤리가 잘 작동된다고 생각합니다. 사람에게는 양심이 있고 법이 있기 때문이라는 것입니다.

그렇다면 하나님이 없어도 윤리가 잘 작동하지 않나요?

1) 인간의 이성은 제한적이기 때문이다

인간은 윤리적인 삶을 위해 법을 만듭니다. 게다가 법은 인간의 삶의 방식을 결정할 정도로 매우 중요합니다. 그렇기에 입법자들은 입법 과정에서 질적으로 수준 높은 법률의 제정을 위해 여러 법률들의 장단점을 비교하며 최적의 대안을 도출하기 위해 노력합니다.

이러한 법은 감정이 아니라 이성에 근거하여 만들어집니다. 이성은 무엇이 합리적이며, 무엇이 공평한지, 무엇이 정의로운지를 판단합니다. 계몽주의는 이성을 강조하는 운동으로 정치, 경제, 사회, 문화, 종교, 철학 등에 있

어 부정, 압제, 학대, 특권, 편견, 미신 등과 같은 전근대적인 어두움에 이성의 빛을 비추었습니다. 르네상스와 산업혁명은 이러한 이성의 강조 없이는 설명할 수 없습니다.

그러나 인간의 이성은 제한적입니다. 법률은 이러한 제한적인 이성의 도움으로 만들어진 것입니다. 아무리 법을 촘촘하게 만들어도 거기에는 빠져나갈 구멍이 존재합니다. 예를 들어, 투기를 잡기 위해 부동산법을, 불공정한 거래를 막기 위해 불공정거래법을 아주 촘촘하게 만듭니다. 하지만 자신의 경제적 이득을 위해서는 법의 취지가 무색해질 정도로 법의 테두리를 지켜가면서 빠져나갈 수 있습니다.

칸트는 이미 18세기에 그러한 이성의 제한성을 『순수이성비판』(Critique of Pure Reason)을 통해 분석하고 평가합니다. 데카르트와 뉴턴 이후 철학의 탐구 대상은 자연 법칙에서 인간으로 변하게 됩니다. 칸트는 인간의 이성에 대해 다음과 같이 세 가지 질문을 던지고 성찰합니다.

[표 47] 칸트의 질문과 철학적 성찰

첫째, 무엇을 알 수 있는가?	『순수이성 비판』(Critique of Pure Reason)
둘째, 무엇을 해야 하는가?	『실천이성 비판』(Critique of Practical Reason)
셋째, 무엇을 희망할 수 있는가?	『판단력 비판』(Critique of Judgment)

이러한 이성에 대한 비판을 한마디로 정리하는 것은 힘들지만, 어떤 대상 자체에 대해서 완벽한 판단을 하는 것은 불가능하고, 자신의 이성이 받아들이는 만큼만 알게 된다는 것입니다. 즉, 감각으로 경험되는 것만을 알 수 있다는 것입니다. 이러한 이성의 제한성이 의미하는 것은 이성의 제한이 없는 전지하신 하나님이 절대 필요하다고 하는 것입니다.

2) 인간의 양심은 제한적이기 때문이다

사람들은 누구나 양심을 가지고 있습니다. 양심은 말 그대로 선한 마음으로 선악을 판단하는 재판관 역할을 합니다. 행위의 옳고 그름을 판단하기에 인간으로서 마땅히 해야 할 도리를 하게 만듭니다. 그렇기에 양심적인 사람이라는 말은 윤리적으로 문제가 없다는 것을 의미합니다.

일찍이 아퀴나스는 양심과 관련하여 두 가지 라틴어 단어를 사용합니다.

[표 48] 양심과 관련된 2개의 라틴어

신데레시스(*synderesis*)	인간 행위의 보편적인 제1원리
콘센티아(*conscentia*)	선악을 판단하는 지식

물론 양심을 위와 같이 엄밀하게 분류할 수 있지만, 양심은 그것이 원리가 되었든 지식이 되었든 도덕적 삶을 위해 꼭 필요하다고 할 수 있습니다. 그렇기에 하나님께서는 인간에게 양심이라는 것을 주셨습니다. 그래서 성경은 계속해서 선한 양심을 가지라고 말씀합니다(딤전 1:5; 히 13:18; 벧전 3:16, 21). 그것은 인간이 하나님의 형상으로 창조되었다는 것을 알려 주는 하나의 장치입니다.

그러나 인간의 양심은 제한적일 수밖에 없습니다. 왜냐하면, 사람의 양심(사람이 하나님의 도덕적 요구들을 파악하는 데 쓰이는 기능이자, 사람이 그 요구들에 이르지 못할 때 고통을 당하게 하는 기능)은 잘못 길들여지거나(고전 8:7), 약해지며(고전 8:12), 심지어 더러워지고(고전 8:7; 딛 1:15), 메말라 마침내 무감각해질 수도(딤전 4:2) 있기 때문입니다.[1]

딤전 4:2에서는 "자기 양심이 화인을 맞아서 외식함으로 거짓말하는 자들이라"고 말할 정도로 양심은 질적으로 저하(degrading)될 수 있습니다. 그렇기에 양심에 대해 집중적으로 연구한 피어스(C. A. Pierce)는 양심에 대한 신약의 용법은 구속자요 살리시는 분이실 뿐만 아니라, 창조주요 심판자이신 거룩하고 의로우신 하나님에 대한 개념을 배경으로 하여 고려되어야 한다고 말합니다.[2] 결국, 인간의 양심은 윤리가 작동하는 데에 하나님의 도움을 필요로 합니다.

---

[1] J. D. Douglas 외 6인, 『새성경사전』, 나용화 김의원 옮김 (서울: CLC, 1996), 1142.
[2] C. A. Pierce, *Conscience in the New Testament* (London, UK: SCM Press, 1955), 106.

3) 인간의 전통은 제한적이기 때문이다

윤리가 작동하기 위해서 인간의 전통을 의지할 수 있습니다. 전통은 많은 인간의 경험을 농축한 것으로 한 공동체의 아름다움과 규범을 결정합니다. 많은 경우 한 사람의 행위는 전통에 의해 옳고 그름이 결정됩니다. 이러한 전통을 묵계(convention)라고 할 수 있습니다.

스코틀랜드 계몽주의 철학자들은 도덕감정을 매우 중요시하게 여겼습니다. 특히, 아담 스미스(Adam Smith)는 『도덕감정론』(The Theory of Moral Sentiments)에서 '정의'의 개념의 철학적 근원을 이성이 아닌 도덕감정에서 찾았습니다. 사람은 누구나 도덕감정이 있는데 이러한 도덕감정이 도덕적 행동을 결정짓는다는 것입니다.

이러한 도덕감정은 공감의 원리(the theory of sympathy)하에 결정됩니다. 즉, 자신의 행동이 타인의 공감을 받을 수 있느냐 마느냐가 도덕감정을 형성한다는 것이 도덕감정론의 골자입니다. 이러한 개인들의 도덕감정의 총체적인 모습이 묵계입니다. 이러한 묵계를 전통이라고 표현할 수도 있습니다.

하지만 전통 또한, 제한적일 수밖에 없습니다. 왜냐하면, 바르지 못한 전통하에서는 아무리 옳은 일을 한다 하여도 인정받지 못하기 때문입니다. 예를 들어, 가톨릭교회는 전통을 성경과 같은 권위로 인정합니다.

> 그러므로 신성한 전통과 성서는 밀접하게 결합되어 서로 소통한다. 왜냐하면, 이 둘은 동일한 신성한 샘에서 흘러나와 어떤 식으로든 함께 모여서 하나를 형성하고 같은 목표를 향해 흘러간다. 그들 사사는 "항상 세상 끝날까지" 자기 자신과 함께 하시겠다고 약속하신 그리스도의 신비를 교회에 있게 하고 결실을 맺게 한다(가톨릭교회의 교리문답집 80번).[3]

---

[3] Catechism of the Catholic Church, II. The Relationship Between Tradition and Sacred Scripture, [인터넷 자료] https://www.vatican.va/archive/ENG0015/__PL.HTM (9/19/2021 accessed).

전통과 성경을 동일한 권위로 인정하는 공동체에서는 성경의 권위를 전통보다 높게 둘 수 없습니다. 마찬가지로 명예살인이 전통적으로 인정되는 파키스탄 전통 마을에서는 강간을 당하여도 오히려 명예살인을 당할 수 있습니다. 이런 사례는 너무나 많습니다. 아무리 공감의 원리를 적용한다 하여도 인간의 전통은 제한될 수밖에 없습니다.

4) 자연법은 제한적이기 때문이다

어떤 사람들은 매우 윤리적인 사람을 보고 "저 사람은 법 없이도 살 사람"이라고 칭찬합니다. 그것은 자연법이 존재하기 때문입니다. 이처럼 자연법은 인지하지는 못하지만 우리 생활의 많은 부분에 적용되고 있습니다. 실제로 법이 만들어지지 않아도 윤리적으로 문제 없이 살아가는 사람들이 많습니다. 그래서 법 이전에 인간의 자연적 본성에 대한 이성적 반성으로 만들어진 자연법이라면 윤리가 작동하는 데에 충분하다고 생각하는 사람들이 있습니다.

자연법의 근원을 찾아 올라가면 아리스토텔레스에게까지 올라갑니다. 이어서 스토아주의자, 아퀴나스, 그로티우스(Hugo Grotius), 현대의 많은 세속 철학자에 이르기까지 자연법은 인기가 많습니다. 그것은 자연법의 존재만으로도 윤리가 잘 작동한다고 믿기 때문입니다.

아리스토텔레스는 목적론자로서 자연 세계가 궁극적으로 영원한 법칙에 따라 정의된 완전성을 위해 나아간다고 보았습니다.

스토아주의자는 세계(자연)가 로고스에 의해 통치되는 것을 자연스러운 것이라고 보았습니다. 그렇기에 스토아주의가 바라보는 우주의 질서는 근본적으로 합리적인 것이며, 로고스와 자연에 반하는 것은 곧 인간의 본성을 침해하는 것으로 보았습니다. 이러한 스토아주의의 자연법 사상은 여러 인종을 통치해야 하는 로마법의 근간이 되었습니다. 그리고 신의 영원한 율법이라는 관점에서 기독교에 영향을 미칠 정도로 인기가 많았습니다.

이러한 인기는 중세에도 이어져 많은 신학자와 철학자가 자연법의 관념에 신의 존재를 결합시켜 자연법을 발전시켰습니다. 특히, 아퀴나스는 신이 만든 자연을 기초로 하는 자연법의 윤리 체계를 완성한 사람으로 알려져 있습니다. 그는 스토아 학파의 자연법론과 고대 로마법을 종합하여 법을 다음의 네 가지 법으로 분류하였습니다.

[표 49] 아퀴나스의 법 분류

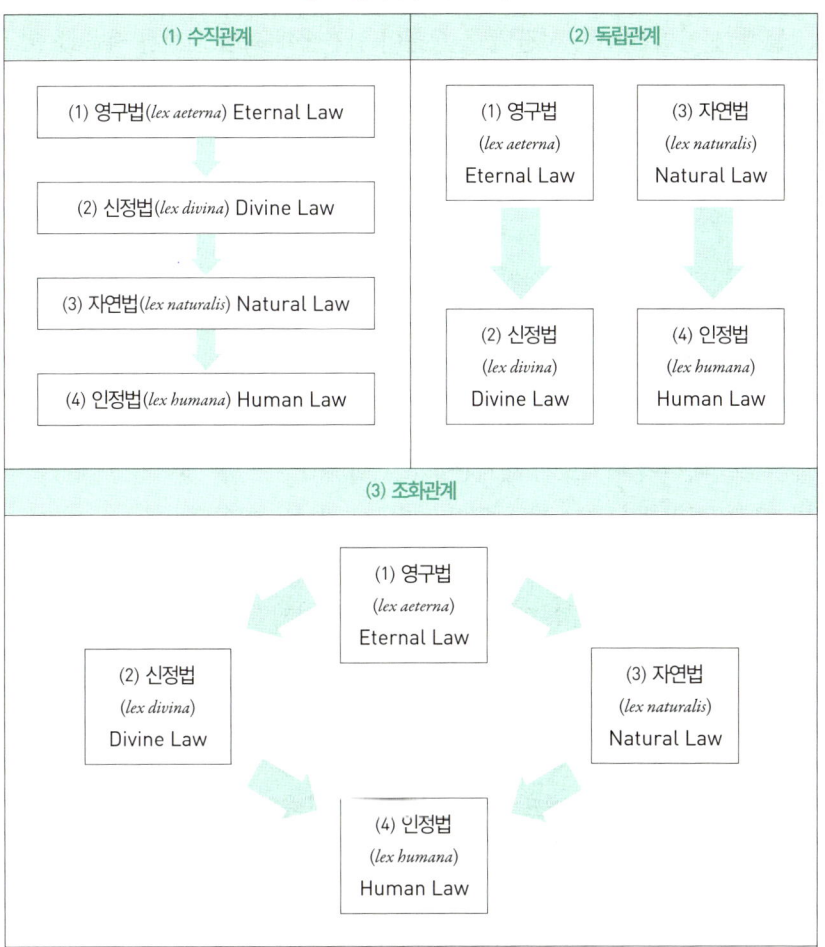

아퀴나스의 법 분류 방식은 다양하다. (1)은 신정법 아래에 자연법을 수직으로 두는 관계로 신정법(성경)의 권위를 그 무엇보다 높이는 모델이며, (2)는 영구법과 자연법을 독립적으로 보는 독립관계로 신정법은 인정법에 아무런 영향을 미치지 못하는 모델이며, (3)은 영구법이 신정법과 자연법에 영향을 미치는 조화관계로 신정법과 자연법은 인정법에 영향을 미치는 모델이다.

첫째, 영구법은 신의 지혜로운 이성을 뜻합니다. 이러한 이성을 로고스라고 본다면 로고스에 의해 통치되는 우주의 질서는 합리적입니다. 따라서 영구법은 만물의 창조주이자 지배자로서의 신이 인식하고 계획하고 명령하는 모든 것이며 합리적입니다. 그러므로 모든 종류의 합리적인 법이나 원리들은 이 영구법에서 기원합니다.

둘째, 신정법은 신이 성경 등을 통하여 인간에게 직접 계시한 법을 뜻합니다. 신정법은 영구법으로부터 비롯되며 성경에 명시적으로 표현되어 나타난 도덕규범들과 법규범들을 뜻합니다.

셋째, 자연법은 인간의 이성을 뜻합니다. 자연법은 인간의 이성에 의해 파악된 영구법의 분유(分有)이며, 인간 사회의 모든 제도의 기초가 됩니다. 그러므로 자연법은 오직 인간에게만 적용되며 자연법의 격률들은 도덕적인 근본원리가 되기에 부족함이 없습니다.

문제는 자연법을 바라보는 시각의 차이입니다. 교부 철학자들은 자연법을 기독교적 세계관에서 이해하려고 노력하였으나, 그는 자연법을 기독교적 세계관뿐만 아니라 이교도적 세계관에서도 이해될 수 있는 것이라고 여겼습니다. 즉, 자연법은 모든 사람에게 적용되어야 한다는 것입니다.

자연법의 제1원리는 "(인간에게) 좋은 것은 추구되어야 하고, (인간에게) 나쁜 것은 피해야 한다"는 것입니다. 이를 간략하게 "선을 행하고 악을 피하라"라는 말로 줄일 수 있습니다. 이러한 자연법의 제1원리는 이교도들에게도 동일하게 적용된다는 것입니다.

넷째, 인정법은 자연법의 원리들로부터 도출한 입법자가 인간사회의 조직과 통치를 위해 고안하고 제정한 법을 뜻합니다. 또한, 인정법은 합리적인 사회를 위해 공동선을 추구합니다. 그렇기에 자연법에 위배되는 것은 법이 될 수 없으며 오히려 법을 파괴하는 것이 됩니다.

이러한 자연법 사상은 근세에 이르러 신의 존재를 제거하기 시작했습니다. 특히, 17세기 네덜란드의 정치가 휴고 그로티우스(Hugo Grotius)는 자연법에 기초한 국제법의 기초를 마련한 법학자이자 신학자였습니다. 그는 신이 존재하지 않더라도 자연법의 규범성은 유효하다고 보았습니다. 그는 하나님의 존재를 거부하지는 않았지만 자연법의 독립적인 규범적 기초를 강조하였습니다.

아퀴나스를 따라 버지제브스키(J. Budziszewski)는 여느 자연법 추종자와 마찬가지로 자연법을 모든 사람이 받아들일 수 있고 인간 이성의 일반적인 활용으로 모든 사람이 알 수 있는 도덕 원리로 정의합니다.

그렇기에 그는 자연법이 마음(heart)에 새겨진 법이라고 생각하고 『마음에 새겨지다: 자연법 사례』(*Written on the Heart: the Case for Natural Law*)라는 책을 썼습니다. 그는 이 책에서 이성이 하나님의 일반계시를 통해 자연을 알게 된다고 말하며, 다음과 같이 일반계시의 다섯 가지 형식을 제시합니다.

1. 참된 하나님의 존재에 대한 창조계의 증언
2. 우리가 하나님의 형상으로 지음받았다는 사실
3. 우리가 신체적 목적과 감정적 목적을 가지고 있다는 사실
4. 양심법
5. 모든 죄를 결과와 연결함으로써 우리를 가르치는 인과성 체계(잠 1:31)[4]

버지제브스키가 제시한 다섯 가지 일반계시는 위에 열거한 이성과 양심과 같이 많은 부분을 포함하고 있습니다. 대체적으로 많은 철학자들은 자연법을 자연과 인간 자신에게 발견되는 도덕질서로 이성과 양심을 통해 접근할 수 있다고 봅니다. 그리고 이러한 다섯 가지 일반계시만으로 자연법을 구성하는데에 충분하다고 생각합니다. 하지만 이러한 제시가 의미하는 것은 특별계시의 결정체인 성경이나 하나님의 구원하는 은혜를 요구하지 않는다는 사실입니다.

종교를 갖고 있지 않은 철학자들이 윤리적 판단을 자연법에 의존하는 것은 이해할 만합니다. 왜냐하면, 그들은 절대적 규범인 하나님을 인정하지 않기 때문입니다. 하지만 종교를 갖고 있는 신학자들도 성경과 교회 전통과 하나님을 의존하지 않고 자연법에 호소하는 것은 이해하기 힘든 일입니다.

---

[4] J. Budziszewski, *Written on the Heart: The Case for Natural Law* (Downers Grove, IL: InterVarsity Press, 1977), 180-81.

현대의 많은 유대교, 개신교, 전통적인 로마 가톨릭 신학자들은 자연법을 윤리 결정의 토대로 삼고 있습니다. 그리고 그것이 합리적이라고 생각합니다. 특히, 가톨릭교회는 대부분의 윤리적 문제에 대해 성경이 필요 없다고 할 정도로 자연법의 위치를 한껏 올려 놓았습니다. 그래서 가톨릭교회를 자연법을 적용한 철학의 종교로 보는 학자도 있을 정도입니다. 예를 들면, 그들은 태아의 본성에 관한 과학적인 판단에 근거한 자연법에 의지함으로써 낙태를 반대합니다.

그러나 일반계시의 주요 목적은 하나님께 영광을 돌리는 것이라는 사실을 알아야 합니다(시 19:1). 일반계시만으로 윤리적 결정의 근거로 삼는 것은 하나님께 영광돌리지 못합니다. 왜냐하면, 자연 또한, 인간의 타락으로 인해 타락의 상태에 있다고 보는 것이 타당하기 때문입니다.

교부 철학자들도 이러한 이유로 자연을 도덕적 규범의 기초로 삼는 것은 정당하지 못하다고 생각했습니다.

개혁주의 윤리학을 주장하는 프레임 또한 몇 가지 이유를 들어 자연법을 윤리의 규범으로 삼는 것을 정당하지 못하다고 생각합니다.[5]

첫째, 성경은 구원의 은혜가 결핍된 사람들은 일반계시가 담고 있는 진리를 억누르고 그 진리를 거짓으로 바꾼다고 언급하고 있기 때문입니다(롬 1:18, 25). 불신자는 일반계시를 통해 하나님의 도덕적 표준을 의식한다고 말할 수 있지만, 일반계시가 국가들을 다스리기에 충분하고 안정된 도덕적 합의를 산출할 수 있는지 의심스럽기 때문입니다.

둘째, 성경없는 자연법 논증과 같은 것은 존재하지 않기 때문입니다. 자연법 윤리학자들은 성경을 윤리적인 권위보다는 오히려 신학적인 권위로 간주하려고 하지만 자연법에 관한 논의는 성경에 의해서만 정당화됩니다. 왜냐하면, 하나님은 자신이 하신 말씀 없이 아담이 자율적으로 자연적 대상들을 해석하길 원치 않으셨을 뿐만 아니라 자연법 이론들이 종종 완전히 성경적

---

5 John M. Frame, 『기독교 윤리학: 그리스도인의 삶에 대한 교리』, 이경직 옮김 (서울: P&R, 2015), 361-70 참조 및 네 가지 이유 요약.

이지 않기 때문입니다.

셋째, 자연법 논의는 성경의 도움을 필요로 하기 때문입니다. 버지제브스키는 자연법이 필요한 이유를 변증에 있다고 생각합니다. 그는 복음적, 도덕적, 정치적 세 가지 형태의 변증을 언급합니다.

[표 50] 세 가지 변증 형태

복음적 변증	사람들에게 복음의 진리를 설득한다.
도덕적 변증	윤리적 설득이나 상담에 간여한다.
정치적 변증	불신자가 실제로 아는 성경 외적 진리를 선포한다.

버지제브스키는 그의 책 『양심의 복수』(*The Revenge of Conscience*)에서 또 다른 변증적 접근방식을 취하고 성적 부도덕이 성병으로 이어지는 때와 같이 양심을 억압하는 것이 점점 더 좋지 않은 도덕적 행위와 자연적 결과로 어떻게 이어지는지를 보여 줍니다. 대개 가톨릭 저자들은 지금까지 섹스와 출산 사이의 자연적 관계가 있기에, 피임은 잘못이라고 주장합니다. 하지만 프레임은 이것을 자연주의적 오류(존재에서 당위로의 논증)라 생각합니다.

섹스는 출산으로 이어진다(존재).
따라서 섹스는 출산으로 이어져야 한다(당위).

버지제브스키는 자연주의적 오류라는 비난에 대해 다음과 같이 자연법 이론을 변호합니다.

단순히 "우연히 ~하게 되는"(happen to be)의 "~이다"는 어떤 도덕적 중요성도 없다. 왜냐하면, 이것은 임의적이기 때문이다. 이것이 "~이다"가 "의무"(ought)를 암시할 수 없는 이유이다. 그러나 창조주의 목적을 표현하는 "~이다"는 이미 "의무"로 가득차 있다. 그런 것이 깊은 양심의 설계를 포함한,

하나님이 우리를 만드시기로 설계하신 것(design)에 내재된 특징들이다.[6]

버지제브스키는 분명히 다양한 방식으로 자연법은 단순히 사물들의 자연적 목적에 관한 인간적 추측이 아닌 하나님의 법임을 보여 줍니다. 그러나 피임 혹은 낙태에 반대하는 논증에서 제안된 제한이 사실 하나님의 법임을 증명하기는 어렵습니다. 우리는 분명한 모순 없이 보편적으로 인정하는 도덕원칙을 가지고 산아제한 수단을 사용할 수 있습니다. 그 예로서 성경을 제쳐 둔 자연법 논증은 다음과 같습니다.

(1) 무고한 인간의 생명을 취하는 것은 잘못이다.
(2) 낙태는 무고한 인간의 생명을 취하는 것이다.
(3) 그러므로 낙태는 잘못이다.

그러나 (2)에서 전제되어 있는 것처럼 어떻게 자연법만을 기초로 태아가 완전한 인간임을 규명할 수 있는지에 대해 질문합니다. 태어나지 않은 자녀는 유전적으로 그의 부모와 다르며, 따라서 "어머니 몸의 일부"는 아니라는 것입니다.

여기서 프레임은 유전적인 독특성과 완전한 인간임 사이에 논리적인 비약이 존재한다고 주장합니다. 성경이 태아를 하나의 인격(인간)이라고 가르친다고 믿지만, 어떻게 자연법이 그런 결론을 증명할 수 있는지는 결코 분명하지 않다는 것입니다. 따라서 자연법 논의는 종종 성경의 보충을 필요로 합니다.

결론적으로 자연법은 중요한 변증의 수단이지만, 그것은 성경의 규범에 덧붙여 윤리적 규범을 제공하지는 않습니다. 자연법 논의를 사용하는 사람들은 자연주의적 오류에 주의할 필요가 있습니다.

넷째, 자연법은 시민 사회를 다스리기에 적합하지 않기 때문입니다. 아퀴나스는 인정법은 신정법이 아닌 자연법에서 도출해야 한다고 말합니다. 버

---

6 J. Budziszewski, *What We Can't Not Know* (Dallas, TX: Spence Publishing Co., 2003), 108.

지제브스키 또한, 아퀴나스의 대답을 바꿔서 설명합니다.

> 정부는 초자연적 선보다 오히려 자연적 선을 공동체에 지시할 책임을 지고 있기 때문에 따라서 하나님께서 불신자들에게 하나님 법의 시행을 의도하지 않는다.[7]

그는 아퀴나스의 주장대로 다음과 같이 주장합니다.

> 가령 인간의 법이 하나님의 법을 시행하지 않는다 하더라도 인간의 법이 자연법을 위반하지 않는 것처럼 인간의 법은 하나님의 법을 위반하는 것이 아니다.[8]

버지제브스키는 이혼금지의 성경 원리가 효력이 많이 약화되지 않고서는 시민 사회에 법으로 부과되지 말아야 한다고 주장합니다. 이유는 "그리스도께서 오시기 전에 심지어 신자들도 결혼의 참된 본질을 이해할 것으로 기대하지 않았다"(참고 마 19:8)는 것입니다.

하지만 프레임은 성경의 보충 없이 자연법만이 민법을 결정해야 한다고 하는 아퀴나스와 버지제브스키에 동의하지 않습니다. 자연적 선과 초자연적 선 사이의 아퀴나스의 구별과 자연적 선에 대해 국가가 가진 능력의 한계에 의문을 제기할 수 있다는 것입니다. 즉, 성경에 호소함 없이는 자연법은 완전히 정당화되지 않습니다.

성경의 안경을 통해서 연구하는 것을 제외하고 우리는 결코 자연을 연구하지 말아야 합니다. 정치적 변증의 궁극적 목적은 다름 아닌 그리스도를 만왕의 왕, 만주의 주로서 제시하는 것입니다. 성경과 기독교 정신의 정치적 목표는 그리스도를 그리스도로 인정하는 시민국가입니다. 선험적인(a priori) 입장을 없애려고 정치적 담론을 제한하는 것은 잘못일 것입니다.

---

[7] J. Budziszewski, *Written on the Heart: The Case for Natural Law*, 63.
[8] Ibid., 63.

세속주의자들은 종교적 견해를 공적 영역에서 제외하려고 하는데 이는 완전히 비민주적인 제한입니다. 버지제브스키는 "성경은 (하나님의 법뿐만 아니라 자연법에서) 우리의 최고의 권위이다"라고 말합니다. 불신앙의 사회가 성경을 몹시 필요로 하며 또한, 자연법이 제공할 수 없는 많은 것을 알 필요가 있을 때 불신앙의 사회에서 이런 권위적인 출처를 제거해야 할 어떤 이유도 존재하지 않습니다.

자연법 전통은 좋고 나쁨을 다 포함하고 있습니다. 그러므로 항상 "모든 생각을 사로잡아 그리스도에게 복종하게 하는"(고후 10:5) 것처럼 분별할 수 있는 지혜가 중요합니다.

5) 결론

우리 인간은 윤리를 결정할 때 자신의 지식이나 자연이나 역사와 같은 상황의 영향을 받습니다. 그렇기에 우리 인간은 그러한 상황에서 바른 결정을 내리기 위해 의존할 무엇인가를 찾습니다. 그런 것들이 바로 인간의 이성, 인간의 양심, 인간의 전통, 자연법과 같은 것들입니다. 인간의 이성은 법을 통해, 인간의 양심은 인간 내면에의 직접적인 호소를 통해, 인간의 전통은 사회적 합의인 묵계를 통해, 그리고 자연법은 인간을 둘러싼 자연의 법칙을 통해 윤리를 어느 정도는 결정할 수 있습니다.

사실 규범성의 원천이 어디에 있는지를 알아 내는 것은 오랫동안 철학의 과제였습니다. 그래서 많은 철학자들은 자연법을 윤리 결정을 위한 최고의 대안으로 여깁니다. 그러나 자연법이라도 윤리의 결정에 있어 모순과 불의와 불법과 같은 비윤리적 행위를 허용할 때가 많이 있습니다.

그러므로 최고의 규범이시고 도덕의 근원되시는 하나님을 의존해야 합니다. 왜냐하면, 하나님은 이성과 양심과 전통을 가진 인간을 창조하신 전지전능 전선하신 하나님이시기 때문입니다. 또한, 자연법의 기초가 되는 온 우주만물을 창조하시고 운영하시는 지혜의 하나님이시기 때문입니다.

3. 왜 삼위일체 하나님만이 도덕의 근원이 되나요?

> **[요 8:16]** 만일 내가 판단하여도 내 판단이 참되니 이는 내가 혼자 있는 것이 아니요 나를 보내신 이가 나와 함께 계심이라

우리는 위에서 하나님이 없어도 윤리가 작동하는지에 대해서 살펴보았습니다. 결론은 하나님이 없이는 윤리가 작동하지 않는다는 것이었습니다. 즉, 신의 존재가 윤리의 전제조건이 됩니다. 그러나 세상에는 많은 신이 존재합니다.

일본에서만 약 12만 개의 크고 작은 신사가 있으며 800만의 토속신이 존재할 정도입니다. 또한, 힌두교에는 다양한 신들이 존재하며 그 수가 정확히 얼마나 되는지조차 알 수 없습니다. 정말로 헤아릴 수 없는 많은 신이 존재합니다. 그러나 기독교에서는 삼위일체 하나님만이 도덕의 근원이라고 가르칩니다.

그렇다면 왜 삼위일체 하나님만이 도덕의 근원이 되나요?

1) 인간이 아닌 신이어야 하기 때문이다

도덕의 근원을 인간이 아닌 신에게서 찾는 것은 매우 바람직한 일입니다. 왜냐하면, 인간은 시간과 공간과 상황에 영향을 받아 상대적이기 때문입니다. 많은 사람은 인간이 무엇이 옳고 그른지를 판단할 수 있다고 생각하지만 그것은 가능하지 않습니다.

그렇기에 그러한 영향을 받지 않는 신에게서 찾아야 합니다. 이것이 함의하는 바는 윤리적 상대주의를 취하지 말고 윤리적 절대주의를 취해야 한다는 점입니다. 즉, 도덕 법칙은 신의 존재를 요구합니다.

칸트는 그의 유명한 도덕론적 논증(moral argument)을 통해서 신의 존재를 증명합니다. 우리는 이 논증을 다음과 같이 공식화할 수 있습니다.

(1) 신이 존재하지 않는다면 객관적 도덕 가치와 의무는 존재하지 않는다.
(2) 객관적 도덕 가치와 의무는 존재한다.
(3) 따라서 신은 존재한다.

이러한 논증은 우주에 편재하고 있는 도덕적 법칙과 인간의 마음속에는 기본적으로 도덕적으로 옳고 그름을 판단하는 법을 가지고 있는 것을 볼 때, 이 공통된 법이 왜 존재해야 하는지 충분히 설명하려면 최고의 입법자이신 신의 존재가 있음을 인정할 수밖에 없다는 논증입니다.[9]

칸트는 인간의 도덕적 선행이 사후세계에 반드시 보상을 받아야 한다고 생각했으며, 만일 신이 존재하지 않는다면, 우리가 이 세상에서 선하게 윤리적으로 살아가야 할 이유가 사라지게 된다고 생각했습니다.

이러한 칸트의 도덕론적 논증이 의미하는 것은 도덕의 근원을 인간이 아닌 신에게서 찾아야 한다는 것입니다. 사실 칸트는 도덕의 자율성을 주장하고 종교조차도 인간의 이성으로 파악하려고 노력했던 사람입니다.

그는 『이성의 한계 안에서의 종교』(Religion within the Boundaries of Mere Reason)에서 인간 이성의 한계를 초월하여 존재하는 종교라도 인간이 지닌 이성의 한계와 도덕적 감수성을 통해 파악할 수 있다고 주장했던 사람입니다. 즉, 종교를 인간의 이성으로 윤리화하고 종교 없는 도덕이 존재할 수 있다고 했지만 선한 삶을 사는 사람들을 위해서라도 신의 존재가 반드시 요구된다고 믿었습니다. 그러므로 도덕의 근원을 인간에게서 찾는다면 그것은 잘못된 생각입니다.

그런 의미에서 불교는 도덕의 근원을 인간에게서 찾는 대표적인 종교입니다. 불교의 세계관은 윤회(輪廻)와 업(業) 사상으로 설명할 수 있습니다. 그들은 현실 세계와 이상 세계에 대한 결과와 원인을 사성제(四聖諦)를 통해 밝히고, 이상 세계인 열반에 이르기 위한 방법으로 팔정도(八正道)를 제시합니다. 이와 같은 불교의 인과적 세계관과 윤리적 성격은 도덕의 근원을 창조주가 아닌 인간에게서 찾는다는 것을 보여 줍니다.

9　양정모, 『비블리컬 변증학』(서울: CLC, 2021), 72.

결국, 그들이 말하는 선은 개인주의화, 상대주의화될 수밖에 없습니다. 그런 구조하에서는 칸트가 생각했던 절대적인 보상과 처벌은 가능하지 않습니다. 사실 칸트뿐만 아니라 모든 사람은 선악에 대한 보상과 처벌이 있어야 한다고 생각합니다. 그런 의미에서 불교의 윤리관은 탈락할 수밖에 없습니다. 왜냐하면, 도덕적 행위에 대한 절대적인 판단자가 필요한데 그 절대자가 인간이 되기 때문입니다.

2) 초월성과 내재성을 가진 신이어야 하기 때문이다

위에서 도덕의 근원을 인간이 아닌 신에게서 찾아야 한다고 했습니다.
그렇다면 어떤 신이라도 괜찮을까요?
그것은 그렇지 않습니다. 필연코 초월성과 내재성을 가진 신이어야 합니다. 우리는 위에서 도덕의 존재로부터 신의 존재를 증명할 수 있다는 칸트의 입장을 살펴보았습니다. 그러나 그것이 과연 우리가 선하게 도덕적으로 살아가야 할 이유나 당위성이 되는지 궁금해할 수 있습니다.

왜냐하면, 하나님이 존재하는 것과 내가 도덕적으로 살아야 하는 것은 별개의 문제라고 생각할 수 있기 때문입니다. 예를 들어, 신이 존재하는 것을 믿는 사람이라도 내가 왜 선하게 도덕적으로 살아야 하는지 모르겠다고 생각하는 사람들이 있습니다. 신은 신이고, '나'는 '나'라는 것입니다. 그렇기에 우리는 초월성과 내재성을 가진 신에게서 도덕의 근원을 찾아야 합니다. 그 이유는 우리는 도덕 법칙이 어디에서 왔는지 궁금해할 수 있기 때문입니다.

이렇게 궁금해하는 이유는 사람들이 사회질서를 유지하기 위해 존재하지도 않는 신을 만들어서 도덕을 정당화하는 것은 아닌가라고 반문할 수도 있기 때문입니다.

예를 들어, 히말라야 산맥 주변에 사는 나라들의 신관은 매우 무서운 신관입니다. 그들에게 신은 친밀감을 갖거나 사랑의 관계가 아닌 심판의 신입니다. 그들이 도덕적으로 살지 않으면 신이 노해서 눈사태나 산사태를 일으켜 심판한다고 믿습니다. 그들에게 신은 도덕적인 사회질서를 유지하기 위한 하나의 방편일 수 있습니다.

이것이 주는 함의는 신에게서 도덕의 근원을 찾되 초월성과 내재성을 가진 신이어야 한다는 것입니다. 즉, 신이 존재하고 그 신이 우리에게 선하게 도덕적으로 살라는 도덕 법칙을 주실 때에만 의미가 있다는 것입니다.

　그런 의미에서 이슬람교의 알라는 내재성이 결핍되거나 전무한 신이기에 탈락할 수밖에 없습니다. 알라는 창조주로서 초월성을 매우 잘 보여 주지만, 인간 세계에 관심이 없습니다. 예를 들어, 시계를 만들고 잘 작동하도록 만들었지만, 그 이후는 신경쓰지 않는 시계 제작자의 비유를 들어 설명할 수 있습니다. 알라는 이 시계 제작자와 같이 온 우주만물을 만들었다고 하지만 그 이후는 인간의 생사화복에 관여하지 않습니다.

　윤리적 상황은 신이 아닌 인간에게서만 발견되는 것이므로 신은 인간 세계에 내재하여야만 합니다. 인간 세계에 내재하지 않는다면 도덕의 근원을 그러한 신에게서 찾을 수는 없습니다. 어찌 보면, 알라는 히말라야 산맥 주변의 나라에서 믿는 신과 같이 윤리적 행위에 대해 심판하는 신일뿐입니다. 신은 최고선으로서 인간이 추구해야 할 가치와 선악을 가르쳐야 합니다. 내재하지 않으면서 그것을 가르칠 수는 없습니다. 시간과 공간과 상황의 영향을 받는 인간의 환경 가운데에서 선하게 도덕적으로 살아야 한다고 가르칠 수 있어야 합니다.

3) 절대 덕성을 실현할 수 있어야 하기 때문이다

　도덕의 근원은 초월성과 내재성을 가진 신이어야 합니다. 하지만 한 가지 더 조건이 있습니다. 그것은 절대 덕성을 실현할 수 있어야 한다는 것입니다. 아무리 신이 내재하여 인간에게 선을 가르칠 수 있다고 하여도 그것은 부족한 선일 수밖에 없습니다. 왜냐하면, 신이 선을 행하지 않으면서 선을 행하라고 가르치는 것과 같기 때문입니다.

　어떤 부모도 자신이 도둑질을 하면서 자녀들에게 도둑질을 하지 말라고 가르치려고 하지는 않습니다. 왜냐하면, 그것이 잘못이라는 것을 잘 알고 있기 때문입니다. 심지어 도둑들도 도덕이 무엇인지를 알고 있습니다.

이렇게 자녀들이 부모에게서 도덕성을 습득한다면 과연 그들의 부모(거슬러 올라가 첫 번째 조상)는 어디에서 윤리를 배워 익혔을까요?

그는 규범이라는 것을 만들었고 옳고 그름의 유일한 기준의 자리에 서 있어서 절대 오류에 빠지지 않는 누군가일 것입니다. 그 선악의 기준이 우리들의 궁극적인 충성과 순종과 사랑에 대한 권면의 역할을 한다면 이는 분명 인격체여야 합니다. 만일 윤리가 인격적이면서도 절대적인 존재에게 근거를 두어야 한다면, 이 두가지 조건을 모두 만족시킬 수 있는 대상은 성경의 하나님 뿐입니다. 그렇기에 도덕의 근원을 찾으려면 최소한 절대 덕성을 실현할 수 있어야 합니다. 절대덕성을 실현할 수 있으려면 그것은 인격체여야 합니다.

여기서 절대 덕성을 실현할 수 있다는 것을 알 수 있는 것은 사랑의 관계를 통해서 알 수 있습니다. 즉, 삼위일체 하나님은 삼위 간의 사랑이라고 하는 절대 덕성을 실현할 수 있습니다. 그렇기에 사도 요한은 말씀합니다.

> **[요일 4:7]** 사랑하는 자들아 우리가 서로 사랑하자 사랑은 하나님께 속한 것이니 사랑하는 자마다 하나님께로 나서 하나님을 알고

사도 요한은 사랑이야말로 하나님께서 가지신 절대 덕성임을 깨닫고 사랑에 대해 강조하고 또 강조합니다(요 13:34-35; 14:21; 요일 3:18; 4:7, 10, 11, 16, 18; 요이 1:5). 복음의 정수라고 할 수 있는 요한복음 3:16 또한, 하나님의 사랑에 대해 증언합니다. 이처럼 사랑은 인격체의 대표적인 덕성이라고 할 수 있습니다.

그러므로 이러한 사랑이 진정한 사랑이 되려면 최소한 하나님과 피조물과의 관계가 아닌, 하나님과 동등한 레벨의 관계에서 이러한 절대 덕성을 실현해 보일 수 있어야 합니다. 이러한 동등한 레벨은 하나님께서 삼위로 계시기 때문에 가능합니다. 그러므로 우리는 삼위일체의 하나님에게서 도덕의 근원을 찾아야 합니다. 결론적으로 삼위일체를 인정하지 않는 유대교 및 일신론의 종교들은 탈락하게 됩니다. 왜냐하면, 그들이 믿는 신은 최소한 동등한 레벨에서 통용되는 도덕 법칙을 실천해 보일 수 없기 때문입니다.

4) 결론

우리 인류는 선악을 알게 하는 나무의 열매를 먹음으로써 도덕의 근원이 되고자 했습니다. 왜냐하면, 선악의 지식을 가지고 '이것이 옳고 저것은 옳지 못하다'는 도덕적 판단을 하려고 했기 때문입니다. 이렇게 도덕적 판단을 한다는 것은 도덕의 근원이 된다는 것과 같습니다. 세상에는 정말 많은 신이 존재하며, 자신들이 도덕의 근원이라고 주장합니다.

그러나 기독교에서는 삼위일체 하나님만이 도덕의 근원이라고 가르칩니다. 그 이유는 다음과 같습니다.

첫째, 사람이 아닌 하나님에게서 찾아야 하기 때문입니다.
둘째, 초월성과 내재성을 갖는 신이어야 하기 때문입니다.
셋째, 절대 덕성을 실현할 수 있는 인격체여야 하기 때문입니다.

이러한 모든 조건을 만족시키는 분은 삼위일체 하나님 밖에는 없습니다. 삼위일체 하나님은 도덕의 근원이며 절대적 규범의 원천입니다. 칸트는 절대적 규범의 원천을 찾기 위해 온 인생을 바쳐 노력했습니다. 하지만 그는 실패할 수밖에 없었습니다. 도덕론적 논증을 통해 신의 존재를 증명해 보이고 나서도 도덕의 근원을 인간에게서 찾았기 때문입니다. 그러므로 우리는 삼위일체 하나님만이 도덕의 근원이 된다는 사실을 알아야 합니다.

4. 하나님이 악을 명령해도 순종해야 합니까?

[창 22:2] 여호와께서 이르시되 네 아들 네 사랑하는 독자 이삭을 데리고 모리아 땅으로 가서 내가 네게 일러 준 한 산 거기서 그를 번제로 드리라

우리는 위에서 사람이 아닌 신에게서 도덕의 근원을 찾아야 하고, 그 신은 삼위일체 하나님만이어야 한다는 사실을 확인했습니다.

그렇다면 그런 하나님께서 악을 명령해도 순종해야 합니까?

예를 들어, 하나님께서는 아브라함에게 아들 이삭을 번제물로 바치라는 명령을 내리셨습니다(창 22:2).

이러한 명령을 내리시는 하나님을 과연 선한 하나님이라고 할 수 있을까요?

또한, 인간은 그저 순종해야 할까요?

이런 문제에 대해 사람들은 유티프로의 딜레마를 사용하여 설명합니다. 왜냐하면, 이 문제와 관련하여 유티프로의 딜레마는 오랜 시간 신학적 철학적 토의의 주제가 되어 왔기 때문입니다. 그것은 유티프로는 "모든 신이 사랑하는 것이 경건한 것이며, 모든 신들이 싫어하는 것이 경건하지 않은 것이다"(Euthyphro, 9e)라고 대답한데서 나온 딜레마입니다.

여기서 경건한 것을 '선'이라고 표현하면, 선한 것이 신의 사랑을 받는 것은 그것이 선하기 때문인가 아니면 그것이 신의 사랑을 받기 때문에 선한 것인가? 라는 딜레마입니다. 이것이 딜레마가 되는 이유는 신이 선을 행하라고 명령한다면, 신도 선을 따라야 하기 때문입니다. 하지만 신은 항상 위대한 존재여야 하는데 그 위대한 존재마저 따라야 하는 개념이 있다면, 신은 결론적으로 위대한 존재가 될 수 없습니다.

또한, 신이 명령하는 것을 따르는 것이 선이라고 한다면, 신이 악을 명령하면 그것도 선이 될 수 있느냐라고 공격하기 때문입니다. 그렇다면 하나님이 악을 명령해도 순종해야 합니까?

1) 하나님은 선보다 높지 않기 때문이다

신명론(divine command theory)은 하나님의 명령을 도덕으로 보는 관점입니다. 즉, 하나님의 명령을 따르는 것이 도덕적인 삶이라고 봅니다. 우리는 이러한 신명론을 유티프로의 딜레마를 사용하여 생각할 수 있습니다. 즉, 하나님의 명령과 선에 대한 관계를 생각해 볼 수 있습니다. 만일 하나님이 선보다 높다면, 아들을 번제물로 바치라고 할 때 그 명령에 무조건 순종해야 합니다. 왜냐하면, 그 명령은 선보다 높은 하나님의 명령이기 때문입니다.

이렇게 생각하는 사람들은 의지를 더 많이 강조하는 신학적 주의주의 (theological voluntarism)로 빠질 가능성이 많습니다. 그래서 신명론을 신학적 주의주의라고도 합니다. 이러한 주의주의에 의하면 무조건 하나님의 명령을 따라야 합니다. 왜냐하면, 도덕적인 것은 하나님의 명령에 의해 결정되며 도덕적인 사람이 되기 위해서 하나님의 명령을 따라야 한다고 보기 때문입니다.

주의주의는 어거스틴(Augustine), 둔스 스코투스(Duns Scotus), 오컴의 윌리엄(William of Ockham) 및 죠렌 키에르케고르(Sören Kierkegaard) 등이 지지합니다. 최근 로버트 아담스(Robert Merrihew Adams)는 신의 의지는 신의 명령보다 파악하기 어렵기 때문에 도덕적 의무는 신의 의지보다는 신의 명령에 의해 요구되는 것이 보다 정당하다고 보는 '수정된 신명론'(modified divine command theory)을 제안하기도 했습니다.

일반적으로 신명론은 도덕은 신과 독립적으로 존재하지 않으며, 하나님의 명령이 도덕을 결정한다고 가르칩니다. 왜냐하면, 하나님은 전능하시기 때문에 하나님의 명령은 궁극적으로 합리화되거나 설명되어서는 안 되며 그럴 수도 없다고 생각하기 때문입니다.

중요한 것은 하나님은 선보다 높지 않다는 사실입니다. 즉, 하나님의 명령은 선보다 높은 규범이 될 수 없습니다. 왜냐하면, 하나님의 명령을 선보다 높은 규범이라고 생각하는 순간, 하나님을 폭군으로 만들 가능성은 언제나 존재하기 때문입니다.

2) 하나님은 선보다 낮지 않기 때문이다

신명론이 하나님의 명령을 도덕으로 보는 이유는 하나님의 명령이 선보다 높다고 보기 때문입니다. 하지만 반대의 경우를 생각해 볼 수 있습니다. 만일 하나님이 선보다 낮다면, 아들을 번제물로 바치라는 명령은 악한 명령이 됩니다. 왜냐하면, 그 명령은 선한 명령이 아니기 때문입니다. 따라서 인간은 그 명령에 불순종해야 합니다. 이렇게 생각하는 사람들은 이성을 더 많이 강조하는 신학적 주지주의(theological intellectualism)로 빠질 가능성이 많습니다.

이러한 주지주의에 의하면 먼저 하나님의 명령이 선한지를 판단해야 합니다. 왜냐하면, 도덕적인 것은 선에 의해 결정되기 때문입니다. 또한, 도덕적인 사람이 되기 위해서는 하나님이 명령이 선인지를 판단한 후에 따라야 한다고 보기 때문입니다.

주지주의는 의지나 감정보다 지성을 중요시하는 사상입니다. 특히, 중세에서 이 사상은 지적 능력이 의지적 능력보다 선행하고 우월하다(*voluntas intellectum sequitur*)고 본 철학적 전통이었습니다. 이러한 전통은 소크라테스와 플라톤에게까지 거슬러 올라갑니다. 특히, 소크라테스는 '참된 지식을 알면 참된 행위를 할 수 있다', '잘못된 행위는 무지에서 비롯된다'고 주장했습니다. 플라톤 또한, 이상 국가를 위해서 철인이 통치해야 하며 철인은 지혜의 덕을 필요로 한다고 보았습니다.

중요한 것은 하나님은 선보다 낮지 않다는 사실입니다. 즉, 하나님의 명령은 선보다 낮은 규범이 될 수 없습니다. 하나님의 명령을 선보다 낮은 규범이라고 생각하는 순간, 하나님을 무시할 가능성은 언제나 존재하기 때문입니다.

3) 하나님은 선과 동등하기 때문이다

유티프로의 딜레마는 주의주의와 주지주의의 긴장관계로 설명할 수 있습니다. 주의주의를 택하면 하나님의 명령은 그 어떠한 상황에서도 선한 명령이 됩니다. 하지만 주지주의를 택하면 하나님의 명령은 상황을 따져보아야 그 명령이 선한 명령인지를 알 수 있게 됩니다. 이런 긴장관계에서 어느 쪽으로 기우느냐는 그 사람이 가진 신학적 배경 가운데에 결정됩니다.

중요한 것은 이런 긴장관계에서 균형을 취해야 한다는 사실입니다. 많은 사람이 하나님께서 명령하시는 것은 선한 것으로 보기 때문에 주의주의를 택할 가능성이 높습니다. 하지만 주의주의를 택하면 맹목적 신자가 되기 쉽습니다. 이렇게 맹목적 신자가 되면 지성이 마비됩니다. 예를 들어, 지하드 교리에 근거하여 자살폭탄 테러를 감행하는 사람들은 그것이 알라의 명령이라고 굳건하게 믿습니다.

그렇다면 아들을 번제물로 바치라는 명령을 받은 아브라함은 맹목적 신자였을까요?

대부분의 성서학자는 하나님께서 아브라함의 믿음을 테스트하기 위해서 혹은 생명의 근원되시는 하나님께서는 인간 제물을 요구하실 권리가 있다고 주장합니다.[10] 하지만 이것은 신명론의 입장을 윤리적으로 설명하는 것은 아닙니다. 여기에서 중요한 점은 하나님께서 아브라함에게 3일이라는 시간을 주셨다는 점입니다. 이 시간은 아브라함에게 매우 중요한 시간이었습니다. 왜냐하면, 아브라함이 하나님께 받은 명령에 대해 생각할 수 있는 시간이었기 때문입니다. 즉, 지적으로 그 명령이 선한지를 고민하고 판단해야 하는 시간이었습니다.

이렇게 이야기하면 자살폭탄 테러를 감행하는 사람들 또한, 많은 시간 동안 지적으로 고민하고 판단한 후에 실행한 것이라고 이야기할 수 있습니다. 여기서 하나님의 본질과 실존의 문제가 대두됩니다. 왜냐하면, 하나님의 명령은 선과 동등한 관계이기 때문입니다.

생명이라는 문제는 똑같지만, 그 생명에 관한 접근은 매우 다릅니다. 아브라함이 이삭이라는 생명을 주신 하나님의 명령에 순종하여 생명을 드린 것과 자살폭탄 테러를 감행하는 사람들이 하나님께서 주신 타인의 생명을 앗아가기 위해 자신의 생명을 죽이는 것은 생명이라고 하는 선에 대한 접근 방식이 다릅니다. 즉, 하나님은 본질과 실존이 일치하신 분입니다. 이러한 일치성 아래에서 하나님의 명령과 선은 동등한 관계가 됩니다.

이러한 관계에 대한 철학적 성찰로서 프랑스의 철학자 쟈크 데리다(Jacques Derrida)의 『죽음의 선물』(The Gift of Death)이라는 책은 시사하는 바가 많습니다. 그는 이 책에서 아들을 번제물로 바친 아브라함의 신앙을 선물의 개념에 비교합니다. 아브라함은 아들을 바치라는 청천벽력같은 명령에 대해서 신 앞에 선 단독자들이 느꼈을 법한 '두려움과 떨림'을 경험했을 것입니다. 왜냐하면, 그 명령은 일반적인 경우라면 순종할 수 있는 명령이 아니었기 때문입니다.

---

10   Walter C. Kaiser Jr. 외3인, 『IVP 성경난제주석』 (서울: IVP, 2017), 121.

바울이 빌립보 교인들에게 "두렵고 떨림으로 구원을 이루라"고 말한 것처럼, 구원을 이루는 것은 자신의 책임하에 달려 있습니다. 마찬가지로 두렵고 떨림으로 하나님의 명령에 순종할 수 있다면, 그것이 완전한 선물이 될 것입니다. 하지만 순종할 수 없는 명령이었기에 완전한 선물을 드릴 수가 없습니다.

데리다는 여기서 완전하고 순전한 선물은 이 세상에 존재하지 않는다고 보았습니다. 왜냐하면, 선물은 선물에 대한 보답이나 보상과 같은 의미를 지니고 있는데, 그러한 상호의존성에서 벗어날 수 없다고 생각했기 때문입니다. 그렇기에 그는 창세기 22장에 나오는 아브라함과 이삭의 이야기가 완전한 선물의 원형을 보여 준다고 생각했습니다. 왜냐하면, 여기에서는 선물에 대한 보답이나 보상 없이 하나님의 명령에 대한 절대적 의무에 대한 응답(a response to absolute duty)을 보여 주었기 때문입니다.

데리다는 이어서 아브라함이 아들을 바치는 장면이 신약의 복음서에서 예수 그리스도의 십자가 사건으로 똑같이 재현되고 있다는 것을 발견합니다. 구약에서 아들을 죽이려는 비정한 아버지를 천사가 막았다면, 신약의 성부 하나님은 아들이 불의한 자들에 의해 죽는 것을 막지 않았습니다. 즉, 죽음의 선물이 완전한 선물이 된 것입니다.

여기서 완전한 선물이 현실 가운데에 실재하도록 하는 것이 중요합니다. 하나님의 인간의 대한 사랑은 그리스도의 죽음으로 현실화되었습니다. 만일 하나님의 인간의 대한 사랑이 현실화되지 않았다면 하나님의 본질과 실존은 일치되지 못했을 것입니다.

그러므로 이삭을 번제물로 바치라는 하나님의 명령은 하나님의 인간에 대한 사랑을 그리스도의 죽음을 통해 보여 주는 하나의 그림자입니다. 이는 하나님의 본질과 실존이 일치함을 보여 줍니다. 그러므로 하나님의 본질과 실존은 하나님의 명령과 선이 동등하다는 관계를 보여 주며, 이러한 동등관계는 역으로 하나님의 본질과 실존을 보여 준다고 할 수 있습니다.

4) 결론

하나님께서 악을 명령해도 순종해야 하는지에 대해 유티프로의 딜레마를 이용하여 살펴보았습니다. 이 딜레마는 하나님의 명령과 선의 관계에 대해 근본적으로 생각하게 만듭니다. 이 문제에 대해 아퀴나스는 좋은 해결방안을 제시합니다. 그는 다음과 같이 말합니다.

> 우리가 선을 모두가 원하는 것이라고 말할 때, 모든 종류의 선한 것이 모두가 원하는 것이 아니라 원하는 것이 무엇이든지 선의 본질을 가지고 있다는 것을 이해해야 한다.[11]

이것을 신에게 적용하면, 신이 항상 위대한 것은 신 그 자체가 선의 기준과 본질을 가지고 있기 때문이라는 것입니다. 신 그 자체가 선의 기준과 본질을 소유한다면 당연히 선은 신의 소유가 되어 결론적으로 신보다 위에 있는 개념은 없게 됩니다. 그렇기에 하나님은 선과 악, 도덕적인 옳고 그름을 따르는 존재가 아니라 선 그 자체이므로 이런 딜레마의 존재 자체가 무효가 됩니다.

5. 최고선(*Summum Bonum*)은 윤리와 무슨 상관이 있나요?

[마 19:17] 예수께서 이르시되 어찌하여 선한 일을 내게 묻느냐 선한 이는 오직 한 분이시니라 네가 생명에 들어 가려면 계명들을 지키라

[빌 1:10-11] 너희로 지극히 선한 것을 분별하며 또 진실하여 허물 없이 그리스도의 날까지 이르고 예수 그리스도로 말미암아 의의 열매가 가득하여 하나님의 영광과 찬송이 되기를 원하노라

---

11 Thomas Aquinas, *Summa Theologica*, I 6, 2 ad 2. "When we say that good is what all desire, it is not to be understood that every kind of good thing is desired by all, but that whatever is desired has the nature of good."

선은 윤리에 있어서 절대적인 개념입니다. 윤리는 선을 행하는 것이기 때문입니다. 그러나 문제는 사람들이 선에 대한 자신만의 정의를 가지고 있다는 점입니다. 그래서 자신만의 방식으로 선을 추구합니다. 어떤 사람에게 선은 행복이나 쾌락일 수 있고, 다른 사람에게는 인내나 절제와 같은 덕일 수 있습니다. 또 어떤 사람은 개인의 선보다는 국가적 선을 더 중시할 수 있습니다.

그렇다면 이 모든 행위가 최고선을 추구하는 것일까요?

최고선은 윤리와 무슨 상관이 있나요?

1) 최고선은 절대적인 것이어야 한다

사람들은 누구나 최고선을 추구하기 원합니다. 그래서 사람들은 자신들만의 관점으로 최고선을 정의합니다. 절대주의를 표방한 플라톤에게 최고선은 이데아의 세계입니다. 과정을 중시한 아리스토텔레스에게 최고선은 분명히 궁극적인 목적입니다.[12] 칸트에게 최고선은 선의지입니다. 칸트는 최고선이 관념 속에만 있는 것이 아니라 의지(행위)로 구현된 것이야말로 최고선이라고 생각했습니다.

이처럼 철학자들은 다양한 방법으로 최고선을 정의하려고 노력하였습니다. 이렇게 최고선을 정의하려고 노력한 이유는 최고선이 무엇인지를 정의해야 최고선에 다다를 수 있는 방법론을 전개할 수 있을 것이라고 생각했기 때문입니다.

그러나 선은 정의될 수 없다고 생각한 철학자도 있었습니다. 그 사람은 바로 영국 분석철학자 G. E. 무어(G.E. Moore, 1873~1958)입니다. 그는 그의 책 『윤리학 원리』(Principia Ethics)에서 "선은 결코 정의될 수 없다"고 주장합니다. 즉, 자연주의(naturalism) 윤리학으로는 선을 정의할 수 없으며, 오로지 직관주의(intuitionism) 윤리학으로만 정의할 수 있다고 말합니다. 왜냐하면, 기존의 철학은 자연주의 윤리학의 방식으로 선을 정의해 왔는데, 이렇게 정

---

12 Aristotle, 『니코마코스 윤리학』, 최명관 옮김 (서울: 도서출판창, 2012), 44.

의하게 되면 자연주의적 오류(naturalistic fallacy)를 일으키기 때문이라는 것입니다.

자연주의 윤리학은 과학에서 사실(facts)을 판단하는 방식과 동일한 방식으로 도덕적 판단이 옳고 그른지를 설명하는 방식입니다. 과학의 방식은 경험과 관찰을 통해서 사실 여부를 판단합니다. 그러므로 윤리학에 경험과 관찰과 같은 과학의 방식을 적용하여 선인지를 판단하면 자연주의적 오류를 일으킨다는 것입니다.

자연주의적 오류는 사실에서 당위를 끌어낼 수 없다는 것을 의미합니다. 예를 들면, 어떤 아이스크림이 있다고 할 때, 그것을 꼭 먹어야 하는 것은 아닙니다. 그런데 그것이 맛있기 때문에 모든 사람이 그것을 꼭 먹어야 한다고 말하게 되면, 자연주의적 오류를 범한다고 말합니다. 왜냐하면, 당뇨와 같이 건강상의 이유로 아이스크림을 먹지 말아야 하는 사람도 있기 때문입니다.

마찬가지로 자연주의 윤리학에서 쾌락을 선이라고 정의하게 되면, 자연주의적 오류를 범한다고 봅니다. 왜냐하면, 모든 쾌락이 선이 되지는 않기 때문입니다. 쾌락은 사람에 따라 선이 될 수도, 악이 될 수도 있습니다. 그러므로 자연주의 윤리학이 정의하는 선에 대한 정의는 자연주의적 오류를 일으키고, 그 오류 때문에 그렇게 선을 정의하는 것이 잘못되었다는 것입니다.

그래서 그는 선이 정의될 수 없다는 것을 인식하지 못한 윤리학자로 벤담을 꼽습니다. 그는 이러한 그의 주장을 '열린 질문 논증'(open question argument)을 사용하여 추론합니다. '열린 질문 논증'을 알기 위해서는 '열린 질문'과 '닫힌 질문'이 무엇인지 알아야 합니다.

'열린 질문'은 말 그대로 어떤 질문에 대해 계속해서 질문할 수 있는 종류의 질문이며, '닫힌 질문'은 계속해서 질문할 수 없는 종류의 질문입니다. 그러므로 '열린 질문 논증'은 어떤 정의(definition)에 대해 질문을 던졌을 때 그 정의에 대해 질문이 계속해서 제기되면, 그 정의는 잘못되었을 가능성이 많다고 보는 논증입니다.

그래서 무어는 '열린 질문 논증'을 통해 도덕적 어휘나 속성을 자연적 어휘나 속성으로 정의할 수 없다고 말합니다. 여기서 도덕적 어휘나 속성을 '선'이라고 하고, 자연적 어휘나 속성을 '쾌락'이라고 할 수 있습니다. "나에게 쾌락은 선"이라고 생각하는 사람에게 왜 쾌락을 선이라고 생각하냐고 질문할 수 없습니다. 왜냐하면, 이미 쾌락을 선이라고 정의했기 때문입니다. 이러한 정의에 대해서 더 이상 질문할 수 없기에 이런 질문을 '닫힌 질문'이라고 합니다.

하지만 반대로 선을 쾌락이라고 정의하는 순간 질문은 쏟아집니다. 왜 선을 쾌락이라고 했는지 다양한 질문이 열립니다(open). 선이 쾌락이 아닌 정의(justice)는 될 수 없는지, 이데아의 세계는 될 수 없는지, 아니면 사랑은 될 수 없는지와 같은 많은 질문을 할 수 있습니다. 즉, 선을 쾌락이라고 정의한 것에 대해 경험과 관찰이라고 하는 과학적인 방식으로 많은 질문을 할 수 있습니다.

이렇게 질문이 많다는 것은 선을 쾌락이라고 한 정의가 잘못되었을 가능성이 많다는 것을 의미합니다. 이렇게 열린질문 논증을 통해 어떤 자연적인 사실도 선이라고 정의하기 어렵게 된다고 보았고, 결국 선을 쾌락이라고 한 정의는 자연주의적 오류를 범한다는 것입니다.

그렇다면 선은 절대로 정의될 수 없는 것일까요?

그렇지 않습니다. 성경에 나오는 어떤 부자 청년은 예수님께 찾아와 "내가 무슨 선한 일을 하여야 영생을 얻으리이까"라고 질문했습니다. 그때 예수님께서는 "어찌하여 선한 일을 내게 묻느냐 선한 이는 오직 한 분이시니라 네가 생명에 들어 가려면 계명들을 지키라"(마 19:17)라고 대답하셨습니다. 예수님의 대답은 선은 오직 한 분에게서만 발견될 수 있다는 것을 의미합니다. 여기서 오직 한분은 하나님이시므로 하나님만이 절대적인 선이 되십니다.

그렇다면 최고선이 절대적이라는 정의는 자연주의적 오류를 일으키지 않을까요?

그것은 당연합니다. 최고선이 절대적이라는 정의에 대해 더 이상 질문할 수 없기 때문입니다. 논리적으로 선을 정의해 보면, 그 선보다 더 좋은 것이 있고, 또 더 좋은 선보다 더욱더 좋은 선이 있을 것입니다. 하지만 그런 식으로 한없이 갈 수는 없고, 결국 최종적으로 가장 좋은 선이 있을 것입니다.

다시 한번 논리를 연결해 보면, 선한 이는 오직 한 분이시며, 그 한 분은 하나님이시고, 그 하나님은 절대적인 분이십니다. 그러므로 최고선이 절대적이라는 정의는 더 이상 그 어떤 질문이 제기될 수 없습니다. 또한, 경험적으로 최고선은 절대적인 것이라는 것을 잘 알고 있습니다.

인간은 최고선을 목표로 행위하는데, 만일 최고선이 없다면 우리 인간은 허무주의로 빠질 수밖에 없습니다. 왜냐하면, 인간이 하는 모든 일에 있어 궁극적인 목표가 없는 셈이 되고, 그 과정 속에 절망감을 느낄 수밖에 없기 때문입니다. 그러므로 최고선은 절대적이라고 하는 정의는 타당합니다.

2) 최고선은 본질을 실천하는 것이야 한다

아리스토텔레스는 최고선을 존재 특유의 본성을 실현 또는 실천하는 것이라고 보았습니다. 아리스토텔레스에게 있어 도덕성이란 각 개인이 인간으로서 우리에게 주어진 본성적인 선을 추구하는 문제입니다.

> 모든 존재 내의 형상은 그 개체의 본질과 본성과 목적을 정의한다. 인류의 본성은 합리적 동물(rational animal)이라는 데 있다. 그리고 모든 존재에게 있어 최고선(summum bonum)이란 그 존재 특유의 본성을 실현 또는 실천하는 것이다.[13]

인간만이 고유하게 지니고 있는 본성을 가장 완벽하게 표현하는 것이 가장 완전한 삶을 사는 것이며 이것이 우리의 목표이자 "선"에 도달하고자 하는 도덕의 궁극적인 목적입니다. 그에 따르면 인간의 궁극적인 선이란 인간의 본성만이 지니고 있는 고유한 측면을 반드시 반영해야만 하며, 오직 객관적으로 선한 것만이 행복과 동일시 될 수 있습니다.

예를 들어, 대장장이에게는 좋은 칼을 만들어 내는 것이 선입니다. 그 칼이 사람을 살해하는데 쓰일 수 있다 하여 그것을 선이 아니라고 말할 수는 없습니다. 마구 제작자에게는 좋은 안장을 만들어 내는 것이 선입니다. 그 안장이 전쟁에 사용된다고 하여 그것을 선이 아니라고 말할 수는 없습니다. 그러므로 최고선은 그 존재 특유의 본성(혹은 본질)을 실현(혹은 실천)하는 것

---

[13] John M. Frame, 『기독교 윤리학: 그리스도인의 삶에 대한 교리』, 176.

에 있습니다.

해석학에 있어서 사과 그림을 보여 주는 것은 해석학의 본질을 이해하는 데에 필요한 작업입니다. 사과가 그려져 있는 종이나 화면을 보여 주면서 이것이 무엇이냐고 사람들에게 묻게 되면, 사람들은 대체적으로 사과라고 말합니다. 하지만 사과가 그려져 있는 종이나 화면은 진짜 사과가 아닙니다. 그것은 사과가 그려져 있는 종이나 화면일 뿐입니다. 사과의 본질은 달콤하면서 약간의 신맛이 있는 물리적인 것입니다. 아무리 종이나 화면에 그려져 있는 사과가 맛있게 보여도 그것을 먹을 수 없다면 그것은 진짜 사과가 아닙니다.

마찬가지로 최고선은 그 본질을 실현할 때, 최고선이라고 할 수 있습니다. 이것이 윤리적으로 어떤 의미를 가질까요?

그것은 본질은 기능에 의해 확인 가능해야 한다는 것입니다. 예를 들어, 하나님은 사랑이라고 하는 절대성을 가지고 있는 존재입니다. 하지만 그 사랑의 절대성은 실현되지 않고는 알 수 없습니다. 하나님이 사랑의 하나님이라는 사실을 알 수 있는 것은 십자가라고 하는 사랑의 실현이 있었기 때문입니다. 그러므로 최고선은 본질을 실현하고 있는 기능에 의해 파악할 수 있습니다.

3) 최고선은 인격이어야 한다

우리는 위에서 최고선은 절대적인 것이어야 하며 본질을 실현하는 것이어야 한다고 했습니다. 여기에 또 하나의 조건이 필요합니다. 그것은 바로 인격이어야 한다는 것입니다.

칸트에게 최고선은 '선의지'입니다. 칸트 또한, 최고선이 절대적인 것이어야 하며, 본질을 실현하는 것이어야 한다고 보았습니다. 즉, 최고선이 머리(이성) 속에만 머물러서는 안 되며, 그러한 최고선이 팔과 다리(의지)로 움직여져 실행되어야 하는 것이어야 한다고 생각했습니다. 그래서 칸트는 '선의지'에 대한 다음과 같은 다양한 공식을 개발할 정도로 '선의지'를 최상의 가치로 인정했습니다.

[표 51] 칸트의 정언명법

1. 보편적 법칙의 공식(동기주의) Formula of Universal Law	준칙이 보편적인 법칙이 되도록 그대가 동시에 의욕할 수 있도록 하는 그러한 준칙에 따라서만 행위하라
2. 자연 법칙의 공식(보편화가능성) Formula of the Law of Nature	그대 행위의 준칙이 그대의 의지를 통하여 보편적인 자연법칙이 되어야 하는 듯이 행위하라
3. 목적 자체의 공식(인간존엄성) Formular of the End in Itself	그대는 그대 자신의 인격에 있어서건 타인의 인격에 있어서건 인간성을 단지 수단으로만 사용하지 말고 항상 동시에 목적으로 사용하도록 행위하라
4. 자율의 공식(자율성) Formula of Autonomy	각각의 이성적 존재자는 자신의 의지가 보편적 법칙을 자율적으로 수립하는 의지인 듯이 행위하라
5. 목적의 왕국의 공식(정언명령) Formula of the Kingdom of Ends	의지가 자신의 준칙을 통해 동시에 자기 자신을 보편적 법칙을 수립하는 존재로 간주할 수 있도록 행위하라

칸트의 도덕 철학은 매우 정교합니다. 그의 도덕 철학을 건물에 비유하자면, 1층은 '선', 2층은 정언명령, 3층은 의지의 자율입니다. 즉, '선'이 무엇인가에 대해 고찰하고, '선'은 무조건적으로 행해야 하는 것이며, '선'은 타율이 아닌 자율에 의해 행해져야 한다는 것입니다. 그는 그의 책 『도덕형이상학 정초』(Groundwork of the Metaphysics of Morals)에서 위에서와 같이 정언명법의 다섯 가지 공식을 만들어 냈습니다.

그러나 칸트에게 부족한 것이 있습니다. 그것은 최고선에 대한 개념이 '선의지'에 머무른 것입니다. 그 '선의지'는 '선의지'를 행사하는 주체인 인격에까지 도달해야 합니다. 칸트식의 논리에 의하면 '선의지'는 동물에서도 발견될 수 있습니다. 동물도 자신의 자식들을 사랑하며, 위험에 빠진 자식들을 보호하기 위해 '선의지'를 행사합니다. 하지만 최고선은 인격적이어야 합니다.

우리는 하나님이 절대적인 분이며, 또한, 본질을 실현하고 계신 분임을 알고 있습니다. 게다가 하나님은 인격체시라는 것을 잘 알고 있습니다. 그러므로 우리는 하나님만이 최고선이라는 결론을 내릴 수 있습니다.

플라톤은 최고선이 절대적 개념을 가지고 있다고 했지만, 본질을 실현하는 것까지는 도달하지 못했습니다. 아리스토텔레스나 칸트가 생각하는 최고선은 절대적 개념을 가지고 있어야 하며 본질을 실현해야만 한다고 하는 데까지 이르렀지만, 인격체여야 한다는 데까지는 도달하지 못했습니다. 최고선은 비인격적인 추상적인 형상이 아니라 우리의 최고선과 거룩과 의와 사랑의 표준은 하나의 절대적인 인격입니다.[14]

그런 의미에서 하나님께서는 자신을 계시하시고 예수님을 보내 주심으로 최고선이 무엇인지를 자연적으로 드러내 주셨습니다. 또한, 하나님께서는 인격적으로 교제하기를 원하셨습니다. 그런 의미에서 김춘수 시인의 "꽃"이라는 시는 많은 통찰력을 줍니다.

> 내가 그의 이름을 불러 주기 전에는 / 그는 다만 / 하나의 몸짓에 지나지 않았다. / 내가 그의 이름을 불러 주었을 때 / 그는 나에게로 와서 / 꽃이 되었다.

이 시는 '명명'(命名) 행위를 통해 사물의 의미와 본질을 조명하고 있습니다. 마찬가지로 하나님께서는 인류의 첫 시조인 아담의 이름을 명명하심으로 인격적 관계를 시작하셨습니다. 아담은 하나님께서 만드신 하와와 창조물의 이름을 명명함으로 인격적 관계를 맺기 시작했습니다. 그러므로 우리는 최고선이 인격이어야 한다는 사실을 알아야 합니다.

4) 결론

최고선에 대한 인간의 추구는 그 역사가 깊으며, 도덕 철학의 궁극적 지향점은 최고선에 있습니다. 최고선은 절대적인 것이어야 하며, 본질을 실현하는 것이어야 하며, 인격이어야 합니다. 그러므로 삼위일체 하나님을 제외하고 이러한 조건에 부합하는 대상을 찾는 것은 어렵습니다.

하나님은 'highest good' 혹은 'greatest good'을 의미하는 라틴어인 수뭄 보눔(*summum bonum*), 즉 최고선이십니다. 최고선이 윤리와 어떤 관계가 있는지를 우리는 다음의 표와 같이 철학의 분류로 적용해 볼 수 있습니다.

14　John M. Frame, 『기독교 윤리학: 그리스도인의 삶에 대한 교리』, 452.

[표 52] 최고선과 철학의 관계

최고선	하나님	철학의 3분류
절대적(Absolute)	자존자(He who is)	존재론(Metaphysics)
인격적(Personal)	전지자(He who knows)	인식론(Epistemology)
실천적(Practical)	가치자(The Worthy One)	가치론(Ethics)

하나님은 절대적, 인격적, 실천적인 분으로써 최고선(*summum bonum*)이 되시며, 철학의 주제와 도덕 철학의 궁극적 지향점이 되신다는 것을 알아야 합니다.

제6장

인간과 관련된 문제

1. (지) 인간의 이성은 윤리와 무슨 상관이 있나요?

[잠 9:10] 여호와를 경외하는 것이 지혜의 근본이요 거룩하신 자를 아는 것이 명철이니라

[롬 3:9-12] 그러면 어떠하냐 우리는 나으냐 결코 아니라 유대인이나 헬라인이나 다 죄 아래에 있다고 우리가 이미 선언하였느니라 기록된바 의인은 없나니 하나도 없으며, 깨닫는 자도 없고 하나님을 찾는 자도 없고, 다 치우쳐 함께 무익하게 되고 선을 행하는 자는 없나니 하나도 없도다

소크라테스는 그의 가장 대중적인 대화편인 『메논』에서 악덕(vice)과 잘못된 행위는 무지의 결과라고 보았습니다. 그렇기에 사람은 자신이 몰라서 불의를 행할 수밖에 없었다고 말한다고 해서 그의 행동을 합리화할 수는 없습니다. 반면에 윤리적 지식을 가지고도 악덕을 저지르는 사람들이 많습니다. 즉, 지식 계층의 사람들이 비지식 계층의 사람보다 비윤리적일 때가 많습니다. 즉, 지식이 없으면 없는내로, 지식이 있으면 있는대로 비윤리적인 선택을 합니다.

그렇다면 인간의 이성은 윤리와 무슨 상관이 있나요?

1) 인간은 신지식을 가져야 한다

소크라테스의 격언 중 "너 자신을 알라"는 격언은 너무나 유명합니다. 그는 인간의 지혜가 신에 비하면 하찮은 것에 불과하기에 무엇보다도 먼저 자

신의 무지(無知)를 아는 엄격한 철학적 반성이 중요하다고 여겼습니다. 이러한 그의 가르침은 플라톤 ⇨ 아리스토텔레스 ⇨ 스토아 학파 ⇨ 합리론 ⇨ 칸트에게 이어졌습니다.

특히, 소크라테스는 "어느 누구도 고의로 잘못을 범하지 않는다"고 말하며, 아레테(arete, 윤리적으로 뛰어남)를 아는 것을 지혜(sophia)와 동일시합니다. 이처럼 그는 윤리적인 측면에서 주지주의(intellectualism)의 입장을 강하게 견지하고 있습니다.

그러나 위에서 언급한 대로 윤리적인 지식을 가지고도 악덕을 저지르는 사람을 어떻게 설명할 수 있을까요?

그렇기에 소크라테스 또한 이성이 도달할 수 없는 현실을 부정하지는 않았습니다. 그는 인간의 이성이라도 인간의 근본적인 질문이나 어떤 윤리적 가치에 궁극적인 대답을 제공할 수 없다는 사실을 분명히 알고 있었습니다. 이러한 이성의 한계를 뛰어넘는 것을 신적인 것이라 보았고 그에 대해 수용할 수 있다는 태도를 가졌습니다.

그럼 그 신적인 것이 무엇일까요?

그것은 바로 신지식(knowledge of God)입니다. 이 지식은 인간의 하나님을 향한 지식이며, 하나님께서 자신의 형상대로 창조하신 인간에게 내재된 본성 중의 하나입니다.

이러한 신지식은 우리 인간의 타락과 함께 타락하였고 회복되어야 합니다. 그것은 그리스도 안에서 가능하며 새사람을 입을 때 가능하게 됩니다. 사도 바울은 골로새서 3:10에서 이렇게 말씀합니다.

> [골 3:10] 새사람을 입었으니 이는 자기를 창조하신 이의 형상을 따라 지식에까지 새롭게 하심을 입은 자니라

이러한 과정에 대해 웨인 그루뎀은 다음과 같이 말합니다.

> 하나님과 그의 말씀과 그의 세계를 바로 이해하면서 우리는 점점 더 하나님께서 생각하시는 대로 생각하게 되는데, 그리하여 지식에까지 새롭게 되고

생각도 하나님을 더욱 닮아 가게 된다. 이것이 그리스도인의 신앙생활의 정상적인 과정에 대한 묘사이다. 바울은 우리가 "저와 같은 형상으로 화하여 영광으로 영광에 이른다"고 했다(고후 3:18).[1]

그는 타락한 인간이 그리스도 안에서 하나님의 형상을 회복함에 따라 타락한 신지식도 회복되어야 한다고 말합니다. 인간은 신앙이 성숙해짐에 따라 점점 더 하나님을 닮아 가게 되며 특히, 삶과 성품에 있어 그리스도의 도덕적 성품을 갖게 됩니다. 그것이 신지식이 중요한 이유입니다. 좀 더 쉽게 말하자면, 신지식이 중요한 이유는 윤리적 지식을 포함하기 때문입니다.

우리가 하나님에 대한 지식을 갖게 되면 될수록, 우리 인간은 하나님의 명령이 무엇인지를 파악하게 됩니다. 즉, 하나님께서 좋아하시는 것과 싫어하는 것을 분별할 수 있게 됩니다. 더 나아가 무엇이 하나님께 영광을 돌리는 것인지를 유추하게 되는데, 그것이 바로 신지식입니다. 이러한 분별은 이성의 작용 때문에 가능합니다.

칼빈은 이러한 이성에 대해 다음과 같이 말합니다.

> 하나님은 사람의 영혼에 지성을 주셔서 그것으로 선과 악을, 옳고 그름을 분별하게 하셨고, 또한 이성의 빛을 안내자로 주셔서 우리가 피해야 할 것과 좇아야 할 것을 구별하게 하셨다.[2]

그러므로 우리는 신지식은 윤리적 지식이며, 윤리적 지식은 바로 신지식이라는 것을 알 수 있습니다.

이것이 중요한 이유는 윤리적인 삶을 위해서 하나님을 제외시켜서는 안 되기 때문입니다. 하나님이 제외된 삶은 그 자체로 비윤리적인 삶입니다.

그렇기에 시편 기자는 이렇게 말합니다.

---

[1] Wayne Grudem, 『조직신학 (상)』, 노진준 옮김 (서울: 은성, 1997), 672.
[2] John Calvin, 『기독교 강요 (상)』, 원광연 옮김 (서울: 크리스챤다이제스트, 2003), 235.

[시 14:1] 어리석은 자는 그의 마음에 이르기를 하나님이 없다 하는도다 그들은 부패하고 그 행실이 가증하니 선을 행하는 자가 없도다

무신론자들은 신이 인간을 창조한 것이 아니라, 인간이 신을 창조한 것이라고 말합니다. 즉, 윤리적 판단과 행동에는 신이 필요 없다는 것입니다. 하지만 성경은 이런 사람들을 가리켜 '어리석은 자'라고 말합니다. 왜냐하면, 삶의 목적, 삶의 방향, 삶의 의미를 알지 못할 뿐 아니라, 결국 허무주의로 빠질 수밖에 없기 때문입니다.

그런 삶은 윤리적 삶과는 거리가 멀 뿐 아니라 윤리를 파괴하는데 앞장서게 됩니다. 이러한 순환을 연결해 보면, 신의 부정 ⇨ 신지식 부정 ⇨ 윤리적 지식 부정 ⇨ 윤리적 실패 ⇨ 신의 부정과 같은 악순환으로 쉽게 연결됨을 알 수 있습니다.

2) 윤리적 지식은 성경에서 얻어야 한다

모든 지혜와 지식의 근원이신 하나님의 형상(image)을 따라 지음받은 우리 인간은 생각하고 계획하고 사고할 수 있는 능력이 있습니다. 즉, 우리 인간에게는 이성이 존재하며, 그것이 동물들과 다른 점입니다. 그런 의미에서 인간의 이성은 하나님께서 우리 인간에게 주신 은총의 결과입니다. 타락하기 전 인간은 이러한 이성의 존재로 인해 바른 윤리적 지식을 가질 수 있었고, 윤리적으로 행동할 수 있었습니다.

여기서 윤리적 지식의 근거나 출처가 매우 중요합니다. 왜냐하면, 잘못된 지식이 잘못된 결과를 낳기 때문입니다. 에덴 동산에서 뱀처럼 간교한 사탄의 잘못된 지식을 받아들인 결과, 우리 인간은 정녕 죽을 수밖에 없는 운명에 처하게 되었습니다.

그러므로 우리는 성경의 계시를 통해 올바른 윤리적 지식을 습득해야 합니다. 왜냐하면, 성경은 하나님의 계시를 집약해 놓은 것으로 윤리적 지식의 표준이기 때문입니다. 존 프레임은 하나님의 계시는 하나의 유기체로 자연과 역사를 통해 나타나는 일반(자연)계시와 발화된 말씀과 기록된 말씀인 특

별계시 그리고 신의 현현과 성육신, 사람을 통해서 나타나는 실존적 계시를 포함한다고 말합니다.[3]

우리는 그러한 예를 하나님의 마음에 합한 사람(삼상 13:14; 행 13:22)이라고 불리웠던 다윗에게서 찾을 수 있습니다. 다윗은 그의 윤리적 지식으로는 도저히 저지를 수 없는 죄를 지었습니다. 나단 선지자가 다윗의 죄를 지적할 때 정확한 죄목을 제시하지 않고 비유를 들었음에도 불구하고(삼하 12:5-7), 다윗은 자신의 죄를 깨닫고 회개하였습니다. 이러한 사례는 윤리적 지식이 사람을 통해서 나타나는 실존적인 계시도 포함하고 있다는 것과 이성의 작용을 통해 그러한 계시를 이해할 수 있다는 것을 분명히 보여 줍니다.

그럼에도 불구하고 사람들은 윤리적 지식을 특별계시인 성경에서 얻기 보다는 자신이나 일반계시에 의존하려 합니다. 사실 자연인에게는 종교심(롬 1:19-20)과 양심(롬 2:14-15)이라는 내재적인 장치가, 그리고 자연의 법칙(자연법)이라고 하는 외재적인 장치가 주어져 있습니다. 하지만 이러한 일반계시를 통해서는 하나님께서 명령하신 윤리적 규범을 온전히 알기는 어렵습니다. 왜냐하면, 성경에는 자연인의 가치관과 상식을 거스르는 규범들이 존재하기 때문입니다.

예를 들면, 예수님의 산상수훈은 이러한 규범들로 가득 차 있습니다. 예수님께서는 심령이 가난하고, 애통하고, 온유하고, 의에 주리고, 긍휼히 여기고, 마음이 청결하고, 화평하고, 그리고 의를 위해 박해받는 것이 복되다고 하는 마카리오스(μακάριος)의 복을 설파하셨습니다. 이것은 천국 시민으로서 경험하고 인내하고 기뻐해야 하는 미덕입니다(마 5:3-12).

이러한 미덕들은 세상에서 추구하는 가치관과 정확하게 대척점에 위치합니다. 왜냐하면, 세상 사람들은 하늘로서 내려오는 마카리오스의 복이 아닌 자신이 노력하고 성취하는 유다이모니아(*eudaimonia*)의 복을 추구하기 때문입니다. 성경은 계시의 유기체로서 영원하신 하나님의 언약을 기록한 헌법과도 같은 것입니다.

---

[3] John M. Frame, 『기독교 윤리학: 그리스도인의 삶에 대한 교리』, 이경직 옮김 (서울: P&R, 2015), 226-239.

그러므로 성경은 윤리적 지식의 핵심적인 역할을 합니다. 이러한 성경의 규범성은 세상의 그 어떤 윤리 체계가 따라올 수 없는 윤리의 절대적 표준입니다. 그러므로 우리는 윤리적 지식을 다른 어떤 출처(source)가 아닌 성경으로부터 얻어야 합니다.

3) 이성은 성화되어야 한다

우리는 위에서 신지식은 윤리적 지식이며, 윤리적 지식은 성경을 통해 얻어야 한다고 했습니다. 이러한 과정에서 이성의 역할은 매우 지대합니다. 어떤 개념이나 행동에 관해 논리적인 추론을 통해 일관성을 판단합니다. 3단 논법을 형식화하고 평가하고 적용하며, 인과관계의 적실성을 따집니다. 성경의 규범성을 이해하고, 성경의 규범이 적용되는 상황을 분석합니다. 메타 윤리학의 요소인 윤리의 본질과 방법에 대해 연구합니다. 이러한 일들에 있어서 이성은 주된 역할을 합니다.

하지만 때로는 이성이 우리를 잘못 인도하는 경우가 있습니다. 왜냐하면, 이성은 죄로 오염되어 있기 때문입니다(롬 1장, 고전 2:14). 이러한 죄의 오염을 보여 주는 단어가 바로 곡학아세(曲學阿世)입니다. '학문을 왜곡하여 세상에 아첨한다'는 뜻을 지닌 이 말은 자신의 유익을 위해서라면 학문이나 통계를 조작하거나 선별취사하여 자신이나 정치권에서 원하는 결론을 도출해 냅니다.

또한, 자신도 알지 못하는 순간, 혹은 잘못이라는 것을 알면서도, 우리의 이성은 잘못된 곳으로 인도할 수 있습니다. 기본적으로 우리는 이성에 순종할 의무가 있지만, 이성에 순종할 때 때로는 죄를 범하기도 합니다. 그렇기에 이성이 올바르게 기능하기 위해서는 하나님의 은혜를 필요로 합니다.[4] 즉 이성은 성화되어야 합니다.

성화(sanctification)는 말 그대로 거룩하게 되어간다는 신학적 용어입니다. 성화된 삶은 행동의 변화를 통해 알 수 있고, 행동의 변화는 생각의 변화를

---

[4] Ibid., 514-516.

전제로 합니다. 생각의 변화는 윤리적 지식의 습득으로부터 시작됩니다. 그렇기에 사도 베드로는 그의 편지를 결론지음에 있어 이렇게 명령합니다.

[벧후 3:18] 오직 우리 주 곧 구주 예수 그리스도의 은혜와 그를 아는 지식에서 자라 가라

그런 의미에서 프레임은 윤리적 지식을 성화의 산물로 간주합니다.[5] 성화는 하나님과 인격적인 관계를 통해서 알게 되는 신지식을 통해, 어려운 상황에서 옳은 일을 할 수 있는 능력인 지혜를 통해, 하나님의 명령에 순종함으로 진리 안에 행하는 진리를 통해, 마지막으로 '바른' 혹은 '건전한' 가르침인 교리를 배움으로써 이루어집니다.[6] 이렇게 이성이 성화되기 위해서는 다음의 세 가지의 도움이 필요합니다.

첫째, 성경적 교육이 필요합니다. 왜냐하면, 성경에는 교훈과 책망과 바르게 함과 의로 교육하기 유익한 내용들로 가득 차 있기 때문입니다. 이러한 교육의 목적은 선한 일을 행할 능력을 갖추게 함으로써 온전한 그리스도의 형상을 이루게 하기 위함입니다(딤후 3:16-17).

둘째, 성령의 도우심이 필요합니다. 왜냐하면, 성경은 성령에 의한 저작물이기 때문입니다. 위에서 우리는 신지식, 지혜, 진리, 교리를 통해 이성이 성화된다고 하였습니다. 이러한 신지식, 지혜, 진리, 교리는 윤리적 지식이 되고, 윤리적 지식의 근거는 성경입니다. 그러므로 타락한 이성은 성령의 도우심을 입어 올바른 윤리적 지식으로 교정됩니다.

셋째, 말씀에 대한 순종이 필요합니다. 왜냐하면, 순종을 통해 지적인 확신을 가질 수 있기 때문입니다. 로마서 10:10에서 "사람이 마음으로 믿어 의에 이르고 입으로 시인하여 구원에 이르느니라"고 말씀합니다. 마음으로 믿는다는 것은 지적인 판단을 의미하며, 입으로 시인한다는 것은 절대적인 순종을 의미합니다. 즉, 지적인 것을 인지하고 순종하는 행동을 통해 우리는

---

5 Ibid., 494.
6 Ibid., 494-497.

성화됩니다. 그러므로 성화는 지식을 전제로 하지만 순종을 전제로 하기도 한다는 것을 알 수 있습니다.[7]

이렇게 인간의 타락한 이성은 다양한 경로를 통해 성화될 수 있고, 성화되어야 합니다. 왜냐하면, 인간의 이성은 하나님께 영광을 돌리거나, 돌리지 않거나 하는 두 가지 방식으로 사유되기 때문입니다. 영광을 돌리지 않는 대표적인 사례가 노아 홍수 이전의 사람들의 사고 방식이었습니다.

하나님께서는 "사람의 죄악이 세상에 가득함과 그의 마음으로 생각하는 모든 계획이 항상 악할 뿐임일 보셨습니다"(창 6:5). 그러므로 인간의 행위뿐만 아니라 사고방식 또한, 하나님의 규범의 지배를 받아야 하고, 하나님께 영광돌리는 방식으로 사유해야 하며, 믿음과 사랑으로 동기를 부여받아야 합니다.

4) 결론

세상에는 이성적인 사람과 비이성적인 사람이 존재합니다. 그렇기에 이성적인 사람에게는 윤리적 행동을 기대합니다. 하지만 이성적인 사람이라도 비윤리적인 행동을 하는 경우가 있습니다. 그렇기에 인간의 이성은 윤리에 있어서 필요 없는 듯이 느껴질 수 있습니다. 하지만 이성은 윤리적 행위에 매우 중요한 역할을 합니다. 왜냐하면, 이성의 활동으로 신지식을 얻을 수 있기 때문입니다.

이러한 신지식은 다른 출처가 아닌 성경에서 얻어야 합니다. 왜냐하면, 성경만이 윤리의 절대적 표준이기 때문입니다. 그리고 이를 이해하고 적용할 수 있도록 이성은 성화되어야 합니다. 왜냐하면, 이성이 성화되지 않고는 윤리적 행위로 이어지지 않기 때문입니다.

결론적으로 사도 바울이 "너희는 이 세대를 본받지 말고 오직 마음을 새롭게 함으로 변화를 받아 하나님의 선하시고 기뻐하시고 온전하신 뜻이 무

---

[7] Ibid., 500.

엇인지 분별하도록 하라"(롬 12:2)고 권면한 것처럼, 윤리의 행위를 결정짓는 사고방식의 키(key)인 이성을 사용하여 도덕적 분별력을 키워야 합니다.

2. (정) 인간의 감정은 윤리와 무슨 상관이 있나요?

[요 14:15] 너희가 나를 사랑하면 나의 계명을 지키리라

[잠 1:7] 여호와를 경외하는 것이 지식의 근본이거늘

[잠 8:17] 나를 사랑하는 자들이 나의 사랑을 입으며 나를 간절히 찾는 자가 나를 만날 것이니라

인간은 이성(지)과 감정(정)과 의지(의)를 사용하여 윤리적 행동을 시도합니다. 그러나 감정에 휩싸여 이성과 의지에 반하는 비윤리적 행위를 할 때가 있습니다.

2014년에 개봉한 〈아메리칸 스나이퍼〉(*American Sniper*)라는 영화는 이라크 전쟁 실화를 다룬 영화입니다. 이 영화에서 주인공은 전쟁에서 신체적인 손상 또는 죽음과 같은 사고를 목격한 후 정신적인 충격을 받게 되었고, 결국 '외상 후 스트레스 장애'(PTSD, post-traumatic stress disorder)를 겪게 됩니다. 갑작스러운 감정기복, 우울, 짜증, 예민, 두려움, 공포, 불안장애, 공황장애로 대변되는 PTSD로 인해 일상 생활 속에서 자신을 제어하지 못하고 비윤리적인 행동을 하는 주인공의 모습을 보여 줍니다.

이렇게 이성과 의지에 반하는 비윤리적 행위를 하는 주인공의 모습을 보게 되면, 감정이 윤리적 삶에 그다지 도움이 되지 않는 것처럼 보입니다. 꼭 그와 같은 PTSD가 아니더라도 사람들은 감정적인 분노로 서로 싸우고 감정에 휘둘려 비윤리적인 선택을 하는 경우가 많습니다.

그래서 사람들은 감정은 매우 변덕스럽기 때문에 위험하며, 이성과 상충하기 때문에 객관적이지 않다고 생각합니다. 게다가 윤리적인 삶을 살지 못하는 사람들은 이성과 의지가 약하고 감정적인 사람이라는 편견을 갖습니다. 그래서 감정은 윤리적 삶에는 도움이 되지 않으며 방해만 되는 것이라고 생

각하기 쉽습니다.

그렇다면 인간의 감정은 윤리와 무슨 상관이 있나요?

1) 인간은 도덕감정을 가져야 한다

성경에는 사랑, 은혜, 자비, 분노, 슬픔, 기쁨, 인내 등과 같은 하나님의 감정을 표현하는 많은 구절이 있습니다. 특히, 하나님은 자신을 질투의 하나님이라고 하실 정도로 감정적인 분이십니다(출 34:14; 신 4:24, 32:16; 슥 8:2). 이러한 하나님의 형상을 따라 지음받은 인간 또한 감정적인 존재입니다. 이러한 감정은 인간의 이성과 의지로 적절하게 조절되어야 하며 통제되어야 합니다. 왜냐하면, 통제되지 않은 감정은 비윤리적 행위로 나타나기 때문입니다.

그러한 대표적인 사례가 바로 구약의 사울왕입니다. 사울은 자신보다 다윗을 더 칭송하는 여인들의 노랫소리를 듣고 심히 분노하였습니다(삼상 18:7-9). 이러한 분노로 인해 사울은 다윗을 죽이기 위해 끊임없이 노력하였고, 성경에 기록된 횟수만 무려 8차례에 이릅니다(삼상 18:11; 18:25; 19:10; 19:11; 19:20; 23:15; 24:2; 26:2).

그러한 자신의 행동이 잘못된 것을 알고 있었던 사울은 다윗을 죽이지 않겠다고 맹세하고(삼상 19:6), 자신의 행동을 울면서 후회하고(삼상 24:16), 뉘우쳐 반성하기도 했습니다(삼상 26:21). 하지만 사울은 분노의 감정으로 인해 그의 이성적 판단과는 다른 행동을 지속하였습니다.

그렇기에 성경은 분명히 감정의 파도로 이리저리 휘둘리는 것에 대해 경고하고 있습니다.[8]

그동안 윤리학의 역사에서 주지주의(intellectualism)나 주의주의(voluntarism)와 같이 인간의 이성과 의지에 대한 연구는 많이 행해졌습니다. 하지만 인간의 감정에 대한 연구는 그다지 많이 행해지지 않았습니다. 그것은 인간의 감정이 가지고 있는 개념의 어려움과 편견 때문이었습니다. 그렇기에 감정은 윤리학의 분야에서 주목받지 못하는 분야였으며, 18세기에 이르러서야 감

---

[8] Ibid., 508.

정이 윤리에 있어 중요한 역할을 감당하고 있다는 것에 주목하기 시작했습니다.

그러한 주목은 프랜시스 허치슨(Francis Hutcheson), 데이비드 흄(David Hume), 아담 스미스(Adam Smith), 토마스 리드(Thomas Reid)와 같은 스코틀랜드 계몽주의 철학자들에 의해 시작되고 발전되었습니다. 스코틀랜드 계몽주의의 특징은 경험론으로 현실의 경험 속에서 덕을 함양할 때 개인과 사회 모두가 발전한다고 생각했던 도덕 철학입니다.

특히, 데이비드 흄(1711~1776)은 『인간본성에 관한 논고』(A Treatise of Human Nature)를 통해 인간 심리에 대한 관심을 가지고 동정(sympathy)을 도덕의 심리적인 기초로 보았으며, 도덕을 감정의 문제라고 간주하였습니다. 그래서 그는 "이성은 정념의 노예"(Reason is the slave of the Passion)라는 명언을 남길 정도로 감정을 폭넓게 해석하였습니다. 즉, 인간은 일상의 경험을 통해서 지식을 얻기 때문에 인간의 이성은 신뢰할 수 없다는 것입니다.

여기서 중요한 것은 감정과 직관이며, 이성은 정념에 복종하면서 정념의 목표를 달성하게 해 줄 뿐이라는 것입니다. 그의 윤리학은 후에 아담 스미스, 임마누엘 칸트, 제러미 벤담 등 계몽주의 후기 인물들에게 지대한 영향을 미쳤습니다.

아담 스미스(Adam Smith, 1723~1790)는 『도덕감정론』(The Theory of Moral Sentiments)을 통해 그의 도덕 철학을 전개합니다. 여기서 그는 동정(sympathy)은 모든 판단의 기초가 된다는 허치슨이나 흄의 철학을 수용하면서 관찰(spectatorship)의 개념을 확장시켜 그의 도덕 철학을 전개합니다. 공정한 관찰자라면 어느 도덕적 사안에 대해 승인과 불승인의 감성을 나다'낼 수 있는데 그리한 감정이라면 신뢰할 수 있다는 것입니다.

그렇기에 그는 공정한 관찰자의 개념을 확장시켜 객관성을 확보하기 위해 노력하였습니다. 왜냐하면, 개인이 소유하고 있는 동정이 주관적인 도덕적 판단이라고 볼 수 있기 때문입니다.

물론 그러한 공정한 관찰자의 개념이 보편적이며 객관적인지에 대해서는 의문의 여지가 많습니다. 하지만 여기서 중요한 것은 윤리적 판단에 있어 감정의 역할입니다. 그동안 경시되어 왔던 감정은 윤리적인 판단과 행위에 있어 중요한 역할을 하고 있다는 점이 확인된 것입니다. 그런 의미에서 볼 때 인간은 도덕감정을 가져야 합니다. 그것이 주관적이든 객관적이든 감정은 도덕적이어야 합니다.

2) 인간의 감정은 이성과 의지의 교정을 받아야 한다

우리는 성경에서 예수님께서 분노하신 장면을 찾을 수 있습니다. 요한복음 2장에는 가나의 혼인잔치 기적 다음으로 성전정화 사건이 기록되어 있습니다. 또한, 마태복음 21장에서 예수님께서는 성전에서 매매하는 모든 사람을 내쫓으시며 돈 바꾸는 사람과 비둘기 파는 사람들의 상과 의자를 엎으시면서 분노의 감정을 표출하셨습니다(마 21:12-13).

이러한 분노에 대해 예수님께서 비윤리적인 행위를 하신 것이 아닌가 의심하는 사람들이 있습니다. 물론 예수님의 성전정화 사건은 유대교의 타락과 그로 인한 백성에 대한 압제와 불의에 대해 메시아로서의 심판을 상징적으로 보여 주신 사건입니다. 하지만 예수님의 분노는 윤리적으로 함의하는 바가 큽니다. 왜냐하면, 인간의 감정은 예수님의 감정과는 달리 이성과 의지의 교정을 받아야 하기 때문입니다.

많은 사람은 자신의 감정이 다른 사람에게도 용납되기를 바라며, 자신의 감정으로 인한 행위가 윤리적인 행위라고 인정받기를 원합니다. 사실 이성(지식)은 감정에 영향을 끼치고, 감정은 인간의 의지(결정)에 영향을 끼칩니다. 게다가 인간을 둘러싼 환경은 감정과 의지에 영향을 끼칩니다. 그만큼 감정은 이성과 의지를 포함하거나 밀접하게 연관되어 동기를 유발하고, 도덕적 결정에 지대한 영향을 미치는 윤리의 매우 중요한 실존적 요소입니다.

[표 53] 윤리를 결정하는 요소들

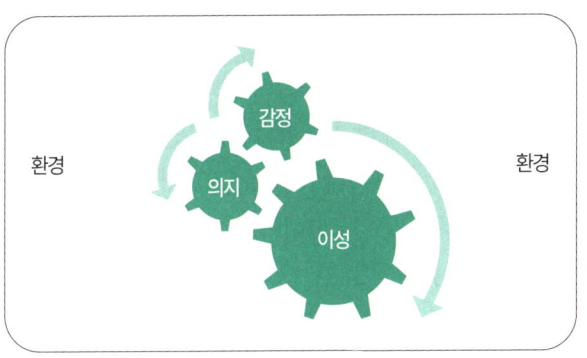

그렇기에 프레임은 이렇게 말합니다.

> 전인은 윤리적 결정을 하는 사람이고 윤리적 능력들은 그러한 결정을 한 사람을 기술하는 방법들이라고 말하는 것이 더 성경적이다. 이성, 감정 등은 우리 안에 갈등의 소리가 아니라 오히려 전인을 특징짓고 기술하는 방법들이다.[9]

그는 인간은 전인으로서 이성과 감정과 의지를 가지고 있으며 이것들은 구분될 수는 있지만 분리될 수 없는 하나임을 강조합니다. 그래서 이성과 의지를 무시하고 감정만 따로 떼어내서 분석하여 인간을 이해할 수도 없고, 감정 자체를 해석할 수도 없습니다. 프레임은 심지어 성경은 지성, 의지, 감정 사이를 구별조차 하지 않으며, 이 셋 사이에 어떤 우위성을 두지도 않는다고 말합니다.[10] 그러므로 자신의 감정이 다른 사람에게도 용납되기를 바라고, 자신의 감정으로 인한 행위가 윤리적인 행위라고 인정받기를 원한다면 자신의 감정뿐만 아니라 이성과 의지 또한, 다른 사람에게도 용납되고 인정받을 수 있는지를 파악해야 합니다.

---

9   Ibid., 507.
10 Ibid., 527.

하지만 하나님을 알지 못하고, 또한, 알더라도 회개하지 않은 타락한 인간은 부패한 지성, 감정, 의지의 결과로 많은 경우 비윤리적인 결정을 내릴 수밖에 없습니다. 그리고 그것이 잘못된 결정인지도 모르며, 죄책감도 느끼지 않습니다. 또한, 같은 행위를 반복하며 개선하려고 노력하지도 않습니다. 그러므로 우리가 감정과 윤리와의 관계를 고찰하려면 감정과 이성 그리고 의지와의 관계성을 통합적으로 숙고해야만 하고, 특히, 감정은 이성과 의지에 의해 교정되어야 합니다.

이는 꼭 하나님을 알지 못하고, 알더라도 회개하지 않은 타락한 인간에게만 해당되는 것은 아닙니다. 중생한 영혼이라도 타락한 감정으로 인해 비윤리적인 결정을 할 때가 있습니다. 좋은 생각과 나쁜 생각이 대립하고, 강한 의지와 연약한 의지가 대립하며, 선한 양심과 악한 양심이 대립될 때, 자신이 원하는 선은 하지 아니하고 도리어 원치 아니하는 악을 행할 때가 있습니다(롬 7:19). 그렇기에 사도 바울은 마음으로는 하나님의 법을 행하기 원하지만 실제로는 죄의 법을 섬기고 있다는 고백을 합니다. 그는 그러한 인간의 극한 상황을 다음과 같이 표현합니다.

> [롬 7:21-25] 그러므로 내가 한 법을 깨달았노니 곧 선을 행하기 원하는 나에게 악이 함께 있는 것이로다 내 속사람으로는 하나님의 법을 즐거워하되 내 지체 속에서 한 다른 법이 내 마음의 법과 싸워 내 지체 속에 있는 죄의 법으로 나를 사로잡는 것을 보는도다 오호라 나는 곤고한 사람이로다 이 사망의 몸에서 누가 나를 건져내랴 우리 주 예수 그리스도로 말미암아 하나님께 감사하리로다 그런즉 내 자신이 마음으로는 하나님의 법을 육신으로는 죄의 법을 섬기노라

이 고백은 범접할 수 없는 믿음의 사람인 사도 바울의 고백입니다. 이런 고백을 보면 인간의 이성, 감정과 의지는 하나님의 도우심 없이는 무너져내리기 쉬운 매우 연약한 것임을 알 수 있습니다. 특히, 감정은 이성과 의지에 의해 꾸준히 교정받아야 합니다. 왜냐하면, 우리의 마음 상태는 이성과 의지를 포함한 전인적인 것이기 때문입니다(잠 4:23; 14:30; 15:13; 15:15; 17:22; 18:14).

3) 도덕감정은 신앙감정으로 승화되어야 한다

우리는 위에서 감정은 이성과 의지에 의해 꾸준히 교정받아야 한다고 했습니다. 더 중요한 사실은 이러한 도덕감정은 신앙감정으로 승화되어야 한다는 점입니다.

프레임과 마찬가지로 조나단 에드워즈(Jonathan Edwards)도 감정과 이성, 그리고 의지는 분리될 수 없다고 주장하였습니다. 그는 그의 책 『신앙감정론』 (A Treatise concerning Religious Affections)에서 영혼의 두 가지 기능을 설명합니다.

첫째, 인식과 사유를 할 수 있는 지성적 기능
둘째, 인식하고 지각하는 사물에게 어떤 식으로든 끌리게 되거나 끌리지 않는 감정적 기능[11]

그는 감정과 지성으로서 영혼의 기능을 설명한 후에 감정과 의지와의 긴밀한 관계를 다음과 같이 설명합니다.

> 의지와 감정은 두 개로 분리된 기능이 아니다. 감정은 본질적으로 의지와 구분할 수 없을 뿐 아니라 의지나 성향의 단순한 활동과도 다르지 않고 단지 얼마나 생기 있게 활동하는지, 얼마나 느낄 수 있는지에 따라서만 차이를 보일 뿐이다. … 의지는 감정적으로 영향을 받는 만큼만 행사된다. 의지는 완전한 무관심의 상태에서는 움직이지 않는다. 의지는 어떤 방식으로든 감정이 자극받는 만큼만 움직인다.[12]

에드워즈가 감정과 의지와의 긴밀한 관계를 설명한 이유는 참된 신앙의 본질이 무엇인가를 설명하기 위해서입니다. 1741년 엔필드에서 행한 〈진노하시는 하나님의 손 안에 있는 죄인〉(Sinners in the Hands of an Angry God)이라

---

11 Jonathan Edwards, 『신앙감정론』, 정성욱 옮김 (서울: 부흥과개혁사, 2005), 148.
12 Ibid., 149.

는 설교는 너무나 유명한 에드워즈의 설교입니다.

그는 대각성 운동의 중심에 서 있는 지도자로, 대각성 운동이 정말로 참된 신앙으로 이끌고 있는지에 대해 고민하게 되었습니다. 왜냐하면, 대각성 운동에서 열광적인 회개를 보였던 신자들의 삶이 부흥회 이후 비신자들의 삶과 다르지 않음을 목격하고, 무엇이 정말로 사람을 변화시키는지 궁금해했기 때문입니다.

감정은 본질적으로 중요하지만 열광적인 회개가 정말로 참된 감정에서 비롯된 것인지, 아니면 거짓된 감정에서 비롯된 것인지를 구별할 필요성을 느꼈습니다. 즉, 신앙이 감정적인 광신주의나 거짓된 열광주의로 타락하지 않도록 감정들의 진위를 구별하는 정당한 기준들을 확립하기 위해 『신앙감정론』을 집필하게 된 것입니다.

그가 이 책에서 내린 결론은 "참된 신앙은 대체로 거룩한 감정 안에 있다"(True religion, in great part, consists in holy affections)는 것입니다.[13] 왜냐하면, 거짓 감정이 아닌 참된 감정만이 성령의 열매를 맺기 때문입니다. 즉, 성령의 열매는 거룩한 감정으로부터 연유합니다. 이러한 에드워즈의 생각은 매우 타당합니다.

첫째, 거룩한 감정이 의지를 북돋아주기 때문입니다. 예수님께서는 "너희가 나를 사랑하면 나의 계명을 지키리라"(요 14:15)고 말씀하십니다. 즉, 감정적으로 동기 부여를 받게 되면 예수님의 명령을 기쁘게 수행하게 됩니다. 비록 그것이 십자가를 지는 것이라고 하여도 기쁘게 십자가를 질 수 있습니다. 그렇기에 프레임은 감정이 특정 행동의 일반적인 패턴의 채택에 영향을 줄 수 있으며, 특정 사건에 대한 합리적 반응의 초기 단계를 구성할 수 있다고 보았습니다.[14] 그만큼 감정은 윤리적 선택에 있어 매우 중요한 역할을 합니다.

---

13 Ibid., 147.
14 John M. Frame, 『기독교 윤리학: 그리스도인의 삶에 대한 교리』, 521-22.

여기서 중요한 것은 도덕 행위자(moral agent)의 자율성입니다. 왜냐하면, 자율성이 없는 규범은 윤리가 될 수 없기 때문입니다. 다시 한번 "너희가 나를 사랑하면 나의 계명을 지키리라"는 명령을 살펴보면, 그 사랑은 순간적인 감정이 아니라 행동으로 증명되는 깊은 감정입니다. 이렇게 행동으로 증명되기 위해서는 사랑은 타율적이 아닌 자율적인 사랑이어야 합니다.

사실 사랑이라는 감정은 예수님의 희생과 하나님의 영광에 대한 가장 합당한 반응입니다. 이처럼 자율적인 감정은 의지를 북돋아 줄 뿐만 아니라 윤리적 행위를 지속할 수 있는 무한한 동력원을 제공합니다. 그러므로 거룩한 감정은 선의지로 진행되고, 선의지는 참된 신앙으로 나아가게 합니다. 그러므로 거룩한 감정은 참된 신앙감정(religious affection)이 됩니다.

둘째, 감정이 신지식을 증진시켜 주기 때문입니다. 언뜻 보기에 감정이 어떻게 신지식을 증진시킬 수 있는지 의문을 표할 수 있습니다. 하지만 잠언 1:7에서 "여호와를 경외하는 것이 지식의 근본"이라고 말씀합니다. 즉, 경외라는 감정이 지식의 근원이라는 것입니다. 또 다른 성경 구절인 잠언 8:17에서는 "나를 사랑하는 자들이 나의 사랑을 입으며 나를 간절히 찾는 자가 나를 만날 것이니라"고 말씀합니다. 즉, 하나님을 경외하며 사랑하며 간절함으로 그에게 나아가면 하나님께서는 더 풍성하게 자신을 나타내고 계시할 것입니다.

이러한 계시의 풍성함은 우리의 신지식을 강화시킵니다. 이를 좀 더 쉽게 설명하기 위해 한 남녀의 사랑을 예로 들 수 있습니다. 사랑하게 되면 상대방에 대해 더 알게 되기를 원합니다. 취미는 무엇이며, 무엇을 먹으며, 무엇을 생각하고, 무엇을 추구하는지를 알려고 노력하게 되고, 결국에는 알아내고 맙니다. 이처럼 감정은 지식을 증진시키며, 하나님에 대한 감정은 신지식을 증진시킵니다.

그렇기에 에드워즈가 말하는 참된 감정, 즉 거룩한 감정을 갖기 위해서는 중생해야 합니다. 에드워즈는 "중생이라는 것이 감정을 덜 감정적으로 만드는 것이 아니라, 감정의 방향과 경향성을 하나님께로 향하게 하는 것이다"라고 말합니다.[15] 즉 중생은 거룩한 감정의 시발점이 됩니다.

---

15 Jonathan Edwards, 『신앙감정론』, 32.

이러한 거룩한 감정은 하나님의 도덕적 탁월성을 사랑하고 기뻐하는 감정입니다. 그리고 어떤 상황에 있든지 이러한 도덕적 탁월성을 성취하도록 이끄는 원동력이 됩니다. 이러한 도덕적 탁월성은 "사랑과 희락과 화평과 오래 참음과 자비와 양선과 충성과 온유와 절제"라는 성령의 열매를 아름답게 맺게 합니다(갈 5:22-23). 이와 같이 거룩한 감정은 성품의 변화로 이끌며 참된 신앙인으로 성화하게 만듭니다.

에드워즈는 이러한 거룩한 감정, 즉 신앙감정이 정말로 참다운 것인지에 대해 다음과 같은 열두 가지 증거(표지)를 제시합니다.[16]

[표 54] 에드워즈가 생각하는 신앙감정의 열두 가지 판단 증거

	신앙감정이 진정으로 은혜로운 것인지 아닌지에 대한 판단 근거가 될 수 없는 표지들 (소극적 증거)	은혜로운 거룩한 감정을 뚜렷이 구별해 주는 표지들 (적극적 증거)
1	감정의 강도	성령의 내주
2	몸의 격렬한 반응	하나님의 하나님 되심에 대한 인식
3	신앙과 신학에 대한 관심	하나님의 아름다우심에 대한 인식
4	감정의 자가 생산 여부	하나님을 아는 지식
5	성경이 갑자기 떠오름	진리에 대한 깊은 확신
6	사랑의 피상적 표현	참된 겸손
7	감정의 정도	성품의 변화
8	감정의 체험 순서	그리스도의 성품을 닮아 감
9	종교적 행위와 의무의 피상적 실천	하나님을 두려워함
10	찬송을 열심히 부름	신앙의 균형
11	자신의 구원 확신	하나님을 향한 갈망
12	타인에 의한 구원의 확신	행위로 나타나는 신앙

에드워즈가 제시하는 표지를 보면, 소극적 증거와 적극적 증거로 나눈 것을 볼 수 있습니다. 여기서 소극적 증거라 하여 신앙감정이 진정으로 은혜롭지 않다고 단정지을 수는 없습니다. 하지만 우리는 적극적 증거를 좀 더 신

---

16 Ibid., 189-638.

뢰할 수 있습니다. 왜냐하면, 마지막 열두 번째 증거인 '행위로 나타나는 신앙'은 확인할 수 있기 때문입니다. 그러므로 신앙감정의 최종 목표(final goal)은 성령의 열매입니다. 성령의 열매로 한 사람의 감정이 진정한 신앙감정인지, 거룩한 감정인지를 판단할 수 있습니다.

결론적으로 도덕감정은 신앙감정으로 승화되어야 합니다. 한 사람의 감정이 이성과 의지로 교정을 받아 도덕감정을 갖는 것은 중요한 일입니다. 더 중요한 것은 도덕감정이 신앙감정으로 승화되는 것입니다. 왜냐하면, 도덕감정은 에드워즈가 말한 소극적 증거에 머무를 가능성이 크기 때문입니다. 도덕감정은 중생을 거쳐 성령을 받아들이고 성품이 변화되며, 하나님을 향한 갈망 가운데 성령의 열매를 맺는 적극적 증거를 보여 주어야 합니다.

4) 결론

많은 사람은 감정에 휩싸여 이성과 의지에 반하는 비윤리적 행위를 할 때가 있습니다. 그렇기에 감정은 이성과 상충되며, 윤리적 삶에 그다지 도움이 되지 않는 것이라고 생각합니다. 하지만 성경은 감정을 독립적인 관심 항목으로 직접 논하지는 않지만 슬픔, 기쁨, 걱정, 경외, 공포, 비애, 탐욕, 사랑, 증오, 행복 등의 특별하거나 큰 감정적 요소를 포함하고 있습니다.[17]

그렇기에 인간은 최소한 도덕감정을 가져야 합니다. 그리고 이성과 의지의 교정을 받아야 합니다. 가장 중요하게도 도덕감정은 신앙감정으로 승화되어야 합니다. 왜냐하면, 신앙감정은 의지를 북돋을 뿐만 아니라 신지식을 증진시키기 때문입니다. 그리고 성품의 변화를 가져오고 최종적으로 성령의 열매를 맺게 하기 때문입니다. 그러므로 감정을 제어하거나 교정받는 것에 그치지 말고 신앙감정을 갖는데에 최선을 다해야 합니다.

---

17 John M. Frame, 『기독교 윤리학: 그리스도인의 삶에 대한 교리』, 518.

3. (의) 인간의 의지는 윤리와 무슨 상관이 있나요?

[롬 3:12] 선을 행하는 자는 없나니 하나도 없도다

[약 4:17] 사람이 선을 행할 줄 알고도 행하지 아니하면 죄니라

브라이언 이니스(Brian Innes) 박사는 『고문의 역사』(The History of Torture)라는 책에서 적어도 3천년 동안 고문은 합법적인 것이었다고 말합니다. 인간의 잔인성은 시대를 초월하며, 인간의 광기와 잔혹함은 말로 할 수 없을 지경이라고 말합니다.

특히, 아우슈비츠-비르케나우 나치 강제 수용소의 독일 친위대 장교이자 내과 의사였던 요세프 멩겔레(Josef Mengele, 1911~1979) 박사는 수감자들을 대상으로 생체실험을 하였던 것으로도 악명이 높습니다. 그가 유대인에게 했던 생체실험을 보면 혀를 내두를 정도로 너무나 악독해서 인간의 행동이라고는 도저히 믿을 수 없을 정도입니다.

꼭 그렇게 참혹한 예를 들지 않더라도 많은 사람나 돈이나 명예 앞에서 선을 택하지 않고 악을 택하는 경우들이 너무나도 많습니다. 이러한 인간들의 모습을 보면 인간이 정말로 선을 행할 능력이 있는지 회의적일 수밖에 없습니다.

그렇다면 인간의 의지는 윤리와 무슨 상관이 있나요?

1) 인간은 선의지를 가져야 한다

하나님은 최고선(summum bonum)이시며 거룩함과 의로움과 사랑의 절대적 기준이십니다. 많은 창조물 가운데 우리 인간만이 그런 하나님의 선하신 형상으로 지음받은 존재입니다. 하지만 인간은 타락하였고, 그 타락으로 말미암아 죄가 세상에 들어오게 되었습니다(롬 3:12). 그로 인해 인간 안에 있는 하나님의 선하신 형상이 훼손되었으며, 인간은 매일 도덕적 실패를 경험합니다.

외적인 유혹이 있을 때 인간의 이성과 감정은 상황의 지배를 받고, 하나님에 대한 순종과 불순종, 규범에 대한 옳음과 그름 사이의 내적인 갈등과 근심의 지배를 받습니다. 이렇게 원치 않는 악을 행하는 자신의 모습을 보며 괴로워하던 사도 바울의 예(롬 7:19)는 우리 인간에게 선을 행할 능력이 있는지 의심하게 만들며, 윤리적으로 살아야 할 동기를 찾지 못하게 만듭니다.

이렇게 회의적인 시각은 종교개혁가들의 공통된 시각입니다. 루터는 "우리의 행위가 항상 죄로 오염되어 있다는 것을 알기 때문에, 우리는 이생에서 한 순간도 완전을 기대할 수 없다"[18]고 말하며, 칼빈은 하나님을 떠난 인간의 타락한 상태에서는 선을 행할 능력을 완전히 상실한 전적 타락(Total Depravity)을 주장했습니다.

이처럼 우리 인간은 도덕적 불능 상태이며, 그것을 인정해야 합니다. 왜냐하면, 그것을 인정하지 않는 한 선의지를 갖는 것은 거의 불가능하기 때문입니다. 우리는 그러한 사실을 수감 중인 범죄자들을 통해 알 수 있습니다. 대개 범죄자들은 자신의 죄를 인정하기 싫어합니다. 그런 사람에게는 개선의 여지가 거의 없습니다. 즉, 자신의 도덕적 불능을 인정하지 않으면 그다음 단계인 선의지를 가질 수 없습니다.

그러나 도덕적 불능을 인정한다고 해서 모두가 다 선의지를 갖는 것은 아닙니다. 왜냐하면, 자포자기하는 인생도 많기 때문입니다. 그런 의미에서 우리는 "사람이 선을 행할 줄 알고도 행하지 아니하면 죄니라"(약 4:17)라는 말씀을 가볍게 여겨서는 안됩니다. 왜냐하면, 인간의 타락이 선행을 낙심시켜서는 안 되기 때문입니다. 즉, 자신의 도덕적 불능이 선의지를 낙심시키거나 포기하게 해서는 안 된다는 것입니다.

이와 같은 윤리적 함의는 세속 철학에서도 발견될 수 있습니다. 칸트는 이러한 선의지(good will)를 강조한 의무론의 대표자입니다. 그의 윤리학은 이 선의지에서 출발했다고 해도 과언이 아닙니다. 칸트에게 선의지란 이성의 가르침에 따라 옳은 행위를 결과에 상관없이, 오직 그것이 옳다는 이유만으로 선택하는 의지입니다. 선험적으로 주어진 도덕 법칙을 명령으로 인식하

---

18 Stanley Grenz, 『기독교의 윤리학의 토대와 흐름』, 신원하 옮김 (서울: IVP, 2001), 188.

고 그것을 존중하는 마음으로 행동하려는 의지가 바로 선의지입니다.

그렇기에 그는 이 선의지를 이성이 실천된 것이라 보고, 이 선의지를 실천이성(practical reason)이라고 칭했습니다. 이러한 그의 선의지에 대한 생각은 기독교적인 부분이 많습니다. 선의지에 대한 강조는 선행을 장려한다는 측면에서 바람직하기 때문입니다. 또한, 행위의 도덕성의 기준을 그 행위의 결과에서 찾는 공리주의와는 다르게 결과가 아닌 행위의 동기에서 찾기 때문입니다.

하지만 받아들일 수 없는 것은 인간의 자율성(autonomy)에 대한 부분입니다. 왜냐하면, 그는 인간은 자유의지를 가지고 있으며, 스스로 의무를 설정하고, 그에 맞게 자신의 행동을 조절할 줄 아는 자유의지적 존재라고 보았기 때문입니다. 물론 인간의 자율성을 존중하는 것은 인간의 고귀함을 높여 준다는 측면에서 환영받을 만한 것입니다. 하지만 이러한 자율성만으로는 인간의 계속적인 도덕적 실패를 설명할 수 없으며, 도덕적 불능 상태는 더더욱 설명할 수 없습니다.

사실 선의지를 갖는다는 말은 회개한다는 말과 같습니다. 왜냐하면, 회개는 뉘우쳐 고치는 것이기 때문입니다. 회개는 생각의 변화뿐만 아니라 행동의 변화를 전제합니다. 칸트에게 선의지는 정언명령과 같이 무조건적인 행동을 의미하는 것일 수 있습니다. 그러나 선의지는 행동의 변화까지 나아가야 합니다.

회개의 원어적 의미는 meta (μετά) + noia (νοια)의 합성어인 '메타노이아'(metanoia, μετάνοια)입니다. '메타'는 '~를 초월한', '~의 뒤에', '~의 이면에', '~의 본질적인', '더 높은'의 의미가 있으며, '노이아'는 '마음', '생각'이라는 뜻이 있습니다. 즉, 회개의 원어적 의미는 '마음을 돌이키다', '더 높은 곳에 마음을 두다'라는 뜻입니다.

이러한 회개는 예수님께서 "회개하라 천국이 가까이 왔느니라"(마 4:17)에서 사용된 헬라어 단어로, 행동의 변화를 전제합니다. 그러므로 인간이 선의지를 가져야 한다는 것은 행동의 변화로까지 이어져야 한다는 것을 의미합니다.

2) 최고선을 추구해야 한다

이렇게 선의지가 행동의 변화로 가는 과정은 도덕적 분별력에서 시작합니다. 사도 바울은 이렇게 명령합니다.

> **[롬 12:2]** 너희는 이 세대를 본받지 말고 오직 마음을 새롭게 함으로 변화를 받아 하나님의 선하시고 기뻐하시고 온전하신 뜻이 무엇인지 분별하도록 하라

즉, 자신이 선하다고 생각하는 인간의 뜻을 하나님의 선하시고 기뻐하시고 온전하신 뜻과 일치시켜야 합니다. 왜냐하면, 인간의 뜻은 자신을 만족시키는 기준에서 선을 행하려고 하기 때문입니다. 인류 최초의 살인 사건(창 4:8), 온통 악한 생각으로 가득차 있는 인간의 마음(창 6:5), 자기 소견에 옳은 대로 행했던 사사시대(삿 17:6, 21:25), 고아와 과부에 대한 경제적 착취(사 1:17, 10:2; 렘 7:6; 겔 22:7; 말 3:5) 등은 인간의 뜻이 존중될 때 벌어지는 비윤리적인 모습을 고스란히 보여 줍니다.

그렇기에 사도 바울은 이러한 인간의 판단 기준을 의지하지 말고, "새 사람을 입었으니 이는 자기를 창조하신 이의 형상을 따라 지식에까지 새롭게 하심을 입은 자니라"(골 3:10)라고 말씀하고 있습니다. 즉, 신지식을 가져서 하나님의 뜻을 분별해야 한다는 것입니다.

칼빈 또한 인간에게 남아 있는 "신지식의 씨앗"(*semen notitia Dei*)을 이용하여 하나님의 뜻을 알아 가야 한다고 가르쳤습니다. 그것이 도덕적인 분별력입니다.

이러한 도덕적 분별력에 있어 중요한 점은 최고선의 목표를 정확하게 아는 것입니다. C.S. 루이스는 그러한 목표를 "너희도 온전하라"(마 5:48)는 예수님의 말씀에서 찾습니다.

> "너희도 온전하라"(마 5:48)는 명령은 이상주의적인 과장이 아니다. 불가능한 것을 하라는 명령도 아니다. 하나님은 지금도 우리를 그 명령에 순종할 수 있는 존재로 만들어 가고 계신다. 그는 성경에서 우리를 '신'이라고 하셨

고(요 10:34), 그 말씀을 이루실 것이다.[19]

루이스는 아무리 연약한 존재라도, 또한 그 과정은 길며 부분적으로 아주 고통스러운 것이겠지만, 거기에 도달하는 것이야말로 우리가 존재하는 목적이라고 말합니다. 기독교 윤리는 하나님의 주권과 인간의 책임을 모두 고려하는 것이어야 합니다. 하나님께서 우리를 '신'이라 부를 정도로 최선을 다 하신다면, 우리의 궁극적 목표는 최고선을 추구하는 것이어야만 합니다.

3) 선의지를 습관화해야 한다

우리는 위에서 인간은 자신의 도덕적 실패를 인정하고 최고선을 추구해야 한다고 했습니다. 여기서 중요한 것이 바로 선의지를 습관화하는 것입니다. 즉, 단회적인 사건이 아닌 계속적인 성화의 과정을 거쳐야 합니다. 이러한 성화의 과정을 거쳤는지를 알 수 있는 것은 바로 성령의 열매입니다.

예수님께서는 "못된 열매 맺는 좋은 나무가 없고 또 좋은 열매 맺는 못된 나무가 없다"(눅 6:43)고 하셨고, "그 열매로 나무를 안다"(마 12:33)고 말씀하셨습니다. 그런 의미에서 우리 인간에게 최고선은 성령의 열매를 맺는 것이라고 할 수 있습니다. 왜냐하면, 성령의 열매는 선의 결정체이기 때문입니다.

그러나 열매는 단시간에 맺어지는 것이 아닙니다. 열매를 맺기 위해서는 인내하고 계속적인 성화의 단계를 거쳐야 합니다. 그리고 그러한 성화는 인간의 지정의가 포함된 전인적인 노력과 순종이 필요합니다. 그렇기에 코넬리우스 반틸(Cornelius Van Til, 1895~1987)은 사람을 위한 제일의 윤리적 의무는 자아실현인데, 그렇게 될 때 하나님 나라가 실현되기 때문이라고 생각합니다. 그는 세 가지 자아실현의 개념을 다음과 같이 해설합니다.

---

[19] C.S. Lewis, 『순전한 기독교』, 장경철, 이종태 옮김 (서울: 홍성사, 2001), 311-312.

1. 인간의 의지는 반응에 있어 점점 자발적으로 될 필요가 있다.
2. 인간의 의지는 점점 자아결정에 고정될 필요가 있다.
3. 인간의 의지는 계기(momentum)를 통해 강화되어야 한다.[20]

이처럼 반틸에게 인간의 의지가 강조되는 이유는 자아실현이 그만큼 중요하기 때문입니다. 마찬가지로 "하나님의 주권적 지배와 권위는 인간의 책임감과 인간의 윤리적 주체성에 관한 깊은 성찰을 배제하는 것이 아니라 강화하고 격려한다"고 말합니다.[21] 이처럼 선의지는 강화되고 격려되어야 합니다.

이 지점에서 선한 행동을 반복함으로써 그것이 습관화되어야 하는 것은 이해하겠지만, 그렇다고 그것이 선을 행할 수 있는 윤리적인 사람이 된다는 것을 보장하지는 않는다고 반문할 수 있습니다. 쉽게 말하자면, 선한 사람인 줄 알았는데 그런 사람도 큰 죄를 지을 때가 있다는 것입니다. 여기서 "이미 와 아직"(already but not yet)의 긴장관계가 존재합니다.

그렇기에 사도 바울은 "항상 복종하여 두렵고 떨림으로 너희 구원을 이루라"(빌 2:12)고 권면합니다. 구원은 이미 받았지만 아직 이룬 것이 아니기 때문입니다. 이러한 긴장관계는 사도 바울이 성령의 열매를 언급하기 전에 입에 담지도 못할 많은 육체의 욕심을 언급하는 것을 보면 잘 알 수 있습니다(갈 5:19-21). 조금만 방심하면 성령의 열매가 아닌 육체의 열매를 맺게 되기 때문입니다. 그렇기에 우리는 다음과 같이 질문할 수 있습니다.

[표 55] 존 프레임의 삼중관점론의 질문들[22]

상황적 관점	목적론적 윤리	하나님을 기쁘게 할 목적을 성취하기 위하여 나는 세상을 어떻게 변화시켜야 하는가?
규범적 관점	의무론적 윤리	하나님 앞에서 나의 의무는 무엇인가?
실존적 관점	실존론적 윤리	내가 하나님을 기쁘게 하려면 나는 어떻게 변화되어야만 하는가?

20　Van Til, *Christian Theistic Ethics* (Ripon, CA: den Dulk Christian Foundation, 1971), 41.
21　John M. Frame, 『기독교 윤리학: 그리스도인의 삶에 대한 교리』, 458.
22　Ibid., 451.

여기서 선의지에 관계된 질문은 "내가 어떻게 변화되어야만 하는가"에 대한 실존론적 질문입니다. 우리는 그 질문에 선의지를 습관화해야 한다고 대답할 수 있습니다. 이러한 습관화를 위해 우리는 다음과 같은 인간의 다양한 윤리적 능력을 활용할 수 있습니다.[23]

[표 56] 선의지의 습관화를 위한 윤리적 능력들[24]

마음	인간 존재의 중심
양심	선과 악을 분별하는 도덕적 지침
경험	감각에서 얻은 지식과 윤리적 지식을 얻는 전체 과정을 가리키는 개념
이성	논리 추론을 하고 개념이나 행동에 관한 논리적 일관성을 판단하는 능력
의지	의사결정을 위한 능력으로 모든 도덕적 결정과 행동에 관여
상상력	존재하지 않는것을 사유하는 능력
감정	하나님이 주신 윤리적 감수성

우리 인간은 하나님의 형상으로 지음받은 신비로운 존재로서 다양한 윤리적 능력을 갖추고 있습니다. 이러한 윤리적 능력들을 활용하여 전인을 선한 방향으로 특정짓고 발전시킬 의무가 있습니다. 그것이 바로 하나님을 기쁘시게 하기 위해 변화되어야 하는 이유입니다.

4) 결론

인류 역사상 전쟁이나 고문과 같은 특수한 예를 들지 않더라도 많은 사람이 매일 도덕적 실패를 경험합니다. 이러한 모습을 보면 인간이 정말로 선을 행할 능력이 있는지 회의적일 수밖에 없습니다. 하지만 우리 인간에게는 선의지가 주어졌습니다. 그러므로 행동의 변화를 전제로 하는 진정한 회개가 필요합니다.

---

23 Ibid., 507-534.
24 Ibid., 507-534.

그리고 인간이 자율적으로 정한 선이 아닌 최고선을 추구해야 합니다. 그러한 최고선의 목표로 성령의 열매를 맺기 위해 노력해야 합니다. 그리고 선의지를 습관화해야 합니다. 왜냐하면, 성령의 열매는 단기간에 맺어지는 것이 아니며, 하나님께서는 우리 인간에게 그러한 열매를 맺을 수 있는 윤리적 능력들을 주셨기 때문입니다.

비록 우리 인간이 불완전하고 그러한 열매가 충분히 하나님을 기쁘시게 하지 못하더라도 최선을 다해야 하는 이유는 우리 인간을 창조하신 목적이 바로 하나님을 영화롭게 하는 것이며, 그것이 인간에게 내재되어 있는 하나님의 선한 형상을 회복시켜야 하는 이유가 됩니다.

4. (양심) 인간의 양심은 윤리와 무슨 상관이 있나요?

[딤전 4:2] 자기 양심이 화인을 맞아서 외식함으로 거짓말하는 자들이라

[벧전 3:16-17] 선한 양심을 가지라 이는 그리스도 안에 있는 너희의 선행을 욕하는 자들로 그 비방하는 일에 부끄러움을 당하게 하려 함이라 선을 행함으로 고난 받는 것이 하나님의 뜻일진대 악을 행함으로 고난 받는 것보다 나으니라

인간의 윤리적 능력 중 양심만큼 정의하기 어려운 개념은 없는 것 같습니다. 왜냐하면, 양심은 인류 역사상 가장 논쟁적 개념의 하나로서 그 누구도 양심을 구체적으로 정의하지 못하기 때문입니다.

마틴 반 크레벨드(Martin van Creveld)는 그의 책 『양심이란 무엇인가』(Conscience: A Biography)에서 양심의 근원, 역사적 연구, 도덕성에 기여한 방식 등 양심이 제기하고 있는 철학적 질문에 대해 분석하고 있습니다. 스토아학파 이후 이성을 강조하는 철학에서 양심은 자기통제의 개념으로, 종교개혁 시기에는 양심의 가책을 강조함으로써 권위에 순종하는 개념으로, 종교와 결별한 양심은 국가의 의무감으로 포장되고 강조되었다고 주장합니다.

이러한 주장을 보면 양심은 이해하기 어려운 개념임에 틀림없습니다. 여기서 한 가지 확실한 것은 윤리적 선택의 순간이나 딜레마 상황에 있어 양심

이 큰 역할을 감당한다는 점입니다. 보행자가 빨간불일 때 횡단보도를 건너지 않는 것이나, 거액의 돈이 든 지갑을 주워서 경찰에 신고하는 것 등은 양심이 작동하고 있다는 증거이기 때문입니다.

이처럼 양심은 도덕적 실패를 방지하는 역할을 합니다. 그러나 문제는 이러한 양심이 마비되거나 화인 맞았을 경우입니다. 이렇게 화인 맞은 양심은 '삶은 개구리 증후군'(Boiled Frog Syndrome)과 같이 죄에 대해 반응하지 못하는 상태가 됩니다. 이러한 상태가 되면 비윤리적인 일조차 서슴지 않고 실행에 옮기게 됩니다.

그렇다면 인간의 양심은 윤리와 무슨 상관이 있나요?

1) (이성적 기능) 양심은 마음속에 새겨진 율법이다

성경은 인간이 인격체이신 하나님의 형상을 따라 지음 받았기 때문에 지정의의 인격을 지닌 특별한 존재라고 가르칩니다(잠 18:14; 고전 2:11; 벧전 4:19). 그러한 특별함은 양심의 존재로 빛나게 됩니다. 왜냐하면, 양심은 지정의 모두와 관계하기 때문입니다. 여기서는 양심의 이성적 기능에 초점을 맞추어 살펴보겠습니다.

하나님께서 인간의 내면에 주신 양심은 타락할 수 있고 마비될 수도 있습니다(고전 8:7, 12; 히 10:22). 디모데전서 4:2에서는 "화인 맞은 양심"이라는 표현이 나오는데, NIV에서는 "consciences have been seared as with a hot iron"이라고 번역했습니다. 뜨거운 다리미에 데였다면 감각 기능이 상실되는 것처럼 화인 맞은 양심은 그 기능이 상실됩니다.

우리는 도스토예프스키의 『죄와 벌』에 나오는 가난한 대학생인 라스콜니노프를 예로 들 수 있습니다. 그는 손도끼로 고리대금업자 노파를 죽이고 돈을 강탈합니다. 그는 그 노파를 죽이면서, 사회에 해충과 같은 존재이기에 죽여도 괜찮을 뿐 아니라 죽여야 마땅하다고 자기 행위를 정당화합니다. 이처럼 양심의 기능이 상실되면 선악을 분별하지 못하고, 결국 죄에 대해 반응하지 못하게 됩니다.

여기서 '윤리적 결정의 역설'이 대두됩니다.[25] 화인 맞은 양심은 윤리적 행동을 실천하지 못하게 하고, 화인 맞은 양심에 순종하지 않으면 윤리적으로 옳은 행동을 하게 되는 상황이 역설적이라는 것입니다. 왜냐하면, 양심이 주어진 이유는 양심을 따라야 한다는 전제가 있기 때문입니다.

이렇게 양심을 따라야 하는 이유는 양심에는 이성적 기능이 있기 때문입니다. 양심을 뜻하는 헬라어는 수네이데시스(συνείδησις)입니다. 여기서 'συνεί'는 '함께'(συν)라는 전치사와 '안다'(οἶδα)의 합성어입니다. 헬라어에는 '안다'를 의미하는 두 단어가 있습니다. 하나는 '기노스코'(γινώσκω)로 이는 외적이고 객관적인 지식을 뜻합니다. 다른 하나는 '오이다'(οἶδα)로 내적이고 주관적인 인식을 뜻합니다. 즉, 체험적으로 아는 것을 의미합니다.

그러므로 양심은 '함께 (체험적으로) 아는 것'을 말합니다. 양심이란 혼자 아는 것이 아니라 함께 아는 것입니다. 이는 개인적으로 혼자 아는 것이 아닌 이성의 역할을 통해 누구라도 동의할 수 있는 것을 아는 것을 의미합니다. 그것은 지식이 될 수 있고 법이 될 수 있습니다. 이와 관련하여 다음의 성경 구절은 시사하는 바가 많습니다.

> **[롬 2:14-15]** 율법 없는 이방인이 본성으로 율법의 일을 행할 때에는 이 사람은 율법이 없어도 자기가 자기에게 율법이 되나니 이런 이들은 그 양심이 증거가 되어 그 생각들이 서로 혹은 고발하며 혹은 변명하여 그 마음에 새긴 율법의 행위를 나타내느니라

사도 바울은 양심의 이성적 기능에 주목하고 양심을 마음속에 새겨진 율법이라고 설명합니다. 왜냐하면, 율법이 이방인에게 없다고 해서 그들에게 양심마저 없는 것은 아니기 때문입니다. 예를 들어, 이방인이 이웃 사랑에 해당하는 5계명부터 10계명을 몰랐다 하더라도, 그들이 그러한 계명들을 범하게 되면 양심은 즉각적으로 죄로 인식합니다. 이처럼 양심은 인류의 마음속에 새겨져 있는 율법의 역할을 감당합니다. 즉, 옳고 그름을 이성적으로 판단해서 아는 것이 양심입니다.

---

25 Ibid., 510.

이러한 양심의 이성적 기능에 대해 가톨릭은 자연법의 입장에서 접근합니다. 즉, 양심을 자연적으로 명백한 원리들인 권선징악과 같은 원리로 파악합니다. 그러한 원리를 나타내는 단어로 '신데레시스'(synderesis)라는 단어가 있습니다. 이 단어는 스콜라 철학의 전문용어로, 행위자를 선으로 인도하고 악에서 그를 억제하는 모든 사람의 도덕적 의식에 내재된 원리를 의미합니다.

어떤 스콜라 학자들은 이렇게 내재된 원리인 'synderesis'를 이성적인 것뿐만 아니라 의지적인 것으로 보기도 합니다. 왜냐하면, 신데레시스가 양심(conscientia)이라는 불꽃에 연료를 공급하는 것으로 생각했기 때문입니다. 그러나 아퀴나스에 따르면, 그것은 분명히 실천적 이성, 즉 지성의 이론적 공리가 사유에 대해 하는 것처럼 행동에 대한 올바른 방향을 지적하는 이성의 실천적 측면에 속하는 특정원칙입니다.[26]

그런 의미에서 신데레시스와 양심을 구별짓기는 어려워 보입니다. 여기서 중요한 것은 양심은 본성적으로 규범의 본질을 가지고 있으며, 내재된 의로움에 일치하는지를 판단합니다. 그러므로 양심의 약화와 마비는 이성적 기능의 약화와 마비를 초래합니다.

이렇게 이성적 기능이 약화되고 마비되면 양심은 선과 악을 구분하지 못하게 되고, 심지어 선과 악을 왜곡합니다. 이러한 양심의 부패 현상은 점진적이어서 매우 엄격한 도덕 기준으로부터 하강하여 인간이라면 하지 말아야 할 최소한의 도덕 기준까지 깨뜨리게 됩니다. 사도 바울은 이러한 양심 부패의 끝판왕을 화인 맞은 양심이라고 봅니다.

> **[딤전 4:1-3]** 그러나 성령이 밝히 말씀하시기를 후일에 어떤 사람들이 믿음에서 떠나 미혹하는 영과 귀신의 가르침을 따르리라 하셨으니 자기 양심이 화인을 맞아서 외식함으로 거짓말하는 자들이라 혼인을 금하고 어떤 음식물은 먹지 말라고 할 터이나 음식물은 하나님이 지으신 바니 믿는 자들과 진리를 아는 자들이 감사함으로 받을 것이니라

---

26 IEP(Internet Encyclopedia of Philosophy), Synderesis, [인터넷 자료] https://iep.utm.edu/synderes/ (12/26/2021 accessed).

디모데전서 4장에서 사도 바울은 이단에 대한 경계를 명령하고 있습니다. 왜냐하면, 이들은 이성적 기능이 마비되었기 때문입니다. 여기서 사도 바울은 이들을 표현하는 단어로 화인 맞은 양심이라는 단어를 사용합니다. 화인의 문자적 의미는 '인두로 도장을 찍는 것'이며, 노예 매매시 주인이 노예의 신체에 뜨거운 인두로 지져서 자기 소유를 표시했던 그 당시 문화상을 반영하는 단어입니다.

화인을 맞게 되면 그 부위가 점차 딱딱해져서 감각 기능이 상실됩니다. 이와 같이 양심이 화인을 맞게 되면 자신의 이성적 기능이 상실됩니다. 그것을 보여 주는 명확한 증거가 바로 비혼과 금식입니다. 그리고 그것이 의롭다고 주장하는 것입니다. 이렇게 양심이 화인 맞게 되면 비혼과 금식이 왜 타당한지 이성적으로 판단할 수 없게 됩니다. 그러므로 우리는 마음속에 새겨진 율법의 기능을 감당하고 있는 양심의 이성적 기능이 상실되지 않도록 부지런히 노력해야 합니다.

2) (감정적 기능) 양심은 죄책감을 느끼게 한다

양심은 선악을 분별하는 이성적 기능뿐만 아니라 선을 사랑하고 악을 미워하는 감정적 기능을 가지고 있습니다. 좀 더 정확하게 죄책감을 느끼게 합니다.

이러한 사실을 보여 주는 극명한 사례가 간음하다가 현장에서 붙잡힌 여인의 사례입니다. 서기관들과 바리새인들은 예수님을 함정에 빠뜨리기 위해 그 여인을 어떻게 대해야 하는지에 대해 문자, 예수님께서는 "너희 중에 죄 없는 자가 먼저 돌로 치라" 하시고 다시 몸을 굽혀 손가락으로 땅에 무엇인가를 쓰셨습니다. 그러자 그들은 "양심에 가책을 느껴 어른으로 시작하여 젊은이까지 하나씩 하나씩 나갔다"(요 8:9)고 성경은 전하고 있습니다.

이러한 양심의 감정적 기능은 사도행전에서도 찾아볼 수 있습니다. "그들이 이 말을 듣고 마음에 찔려 베드로와 다른 사도들에게 물어 이르되 형제들아 우리가 어찌할꼬 하거늘"(행 2:37)이란 구절은 양심에 순종하여 회개의 열매를 맺은 이야기이고, 반대로 "그들이 이 말을 듣고 마음에 찔려 그를 향하여 이를 갈거늘"(행 7:54)이란 구절은 양심에 불순종하여 스데반을 죽이는 이야기입니다.

　이처럼 양심은 마음의 찔림이라는 감정적 기능을 발휘하여 인간의 행동을 자극하고 인간의 결정을 요구합니다. 이처럼 양심은 가책(죄책감)을 느끼게 하는 감정적 기능이 있습니다. 그렇기에 사도 베드로는 선한 양심을 가지라고 권면합니다. 왜냐하면, 위의 예와 같이 똑같은 상황이라도 다른 반응을 초래할 수 있기 때문입니다.

> [벧전 3:16-17] 선한 양심을 가지라 이는 그리스도 안에 있는 너희의 선행을 욕하는 자들로 그 비방하는 일에 부끄러움을 당하게 하려 함이라 선을 행함으로 고난 받는 것이 하나님의 뜻일진대 악을 행함으로 고난 받는 것보다 나으니라

　이 말씀은 선한 양심을 가져야 할 이유를 설명합니다. 선한 양심이 선한 행실을 낳고, 선한 행실은 그 비방하는 사람들을 부끄럽게 하기 때문입니다. 그들이 부끄러워 할 수 있는 것은 그들이 양심을 가지고 있으며, 부끄럽게 하고 죄책감을 갖게 하는 감정적 기능이 있기 때문입니다.

　하지만 양심의 약화와 마비는 이러한 죄책감을 느끼지 못하게 만듭니다. 죄책감이 무디어지면 죄를 지어도 죄를 지은 대상에 대해 미안해 하지도 않고, 죄를 지은 자신에 대해 어떤 실망과 슬픔을 느끼지도 못합니다. 이러한 상태가 지속되면 천인공노할 죄를 아무렇지도 않게 범하게 되며 심지어 그러한 죄를 즐기기도 합니다. 그렇기에 우리는 '바늘 도둑이 소 도둑된다'는 속담처럼 사소한 죄라도 민감하게 반응해야 합니다. 그래야 살아 있는 양심이 될 수 있습니다.

3) (의지적 기능) 양심은 훈련되어야 한다

　양심은 이성적 기능, 감정적 기능, 또한, 의지적 기능을 가지고 있습니다. 이러한 양심의 의지적 기능이 나타난 대표적인 성경 구절은 고린도전서 8장입니다. 사도 바울은 우상에 대한 습관이 있어 우상에게 바쳐진 고기를 알고 먹는 자들의 양심이 약하여지고 더러워졌다고 말합니다(고전 8:7). 그리고 교

회의 리더들이 우상에게 바쳐진 고기를 먹는 것을 보면 믿음이 약한 자들의 양심이 담력을 얻어 우상의 제물을 먹게 된다고 말합니다(고전 8:10).

그렇게 하는 것은 약한 양심을 상하게 하는 것이고, 그것이 곧 그리스도에게 죄를 짓는 것이라고 말합니다(고전 8:13). 이것을 아주 쉽게 표현하자면, 양심상 먹지 않는 것이 좋겠다는 것입니다. 즉, 양심에는 의지적 기능이 있음을 알 수 있습니다.

이처럼 양심은 '선한 의지'를 약화 혹은 강화시키기도 하며, 반대로 '악한 의지'를 약화 혹은 강화시키기도 합니다. 그러므로 가장 좋은 선택은 '선한 의지'의 강화와 '악한 의지'의 약화입니다. 이러한 선택을 하기 위해서는 두 가지가 필요합니다. 첫째는 양심은 훈련되어야 한다는 것이고, 둘째는 외부의 힘이 필요하다는 것입니다.

첫째, 이렇게 양심의 훈련이 필요하다는 것은 일찍이 믿음의 선배들의 고백을 통해서 알 수 있습니다. 시편 26:2을 보면, "여호와여 나를 살피시고 시험하사 내 뜻과 내 양심을 단련하소서"라고 기원합니다. 그것은 양심이 유혹과 시험 속에서 악을 선택할 여지가 항상 있기 때문입니다.

그렇기에 사도 바울은 디모데에게 "믿음과 착한 양심을 가지라"고 명령합니다(딤전 1:19). 우리는 우리의 양심이 선악을 분별하고 진리와 거짓의 가르침을 분별할 수 있도록 훈련해야 합니다. 이러한 훈련이 의미하는 것은 양심의 목표 지점이 있다는 것입니다.

그렇다면 이러한 목표 지점에 어떻게 다다를 수 있을까요?

영국의 성직자, 캠브리지 신학자, 청교도의 아버지라고 불리우는 윌리엄 퍼킨스(William Perkins, 1558~1602)는 어떻게 하면 선한 양심을 가질 수 있는지에 관심을 갖고 1596년『양심론』(*A Discourse of Conscience*)이라는 책을 저술하였습니다. 그는 이 책에서 양심의 본질, 속성, 구별, 선한 양심에 대한 통찰력을 보여 주고 있습니다.

그는 1606년 이러한 양심 이론을 적용한 실천서인『양심 문제에 대한 총괄적 논문』(*The Whole Treatise of the Cases of Conscience*)이라는 책을 저술하였습니다. 그는 이 책에서 개혁주의 결의론(casuistry)을 발전시켰습니다. 결의론(決

疑論)이란 말 그대로 '의심을 해결한다'는 의미로, 보편적인 규범을 적용하기 어려운 애매모호한 상황에서 어떻게 행동해야 할지에 대한 구체적인 해결책을 제공해 주는 이론을 의미합니다.

예를 들면, 바리새인들이 율법을 지키기 위해 613가지의 세밀한 행동방식을 제공한 것과 같은 것입니다. 퍼킨스는 양심도 보편적인 규범을 적용하기 어려운 것으로 보고 양심의 교리를 통해 실천적인 행동방식을 제시하려고 노력하였습니다. 그는 이 책에서 '마음'을 모든 것의 근원이라고 말하면서 이것을 보호하기 위해 두 가지 방법을 권면합니다. 하나는 하나님의 말씀이 마음 안에 풍성하게 거하도록 해야 하며, 다른 하나는 신앙과 마음에 관해 사람들과 의논을 많이 해야 한다는 것입니다.[27]

이처럼 양심은 하나님의 말씀과 믿음의 선배들과의 대화를 통해 훈련될 필요성이 있습니다.

둘째, 외부의 힘이 필요하다는 것은 자신의 힘만으로는 불가능하다는 것을 의미합니다. 그렇기에 히브리서 기자는 그리스도의 보혈에 의지하라고 권면합니다.

> **[히 9:14]** 하물며 영원하신 성령으로 말미암아 흠 없는 자기를 하나님께 드린 그리스도의 피가 어찌 너희 양심을 죽은 행실에서 깨끗하게 하고 살아 계신 하나님을 섬기게 하지 못하겠느냐
>
> **[히 10:22]** 우리가 마음에 뿌림을 받아 악한 양심으로부터 벗어나고 몸은 맑은 물로 씻음을 받았으니 참 마음과 온전한 믿음으로 하나님께 나아가자

우리는 먼저 선한 것을 기뻐하고 악한 것을 비난하도록 양심을 주신 하나님의 능력에 의지해야 합니다. 그러한 능력의 집약체인 그리스도의 보혈은 우리의 부패한 양심을 거룩하게 하며 죽은 행실에서 깨끗하게 만듭니다. 왜냐하면, 그리스도의 보혈은 죽기까지 자신을 희생하신 것을 의미하며 이는

27　William Perkins, *The Whole Treatise of the Cases of Conscience* (London, UK: John Legatt, 1631), 2:41.

선하고 고귀한 양심으로부터 발현된 것이기 때문입니다. 그러므로 그리스도의 보혈은 우리의 연약한 선한 의지를 강화시키는 다이너마이트와 같은 능력을 가지고 있다는 사실을 알아야 합니다.

4) 결론

양심은 인류 역사상 가장 논쟁적 개념 중의 하나입니다. 한 가지 확실한 것은 윤리적 선택의 순간이나 딜레마 상황에 있어 양심이 큰 역할을 감당한다는 것입니다. 즉, 양심은 도덕적 실패를 방지하는 역할을 합니다. 그것이 가능한 이유는 양심에는 이성적, 감정적, 의지적 기능이 있기 때문입니다.

이러한 세 가지 기능을 다음과 같은 표로 정리할 수 있습니다.

[표 57] 양심의 세 가지 기능

이성적 기능	선과 악을 분별하고 죄를 깨닫게 하는 기능 (시 16:7; 롬 2:15)
감정적 기능	올바른 것을 칭찬하고 악한 것에 대해 죄책감을 갖게 하는 기능 (요 8:9; 고후 1:12)
의지적 기능	어떤 행동을 승인하거나 멈추게 하는 기능 (히 9:14, 10:22)

양심이 가지고 있는 세 가지 기능을 프레임은 다음과 같이 정리합니다.

> 양심은 선과 악을 분별하는 하나님이 주신 능력이다. (이성적 기능) 양심은 죄를 깨닫게 하고 (감정적 기능) 우리가 올바른 것을 할 때 우리를 칭찬한다. (의지적 기능) 선하고 깨끗한 양심은 일반적으로 우리의 행동을 승인하고 정확하게 그렇게 한다.[28]

양심은 이처럼 지정의의 인격과 관련된 모든 기능을 가지고 있습니다. 그렇기에 양심은 마음의 중심이며, 마음은 인격의 중심이 됩니다.

---

[28] John M. Frame, 『기독교 윤리학: 그리스도인의 삶에 대한 교리』, 509. 괄호 안은 강조를 위해 필자가 삽입하였음.

하지만 약화되고 마비된 양심은 제기능을 하지 못하기 때문에 윤리에 전혀 도움을 주지 못할 뿐 아니라 모든 악한 영향력의 근원이 될 수밖에 없습니다. 여기서 한 가지 간과하면 안 되는 것은 양심이 제 기능을 발휘하지 못한다고 해서 양심 자체를 제거할 수는 없다는 사실입니다. 그러므로 인간에게 남아있는 선택지는 양심의 회복밖에는 없습니다. 그렇기에 성경은 선한 양심을 회복하라고 명령합니다.

이러한 회복은 꾸준한 훈련과 외부의 힘을 필요로 합니다. 그리스도의 보혈과 성령의 역사는 약화되고 마비된 양심을 선한 양심으로 회복시키는 놀라운 능력을 가지고 있습니다. 이렇게 회복된 양심은 하나님께서 인간을 처음 만드실 때 부여하신 양심으로의 회귀이며, 그리스도께서 보이신 사랑의 법과, 성령께서 주시는 생명의 법이 새겨져 있는 양심입니다.

이러한 선한 양심은 윤리적인 삶을 살 수 있게 해줄 뿐만 아니라, 심지어 자기를 부인하고 자기 십자가를 지고 그리스도를 따르는 선한 양심을 실천하게 해 줍니다.

제7장

사회와 관련된 문제

1. 윤리는 상대주의적인 것이 아닌가요?

> [롬 14:10] 네가 어찌하여 네 형제를 비판하느냐 어찌하여 네 형제를 업신여기느냐 우리가 다 하나님의 심판대 앞에 서리라

고대 그리스의 대표적인 소피스트인 프로타고라스(Protagoras, BC 490~415)는 "인간은 만물의 척도다"라고 하였습니다. 존재하는 것과 존재하지 않는 것, 옳은 것과 그른 것, 이로운 것과 해로운 것을 판단하는 척도는 다름아닌 인간이라는 것입니다.

고르기아스(Gorgias, BC 485~385)는 "진리는 존재하지 않는다"라고 하였으며, 트라시마코스(Thrasymachus, BC 459~400)는 "정의는 강자의 이익이다"라고 하였습니다. 이러한 소피스트들의 주장은 인간의 감각적 경험과 유용성을 중시하는 상대주의 성격을 강하게 내포하고 있지만, 인간이 척도가 되어 윤리 규범을 판단해야 한다는 것은 동의하기 어렵지 않아 보입니다.

또한, 포스트모더니즘의 영향으로 절대적이고 보편적인 진리를 찾는 것은 어렵거나 불가능한 일이며, 윤리는 상대주의적일 수밖에 없는 듯이 느껴집니다.

그렇다면 윤리는 상대주의적인 것이 아닌가요?

1) 상대주의가 맞다고 주장하는 것이 절대주의이기 때문이다

윤리적 상대주의(ethical relativism)는 인간이 마땅히 따라야 할 규범인 윤리가 문화에 따라 다르다고 보는 관점입니다. 이들의 논리는 다음과 같은 3단 논법에 기초합니다.

대전제: 윤리란 문화의 산물이다.
소전제: 문화는 사회에 따라 다르다.
결　론: 그러므로 윤리는 사회에 따라 다르다.

이 3단 논법에 의하면 윤리적 상대주의는 정당화됩니다. 왜냐하면, 두 전제를 반박하기가 어렵기 때문입니다. 윤리가 문화의 산물임을 부정하기는 어렵습니다. 게다가 문화가 사회에 따라 다르다는 것 또한, 부정하기 어렵습니다. 그렇기에 많은 사람이 윤리적 상대주의에 대해 그렇게 큰 거부감이 없습니다. 이러한 3단 논법은 상황이나 감정 등과 같은 변수로 확장될 수 있습니다.

그럼에도 불구하고 윤리적 상대주의는 그 자체로 논리적인 모순에 봉착합니다. 왜냐하면, 상대주의가 맞다고 주장하는 것이 절대주의이기 때문입니다. 사실 상대주의는 애초부터 틀린 생각입니다. 한 사회의 윤리는 그 사회뿐만 아니라 모든 사회가 따라야만 하는 올바른 도덕체계를 제안합니다.

하지만 모든 사회가 자신만의 사회 윤리가 올바른 도덕체계라고 한다면 도대체 어떤 사회의 윤리가 올바른 도덕체계를 제안하는 것일까요?

즉, 한 사회의 윤리가 맞다면 다른 사회의 윤리는 틀린 윤리가 될 수밖에 없습니다. 그러므로 상대주의가 맞다고 주장하는 것은 논리적 모순에 봉착할 수밖에 없습니다.

2) 윤리는 문화에 종속되어서는 안 되기 때문이다

우리는 위에서 윤리가 문화의 산물임을 부정하기는 어렵다고 했습니다. 하지만 윤리가 문화에 종속되어서는 안됩니다. 그렇기 때문에 소위 상대주의자들조차 상대주의를 거부합니다.

예를 들어, 식인종의 문화나 명예살인의 문화에서 살인이 정당화된다고 해서 살인이 죄가 되지 않는 것은 아닙니다. 비록 상대주의자들이 다른 문화들 사이에 있는 상이한 가치들을 보며 윤리가 사람들에 따라 다르다고 주장해도, 그것은 각 문화의 가치(윤리)와 절대 가치(윤리)를 혼동하는 것과 다르지 않습니다.

이러한 예는 너무나 많습니다. 예를 들어, 나치주의자는 단지 자신들이 속한 문화의 도덕을 따랐을 뿐입니다. 오직 살인이 보편적으로 잘못이라고 여겨져야만 나치가 틀린 것이 됩니다. 그들 나름대로 도덕성과 윤리를 가졌다고 하더라도, 보편적인 잘못에 대한 정죄를 막을 수는 없습니다.

역으로 어떤 사람이 살인이나 강간과 같은 보편적인 잘못을 범해도 그 사람이 상대주의적인 사고방식으로 살인이나 강간을 죄로 여기지 않는다면 그러한 행위를 무죄라고 보아야 합니까?

더우기 윤리는 문화에 종속되지 않는 공통적인 도덕성이 존재합니다. 예를 들어, 낙태 지지자와 반대자는 낙태가 살인인가에 대해서는 의견이 다르지만, 양 진영 모두 살인이 잘못이라는 점에 대해 동의합니다. 이런 점만 보더라도 절대적이며 보편적인 도덕이 존재한다는 사실을 알 수 있습니다.

3) 윤리적 상대주의는 더 큰 위험을 초래하기 때문이다

상대주의자는 구체적인 적용과 근본적인 도덕 원리를 혼동하지 말라고 말합니다. 왜냐하면, 근본적인 도덕원리는 동일하거나 유사한 것이 많기 때문입니다. 그들은 생명을 존중하고 가족을 사랑해야 한다는 근본적인 도덕 원리는 구체적인 적용이 다르게 나타날 수 있다고 말합니다. 에스키모인들의 영아 살해 관습과 인도인들이 소를 먹지 않는 관습이 바로 그것입니다.

에스키모인들이 영아 살해 관습을 가지게 된 이유는 영하 40도 이하의 혹독한 추위와 제한적인 식량 공급이라는 가혹한 환경 때문입니다. 그러한 환경 속에서 장기간 영아에 대해 수유를 할 수 없고 이동이 잦은 상황에서 살아남을 확률이 좀 더 높은 영아를 집중적으로 관리하여 키우자는 의도에서 시작되었다는 것입니다.

특히, 여아 살해가 선호되었는데, 그 이유는 남자들이 집단에서 식량을 공급하는 과정 속에서 남자의 사망률이 더 높기 때문입니다. 즉, 에스키모인들이 영아 살해 관습을 가지게 된 것은 가혹한 환경 속에서 가족의 생명을 보존하기 위해 강제된 최후의 수단이라는 것입니다.

또한, 인도인들이 소를 먹지 않는 관습을 가지게 된 이유는 그들의 종교인 힌두교에 따라 소를 신성시했으며 종종 인간과 동일시했기 때문입니다. 인도의 신성한 동물을 연구한 난디타 크리쉬나(Nanditha Krishna)에 따르면, 고대 인도에서는 종종 소를 죽이는 것을 인간, 특히, 브라만(Brahmin)[1]을 죽이는 것과 동일시했다고 말합니다.[2] 이런 관습의 차이는 윤리의 구체적인 적용에서 비롯된 것이지 근본적인 도덕 원리는 같다고 말합니다.

그러나 이는 어불성설에 불과합니다. 물론 어떤 사회의 정치적, 사회적, 문화적, 종교적 환경의 차이로 인해 누구나 그 환경에 처하면 그럴 수밖에 없는 당위적 환경이 존재할 수 있습니다. 그러나 그렇다고 하더라도 그러한 문화적인 관습을 허용하는 것은 더 큰 위험성이 있습니다. 왜냐하면, 살인이나 강도 같은 비윤리적 행위조차 정당화할 수 있기 때문입니다. 이러한 정당화가 일반화되면 법과 질서의 기본이 상실되고 맙니다.

즉, 도덕 원리를 그 사회에서 구현해낼 수 없게 됩니다. 이렇게 도덕 원리를 구현해 낼 수 없게 되면 윤리는 상대화되고 옳고 그름에 대한 객관성을 잃어버리게 됩니다. 우리는 그러한 위험성을 역사로부터 쉽게 찾아볼 수 있습니다. 나치즘은 그러한 위험성을 보여 주는 대표적인 사례입니다.

---

[1] 인도에서 브라만은 최상위의 카스트(브라만, 크샤트리아, 바이샤, 수드라)로서 조물주와 인간의 중간단계에 해당되는 신분으로 여겨진다.
[2] Nanditha Krishna, *Sacred Animals of India* (London, UK: Penguin Books Limited, 2014), 80, 101-108.

성경의 사사 시대에서는 "자기 소견에 옳은 대로 행하였더라"(사 17:6, 21:25)고 그 시대 상황을 표현하고 있습니다. 이러한 상대주의는 사회적 통제력을 상실하게 되고, 상대주의가 사회를 지배하게 되면 정말로 위험한 폐해를 낳게 됩니다.

성경은 이러한 상대주의를 단호하게 배격합니다. 특히, 예수님께서는 '회칠한 무덤'이라는 말로 상대주의를 강하게 비판하셨습니다(마 23:27). 예수님께서는 절대적이며 최고의 도덕 원리를 강조하셨고 그것을 삶으로 보여 주셨습니다. 예수님의 이러한 삶은 절대적이며 최고의 도덕 원리가 존재한다는 것을 보여 줍니다.

사도 바울 또한 율법대로 심판한다고 앉아서 율법을 어기고 자신을 치라고 하는 사람들에게 "회칠한 담"이라는 말로 상대주의를 강하게 비판합니다(행 23:3). 사실 율법에 대한 지식이 우리로 하여금 도덕적으로 우월하다고 느끼게 할 수 있습니다. 또한, 율법은 우리에게 무엇이 옳은지 보여 줄 수 있습니다.

하지만 바울이 힘주어 말했듯이 율법을 아는 것과 지키는 것은 완전히 다른 것입니다. 그리고 그 율법은 결코 우리를 선하게 만들지는 못합니다. 사실 보편적이고 절대적인 도덕 원칙이 없다면 선은 있을 수가 없습니다. 그렇기에 도덕의 옳고 그름은 상대적이라고 여기며 선악의 회색 지대에서 적당히 안주하며 살아가는 것은 도덕적 절대성을 변질시키며 부인하는 일이라는 것을 알아야 합니다.

4) 결론

고대로부터 인간은 윤리 규범을 자신만의 기준으로 판단하려고 합니다. 이와 같은 경향은 강해지고 있으며 세상은 점점 더 절대주의를 허용하려고 하지 않습니다. 그러나 윤리적 상대주의는 다음과 같은 이유로 진리가 될 수 없습니다.

첫째, 상대주의가 맞다고 주장하는 것이 절대주의이기 때문입니다.
둘째, 윤리는 문화에 종속되어서는 안되기 때문입니다.
셋째, 상대주의는 더 큰 위험을 초래하기 때문입니다.

그러므로 우리는 상대주의로부터 절대주의로 회귀해야 합니다. 세속 윤리학에서는 그러한 절대성을 자연 법칙이나 양심과 같은 보편적인 원칙에서 찾지만 그것은 또 하나의 상대주의를 유발할 수 있기에 주의가 필요합니다. 그런 의미에서 변하지 않고 절대적이고 보편적인 도덕의 궁극적인 근원이 되시는 하나님에게서 절대성을 찾는 것이 가장 안전한 길이라고 할 수 있습니다. 그러므로 "인간은 만물의 척도다"라고 말한 프로타고라스의 말은 "하나님만이 만물의 척도다"라고 변경해야 합니다.

2. 관용과 상호존중의 미덕이 우리 사회에 필요한 것 아닌가요?

[빌 4:5] 너희 관용을 모든 사람에게 알게 하라 주께서 가까우시니라

[딛 3:2] 아무도 비방하지 말며 다투지 말며 관용하며 범사에 온유함을 모든 사람에게 나타낼 것을 기억하게 하라

많은 사람은 가톨릭교, 이슬람교, 힌두교, 불교, 무신론자들이 함께 살기 위해서는 다른 어떤 것보다도 관용과 열린 마음을 최고의 덕목으로 삼아야 한다고 주장합니다.

특히, 상대주의자들은 다른 사회의 문화나 가치를 관용해야 하는 것과 마찬가지로 다른 사회의 윤리 또한, 관용해야 한다고 주장합니다. 왜냐하면, 관용과 상호 존중의 미덕이 좋은 것인데 서로 관용하지 않기 때문에 분쟁이 일어나고 비극적인 불행을 맞이하기 때문이라고 말합니다. 또한, 누군가 우리 형제자매들의 보호자가 되어야 하고, 열린 마음으로 자신의 도덕적 가치관을 포기할 줄 알아야 한다고 말합니다.

그렇다면 관용과 상호존중의 미덕이 우리 사회에 필요한 것 아닌가요?

1) 상대주의자들이 생각하는 관용은 다르기 때문이다

실제로 우리 사회는 점점 더 관용의 사회로 진입되고 있는 것처럼 보입니다. 차별과 억압을 경험하는 동성애자나 트랜스젠더들은 사회가 관용적인 사회가 되어야 한다고 주장합니다. 그리고 그러한 관용은 이미 사회의 많은 영역에서 실천되고 있습니다.

사실 관용은 현재 서구 사회에서 매우 높은 위치를 차지하고 있는 덕으로 인정받고 있기에 관용에 의문을 제기하는 것은 어리석은 짓으로 간주됩니다. 이러한 목소리는 동시다발적으로 나오고 있기 때문에 관용하지 않으면 악을 행하고 있는 것처럼 여겨질 정도입니다.

이에 대해 저명한 신약학자인 D. A. 카슨(D. A. Carson, 1946~)은 『관용의 불관용』(*The Intolerance of Tolerance*)이라는 책을 저술하게 되었습니다. 왜냐하면, 관용이 절대적인 진실성을 보장하지는 않기 때문입니다. 그는 먼저 관용을 오래된 관용(old tolerance)과 새로운 관용(new tolerance)으로 나누고 그 차이점에 대해 설명합니다. 오래된 관용은 진리가 승리하리라는 전제를 가지고 자신의 주장을 증명하기 위해 믿음을 공유하고 토론하는 것을 허용합니다.

하지만 새로운 관용은 그러한 믿음에 의문을 제기하는 것만으로도 그 믿음의 진리 여부를 판단하기 전에 자동적으로 편협하다고 선언되는 관용입니다. 그는 존 로크(John Locke)와 존 스튜어트 밀(John Stuart Mill)과 같은 다양한 철학적 영향을 인용하면서 새로운 관용의 근원을 밝힙니다.

공적 객관적 영역과 사적 주관적 영역 사이의 구별에 대한 밀(Mill)의 분류를 인용하면서 사람들은 종교를 사적 주관적 영역으로 강등시킨다는 것입니다. 그렇기에 오래된 관용하에서는 믿음을 공유하고 토론하는 것이 공적 객관적 영역으로 인정되었다면, 새로운 관용하에서는 그러한 것을 사적 주관적 영역으로 인정한다는 것입니다. 결국, 새로운 관용은 행동의 옳고 그름을 판단하는 것을 거부합니다.

결론적으로 상대주의는 성경이 하는 것처럼 죄와 악을 인정하기를 거부하므로 죄와 악에 결코 적절하게 맞서지 않으며, 따라서 사람들을 죄와 악의 노예로 내버려둔다고 말합니다.³ 그는 관용에 대해 그리스도인을 위한 열 가지 제안으로 제시하는 것으로 이 책을 끝맺습니다.⁴

카슨이 지적한 것처럼 관용은 다양하게 해석될 수 있습니다. 이렇게 다양하게 해석되는 관용은 그룹마다 개인마다 차이가 있을 수 있습니다. 관용을 위한 관용은 항상 좋지 못한 결과를 가져올 수밖에 없습니다. 왜냐하면, 좋은 것이 좋은 거라는 생각은 윤리에 있어 상대주의를 포용할 수밖에 없기 때문입니다. 상대주의를 포용한다는 것은 절대주의를 포기한다는 것이며, 절대주의를 포기하면 선과 악의 구별은 가능하지 않습니다.

2) 악은 용인되어서는 안 되기 때문이다

관용을 주장하는 사람들은 관용이 분쟁과 비극을 막을 수 있다고 말합니다. 예를 들어, 상대주의자들은 인도의 음식 문화가 이러한 관용이 얼마나 중요한지를 보여 주는 예라고 말합니다. 전통적으로 인도는 힌두교의 나라입니다. 힌두교가 약 80퍼센트이며, 이슬람교는 10퍼센트 정도입니다.

이러한 인도에 이슬람교가 전파되어 힌두교인과 이슬람교인이 함께하면서 비극이 발생하고 있습니다. 왜냐하면, 힌두교인들은 소를 숭배하기 때문에 이슬람교인들이 소고기를 먹는 것에 대해 분노하고, 반대로 이슬람교인들은 힌두교인들이 돼지고기를 먹는 것에 대해 분노하기 때문입니다. 그래서 마을 부락을 습격하여 방화하고 사람까지 죽이는 일이 연례행사처럼 벌어집니다. 이러한 비극을 보며 윤리적 상대주의자들은 관용이 중요하다고 말합니다.

그러나 관용을 주장하는 상대주의는 잘못된 것입니다.

---

3 D. A. Carson, *The Intolerance of Tolerance* (Grand Rapids, MI: William B. Eerdmans Publishing Company, 2012), 132.

4 Ibid., 161-76. (1) 새로운 관용의 도덕적, 인식론적 파산을 폭로하라. (2) 진리를 위한 장소를 보존하라. (3) 새로운 관용의 오만함을 드러내라. (4) 새로운 관용은 성장이 아니라고 주장하라. (5) 경험적 다양성과 모든 다양성의 고유한 장점을 구별하라. (6) 세속주의의 표면적 중립성과 우월성에 도전하라. (7) 예의를 실천하고 장려하라. (8) 복음화하라. (9) 고통받을 준비를 하라. (10) 하나님을 기뻐하고 신뢰하라.

첫째, 가장 중요하게도 악은 용인되어서는 안 되기 때문입니다.

성폭력 범죄자가 여성을 바라보는 관점이 자기 만족을 위해 여성은 학대될 수 있는 대상이라고 주장한다면 그 견해를 용인해야 합니까?

성경은 하나님이 모든 것을 관용하신다고 가르치지 않습니다. 성경은 선과 악을 판단하시는 하나님의 심판날이 있음을 가르치기 때문입니다(롬 14:10; 고후 5:10).

둘째, 사람들은 상대주의를 하나님께 적용하여 하나님이 살인, 강간, 도둑질 등을 너그럽게 관용하기를 원하지 않기 때문입니다.

3) 무관용을 용인하지 않는 것은 논리적 모순에 빠질 수밖에 없기 때문이다

관용을 주장하는 상대주의자들은 무관용의 원칙을 고수하는 절대주의자들을 관용이 없다고 비난합니다. 하지만 이는 필연코 논리적 모순에 빠질 수밖에 없습니다. 왜냐하면, 무관용이라고 하더라도 관용해야 하기 때문입니다. 이것을 '관용의 역설'로 설명할 수 있습니다.

'관용의 역설'이란 불관용도 관용할 수 있느냐는 질문에 함축된 역설입니다. 불관용을 관용하면 불관용을 인정하는 것이고, 불관용을 관용하지 않으면 그것이 바로 불관용이므로, 어차피 모든 의견을 관용할 수는 없다는 반문입니다.

예를 들어, 사람들은 표현의 자유를 주장합니다. 즉, 표현의 자유를 관용해 달라고 말합니다. 관용은 기본적으로 양심, 사상, 표현의 자유를 의미합니다. 하지만 독재 정권은 이러한 표현의 자유를 압살하려고 합니다. 그러나 표현의 자유를 압살하려는 정권에 대한 관용을 관용할 수는 없습니다. 표현의 자유를 주장하는 사람이 표현의 자유를 억압하는 체제에 저항하는 것은 전혀 모순이 아닙니다. 즉, '관용의 역설'에 의하면 모든 의견을 관용할 수는 없습니다.

이렇게 관용의 역설은 모든 의견을 관용할 수는 없다는 결론을 내리지만, 상대주의는 모든 의견을 관용해야만 한다는 결론을 내립니다. 그러다 보니 어떤 사람이 처음부터 용인되어야 하는 이유를 설명할 수 없습니다. 왜냐하면, 사람들을 관용해야 한다고 생각하는 이유는 그것이 공평하다고 생각하기 때문입니다. 그래서 그들은 그러한 생각을 바꾸려고 하지 않습니다. 그것이 그들에게 절대적인 생각이며, 이는 절대주의가 되고 맙니다.

예를 들어, 이렇게 다른 사회의 윤리를 관용해야 한다면 자신이 속해 있는 사회의 윤리 또한 관용되어야 한다고 생각할 것입니다. 그러므로 누군가에게 그들의 도덕성이 틀렸다고 말하는 것은 용납되지 않습니다. 결국, 상대주의는 모든 견해를 관용해야만 합니다. 이처럼 상대주의는 모든 견해를 관용해야 한다고 주장하기 때문에 잘못된 사상임이 명백합니다.

4) 관용에 대한 역사적인 가르침 때문이다

관용을 뜻하는 영어 'tolerance'는 흔히 '톨레랑스'(tolérance)라는 프랑스어로부터 유래합니다. 프랑스에서 이 용어가 쓰이게 된 데는 역사적인 이유가 있습니다. 16세기 초 마틴 루터(Martin Luther: 1483~1546)로부터 시작된 종교개혁은 순식간에 전 유럽에 영향을 미쳤습니다. 특히, 프랑스에서 위그노(Huguenot)라고 불린 칼빈주의자들은 '국가 안의 국가'라고 불릴 정도로 세력이 성장하게 되었습니다.

이러한 성장을 좌시할 수 없었던 프랑스의 가톨릭 정권은 대대적으로 위그노를 탄압하였습니다. 이러한 탄압으로 인해 가톨릭과 개신교 사이에 '위그노 전쟁'(Huguenots Wars)이라고 알려진 전쟁이 1562년부터 무려 30여 년 동안 지속되었습니다.

이로 인해 프랑스 전역은 피폐하게 되었고, 신교도 출신으로 가톨릭으로 개종한 앙리 4세가 1598년 낭트 칙령을 내려 구교와 신교의 타협을 유도함으로써 오랜 종교적 갈등을 매듭지었습니다. 이때 프랑스인들은 종교로 인해 격렬한 내전을 벌인 것을 반성하며, 관용이라는 미덕을 내세워 종교 간의 통합을 도모했습니다.

바로 이웃인 영국 또한 칼빈주의자인 청교도들과 가톨릭 정권 사이의 갈등으로 인해 이런 관용이 필요하게 되었습니다. 가톨릭은 신교인 청교도를 탄압하게 되었고, 청교도의 한 무리들은 메이플라워 호를 타고 아메리카로 이주하게 되었습니다. 계속되는 갈등으로 영국에서 청교도는 1642년 청교도혁명을 일으켰으나 결국 몰락하고 말았습니다. 가톨릭은 왕권을 지지했으나 국교회는 의회를 지지하여 명예혁명이 발생하였고, 그 결과 세계 최초로 입헌군주제와 의회주의 국가가 탄생하게 되었습니다.

당시 영국의 대표적인 철학자였던 존 로크(John Locke, 1632~1704)는 이러한 상황에서 『관용론』이라는 책을 써 종교 갈등을 관용으로 해결할 것을 호소하기도 했습니다. 국가는 교회가 국가에 반대하는 행위를 하지만 않는다면 어떤 교회에도 제재를 가해서는 안 되며, 교회 또한 다른 교파의 교인들에게 신앙을 강요하는 일이 없어야 한다는 것입니다. 이것이 『관용론』의 골자이며, 로크의 정교분리 사상은 특히, 식민지인 아메리카에서 큰 인기를 얻었습니다.

이런 역사적 배경을 가진 관용의 개념은 종교 갈등을 겪고 있는 사회에 종교 갈등으로 인한 피해를 줄이는 데 많은 도움이 될 것입니다. 하지만 관용에는 한계가 있으며, 더 이상 관용할 수 없는 상황이 되고 맙니다.

예를 들어, 똘레랑스의 나라인 프랑스는 테러의 온상이 되고 있습니다. 프랑스는 오랜 시간 동안 정교분리를 실천해 왔습니다. "프랑스는 분할될 수 없고, 종교에 의해 통치되지 않는다"고 1958년 개정된 프랑스 헌법 1조는 첫 문장부터 정교분리를 적시하고 있습니다. 이러한 정교분리의 원칙에 따라 종교의 자유는 주지만 어떤 종교에 대해 특별히 대우하거나 협조하지 않습니다. 이를 가르켜 라이시테(laïcité)라고 말합니다.

라이시테에 의하면 사적인 영역에서는 종교의 자유를 보장하지만 공적인 영역에서는 종교적 색채를 띠는 일을 금함으로서 모든 사람이 종교의 자유를 갖게 한다는 의미입니다. 타인의 종교 자유를 보장하려면 공적인 영역에서 자신의 종교적 표현부터 자제해야 한다는 것입니다. 이것을 똘레랑스의 반대 개념인 '종교적 불관용'이라고 말하기도 합니다.

이처럼 종교의 자유를 관용하다 보면, 그러한 종교의 자유로 인해 사회가 불안해질 수 있고, 테러가 발생할 수도 있습니다. 프랑스의 예와 같이 역사적 교훈은 아주 명확합니다. 관용이 한계치에 다다르게 되면 관용을 더 이상 관용할 수 없는 지경에 이르게 됩니다.

5) 관용에 대한 성경적인 가르침 때문이다

성경은 관용에 대해 매우 명확한 가르침을 주고 있습니다.

> [빌 4:5] 너희 관용을 모든 사람에게 알게 하라 주께서 가까우시니라
>
> [딛 3:2] 아무도 비방하지 말며 다투지 말며 관용하며 범사에 온유함을 모든 사람에게 나타낼 것을 기억하게 하라

이 외에도 많은 성경 구절(행 24:4; 딤전 3:3; 약 3:17; 벧전 2:18)은 관용을 그리스도를 닮은 신자의 성품 중 하나로 묘사합니다.

하지만 그러한 관용은 몇 가지 제한 조건이 존재합니다.

첫째, 관용은 하나님의 영광을 위한 것이어야 합니다(고전 10:31). 관용이 이데올로기가 되어 특정 개인의 영광이나 특정 단체의 유익을 위한 것이 되어서는 안 됩니다.

예를 들어, 동성애자 그룹은 자신들을 성소수자라고 부릅니다. 그리고 대다수인 이성애자로부터 받는 차별이 부당하다고 말합니다. 동성애자도 이성애자와 같이 동등하게 결혼할 수 있어야 한다고 주장하며 자신들을 관용해야 한다고 말합니다. 하지만 이들은 관용을 주장하는 것에서 멈추지 않습니다. 동성애자들은 결혼이라고 하는 법적 지위를 얻기 위해 할 수 있는 모든 방법을 동원합니다. 그러한 방법 중 하나가 자신들은 성소수자라는 약자 프레임을 사용하는 것입니다.

그들이 그토록 결혼이라는 법적 지위에 목을 매는 이유는 무엇일까요? 그것은 결혼이라는 법적 지위를 얻어야만 정부로부터 경제적 보조를 받거나 보험 혜택을 받을 수 있기 때문입니다. 사실 동성애자들이 사용하는 호르몬제나 에이즈 약의 가격이 엄청나게 비쌉니다. 결혼이라는 법적 지위를 얻는 순간, 그러한 약값 보조와 혜택은 사회비용으로 전가됩니다. 관용을 주장하거나 관용하려면 그것이 어떤 개인이나 단체의 유익이 아닌 하나님의 영광이 되는지를 먼저 파악해야 합니다.

둘째, 관용은 그리스도의 사랑을 나타내는 것이어야 합니다(빌 4:5). 예수님께서는 관용을 나타내는데 열심이셨습니다. 심지어 자신을 배신하고 도망갔던 제자들을 관용하셨습니다. 하지만 관용이 불화와 폭력을 불러일으킨다면 그것은 진정한 관용의 모습이 아닙니다.

셋째, 관용은 성령님의 교통하심과 관계성 속에서 이루어져야 합니다(약 3:17-18). 관용은 하나님과의 관계성에 도움이 되어야 하고, 공동체에 유익을 가져와야 합니다. 오늘날 다종교적이고 다문화적인 사회를 살아가면서 인간답게 평화적으로 살기 위해서 관용해야 합니다. 카슨이 지적한 대로 종교를 사적 주관적 영역으로 강등시켜 믿음을 공유하고 토론하는 것마저 불관용한다면 선악을 구분하는 종교의 자유는 상실되고 말 것입니다.

6) 결론

상대주의자들은 관용의 미덕을 최상의 미덕이라고 생각합니다. 물론 그리스도인들도 관용을 그리스도인이 가져야 할 품성 중의 하나라도 생각합니다. 하지만 상대주의자들이 생각하는 관용은 그리스도인들이 생각하는 관용과는 다릅니다. 또한, 악은 용인되어서는 안 되기 때문에 관용하지 않아야 하는 상황이 존재합니다. 또한, 무관용을 용인하지 않는 것은 논리적 모순에 빠질 수밖에 없기 때문에 무조건 관용해야 한다고 할 수 없습니다. 관용에 대한 역사적 가르침은 관용에는 한계점이 있음을 말해 줍니다.

관용에 대한 성경적 가르침은 관용은 그리스도인들이 갖추어야 할 미덕이지만, 성부 하나님의 영광과 성자 예수님의 사랑과 성령 하나님의 관계성이라는 제한된 조건하에 수행되어야 함을 말해 줍니다.

3. 공리주의라면 도덕적 사회를 위해 충분하지 않나요?

[삼상 16:7] 사람은 외모를 보거니와 나 여호와는 중심을 보느니라

[잠 16:2] 사람의 행위가 자기 보기에는 모두 깨끗하여도 여호와는 심령을 감찰하시느니라

[눅 6:31] 남에게 대접을 받고자 하는 대로 너희도 남을 대접하라

공리주의는 경제학은 물론 정치학에서도 매우 인기 있는 도덕 철학입니다. 공리주의는 공리의 원리 및 효용(utility)을 강조하기 때문에 시장의 효율성을 중시하는 경제학에서 가장 인기 있는 철학입니다. 또한, 최대 다수의 최대 행복을 강조하기 때문에 복지의 극대화를 중시하는 정치학에서도 인기가 많습니다. 이처럼 공리주의는 시장친화적이며 민주적인 철학으로서의 장점을 가지고 있습니다.

그렇다면 공리주의라면 도덕적 사회를 위해 충분하지 않나요?

1) 성경은 결과보다 동기를 우선시한다

공리주의는 결과주의적 윤리학의 한 유형으로 공리주의자는 한 행위가 '복지'(welfare or well-being)를 가져왔는지를 따지는 결과주의자가 됩니다.[5] 공리주의의 대표자인 벤담은 공리주의를 주장하기 위하여 먼저 자연의 상태를 상정합니다. "자연은 사람을 고통과 쾌락이라는 두 주인에게 지배받도록 만들었다"는 것입니다.[6]

고통과 쾌락은 마치 군주(君主)와 같이 인간을 지배하고 통치하기에 고통과 쾌락을 피할 수 있는 인간은 없습니다. 그러므로 인간은 누구나 고통을 최소화하고 쾌락을 극대화하기 원합니다. 중요한 것은 이러한 고통의 최소화와 쾌락의 극대화가 결과로 보여져야 한다는 사실입니다. 심지어 다수의 행복을 위해 소수가 희생하는 경우가 생기더라도 "최대 다수의 최대 행복"

---

[5] Daniel Hausman & Michael McPherson, 『경제분석 도덕 철학 공공철학』, 주동률 옮김 (파주: 나남, 2010), 215.

[6] Jeremy Bentham, 『도덕과 입법의 원리서설』, 고정식 옮김 (파주: 나남, 2011), 27.

이 결과로 보여져야 합니다.

그러나 이는 성경의 사상과는 다릅니다. 물론 성경이 결과를 아주 무시하는 것은 아니지만, 성경은 대체적으로 결과보다 동기를 우선시합니다. 그런 의미에서 예수님께서는 나무와 열매의 관계를 비유하시면서(눅 6:43-46), "선한 사람은 마음에 쌓은 선에서 선을 내고 악한 자는 그 쌓은 악에서 악을 낸다"고 말씀하십니다. 이것은 곧 동기가 얼마나 중요한지를 보여 주는 말씀입니다.

또한, 예수님은 산상수훈에서 행위도 중요하지만 마음의 동기가 더 중요함을 여섯 가지 반제(antitheses)를 통해서 강조하십니다.

어찌 보면 초대 교회 공동체는 동기를 우선시했던 공동체입니다. 그들은 자신의 소유물을 자신의 것으로 생각하지 않았으며(행 4:32), 자신의 밭과 집을 팔아 사도들의 발 앞에 두었습니다(행 4:33-35). 사도들은 각 사람의 필요를 따라 나누어 주었습니다(행 4:35). 이들이 이렇게 했던 이유는 사랑과 자선이라는 동기가 있었기 때문입니다. 그리고 아나니아와 삽비라의 비극적인 죽음 이야기를 통해 동기가 얼마나 중요한지를 보여 줍니다.

하지만 그렇다고 해서 성경이 결과를 아예 무시하는 것은 아닙니다. 성경은 이런 나눔을 통해 결과적으로 그들 가운데 궁핍한 자가 하나도 없었음을 강조합니다(행 4:34).

이처럼 동기는 윤리적으로 매우 중요한 요소입니다. 그럼에도 벤담은 다음과 같이 말합니다.

> 만일 동기가 좋거나 나쁘다면, 그것은 오로지 그 결과 때문이다. 쾌락을 낳거나 고통을 피할 수 있는 경향 때문에 좋은 것이다. 고통을 낳거나 쾌락을 피할 수 있는 경향 때문에 나쁜 것이다. 사실이 그러하므로 하나의 동일한 동기에서 그리고 온갖 종류의 동기에서 좋은 행위와 나쁜 행위 및 좋지도 않고 나쁘지도 않은 행위가 모두 나올 수 있다.[7]

---

[7] Jeremy Bentham, *An Introduction To The Principles Of Morals And Legislation* (Oxford, UK: The Clarendon Press, 1823), 102.

하나의 동일한 동기에서 좋은 결과와 나쁜 결과가 나올 수 있기 때문에 벤담에게 동기는 행위의 결과와 관련되는 범위 내에서만 공리주의적 의미가 있을 뿐입니다. 즉, 공리주의에 있어 공리와 결과는 최고선입니다. 그러므로 벤담에게 쾌락은 곧 선(good)이고 고통은 곧 악(bad) 그 자체입니다. 공리주의의 이러한 결과주의적 윤리는 성경의 사상과는 거리가 있습니다.

2) 성경이 추구하는 행복은 공리주의와 다르다

공리주의의 목표는 "최대 다수의 최대 행복"입니다. 이러한 목표를 이루기 위해서는 무엇인가 노력해야 합니다. 노력없이 "최대 다수의 최대 행복"을 성취할 수는 없습니다. 이러한 행복은 헬라어로 '유다이모니아'(*eudaimonia*)의 행복이라고 할 수 있습니다.

하지만 기독교 윤리의 목표는 '마카리오스'(*makarios*)의 행복입니다. 마카리오스는 산상수훈의 팔복에 나오는 단어로 "Blessed those who ~"라고 시작되는 영어 성경의 헬라어 원어에 해당하는 단어입니다. 헬라어에는 '복' 혹은 '행복'으로 번역할 수 있는 세 단어가 있습니다. 이 세 단어의 차이를 이해하면, 성경이 추구하는 행복이 공리주의와 어떻게 다른지를 알 수 있습니다.

첫째, 율로게토스(*eulogetos*, εὐλογητός)의 복입니다. '찬양하다, 높이다'라는 뜻과 '복되다, 복을 빈다'라는 두 가지의 뜻을 가지고 있습니다. 이 단어는 에베소서 1:3에서 두 가지의 용례로 사용되고 있는데, "<u>찬송하리라</u> 하나님 곧 우리 주 예수 그리스도의 아버지께서 그리스도 안에서 하늘에 속한 모든 신령한 <u>복</u>을 우리에게 주시되"의 두 군데에 사용되었습니다. 놀랍게도 구약에서도 이 두 가지의 용어를 하나의 같은 단어(*barak*)로 표현한 것을 찾을 수 있습니다(창 24:27, 35). 즉 하나님께서 우리를 높여 주시는 것이 행복이라는 것입니다.

둘째, 유다이모니아(*eudaimonia*, ενδαιμονια)의 복입니다. 인간이 느끼는 영혼의 만족스러운 상태(well-being) 혹은 감정을 뜻합니다. 이 단어는 아리스토텔레스가 그의 책 『니코마코스 윤리학』에서도 사용하고 있는데, 그에 따르면 모든 존재는 목적을 가지고 있습니다. 그러므로 인간은 그 목적을 수행하기 위해 부지런히 노력해야 합니다.

이런 노력 가운데 탁월함 즉 덕(virtue, ἀρετή)을 형성하고, 덕을 행할 때 인간은 행복하다고 느끼게 됩니다. 즉, 자신의 존재 목적을 성취할 때 느끼는 내적 감정 상태를 유다이모니아의 행복이라고 말합니다. 그러므로 이러한 행복은 하나님을 배제한 인간의 순수한 노력으로 성취한 행복입니다. 그래서 이 단어는 아리스토텔레스를 포함하여 고대 철학에서 비중 있게 사용되었지만, 성경에서는 단 한 번도 사용되지 않았습니다.

셋째, 마카리오스(makarios, μᾰκάριος)의 복입니다. 위의 율로게토스가 하나님을 향한 찬양과 인간을 향한 축복을 표현하는 데에 사용되었지만, 마카리오스는 인간을 향한 축복을 표현할 때만 사용됩니다.

고통과 절망과 죽음의 공포를 겪었던 고대 헬라인들은 처음에는 그들의 신을 마카리오스라고 불렀습니다. 하지만 시간이 지나면서, 신들이 신성한 힘을 가지고 온갖 자유와 특권을 누리고 있는 것을 부러워하며 인간들도 그러한 자유와 특권을 누리기를 원하는 마음으로 사람을 축복할 때 사용했습니다. 그러므로 인간을 축복할 때 이 단어를 사용하는 것은 인간이 축복할 수 있는 최상의 축복을 의미합니다.

그러므로 예수님께서 팔복을 선포하실 때에 이 단어를 사용하신 것은 신적 자유와 특권을 인간이 누리기를 원하시는 사랑의 결정체를 보여줍니다. 즉, 마카리오스의 복은 인간이 성취해서 얻을 수 없는 하나님의 무한하신 은총과 사랑에 근거한 복입니다.

여기서 우리는 공리주의가 추구하는 행복이 유다이모니아의 복이라는 것을 알 수 있습니다. 벤담에 의하면, 도덕의 최고 원칙은 행복을 극대화하는 것입니다. 또한, '자기 우선의 원리와 공리의 원리'를 따르면 결과적으로 행복의 사회적 총량이 증대될 수 있습니다. 이렇게 행복을 극대화시키기 위해서는 부단히 노력해야 합니다. 그 노력으로 쾌락이 고통을 넘어서야 합니다. 그러므로 내가 성취해서 얻는 복만을 행복으로 간주하는 공리주의는 도덕적 사회를 위해 충분하지 않습니다.

3) 성경은 목적과 수단 모두 선해야 한다고 가르친다

공리주의는 가장 좋은 결과를 낳는 행동이 최선이라는 결과주의(consequentialism) 윤리이론입니다. 여기서 결과가 선하다면 수단도 선해야 합니다. 하지만 공리주의는 선한 결과를 낳기 위해서는 수단을 가리지 않는 경향이 있습니다. 예를 들어, 다음과 같은 경우를 상정해 볼 수 있습니다.

> 열차가 계속 달릴 경우 다섯 명이 치여 죽지만 선로를 지선으로 바꾸면 한 명만 죽는 상황이라면, 또 당신이 기관사라면 어떻게 할 것인가?
> 만일 다리 위에 서 있던 뚱뚱한 남자를 선로로 밀어서 막을 때 다섯 명이 살 수 있다면, 뚱뚱한 남자를 밀 것인가?[8]

마이클 샌델은 그의 책 『정의란 무엇인가』에서 공리주의의 도덕성 문제를 어떻게 접근해야 하는지에 대해 논하기 위해서 위와 같은 질문을 던집니다. 두 질문 모두 한 명과 다섯 명의 목숨을 저울질하는 문제입니다.

첫 번째 질문에서 선로를 바꾸어 한 명을 희생시키는 것, 두 번째 질문에서 뚱보를 밀어 한 명을 희생시키는 것에 대해 어떻게 접근해야 하는지 질문합니다. 왜냐하면, 두 경우는 도덕성의 문제에 있어 약간의 차이가 존재하기 때문입니다.

샌델에 의하면, 두 번째의 경우보다는 첫 번째의 경우가 도덕성 면에 있어서 덜 비난을 받습니다. 첫 번째 질문에서 기관사는 다섯 명을 살리기 위해 한 명의 예견된 희생을 감수하는 것인 반면, 후자는 적극적인 의도로 한 명을 죽이는 것이기 때문입니다. 즉, 사람을 해치지 않을 의무와 목숨을 구할 의무가 충돌할 때 사람을 해치지 않을 의무가 우선하며, 그것이 직관적으로도 윤리적 호소력이 더 크다는 것입니다.

하지만 공리주의적 관점으로 본다면 결과는 같습니다. 다섯 명을 살리기 위해 한 명을 희생시키는 것은 어떤 쪽도 마찬가지입니다. 물론 이런 극단적

---

[8] Michael Sandel, 『정의란 무엇인가』, 김명철 옮김 (서울: 와이즈베리, 2014), 43-47.

인 경우를 예로 들어 설명하는 것이 적절치 않다고 이야기할지 모릅니다.

그러나 공리주의는 최대다수의 행복이라면 소수의 행복은 무시되어야 하며 무시될 수밖에 없습니다. 즉, 소수의 행복을 무시하는 수단에 의해서 최대다수의 행복은 정당화됩니다. 그런 의미에서 쓰레기 소각장이나 혐오 시설은 도시에 세우면 안됩니다. 왜냐하면, 최대 다수의 최대 행복을 얻지 못하게 되기 때문입니다.

그러나 성경은 그렇게 가르치지 않습니다. 성경은 언제나 목적과 수단 모두 선해야 한다고 가르칩니다. 제사를 잘 드리기 원했던 인류의 첫 번째 살인자였던 가인의 이야기(창 4:1-7)와 애굽 사람을 쳐 죽여 모래에 감추었던 모세의 이야기(출 2:11-22)는 그의 목적이 선한 만큼 수단도 선했어야 함을 가르쳐 줍니다. 즉, 성경은 결과에 근거해 옳고 그름을 결정하는 '목적에 의한 수단의 정당화'를 지지하지 않습니다.

4) 결론

공리주의는 정치적으로나 경제적으로나 매우 인기 있는 도덕 철학입니다. 그렇기에 많은 사람이 공리주의가 도덕적 사회를 위한 도덕 철학으로 부족함이 없다고 생각합니다. 혹은 부족함은 좀 발견되지만 사회의 공리를 위해서는 어쩔수 없이 취해야 할 도덕 철학이라고 생각합니다. 하지만 성경은 공리주의에 대해 최소한 세 가지 면에서 다릅니다.

첫째, 성경은 결과보다 동기를 우선시하기 때문입니다.
둘째, 성경이 지향하는 행복은 다르기 때문입니다.
셋째, 성경은 목적과 수단 모두 선해야 한다고 가르치기 때문입니다.

그러므로 꼭 공리주의를 선택해야만 하는 상황이라면, 최소한 위의 세 가지 면에서 성경의 가르침대로 시정한 후 세심하게 적용해야 합니다.

4. 결혼에 대한 하나님의 법은 무엇인가요??

[창 2:24] 이러므로 남자가 부모를 떠나 그의 아내와 합하여 둘이 한 몸을 이룰지로다

하나님께서 세우신 성스러운 두 기관은 가정과 교회입니다. 오늘날 가정은 많은 공격을 받고 있습니다. 그중 가장 심각한 도전 중 하나는 성 윤리입니다. 성 윤리가 중요한 이유는 전통적으로 인정받고 있는 결혼과 가정에 대한 생각을 파괴하고 있기 때문입니다. 교회를 가정의 확대된 형태라고 본다면, 가정 파괴는 곧 교회 파괴입니다.

그러므로 성 윤리는 가정의 보호뿐만 아니라 교회의 보호와도 밀접한 관련이 있습니다. 그중 동성애 문제는 아직도 뜨거운 감자입니다. 왜냐하면, 동성애는 사회의 바람직한 도덕관을 파괴할 뿐만 아니라 신학적인 문제를 발생시키기 때문입니다.

결혼과 관련하여 우리는 다양한 문제에 직면합니다. 일부다처제(일처다부제), 간음, 수간, 음란, 혼전 성관계, 정욕, 외설물, 수음, 강간, 근친상간, 동성애, 매춘, 이혼, 성적학대, 성병, 성중독, 난치병, 원치 않는 임신, 성 정체성 혼란, 결혼파경, 독신 그리고 죽음입니다. 이러한 문제들은 하나님께서 기대하시는 결혼의 모습을 보여 주지 못합니다.

그렇다면 하나님이 기대하시는 결혼에 대한 하나님의 법은 무엇인가요? 여기서는 영어성경 ESV를 참조하며 그 의미를 살펴보겠습니다. 굵은 글씨와 괄호 안의 삽입은 하나님의 기대를 강조합니다.[9]

1) 일부일처제(Monogamy) ↔ 일부다처(일처다부)제(Polygamy)

[Gen. 2:24] Therefore a **man [singular]** shall leave his father and his mother and hold fast to his **wife [singular]**, and they shall become one flesh

---

9   David Jones, Biblical Ethics Class Note (2006 Summer at SEBTS) 참조.

하나님께서 기대하시는 결혼은 그 무엇보다도 일부일처제에 있습니다. 결혼은 일대일의 깊은 관계 속에서 서로를 돌보고 성적인 완성과 기쁨을 누리는 개인적인 관계를 의미합니다. 이렇게 이야기하면 성경에 나오는 아브라함과 다윗과 같은 위대한 신앙인들도 일부다처를 실행에 옮겼는데, 그것을 어떻게 이해할 수 있느냐고 질문합니다. 그리고 이슬람과 같이 일부다처를 허용하는 종교는 그렇기에 하나님께서 기대하시는 결혼이 꼭 일부일처제라고 이야기할 수는 없다고 주장합니다.

하지만 그것은 일부의 사례를 가지고 일반화하려는 시도에 지나지 않습니다. 비록 그 사례가 위대한 신앙인이라고 하더라도 성경이 그러한 제도를 지지한다고는 말할 수 없습니다. 왜냐하면, 성경 전체적으로는 일부다처제보다는 일부일처제를 지지하고 있기 때문입니다.

예를 들면, 창세기 2:24에서 "남자가 부모를 떠나 그의 아내와 합하라"고 명령합니다. 여기서 남자와 아내는 복수가 아닌 단수(singular)를 사용합니다. 이러한 일부일처는 창조의 원리라고 할 수 있습니다.

창세기 1:27에서 "하나님이 자기 형상 곧 하나님의 형상대로 사람을 창조하시되 남자와 여자를 창조하셨다"고 말씀하시고, 28절에 이어서 그 이유를 부가하십니다. 즉, "생육하고 번성하여 땅에 충만하라, 땅을 정복하라, 바다의 물고기와 하늘의 새와 땅에 움직이는 모든 생물을 다스리라"고 명령하셨습니다. 즉, 한 남자와 한 여자의 결합을 통해 하나님께서 주신 문화명령을 수행하라는 것입니다. 하지만 일부다처제를 주장하는 사람들은 그러한 명령을 수행하는 데에 꼭 일부일처일 필요는 없지 않느냐고 주장합니다.

여기서 우리는 창세기 4:19의 말씀을 고찰해 볼 필요가 있습니다.

> **[창 4:19]** 라멕이 두 아내를 맞이하였으니 하나의 이름은 아다요 하나의 이름은 씰라였더라

성경상에 라멕은 일부다처를 실행에 옮긴 첫 번째 사례자로 등장합니다. 하지만 4:23-24을 보면 그가 얼마나 도덕적으로 문제가 있는지를 알 수 있습니다.

> **[창 4:23-24]** 아다와 씰라여 내 목소리를 들으라 라멕의 아내들이여 내 말을 들으라 나의 상처로 말미암아 내가 사람을 죽였고 나의 상함으로 말미암아 소년을 죽였도다 가인을 위하여는 벌이 칠 배일진대 라멕을 위하여는 벌이 칠십칠 배이리로다 하였더라

여기서 라멕은 자신의 상처와 상함을 인해 사람과 소년을 죽였다고 말합니다. 라멕은 '강하다' '파괴하다'라는 뜻을 가지고 있으며, 가인의 후손입니다. 창세기 4:18을 보면 라멕은 가인 – 에녹 – 이랏 – 므후야엘 – 므드사엘 – 라멕으로 이어지며, 공교롭게도 족보는 라멕에서 끊기고 맙니다.

일부일처와 관련하여 창세기의 권위 있는 신학자인 고든 웬함(Gordon Wenham)은 이 구절을 다음과 같이 주석합니다.

> 성경에서 최초로 복수의 처를 가진 사람이 도덕적으로 불미스러운 인물이었기 때문에, 창세기가 그것 때문에 일부다처제의 관례 그 자체를 비난한다고 주장하는 것은 잘못된 일일 수도 있다. 그것은 죄가 어떻게 결혼을 포함한 인간의 모든 활동에 영향을 미치는지를 예증하는 데 더 큰 관심을 가지고 있다. 그럼에도 불구하고, 창세기 2장이 남녀 간의 이상적인 관계를 묘사한다는 사실은 작가가 일부다처제를 규범으로 간주하며, 라멕의 중혼은 창조주가 정하신 바 인간의 삶의 양식으로부터 벗어난 한 사례를 드러내고 있음을 시사하는 것이다.[10]

여기서 라멕은 일부다처를 실행에 옮긴 첫 사례자로 등장하고, 공교롭게 그는 살인자이며, 공교롭게도 가인의 족보는 그에게서 끊나고 있습니다. 일부다처제를 주장하는 사람은 이 모든 것이 공교롭게도 우연의 일치일 수 있고, 가인의 족보가 더 이상 언급될 필요가 없었기 때문이라고 주장할지 모릅니다.

---

[10] Gordon J. Wenham, 『WBC 주석 시리즈: 창세기(상)』, 박영호 옮김 (서울: 도서출판솔로몬, 2006), 250.

하지만 성경의 모든 것을 우연의 일치로 돌릴 수는 없습니다. 보다 더 중요한 사실은 일부다처는 창조주의 정하신 인간의 삶의 양식으로부터 벗어난 한 사례를 드러내고 있음을 시사한다고 볼 수밖에 없다는 것입니다.

또한, 신명기 17:17을 보면 이렇게 말씀합니다.

> [신 17:17] 그에게 아내를 많이 두어 그의 마음이 미혹되게 하지 말 것이며 자기를 위하여 은금을 많이 쌓지 말 것이니라

하나님께서는 사람을 왕으로 세울 때에 아내를 많이 두게 하지 말라고 명령합니다. 왜냐하면, 일부다처일 경우 그의 마음이 미혹될 수 있기 때문이라는 것입니다. 그러한 대표적인 사례가 바로 솔로몬입니다. 이러한 성경 구절들이 함의하는 것은 성경의 전체적인 맥락이 일부일처를 지지하고 있다는 사실입니다.

이러한 일부일처제에 대해 존 파이퍼는 결혼을 다음과 같이 정의합니다.

> 결혼은 성경에서 남편과 아내로서 평생동안 서로에게만 충성하는 한 남자와 한 여자의 성적이며 언약적인 결합으로써 하나님에 의해 창조되고 정의되며, 이러한 관계는 그리스도께서 그의 피로 값주고 사신 그리스도와 교회와의 언약적 관계를 나타낸다.[11]

여기서 중요한 사실은 결혼은 하나님의 창조의 솜씨이며, 그 관계는 그리스도와 교회와의 언약적 관계를 나타낸다는 사실입니다. 이러한 언약적 관계를 고려하면 일부일처제가 성경적으로 지지되고 있음을 알 수 있습니다. 여기서 그리스도와 교회 모두 복수일 수는 없습니다. 그리스도의 교회에 대

---

[11] John Piper, "What Does the Gospel Say?" *The Gospel and Same-Sex Marriage*, ed. Russell Moore and Andrew T. Walker (Nashville, TN: B&H, 2016), 28. "Marriage is created and defined by God in the Scriptures as the sexual and covenantal union of a man and a woman in lifelong allegiance to each other alone, as husband and wife, with a view to displaying Christ's covenant relationship to his blood-bought church."

한 사랑은 지고지순의 사랑이며, 그 언약은 복수에 의해 맺어진 것이 아닙니다. 그러므로 결혼은 구약과 신약 모두 일부일처제를 지향하고 있다는 사실을 알아야 합니다.

2) 정절(Fidelity) ↔ 간음(Adultery)

[Gen. 2:24] Therefore a man shall leave his father and his mother and **hold fast** to his wife, and they shall become one flesh

하나님께서 기대하시는 결혼은 정절에 있습니다. 성경은 이러한 정절을 매우 중요시하게 여기고 있습니다. 창세기 2:24에서는 남자는 그 부모를 떠나 아내를 굳게 잡으라(hold fast)고 명령합니다. 이것은 아내와 육체적으로 연합해야 한다는 것을 의미합니다. 그렇기에 출애굽기 20:14과 신명기 5:18을 보면, "간음하지 말라"는 8계명이 기록되어 있습니다. 또한, 레위기 18:20을 보면, "너는 네 이웃의 아내와 동침하여 설정하므로 그 여자와 함께 자기를 더럽히지 말지니라"고 명령합니다.

저명한 신약학자인 안드레아스 쾨스텐버거(Andreas Köstenberger)는 성경적인 결혼의 개념이 언약으로써 가장 잘 설명될 수 있다고 말하면서 다음의 사항들을 강조합니다.

(1) 결혼은 한 남자와 한 여자의 거룩한 결속이다.
(2) 하나님에 의해서 세워지고, 하나님 앞에서 시작된다.
(3) 성적 관계를 통해서 완성된다.[12]

여기서 중요한 부분은 결혼이 성적 관계를 통해서 완성된다고 한 부분입니다. 하나님께서 기대하시는 결혼은 바로 성적 관계를 전제합니다. 정절을

---

12 Andreas Köstenberger, *God, Marriage, and Family*, Second Edition (Wheaton, IL: Crossway, 2010), 78.

지키라고 하는 것은 성적 관계를 의미합니다. 그러므로 성적 관계 없는 위장 결혼을 시도한다거나, 성적 관계 없는 결혼이 가능하다고 생각하는 것은 하나님의 기대치에서 벗어난 결혼이라는 것을 알아야 합니다.

대체적으로 섹스리스 부부의 결말이 안 좋은 이유가 있습니다. 그것은 한 쪽이 여전히 섹스를 원하기 때문이며, 섹스의 욕구를 충족시키기 위한 외도의 이유를 제공하기 때문입니다. 실제로 섹스리스 부부의 결말에 대한 유의미한 통계는 성적 결합에 대한 하나님의 창조질서를 보여 준다고 할 수 있습니다.

3) 지속성(Durability) ↔ 이혼(Divorce)

[Gen. 2:24] Therefore a man shall leave his father and his mother and **hold fast** to his wife, and they shall become one flesh

하나님께서 기대하시는 결혼은 지속성에 있습니다. 성경은 이러한 지속성을 결혼의 본질이라고 여깁니다. 창세기 2:24에서 남자는 그 부모를 떠나(leave) 아내를 굳게 잡으라(hold fast)고 명령합니다. 여기서 "떠나라"(leave)는 것은 부모의 권위에서 떠나 자신의 권위 구조를 가진 새로운 가정을 시작하라는 것이며, "합하라"(hold fast)는 것은 "착 달라붙다"(cleave)는 의미를 가지고 있습니다.

이러한 단어들은 모두 충성을 의미합니다. 이것은 아내와 계속해서 결혼 관계를 유지해야 한다는 것을 의미합니다.

신명기 22장과 24장은 처녀와 관련된 몇 가지 사례를 들어 결혼의 지속성에 대해 설명하고 있습니다.

[신 22:19] 이스라엘 처녀에게 누명을 씌움으로 말미암아 그에게서 은 일백 세겔을 벌금으로 받아 여자의 아버지에게 주고 그 여자는 그 남자가 평생에 버릴 수 없는 아내가 되게 하려니와

[신 22:29] 그 동침한 남자는 그 처녀의 아버지에게 은 오십 세겔을 주고 그 처녀를 아내로 삼을 것이라 그가 그 처녀를 욕보였은즉 평생에 그를 버리지 못하리라

[신 24:4] 그 여자는 이미 몸을 더럽혔은즉 그를 내보낸 전남편이 그를 다시 아내로 맞이하지 말지니 이 일은 여호와 앞에 가증한 것이라 너는 네 하나님 여호와께서 네게 기업으로 주시는 땅을 범죄하게 하지 말지니라

신명기 22장에서는 남자가 여자의 처녀성을 상실하게 했을 경우, 그 여자를 평생에 버릴 수 없는 아내가 되게 하라고 명령합니다. 신명기 24장에서는 이혼하고 다른 남자에게 시집간 여자의 남편이 죽었을 경우 전남편은 그녀를 다시 아내로 맞이하지 말라고 명령합니다. 이것은 결혼이 정절을 지킨 상태로 평생동안 지속되어야 하는 것임을 보여 줍니다.

또한, 말라기 선지자는 하나님께서 본질적으로 이혼하는 것을 미워한다고 말합니다. 이것은 결혼의 지속성을 지지하는 중요한 구절입니다.

[말 2:16] 이스라엘의 하나님 여호와가 이르노니 나는 이혼하는 것과 옷으로 학대를 가리는 자를 미워하노라 만군의 여호와의 말이니라 그러므로 너희 심령을 삼가 지켜 거짓을 행하지 말지니라

결혼의 지속성에 관한 유명한 구절은 마태복음 19장의 말씀입니다.

예수님 당시의 바리새인들은 예수님을 시험하기 위해 이혼에 대해 예수님께 질문합니다. 왜냐하면, 모세 율법은 이혼 증서를 주며 이혼할 수 있다고 하였는데, 사랑을 강조하는 예수님은 이혼에 대해 반대할 것이라고 예상했기 때문입니다. 만일 예수님이 이혼을 반대한다면 그것은 바리새인들에게 모세 율법을 정면으로 부정하는 예수님을 고소할 수 있는 절호의 기회가 되기 때문입니다.

[마 19:6-8] 그런즉 이제 둘이 아니요 한 몸이니 그러므로 하나님이 짝지어 주신 것을 사람이 나누지 못할지니라 하시니 여짜오되 그러면 어찌하여 모세는 이혼 증서를 주어서 버리라 명하였나이까 예수께서 이르시되 모세가 너희 마음의 완악함 때문에 아내 버림을 허

락하였거니와 본래는 그렇지 아니하니라

여기서 예수님의 교훈은 크게 두 가지입니다. 하나는 결혼이 하나님의 창조질서라는 것과 다른 하나는 인간의 타락으로 인해 인간은 이혼 증서를 남용(abuse)한다는 것입니다.

여기서 우리의 눈길을 끄는 것은 이혼증서입니다. 모세가 여자에게 이혼증서를 주라고 한 것은 모세 율법이 사회적인 약자인 여자를 배려하고 보호하려는 의도를 가지고 있었기 때문입니다. 그 당시 사람들은 이혼증서도 주지 않고 여자를 버리는 경우가 많았습니다. 그것은 여자를 성적 착취 대상으로 여기는 것과 다르지 않습니다.

그렇기에 예수님은 그러한 인간의 탐욕 때문에 모세가 이혼증서를 주도록 한 것이지, 이혼 증서 때문에 이혼이 정당화되는 것은 아니라고 강조한 것입니다. 이처럼 구약과 신약의 전체적인 맥락은 결혼의 지속성이 얼마나 중요한가를 시사하고 있습니다.

4) 임신(Fertility) ↔ 무자(Unfruitfulness)

> [Gen. 2:24] Therefore a man shall leave his father and his mother and hold fast to his wife, and **they shall become one flesh**

하나님께서 기대하시는 결혼의 모습은 임신에 있습니다. 성경은 이러한 임신을 진정한 결혼의 모습이라고 말합니다. 창세기 2:24에서는 남자와 여자가 한 몸이 되라(they shall become one flesh)고 명령합니다. 건강한 남녀가 한 몸이 되면 자연스럽게 임신이 됩니다.

그러므로 한 몸이 된다는 것은 그것을 통해 사회를 유지할 만한 생명을 생산해 내야 한다는 것을 의미합니다. 이러한 자녀 생산에 관한 성경적 지지는 너무나 확고합니다. 하나님께서는 남자와 여자를 창조하신 후, 창세기 1:26-28에서 하나님은 자신의 형상을 따라 만드신 그들에게 복을 주시며 문화명령을 주십니다.

이렇게 생육하고 번성하는 것, 그리하여 땅에 충만하게 되는 것, 이것은 오직 남자와 여자의 한 몸 됨을 통해서만 가능합니다. 땅을 정복하고 다스리는 행위를 통해 하나님께서는 자신의 형상을 따라 만드신 남자와 여자가 하나님을 대신해서 땅을 통치하기를 원하셨습니다.[13]

이러한 임신에 대해서 시편 기자는 다음과 같이 노래합니다.

> [시 127:4-5] 젊은 자의 자식은 장사의 수중의 화살 같으니 이것이 그의 화살통에 가득한 자는 복되도다 그들이 성문에서 그들의 원수와 담판할 때에 수치를 당하지 아니하리로다
>
> [시 128:3-4] 네 집 안방에 있는 네 아내는 결실한 포도나무 같으며 네 식탁에 둘러 앉은 자식들은 어린 감람나무 같으리로다 여호와를 경외하는 자는 이같이 복을 얻으리로다

이러한 시편의 노래들은 임신이 하나님의 축복이라는 것을 강조합니다. 하나님이 기대하시는 결혼의 모습은 바로 자녀 생산에 있습니다.

이런 자녀 생산의 의미는 두 가지 면에서 고찰될 수 있습니다. 하나는 지구의 인구가 많다고 하여 자녀 생산을 제어해야 한다는 주장입니다. 이 문제는 문화명령에 관한 부분에서도 언급하겠지만 지구의 과잉인구에 대한 수단으로써의 산아제한을 주장한다면 그것과 어떻게 연관되는지에 대한 높은 증명의 부담을 가질 수밖에 없습니다.

다른 하나는 동성애입니다. 사실 동성애는 하나님이 기대하시는 결혼의 모습을 보여 주지 못합니다. 왜냐하면, 동성애는 인류 공동체의 멸망을 재촉하는 것이 되기 때문입니다. 동성애는 하나님께서 주신 문화명령을 의도적으로 무시하는 것이 되고, 그 결과 인류 공동체는 존속할 수 없게 됩니다. 자신들은 부모를 통해 출생하였음에도 불구하고 동성애를 실행하거나 지지하는 것은 개인주의적인 것을 뛰어넘어 이기주의적이라는 비난을 받을 수밖에 없습니다.

게다가 자신들의 행복을 위해 자녀를 입양하는 것은 그들의 한계와 모순을 여과 없이 보여 줍니다. 그들은 고아를 입양하면서 고아가 고아로 자라나

---

13 Ibid., 23.

는 것보다 경제적인 원조를 받고 가정을 경험하게 해 주는 것이 좋다는 명분을 내세웁니다. 하지만 그것은 근본적인 의무를 도외시하는 전형적인 물타기의 사례입니다. 왜냐하면, 자신들이 사회적으로 권리를 주장하려면 사회적인 의무를 다해야 하기 때문입니다.

이러한 사회적인 의무는 한 가정을 이루고 후손을 생산해 내는 것입니다. 그렇기에 사도 바울은 5계명을 "약속 있는 첫 계명"이라고 부릅니다(엡 6:2). 그것은 그만큼 하나님께서 기대하시는 결혼의 모습은 무자가 아닌 임신이라는 것을 알아야 합니다.

5) 상보성(Comlementarity) ↔ 평등성(Egalitarianism)

> [Gen. 2:24] Therefore a **man [marriage leader]** shall leave his father and his mother and hold fast to his **wife [suitable helper]**, and they shall become one flesh

하나님께서 기대하시는 결혼의 모습은 상보성에 있습니다. 상보성이라고 하는 것은 남자와 여자가 서로 돕는다는 것을 의미합니다. 창세기 2:24에서 남자는 결혼의 리더(marriage leader)이며, 아내는 적절히 도움을 주는 자(suitable helper)라고 말합니다. 성경은 결혼하는 남녀의 관계를 정의함에 있어 평등성이 아닌 상보성을 지지합니다. 남녀 간의 모든 면에서 평등을 외치는 페미니즘은 결혼에 관한 이러한 하나님의 기대를 무시하는 것이 되고 맙니다. 그 이유는 크게 세 가지 면에서 논의될 수 있습니다.

첫째, 성경 원어적 이유 때문입니다. 적절히 도움을 주는 자에 쓰인 히브리어는 '에제르'(ezer)인데, 이 단어는 심지어 하나님을 지칭하는 데 쓰이기도 했습니다(시 115:9-11). 이것이 의미하는 것은 남녀를 평등의 관계로 파악하기 보다는 기능적인 관계로 보는 것이 더 논리적이라고 하는 것입니다.

둘째, 창조질서 때문입니다. 다음의 구절들은 하나님께서 남자와 여자의 관계를 어떻게 정하셨는지를 보여 줍니다.

> **[창 2:18]** 여호와 하나님이 이르시되 사람이 혼자 사는 것이 좋지 아니하니 내가 그를 위하여 돕는 배필을 지으리라 하시니라
>
> **[창 3:16]** 또 여자에게 이르시되 내가 네게 임신하는 고통을 크게 더하리니 네가 수고하고 자식을 낳을 것이며 너는 남편을 원하고 남편은 너를 다스릴 것이니라 하시고

여기서 하나님께서는 남자를 먼저 창조하시고 남자에게 결혼 관계의 궁극적 책임을 맡겨 주시고 여자에게는 남자를 돕는 배필의 위치를 허락하셨습니다.[14] 이러한 돕는 배필의 분명한 사례는 잠언 31장의 현숙한 여인에 대한 묘사에서 찾아볼 수 있습니다(잠 31:10-31).

셋째, 그리스도와 교회와의 비유 때문입니다(엡 5:22-33; 벧전 3:1-7). 성경은 아내들에게 자기 남편에게 복종하기를 주께 하듯 하라고 명령하며, 교회가 그리스도에게 하듯 아내들도 범사에 자기 남편에게 복종하라고 명령합니다. 이처럼 성경은 그리스도를 남자로, 교회를 여자로 비유합니다.

이렇게 성경은 그리스도를 남자로, 교회를 여자로 비유하는 이유가 무엇일까요?

그것은 그리스도가 교회를 생명을 다해 사랑하고 있다는 것을 말해 주기 위해서입니다. 즉, 하나님께서 기대하시는 결혼의 모습은 남녀의 완전한 평등에 있지 않고 상보적이라는 것을 의미합니다.

6) 이성애(Heterosexuality) ↔ 동성애(Homosexuality)

> **[Gen. 2:24]** Therefore a **man [masculine]** shall leave his father and his mother and hold fast to his **wife [feminine]**, and they shall become one flesh

하나님께서 기대하시는 결혼의 모습은 이성애에 있습니다. 창세기 2:24에서 남자는 남성명사(masculine)이며, 아내는 여성명사(feminine)를 사용합니다. 이것은 하나님께서 기대하시는 결혼의 모습이 동성애가 아닌 남자와 여자

---

14 Ibid.

와의 결합인 이성애에 있다는 것을 보여 줍니다. 이러한 결혼의 모습은 비단 인간에게만 적용되는 것은 아닙니다.

하나님께서는 모든 생물들이 번성하게 되기를 원하셨고, 모든 생물을 그 종류대로 창조하셨습니다(창 1:21, 24, 25). 온 우주 만물은 이러한 이성애에 기초해 번성하도록 창조되었습니다.

성경은 동성 성교가 가증한 일이라고 가르칩니다(레 18:22). 그래서 동성 성교하는 자들을 반드시 죽이라고 명령합니다(레 20:13). 이것은 공동체의 유익을 위한 것이며(신 23:17), 잠언 5장에서는 이성애가 결혼의 진정한 의미임을 보여 줍니다(잠 5:18-19). 이처럼 성경은 일관성을 가지고 하나님께서 기대하시는 결혼의 모습은 이성애에 기초하고 있다는 것을 말씀합니다.

결혼에 대한 이러한 성경의 일관적인 가르침에 반해 동성 결혼은 많은 결점을 가지고 있습니다.

> (1) 동성 결혼은 결혼과 가족에 대한 가장 근본적인 모습에서 하나님의 계획과 어긋난다.
> (2) 동성 결혼은 남자와 여자의 본질적인 정체성과 그로 말미암은 성 역할을 담아낼 수 없다.
> (3) 결정적으로, 동성 결혼은 사회의 가장 기본적인 공동체인 가정을 통해서 자녀를 출산하는 재생산의 역할을 감당할 수 없다.[15]

이처럼 하나님께서 기내하시는 진정한 결혼의 모습은 동성애가 아닌 이성애에 기초한 것임을 알아야 합니다.

7) 결론

오늘날 하나님께서 세우신 가정은 여러 면에서 공격받고 있습니다. 그러한 공격 중 성 윤리는 가장 심각한 공격이라고 할 수 있습니다. 특히, 결혼과

---

[15] Ibid., 200.

관련하여 일부다처제(일처다부제), 간음, 수간, 음란, 혼전 성관계, 정욕, 외설물, 수음, 강간, 근친상간, 동성애, 매춘, 이혼, 성적학대, 성병, 그리고 독신과 같은 문제들을 발생시킵니다.

성경은 하나님께서 기대하시는 결혼의 모습을 보여 주고 있습니다. 그것은 최소한 일부일처제, 정절, 지속성, 임신, 상보성, 이성애에 기초하고 있습니다. 모든 사람이 이러한 최소한의 기준에 대한 성경의 가르침을 받아들인다면 가정과 사회는 하나님의 사랑과 공의를 경험하게 될 것입니다.

4. 그리스도와 문화의 바른 관계는 무엇일까요?

> [요일 2:15] 이 세상이나 세상에 있는 것들을 사랑하지 말라 누구든지 세상을 사랑하면 아버지의 사랑이 그 안에 있지 아니하니

우리는 현재 '문화전쟁'이라 불리는 시대를 살고 있습니다. 학교에서, 법정에서, 기표소에서, 심지어는 교회 안에서 문화와 치열한 전쟁을 벌이고 있습니다. 특히, 윤리적인 문제에 있어서 우리를 분열시키는 문화적 영향은 밀물과 같이 밀려옵니다. 그렇기에 많은 세속 윤리학자들은 왜 윤리가 문화에 영향을 받는지, 어떻게 영향을 받는지, 각 문화에서 보편적 윤리 규범을 찾을 수 있는지 등을 연구합니다. 기독교 윤리학자 또한 세상과 기독교와의 관계, 그리스도인의 사회적 역할과 같은 문제에 대한 통찰을 얻기 위해 윤리와 문화와의 관계를 연구합니다.

그런 의미에서 기독교 윤리학자이자 미국 신정통주의 신학을 대표하는 리차드 니버(Helmut Richard Niebuhr, 1894~1962)의 대표작인 『그리스도와 문화』(Christ and Culture)는 많은 통찰력을 제시해 줍니다. 그는 이 책에서 그리스도와 문화와의 관계를 다섯 가지의 유형으로 나누어 분석합니다.

이 책은 막스 베버(Max Karl Emil Weber, 1864~1920)나 에른스트 트뢸치(Ernest Peter Wilhelm Troeltsch, 1865~1923)의 사회학적 방법론을 이용하여 신학 형태의 다양성과 교리적 차이점의 원인을 유형론적으로 분석한 책입니다. 그는 사

람들이 그리스도 혹은 기독교를 대하는 태도가 사람과 문화에 따라 다르게 반응한다고 말합니다.

여기서 유형론이라고 하는 것은 한 유형이 끝나야 새로운 유형이 시작되는 것을 의미하지는 않습니다. 유형론은 대체적으로 각 시대를 대표하는 유형이 존재하지만 현 시대에도 각 유형의 모습들을 발견할 수 있다는 것을 의미합니다. 물론 니버의 유형론은 니버 자신의 선호도에 따라 약간 경도되거나 편파적이라는 비판을 받기도 합니다.

하지만 그런 비판에도 불구하고 이 책은 교회와 세상과의 관계성을 이해하는데 적지 않은 공헌을 하고 있습니다. 그렇기에 교회가 문화에 대해 어떻게 반응해야 하는지에 대한 그의 고민은 우리가 처한 절박한 윤리적 상황에서 바람직한 윤리를 모색하는 중요한 단초를 제공하고 있다고 할 수 있습니다.

사실 우리는 기독교 윤리의 우수성과 탁월성은 굳이 말하지 않아도 잘 알고 있습니다. 하지만 다원화된 사회 가운데 기독교 윤리는 다양한 윤리 가운데 하나라는 취급을 받고 있습니다. 그것은 교회가 문화와의 관계 설정을 잘못했거나 사회 구성원들의 기독교 윤리에 대한 몰이해에서 비롯됩니다. 그렇기에 기독교와 문화와의 관계가 중요합니다.

그렇다면 그리스도와 문화의 바른 관계는 무엇일까요?

1) 문화에 대립하는 그리스도(Christ Against Culture)

니버가 생각하는 첫째 관계는 문화에 대립하는 그리스도입니다. 즉, 문화를 반대하는 태도를 가리킵니다. 2세기 교부였던 터툴리안은 세상 문화가 타락했다고 보고 문화를 배척하였습니다. 또한, 러시아의 대문호 톨스토이 또한, 급진적인 회심을 체험하고 문화적 제도에 대해 철저히 반대했습니다. 왜냐하면, 그리스도는 위대한 입법자로서 그의 계명은 타락하지 않았으나 국가는 타락하여 폭력적이며 기만적이라고 생각했기 때문입니다.

이 유형을 지지하는 성경 구절은 요한일서 2:15입니다.

[요일 2:15] 이 세상이나 세상에 있는 것들을 사랑하지 말라 누구든지 세상을 사랑하면 아버지의 사랑이 그 안에 있지 아니하니

원래 이 말씀은 임박한 종말을 맞아 세상을 사랑하지 말고 그리스도에게 충성할 것을 강조하는 구절입니다. 하지만 이 구절과 같이 세상과의 관계를 설정하면 세상과 적대적인 태도를 갖게 됩니다. 그렇게 되면 교회와 세속 문화는 절대적인 단절을 경험하게 됩니다. 그렇기에 급진주의자들은 이원론으로 빠지기 쉽다는 단점이 있습니다.

이러한 태도를 윤리에 적용하면 문화 속에 죄가 만연해있다고 봅니다. 그러므로 그리스도인들에게는 두 가지 선택지가 주어집니다. 하나는 문화를 등지고 수도원이나 대안 공동체 속에 자신을 위치시키는 것이고, 다른 하나는 사회에 그리스도의 문화를 건설하는 것입니다.

하지만 개인적 차원에서 사회에 그리스도의 문화를 건설하는 것은 거의 불가능하므로 현실적인 선택지는 죄가 만연한 문화를 떠나는 것입니다. 이러한 선택은 공산주의 국가나 원리주의 이슬람 체제에 살고 있는 그리스도인들에게는 불가피한 선택이 될 것입니다. 그러나 보통 민주주의 체제에 살고 있는 그리스도인들에게는 그런 선택이 불가피한 선택이라고 말하기는 어렵습니다.

그렇기에 니버는 다음과 같이 말합니다.

> 이처럼 그리스도인에게는 문화로부터 물러나고 또 그것을 포기하는 움직임이 필요하다. 동시에 문화 활동에 책임있게 참여하는 일도 똑같이 필요하지만 말이다. 그런 움직임이 없을 경우에는 기독교 신앙이 사적인 성공이나 공적인 평화를 이룩하는 데 필요한 실용적 도구 정도로 전락하게 된다.[16]

만일 문화를 떠나게 되면 그 선택은 자신의 번영을 위할 뿐이라는 것입니다. 예수님께서는 "너희는 세상의 소금과 빛이라"(마 5:13-14)고 말씀하고 있습니다. 즉, 그리스도인들은 계속해서 세상에 영향을 미쳐야 합니다. 세상

16　Richard Niebuhr, 『그리스도와 문화』, 홍병룡 옮김 (서울: IVP, 2007), 156.

사람들은 문화와 그리스도를 분리하려고 하고 있으며, 그것이 정당하다고 믿습니다. 문화와 그리스도는 다른 원리에 의해서 움직이고 있다고 생각하며, 이러한 구분을 정당화하며 세상에 영향을 미치려 노력하지 않습니다.

그러므로 문화에 대립하는 그리스도 유형은 이러한 유혹을 떨쳐 버리고 예수님의 산상수훈을 세상(문화) 가운데 적용하려는 노력을 해야 합니다.

2) 문화의 그리스도(The Christ of Culture)

니버가 생각하는 둘째 관계는 문화의 그리스도입니다. 즉, 문화를 아무런 충돌없이 받아들이는 태도를 가리킵니다. 그래서 그리스도와 문화를 서로 일치 혹은 조화시키려고 노력합니다.

이러한 유형의 대표적 주자는 영지주의자들입니다. 그들은 당시 유행하고 있는 철학과 기독교 신앙을 조화시키려고 노력하였으며 기독교 신앙을 지식인의 지성으로 설명하는 것을 그들의 사명으로 삼았습니다. 그러다 보니 기독교를 세상 문화 속에 동화시키고, 기독교를 철학적으로 설명하려고 노력했습니다.

또한, 중세의 아벨라르(Peter Abelard, 1079~1142)는 예수님을 최고의 도덕교사로 여겨 문화 속의 위대한 교육자 혹은 철학자로 간주하기도 했습니다. 칸트의 도덕관을 받아들인 알브레히트 리츨(Albrecht Ritschl, 1822~1889) 또한 문화 영역에 기독교를 적용시키는 노력을 계속하였습니다.

슐라이어마허(Friedrich D. E. Schleiermacher, 1768~1834)는 그리스도를 모든 종교와 문화의 완성자로 보았습니다. 이처럼 문화의 그리스도 유형론은 비록 기독교와 문화 사이에 이원성이 있다고 하더라도 그 사이에는 충돌이 없다고 주장합니다.

이러한 태도를 윤리에 적용하면 기독교를 윤리적인 종교로 만들어 버리는 단점이 있습니다. 현대의 세속화된 기독교나 자유주의 신학자들은 기독교를 신비의 종교로 간주하지 않습니다. 그리고 성경을 철학적 용어로 설명하기를 즐겨합니다.

특히, 칸트는 그의 책 『이성의 한계 안에 있는 종교』에서 종교를 철학적으로 접근하여 설명합니다. 유한한 인간은 도덕적 의무를 다해야 하고, 악을 극복하고 선의 승리를 가져오기 위해 노력해야 한다는 것입니다. 칸트에게 종교는 이러한 인간의 목표를 이루기 위한 수단에 불과합니다.

그리고 문화의 그리스도 유형은 각 시대의 문화에 충성하는 것이 그리 나쁜 일은 아니라고 생각하게 하는 단점이 있습니다. 왜냐하면, 문화에 충성하는 것이 그리스도에게 충성하는 것과 같다고 여기기 때문입니다. 그러므로 기독교를 문화와 일치시키고 동화시키려고 노력하기보다는 기독교 윤리가 가지고 있는 독특성과 우월성을 깨닫도록 노력해야 합니다.

비록 기독교 신학이 철학적 용어를 차용하여 설명하고 있더라도 기독교 신학의 본질과 그 철학적 문화적 표현을 구분하려고 노력해야 합니다. 왜냐하면, 이런 유형의 그리스도인은 그리스도와 문화를 일치시키려고 노력하게 되고 세상의 문화를 아무런 여과 없이 그대로 받아들이도록 만들기 때문입니다. 그렇게 되면 교회는 문화에 대한 분별력을 상실하게 되고, 결국 그리스도와 동격인 문화라는 우상을 기쁘게 하기 위해서 그리스도를 버리는 결과를 가져오고 맙니다.

3) 문화 위에 있는 그리스도(Christ Above Culture)

니버가 생각하는 셋째 관계는 문화 위에 있는 그리스도입니다. 이 관계는 문화와 그리스도를 둘 다 긍정하는 태도입니다. 하지만 이 둘 사이에는 간격이 있다고 봅니다. 즉, 그리스도를 높은 곳에 두고 문화를 낮은 곳에 둡니다. 이 유형에 속한 사람들은 문화와 그리스도를 둘 다 긍정함으로써 그리스도가 이 세상과 저 세상 모두 동시에 주가 된다고 고백합니다.

이렇게 보는 이유는 예수님이 신이면서 인간이신 두 본성을 가지고 계시기 때문입니다. 즉, 예수님은 한 인격 안에 두 본성을 가지고 계시며, 이 두 본성은 서로 혼동되지도 않는다는 것입니다. 한 인격 안에 이러한 두 본성을 가지고 계신 예수님이시기 때문에 이 세상과 저 세상 모두 동시에 주가 되신다는 논리적 추론 위에 서 있습니다.

그렇기에 이 유형에 속한 사람들을 종합주의자(synthesists)라고 부릅니다. 이러한 관점을 가지고 있는 대표적 인물은 알렉산드리아의 클레멘트와 아퀴나스입니다. 이들은 신앙과 이성, 자연과 은총, 철학과 신학, 교회와 국가를 종합하려고 노력합니다. 좀 더 직설적으로 표현하자면, 하나님은 자연법을 통해 문화를 창달하고 발전시켜 나가야 한다고 보는 관점입니다.

이러한 태도를 윤리에 적용하면 상대를 향한 관용과 포용을 매우 중요시하게 여기게 만드는 단점이 있습니다.

예를 들면, 일반은총 이론이나 크리스텐덤(Christendom)과 같은 중세 기독교의 특징을 답습할 수 있습니다. 비록 인간의 범죄와 그리스도의 구속이 절대 필요하다고 아무리 인정하고 고백한다 할지라도 인간의 행위 안에 내포된 근본적인 악에 대해서 진지하게 고려하거나 대결하려고 하지 않습니다. 또한, 문화 위에 있는 그리스도의 유형은 문화와 그리스도의 구분선을 명확히 하지만 결코 문화의 가치를 무시하지 않습니다.

그리스도는 문화 내에 위치하지는 않지만 문화가 추구하는 지점에 자리하는 이상형으로 존재합니다. 그렇기에 문화의 궁극적인 진행방향은 그리스도에게로 올라가는 것입니다. 그러다 보니 문화를 종교에 일치시키려고 노력하게 만들고, 결국 문화와 종교가 혼합되는 결과를 초래합니다.

그러한 대표적인 예가 죽은 자를 위한 기도에서 성인에 대한 기도, 대모사상에서 마리아의 성상 숭배, 태양신 사상에서 교회 내의 태양상징 사용 등입니다. 이러한 문화와 종교의 혼합이 의미하는 것은 윤리의 상대화로 직행하게 만든다는 것입니다.

그러므로 윤리의 절대적 기준이 되는 하나님의 말씀은 문화 속에서만 이해되어야 하는 것으로 전락하게 됩니다. 또한, 복음과 은혜는 제도권하에서 이해되어야 하기 때문에 희생이 따르지 않는 값싼 복음과 은혜가 되어 버립니다. 그 결과 윤리는 기독교적 윤리를 표방하지만 절대성이 상실된 윤리가 되고 맙니다.

4) 역설적인 관계를 가진 그리스도와 문화(Christ and Culture in Paradox)

니버가 생각하는 넷째 관계는 역설적인 관계를 가진 그리스도와 문화입니다. 이 관계는 그리스도와 문화가 화해할 수 없는 관계라고 보는 태도입니다.

이 관점에 의하면 그리스도와 문화는 섞일 수 없는 이질성을 강조합니다. 그렇기에 이 유형에 속한 사람들을 이원론자(dualists)라고 부릅니다.

이러한 관점을 가지고 있는 대표적 인물은 사도 바울과 루터, 그리고 키에르케고르입니다. 이들은 그리스도와 문화의 양자 간의 끊임없는 싸움으로 이해합니다.

특히, 사도 바울은 대표적인 이원론자라고 할 수 있습니다. 그는 인간의 전적 타락으로 인한 인간 문화의 부패를 강조합니다. 그렇기에 그리스도는 문화의 심판자로서 기능합니다. 하지만 그리스도는 역설적으로 문화의 구원자이기도 합니다. 종합론자들이 문화에서 그리스도에게로 올라가는 진행방향을 보여 주었다면, 이원론자들은 그리스도가 문화로 다가가는 진행방향을 보여 준다고 할 수 있습니다.

또 다른 이원론자인 마틴 루터(Martin Luther, 1483~1546)는 이러한 역설적인 관계를 '두 왕국 이론'을 통해서 잘 보여 주고 있습니다. 어거스틴은 그의 책 『하나님의 도성』(De Civitate Dei)에서 로마가 멸망한 원인을 역사적, 기독교적 관점에서 해석하기 위해서 세상의 도성과 하나님의 도성을 구분하였습니다. 이러한 전통하에 있던 루터는 세상의 왕국은 진노와 공의의 왕국이며, 하나님의 왕국은 은혜와 자비의 왕국으로 보았습니다. 이러한 그의 관점은 법적으로 하나님의 왕국으로 들어가기 위한 그의 '이신칭의' 사상에 근거해 있습니다.

이러한 태도를 윤리에 적용하면 그리스도인은 선택장애를 겪을 수 있습니다. 왜냐하면, 그리스도인은 그리스도와 문화가 중첩되는 자리에 위치해 있기 때문입니다. 그리스도에게 충성하면서도 문화에 대해서도 책임을 져야 합니다. 이것이 함의하는 것은 그리스도와 문화 모두 인정해야만 한다는 것입니다.

근본적으로 부패한 문화 속에 살면서 하나님께 충성해야 하는 실존적인 긴장관계는 윤리적 딜레마에 빠질 때 선택장애를 겪을 수밖에 없습니다. 이러한 선택장애는 두 가지의 극단적인 상황으로 갈 수 있습니다. 하나는 반율법주의며, 다른 하나는 문화보수주의입니다. 긴장관계 속에 살아가는 그리스도인은 문화적 책임을 다하기 위해 반율법주의를 선택하거나, 그리스도에게 충성하기 위해 문화보수주의를 선택할 수 있습니다.

5) 문화의 변혁자 그리스도(Christ the Transformer of Culture)

니버가 생각하는 다섯째 관계는 문화의 변혁자 그리스도입니다. 이 관계는 그리스도를 문화의 변혁자로 보는 태도입니다. 이 관점에 의하면 그리스도는 죽음과 죄의 종이 되어 버린 인간을 구속시키는 구세주이시며, 부패한 문화 속에서 살아가는 인간을 계속적으로 성화시키는 분입니다.

또한, 이 세상을 버리지 않고 구원하는 구세주이십니다. 이것이 함의하는 바는 이 세상은 구속받아야만 하기 때문에 세상은 배격되어서도 안 되고 소홀히 여겨져도 안 된다는 것입니다. 그렇기에 이 관점은 이원론자보다도 문화에 대한 태도가 더 적극적이며 희망적입니다. 왜냐하면, 문화는 그리스도에 의해 아름답게 고쳐지고 변혁되어야 하며 그리스도는 만물을 끌어올려 변화시킬 수 있는 충분한 능력이 있기 때문입니다. 그러므로 니버는 이 유형에 속한 사람들을 전환론자(conversionists)라고 부릅니다.

이러한 관점을 가지고 있는 대표적 인물은 칼빈과 존 웨슬리입니다.

이러한 태도를 윤리에 적용하면 그리스도인들은 복음을 전하는 일뿐만 아니라 문화를 개혁하고 변화시켜야 할 의무가 있습니다. 예를 들면, 노예제도 폐지, 흑인이나 여성 투표권, 아동노동 금지법, 문맹퇴치, 각종 인권보호를 위한 법률 제정, 배심원 제도, 주일을 휴일로 정하는 기준, 미국 대통령 취임식에서 사용되는 성경, 구제사업, 자원봉사, NGO 등과 같은 것입니다.

위와 같은 예는 그리스도가 문화에 미친 지대한 영향력을 보여 줍니다. 하지만 지나치게 변혁을 강조하면 종종 기독교 이상주의(Christian Utopianism)에 빠질 위험이 있습니다. 이러한 이상주의는 신율주의나 기독교 사회주의, 해방신학과 같은 운동으로 나타날 수 있습니다.

6) 그리스도와 문화와의 관계 종합

니버는 그리스도와 문화와의 관계를 연구하고 마지막 7장에서 '하나의 결론적인 비과학적 후기'를 남깁니다. 후기에서 그는 영속적인 문제에 대해 자신의 연구를 아무리 연장시키고 세련시킨다고 하더라도 결론에 이르지 못했고 또 만족할 만한 결론을 지을 수도 없다고 말합니다. 그리고 현재와 미래와의 불연속점을 강조하며 결단이 매순간마다 반복되어야 함을 강조합니다.

여기서 우리에게 중요한 것은 그리스도와 문화와의 관계가 주는 윤리적 함의에 관한 것입니다.

첫째, 그리스도는 윤리의 절대적 기준이 되어야 합니다. 즉, 윤리의 기준이 문화에 종속되어서는 안됩니다. 그리스도는 다섯 가지 어떤 유형이든지 윤리의 절대적 기준이 되어야 합니다. 논의의 진행을 위해 그리스도와 문화와의 다섯 가지 유형을 다음과 같이 정리할 수 있습니다.

[표 58] 니버의 문화와 그리스도의 관계 요약

유형	관련사상가	구분	도표
(대립 모델) 문화와 대립하는 그리스도	요한일서의 저자 터툴리안 톨스토이	수도원 운동 대립론자 근본주의자들 Fundamentalists	Against
(일치 모델) 문화의 그리스도	영지주의자 리츨 아벨라르드 슐라이어마허	문화적 기독교인들 일치론자들	Of
(종합 모델) 문화 위에 있는 그리스도	알렉산드리아의 클레멘트 아퀴나스	종합론자들 Synthesists	Above
(역설 모델) 역설적인 관계의 그리스도와 문화	사도 바울 루터 키에르케고르	이원론자들 Dualists	in Paradox

(변혁 모델) 문화의 변혁자로서의 그리스도	요한복음의 저자 어거스틴 칼빈 웨슬리 모리스	문화변혁자들 Conversionists	Transforming

우리는 위의 표에서 그리스도와 문화의 관계가 매우 다양하다는 것을 알 수 있습니다. 여기서 X로 표시되어 있는 원은 그리스도에게 속해 있는 사람들을 의미하며, C로 표시되어 있는 원은 문화에 속해 있는 사람들을 의미합니다.

대립 모델에서 그리스도는 문화와 대립하고 있는 상태이기 때문에 X에게는 그리스도가 당연히 윤리의 절대적 기준이 됩니다. 하지만 C에게는 그리스도가 윤리의 기준으로부터 배제되어 있습니다. 그리스도와 문화가 중첩되어 있는 부분이 없기 때문에 C에게 절대적 윤리의 기준으로 그리스도를 제시하는 것이 가장 어려운 모델이라고 할 수 있습니다. 그러므로 대립 모델에서 X는 무조건 문화 속으로 들어가야만 합니다. 문화 속으로 들어가야 그리스도를 윤리의 절대적 기준으로 제시할 수 있는 기회를 잡을 수 있기 때문입니다.

일치 모델에서는 X가 C와 거의 같거나 일치합니다. 그러므로 그리스도를 윤리의 절대적 기준으로 제시하는 데에 전혀 부담이 없습니다. 그러므로 이 모델에서 요구되는 것은 이러한 일치를 계속해서 유지할 수 있도록 노력해야 합니다.

종합 모델에서는 X는 C보다 높은 곳에 위치해 있습니다. 그러므로 그리스도를 윤리의 절대적 기준으로 제시하기 위해서는 두 가지 방법이 있습니다. 하나는 X를 C까지 내리거나, C를 X의 위치까지 올려야 합니다. 여기서 X를 C까지 내리는 것은 윤리의 절대성을 훼손할 위험이 있습니다. 하지만 C를 X의 위치까지 올리는 것은 매우 어려운 일입니다. 그러므로 이 모델에서는 양방향의 노력이 필요합니다. 윤리의 절대성을 훼손하지 않는 선에서 C쪽으로 내려와야 하며, C를 X의 위치까지 올리기 위해서 계속해서 계몽해야만 합니다.

역설 모델에서는 X의 왼쪽 부분에 있는 사람은 C쪽으로 이동해야 합니다. 문제는 X와 C사이에 있는 사람들입니다. 이 사람들은 그리스도를 윤리의 절대적인 기준으로 삼으면서도 문화가 제시하는 윤리의 기준을 무시하지 못하는 역설적인 관계에 놓여 있는 사람들입니다. 그러므로 이 곳에 있는 사람들은 윤리적 딜레마에 빠질 때 곤경을 가장 많이 경험합니다. 그러므로 이 곳에 있는 사람들은 그리스도만을 따르기로 결단해야 합니다. 그리고 더 나아가 C쪽으로 이동하여 그리스도를 윤리의 절대적 기준으로 삼아야 한다고 주장해야 합니다.

마지막 변혁 모델에서는 X가 C의 곳곳에 위치하고 있습니다. 그러므로 X는 자신이 위치하고 있는 곳에서 X를 확장시키기 위해서 최선을 다해야 합니다. 이러한 모델을 표현하는 문장은 "we are in the world, but not of the world"와 같은 문장입니다. 그리스도인이 세상 속에 있지만, 세상의 것은 아니라는 것입니다. 그러므로 그리스도인은 자신의 정체성을 확고히 가지는 것이 중요합니다. 왜냐하면, 그리스도인의 정체성을 가져야만 흔들리거나 C로 변하지 않기 때문입니다. 이런 모델하에서 일곱 산(7 Mountains – 종교, 가족, 비즈니스, 예술, 매스컴과 연예, 정부, 교육)의 운동은 하나의 사례가 될 수 있습니다. 일곱 산의 운동은 일곱 개의 산을 정복하지 않으면 사회변혁을 할 수 없다고 주장하는 운동입니다. 즉, 자신이 속한 영역에서 최선을 다해 X를 확산해야 합니다.

둘째, 문화에 대한 태도는 중립적이어야 합니다. 문화는 그리스도의 영광을 드러내야 하며, 죄와 사탄의 영광을 드러내서는 안 됩니다. 그리스도인들은 윤리적 결정의 순간에 하나님의 나라와 그의 의를 먼저 구해야 합니다. 그렇게 하기 위해서는 문화에 대한 태도가 중요합니다. 다음의 표는 문화에 대한 태도를 보여 줍니다.

[표 59] 문화에 대한 태도

부정적				긍정적
대립론자	이원론자	종합론자	전환론자	일치론자

이 표는 다섯 가지 유형의 모델이 가지고 있는 태도를 이해하기 쉽게 그려 놓은 것이므로 절대적인 것으로 받아들일 필요는 없습니다. 하지만 우리는 여기서 다섯 가지 유형의 모델이 제시하는 문화에 대한 태도를 살펴볼 수 있습니다. 여기서 중요한 것은 중도를 지향해야 한다는 사실입니다. 그러니까 최소한 극단으로 가지는 말아야 합니다.

대립론자들은 문화를 가장 부정적인 것으로 취급합니다. 문화는 죄된 본성을 소유하고 있으며 세속에 물드는 것은 잘못된 일입니다. 그렇기에 세상 또는 세상 문화를 배척하고 세상으로부터 고립을 선택하여 수도원이나 사막으로 갑니다. 그러므로 대립론자들은 자신이 문화를 배척하는 이유를 곰곰히 고민하여 문화를 긍정할 수 있는 부분이 없는지를 살펴보아야 합니다.

이원론자들은 극단주의자인 대립론자에 비하면 확실히 문화를 더 긍정합니다. 그러나 일치론자는 물론이고 전환론자나 종합론자에 비해 문화의 타락의 정도와 범위를 더욱 깊고 심각하게 보기 때문에 항상 긴장관계에 있다고 할 수 있습니다. 문화에 대한 태도는 전체적으로 보아 부정적이라고 할 수 있습니다.

종합론자는 대립론자나 이원론자에 비해 문화를 더 긍정합니다. 하지만 전환론자나 일치론자에 비하면 문화 간의 불연속성과 간격을 확실히 인정합니다. 문제는 문화를 하위의 개념으로 놓고 보기 때문에 문화는 항상 열등한 상태에 있다는 것입니다. 문화에 대해 항상 우월감을 가지고 있기 때문에 문화에 대한 이해력이 부족할 수 있습니다.

진환론자는 대립론자지, 이원론자, 종합론자보다 훨씬 문화를 긍정합니다. 하지만 문화는 이성의 타락으로 인해 부패한 상태이기 때문에 문화는 변혁되어야 한다고 봅니다. 그럼에도 불구하고 문화와 떨어져서 살 수 없기 때문에 문화를 무시하지도 못합니다. 그런 의미에서 전환론자의 문화에 대한 태도는 종합론자에 비해 긍정에 가깝지만 일치론자에 비해 완전히 긍정하지도 않습니다.

일치론자는 나머지 모든 유형론자보다 문화를 완전히 긍정합니다. 이들에게 그리스도는 이성의 법인 자연법 그 자체이며, 문화 그 자체입니다. 그래서 문화를 즐기며 문화 속에서 자신의 정체성을 발견합니다. 문제는 이러한 사람은 문화에 대해 아무런 긴장관계도 갈등도 존재하지 않는다는 점입니다. 그런 의미에서 이들은 문화적 그리스도인이라고 할 수 있습니다.

이렇게 다섯 가지 유형의 사람들이 문화에 대해 가지고 있는 태도를 살펴본 이유는 극단으로 가지 말아야 한다는 점을 강조하기 위해서입니다. 즉, 문화를 적대시해서도 안 되며, 문화와 동질화되어서도 안 됩니다. 그리스도인은 항상 문화를 살피며 문화 속에서 그리스도의 영향력을 확대해 나갈 필요가 있습니다. 그런 의미에서 니버가 선호한 전환론자의 유형이 현 시대에 어느 정도 들어맞는 유형이라고 할 수 있을 것 같습니다. 중요한 것은 전환론자가 되었든 종합론자가 되었든 문화에 대한 태도는 중립적이어야 한다는 것입니다.

셋째, 절대주의로 회귀하도록 계몽해야 한다는 점입니다. 그리스도인은 그리스도가 윤리의 절대적 기준임을 잘 알고 있습니다. 하지만 문화는 다양하고 종교는 다원화되어 가고 있습니다. 이것이 의미하는 것은 윤리가 상대주의화되어 간다는 사실입니다. 그러므로 그리스도인은 절대주의로 회귀하도록 계몽해야 합니다.

그런 의미에서 세속(worldliness)과 세상(world)을 구분해야 합니다. 세속은 하나님의 통치가 부인되는 곳인데 반해, 세상은 하나님의 창조와 통치의 공간이라고 할 수 있습니다. 절대주의로 회귀하기 위해 세상을 세속으로 오해하는 일이 없어야 합니다. 문화를 하나님의 통치를 부인하는 사탄의 것으로 간주하면 세상을 적대시할 수밖에 없습니다. 이러한 태도는 문화와 대립하게 만들고, 그 결과 문화에 속한 사람들을 얻을 수 없게 만듭니다.

그러므로 절대주의로 회귀하도록 계몽하기 위해서 문화를 대립적으로 보기보다는 문화를 어느 정도는 긍정할 수 있는 마음의 태도를 유지해야 합니다. 그리고 그리스도가 삶의 영역에서 윤리의 절대적 기준임을 알릴 수 있도록 이웃 사랑을 실천해야 합니다. 이웃 사랑을 실천하는 사람이야말로 하나님과의 수직적 신앙과 이웃과의 수평적 신앙의 조화를 이루는 사람입니다 (행 24:16; 롬 14:17-18). 이렇게 함으로써 절대주의로 회귀하도록 꾸준히 계몽해야 합니다.

7) 결론

서론에서 우리는 그리스도와 문화와의 바른 관계가 무엇인지에 대해 질문하고 그에 대한 해답을 얻기 위해 다섯 가지의 관계를 살펴보았습니다. 그러한 관계들을 고찰한 후 깨닫게 되는 것은 우리는 어떤 특정한 관계만이 바르다고 하기는 어렵다는 점입니다. 왜냐하면, 사람은 문화에 영향을 받기 마련이고, 사람마다 처한 상황이 다르기 때문입니다.

중요한 것은 그러한 관계들이 제시하는 윤리적 함의에 관한 것입니다. 먼저 우리는 그리스도만이 윤리의 절대적 기준이라는 것을 놓쳐서는 안 됩니다. 그리고 문화를 적대시해서도 동질화해서도 안 됩니다. 마지막으로 자신이 처한 상황에서 그리스도만이 윤리의 절대적 기준임을 꾸준히 계몽해야 합니다. 이러한 윤리적 함의는 그 어떤 관계에서도 변하지 않습니다. 그러므로 우리는 자신이 처한 문화적 상황 속에서 그리스도를 높이는 태도와 언행으로 문화와 소통하고, 하나님께서 창조 시에 주셨던 문화명령을 이 땅 가운데에 실천해야 합니다. 왜냐하면, 문화는 인간의 성취가 아닌 하나님의 의를 이루는 것이어야 하기 때문입니다.

6. 사회 정의에 대한 성경적 입장은 무엇인가요?

[레 19:35-36] 너의는 재판할 때나 길이나 무게나 양을 잴 때 불의를 행하지 말고 공평한 저울과 공평한 추와 공평한 에바와 공평한 힌을 사용하라

[표 60] 정의의 여신상 상징들

저울	법 앞에서는 모든 것이 평등해야 한다는 것을 상징	법의 형평성
칼	법을 엄격하게 적용하겠다는 이성과 정의의 힘을 상징	엄격한 집행력
눈가리개	유혹을 받지 않고 공정한 판결을 하겠다는 것을 상징	공정한 판결

정의의 여신상이 의미하는 것은 저울을 통해 무엇이 정의인지를 통해 판단하고, 그 정의가 반드시 실현되도록 칼을 사용하는 것을 의미합니다. 저울이 없는 칼은 폭력에 지나지 않으며, 칼이 없는 저울은 무기력한 법이 되고 맙니다. 이와 같이 정의사회 구현을 위한 관심과 기대는 고대로부터 현시대에 이르기까지 인류의 보편적인 현상입니다. 특히, 경제적 불평등과 사회적 차별이 심해지고 있는 현시대에 정의는 더욱 논쟁적인 이슈입니다.

그렇다면 사회 정의에 대한 성경적 입장은 무엇인가요?

1) 성경적 정의는 공평한 분배가 아니다

정의는 고대로부터 공평한 분배라고 여겨져 왔습니다.

그렇다면 모든 자원을 N분의 1로 나누는 것이 공평할까요?

그것은 그렇지 않다고 대답할 것입니다. 왜냐하면, 자원을 얻기 위해 노력한 사람과 그렇지 않은 사람이 똑같이 나누는 것은 공평하지 않기 때문입니다. 만일 노력하지 않은 사람도 N분의 1을 가진다면 사람들은 열심히 노력하지 않을 것이고 사회나 경제의 발전은 기대할 수 없습니다.

그래서 고대 철학자들은 정의란 각자에게 자기의 몫을 돌려주어야 하는 것이라고 주장하였습니다. 여기서 자기의 몫이라고 하는 것은 각자의 노력한 것을 말합니다.

아리스토텔레스 또한, 그의 책 『니코마코스 윤리학』(*Nicomachean Ethics*) 제5권 '정의론'에서 정의는 동전의 양면처럼 평등(equality)과 밀접한 관계를 맺고 있으며, 분배적 정의와 교정적 정의를 통해 정의가 실현되어야 한다고 주장합니다.

[표 61] 아리스토텔레스의 정의(니코마코스 윤리학 5권)

분배적(distributive) 정의	교정적(corrective) 정의
▪ 어떻게 재화가 분배되어야 하는가? ▪ 공적에 따른 분배 ▪ 기하학적 비례의 균등 ▪ 사람에 관심	▪ 어떻게 처벌이 분배되어야 하는가? ▪ 잘못된 분배를 교정 ▪ 산술적 비례의 균등 ▪ 손해에 관심

여기서 분배적 정의는 공적(merit)에 따라 분배가 이루어지는 것을 의미합니다. 그러므로 각 사람이 분배받을 때는 자신의 공적(기여도)에 따른 비율로 분배를 받아야 합니다. 예를 들어, 전쟁에서 혁혁한 공로를 세운 사람에게 전리품을 더 나누어 주는 것은 당연합니다. 그러므로 분배적 정의를 이루기 위해서는 기하학적 비율을 사용합니다. 즉, 분배의 양은 자신의 공적과 정비례해야 합니다. 이를 '기하학적 비율 평등'(geometric proportion equality)이라고 표현합니다.

교정적 정의는 그러한 분배가 공평하게 이루어지고 있지 않을 때 교정하는 것을 의미합니다. 부당한 거래나 불공정한 거래 등으로 손해나 손실이 발생했을 경우 똑같은 가치로 회복시켜야 합니다. 이런 경우 시정을 요청할 수 있으며, 재판관은 양 당사자의 이익과 손실을 동등하게 맞추어 평균을 회복시킵니다. 이를 '산술적 비율 평등'(arithmetic proportion equality)이라고 표현합니다. 이러한 정의를 이루기 위해서는 화폐가 권장됩니다. 화폐는 다양한 재화에 대한 수요를 반영하며 공정한 교환을 가능하게 해 주기 때문입니다.

아리스토텔레스의 분배적 정의와 교정적 정의는 사회 구성원들에게 자신의 몫에 합당한 분배를 시행하고, 사회 전체의 공동선을 증진시키는 데에 그 목적이 있습니다. 그렇기에 이러한 아리스토텔레스의 정의 실현 방식에 대해 로마 법학자들도 대체적으로 동의하고 있습니다. 이처럼 많은 사람이 정의란 공평한 분배라고 생각합니다.

그러나 성경에서 말하는 정의는 공평한 분배가 아닙니다. 아리스토텔레스는 분배적 정의와 교정적 정의를 이용하여 공평한 분배를 시도하지만 각자에게 응분의 몫을 준다는 것은 너무나 일반적인 전제이기 때문에 유용성이나 정당성을 찾기 어렵습니다. 왜냐하면, 개별적인 상황 속에 수많은 요인들을 고려해야 하기 때문입니다. 게다가 일관성 있게 그리고 실제적으로 적용될 수 있어야 하는데, 그러한 규칙을 세우는 것이 매우 어렵습니다.

아리스토텔레스의 방법처럼 기하학적 균등과 산술적 균등의 방법으로 공평하게 분배되려면 먼저 각자의 몫을 결정하는 기준과 분배해야 할 대상을 구체적으로 선정해야 합니다. 동서양을 막론하고 인류는 '각자에게 각자의 것을'이라는 원리를 정의의 근본기준으로 삼아 왔으며, 무엇이 각자의 몫인지를 판단하는 많은 기준이 제시되었는데 그 기준들은 필요(need), 노력(merit), 선택(choice), 교환(exchange), 가치(worth)와 같은 것들입니다.[17]

하지만 이러한 기준들을 선정하는 것부터가 어렵습니다. 그리고 구체적으로 그 비율을 정하는 것은 더 어렵습니다. 게다가 누가 분배받아야 하는지 대상을 선정하는 것도 어렵습니다.

그렇다면 성경은 이러한 공평한 분배에 대해 어떻게 이야기할까요?

성경에서 공평한 분배를 생각하면 이스라엘 백성이 가나안 정복 후 분배받은 땅을 생각하지 않을 수 없습니다. 이스라엘 백성은 가나안 정복 후 지체하지 않고 약속된 땅의 점령과 동시에 토지를 분배하였습니다(수 18:1, 10). 그들은 토지를 공평하게 분배하기 위해 최선을 다하였는데 그 방법은 평균지권으로 알려진 방법이었습니다. 성경은 토지가 지파별로 분배되었을 뿐만 아니라 "그 친족들에 따라"(according to their clans) 분배되었다고 반복해서 기록하고 있습니다.

> 이스라엘에서는 각 친족과 가구들이 그 크기와 필요에 따라 땅을 받아야 한다는 일반 원칙 아래, 처음부터 땅은 지파들 내에서 친족과 가구에게 명확히 분배되었다. … 여호수아에서 반복되어 나오고 있는 그 어구는 그 땅이 가능한 한 광범위하게 전체 혈연 체제에 골고루 분배되어야 한다는 의도를 보여

---

17 Gregory Vlastos, "Justice and Equality", *Justice: An Anthology*, ed. Louis P. Pojman (New York, NY: Routledge, 2016), 223. Gregory Vlastos는 분배정의의 다섯 가지 전통적인 기준을 제시한다. 그것들은 need, worth, merit, work 그리고 agreement made이다. 즉, 각 사람의 필요에 따라, 각 사람의 가치에 따라, 각 사람의 노력에 따라, 각 사람의 노동에 따라 그리고 모든 사람이 합의하는 바에 따라 분배되는 원리이다.

주고 있다.[18]

즉, 지파와 가족별로 그 수가 많으면 그만큼 많은 토지를, 수가 적으면 적은 토지를, 곧 1인당으로 환산하면 균등하게 토지를 분배하였습니다(민 33:54). 이를 위해 이스라엘 민족은 가나안 땅을 점령하기 전 지파별로 그리고 가족별로 인구조사를 실시하였는데(민 26:1-51), 그 목적은 비교적 균등한 토지를 갖도록 분배하기 위해서였습니다(민 26:52-56). 즉 공평한 분배를 위해 대상자를 확인하는 작업을 한 것입니다.

또한, 균등한 토지 균분을 위해 이스라엘 공동체는 토지면적과 질을 고려하여 비교적 균등하게 분배하려고 노력한 것을 알 수 있습니다(민 33:51-55). 하지만 이스라엘 백성은 공평한 분배를 위해 노력했음에도 불구하고 산술적 평등은 이룰 수 없었습니다. 왜냐하면, 토지의 양적 질적 측정이 어렵고, 계속된 전쟁으로 인해 완전한 균등분배는 불가능하였기 때문입니다.

이때 등장한 것이 바로 제비뽑기입니다(민 26:55-56). 이렇게 분배된 토지를 기업(inheritance)이라고 하며, 히브리 원어로는 '제비를 뽑아 분배한 땅'이라는 의미를 가지고 있습니다.[19]

이러한 제비뽑기가 의미하는 바가 무엇일까요?

그것은 산술적 평등이 애초부터 불가능하다는 것을 의미합니다. 어떤 사람들은 제비뽑기 또한, 공평한 분배를 위한 하나의 방편이라고 생각할지 모릅니다. 왜냐하면, 이스라엘 사람들은 제비뽑기가 하나님께서 자신의 뜻을 분명히게 계시하는 것이라고 믿었으며, 꿈이나 선지자들의 예언과 함께 제비뽑기는 어떠한 항소도 할 수 없는 하나님의 최종적인 결정으로 인식했기 때문입니다(삼상 28:6). 또한, 제비뽑기는 이용하기가 쉬웠고 해석하는 데에 특별한 기술을 필요로 하지도 않았기 때문입니다.

하지만 제비뽑기는 산술적 평등을 위한 것이 아니라 기회적 평등을 위한 것입니다. 왜냐하면, 제비뽑기는 운에 기대는 방식이기 때문입니다. 그리고

---

18 Christopher Wright, 『현대를 위한 구약윤리』, 김재영 옮김 (서울: IVP, 2006), 276.
19 대천덕, 『토지와 경제정의』, 전강수, 홍종락 옮김 (서울: 홍성사, 2003), 17.

제비뽑기가 공평한 분배를 위한 하나의 방편이라고 한다면, 그것은 모든 순간에 제비뽑기를 무조건 해야 한다는 것을 의미합니다. 결정하기 힘들다 하여 무조건 제비뽑기를 한다면, 그것은 공평한 분배가 되지 못할 가능성이 많습니다. 그러므로 성경이 말하는 정의는 공평한 분배가 아닙니다.

신약에서도 공평한 분배를 연상시키는 장면이 사도행전 2장과 4장에 나옵니다. 예루살렘 교회는 신자들이 모든 물건을 서로 통용하고 또 재산과 소유를 팔아 각 사람의 필요를 따라 나누어 주었습니다(행 2: 44-45). 그래서 공산주의자들은 이러한 분배의 모습이 원시적 공산주의 사회의 모습을 보여 주었다고 주장합니다.

그러나 그것이 성경이 제시하고 있는 사회 정의의 모습은 아닙니다. 왜냐하면, 그 구절을 신자들이 모두 재산을 팔아 교회에 헌납한 후 이것을 모두 평균적으로 분배했다는 의미로 확대 해석해서는 안 되기 때문입니다. 44-45절에서 사용된 세 동사(팔다, 나누어주다, 가지다) 모두 미완료 시제를 사용하고 있습니다.

이것은 신자가 사유재산 모두를 포기한 것이 아니고 다른 신자의 궁핍함을 보고 임시로 사유재산의 일부를 처분했다는 것을 의미합니다. 만일 모든 재산을 처분했다면, 더 이상의 재산 공유는 있을 수 없습니다. 하지만 사도행전 4장에서도 재산 공유의 모습이 나옵니다(행 4:32-37). 그러므로 이러한 재산 공유가 공평한 분배를 의미한다고 말할 수는 없습니다.

여기서 우리가 생각해 보아야 할 개념은 '필요와 노력의 우선순위'의 문제입니다. 이것은 어떤 기준에 따라 분배하는 것이 정당한가라는 '배분 기준'의 요소가 되기 때문입니다.[20] 특별히 필요는 성경적 정의에 있어서 가장 중요한 항목으로 이 원리는 초대 교회에서 실천되었습니다(행 4:35).[21]

그러므로 필요에 의한 분배는 정당하지만 노력에 의해 현재의 상황이 나

---

20 예를 들면, 학교에서 장학금을 줄 때 대개 두 가지의 기준을 적용한다. 하나는 필요 기준(Need-based)이며, 다른 하나는 성적 기준(Merit-based)이다. 어떤 기준을 적용할지는 수여자의 관심사에 달려 있으며, 그러한 기준을 정하는 것은 수여자가 가지고 있는 정의의 관념이나 특별한 사정에서 비롯된다.

21 Stephen C. Mott, 『복음과 새로운 사회』, 이문장 옮김 (서울: 도서출판대장간, 1992), 106.

아질 수 있는 사람에게까지 분배하는 것은 정당하지 않습니다. 예를 들면, 실업자의 소득을 보충하기 위해 세금을 사용하는 복지는 수혜자들이 상황을 개선하려고 노력하기 보다는 정부 보조금에 의존하게 하는 경향을 가속화시킬 수 있습니다. 문제는 이러한 '필요와 노력의 우선순위'를 분별하는 것은 매우 어려운 일이라는 점입니다.[22]

여기서 또 한 가지 생각해야 할 것은 공평한 분배를 통해 얻는 사회적 유익이 그 부작용보다 크다는 논증입니다. 물론 단기적으로는 사회적 유익이 클 수 있지만, 장기적으로는 사회적 유익보다는 손해를 가져올 수밖에 없습니다. 우리는 그러한 예를 공산주의의 실험에서 찾아 볼 수 있습니다.

그렇기에 노벨 경제학상 수상자인 제임스 토빈(James Tobin, 1918~2002)은 "경제는 한마디로 인센티브"라고 요약합니다. 여기서 인센티브는 경제적 유인, 혹은 경제적 동기 유발이라는 말입니다. 합리적인 사람은 이득과 비용을 비교해서 의사결정을 하며, 그 의사결정에 있어 인센티브에 반응합니다. 그러므로 이러한 인센티브에 의해 의사결정을 하는 것이 경제의 원리이며, 이러한 경제 원리는 성경적 정의에 부합합니다.

예수님께서는 천국은 침노하는 자가 빼앗을 수 있다고 말씀하셨습니다(마 11:12). 여기에서 "빼앗느니라"에 쓰인 원어의 의미는 무엇을 얻기 위해서 젖 먹던 힘까지 다 짜내어 움켜잡는 것을 말합니다. 그것은 천국이 가치가 있기 때문입니다. 이것을 경제적 관점으로 보자면, 천국이라는 인센티브에 반응해야 하는 것처럼, 가치에 반응해야 합니다. 이러한 반응을 무력화시키는 분배는 정당화되기 어렵습니다.

물론 가진 자로부터 가지지 못한 사람으로의 분배가 아름답게 보이고, 또한, 성경도 아름다운 분배의 장면을 보여 줍니다. 하지만 구약과 신약의 분배 모습, 제비뽑기, 분배의 기준과 대상을 선정하는 어려움, 필요와 노력의

---

22 예를 들어, 건강하게 보이는 거지가 길거리에서 구걸할 때, 돈을 주지 않는 것이 그 사람의 인생에 오히려 도움이 될 것이라고 말하는 사람도 있다. 하지만 그 거지가 겉으로는 건강해 보여도 정신적인 문제를 가지고 있을 수도 있고, 일을 하지 못할 특별한 사정이 있을 수도 있다. 그렇기 때문에 건강하게 보이는 거지가 길거리에서 구걸할 때, 그 사람에게 돈을 주어야 하는지, 주지 말아야 하는지를 결정하는 것은 매우 어려운 일이다.

우선순위, 역사적 교훈, 경제의 원리 등을 고려한다면, 성경이 말하는 정의를 공평한 분배라고 말하기는 어렵습니다.

2) 성경적 정의는 사회 계약의 실현이 아니다

많은 사회에서 분배적 정의는 실현되지 못하고 있습니다. 그 이유는 분배의 강제성이 약하기 때문입니다. 그렇기에 이러한 강제성을 구현시키는 방법으로서 계약을 사용합니다. 개인 간의 계약 혹은 시민과 국가 사이의 책임과 권리에 관한 '사회 계약'(social contract)이라면 정의롭다고 본 것입니다.

예를 들어, 『리바이어던』(Leviathan)의 저자인 토마스 홉스(Thomas Hobbes, 1588~1679)는 자연의 상태를 "만인의 만인에 대한 투쟁 상태"(The war of all against all)이라고 보았습니다. 협력이나 복종을 강제할 수 있는 권한이 존재하지 않기 때문에, 인간은 자기 보호 및 욕구 충족을 위해 서로가 서로를 빼앗고 죽이는 상태라는 것입니다. 하지만 인간은 모두 평등하며 합리적이기 때문에 이러한 자연 상태를 막을 방법을 찾게 되고 그러한 방법으로써 특정한 사람 혹은 집단(assembly)에게 권력을 주어 그러한 갈등 상태를 강제적으로 해결할 힘(force)을 부여한다는 것입니다.

존 로크(John Locke, 1632~1704) 또한 개인들의 자연적인 권리를 위임받은 정부는 사회 구성원들의 생명과 재산을 지키고 그것을 이롭게 하기 위해 존재해야 한다고 보았습니다. 이러한 사회 계약이 이루어지면 구성원은 그 사회의 규칙과 법률에 복종해야 하고, 정부는 구성원들의 재산을 지키지 못하거나 잘못 사용하게 되면 그 정부는 해체해야 한다는 것입니다.

장자크 루소(Jean-Jacques Rousseau, 1712~1778) 또한 사회 구성원들의 평등과 보호를 보장받기 위한 사회 계약의 필요성을 인정했습니다. 하지만 정부는 인간의 천부적 권리인 신체의 자유를 억압하고 있으며, 사회의 불평등과 갈등에 대해 아무런 조치도 취하지 않고 있다고 보았습니다. 그 원인은 인간에게는 자신의 이익을 지향하는 특수의지와 공동선을 지향하는 일반의지가 있는데, 특수의지를 일반의지보다 우선시하기 때문이라는 것입니다. 그러므로 특수의지가 아닌 일반의지를 기초로 하여 자유와 평등을 약속하는 사회 계약만이 정당화된다는 것입니다.

이러한 사회 계약론의 골자는 정의는 생명과 재산과 같은 자연권을 계약으로 보장하는 것인데, 결국 정의는 합의와 선택의 문제가 됩니다. 이러한 합의와 선택의 과정에서 공정성을 보장하는 일이 중요한데, 사회 계약론은 최초 상황에서 행해진 공정한 합의는 정의로울 수 있다고 봅니다. 이런 관점으로 본다면 정의는 분배적 정의보다는 합의와 선택에 의한 질서, 조화, 균형을 추구하는 것이라고 할 수 있습니다.

분배적 정의가 자기 일에 최선을 다하고 거기에서 자신에게 돌아오는 '몫'에 초점을 두었다면, 사회 계약적 정의는 그러한 '몫'을 차지하는 법률적 '과정'에 초점을 두고 있습니다.

그러나 성경적 정의의 진정한 의미는 이러한 사회 계약의 실현이 아닙니다. 왜냐하면, 이러한 사회 계약으로는 사회적 약자에 대해 고려하지 못하고, 경제적 불평등을 구조적으로 방치할 수밖에 없기 때문입니다. 그것은 시간이 지나갈수록 사회적 약자는 늘어 가고, 경제적 불평등은 더욱 심화되고 현실을 보면 알 수 있습니다. 개인의 자유와 평등을 추구한다고 하는 '사회 계약'은 이러한 문제점들을 치유하기 어렵습니다.

그런 의미에서 마이클 샌델의 『공정하다는 착각』(*The Tyranny of Merit*)이라는 책은 시사하는 바가 많습니다. 이 책의 부제는 "능력주의는 모두에게 같은 기회를 제공하는가"입니다. 오늘날 사회가 자유와 평등을 추구하지만 자유를 기초로 하는 능력주의는 모두에게 같은 기회를 제공하지는 않는다는 것입니다.

샌델은 '귀족주의 사회'와 '능력주의 사회'라는 두 종류의 사회를 예로 듭니다. 귀족주의 사회에서는 소득과 재산은 어떤 집에서 태어나느냐에 달려 있을 정도로 대물림됩니다. 능력주의 사회에서는 소득과 재산은 개인의 노력과 재능에 달려 있습니다. 당연히 '능력주의 사회'가 더 정의롭게 보입니다. 왜냐하면, 재산과 소득의 불평등은 세습에 의한 것이 아니라 노력과 재능에 따라 얻은 결과물이기 때문입니다.

그러나 만일 내가 부자라면 '귀족주의 사회'에서, 만일 내가 빈자라면 '능력주의 사회'에서 태어나는 것을 선호할 것입니다. 샌델은 이 외에도 제비뽑기로 대학 입학자를 선정하는 예, 사회적 기여 측면에서 비교조차 할 수 없는 카지노왕과 고등학교 교사 사이의 소득(보상) 격차 등을 예로 듭니다.

이러한 논증들이 주는 의미는 능력주의는 모두에게 같은 기회를 제공하지는 않는다는 것입니다. 즉, 아무리 자유와 평등을 보장하는 사회일지라도 모두에게 같은 기회를 제공하지 않기에 불평등은 피할 수 없다는 것입니다.

이러한 현상이 일어나는 근본적 원인은 사회 계약은 약자의 이익을 대변해 주지 않기 때문입니다. 사회 계약의 근본적인 전제는 개인의 자유와 평등을 존중하는 것임에도 불구하고 결국 강자의 이익을 대변해 줄 수밖에 없는 한계가 있습니다.

예를 들면, 공정거래법이라 하더라도 약자인 소비자보다는 강자인 기업의 이익을 보장하는 법이 많습니다. 노동법도 약자인 노동자보다는 강자인 기업의 이익을 우선하는 법이 많습니다. 무역법도 약자인 개발도상국보다 강자인 선진국에 유리한 법이 많습니다.

장하준의 『나쁜 사마리아인』(Bad Samaritans)은 그러한 점을 잘 지적하고 있습니다. 그렇기에 고대 그리스 철학자인 트라시마쿠스(Thrasymachus)는 "정의란 강자의 이익이다"라고까지 말합니다. 권력을 가진 강자들은 약자의 이익과 손해와는 상관없이 자신들의 이익에 합당한 법률을 제정하는 현실을 적나라하게 말해 줍니다. 즉, 강자는 불의도 정의로 바꿀 수 있다는 의미입니다. 즉, 사회 계약은 약자의 이익을 그렇게 고려하지 않습니다.

그런 의미에서 성경은 가난하고 고통받는 약자를 고려하는 정의를 보여 줍니다(신 10:18, 24:17, 27:19). 성경은 약자의 대표격인 고아와 과부 그리고 나그네에 대해 항상 관심을 가지고 있습니다. 이러한 관심과 사랑을 실천했던 욥은 정의로운 사람이라고 할 수 있습니다. 이러한 실천은 욥의 삶에 있어서 '의로운 겉옷과 모자'였습니다(욥 29:14).

[욥 29:12-17] 이는 부르짖는 빈민과 도와 줄 자 없는 고아를 내가 건졌음이라 망하게 된 자도 나를 위하여 복을 빌었으며 과부의 마음이 나로 말미암아 기뻐 노래하였느니라 내가 의를 옷으로 삼아 입었으며 나의 정의는 겉옷과 모자 같았느니라 나는 맹인의 눈도 되고 다리 저는 사람의 발도 되고 빈궁한 자의 아버지도 되며 내가 모르는 사람의 송사를 돌보

아 주었으며 불의한 자의 턱뼈를 부수고 노획한 물건을 그 잇새에서 빼내었느니라

예수님도 "지극히 작은 자"(마 25:40)에 대한 관심과 사랑을 가지고 계셨으며, 야고보는 그러한 약자를 환난 중에 돌보는 것이 "경건"이라고까지 정의하고 있습니다(약 1:27). 성경은 사회 체제를 무시하지는 않지만(롬 13:1), 사회 계약의 실현이 성경에서 말하는 진정한 정의의 개념이라 보기에는 어렵습니다.

3) 성경적 정의는 절차적 정의가 아니다

위에서 살펴본 대로 정의는 계약의 실현이 될 수는 없습니다. 그렇기에 그런 계약 과정의 공정성을 보다 중요시한 철학자가 있었습니다. 그가 바로 존 롤스(John Rawls, 1921~2002)입니다. 그는 20세기의 가장 영향력 있는 정치철학자 중 한 사람으로서, 『정의론』(*A theory of justice*)과 『공정으로서의 정의』(*Justice as fairness*)라는 책을 통해 정의가 무엇인지를 논증합니다.

그의 정의를 한마디로 말하자면, '절차적 정의'라고 할 수 있습니다. 이런 절차를 강조하게 된 이유는 공리주의가 결과를 중시하기 때문입니다. 즉, "최대 다수의 최대 행복"을 추구하는 공리주의는 소수의 기본적 자유를 침해할 여지가 많습니다. 이러한 절차적 정의는 능력, 업적, 노력, 필요 등의 결과보다 이러한 결과에 이르는 과정에 초점을 맞춘 절차를 강조합니다. 절차가 공정하면 그 절차에 따른 결과도 공정하다고 보는 것입니다. 그러므로 가장 좋은 정의는 결과도 공정하고 그 결과에 이르는 절차도 공정할 때입니다.

그렇다면 절차적 정의는 어떻게 도출될까요?

공리주의에서는 소수는 이익을 얻기 보다는 손해를 보기 쉽습니다. 그렇기에 롤스는 그러한 소수라도 이익을 얻을 수 있도록 분배하자는 평등주의 원칙을 주장합니다. 여기에 두 가지의 원칙이 적용됩니다.

첫째 원칙은 '평등한 자유의 원칙'으로 모든 사람은 다른 사람들의 유사한 자유와 양립할 수 있는 가장 광범위한 기본적 자유에 대하여 동등한 권리를 가져야 한다는 것입니다. 이러한 자유에는 정치적 자유, 사유 재산권, 언론과 집회의 자유 등이 포함됩니다. 하지만 이러한 자유가 있다고 해서 사회적 경제적 불평등을 막을 수는 없습니다. 그래서 둘째 원칙이 필요합니다.

둘째 원칙은 '차등의 원칙과 기회 균등의 원칙'입니다. 불평등이 최소 수혜자에게 최대 이익이 되게 하는 '차등의 원칙'과 공정한 기회 균등의 원칙 아래 모든 이에게 개방된 직책과 직위에 결부되게 하는 '공정한 기회 균등의 원칙'이 적용되어야 한다는 것입니다. 이러한 적용에 따라 최소 수혜자에게 최대의 이익이 되는 경우 불평등은 어느 정도 정당화될 수 있다고 보는 것이 절차적 정의의 골자입니다.

그렇다면 어떻게 소수라도 이익을 얻을 수 있을까요?

이를 위해 '케이크의 비유'를 사용할 수 있습니다. 하나의 맛있는 케이크를 몇 사람이 원할 때, 가장 공정한 것은 케이크를 사람 수대로 정확하게 나누는 것입니다. 하지만 저울이 없는 상황에서 정확하게 나누는 것은 불가능합니다. 이때 케이크를 공정하게 나누려면, 케이크를 자르는 사람이 케이크를 언제 가져갈지 모르게 하면 됩니다. 즉, 자신이 가장 나중에 가져갈지 모르기 때문에 나중에 가져가도 손해보지 않도록 똑같은 크기로 자르려고 노력하게 된다는 것입니다.

여기에 '원초적 입장'과 '무지의 베일'이라는 개념이 적용됩니다.

'원초적 입장'은 자유롭고 평등한 개인이 공정한 조건에서 정의의 원칙을 선택하는 가상적인 상황입니다.

'무지의 베일'은 개인의 사회적 지위, 계층상의 위치, 소질과 능력, 지능, 체력, 심지어 가치관, 심리적 성향에 관해서도 모르게 하는 것입니다. 즉, 케이크를 자르는 사람은 자유롭게 자를 수 있지만(원초적 상황), 자신이 가장 나중에 가져갈지 모르기 때문에(무지의 베일) 공평하게 자르려고 노력하게 된다는 것입니다.

즉, 롤스의 절차적 정의는 불평등한 분배가 일어나더라도 최선의 결과를 가져오게 하는 최소 극대화의 규칙을 선택하게 하는 과정이 공정하면 그것이 정의롭다고 봅니다.

절차적 정의를 주장하는 또 다른 철학자는 노직(Robert Nozick, 1938~2002)입니다. 그는 다음과 같이 말합니다.

첫째, 취득할 때 정의의 원리에 맞게 재화를 취득한 사람은 그 재화에 대한 소유권을 가집니다.

둘째, 양도할 때 정의의 원리에 맞도록 어떤 재화의 소유권을 가지고 있는 사람으로부터 그 재화를 취득한 사람은 그것에 대한 소유권을 가집니다.

셋째, 소유권의 취득과 양도에 있어 과오가 있거나 절차가 잘못되었을 때, 이를 바로잡는 교정이 요구됩니다. 즉, 취득, 양도, 교정이라고 하는 세 단계의 절차에서 공정하기만 하다면 그것이 정의라고 봅니다. 그러므로 노직에 의하면 소유물의 취득과정이 공정하기만 하다면, 소유권을 무한대로 인정받을 수 있습니다.

[표 62] 분배적 정의의 비교

아리스토텔레스	분배적 정의는 가령 사람 a와 b가 각각 물건 c와 d를 얻기 전과 후의 비율이 동등할 때 성립한다는 점에서 기하학적 비례를 추구하는 것이다.
롤스	분배적 정의의 핵심 과제는 사회 체제의 선택이다. 사회 체제는 특수한 상황의 우연성을 처리하기 위해 순수 절차적 정의의 관념에 따라 기획되어야 한다.
노직	분배적 정의는 중립적인 개념이 아니다. 중립적인 개념은 개인의 소유물이다. 모든 개인이 자신의 소유물에 대해 소유 권리를 갖는 것이 정의이다.

물론, 롤스나 노직의 주장과 같이 절차나 과정이 공정하면 결과가 어떻게 나오든 그 분배는 어느 정도 공정하다고 볼 수 있습니다. 하지만 그것이 성경적인 정의는 될 수 없습니다. 왜냐하면, 그 절차나 과정 또한, 정보의 비대칭과 같은 문제로 공정성을 담보할 수 없기 때문입니다.

또한, 인간의 죄성은 그러한 절차나 과정을 정의의 관념과는 다르게 왜곡시킬 수 있기 때문입니다. 그 대표적인 사례가 '나봇의 포도원'의 경우입니다. 아합과 이세벨은 나봇의 포도원을 차지하기 위해 모든 과성을 합법화시켰습니다. 그것은 인간의 죄성으로 인해 과정까지도 왜곡시킬 수 있다는 것을 보여 주는 극명한 사례입니다.

4) 결론

정의는 고대로부터 많은 철학자들이 의견을 표명할 정도로 매우 논쟁적인 이슈입니다. 정의의 여신상에 나오는 검과 저울과 눈가리개는 정의의 실천이 얼마나 어려운지를 보여 주는 하나의 상징입니다. 사회정의에 대한 성경적 입장은 다음과 같습니다.

첫째, 공평한 분배가 아닙니다. 왜냐하면, 공평한 분배의 기준과 대상 선정의 어려움이 존재하기 때문입니다.
둘째, 계약의 실현이 아닙니다. 왜냐하면, 불공평한 계약이 존재하며, 약자의 이익을 대변해 주지 않기 때문입니다.
셋째, 과정적 정의가 아닙니다. 왜냐하면, 과정적 정의는 정보의 비대칭과 같은 문제로 공정성을 담보할 수 없으며 인간의 죄성으로 절차를 왜곡시키기 때문입니다.

제8장

성경과 관련된 문제

1. 성경이 윤리의 절대적인 권위를 가지고 있나요?

> [딤후 3:16-17] 모든 성경은 하나님의 감동으로 된 것으로 교훈과 책망과 바르게 함과 의로 교육하기에 유익하니 이는 하나님의 사람으로 온전하게 하며 모든 선한 일을 행할 능력을 갖추게 하려 함이라

비그리스도인들을 포함한 많은 사람은 성경을 많은 경전 중의 하나로 생각합니다. 그렇기에 성경을 윤리의 절대적인 권위로 인정하지 않습니다. 또한, 상황주의자들도 마찬가지입니다. 상황주의자들은 윤리에는 절대적인 기준이 없다고 생각합니다. 그렇기에 윤리의 절대주의를 포기하고 상대주의를 받아들입니다.

그러나 위에서 살펴본 바와 같이 상대주의는 많은 결점을 가지고 있습니다. 그렇기에 상대주의는 윤리의 기준이 될 수 없으며, 따라서 절대주의를 받아들여야 합니다. 문제는 세상의 많은 경전과 법률 중에 왜 성경만이 윤리의 절대적인 권위를 갖고 있는지에 대한 것입니다. 사실 가톨릭교회에서도 성경의 절대적 권위를 인정합니다. 하지만 성경은 가톨릭교회에서 인정하는 다양한 절대적 권위 중의 하나에 불과합니다.

[표 63] 가톨릭교회가 인정하는 권위들

교도권(magisterium)	교황과 감독에 의해 형성된 가톨릭교회의 가르침
성경(scripture)	그리스도의 가르침을 포함하는 하나님의 말씀으로서의 성경
사도적 전통(apostolic tradition)	사도들에게 밝히시고 전통으로 전해진 그리스도의 가르침

가톨릭교회는 이러한 권위들을 설명함에 있어 세 발 의자의 비유를 사용합니다. 세 발 중 하나가 부러지면 의자가 의자로서 기능하지 못하는 것처럼, 성경은 교도권, 사도적 전통과 같이 절대적 권위 중 하나에 불과하다고 설명합니다.

하지만 웨스트민스터 신앙고백(WCF 1.6)은 성경만이 윤리의 절대적인 권위를 가지고 있다고 말합니다. 웨스트민스터 신앙고백은 성경만이 신앙 곧 구원과 그리스도인의 삶 곧 윤리의 표준이라고 말합니다. 여기서 사람들은 성경의 근거를 가지고 성경의 절대성을 주장하는 것이 잘못되었다고 말할 것입니다.

그렇다면 성경이 윤리의 절대적인 권위를 가지고 있는지를 어떻게 알 수 있나요?

1) 성경은 보편적이기 때문이다

윤리의 절대적인 권위는 시대와 장소를 초월하여 동일한 기준일 때 인정될 수 있습니다. 그러므로 성경이 윤리의 절대적인 권위를 갖기 위해서는 시대와 장소를 초월하여 동일한 기준을 제공해야 합니다. 딤후 3:16에서 "모든 성경은 하나님의 감동으로 되었다"고 말씀합니다. 즉, 성경은 변하지 않으며 무소부재하신 하나님의 보편성을 반영하여 쓰여졌습니다. 그렇기에 성경은 윤리의 절대적인 권위를 가지고 있습니다.

상황주의자들은 시대나 장소가 변하면 윤리의 기준도 변한다고 말합니다. 그러나 시대와 장소를 초월하여 도덕률 사이에는 공통적인 부분이 있습니다. 살인이나 도둑질, 거짓말이나 간음은 언제 어디서나 비난의 대상이 됩니다. 이런 도덕률 자체의 보편성은 우연과 진화에 의존하는 자연주의로는 설명할 수 없습니다.

그뿐만 아니라 시대나 장소라는 상황에 의존하는 상황주의로도, 또한 시대나 장소에 상관없이 적용된다는 자연법(natural law)으로도 설명할 수 없습니다. 왜냐하면, 자연법은 위에서 살펴본 바와 같이 자연주의적 오류를 범하기 때문입니다. 이러한 윤리의 보편성은 시대와 장소를 초월한 하나님의 본성을 반영한 성경에 의해서만 설명할 수 있습니다.

이렇게 이야기하면 아브라함 계통의 종교인 이슬람교의 꾸란도 보편적인 기준을 제시할 수 있지 않느냐고 질문할 수도 있습니다. 그러나 무슬림이 믿는 알라는 보편적이지 않습니다. 이슬람의 알라는 초월성을 강조한 나머지 내재성이 결핍되거나 전무한 신입니다. 이렇게 내재성이 결핍되거나 전무하다는 의미는 알라의 보편성을 보여 줄 근거가 부족하다는 것입니다.

하지만 기독교의 하나님은 보편적인 일반계시를 통해 하나님의 존재와 능력과 본성에 대해 알 수 있습니다(롬 1:20). 또한, 하나님은 성육신을 통해 인간과 함께 하셨고, 십자가와 부활을 통해 인간을 구원하셨으며, 세상 끝날까지 임마누엘의 하나님으로 함께 하시는 분이십니다(마 28:20). 즉 하나님께서는 시대와 장소를 초월하여 내재하십니다. 그런 하나님이시기 때문에 우리는 보편성을 확신할 수 있습니다.

그런 의미에서 꾸란에서 되풀이하며 강조하는 개념인 타우히드(Tawhid) 교리를 알 필요가 있습니다. 이 단어는 '일신론'을 뜻하며 이슬람교의 중심 원리 중 하나입니다. 그 뜻은 전적으로 유일무이하며 신성한 존재는 오직 한 분뿐이라는 것입니다. 그러므로 그 교리에 의하면 알라는 시대와 장소를 초월하는 보편적 존재입니다. 하시만 알라는 온 우주만물과 인간을 창조하고서도 인간과 교류하지 않습니다.

또한, 인간의 구원을 위해 노력하기보다는 다섯 가지 기둥을 지키려는 인간의 노력을 전적으로 필요로 합니다. 즉, 알라의 초월성을 인정할 수는 있겠지만, 내재성은 결핍 내지는 전무하다는 것을 의미합니다. 이러한 내재성의 결핍 내지는 전무한 신인 알라를 반영한 꾸란이 절대적인 권위를 가질 수 없음은 너무나 당연합니다.

2) 성경은 규범적이기 때문이다

윤리의 절대적인 권위를 갖기 위해서는 규범적이어야 합니다. 규범적이지 않은 권위는 절대적일 수 없습니다. 딤후 3:16에서 "모든 성경은 … 교훈과 책망과 바르게 함과 의로 교육하기에 유익하니"라고 말씀합니다. 즉, 성경은 교훈과 책망과 바르게 함과 의로 교육하기에 유익하다고 할 정도로 규범적입니다.

사도 바울은 '~하는 데에, ~을 위해'라는 뜻의 전치사 프로스(πρός)를 네 번이나 사용합니다. 즉, '모든 성경은 ~하는 데에 유익하다'는 것을 네 번이나 강조합니다. 그만큼 하나님의 영감을 받은 성경이 얼마나 효과적인지, 어떤 점에서 유익이 되는지 말해 줍니다. 특히, '교훈'으로 번역된 디다스칼리아(διδασκαλία)는 '가르침, 교훈, 교육' 등을 뜻합니다.

이처럼 성경은 윤리의 규범성에 있어 교훈적이며, 올바르기 때문에 책망할 수 있고, 바른 태도를 가질 수 있도록 교정적이며, 의로워지도록 교육하는 데에 유익합니다. 이것이 주는 윤리적 함의는 성경은 규범적이라는 사실입니다.

이렇게 이야기하면 꾸란과 같은 다른 경전은 규범적이지 않느냐고 반문할 것입니다. 왜냐하면, 꾸란 또한, 선행을 강조하기 때문입니다. 하지만 꾸란은 지하드(jihad) 교리의 근거가 되는 다음과 같은 구절들이 있습니다.

> [꾸란 2:190] 너희에게 도전하는 하나님(여기서는 알라를 의미함)의 적들에게 도전하되 그러나 먼저 공격하지 말라 하나님(알라)은 공격하는 자들을 사랑하지 않으시니라.
>
> [꾸란 2:191] 그들을 발견한 곳에서 그들에게 투쟁하고 그들이 너희들을 추방한 곳으로부터 그들을 추방하라 박해는 살해보다 더 가혹하니라 그들이 하람 사원에서 너희들을 살해하지 않는 한 그들을 살해하지 말라 그러나 그들이 그곳에서 살해할 때는 살해하라 이것은 불신자들에 대한 보상이라.
>
> [꾸란 2:193] 박해가 사라질 때까지 그들에게 대항하라.

[꾸란 8:39] 박해가 사라지고 종교가 온전히 하나님(알라)만의 것이 될 때 까지 성전하라.

[꾸란 9:5] 금지된 달이 지나면 너희가 발견하는 불신자들마다 살해하고 그들을 포로로 잡거나 그들을 포위할 것이며 그들에 대비하여 복병하라.

[꾸란 61:4] 실로 하나님(알라)은 하나님(알라)의 명분을 위하여 대열에 서서 견고한 건물처럼 자리를 지키며 성전에 임하는 자들을 사랑하시니라.

이런 구절들을 보면 꾸란에 규범적이지 않은 부분이 있다는 것을 발견할 수 있습니다. 하지만 무슬림들은 성경 또한 다음과 같은 구절들이 있지 않느냐며 반문할 것입니다.

[수 6:21] 그 성 안에 있는 모든 것을 온전히 바치되 남녀 노소와 소와 양과 나귀를 칼날로 멸하니라

[신 7:1-2] 네 하나님 여호와께서 너를 인도하사 네가 가서 차지할 땅으로 들이시고 네 앞에서 여러 민족 헷 족속과 기르가스 족속과 아모리 족속과 가나안 족속과 브리스 족속과 히위 족속과 여부스 족속 곧 너보다 많고 힘이 센 일곱 족속을 쫓아내실 때에 네 하나님 여호와께서 그들을 네게 넘겨 네게 치게 하시리니 그 때에 너는 그들을 진멸할 것이라 그들과 어떤 언약도 하지 말 것이요 그들을 불쌍히 여기지도 말 것이며

[신 7:26] 너는 가증한 것을 네 집에 들이지 말라 너도 그것과 같이 진멸 당할까 하노라 너는 그것을 멀리하며 심히 미워하라 그것은 진멸 당할 것임이니라

[신 13:15-16] 너는 마땅히 그 성읍 주민을 칼날로 죽이고 그 성읍과 그 가운데에 거주하는 모든 것과 그 가축을 칼날로 진멸하고 또 그 속에서 빼앗아 차지한 물건을 다 거리에 모아 놓고 그 성읍과 그 탈취물 전부를 불살라 네 하나님 여호와께 드릴지니 그 성읍은 영구히 폐허가 되어 다시는 건축되지 아니할 것이라

[신 20:16-17] 오직 네 하나님 여호와께서 네게 기업으로 주시는 이 민족들의 성읍에서는 호흡 있는 자를 하나도 살리지 말지니 곧 헷 족속과 아모리 족속과 가나안 족속과 브리스 족속과 히위 족속과 여부스 족속을 네가 진멸하되 네 하나님 여호와께서 네게 명령하신 대로 하라

이렇게 많은 성경 구절을 보니 무슬림들의 반문은 매우 합리적인 것처럼 보입니다. 이 외에 출애굽기 23:32-33; 34:11-16에서도 쫓아내라는 명령을 발견할 수 있습니다. 이렇게 많은 구절을 가지고 있으면서 이슬람교의 지하드 교리의 근거를 두고 있는 꾸란에 대해 규범적이지 않다고 주장하는 것은 모순인 것처럼 여겨집니다. 하지만 성경의 역사적인 기술은 그러한 진멸을 실제로 수행했는지 여부를 잘 밝혀 주고 있습니다.

[삿 3:5-6] 그러므로 이스라엘 자손은 가나안 족속과 헷 족속과 아모리 족속과 브리스 족속과 히위 족속과 여부스 족속 가운데에 거주하면서 그들의 딸들을 맞아 아내로 삼으며 자기 딸들을 그들의 아들들에게 주고 또 그들의 신들을 섬겼더라

[삼하 11:3] 다윗이 사람을 보내 그 여인을 알아보게 하였더니 그가 아뢰되 그는 엘리암의 딸이요 헷 사람 우리아의 아내 밧세바가 아니니이까 하니

[대하 8:7-8] 이스라엘이 아닌 헷 족속과 아모리 족속과 브리스 족속과 히위 족속과 여부스 족속의 남아 있는 모든 자 곧 이스라엘 자손이 다 멸하지 않았으므로 그 땅에 남아 있는 그들의 자손들을 솔로몬이 역꾼으로 삼아 오늘에 이르렀으되

사사기를 보면 가나안 정복 전쟁 시에 진멸했어야 하는 족속들이 건재하다는 것을 알 수 있습니다. 사무엘하에서는 그러한 족속들이 건재할 뿐만 아니라 중요한 군사적 임무를 맡고 있다는 것을 알 수 있습니다. 역대하에서는 이들이 솔로몬의 역꾼이 되었다는 것을 알 수 있습니다.

이렇게 성경을 보면 그들은 확실하게 진멸당한 것이 아니라는 것을 알 수 있습니다. 역사적으로 가나안 정복 전쟁이 있었다는 것은 분명하지만 무슬림들이 주장하는 것과 같은 대규모 정복(진멸) 전쟁은 없었다는 것을 성경이 말하고 있습니다.

이와 같은 사실은 성경의 권위 있는 학자들을 통해서 알 수 있습니다. 그들에 의하면, 이러한 진멸하라는 하나님의 명령이 나타나는 본문에는 거의 어김없이 '헤렘'(*herem*)으로 알려진 구약의 독특한 개념이 나타난다는 것입니다.

> 하나님은 어떤 물건이나 사람들이 오랜 기간 하나님의 사역을 지속적으로 맹렬하게 방해하고 거역했을 때 그들을 파멸시키도록 따로 구별하신다. '진멸하기 위해 따로 구별하는 행위'는 구약에 자주 나타나지는 않는다. 남부 가나안 정복 시 탈취했던 전리품(민 21:2-3)과 여리고(수 6:21), 아이(수 8:26), 막게다(수 10:28), 하솔(수 11:11)의 정복 시 획득했던 전리품에만 이 같은 '헤렘'이 적용되었다.[1]

즉, 헤렘 개념에 의하면 가증한 것이 무엇이든 이스라엘에서 헤렘되어야 했습니다. 왜냐하면, 이스라엘은 물질의 번영보다 하나님께 의존하는 것이 훨씬 더 가치 있는 것이라는 것을 배워야 했기 때문입니다. 그렇기에 전리품에만 헤렘이 적용되었다고 보고 있습니다. 그리고 그것이 공동체를 위한 길이었으며 거룩을 위해서는 우상을 숭배하는 가나안 원주민들과 구별되어야 한다는 것을 보여 준다는 것입니다.

그러한 구별을 위해 신명기 7:3-4에서는 "그들과 혼인하지도 말지니 네 딸들을 그들의 아들에게 주지 말 것이요. 그들의 딸도 네 며느리로 삼지 말 것은 그가 네 아들을 유혹하여 그가 여호와를 떠나고 다른 신들을 섬기게 하므로, 여호와께서 너희에게 진노하사 너희를 멸하실 것임이니라"고 말씀합니다.

또한, 신명기 7:16과 신명기 20:17에서도 같은 경고를 볼 수 있습니다. 즉, 가나안 원주민을 진멸하라는 말씀은 우상을 숭배하는 자들과 결혼하지 말라는 경고의 말씀으로 이어져 있는데, 그 목적은 우상숭배하는 자들과의 접촉과 결혼을 통해 유일신앙이 오염되는 것을 방지하자는 데 있다는 것입니다.

이런 헤렘의 개념을 잘 모르면, 성경 또한 대규모 학살을 멍링하는 규범적이지 않은 경전이라고 오해할 수 있습니다. 그럼에도 불구하고 무슬림들은 이러한 헤렘의 개념을 자신들의 교리에도 동일하게 적용할 수 있다고 주장할 수 있을 것입니다. 그러나 현실 가운데에서 일어나는 현상을 보면서도 그렇게 말할 수는 없습니다.

---

[1] Walter C. Kaiser Jr. 외 3인, 『IVP 성경난제주석』 (서울: IVP, 2017), 206.

지하드 교리에 근거하여 자살테러는 아주 빈번하게 일어나고 있습니다. 그러한 대표적인 사건은 자살폭탄 테러범들에 의해 납치된 미국 여객기가 미국 뉴욕시의 대표적인 고층빌딩 두 곳에 충돌한 911 사건입니다. 아마도 여기서도 무슬림들은 그러한 자살 테러가 원리주의자들의 소행이라고 이야기할지도 모릅니다.

그러나 기독교 원리주의자들에 의해 그와 같은 비슷한 사건이 일어났다는 것을 들어보지 못했습니다. 그것은 지하드 교리가 아무리 성경의 진멸 사상과 비슷하다고 하여도, 꾸란의 전반적인 규범성에 문제가 있다는 것을 의미합니다. 그리고 그러한 문제를 제기하게 만드는 것은 문제가 있습니다. 이런 꾸란을 하나님의 감동으로 된 성경과 비교하는 것은 신성모독임을 알아야 합니다. 그만큼 성경은 거룩함을 강조하고 있습니다(레 11:45).

3) 성경은 목적적이기 때문이다

윤리의 절대적인 권위를 갖기 위해서는 목적적이어야 합니다. 목적적이지 않은 권위는 절대적일 수 없습니다. 디모데후서 3:17에서 "이는 하나님의 사람으로 온전하게 하며"라고 말씀합니다. 여기 '온전하게'에 쓰인 원어는 아르티오스(ἄρτιος)입니다. 이는 '완전한, 적합한, 준비된'의 의미를 가지고 있습니다. 즉, 성경은 사람을 온전하게 할 정도로 목적적입니다. 성경은 사람으로 하여금 각종 선한 일을 수행하는 일에 있어 적절하게 또 철저하게 준비할 수 있도록 만들어 줍니다.

예수님께서는 자신의 계명을 지키고 행하라고 계속해서 권면하셨습니다(마 3:8; 19:17; 23:3; 28:20). 또한, 지상명령을 주실 때에도 "내가 분부한 모든 것을 가르쳐 지키게 하라"고 명령하셨습니다(마 28:20; 비교 신 6:20-25; 32:46; 시 78:4-8).

사도 바울 또한, 은혜와 믿음을 강조하고 나서(엡 2:5-9; 갈 2-4장), 바로 행함을 강조하였습니다(엡 2:10; 갈 5-6장). 사도 요한은 마지막 책인 요한계시록에서 계시의 말씀을 읽고, 듣고, 지켜야 한다고 계속해서 권면합니다(계 1:3; 22:9; 또한, 2:26; 3:3, 8, 10; 12:17; 14:12; 22:7).

이처럼 하나님께서는 사람을 부르셔서 소명을 주시고 선한 일을 하도록 하셨습니다(엡 2:10; 4:28; 골 1:10; 딤후 2:21; 3:17; 딛 3:8).

성경이 절대적인 권위를 갖고 있다는 것을 알 수 있는 것은 성경이 '선'이라고 하는 목적을 성취할 수 있도록 만든다는 데서 알 수 있습니다. 물론 다른 경전이나 법률들도 이런 목적을 성취하도록 만든다고 이야기할지 모릅니다. 그러나 그러한 경전이나 법률들은 '선'에 대한 개념 자체가 자의적일 뿐만 아니라 '선'을 향한 목적을 성취하는 것이 어떤 의미를 가지고 있는지를 설명하는 데에 있어 부족합니다.

예를 들어, 불교의 많은 경전은 '선'에 대해 자의적인 해석을 취합니다. 그 대표적인 것이 '살생하지 말라'는 계율입니다. 이것은 육식을 금하기 위해서 살생하지 말라는 것으로 이해됩니다. 하지만 왜 육식을 금하는 것이 '선'인지, 그리고 육식을 금한다면 왜 열 가지의 고기를 금하는지 이해하기 어렵습니다. 이처럼 특히, 불교에서는 자의적인 '선' 해석이 난무합니다.

또한, 많은 법률이 '선'을 향한 목적을 성취하는 데에 있어 이러한 자의적 해석 때문에 방해를 받을 수 있습니다. 또한, 인간의 경제적 이득을 위해 법의 취지를 왜곡할 수 있습니다. 그러므로 많은 법률이 '선'을 성취하지 못하는 경우가 많다는 것을 알아야 합니다.

4) 성경은 교육적이기 때문이다

윤리의 절대적인 권위를 갖기 위해서는 교육적이어야 합니다. 교육적이지 않은 권위는 절대적일 수 없습니다. 디모데후서 3:17에서 "모든 선한 일을 행할 능력을 갖추게 하려 함이라"라고 말씀합니다. 즉, 성경은 사람에게 모든 선한 일을 행할 능력을 갖추게 할 정도로 교육적입니다. 교육의 목표는 지식의 전달에 있는 것이 아니라 선한 일을 하도록 하는 것입니다.

여기 '갖추다'에 쓰인 원어는 엑사르티조(ἐξαρτίζω)는 '완전하게 하다', '마치다'라는 의미를 가지고 있습니다. 이 단어는 수동태로 쓰여질 때 '철저하게 갖춰지다', '준비되다'는 뜻이 됩니다. 여기서 중요한 것은 준비에서 끝나는 것이 아니라 선한 일을 수행하는 데까지 나아가야 한다는 것입니다.

즉, 성경은 사람으로 하여금 철저히 준비시켜 선한 일을 할 수 있도록 온전히 갖춰진 상태가 되게 합니다. 이것이 주는 함의는 행하도록 만드는 것이 더 중요하다는 것입니다. 성경은 선에 대한 지식만을 전달하지 않고 사람을 바꾸고(formative) 변화시켜(transformative) 선한 일을 할 수 있게 만들어 주는 역할을 한다는 것입니다.

세상의 많은 철학이 선에 대해 이야기할 수 있지만 선을 실행할 수 있도록 만들지는 못합니다. 심지어 G.E. 무어는 선함을 다른 속성으로는 분석할 수 없다고 주장했습니다. 즉, '선'을 정의할 수 없는 것으로 생각했습니다. '선' 조차도 정의할 수 없는 그런 철학에서 '선'을 실행할 수 있도록 만드는 것은 가능하지 않습니다.

예수님께서는 "내가 무슨 선한 일을 하여야 영생을 얻으리이까"라고 물은 한 청년에게 "어찌하여 선한 일을 내게 묻느냐 선한 이는 오직 한 분이시니라"고 대답하셨습니다(마 19:16-22). 즉, 하나님만이 절대적인 선이자 선의 기준이라는 것입니다. 이처럼 성경은 선을 정의할 수 있으며 사람으로 하여금 선한 일을 하도록 구비시키기 때문에 절대적인 권위를 가지고 있습니다.

5) 결론

많은 사람은 성경을 많은 경전 중의 하나로 생각하기 때문에 성경을 윤리의 절대적인 권위로 인정하지 않습니다. 상황주의자들 또한 윤리에는 절대적인 기준이 없다고 생각하기 때문에 성경을 상대적인 권위로까지만 인정합니다. 그러나 성경은 윤리의 절대적인 권위를 가지고 있습니다.

왜냐하면, 성경은 보편적이며, 규범적이며, 목적적이며, 교육적이기 때문입니다. 다른 경전들이나 법률들에서 이런 성경의 속성들을 찾기는 어렵습니다. 찾는다 하여도 일부분뿐입니다. 그러므로 성경이 윤리의 모든 부분에서 절대적인 권위를 갖고 있다는 것을 알아야 합니다.

2. 성경은 자연주의적 오류를 범하지 않나요?

> **[롬 1:20]** 창세로부터 그의 보이지 아니하는 것들 곧 그의 영원하신 능력과 신성이 그가 만드신 만물에 분명히 보여 알려졌나니 그러므로 그들이 핑계하지 못할지니라

성경은 위에서 살펴본 대로 윤리의 절대적 권위를 가지고 있습니다. 하지만 이러한 절대적 권위에 대해 도전하는 사람들이 있습니다. 그들은 성경도 자연주의적 오류(naturalistic fallacy)를 범하고 있다고 말합니다. 이러한 오류를 범하는 성경을 윤리의 절대적 권위로 인정할 수 없다는 것입니다.

그렇다면 성경은 자연주의적 오류를 범하지 않나요?

1) 자연주의적 오류란?

자연주의적 오류란 사실(is)과 당위(ought)를 혼동하는 데에서 생기는 오류입니다. 이 용어는 영국 도덕 철학자 G. E. 무어(George Edward Moore, 1873~1958)가 그의 책 『윤리학 원론』(*Principia Ethica*)에서 명명한 것으로 알려져 있습니다. 그는 특정 논증에서 용어의 사용과 그 용어의 정의 사이의 혼동으로 인해 어려움을 겪을 수 있다고 주장합니다.

예를 들어, '선함'이라고 하는 속성은 정의할 수 없으며 그것은 보여지고 파악될 수 있을 뿐이라는 것입니다. 아주 쉽게 말하자면, '파란색이다', '무겁다' 등의 자연적 속성은 '좋다', '옳다'라는 윤리적 속성과는 별개여서, 자연적 속성을 나타내는 단어로 윤리적 속성을 기술할 수는 없다는 것입니다. 무어는 이러한 시도를 자연주의적 오류라고 말합니다.

이러한 개념은 스코틀랜드 철학자 데이비드 흄(David Hume, 1711~1776)이 쓴 『인간 본성에 관한 논고』(*A Treatise of Human Nature*)에서 다루어진 존재-당위 문제(is-ought problem)와 가깝습니다. 흄에 의하면, 오로지 그러하다/존재한다(is) 또는 그렇지 않다/존재하지 않는다(is not) 등의 사실명제만으로부터 그러해야 한다/마땅하다(ought) 또는 그러해서는 안 된다/마땅치 않다(ought not) 등의 가치명제를 도출해서는 안 된다는 것입니다.

그래서 존재-당위 문제는 종종 흄의 법칙(Hume's law) 혹은 흄의 길로틴(Hume's guillotine, 단두대)이라고도 불립니다. 즉, 사실 판단을 윤리적 판단과 동일시하는 것이 오류라는 것입니다.

2) 성경이 자연주의적 오류를 범한다고 주장하는 이유

성경의 절대적 권위에 도전하고 있는 그룹 중 대표적인 그룹은 동성애자 그룹입니다. 그들은 성경이 자연주의적 오류를 범하고 있기 때문에 성경을 곧이곧대로 따를 필요가 없다고 말합니다. 성경은 동성애가 자연적 본성을 거스리기 때문에 동성애를 반대한다고 말합니다. 하지만 동성애자 그룹은 이는 두 가지 의미에서 잘못되었다고 말합니다.

첫째, 동성애는 보노보(Bonobo) 침팬지 등 인간 외의 종에서도 발견되는 행동이기 때문에 엄밀히 말해서 자연을 거스른다고 말할 수 없다는 것입니다.

둘째, 다른 종에서 동성애가 전혀 발견되지 않는다고 하더라도 '자연이 어떠하다'라는 사실명제만으로부터 '동성애는 잘못되었다'라는 윤리명제를 이끌어 내고 있기 때문에 이 주장은 자연주의적 오류를 범하고 있다는 것입니다.

이러한 공격은 동성애자만 하는 것이 아닙니다. 페미니스트는 "육아는 전통적으로 여성이 해 왔다"라는 사실명제로부터 "육아는 여성이 해야 한다"라는 가치판단을 이끌어 내는 시도는 전형적인 자연주의적 오류라고 말합니다. 좀 더 나아가 남성과 여성의 생물학적 차이가 남성과 여성의 절대적인 평등 관계를 훼손한다고 주장하는 극단적인 페미니스트 또한 이러한 자연주의적 오류를 이용하여 성경을 공격하고 있습니다.[2]

---

2 어떤 극단적 페미니스트들은 오히려 자연주의적 오류를 저지른다. 이 오류는 주로 가부장제의 성차별 논리를 미러링하는 데에서 생긴다. 예를 들어, 남성들이 가부장제에 대해 이야기할 때, 여성이 열등한 계급으로 정착된 것은 여성의 생물학적 특성 때문이라고 주

또한, 낙태를 원하는 여성 또한 자연주의적 오류를 이용하여 성경을 공격합니다. 배아는 연속적으로 성장하는 존재인데, 아주 작고 중요한 성장단계로 구분될 수 있다는 생각이 너무나 자의적이라고 말합니다. 수정, 착상, 원시선의 등장, 조직세포 출현, 피의 등장, 뇌의 발생, 또한 출생 등 일정한 세부적 구분점을 선정하고 이를 규범적 기준으로 만드는 시도가 바로 자연주의적 오류라는 것입니다.

이처럼 많은 그룹이 성경이 자연주의적 오류를 범하고 있다고 전방위적으로 공격하고 있습니다.

이들이 그토록 성경이 자연주의적 오류를 범하고 있다고 공격하는 이유가 무엇일까요?

그것은 성경이 오류를 범하고 있다는 것을 말해야 자신들의 행위가 정당화될 수 있기 때문입니다.

심지어 가톨릭교회 또한 이러한 동성애에 대해 자연법적인 접근을 하고 있습니다. 예를 들면, 동성애에 관련된 가톨릭교회 교리서(Catechism of the Catholic Church) 2358항이 그것입니다. 동성애는 자연법에 어긋난다고 말하면서도 깊게 뿌리박힌 동성애 경향(deep-seated homosexual tendencies)을 무시할 수 없으며, 존중, 동정, 민감성을 가지고 받아들여져야 한다고 말합니다.[3]

이러한 자연법의 논의를 확장하면, 자연법에서 인간의 위치는 하나의 종(species)을 차지하고 있습니다. 그러한 종 내에서의 남녀는 평등한 존재일 수밖에 없습니다. 하나의 종으로 취급되는 한, 종 내의 두 성은 성이라는 구별만 있을 뿐이지 권위를 따지지 않습니다. 물론 동성애자들을 차별해서는 안 되지만, 가톨릭 교리서와 같이 그들에게 회개를 촉구하기보다는 있는 그대로의 모습을 받아들여야 한다는 그들의 논리는 이해하기 어렵습니다.

장한다. 생물학적 특성 때문에 차별이 생길 수밖에 없다는 것이다. 많은 페미니스트가 이를 미러링하여, 여성과 남성 간의 생물학적 차이는 전혀 없기 때문에 여성을 차별해서는 안 된다고 주장한다. 남성들과 똑같이 사실에서 가치를 도출하고 있는 것이다. 그러나 여성과 남성의 생물학적 차이의 유무에 상관없이 차별은 옳지 않은 일이다. 차별이 부당하다는 것을 주장하기 위해 여성만의 특성이 완전히 허구라는 주장을 할 필요는 없다.

[3] Catechism of the Catholic Church, 2358.

이에 반해 우리는 성경적 접근 방식을 따라야 합니다. 예를 들면, 성경은 사람이 어떤 외적인 이유로 차별해서는 안 된다고 말합니다(약 3:9-10). 왜냐하면, 하나님의 형상을 따라 지음받은 소중한 존재이기 때문입니다(창 1:27). 여기서 하나님의 형상을 따라 지음받았다는 것은 하나님께서 정하신 창조질서를 따를 때에 소중한 존재가 될 수 있습니다. 왜냐하면, 하나님께서는 생육하고 번성하여 땅에 충만하고, 땅을 정복하고, 모든 생물을 다스리라는 문화명령을 주셨기 때문입니다(창 1:28). 그러므로 인간이 존중받기 위해서는 하나님의 창조질서를 존중할 때 의미가 있습니다.

그러나 사실 그러한 정당화는 성경의 근거를 대지 않더라도 정당하지 않습니다. 동성애자나 낙태 찬성자의 '성경이 자연주의적 오류를 범하고 있다'는 주장은 다음과 같습니다. 즉, "자연의 법칙 그 자체를 윤리적으로도 옳다고 여기는 것이 잘못된 생각이다"라는 것입니다. 여기서 그들은 최소한 두 가지 면에서 오류를 범하고 있습니다.

첫째, 그들은 자연주의적 오류를 사실(is)에서 자연의 법칙(natural law)으로 확장합니다. 그러나 이러한 확장은 매우 자의적입니다. 동성애가 보노보(Bonobo) 침팬지 등 인간 외의 종에서도 발견된다고 해서 인간의 동성애가 용인되어야 한다는 것을 자연의 법칙으로 삼는 것은 일반화의 오류입니다. 만일 그런 주장을 펴려면 최소한 이 세상에 존재하는 종의 50퍼센트 이상을 조사하고 50퍼센트 이상의 종에서 동성애가 있다는 것을 확인한 후에야 일반화시켜야 할 것입니다.

둘째, 사실명제가 참일 수도 있고 거짓일 수도 있기 때문입니다. 예를 들어, '모든 코끼리는 코가 두 개이다'라는 명제는 잘못된 사실에 대해 말하지만 사실에 대해 말하고 있으므로 사실명제입니다. 단 거짓인 사실명제일 뿐입니다. 그러므로 자연주의적 오류의 평가에 있어서 중요한 점은 전제로 쓰인 사실명제의 참/거짓 여부입니다.

동성애자들의 경우, 본인들이 동성애를 하도록 선천적으로 태어났다고 주장합니다. 그 주장은 사실명제입니다. 중요한 것은 이 사실명제가 참인지 거짓인지의 여부를 먼저 확인해야 합니다. 하지만 그들은 이 전제가 참이라고 주장하고 논의를 진행시킵니다.

이는 신성모독을 범하는 중대한 범죄입니다. 왜냐하면, 하나님께서는 인간을 남자와 여자로 만드시고 그 둘을 하나로 결합시키는 것을 자연의 법칙으로 주셨기 때문입니다. 이것이 하나님의 창조질서입니다. 하지만 동성애자들은 본인들이 동성애를 하도록 선천적으로 태어났다고 주장함으로써 신성모독을 범합니다. 왜냐하면, 하나님께서 창조 능력이 부족해서 인간을 동성애자로 만드셨다고 말하는 것과 다르지 않기 때문입니다.

3) 성경이 자연주의적 오류를 범하지 않고 있다는 논리[4]

무어는 흄의 '인성론'(Treaties of Human Nature)의 주장에 근거해서 사실(is)로부터 당위(ought)를 도출해 내는 것이 불가능하다는 논지를 펼칩니다. 객관적으로 관찰된 사실을 전제로 삼아 그로부터 당신이 해야만 하는 것들의 목록을 추론해 내는 것이 가능하지 않다는 말입니다. 아주 쉽게 말해서 '아이스크림이 맛이 있다'라는 사실에서 '당신은 이 아이스크림을 먹어야 한다'라는 결론을 도출할 수 없다는 것입니다.

즉, 흄과 무어에 의하면 이 세상의 사실들이 사람들에게 어떠한 도덕적 의무를 짊어지우는 일은 일어나지 않습니다. 그렇다면 "하나님이 도둑질은 악하다고 말씀하셨다"는 사실에서 "도둑질은 악하다"라는 결론을 추론해 내는 것이 자연주의적 오류일까요?

주장1
전제: x는 즐거운 일이다.
결론: 우리는 x를 실행해야 한다.

---

4 John M. Frame,『기독교 윤리학: 그리스도인의 삶에 대한 교리』, 이경직 옮김 (서울: P&R, 2015), 127-29 참조.

주장1을 살펴보면, 전제에서 발견되지 않는 의무에 대한 언급이 결론에서 발견됩니다. 즉, 사실(is)이 당위(ought)를 내포하지 않는 것은 분명합니다.

주장2
전제: x는 도덕적으로 옳다.
결론: 우리는 x를 실행해야 한다.

주장2에 대해서 우리는 오류라고 단정할 수 없는데 그것은 전제와 결론 모두가 의무 선언을 포함하고 있기 때문입니다. 그렇기에 자연주의적 오류를 다음과 같이 수정할 수 있습니다.
"도덕적 사실로부터 도덕적 결론을 도출하는 것은 가능하지만 도덕적 선언을 포함하지 않는 사실에서는 그럴 수 없다."

주장3
전제: 하나님이 도둑질은 악하다고 말씀하신다.
결론: 도둑질은 악하다.

주장3을 살펴보면, 이 주장은 자연주의적 오류를 범하지 않습니다. 그것은 전제가 이미 중립적 선언이 아닌 도덕적 사실에 해당하기 때문입니다. 마찬가지로 성경의 윤리들은 도덕적 사실을 포함한 여러 명제들로 구성되어 있습니다. 그러므로 그러한 명제로부터 도덕적인 결론을 도출할 수 있기 때문에 성경이 자연주의적 오류를 범하고 있다는 주장은 무효화됩니다.

4) 결론

성경은 윤리의 절대적 권위를 가지고 있습니다. 하지만 이러한 절대적 권위에 대해 도전하는 사람들이 있습니다. 그들은 성경도 자연주의적 오류(naturalistic fallacy)를 범하고 있기 때문에 이러한 오류를 범하는 성경을 윤리의 절대적 권위로 인정할 수 없다는 것입니다.

그들은 그렇게라도 해서 자신들의 악한 의도와 행동을 정당화시키려고 노력합니다. 그러나 그러한 노력은 신성모독을 범하고 있다는 사실을 알아야 합니다. 왜냐하면, 위에서 살펴본 대로 성경은 자연주의적 오류를 범하고 있지 않기 때문입니다.

3. 아디아포라(adiaphora)는 존재하나요?

> **[롬 14:1]** 믿음이 연약한 자를 너희가 받되 그의 의견(adiaphora)을 비판하지 말라
>
> **[고전 10:31]** 그런즉 너희가 먹든지 마시든지 무엇을 하든지 다 하나님의 영광을 위하여 하라
>
> **[딤전 4:3]** 혼인을 금하고 어떤 음식물은 먹지 말라고 할 터이나 음식물은 하나님이 지으신 바니 믿는 자들과 진리를 아는 자들이 감사함으로 받을 것이니라

위에서 살펴본 대로 성경은 윤리의 절대적인 권위를 가지고 있고, 그러한 성경에서 오류를 찾을 수는 없습니다. 그러므로 우리는 성경이 명령하는 것들을 지키기만 하면 됩니다.

성경의 십계명을 보면 '해야 할 것'(Do)과 '하지 말아야 할 것'(Do not)이 명확하게 나뉘어져 있습니다. 그렇기에 십계명을 준수하기만 하면 윤리적으로 비난받을 일은 없습니다. 하지만 십계명에도 나와 있지 않고, 윤리적으로 아무런 연관이 없어 보이는 어떤 일에 직면하게 될 때 혼란스러울 수 있습니다.

그렇다면 아디아포라는 존재하나요?

1) 아디아포라(adiaphora)란?

아디아포라(ἀδιάφορα)는 'a + diaphora'의 합성어로 그리스어 아디아포론(*adiaphoron*)의 복수형입니다. 'a'가 부정을 나타내는 접두사이기 때문에 디아포라의 반대를 의미합니다. 디아포라(*diaphora*)는 '절대적으로 중요한', '반드

시 해야만 하는'의 의미를 지니고 있으며 그 어떤 것에도 양보되거나 변형되거나 포기할 수 없는 절대적인 것을 지칭합니다.

그러므로 아디아포라(adiaphora)는 '그리 중요하지 않은', '대수롭지 않은', '무관심한'의 의미를 지니고 있습니다. 이 단어를 신학적으로 해석할 때 '가치중립적인', '해도 그만, 안 해도 그만인 것들' 정도로 해석될 수 있습니다. 성경에서 확실한 답을 찾을 수 없는 문제, 즉 성경이 명백하게 말하지 않아서 사람의 형편에 따라 임의로 결정하고 자유롭게 선택할 수 있도록 남겨진 영역을 '회색 영역' 또는 '아디아포라'라고 합니다.

이 단어를 윤리적으로 해석하면 도덕에 의해 정죄되거나 승인되지 않은 행동들을 말합니다. 즉, 옳지도 그르지도 않은 것이라는 의미를 지니고 있습니다.

아디아포라의 개념은 스토아 학파로부터 시작되었다고 볼 수 있습니다. 스토아 학파는 인간이 추구해야 할 대상을 세 가지로 구분합니다. 그것은 좋은 것(선), 나쁜 것(악), 무관심한 것입니다. 선은 미덕, 지혜, 정의, 절제 등을 추구하는 것이며, 악은 이와 상반되는 것이며, 무관심한 것은 생과 사, 명예와 불명예, 즐거움과 고통, 건강함과 건강하지 못함과 같이 선하지도 악하지도 않은 것입니다. 이렇게 무관심한 것들이 바로 아디아포라(adiaphora)입니다.

스토아 학파는 행복이 논리적 혹은 합리적이거나 자연스러운 것에 따라 생활하는 데서 비롯된다고 가르쳤습니다. 즉, 자연에 일치하는 삶을 추구하였습니다. 그러므로 스토아 학파에 의하면 자연에 일치하는 삶이 바로 선입니다. 사실 스토아 학파는 고대 윤리학 중 선의 개념을 가장 엄격하게 규정했던 학파로 유명합니다.

하지만 자연에 일치하는 삶이 도대체 무엇이냐는 질문에 대해서는 설왕설래할 수밖에 없습니다. 그렇기에 스토아 학파의 선에 대한 엄격성은 그 당시 다른 학파들로부터 주된 공격의 대상이 될 수밖에 없었습니다. 여기서 아디아포라의 문제가 대두됩니다. 왜냐하면, 그 선의 경계를 어떻게 설정하느냐가 관건이기 때문입니다. 그리고 그것이 행복을 정의하는 방식과 직결되어 있기 때문입니다.

아주 쉽게 말하자면, 어떤 것이 선이고 어떤 것이 아디아포라인지를 결정해야 선을 추구할 수 있고, 그래야 행복한 삶을 살 수 있다고 여겼기 때문입니다. 그러므로 아디아포라의 개념은 스토아 학파가 도덕성을 어떻게 규정했는지를 보여 주는 단서가 된다고도 할 수 있습니다. 하지만 위에서 살펴본 바와 같이 스토아 학파에서는 아디아포라에 대해 제대로 설명할 수 있는 근거를 찾기 어렵습니다. 그만큼 아디아포라는 철학적으로도 논쟁적인 문제가 될 수밖에 없습니다.

2) 강한 자와 약한 자의 논쟁은 아디아포라의 존재에 대해 부정적이다

아디아포라의 문제는 철학적으로만 논쟁적인 것이 아닙니다. 성경 시대에도 '아디아포라'의 문제는 논쟁적인 것이었습니다. 성경에서 아디아포라에 대해 말하고 있는 대표적인 구절들은 다음과 같습니다.

[표 64] 아디아포라 대표 구절들

로마서 14-15장	채식주의자에 대한 논쟁
고린도전서 8-10장	우상에게 바친 음식을 먹는 것에 대한 논쟁

로마서 14장에서 바울은 성경에 구체적으로 언급되지 않은 것들에 대해 말하고 있습니다. 여기서 '아디아포라'라는 단어는 "논쟁의 여지가 있는 문제"로 언급되고 있습니다(롬 14:1). 한글개역 성경에서는 "그의 의심하는 바"라고 번역해 놓았고, 개역개정에서는 ESV 성경번역과 같이 이를 "의견"이라고 번역해 놓았습니다.

사도 바울은 우상에게 바쳐진 고기를 먹는 문제에 대해 "믿음이 연약한 자를 너희가 받되 그의 의견을 비판하지 말라"고 명령합니다(롬 14:1). 그리고 "먹는 자는 먹지 않는 자를 업신여기지 말고 먹지 않는 자는 먹는 자를 비판하지 말라"(롬 14:3)고 권면합니다. 이 문제에 대해 사도 바울은 고린도교회에도 먹을 수 있는 자유가 믿음이 약한 자들에게 걸려 넘어지게 하는 것이 되지 않도록 조심하라고 권면합니다(고전 8:9). 이것이 함의하는 것은 우상에게 바쳐진 고기를 먹는 것은 아디아포라의 문제이니 그것 때문에 다투지 말아야 한다고 권면한 것이라 볼 수 있습니다.

사실 믿음이 강한 자들이나 약한 자들이나 그들의 행동에 대한 정당한 명분이 있습니다. 믿음이 강한 자들은 우상은 세상에 아무것도 아니며 또한, 하나님은 한 분밖에 없기 때문에 우상에게 바친 제물은 아무 의미를 갖지 않는다는 명분이 있습니다(고전 8:4).

반면 믿음이 약한 자들은 우상에게 바쳐진 것을 먹는다는 것은 하나님께 불경을 행하는 것이라는 명분이 있습니다. 그러나 사도 바울은 믿음이 강해 우상에게 바쳐진 음식을 먹을 수 있는 자들에게 믿음이 약한 자들을 실족케 하지 말라고 강력하게 경고하고 있습니다(고전 8:9).

여기서 우리의 관심은 바울이 정말로 우상에게 바쳐진 고기를 먹는 것은 아디아포라라고 보았는지에 관한 것입니다. 사실 이 구절만을 통해서 바울이 그것을 아디아포라라고 보았다고 확정짓기는 어렵습니다. 왜냐하면, 사도 바울은 "더 커다란 주제인 유대/이방인 문제(15:7-13)에 대한 분명한 언급을 가지고 상호적인 용납(참조 14:1)을 반복해서 요청하고"[5] 있기 때문입니다.

바울에게 로마 교회의 급선무는 우상에게 바쳐진 고기를 먹는 문제로 다투는 것보다는 교회가 하나가 되어 더 강한 믿음의 공동체가 되는 것이었을 것입니다. 왜냐하면, 믿음이 연약한 자도 하나님이 그를 받으셨다고 말하고 있기 때문입니다(롬 14:3). 이와 같은 바울의 스탠스는 고린도전서 8장에서도 잘 나타나 있습니다(고전 8:1-13). 바울은 우상의 제물에 대해 설명하면서 믿음이 약한 자를 실족하게 한다면 그것은 교회의 머리 되신 그리스도에게 죄를 짓는 것이라고 경고하고 있습니다(고전 8:12).

여기서 우리는 아디아포라에 대한 윤리적 함의를 추론할 수 있습니다. 먼저 우상에게 바쳐진 음식을 먹는 것은 믿음이 강한 자들에게는 아디아포라의 문제라고 간주될 수 있습니다. 믿음이 강한 자들에게 우상에게 바쳐진 음

---

5 James D. G. Dunn, 『WBC 주석 시리즈: 로마서(하)』, 김철, 채천석 옮김 (서울: 도서출판 솔로몬, 2005), 472.

식을 먹는 것은 그다지 중요한 문제가 아닙니다. 하지만 믿음이 약한 자들에게는 그것이 매우 중요한 문제입니다. 즉, 믿음이 약한 자들에게는 더 이상 아디아포라가 아닙니다.

그렇기에 사도 바울은 믿음이 연약한 자를 실족하게 하는 것은 그리스도에게 죄를 짓는 것이라고 말합니다(고전 8:12). 그러므로 믿음이 강한 그리스도인은 자신의 자유를 과시하지 말아야 하며, 믿음이 약한 그리스도인을 배려해야 할 책임이 있습니다(고전 8:9). 그러므로 강한 자와 약한 자의 논증이 주는 윤리적 함의는 한 문제가 어떤 이에게는 아디아포라의 문제라고 하여도 다른 이들에게는 디아포라의 문제라는 것입니다. 이는 아디아포라는 존재하지 않는다는 것을 의미합니다.

3) 성경의 충족성은 아디아포라의 존재에 대해 부정적이다

아디아포라가 존재한다고 주장하는 사람들은 그리스도인들에게 양심의 자유가 있다고 말합니다. 위의 서론에서 이야기했듯이, 성경의 십계명과 같이 '해야 할 일'과 '하지 말아야 할 일'이 분명하게 나누어져 있다면, 윤리적으로 혼란스럽지 않을 것입니다.

하지만 그렇게 분명하게 나누어져 있지 않은 경우들이 있습니다. 예를 들면, 안식일을 거룩하게 지키는 것이 어느 정도까지인지, 예배는 몇 시에 드려야 하는지, 예배시에는 어떤 복장으로 예배를 드려야 하는지, 부모를 공경하는 것이 어느 정도까지인지에 관한 것들입니다. 이러한 문제들은 셀 수 없이 많으며, 이러한 문제들을 대하는 태도는 사람과 환경에 따라 다를 수 있습니다.

그래서 그러한 문제들을 '아디아포라'의 문제라고 간주하고, 그러한 문제들을 해결하기 위해서는 양심의 자유에 맡겨야 한다고 주장할 수 있습니다. 웨스트민스터 신앙고백(WCF 20.2)에 따르면 양심은 "말씀에 반대되지 않는" 모든 영역 내에서 일반적인 믿음과 행동에서 자유로워집니다.

2. 양심의 자유

하나님께서만 양심의 주인이시며(약 4:12; 롬 14:4), 그는 그것을 믿음이나 예배의 문제들에 있어서 그의 말씀에 반대되거나 혹은 그것을 벗어나는 사람들의 교리들과 계명들로부터 자유하게 하셨다(행 4:19; 행 5:29; 고전 7:23; 마 23:8-10; 고후 1:24; 마 15:9). 따라서 양심을 떠나서 그러한 교리들을 믿는 것이나 그러한 계명들을 순종하는 것은 양심의 참된 자유를 배반하는 것이요(골 2:20, 22-23; 갈 1:10; 갈 2:4-5; 갈 5:1), 맹목적 믿음(implicit faith)과 절대적 맹목적 순종을 요구하는 것은 양심의 자유와 또한, 이성을 파괴하는 것이다(롬 10:17; 롬 14:23; 사 8:20; 행 17:11; 요 4:22; 호 5:11; 계 13:12, 16-17; 렘 8:9).

웨스트민스터 신앙고백 20.2에서 강조하는 것은 아디아포라의 문제로부터 양심의 자유가 있다는 것입니다. 이러한 '아디아포라'는 성경에서 뚜렷한 한계를 정해 놓지 않아서 우리의 신앙 양심에 따라 행하도록 허락했다고 봅니다. 이러한 양심의 자유가 있다고 하는 것은 아디아포라가 존재한다는 것을 의미합니다.

그러나 양심의 자유를 고려하기 전에 해야 할 일이 있습니다. 그것은 바로 어떤 문제가 진짜 아디아포라의 문제인지, 정말로 그 문제에 대해 성경이 함구하고 있는지 먼저 파악하는 것입니다. 왜냐하면, 성경을 살펴보기도 전에 어떤 문제가 아디아포라인지를 먼저 단정지어서는 안 되기 때문입니다. 그런 의미에서 우리는 성경의 충족성이라는 개념을 다시 한번 상고해 볼 필요가 있습니다. 웨스트민스터 신앙고백(WCF 1.6)에 따르면 성경의 충족성에 대한 설명이 나옵니다.

6. 성경의 충족성

하나님 자신의 영광을 위해 필요한 모든 것 곧 사람의 구원과 신앙과 생활에 관한 그의 모든 뜻은 성경에 명백히 제시되어 있거나 건전하고 필연적인 논리에 의해 성경으로부터 추론될 수 있으며(막 7:5-7), 어느 때든지 성령의 새 계시들에 의해서나 사람들의 전통들에 의해서 아무것도 거기에 첨가되어서는 안 된다(딤후 3:15-17; 갈 1:8-9; 살후 2:2.13).

> 그러나 우리는 말씀에 계시된 그런 것들을 구원에 이르도록 이해하는데 하나님의 영의 내면적 조명(照明)이 필요하다는 것을 인정하며(요 6:45; 고전 2:9-12), 또한, 하나님께 대한 예배와 교회의 정치에 관하여는 인간의 행위들과 사회들에 공통적인 어떤 사정들이 있어서, 항상 지켜져야 할 말씀의 일반적 규칙들에 따라 자연의 빛과 그리스도인의 분별력에 의해 그것들이 정돈되어야 함을 인정한다(고전 11:13-14; 14:26, 40).

성경의 충족성이 의미하는 것은 성경은 우리의 구원과 신앙과 생활에 관해 하나님의 뜻이 성경에 명백히 제시되어 있거나, 건전하고 필연적인 논리에 의해 성경으로부터 추론될 수 있다는 것입니다. 성경은 우리의 구원뿐만 아니라, 신앙과 일상 생활에 관한 하나님의 뜻을 포함하고 있습니다.

비록 어떤 한 사례가 정확하게 매치되지 않아도 그 사례에 대한 원리를 찾아볼 수 있습니다. 예를 들면, 핵 폭탄과 같은 무기에 대해 성경은 정확하게 말하고 있지 않지만, '살인하지 말라'는 계명을 통해 그 원리를 찾아볼 수 있습니다. 특히, 디모데후서 3:16-17은 성경의 충족성의 원리를 잘 보여줍니다.

> **[딤후 3:16-17]** 모든 성경은 하나님의 감동으로 된 것으로 교훈과 책망과 바르게 함과 의로 교육하기에 유익하니 이는 하나님의 사람으로 온전하게 하며 모든 선한 일을 행할 능력을 갖추게 하려 함이라

이 구절에 의하면, 성경은 인간의 모든 일에 교훈과 책망과 바르게 함과 의로 교육할 수 있으며, 모든 선한 일을 행하기에 부족함이 없을 정도로 충족적입니다. 이러한 성경의 충족성 원리에 비추어 보면 이 세상에 해결하지 못할 문제는 없다고 할 수 있습니다. 그러므로 아디아포라의 문제에 직면할 때 가장 먼저 해야 할 일은 그 문제가 정말로 아디아포라의 문제인지 살펴보아야 합니다. 왜냐하면, 성경의 충족성이 양심의 자유보다 먼저 고려되어야 하기 때문입니다.

그러니까 순서는 다음과 같습니다. 먼저 어떤 문제에 대해 성경이 언급하고 있는지를 확인하고, 그 문제에 대해 언급하면 성경 말씀대로 그 문제를 해결하면 됩니다. 성경이 옳다고 하면 그대로 진행하고, 성경이 틀렸다고 하면 하지 않으면 됩니다. 그리고 그 문제에 대해 언급하지 않으면 그 문제에 대한 성경적 원리를 도출하려고 노력해야 합니다. 왜냐하면, 성경은 모든 상황에 충족적이기 때문입니다.

이러한 성경의 충족성 원리는 우리의 합리적인 이성과 성화된 상식(sanctified common sense)에 의해 보충될 수 있습니다. 이러한 이성과 성화된 상식은 우리의 신앙과 양심에 기초합니다.

물론 우리는 어떤 문제가 아디아포라의 문제인지를 분별하기 위해서 철학이나 과학 혹은 상식과 같은 다양한 원천을 참조할 수 있습니다. 하지만 그중에서도 성경은 제1의 원천이 되어야 합니다. 다시 한번 강조하자면 성경이 그 문제에 대해 말씀하고 있는지를 확인한 후에 아디아포라의 문제를 어떻게 해결하면 좋을지를 생각해야 합니다. 이러한 성경의 충족성의 원리에 비추어 볼 때 아디아포라가 존재한다고 말하기는 어려울 것 같습니다.

4) 교회적 유익에 대한 역사적 사례들은 아디아포라의 존재에 대해 부정적이다

아디아포라의 존재를 주장하는 사람이나 부정하는 사람들 모두 교회의 유익을 그 근거로 듭니다. 아디아포라의 존재를 주장하거나 부정하는 사람 모두 본질에 대한 부분은 양보할 수 없는 것이라고 생각합니다. 진리의 배타성을 고수해야 하며, 진리에 대한 문제는 목에 칼이 들어와도 양보할 수 없다고 봅니다.

사실 그리스도의 신성, 믿음을 통한 은혜의 구원, 육체의 부활과 같은 교리는 본질적이며 타협할 수 없는 것입니다. 특히, 예수 그리스도의 십자가 보혈 외의 다른 것으로는 구원 얻을 방법은 없습니다. 많은 순교자가 이 문제에 대해서만큼은 양보하지 않고 목숨을 버렸습니다. 그만큼 본질에 대한 부분은 목숨을 걸고 지켜야 할 '디아포라'의 문제입니다.

하지만 비본질적인 부분에서 의견이 나뉩니다. 아디아포라의 존재를 주장하는 사람들은 비본질적인 부분에 대해서는 그렇게까지 목숨을 걸 필요는 없으며 양보할 수 있는 문제라고 봅니다. 왜냐하면, 비본질적인 부분이 일치하지 않는다고 하여 교회 내에서 다툼과 싸움이 일어난다면, 교회는 분열하게 되고 세상적으로 덕이 안 된다고 보기 때문입니다.

하지만 아디아포라의 존재를 부정하는 사람들은 아디아포라의 존재를 인정하는 순간 본질적인 부분이 훼손될 수 있는 여지가 생길 수 있다고 주장합니다. 그래서 결국 교회의 유익을 가져오지 못한다고 말합니다.

이처럼 양 진영은 아디아포라의 존재에 대해 교회적인 유익을 그 근거로 삼습니다.

그렇다면 어느 쪽이 진정으로 교회의 유익을 위한 것일까요?

사실 아디아포라의 문제는 교회에서 첨예하게 대립되는 논쟁적인 문제입니다. 초대 교회 당시의 아디아포라의 문제는 우상 제물을 먹는 문제였습니다(고전 8:1-13). 종교개혁 시기에도 아디아포라의 문제는 주요한 논쟁거리였습니다.

첫째, 가톨릭교회의 전통과 관습에 관한 것이었습니다. 비록 루터와 칼빈은 성경에 기초하여 종교개혁을 주장했으며 이신칭의에 대해 같은 생각을 하였지만 그들에게는 근본적인 차이가 존재했습니다. 그것은 아디아포라에 관한 문제였습니다. 루터는 성경이 명백하게 금하지 않는다면 가톨릭교회의 전통과 관습도 받아들여질 수 있다고 보았습니다. 하지만 칼빈은 그와 같은 견해에 대해 반대하였습니다.

마틴 루터가 죽은 지 2년이 지난 1548년, 신성 로마황제 찰스 5세(Charles V)는 아우크스부르크 칙령(Augsburg Interim)으로 가톨릭과 개신교를 연합시키려고 노력하였습니다.

하지만 필립 멜랑크톤(Phillipp Melanchthon)은 이 칙령을 거부하였습니다. 그 이유는 이신칭의를 근본적인 교리로 보장하지 않는다는 이유 때문이었습니다. 나중에 그는 라이프치히 칙령(Leipzig Interim)으로 알려진 타협안을 받아들이도록 설득되었고, 이신칭의에 대해서는 근본적인 교리로 보장받되, 그것과 관련이 없는 교리적 차이는 아디아포라 혹은 구원에 비본질적인 것이라는 것에 동의하고 말았습니다.

그렇기에 루터교의 아우크스부르크 신앙고백(Augsburg Confession)은 교회의 진정한 일치는 복음의 교리와 성례전의 집행에 관한 합의를 허용하기에 충분하다고 말합니다. 이것이 의미하는 것은 성경 외의 의식이나 예식은 모든 회중에 걸쳐 동일할 필요는 없다는 것을 전제합니다. 이와 같이 아디아포라를 인정하고 있는 루터교의 일부는 로마 가톨릭교회의 전통과 관습을 허용하고 말았습니다. 그래서 루터교의 일부는 오늘날까지도 성경에서 말씀하고 있지 않은 로마 가톨릭교회의 다양하고 미신적인 요소들을 그대로 가지고 있습니다.

이와 같은 사정은 영국국교회도 마찬가지입니다. 그들 또한 근본적인 교리만 종교개혁자들의 것을 따르고, 로마 가톨릭교회의 의식과 제도는 거의 그대로 가지고 있습니다. 그래서 오늘날에도 영국국교회 내부는 고교회파(앵글리칸 가톨릭)와 저교회파(복음주의 성공회)로 나뉘어져 있으나, 사실상 앵글리칸 가톨릭에 영국국교회는 점령을 당한 상태라고 볼 수 있습니다. 그렇기에 성공회를 '개혁된 천주교'(Reformed Catholic), '교황없는 천주교'라고 부르기도 합니다.

그런 이유로 청교도들은 더욱 확실하게 개혁할 것을 주장하였고,[6] 그것이 가능하지 않자 미국으로 건너오게 된 것입니다. 그런 의미에서 '위도주의'(latitudinarianism)라는 용어는 시사하는 바가 큽니다. 이 용어는 처음에 영국국교회의 공식 관행에 순응한다고 믿었지만, 교리 전례 관행 교회 조직의 문제는 상대적으로 중요하지 않다고 생각한 17세기 영국 신학자 그룹에 적용된 경멸적인 용어입니다. 즉, 그러한 문제들을 '무관심한 것'(adiaphora)으로 것으로 취급했기 때문에 생겨난 용어입니다.

둘째, 시편송과 같은 예배 찬송에 관한 것이었습니다. 루터는 칼빈에 비해 아디아포라의 영역을 넓게 생각하였습니다. 루터는 스스로 곡(曲)과 가사를 만들어 불렀고, 그의 후예들도 루터의 발자취를 따랐습니다. 그런 의미에서

---

[6] 그들을 가리켜 청교도(Puritan)라는 명칭을 붙인 이유는 청교도들이 엄격한 종교적 원리들을 고수함으로써 교회를 정화(purify)시키려는 데에서 유래되었다.

루터교는 그 후 2세기 동안 교회음악에 많은 영향을 끼쳤으며 캐롤송의 발전을 가져온 것은 사실입니다.

그러나 칼빈은 사람이 만든 찬송 가사를 받아들이려 하지 않았습니다. 심지어는 악기조차 거부하였는데, 악기와 찬송가가 성경에 의해 명령되지 않았거나 성경에서 선하고 필요한 결과에 의해 추론되지 않는다고 믿었기 때문이었습니다. 하지만 칼빈은 하나님께서 영감해 주신 시편의 노래, 곧 시편송보다 더 좋은 찬송이 없으며, 따라서 이것 외에는 하나님을 찬송하는 교회음악으로 적절치 못하다고 보았습니다.

그 근거는 예수님께서도 만찬을 잡수시고 시편을 부르며 감람산으로 향하셨다는 기록이 있다는 것입니다. 그래서 칼빈은 『제네바 시편찬송』(Geneva Psalter)에서 시편 150편을 노래하도록 하였으며, 그 전통이 칼빈의 후예들에 의해 계속되었습니다.

셋째, 성상(聖像)에 관한 것이었습니다. 쯔빙글리나 칼빈은 성상을 비성경적인 것으로 여겼으며 성상을 제거하고 철거하기 위해 많은 노력을 기울였습니다. 하지만 루터는 성상의 문제 또한, 아디아포라의 영역으로 이해하고 성상 철거에 소극적이었습니다.

이런 루터의 견해는 1522년 3월 바트부르크(Wartburg) 성(城)에서 비텐베르크(Wittenberg)로 돌아와서 행한 8편의 연속 설교 속에 잘 나타나 있습니다. 그의 영향으로 루터 교회는 심지어 10계명의 제 2계명인 "너는 나를 위해 새긴 우상을 만들지 말고, 또 위로 하늘에 있는 것이나, 아래로 땅에 있는 것이나, 아무 형상(形象)도 만들지 말라"는 계명을 가톨릭교회처럼 1계명에 포함시켰습니다.

우리는 위에서 신앙의 '비본질적인 것'을 '아디아포라'라고 여긴 결과가 어떠했는지를 살펴보았습니다. 아디아포라의 존재를 주장하는 사람들과 부정하는 사람들 모두 교회의 유익을 위한다고 하였지만, 어떤 것이 진정으로 교회의 유익을 위한 것인지를 역사를 통해 판단할 수 있습니다. 그것은 하나의 문제가 비본질적인 것이라 하여도 아디아포라가 아닌 디아포라의 문제로 접근한 쪽이 좀 더 교회의 유익을 가져왔다는 것입니다.

오늘날 교회는 이러한 아디아포라 문제로 많은 고통을 치루고 있습니다. 설교, 예배, 프로그램, 교회운영이 비본질적인 것이니 그렇게 신경 쓸 필요가 없다고 말합니다. 또 그렇게 중요하지 않으니 그냥 넘어가자고 말하고, 특별히 나쁠 것이 없지 않느냐고 말합니다.

예를 들어, 에큐메니칼 운동(교회 일치 운동)이 뭐가 나쁘냐고 질문하고 서로 화합하면 좋은게 아니냐고 말합니다. 온라인 예배를 드리는 것이 뭐가 나쁘냐고 질문하고 예배만 드리면 좋은게 아니냐고 말합니다. 성경의 기준이 뭐가 그렇게 중요하냐고 질문하고 사람들의 감성과 정서가 중요한 것이 아니냐고 말합니다. 심지어는 교리가 뭐가 중요하냐고 질문하고 괜히 다툼만 일으키는 것이 아니냐고 말합니다. 이러한 사례는 셀 수 없이 많습니다.

이렇게 아디아포라의 문제는 비본질적인 것에서 시작하여 본질을 훼손하기 쉽습니다. 예를 들어, 가톨릭교회를 위시하여 이단 교회들은 하나의 문제에 대해 성경의 충족성을 살펴보지도 않고 성경의 원리를 무시합니다. 그리고 자신들의 거짓된 교리와 신앙과 신학의 취향대로 해석하고 어리석은 짓들을 저지르면서 그것이 왜 그렇게 중요하냐고, 그것이 무엇이 나쁘냐는 식으로 넘어갑니다. 그러므로 교회적 유익에 대한 역사적 사례들은 아디아포라의 존재에 좀 더 부정적이라고 할 수 있습니다.

5) 기독교 윤리학의 우월성은 아디아포라의 존재에 대해 부정적이다

기독교 윤리학은 세속 윤리학과 차별화되며, 세속 윤리학과 비교하여 우월함을 보여 줍니다. 왜냐하면, 세속 윤리학은 대체적으로 윤리적 규범을 강조하는 의무론적 접근을 취하기 때문입니다.

그러한 차별화에 있어 하나님의 권위와 지배와 임재를 강조하는 존 프레임의 삼중관점론(triperspectivalism)은 기독교 윤리학의 진수를 보여 주고 있습니다. 그의 삼중관점론에 의하면, 기독교 윤리학의 근원은 하나님과 하나님의 주권으로부터 연유합니다. 이러한 하나님의 주권을 강조하는 그의 윤리학에 대한 접근방법은 그의 책 『기독교 윤리학: 그리스도인의 삶에 대한 교리』에서 찾아 볼 수 있습니다.

그는 이 책에서 아디아포라를 위한 어떤 여지도 남겨둘 수 없다고 말합니다. 아디아포라의 문제는 윤리적 규범이 무엇인지를 계속해서 질문한다는 데에 있습니다. 무엇을 해야 하고 무엇을 하지 말아야 하는지를 말해 달라고 계속해서 요청합니다. 즉, 윤리적 규범에 의한 의무론적 접근을 취합니다.

하지만 기독교 윤리학은 단순히 윤리적 규범인 율법적 기준만을 제시하지 않습니다. 즉, 기독교 윤리학은 의무론적 규정으로만 결정될 수 없습니다. 만일 아디아포라를 의무론적 규정으로만 접근하게 되면, 해야 되는 것과 하지 말아야 되는 것으로 나눌 수밖에 없습니다. 그렇게 되면 거기에서 누락된 것은 아디아포라가 되어, 해도 그만 하지 않아도 그만인 상태가 됩니다. 즉, 윤리의 의무로부터 자유롭게 됩니다.

하지만 믿음이 강한 자와 약한 자의 논증에서 보았듯이 그것은 믿음이 약한 자를 실족케 할 가능성이 있습니다. 그러므로 아디아포라의 문제를 의무론적으로만 접근하는 것은 비성경적인 것이 되고 맙니다. 왜냐하면, 하나님의 지배와 임재를 배제했기 때문입니다.

아디아포라 문제는 하나님의 지배를 강조하는 목적론적 윤리와 하나님의 임재를 강조하는 덕윤리와 함께 다루어져야 합니다. 아디아포라의 문제를 목적론적 윤리, 그리고 덕윤리와 함께 다룰 때에 고린도전서 10:31은 시사하는 바가 큽니다. "무엇을 먹든지 마시든지 무엇을 하든지 다 하나님의 영광을 위하여 하라"는 명령은 이러한 목적론적 윤리와 덕윤리가 무엇인지를 말해 줍니다.

즉, 우상에게 바쳐진 고기를 먹느냐 먹지 않느냐의 문제는 무엇을 해야 하는지 하지 말아야 하는지를 다루는 의무론적 윤리를 뛰어넘습니다. 믿음이 강한 자들에게 우상에게 바쳐진 고기를 자유롭게 먹는 것은 아디아포라의 문제일 것입니다. 하지만 "주께서 위하여 죽으신 형제"를 실족케 하지 않아야 한다는 목적론적 윤리는 하나님의 지배 가운데에 작동하고 있습니다. 그러한 하나님께 영광을 돌리기 위해서는 아디아포라의 자리는 사라지고 맙니다.

그리고 교회의 지체를 위하여 고기를 먹지 않는 것은 교회를 세우는 중요한 덕이 됩니다. 이러한 덕윤리는 믿음이 약한 자를 세우라는 하나님의 임재

가운데에 작동하게 됩니다. 이처럼 덕윤리는 하나님의 영광을 추구하는 목적론적 윤리의 지점과 맞닿아 있는 것을 알 수 있습니다.

이러한 모든 점을 고려하면 우리는 기독교 윤리가 당위와 금지만을 주장하는 의무론적 윤리를 뛰어넘는 우월한 윤리라는 것을 알 수 있습니다. 이처럼 기독교 윤리학의 우월성은 아디아포라의 존재에 대해 부정적이라는 것을 알 수 있습니다.

6) 아디아포라의 적용 사례

아디아포라의 대표적인 적용 사례는 음주와 흡연의 문제일 것입니다. 많은 사람이 그리스도인의 음주와 흡연에 대해 해도 되는지, 하지 말아야 하는지에 대해 질문합니다. 꼭 음주와 흡연이 아니더라도 사람들은 많은 문제에 대해 "이것은 해도 되나요, 하지 말아야 하나요"와 같은 율법의 허락을 구하는 질문들을 끊임없이 제기합니다. 이러한 음주와 흡연에 대해 우리는 '강한 자와 약한 자'의 사례에서와 같이 동일하게 접근할 수 있습니다.

사실 음주에 대해서는 "술 취하지 말라'는 명령이 존재합니다(롬 13:13; 엡 5:18). 그래서 조금의 술은 괜찮지 않냐라고 질문합니다. 이에 대해, 조금의 술도 마시지 않는 것이 하나님의 영광을 위하고 교회의 지체를 세우는 것이라고 대답할 수 있습니다.

흡연에 대해서는 성경에 나와 있지 않기에 진정한 아디아포라의 문제라고 생각할 수 있습니다. 하지만 흡연 또한 믿음이 약해 실족하는 지체들을 생각할 때, 흡연의 당위성은 사라지고 맙니다. 이와 같은 원리는 우상에게 바쳐진 제물을 먹는 문제와 동일한 원리하에 있습니다.

구약 시대의 율법이 의무론적인 접근을 통해 당위와 금지 사항을 제시하였다면, 신약 시대의 복음은 하나님의 영광을 위하는 목적론적인 접근과 교회의 덕을 세우는 덕윤리적인 접근을 통해 보충하고 있습니다. 그런 의미에서 의무론적인 접근이 소극적이며 수동적인 접근이라면, 목적론적 접근과 덕윤리적인 접근은 적극적이며 능동적인 접근이라고 할 수 있습니다.

아디아포라의 문제는 단지 소극적이며 수동적인 접근을 통해서는 해결될 수 없는 문제이며, 보다 적극적이며 능동적인 접근을 통해서 해결될 수 있습니다. 이러한 점을 고려한다면 아디아포라의 설 자리는 없으며, 우리의 모든 행동은 성경의 충족성 원리에 의해 규정되어야 합니다. 그렇기에 사도 바울은 이렇게 말합니다.

> [골 3:17] 무엇을 하든지 말에나 일에나 다 주 예수의 이름으로 하고 그를 힘입어 하나님 아버지께 감사하라

그러므로 기독교 윤리는 세상의 그 어떤 윤리보다 더 높은 도덕적 수준을 견지하고 있다는 것을 알아야 합니다.

7) 결론

아디아포라의 문제는 현재에도 다툼과 싸움이 계속될 정도로 논쟁적입니다. 문제는 이 문제가 신자와 불신자간의 다툼과 싸움이 아니라 신자와 신자 간의 다툼과 싸움이라는 것입니다. 많은 사람이 본질과 비본질을 언급하면서 성경에서 말하고 있지 않은 부분에 대해서는 자신의 자라온 환경과 교육 등에 의해 형성된 신념과 소견대로 행하려고 합니다.

그렇기에 아디아포라를 어떻게 인식하느냐가 중요합니다. 왜냐하면, 아디아포라를 어떻게 인식하느냐에 따라 개인과 교회의 신앙 및 윤리의 형태가 다르게 나타나기 때문입니다.

우리는 위에서 네 가지의 근거를 제시하였습니다.

첫째, 강한 자와 약한 자의 논증이 주는 함의
둘째, 양심의 자유보다는 성경의 충족성 원리를 먼저 고려해야 하는 당위성
셋째, 교회적 유익에 대한 역사적 사례들
넷째, 기독교 윤리의 우월성

이러한 점을 모두 고려할 때 우리는 아디아포라의 설 자리는 없다고 결론 지을 수 있습니다. 또한, 음주와 흡연에 대한 적용 사례는 그러한 결론을 강화시키고 있습니다. 우리는 모든 순간에 있어 하나님의 영광을 위해야 합니다(고전 10:31). 그렇다면 모든 것은 윤리에 관계되며, 아무 상관도 없어 보이는 경우란 사실상 존재하지 않는다고 보아야 할 것입니다.

게다가 아디아포라의 존재를 주장하는 태도보다는 부정하는 태도가 좀 더 건전하고 윤리적인 태도를 함양하기 쉽습니다. 그런 의미에서 아디아포라의 영역은 없으며, 아디아포라는 존재하지 않는다고 해야 할 것입니다.

4. 설교의 윤리적 의미는 무엇인가요?

> [막 4:34] 비유가 아니면 말씀하지 아니하시고 다만 혼자 계실 때에 그 제자들에게 모든 것을 해석하시더라
>
> [요 17:3] 영생은 곧 유일하신 참 하나님과 그가 보내신 자 예수 그리스도를 아는 것이니이다

불교의 구원은 끝없이 되풀이되는 윤회의 고통에서 벗어나는 것입니다. 그러한 목적을 위해 수행을 통해서 깨달음을 이루고 부처가 되어야 한다고 가르칩니다. 이러한 깨달음을 위해 법거량(法擧量) 혹은 법담(法談)이라고도 하는 선문답을 하기도 합니다. 선문답은 수행자끼리 혹은 스승과 제자 사이에 주고받는 문답형식의 대화입니다. 이렇게 선문답을 하는 이유는 말로는 설명할 수 없는 불가언설(不可言說)의 진리를 설파하기 위해서입니다.

이러한 선문답 중에는 질문과 대답이 상식을 벗어나는 경우가 많이 있습니다. 예를 들면, "달마대사가 서쪽에서 온 이유가 무엇입니까"라는 질문에 "마음이 산란한 것 같은데, 나중에 다시 오지"라고 대답했다는 이야기가 있습니다. 그래서 은어와 반어는 물론이고 활구[無義語], 격외구, 관용구, 차전법(遮詮法), 현언 등을 사용하기도 합니다. 그런 이유로 깨달음은 고사하고 불교의 진리에 대해 난해함만 늘어간다는 자조 섞인 이야기를 듣습니다. 즉,

불교에 대한 접근성이 떨어지는 단점이 있습니다.

그러다 보니 교회의 예배와 같이 정기적으로 모여 예불을 드리고, 찬송가와 같이 찬불가를 부르고, 설교와 같이 설법을 하며, 성경공부 모임처럼 불경을 가르치고 공부하는 모임이 생겼습니다. 사실 불경을 공부하고 설법을 듣는 것이 나쁜 것은 아닙니다.

하지만 불경을 공부하고 설법을 듣는 것은 원래 깨달음의 취지와는 다릅니다. 왜냐하면, 원래 깨달음은 본인이 직접 수행하여 얻어야 하는데, 다른 사람의 도움으로 깨닫는다면 그것이 진정한 깨달음인가라는 회의가 들수 있기 때문입니다. 게다가 깨달음을 위해 불경을 공부한다고는 하지만 실상은 불교에 대해 공부하는 것이 되어 버리기 때문입니다.

그렇다면 기독교의 설교가 불교의 설법과는 무엇이 다르고, 설교는 왜 하는 것일까요?

많은 설교가가 다음과 같이 설교를 정의합니다.

[표 65] 설교에 대한 정의

존 칼빈 (John Calvin)	인간의 입으로 나온 설교는 하나님의 입을 통하여 나온 말씀과 동일한 것이라 할 수 있다. 왜냐하면, 하나님께서는 하늘로부터 직접 말씀을 선포하시는 것이 아니라 인간을 도구로 사용하시기 때문이다(이사야 주석 55:11).
필립 브룩스 (Phillips Brooks)	설교란 한 사람에 의하여 다수의 사람에게 주어지는 진리의 커뮤니케이션이다 (Lectures on Preaching, 4).
칼 바르트 (Karl Barth)	설교는 하나님 자신의 말씀이다. 그러나 하나님 자신의 선하신 뜻을 따라 하나님의 이름으로 한 인간(설교자)을 선택하고 성경의 말씀을 방편으로 하여 인간들에게 증거하게 하신다(The Preaching of the Gospel, 9).
데이비드 J. 랜돌프 (David J. Randolph)	설교는 회중들의 구체적인 상황에서 성경의 의미가 표현되기 위해 성경이 설교 안에서 해석되어지는 사건이다(The Renewal of Preaching, 1).

이처럼 설교를 왜 해야 되는지에 대한 의견은 다양합니다. 이것은 곧 설교의 윤리적 의미가 다양하다는 것을 의미합니다.

그렇다면 설교의 진정한 윤리적 의미는 무엇인가요?

1) (성부 – 권위) 설교는 규범적이어야 한다

우리가 교회에서 듣는 설교 중 상당수는 도덕에 관한 것입니다. "선을 행하되 낙심하지 말지니 포기하지 아니하면 때가 이르매 거두리라"(갈 6:9), "혀는 곧 불이요 불의의 세계라 혀는 우리 지체 중에서 온 몸을 더럽히고 삶의 수레바퀴를 불사르나니 그 사르는 것이 지옥 불에서 나느리라"(약 3:6)와 같이 선을 장려하고 악을 행하지 말라는 설교가 많습니다.

그리스도인은 윤리적으로 지탄받아서는 안 되며, 세상 가운데 빛과 소금을 역할을 다하기 위해서는 도덕적으로 살아야 합니다. 또한, 예수님을 믿는다는 것은 바로 우리의 행위를 통해서 알 수 있기 때문에 도덕적으로 바르게 살아야 한다는 설교를 듣는 것은 나쁘지 않습니다.

그러나 이런 도덕적 설교에 대해 반대하는 사람도 있습니다.

첫째, 도덕적 설교는 학교 도덕 시간에 듣는 훈화 말씀과는 다른 것이라 생각하기 때문입니다. 설교 시간은 윤리 시간이 되어서는 안 되며, 성경은 도덕책이 아니라는 것입니다.

둘째, 도덕적 설교를 듣는다고 바로 삶이 변화하지 않는다고 보기 때문입니다. 인간의 죄된 본성은 사람이 바로 변화하도록 쉽게 허용하지 않습니다. 설교자도 지키기 어려운 행위를 하라고 하는 도덕적 설교는 시간 낭비일 수 있다는 것입니다.

셋째, 도덕적 설교를 듣는다고 해서 인간이 행위로 의로워지지 않는다고 생각하기 때문입니다. 의롭게 되는 것은 행위가 아닌 믿음에 의해서만 가능합니다. 그런데 도덕적 설교는 성경의 도덕을 지킴으로써 의로워질 수 있음을 암시하기 때문에 성경을 종교적인 윤리책으로 오해하게 만들 수 있다는 것입니다.

그럼에도 불구하고 도덕적 설교를 하고, 설교를 듣는 이유는 무엇일까요? 그것은 설교가 올바른 삶을 사는 데에 도움이 되기 때문입니다. 신앙을 갖는다는 것은 도덕적인 삶을 살겠다는 말과 같습니다. 그러므로 설교는 규범적이어야 합니다. 신앙에 있어 가장 중요하고 본질적인 것은 바로 도덕적인 행위입니다. 야고보가 "영혼 없는 몸이 죽은 것 같이 행함이 없는 믿음은 죽은 것이니라"(약 2:26)라고 강조한 것처럼, 도덕적인 행위가 없는 신앙은 진정한 신앙이 아닙니다(약 2:14-26).

그러므로 설교는 기본적으로 다음과 같은 성경의 목적을 실현시키는 것이어야 합니다.

> [딤후 3:16-17] 모든 성경은 하나님의 감동으로 된 것으로 교훈과 책망과 바르게 함과 의로 교육하기에 유익하니 이는 하나님의 사람으로 온전하게 하며 모든 선한 일을 행할 능력을 갖추게 하려 함이라

우리는 위에서 성경은 윤리의 절대적인 권위를 가지고 있는데, 그 이유는 성경은 보편적, 규범적, 목적적, 교육적이기 때문이라고 논증하였습니다. 이 모든 부분은 모두 규범성과 관련이 있습니다. 그러므로 설교는 이러한 목적을 달성할 수 있어야 합니다.

이러한 목적을 달성하기 위해서는 귀납법적 설교가 추천됩니다. 귀납법적 설교는 연역법적 설교와는 반대로 여러 증거를 수집하여 논지를 입증하는 방법으로 행해집니다. 좀 더 실감나게 비유하자면, 설교는 범죄 영화를 보는 것과 같습니다.

연역법적 설교는 범죄자가 누구인지를 알려 주고 시작하는 영화와 같으며, 귀납법적 설교는 범죄자가 누구인지를 추측해 가면서 보는 영화와 같습니다. 그러므로 귀납법적 설교는 A, B, C라는 여러 가지 사실에 입각할 때, 우리는 이렇게 도덕적으로 살아야 한다는 구조가 됩니다. 이러한 구조는 청중들로 하여금 말씀에 대해 수동적인 대상이 아닌 능동적인 대상으로 만듭니다. 그래서 설교자와 청중들은 함께 말씀을 찾아가는 여정(homiletical journey)을 갖게 됩니다. 즉, 말씀이 의미하는 바를 이성적으로 판단하는 과정을 통해서 말씀의 의미를 파악하게 됩니다.

이런 대표적인 설교가 바로 나단 선지자의 설교입니다. 나단은 처음부터 연역적으로 다윗의 범죄함을 지적하고 회개하라고 하지 않았습니다. 나단은

권세를 이용하여 가난한 사람의 양 새끼를 빼앗은 부자와 가난한 자의 이야기로 그의 설교를 시작합니다(삼하 12:1-25). 이 과정 속에서 다윗은 분노했고 그 분노에 합당한 판결을 내려야 한다고 주장하게 되었습니다. 그때서야 나단은 다윗의 죄를 지적합니다. 설교학적 관점에서 볼 때, 나단의 도덕적 설교는 삶의 변화를 일으키는 설교였습니다. 그것은 그가 그의 설교를 귀납법적으로 구성했기 때문입니다. 그러므로 도덕적 설교는 귀납법적 설교의 형태로 구성하는 것이 바람직합니다.

그런 의미에서 도덕적 설교는 하나님의 영광을 지향해야 합니다. 우리 삶의 모든 부분에서 하나님을 높이고 하나님의 권위에 순종하는 삶이야말로 하나님을 향한 찬양의 열매를 맺는 삶임을 확신시켜야 합니다. 그러한 격려를 통하여 청중은 도덕적 감화를 경험하게 되고, 결국 거룩한 삶으로 변화하게 됩니다. 그러므로 귀납법적으로 잘 구성된 도덕적 설교는 우리 삶을 변화시킬 수 있는 무한한 잠재성을 가지고 있습니다.

그러나 성경에서 무리하게 도덕적 교훈을 끌어내 설교하는 것은 지양해야 합니다. 왜냐하면, 그렇게 끌어낸 도덕적 설교는 성경 자체가 가지고 있는 생명과 구원의 신비를 담을 수 없으며, 성경을 일종의 도구로 사용하는 성서 도구주의에 지나지 않기 때문입니다.

2) (성자 – 지배) 설교는 종말론적이어야 한다

설교는 규범적이어야 하며, 또한, 종말론적이어야 합니다. 여기서 종말론적이라고 하는 것은 시간의 긴급성을 의미합니다. 한때 베스트셀러였던 책 『죽은 시인의 사회』(*Dead Poets Society*)에서 주인공은 학생들에게 "카르페 디엠"(Carpe Diem)이라고 외칩니다. 영어로는 'seize the day'(오늘을 붙잡으라)라는 뜻이며, '현실에 충실하라', '현재를 즐기라'는 의미로 쓰입니다.

세속적 가치관은 오늘을 희생하거나 고통스러운 날이 되게 해서는 안 된다고 가르칩니다. 하지만 그리스도인의 오늘은 언제 올지 모르는 종말을 준비하는 시간이어야 합니다. 시간은 언제나 긴급하며, 한 사람의 삶에 있어 긴급하지 않은 시간은 없습니다. 왜냐하면, 언제 죽음을 맞이할지 모르기 때문입니다. 그러므로 설교는 시간의 문제를 다루어야 합니다.

그런 의미에서 사도 바울의 카르페 디엠은 많이 달랐습니다. 그는 하루 하루를 즐기거나 이 세상의 것들에 집착하지 않았습니다. 그는 고린도 교회에게 편지를 쓰면서 "그리스도와 그가 십자가에 못 박히신 것 외에는 아무것도 알지 아니하기로 작정"하였다고 고백합니다(고전 2:2). 실제로 그는 "유대인에게는 거리끼는 것이요 이방인에게는 미련한 것"이었던 십자가에 못 박힌 그리스도만을 전하는 삶을 살았습니다(고전 1:23). 즉, 바울에게 설교는 십자가에 못 박힌 그리스도를 전하는 것이었습니다.

그러므로 설교의 내용은 복음 그 자체여야 합니다. 왜냐하면, 예수님은 구약 전체의 목표이자 성취이며, 하나님의 진리의 구현으로서 예수님은 성경을 해석하는 열쇠이기 때문입니다.[7] 즉 설교는 복음의 선포입니다. 이것은 귀납법적 설교와 같이 논리적으로 증명해야 하는 것은 아닙니다.

예를 들어, 산상수훈을 설교할 때 설교자들은 윤리적인 측면으로 접근하기 쉽습니다. 하지만 예수님께 초점을 맞추면 그것은 예수님께서 십자가를 향해 가는 출발점의 의미를 가지고 있습니다. 만일 예수님의 말씀과 사역을 도덕적인 설교로만 설교한다면, 그것은 기독교를 윤리종교로 전락시키는 것과 다르지 않습니다.

예를 들어, 예수님의 사역의 결정체인 십자가 사건을 가지고 도덕적 반성을 위한 성경 구절로만 삼는 것은 온당치 않습니다. 예수님의 십자가 사건은 그의 죽음과 부활을 통해 죄로부터 우리의 구속을 성취하는 사건으로 자신의 백성에게 경건한 행위를 위한 절박한 동기를 부여합니다.

그런 의미에서 '공적 선포'를 의미하는 케리그마(Kerygma)는 '윤리적 교훈'을 의미하는 디다케(Didache)와는 다른 의미를 가지고 있습니다. 즉, 케리그마는 하나님이 행하신 일을 선포하는 것인 반면에, 디다케는 그리스도인의 행동에 이 선포의 적용들을 가르치는 것이라고 볼 수 있습니다.[8] 요나는 '선포하라'는 명령을 받았고, 노아는 죄악이 관영한 그 시대에 '의를 전파하는

---

[7] Graeme Goldsworthy, 『성경신학적 설교 어떻게 할 것인가』, 김재영 옮김 (서울: 성서유니온선교회, 2002), 70.
[8] J. D. Douglas 외 6인, 『새성경사전』, 나용화 김의원 옮김 (서울: CLC, 1996), 828.

자'가 되었습니다(벧후 2:5). 성경은 "너는 말씀을 전파하라 때를 얻든지 못 얻든지 항상 힘쓰라"(딤후 4:2)고 명령합니다.

그런 의미에서 설교가 선포라는 목적을 달성하기 위해서는 구속사적 설교가 추천됩니다. 구속사적 설교는 '창조-타락-구속'이라는 프레임 속에서 그리스도에 의해 구속사가 성취되었다는 것을 강조합니다. 이러한 강조점은 구약과 신약을 해석할 때 포기해서는 안 되는 개혁주의적 해석 방법론입니다. 그러다 보니 어떤 설교자는 이러한 강조를 뛰어넘어 설교의 결론은 무조건 그리스도의 십자가로 끝내야 한다는 지론을 펼치기도 합니다.

하지만 구속사적 설교라고 해서 무조건 그리스도의 십자가로 끝내야 하는 것은 아닙니다. 왜냐하면, 오로지 구속사 주제에 맞추어진 설교에는 몇 가지 위험이 내재되어 있기 때문입니다.

프레임은 구속사적 설교가 가지는 문제들을 다음과 같이 지적합니다.

1. 많은 성경 진리를 빼거나 타당하지 않게 경시할 수 있다.
2. 일부 구속사 설교자들은 전문용어로 가득한 어휘를 개발한다.
3. 구속사에 대한 지나친 열광이 때로는 장로교와 교회들의 분열을 낳았다.
4. 몇가지 근거로 나에게 구속사 열광주의자들은 종종 빈약한 논리주의자인 것처럼 보인다.
5. 구속사적 설교를 시도하는 젊은 목회자들은 종종 너무나 많은 시간을 전하려는 메시지의 신학을 준비하는 데 사용한다.
6. 젊은 설교자가 종종 그들의 설교가 분명할 뿐 아니라 심오하고 독창적이라고 생각한다.[9]

위와 같은 문제점 때문에 구속사에 대한 강조는 필요하지만 모든 설교가 구속사로 완성되어야 하는 것은 아닙니다. 그런 의미에서 예수님의 종말론적 설교를 살펴볼 필요가 있습니다. 마태복음 24장과 25장은 예수님의 감람산 강화, 혹은 종말론적 설교, 혹은 소계시록이라고도 합니다.

---

[9] John M. Frame, 『기독교 윤리학: 그리스도인의 삶에 대한 교리』, 424-427.

이 설교에서 예수님은 예루살렘 성전의 파멸을 예고하시며, 종말에 이루어질 일에 대한 제자들의 질문에 대해 종말이 어떻게 시작되는지를 대답해 주십니다. 적그리스도들이 나타날 것이며, 전쟁과 내란과 처처에 기근과 지진이 일어난다는 것입니다. 이어서 제자들이 준비해야 할 것과 세상 마지막 날의 임박한 징조를 설명합니다.

이러한 종말론적 설교를 통해서 제자들은 시간의 긴박성에 대해 깨달았을 것입니다. 이런 깨달음은 그리 멀지 않은 시간에 복음 전파의 삶으로 실천되었습니다.

그러므로 구속사적 설교는 복음의 열매를 지향해야 합니다. 시간의 긴박성을 가지고 복음이 무조건 선포되도록 해야 합니다. 복음 선포는 씨앗을 뿌리는 것과 같아서 무차별적으로 되도록 많이 이루어져야 합니다.

이러한 구속사적 설교는 필연코 행동의 변화를 가져옵니다. 왜냐하면, 구속사적으로 구성된 복음적 설교는 지금 당장 무엇을 해야 하는지에 대한 동기 부여를 하기 때문입니다. 이러한 동기 부여는 순교한 예수님의 제자들과 같이 우리 삶의 지향점과 삶의 방식을 근본적으로 변화시키는 놀라운 능력이 있습니다.

3) (성령 - 임재) 설교는 전인격적이어야 한다

설교는 규범적, 종말론적, 전인격적인 것이어야 합니다. 여기서 전인격적이리고 하는 것은 하나님과의 교제를 의미합니다. 기독교의 설교가 불교의 설법과 다른 점이 바로 여기에 있습니다. 불교의 설법은 깨달음을 얻기 위한 수행을 강조합니다. 그러나 신과의 교제라는 개념이 없기 때문에 수행에 대한 의무감의 무게가 삶을 짓누를 수 있습니다.

마찬가지로 교회 안에서 도덕적 설교가 많아지면 많아질수록 그리스도인들은 의무감의 무게 때문에 신앙생활의 활력을 잃어버릴 수 있습니다. 그렇게 되면 기쁨과 감격은 사라지고 버거운 신앙생활을 하게 됩니다. 하지만 그리스도인은 하나님과 교제하면 할수록 하나님에 대해 더 잘 알아 가게 됩니다.

나를 사랑하시고 자유롭게 하시며 온전케 하시며 날마다 나를 세밀하게 인도하시는 하나님의 섭리를 깨닫게 되면 더 이상 의무감에 사로잡히지 않습니다. 오히려 기쁨과 감사를 가져오며, 우리의 삶을 보다 자유롭고 풍요롭게 만듭니다. 그러므로 설교는 성령님의 임재 경험을 다루어야 합니다.

그런 의미에서 설교는 믿음의 선배들의 하나님의 임재 경험을 증언하는 것이라고 할 수 있습니다. 성경은 기본적으로 이야기(narrative)로 구성되어 있습니다. 다른 종교의 경전들은 환상, 철학적 교훈, 신비스러운 이야기를 포함하고 있는데 반해, 성경은 특히 구약의 75퍼센트가 내러티브로 구성되어 있습니다.

이러한 내러티브 설교를 통해 증언의 효과는 극대화될 수 있습니다. 왜냐하면, 예수님도 비유가 아니면 말씀하지 않으셨기 때문입니다(막 13:34; 막 4:34; 요 16:29). 비유는 기본적으로 하나의 내러티브이지만, 설교는 그보다 더 큰 내러티브라고 할 수 있습니다.

그렇기에 캘빈 밀러(Calvin Miller)는 "내러티브 설교는 이야기들을 포함하는 설교라기보다는 처음부터 결론까지 설교 전체를 하나의 플롯을 주제로 엮어내는 설교"[10]라고 말합니다.

[표 66] 내러티브 설교의 장점

지적	누구나 이야기에 흥미를 가짐, 상상력을 사용, 설교 메시지에 집중
감정적	권선징악의 동기 부여, 시간과 공간의 제약없이 적용
의지적	자신의 정체성을 발견하고, 윤리적 의무를 파악

첫째, (지적인 면에서) 내러티브 설교는 누구나 이야기에 흥미를 갖습니다. 이야기는 시간의 흐름을 따라 갈등의 시작과 해결의 구도로 진행됩니다. 이때 청중은 상상력을 사용하여 이야기가 어떻게 진행될지를 추측하기 때문에 설교자는 자기의 의견을 주장하거나 논리를 전개하면서 설명하지 않아도 됩

---

10   Calvin Miller, "Narrative Preaching," in *Handbook of Contemporary Preaching*, ed. Michael Dudiut (Nashville, TN: Broadman, 1992).

니다. 청중으로 하여금 상상하게 하고 그 사건을 보도록 하기면 하면 됩니다. 이야기가 진행됨에 따라 청중은 흥미와 긴장감 속에서 공감하게 되며 설교 메시지에 집중하게 됩니다.

둘째, (감정적인 면에서) 내러티브 설교는 권선징악의 동기를 부여합니다. 이야기에는 필연적으로 선과 악의 대결이 있습니다. 이러한 대결 속에 권선징악은 삶의 윤리적 동기에 호소합니다. 성경은 어느 시대, 어느 곳에서나 적용할 수 있는 규범적 진리(normative truth)입니다. 그렇다고 하더라도 그것을 직접적으로 이야기하는 것보다는 권선징악적인 이야기를 통해 감정에 호소하는 것이 더욱 효과적입니다. 그렇기에 내러티브 설교는 청중의 마음을 끌어당기고 그들이 설교에 참여하도록 자극하는 수사적인 매력을 가집니다

셋째, (의지적인 면에서) 내러티브 설교는 성경의 이야기를 스스로 자신에게 적용하는 놀라운 힘이 있습니다. 수천 년 동안 그리고 지금까지 연극과 드라마가 사랑받는 이유가 거기에 있습니다. 청중은 이야기 속에서 자신의 정체성을 발견하고, 윤리적 의무를 파악합니다.

즉, 스스로에게 윤리적 동기를 부여합니다. 그렇기에 사복음서에는 수많은 비유가 등장하는데, 그 비유의 궁극적인 지향점은 바로 어떻게 살아야 하는지를 깨닫게 만드는 것입니다.

그런 의미에서 예수님의 탕자의 비유는 매우 좋은 설교입니다. 사람들은 이 내러티브 설교를 들으면서 지정의의 반응을 합니다. 지적인 면에서 자신이 탕자인지 아닌지 추측하고, 감정적인 면에서 살진 소를 잡아 탕자를 받아들인 아버지의 부성애에 감복하고, 의지적인 면에서 자신은 탕자 같이 살지 말아야겠다는 다짐을 자연스럽게 하게 됩니다.

성경 가운데에서도 이러한 내러티브로 이루어진 성경은 많습니다. 룻기서는 탕자의 비유와 마찬가지로 지정의의 다양한 요소를 발견할 수 있습니다. 또한, 사도행전은 역사서이면서도 성령께서 교회와 사도들을 사용하여 당신의 계획을 이루어 가신 성령의 이야기를 기록한 증언들의 집합체입니다.

존 파이퍼는 그의 책 『하나님을 설교하라』에서 설교의 목적, 토대, 은사에 대해서 다음과 같이 말합니다.[11]

[표 67] 설교의 목적, 토대, 은사

설교의 목적	하나님의 영광	지적 회심
설교의 토대	그리스도의 십자가	감정적 호소
설교의 은사	성령의 능력	의지적 동기 부여

즉, 설교는 하나님의 영광이라는 목적을 성취해야 하며, 그러한 목적을 성취하기 위해서 그리스도의 십자가를 설교의 토대로 삼아야 하며, 성령의 능력으로 설교를 감당해야 합니다.

즉, 내러티브 설교는 이와 같은 목적, 토대, 은사를 기초로 구성되고 전달될 때, 지적 회심, 감정적 호소, 의지적 동기 부여를 가능하게 합니다. 즉, 내러티브 설교의 최종 목표는 성령의 열매입니다.

이것은 설교 스타일의 역사적인 진행 방향 속에서 이해될 수 있습니다. 오랫동안 설교는 일방 통행적인 독백 스타일(monologue style)을 고집했습니다. 하지만 1960년대 중반부터 설교의 위기론이 제기되면서 이러한 위기를 극복하기 위해 쌍방 통행적인 대화적 스타일(dialogical style)을 강조하게 되었습니다. 이는 귀납법적 설교에서도 가능한데, 청중의 확인을 묻는 질문이 많아졌습니다.

더 나아가 성경 안의 내러티브를 설교에 도입한 이야기식 설교(narrative style)로 발전하게 되었습니다. 내러티브 설교에서는 상상의 역할이 새롭게 강조되었으며, 시적이고 은유적인 설교 언어를 통해 감정에 호소합니다. 그래서 설교자는 단순한 연설자(speaker)가 아니라, 연기자(artist)로의 전환이 요구되고 있습니다. 그 이유는 내러티브 설교가 논리적 설득을 목적으로 하는 것이 아니라, 청중의 변화를 궁극적 목적으로 삼고 있기 때문입니다.

---

11 John Piper, 『하나님을 설교하라』, 박혜영 옮김 (서울: 복있는사람, 2012), 30.

이처럼 내러티브 설교는 제목 설교를 거부하고 성경 본문 자체의 중요성을 강조합니다. 이러한 강조는 설교의 내용이 본문에서 결정되는 설교 형태인 '본문이 이끄는 설교'(text-driven preaching)를 주목하게 만들었습니다. 이것이 중요한 이유는 이야기의 내용과 전달을 동시에 강조하기 때문입니다. 그러므로 청중의 변화를 원하는 설교를 하고 싶다면 '본문이 이끄는 설교'에 대한 많은 연구와 실천이 필요하다고 할 수 있습니다.

4) 결론

캠벨에 의하면, 설교는 교회 됨의 표지(mark)입니다.[12] 또한, 설교는 비범한 윤리적 함의를 지니고 수행하는 행위이며,[13] 설교 그 자체가 하나의 '윤리적 실천'(an ethical practice)입니다.[14] 설교는 교회의 공식 예배에서 빠질 수 없는 매우 중요한 요소입니다. 게다가 예배 시간의 절반 이상은 설교를 듣는 데 사용합니다. 그러므로 설교는 윤리적으로 매우 중요한 의미를 가지고 있습니다.

[표 68] 설교의 윤리적 의미

설교의 정의	삼위일체	윤리적 관점	설교 적용 분야	원어적 의미	설교 요소	지향점
규범적	성부	권위	귀납법적 설교	Didache	계시/강론	찬양의 열매
종말론적	성자	지배	구속사적 설교	Kerygma	선포/증거	복음의 열매
전인격적	성령	임재	내러티브 설교	Marturion	대화/증언	성령의 열매

첫째, 설교는 규범적이어야 합니다. 왜냐하면, 설교는 온 우주를 통치하시는 하나님의 권위에 대한 찬양을 불러일으켜야 하며, 보편적, 규범적, 목적적, 교육적인 성경의 목적을 달성할 수 있어야 하기 때문입니다(딤후 3:16-17).

12　Charles L. Campbell, 『실천과 저항의 설교학: 설교의 윤리』, 김운용 옮김 (서울: 예배와 설교아카데미, 2014), 168.
13　Ibid., 166.
14　Ibid., 185.

둘째, 설교는 종말론적이어야 합니다. 왜냐하면, 설교는 시간의 긴급함 가운데서 자기 백성을 영원한 백성으로 인도하시는 그리스도의 규범의 말씀에 순종할 수 있도록 해야 하기 때문입니다.

셋째, 설교는 전인격적이어야 합니다. 왜냐하면, 설교는 성령님의 임재를 경험한 사람들의 증언처럼 계속해서 증언할 수 있도록 격려해야 하기 때문입니다.

제9장

구약과 관련된 문제

1. 창조질서는 윤리와 무슨 상관이 있나요?

[창 1:1] 태초에 하나님이 천지를 창조하시니라

[창 5:2] 남자와 여자를 창조하셨고 그들이 창조되던 날에 하나님이 그들에게 복을 주시고 그들의 이름을 사람이라 일컬으셨더라

[골 1:16] 만물이 그에게서 창조되되 하늘과 땅에서 보이는 것들과 보이지 않는 것들과 혹은 왕권들이나 주권들이나 통치자들이나 권세들이나 만물이 다 그로 말미암고 그를 위하여 창조되었고

하늘의 별을 관찰해 보면 우주는 정밀한 질서와 법칙에 의해 움직인다는 것을 깨닫게 됩니다. 천문학의 아버지라 불리우는 케플러(Johannes Kepler, 1571~1630)는 이렇게 정밀한 질서와 법칙에 의해 움직이는 우주를 관찰하고 다음과 같이 말합니다.

> 외부 세계를 조사하는 주된 목표는 수학의 언어로 우리에게 계시된 것과 하나님에 의해 운행되어온 합리적 질서와 조화를 발견하는 것이어야만 한다.[1]

---

[1] Morris Kline, *Mathematics: The Loss of Certainty* (Oxford, UK: Oxford University Press, 1982), 31. "The chief aim of all investigations of the external world should be to discover the rational order and harmony which has been imposed on it by God and which He revealed to us in the language of mathematics."

그리고 다음과 같은 케플러의 법칙을 발견합니다.

[표 69] 케플러의 운동 법칙

제1법칙(1609년)	타원 궤도의 법칙	행성은 태양을 하나의 초점으로 하는 타원 궤도상을 운동한다
제2 법칙(1609년)	면적 속도 일정의 법칙	태양을 초점으로 한 행성의 움직임은 같은 시간에 동일한 면적 궤도를 그린다
제3법칙(1619년)	주기의 법칙	행성의 공전 주기의 제곱은 타원 궤도의 긴 반지름의 세제곱에 비례한다

미분 적분을 발견한 아이작 뉴턴(Isaac Newton, 1642~1726)은 케플러의 제3법칙으로부터 만유인력의 법칙을 이끌어냅니다. 그는 그의 유명한 과학 저서 『자연철학의 수학적 원리』(The Principia: Mathematical Principles of Natural Philosophy)에서 다음과 같이 말합니다.

> 천체는 태양, 행성, 혜성 등으로 매우 아름답게 이루어져 있는데, 이것은 지성을 갖춘 강력한 실재자의 의도와 통일적 제어가 있기 때문에 비로소 존재하게 된 것이라고 말할 수밖에 없다. … 지극한 하나님은 영원, 무궁, 완전하신 분이시다.[2]

이처럼 우주 삼라만상의 질서정연한 운행과 변화의 모습은 정말 경이롭다고 할 수 있습니다. 이러한 질서정연함은 물질의 가장 작은 단위인 원자에도 똑같은 모습으로 존재합니다.

그렇다면 이러한 하나님의 창조질서는 인간 사회의 윤리와 무슨 상관이 있나요?

---

[2] Isaac Newton, *The Principia: Mathematical Principles of Natural Philosophy* (1687), 3rd ed. (1726), trans by Bernard Cohen & Anne Whitman (Berkeley, CA: University of California Press, 1999), General Scholium, 941.

1) 하나님은 질서의 하나님이시다

서양의 자연주의 철학이나 동양 철학에서는 우주가 원래부터 존재했으며 이미 존재하고 있던 것에서부터 끊임없이 변화하고 새롭게 생성된다고 말합니다. 이러한 변화와 성장을 봄(생성) ➾ 여름(성장) ➾ 가을(완성) ➾ 겨울(저장)과 같은 사계절의 순환과 같은 것으로 설명합니다. 이렇게 변화와 성장을 거듭하는 이유는 자연의 흐름을 거스를 수 없기 때문입니다. 이러한 자연의 흐름은 자연과 우주에는 정연한 질서가 있다는 것을 의미합니다.

우리는 자연만물의 변화와 성장을 통해 하나님의 창조질서를 발견할 수 있습니다. 하지만 그들은 자연만물에 질서가 있다는 것을 발견할 뿐, 우주가 어떻게 생겨났으며, 왜 질서정연하게 움직이는지를 설명할 수 없습니다.

성경은 "태초에 하나님이 천지를 창조하시니라"(창 1:1)는 말로 시작합니다. 이 구절이 주는 의미는 기독교는 서양의 자연주의 철학이나 동양 철학이 설명할 수 없는 우주의 기원에 대해 설명하고 있다는 점입니다. 게다가 이러한 창조는 "무로부터의 창조"(*creatio ex nihilo*)입니다. 아무것도 존재하지 않았던 우주가 창조주 하나님에 의해 창조되었습니다.

무로부터의 창조는 하나님께서 공허하며 혼돈 가운데 있는 무질서한 세상에 질서를 부여하셨다는 것을 의미합니다. 실제로 하나님의 창조 순서는 이러한 질서정연한 하나님의 속성을 반영하고 있습니다. 다음의 표는 하나님의 창조 순서가 얼마나 질서정연한가를 보여 줍니다(창 1:1-2:25; 요 1:3; 골 1:16; 히 11:3).

[표 70] 창조 순서로 본 창조질서

공간을 창조하심		공간 속을 채우심		안식하심	
첫째 날	빛	넷째 날	해, 달, 별	일곱째 날	복되게 하시고 거룩하게 하심
둘째 날	궁창	다섯째 날	새, 물고기		
셋째 날	땅, 바다, 식물	여섯째 날	동물, 식물, 사람		

위의 표에 나타난 창조 순서는 하나님께서 얼마나 질서에 민감하신 분인가를 알 수 있습니다. 첫째 날부터 셋째 날까지 하나님께서는 공간을 창조하시고, 넷째 날부터 여섯째 날까지 공간 속을 채우셨습니다. 게다가 하나님께서 창조하신 피조물들을 보면 각자의 위치와 역할을 알 수 있습니다. 물과 땅은 각각 그 경계가 정해져 있습니다. 물고기는 하늘을 날 수 없으며, 공중의 새는 바다로 들어갈 수 없습니다. 태양과 달, 그리고 지구는 각자의 위치를 지키며 질서정연하게 움직입니다.

아마 이렇게 계속되는 창조의 순간을 볼 수 있었다면 스펙터클한 순간의 연속이었을 것입니다. 성경이 창조 기사로 시작하는 것이 주는 의미는 다양하지만 질서의 차원에서 큰 의미를 지니고 있습니다. 즉, 이 온 우주만물은 하나님께서 만드신 창조질서(created order) 안에서 이해되어야 한다는 점입니다.

2) 하나님께서는 두 성(性)을 창조하셨다

하나님께서 창조하신 우주만물 가운데에는 인간도 포함됩니다. 그러므로 인간과 인간의 성(gender) 또한, 하나님의 창조질서 안에서 이해되어야 합니다. 왜냐하면, 인간은 하나님에 의해 창조되었으며, 인간의 성은 창조시에 주어졌기 때문입니다(창 1:27). 성은 결혼 생활을 가능케 하는 근본적인 요소로서, 성적 차이(sexual difference)는 하나님께서 인류에게 주신 근본적 임무인 문화명령(창 1:28)의 수행을 가능하게 만듭니다.

오늘날 트랜스젠더(transgender)의 문제는 윤리적 문제를 발생시킵니다.

예를 들어, 뉴질랜드의 역도 선수 로렐 허버드는 2021년 도쿄 올림픽에 출전하여 여자 선수들과 경쟁하였습니다. 앞서 IOC는 2015년 트랜스젠더 선수들의 올림픽 출전을 허용하는 지침을 만들었습니다. 이 지침에 따르면 트랜스젠더 선수는 최소 12개월 동안 남성 호르몬인 테스토스테론 수치가 리터당 10 nmol/L 미만으로 유지되는 경우에 한해서 여성부 대회에 출전하는 것을 허용했습니다.

하지만 허버드와 같이 트랜스젠더 선수가 올림픽에 참가하는 것이 공평하지 않다는 비판도 많습니다. 아무리 남성 호르몬 수치가 낮다 하더라도 태생적으로 여성인 선수들과 경쟁하는 것이 불공평하다는 것입니다.

이러한 트랜스젠더의 문제는 스포츠계뿐만 아니라 다른 영역까지 광범위하게 퍼지고 있습니다. 그렇기에 트랜스젠더의 문제는 동성애와 더불어 현재 우리 사회에서 논쟁적인 문제 중 하나가 되었습니다. 트랜스젠더가 되기 위해서는 성전환 수술을 해야 하는데 과학적으로 그 안전성이 입증되어 있지 않습니다. 왜냐하면, 호르몬 투여와 성기 제거를 한다고 해서 성 정체성이 한꺼번에 바뀌는 것이 아니기 때문입니다. 그렇기에 성전환 수술은 그들에게 평생 씻을 수 없는 큰 상처를 안겨 주며, 매우 심각한 후유증을 유발합니다. 그래서 심지어는 수술 후 자살을 선택하기도 합니다.

또 트랜스젠더가 되었다 하더라도 법적 지위를 취득하는 것은 쉬운 일이 아닙니다. 성전환 수술 후에 부모의 거부로 성별 정정을 받지 못하는 경우도 있습니다. 이러한 성 정체성의 혼란으로 인해 가족, 학교, 군대, 의료 등의 분야에서 혼란은 가중되고 있습니다. 그러다 보니 트랜스젠더는 젠더정체성장애 혹은 젠더불쾌증과 같은 정신장애를 겪기도 합니다. 이러한 정신장애는 본인뿐만 아니라 트랜스젠더나 동성 커플의 자녀에게도 영향을 미쳐서 심각한 정신건강 위험에 노출될 수밖에 없습니다.

게다가 성전환 수술 후에 매월 2~4주간 평생 호르몬제를 투여해야 하는데, 그 비용이 저렴하지 않습니다. 그러다 보니 공적 부조에 의지할 수밖에 없고, 그러한 공적 부조는 성전환을 하지 않은 대부분의 사람들로부터 나옵니다. 그렇기에 트랜스젠더들은 동성애자와 같은 방법으로 성소수자라는 프레임을 사용하여 로비를 합니다. 차별과 혐오는 약자에 대한 학대라는 것입니다.

그러므로 모든 젠더들에 대해 평등하게 법적 지위를 부여하고 차별하지 말자고 하는 차별금지법은 논란이 될 수밖에 없습니다. 이러한 논란은 트랜스젠더가 동성애를 할 때 더 커집니다. 트랜스젠더 중에는 동성애를 하기 위해 성전환 수술을 받는 사람도 있기 때문입니다.

즉, 트랜스젠더의 문제는 정치, 경제, 사회, 문화적으로 많은 혼란을 초래합니다. 특히, 나라를 지키는 군대에서 이러한 포괄적 차별금지법은 매우 고통스러운 법이 될 수밖에 없습니다. 이러한 혼란으로 인해 많은 트랜스젠더들은 차별과 혐오를 겪기도 합니다.

이렇게 차별과 혐오가 일어나는 이유는 무엇일까요?

그것은 자연의 법칙을 거스리기 때문입니다. 그러므로 우리는 하나님께서 인간을 두 성으로 만드셨다는 것과 그 성은 (아담과 하와가 자발적으로 선택한 것이 아니라 그들에게 주어진 것 같이) 주어졌다는 사실을 외면해서는 안 됩니다.

3) 창조질서의 적용 1: 차별금지법

차별금지법의 원래 취지는 성별, 나이, 언어, 인종, 종교와 같은 이유로 정치 경제 사회 문화적 생활의 모든 영역에 있어 차별을 받지 않아야 한다는 것입니다. 즉, 사람으로서 누려야 할 최소한의 인권을 보호한다는 취지를 가지고 있습니다. 그러므로 차별금지법은 그렇게 크게 문제될 것이 없다고 여길 수 있습니다.

하지만 이 법은 성과 관련된 이슈가 삽입되면서 여러 가지 면에서 문제가 되고 있습니다. 프랑스는 1972년 최초로 차별금지법을 제정했으며, 1999년 동성 간 결합을, 2013년에는 동성 결혼을 인정했습니다. 현재 프랑스에는 2000건 정도의 동성 결합이 있고 7000건 정도의 동성 결혼이 존재합니다. 이러한 차별금지에 대한 대상은 확대되어 레즈비언이나 게이와 같은 LG(동성애자들: Lesbian, Gay)에서 BTQ(Bisexual, Transgender, Queer)로 확대되고 있습니다.

미국의 경우, 1964년, 인종, 종교, 피부색, 성별(sex), 출신 국가(national origin)의 다섯 가지 이유로 고용, 교육, 공적 편의제공(public accommodation), 선거에서 부당한 차별을 금지하고 제재하는 연방 민권법(Civil Rights Act of 1964)을 제정하였습니다. 이는 현재의 관점으로 보면 제한된 범위의 차별금지법(anti-discrimination law)이라고 할 수 있습니다.

이에 따라 여러 주들은 여러 차별금지 사유를 규정한 포괄적 차별금지법(anti-discrimination law, non-discrimination law) 또는 인권법(Human Rights Act)이라는 이름으로 위의 다섯 가지 이유 외에 장애, 연령과 신념 등을 이유로 한 차별 금지를 규정해 왔습니다.

하지만 1990년대 이후로는 SOGI(성적 지향[Sexual Orientation] + 성 정체성[Gender Identity])를 차별 금지 이유로 채택하면서 논란이 되고 있습니다. 22개 주들과 워싱턴 DC(District of Columbia)는 성적 지향 또는(그리고) 성별정체성을 차별금지 사유로 포함해 차별행위를 규제하는 포괄적 차별금지법을 채택하여 시행하고 있습니다. 이에 따라 이 주들에서는 공적 편의시설, 고용, 주거(housing), 교육 등 영역에서 SOGI에 대한 차별이 금지되었습니다.

어떤 성적 지향이나 성 정체성도 존중되어야 하기 때문에 그런 이슈로 인한 상담 및 정신의학 치료를 금지하기도 합니다. 다만, 군사나 종교기관 등에는 적용하지 않는 예외규정을 두는 경우도 있습니다. 2000년대 중후반부터 동성결혼을 법으로 수용하는 주들이 나타났고, 2015년 모든 주에서 동성결혼이 합법화되었습니다. 이에 따라 상품이나 서비스를 제공하는 상인이나 기업들이 신념에 근거하여 동성결혼을 반대하는 의사를 표시하기 위해 상품이나 서비스 제공을 거절하여 소송에 휘말린 사건들이 다수 등장하게 되었습니다.

한국의 경우, 기존의 차별금지법을 개정한 포괄적 차별금지법을 제정해야 한다는 목소리가 높아지고 있습니다. 이러한 포괄적 차별금지법은 성별, 나이, 언어, 종교와 같은 것뿐만 아니라 성적 지향과 성별정체성 같은 것을 포함하고 있습니다.

> 차별 받지 않아야 할 23가지 기준은 다음과 같다. 성별, 장애, 나이, 언어, 출신국가, 출신민족, 인종, 국적, 피부색, 출신지역, 용모 등 신체조건, 혼인여부, 임신 또는 출산, 가족 및 가구의 형태와 상황, 종교, 사상 또는 정치적 의견, 형의 효력이 실효된 전과, 성적 지향, 성별정체성, 학력, 고용형태, 병력 또는 건강상태, 사회적 신분.

그러나 이러한 포괄적 차별금지법은 차별금지 대상의 확대, 차별금지 범위의 주관성, 차별금지 법안의 위치, 차별금지법의 집행과 세금, 그리고 처벌과 같은 다양한 면에서 논쟁이 되고 있습니다. 중요한 것은 이러한 차별금지법이 양심, 신념, 그리고 종교의 자유라는 면에서 많은 문제를 발생시키고 있다는 사실입니다.

첫째, 양심의 자유와 관련하여, 의학 종사자들은 의학적 진실을 말할 양심의 자유가 침해받을 수 있습니다. 예를 들어, 동성애 및 트랜스젠더가 가져오는 신체적 변화나 신체적 손상에 대한 의학적 사실을 발표하기 어렵습니다. 차별금지법에서는 의학적 차원의 과학적 사실이나 폐해 등을 발표하는 경우, 성적 지향이나 성 정체성에 대해 부정적이거나 혐오적인 표현으로 간주될 수 있습니다.

둘째, 신념의 자유와 관련하여, 교육 종사자들은 사회적 가치관을 말할 신념의 자유가 침해받을 수 있습니다. 차별금지법에 의하면, 동성애 및 트랜스젠더에 대해 부정적 관념이나 혐오적인 표현을 할 수 없습니다. 따라서 학교에서는 동성애 및 트랜스젠더에 관한 정당화 교육만 받게 됩니다. 하지만 그러한 이슈들이 사회적으로 어떤 문제를 일으키는지에 대해서 가르칠 신념의 자유가 침해받을 수 있습니다.

셋째, 종교의 자유와 관련하여, 종교지도자들은 교리적 진실을 말할 종교의 자유가 침해받을 수 있습니다. 예를 들어, 동성애 및 트랜스젠더에 대한 성경의 견해를 밝히기 어렵습니다. 동성애 반대가 동성애 혐오가 아님에도 불구하고 동성애를 반대하기 어렵습니다. 또한, 동성 커플의 결혼식을 주례해 달라는 요청을 거부하기 어렵습니다. 이러한 양심, 신념, 종교의 자유가 침해당하는 것은 온당하지 않습니다. 그렇기에 많은 시민들이 종교와 상관없이 반대하고 있는 이유가 여기에 있습니다.

4) 하나님께서는 남자를 여자보다 먼저 창조하셨다

성경에서 남녀 구분이 본격적으로 처음 등장하는 곳은 창세기 2장입니다. 창세기 1장에서는 "사람을 창조하시되 남자와 여자를 창조하셨다"(창 1:27)고 간략하게 말씀하지만 창세기 2장에서는 남성과 여성의 기원에 대해 보다 구체적으로 묘사합니다. 왜 하나님께서 여성을 만드셨는지(18절), 어떻게 만드셨는지(21-22절), 남성의 반응이 무엇인지(23절), 결혼의 기원이 무엇인지 설명합니다(18-24절). 여기서 다루어야 할 중요한 사실은 남자가 먼저 창조되었고, 여자가 그다음 창조되었다는 것입니다.

그렇다면 남녀의 창조 순서가 왜 그렇게 중요할까요?

첫째, 창조 순서는 질서를 의미하며, 질서는 권위를 의미하기 때문입니다. 사도 바울은 "남자가 여자에게서 난 것이 아니요 여자가 남자에게서 났다"(고전 11:8)고 말합니다. 이렇게 사도 바울이 두 번에 걸쳐 창조 순서를 강조하는 이유는 특별한 목적이 있기 때문입니다. 그것은 아무래도 남자에게 권위가 있다는 것을 말하기 위해서일 것입니다.

하지만 이렇게 이야기하면 먼저 지음받았다는 것이 뭐 그렇게 권위를 가질 일이냐고 반문할 수 있습니다. 하지만 이러한 창조 순서는 부모와 자녀와의 관계처럼 권위를 형성하며, 이러한 창조 순서에 의한 권위는 인간 삶의 모든 영역에서 적용됩니다. 예를 들면, 부모와 자녀와의 관계는 이러한 권위를 형성합니다.

성경이 이러한 권위를 얼마나 소중히 여기고 있는지는 십계명 중 5계명에서 찾아볼 수 있습니다. 십계명은 하나님 사랑과 이웃 사랑으로 집약할 수 있는 두 돌판으로 이루어져 있으며, 첫째 돌판은 하나님을 향한 의무이며, 둘째 돌판은 인간을 향한 의무를 보여 줍니다. "네 부모를 공경하라"(출 20:12; 신 5:16)는 5계명이 인간을 향한 의무 중 가장 먼저 언급된 것은 그만큼 권위가 중요하기 때문입니다.

5계명은 사회의 기본 질서를 확립하는 계명이기 때문에 5계명을 범하면 가정의 질서뿐만 아니라 사회의 질서가 파괴되는 무서운 결과를 초래합니다. 그렇기에 사도 바울은 5계명을 "약속있는 첫 계명"(엡 6:2)이라고까지 부릅니다.

둘째, 성경은 남녀관계를 머리 됨의 관계로 설명하기 때문입니다. 이러한 머리 됨의 관계를 보여 주는 대표적인 성경 구절은 고린도전서 11:3입니다. 여기서 사도 바울은 남자와 여자 그리고 그리스도와의 관계가 무엇이어야 하는지를 선언합니다.

> [고전 11:3] 그러나 나는 너희가 알기를 원하노니 각 남자의 머리는 그리스도요 여자의 머리는 남자요 그리스도의 머리는 하나님이시라

이 구절은 남자의 머리 됨에 관한 논쟁적 구절 중의 하나입니다. 즉, 여자의 머리는 남자라는 것입니다. 이것을 여성에 대한 남성의 머리 됨(headship)이라고 표현합니다. 사실 많은 페미니스트들은 이러한 '남성 머리론'의 도식 관계를 매우 싫어합니다. 여성의 존재나 역할에 관하여 창조 순서에 의한 남녀의 권위관계를 말하는 것이 '남성중심주의적' 해석 방식이며, 이러한 해석 방식에 의하면 '가부장주의'를 강화시킬 수밖에 없다는 것입니다.

이러한 '머리 됨'에 해당하는 헬라어 원어는 '케팔레'(κεφαλή)입니다. 이에 대해 기독교 평등주의의 성경적인 신학 탐구를 지향하는 마그 모우츠코(Marg Mowczko)는 고린도전서 11:3에서 "머리"(head)가 "지도자"(leader)를 의미하지 않는 네 가지 이유를 다음과 같이 제시합니다.

1. 히브리어 성경에서 "머리"에 해당하는 히브리어 단어가 "지도자"를 의미할 때, 일반적으로 칠십인역(Septuagint)에서는 "머리"에 해당하는 헬라어로 번역되지 않았다.
2. 세속적 고대 그리스어 사전에서는 '케팔레'의 정의로 "지도자"를 포함하지 않았다.
3. 몇몇 초대 교부들은 고린도전서 11:3에서 "머리"를 "지도자"를 의미하는 것으로 해석하지 않았다.
4. 세속 그리스 작가들은 남녀관계에 관해 글을 쓸 때 '케팔레'를 사용하지

않았다.³

그녀는 이러한 네 가지의 이유들을 제시하면서 '케팔레'가 '권위'를 의미하는 것으로 받아들일 수 없다고 말합니다. 만일 그것을 '권위'를 의미하는 것으로 받아들인다면 고린도전서 11:3의 말씀은 완전히 옳지 않은 것이라고 말합니다. 왜냐하면, 바울 서신의 다른 곳이나 신약의 다른 곳에서 여성이 예수 그리스도의 권위와 주권에서 다소나마 거리가 있음을 암시하는 내용이 전혀 없기 때문이라는 것입니다. 그리고 이어서 '케팔레'는 기원점(point of origin)을 의미할 수 있다고 말합니다. 여기서 기원점을 갖고 있다는 것은 권위가 아닌 명예의 문제로서, 세 머리(메시아, 사람, 하나님)는 그들이 머리인 사람들(모든 남자, 여자, 메시아)보다 더 높은 수준의 명예가 있다는 것입니다.

이러한 주장을 뒷받침하기 위해 보편적으로 제기되는 하나의 예는 다음과 같습니다. 동물들이 인간보다 먼저 지음받았지만, 동물들이 인간보다 우월한 가치나 권위를 갖지 않는다는 것입니다. 이러한 동물과 인간의 창조 순서를 적용한다면, 남자보다 여자가 우월하고 권위를 가질 수밖에 없지 않느냐는 것입니다. 페미니스트들은 창조 순서가 이러한 권위관계를 의미하지 않으며, 그것은 합리적이지 않다고 주장합니다. 그러나 본문은 바울이 창조의 순서(즉 사람과 동물 또는 동물과 흙의 관계)에 적용되는 공리적 진리를 진술하고 있다고 결코 주장하지 않습니다.⁴

사실 창조 순서는 질서를 창조해 냅니다. 빛이 창조되지 않고서는 해와 달과 별이 존재하지 않습니다. 공간이 창조되지 않고서는 공간을 채울 수가 없습니다. 남자가 없이는 여자가 존재할 수 없습니다. 마찬가지로 부모가 없이는 자녀가 존재할 수 없습니다. 하나님의 계획은 무로부터 유를 창조해 내는 것이었으며, 하나님의 창조는 혼돈의 세계에서 질서의 세계로 나아갑니다.

---

3   Marg Mowczko, 4 Reasons "head" does not mean "leader" in 1 Corinthians 11:3, [인터넷 자료] https://margmowczko.com/head-kephale-does-not-mean-leader-1-corinthians-11_3/ (1/2/2022 accessed).

4   William D. Mounce, 『WBC 주석 시리즈: 목회서신』, 채천석, 이덕신 옮김 (서울: 도서출판솔로몬, 2009), 406.

남녀관계는 그러한 질서의 하나님을 반영하는 것이어야 합니다. 이러한 질서는 권위의 문제와 직결됩니다. 실제로 결혼과 사역에서 남녀의 위치에 대한 논의는 이러한 창조 순서와 관련하여 논의되고 있습니다. 이러한 창조 순서에 의한 권위는 인간 삶의 모든 영역에서 젠더에 대한 견해의 기초를 형성해 왔으며 앞으로도 그럴 것입니다.

셋째, 성경은 남녀관계를 그리스도와 교회와의 관계로 설명하기 때문입니다. 사도 바울은 이러한 남녀관계를 그리스도와 교회와의 관계로 치환하여 보여 줍니다.

> [엡 5:22-25] 아내들이여 자기 남편에게 복종하기를 주께 하듯 하라 이는 남편이 아내의 머리 됨이 그리스도께서 교회의 머리 됨과 같음이니 그가 바로 몸의 구주시니라 그러므로 교회가 그리스도에게 하듯 아내들도 범사에 자기 남편에게 복종할지니라 남편들아 아내 사랑하기를 그리스도께서 교회를 사랑하시고 그 교회를 위하여 자신을 주심 같이 하라

여기서 사도 바울은 그리스도가 교회의 머리인 것처럼, 아내들도 자기 남편에게 복종하라고 명령합니다. 이러한 머리 됨(headship)이 의미하는 것은 남자의 권위를 인정해야 한다는 것입니다. 그렇다면 사도 바울만 남녀관계를 머리와 몸의 관계로 볼까요? 그렇지 않습니다. 사도 베드로는 사회적 계급 구조인 주인과 종의 관계로 봅니다.

> [벧전 3:1, 5-6] 아내들아 이와 같이 자기 남편에게 순종하라 이는 혹 말씀을 순종하지 않는 자라도 말로 말미암지 않고 그 아내의 행실로 말미암아 구원을 받게 하려 함이니 … 전에 하나님께 소망을 두었던 거룩한 부녀들도 이와 같이 자기 남편에게 순종함으로 자기를 단장하였나니 사라가 아브라함을 주라 칭하여 순종한 것같이 너희는 선을 행하고 아무 두려운 일에도 놀라지 아니하면 그의 딸이 된 것이니라

사도 베드로는 아브라함과 사라와의 관계를 예로 듭니다. 사라가 남편을 주라 칭하여 순종한 것 같이 아내들도 자기 남편에게 순종해야 한다는 것입니다. 이러한 순종이 의미하는 것은 남자의 권위를 인정하지 않고서는 할 수

없는 일입니다.

5) 하나님께서는 여자를 남자를 돕는 배필로 창조하셨다

천지창조 후 하나님께서 보시기에 유일하게 좋지 않았던 것은 남자 혼자 사는 것이었으며, 그래서 돕는 배필을 지으셨습니다(창 2:18). 즉, 첫 번째 여성은 외롭고 도움이 필요한 첫 번째 남성을 돕기 위해 지어졌습니다. 여기서 돕는다는 것은 서로가 상호 의존적인 존재라는 것을 의미합니다. 즉, 남성은 자신을 돕는 여성을 필요로 하고, 여성은 도와 줄 대상인 남성을 필요로 합니다.

하나님의 창조질서는 이러한 상호 의존적인 관계 위에서 이해될 수 있습니다. 즉, 남녀관계는 이러한 상보성(complementarity)의 관계로 이해해야 합니다. 그러므로 남자와 여자는 차별되어서는 안됩니다.

여기서 우리는 페미니즘(feminism)의 정의를 살펴볼 필요가 있습니다. 페미니즘은 말 그대로 여성주의 혹은 여권주의로, 여성의 성별로 인해 발생하는 정치, 경제, 사회, 문화적 차별을 없애야 한다는 견해입니다. 이러한 차별은 남성중심주의와 가부장적 사고에서 발생하기 때문에 여성의 권익 신장을 포함한 젠더 불평등을 타파해야 한다고 주장합니다. 이런 페미니즘의 정의에 의하면 차별을 철폐해야 한다는 주장은 매우 합리적인 주장이라고 할 수 있습니다.

그런데 문제는 페미니즘이 남성과 여성의 완전한 평등주의를 지향할 때 발생합니다. 왜냐하면, 남녀차별 철폐와 평등주의는 다른 차원의 문제이기 때문입니다. 여기서 중요한 점은 페미니즘이 남녀차별 철폐에 지향점을 두느냐, 아니면 평등주의에 지향점을 두느냐에 따라서 성경적 반응이 다를 수 있다는 점입니다. 사실 성경은 창조질서와 남녀 간의 상보성을 말하고 있습니다. 그러므로 창조질서와 상보성의 긴장관계를 어떻게 이해하느냐가 관건입니다. 왜냐하면, 창조질서는 남자의 권위를 높게 보고, 상보성은 남녀 간의 권위를 동등하게 보는 경향이 있기 때문입니다.

이러한 관계를 이해하기 위해 논쟁적인 구절인 고린도전서 11장을 다시 살펴보겠습니다. 사도 바울은 고린도 교회 내에 어떤 여자들이 예배 시에 두건을 쓰지 않는다는 소식을 듣고 고린도전서 11장을 작성합니다.

사도 바울 당시 고대 근동 지방의 여인들은 공적인 모임에서뿐만 아니라 평상시에도 두건을 썼습니다. 이는 남자의 권위와 보호 아래 놓인 존재라는 의미를 갖고 있으며 남자에 대한 복종을 나타내는 것이었습니다. 지금도 가톨릭교회에서는 미사를 드릴 때 여성이 머리에 흰 면사포를 쓰는 전통을 고수하고 있습니다.

그렇기에 사도 바울은 여성이 최소한 공식 예배에 참석할 때 두건을 사용해야 한다는 것을 설득하기 위해 다음과 같이 말합니다.

> [고전 11:8-9] 남자가 여자에게서 난 것이 아니요 여자가 남자에게서 났으며 또 남자가 여자를 위하여 지음을 받지 아니하고 여자가 남자를 위하여 지음을 받은 것이니
>
> [고전 11:11-12] 그러나 주 안에는 남자 없이 여자만 있지 않고 여자 없이 남자만 있지 아니하니라 이는 여자가 남자에게서 난 것 같이 남자도 여자로 말미암아 났음이라 그리고 모든 것은 하나님에게서 났느니라

사도 바울은 8-9절에서 여자의 기원과 창조 목적에 대해 설명합니다. 그리고 11-12절에서는 그럼에도 불구하고, 남자는 여자 곧 그들의 어머니에게서 났음을 지적합니다. 여기까지만 보면 남자와 여자는 하나님 안에서 서로 의존적인 관계로 존재하며, 남녀를 상하로 보는 위계적인 것이 아닌 상호적인 관계로 이해될 수 있습니다. 즉, 이 구절은 하나님의 창조질서와 상보성 두 가지 모두를 설명하고 있습니다.

그렇다면 남자의 권위를 높게 보는 창조질서와 남녀의 권위를 동등하게 보는 상보성의 문제를 어떻게 이해해야 할까요?

왜냐하면, 고린도전서 11장의 많은 부분에서 상보성을 이야기하고 있기 때문입니다.

첫째, 우리는 먼저 고린도전서 11장의 진행 방향을 살펴보아야 합니다. 비록 고린도전서 11장이 상보성에 많은 분량을 할애하지만 그것이 남자의 권위를 훼손한다고 볼 수는 없습니다. 왜냐하면, 서두(3절)에서는 남자의 머리 됨을 전제하고, 그러한 전제를 기반으로 남녀의 상보성에 대해 이야기하고 있기 때문입니다. 즉, 남자의 머리 됨과 상보성은 서로 충돌하지 않습니다.

둘째, 사도 바울은 12절에서 "모든 것은 하나님에게서 났느니라"고 선언합니다. 즉, 남녀관계에 있어서 궁극적 권위는 하나님께 있다는 것입니다. 하나님께서는 남녀의 궁극적인 권위자이시며 근원이십니다. 그러므로 남녀관계는 하나님의 권위와 영광 안에서 이해되어야 합니다.

하나님께 영광 돌리는 남녀관계는 그리스도가 교회를 사랑함같이 남자는 여자를 사랑하고, 여자는 남자를 존경할 때 극대화됩니다. 이것이 여자를 차별해야 한다는 의미는 될 수 없습니다. 그러므로 페미니즘이 남녀차별 철폐를 뛰어넘어 남녀 간의 완전한 평등을 주장한다면, 그것은 창조질서는 버리고 상보성의 원리만 취사선택하는 우를 범하는 것이라고 할 수 있습니다.

그런 의미에서 성경은 남녀를 차별하지는 않지만 남녀를 구별한다고 할 수 있습니다. 이러한 남녀 구분은 성경 전체의 맥락에서 일반적으로 행해지고 있습니다. 남녀를 따로 창조하셨고(창 2:18-25), 의복에 관련되어서 남녀를 구분하고 있으며(신 22:1-12), "유대인이나 헬라인이나 종이나 자유인이나 남자나 여자나 그리스도 안에서 하나이니라"(갈 3:28)고 말씀하고 있습니다. 이러한 점을 고려한다면, 상보성의 원리에 의해 여자를 차별하는 것은 옳지 않으니 창조질서의 원리에 의해 여자를 구별하는 것은 가능하다고 할 수 있습니다.

6) 창조질서의 적용 2: 여성의 교회 내 가르치는 사역

우리는 위에서 고린도전서 11장의 말씀이 창세기 2장의 남녀의 창조 순서를 어떻게 해석하고 있는지를 살펴보았습니다. 이제는 이러한 해석의 적용으로 여성의 교회 내의 가르치는 사역에 대해 고린도전서 14장과 디모데전서 2장을 살펴보겠습니다.

[고전 14:34-35] 여자는 교회에서 잠잠하라 그들에게는 말하는 것을 허락함이 없나니 율법에 이른 것 같이 오직 복종할 것이요 만일 무엇을 배우려거든 집에서 자기 남편에게 물을 지니 여자가 교회에서 말하는 것은 부끄러운 것이라

고린도전서 14장의 핵심 내용은 고린도 교인들이 중요시한 방언과 예언에 대해 교회의 덕을 세우기 위해 조심해야 될 행동에 관한 것입니다. 교회에서 방언으로 기도할 때는 통역자를 두고 질서 있게 기도하라고 권면합니다(고전 14:26-28).

바울은 여기서 방언보다 예언하기를 권합니다. 그 이유는 방언이 본인에게 유익하지만 예언은 평범한 사람들이 이해할 수 있어서 많은 사람에게 유익을 끼치기 때문입니다. 그러나 예언이 듣는 모든 이들에게 유익을 끼치기 위해서는 질서를 지켜야 한다고 말합니다. 왜냐하면, 예언하는 사람들이 한꺼번에 예언을 시작한다면 그 예언은 남을 가르치거나 할 수 없고 도리어 혼란만 조성하기 때문입니다.

그러므로 예언은 성령님의 인도와 교회의 질서에 따라 사용되어야 합니다. 그렇기에 사도 바울은 "여자는 교회에서 잠잠하라"고 명령한 것입니다. 그것은 누군가 교회에서 예언하게 되면, 교회는 그 예언이 성령님으로부터 온 것인지, 만일 그렇다면 어떤 행동을 취해야 하는지를 판단해야 합니다(29절).

그런데 예를 들어, 남편이 예언하는데, 다른 사람도 아닌 아내가 남편의 예언에 의문을 가지거나 부정적으로 판단한다면, 그래서 그것을 공적 석상에서 비판한다면 어떤 일이 벌어질까요?

그것은 남편의 영적인 권위를 존중하지 않음을 보여 주고, 한 가정의 평화가 깨질 수 있고, 그로 인해 교회 내에서 무질서가 일어날 가능성이 존재합니다. 그러므로 여자가 교회에서 잠잠하게 되면 교회에 유익을 끼칠 수 있습니다. 그런 의미에서 사도 바울은 "여자는 교회에서 잠잠하라"고 권면했을 것입니다.

그런데 만일 "여자는 교회에서 잠잠하라"는 구절만을 사용하여 남녀관계를 이해하려고 한다면, 그것은 페미니스트가 지적하듯이 컨텍스트(context)는 사라지고 텍스트(text)만 남겨진 꼴이 됩니다. 그것은 바람직한 해석 방법도,

적용도 될 수 없습니다. 사실 "여자는 교회에서 잠잠하라"는 명령은 예언함에 있어 질서를 중요시한 초대 교회의 시대상을 반영한 명령이라고 할 수 있습니다. 그렇기에 페미니스트들은 이러한 사도 바울의 명령은 바울 시대의 문화의 남녀관계에서만 적용될 수 있는 특별한 명령이라고 봅니다.

또한, 그 시대에는 여자가 공공 장소에서 자신의 주장을 펴거나 할 수 없었고, 특히 남자를 가르치는 것은 상상할 수도 없는 시대였습니다. 그러나 오늘날의 시대는 바울의 시대와는 다릅니다. 여성이 공공 장소에서 자신의 주장을 펴거나 남자를 가르친다고 해서 교회가 비난받을 여지는 거의 없습니다. 오히려 공공장소에서 여자의 발언권을 제한하는 것은 교회 밖에서 교회를 볼 때 근본주의 집단으로 오해하게 만들 수 있습니다.

그러므로 여자의 발언권을 제한하는 그것이 복음을 전하는 일에 방해가 될 수 있습니다. 그래서 페미니스트들은 이러한 이유로 여성의 목사 안수 문제와 결부시켜 생각하기도 합니다.

그러나 그러한 권면이 비록 다른 문화 속에 있다고 하여 남성의 지도력을 무시해도 된다는 논리는 될 수 없습니다. 특히, 교회 내의 가르치는 사역과 연관해서 해석한다면, 문화나 상황의 변화와 상관없이 남성의 권위와 지도력은 존중받아야 합니다. 즉, 여성들은 문화적으로 적절한 방식으로 남성의 지도력에 순종해야 합니다. 왜냐하면, 두건에 관해 논한 고린도전서 11장이나, 방언과 예언에 관해 논한 고린도전서 14장 모두 사도 바울은 보편적인 원칙으로 남성이 가정과 교회에서 영적 권위와 지도력을 유지하기를 바라고 있기 때문입니다.

이러한 사도 바울의 스탠스는 디모데전서 2장에서도 유지되고 있습니다.

[딤전 2:11-15] 여자는 일체 순종함으로 조용히 배우라 여자가 가르치는 것과 남자를 주관하는 것을 허락하지 아니하노니 오직 조용할지니라 이는 아담이 먼저 지음을 받고 하와가 그 후며 아담이 속은 것이 아니고 여자가 속아 죄에 빠졌음이라 그러나 여자들이 만일 정숙함으로써 믿음과 사랑과 거룩함에 거하면 그의 해산함으로 구원을 얻으리라

디모데전서 2장에서 사도 바울의 창세기 해석은 좀 더 급진적으로 그 톤이 변합니다. '여자는 조용히 배우고, 여자가 가르치지 말고, 남자를 주관하지 말라'는 것입니다(딤전 2:11-12).

그 이유는 다음과 같습니다.

첫째, 아담이 먼저 지음을 받고 하와가 나중에 지음을 받았기 때문입니다.
둘째, 아담이 속은 것이 아니고 여자가 먼저 속아 죄에 빠졌기 때문입니다(딤전 2:13-14).

우리는 여기서 일반적으로 교회에서는 남자들만이 가르치도록 되어 있던(고전 14:34) 전통을 깨고 당시 에베소 교회 내에서 여자들도 집회에서 말씀을 가르쳤음을 알 수 있습니다(12절).[5] 하지만 바울은 에베소 교회의 질서를 바로잡기 위해 여자의 가르치는 것과 남자를 주관하는 것을 허락하지 않았습니다.

사실 이러한 논리는 사도 바울의 평소 신념과는 다르게 여겨집니다. 왜냐하면, 바울은 그의 일반적인 가르침에서 여성을 제한하지 않았기 때문입니다(롬 12:6-8; 고전 12장; 엡 4:11; 참조 고전 14:26; 골 3:16). 게다가 예수님의 가르침에서도 남자와 여자의 평등 사상을 찾아볼 수 있으며, 남성에게 여성을 거부할 수 있는 특권이나 권한을 부여한다고 말씀하신 곳이 없기 때문입니다. 그런 이유들로 페미니스트들은 디모데전서 2장에서의 사도 바울의 신념은 틀렸다고 말합니다. 즉, 남자와 여자와의 관계는 평등한 관계라는 것입니다.

그렇다면 바울이 디모데전서 2장에서 그 톤이 왜 그토록 급진적으로 변했을까요?

그것은 아담과 하와의 창조의 순서에 관한 첫째 이유보다 타락의 순서에 관한 둘째 이유가 보다 근본적인 이유 같아 보입니다. 바울은 여자의 남자 주관의 부당함을 말하기 위해 인간의 창조 순서 뿐 아니라 타락의 순서를 언급합니다.

---

5 성서연구원, 『QA 시스템 성경연구시리즈: 디모데전서』 (서울: 기독지혜사, 2009), 555.

그렇다면 타락의 순서가 왜 그렇게 중요할까요?

그 이유는 여자가 가르치는 일에 있어서 잘못 가르칠 가능성이 남성보다 크기 때문입니다. 사실 에베소 교회에는 거짓 선생들 때문에 특별한 문제가 있었습니다. 디모데가 에베소 교회에 머물고 바울이 편지를 쓴 것은 모두 그 문제를 해결하려는 노력이었으며, 확실히 에베소 교회 여성들은 특별히 거짓 가르침에 취약했습니다(딤후 3:1-9). 게다가 그 여성들 중 일부는 부적절한 옷을 입음으로써 새롭게 발견한 그리스도인의 자유를 노골적으로 과시하고 있었습니다(2:9을 참조).[6]

그렇기에 사도 바울은 타락의 순서를 제시한 것입니다.

성경은 타락의 순서를 제시함에 있어 여자의 과오를 강조합니다. 한글 개역개정 성경에서는 14절을 "아담이 속은 것이 아니고 여자가 속아 죄에 빠졌음이라"이라고 번역해 놓았기 때문에 아담이 '속은 것'과 여자가 '속은 것'이 어떻게 강조되었는지 알 수 없습니다. 그러나 원어는 여자가 '속은 것'(ἐξαπατηθεῖσα)을 표현할 때, 강조를 나타내는 접두어 '에크'(ἐκ)가 합성된 '엑사파테오'(ἐξαπατηθεω)의 수동태 분사형을 사용합니다.

이는 여자가 완전하게 속임을 당했다는 것을 의미합니다. 게다가 '죄에 빠졌음이라'이라는 표현을 여자에게 사용한 것은 그 타락의 책임이 막중함을 의미합니다. 왜냐하면, '속은 것'을 나타내는 단어들은 수동태로 표현했지만, '빠졌음이라'(γέγονεν)는 단어는 능동태로 표현되어 있기 때문입니다. 이는 여자가 죄에 빠지는 일에 매우 적극적이었음을 의미합니다.

게나가 위에서 논의한 원이적 의미도 중요하지만 신학적 의미도 중요한 역할을 합니다. 즉, 타락에 있어서 여성의 과오는 남편의 말을 듣지 않은 것이었습니다. LAB 주석은 이에 대해 다음과 같이 말합니다.

> 하와는 선악을 알게 하는 나무에 대해 하나님께 직접적으로 명령을 듣지 않았다. 아담이 그녀에게 알려 주었다. 하나님은 하와가 창조되기 전에 아담에

---

6 Bruce B. Barton 외 2인, 『LAB 주석 시리즈: 디모데전후서 디도서』, 김진선 옮김 (서울: 한국성서유니온선교회, 2008), 85.

게 그 나무에 대해 명령하셨다. 하와의 싸움은 아담의 명령에 복종할 것인지, 혹은 지식과 명철을 줄 것 같은 뱀의 말을 받아들일 것인지의 싸움이었다. 하지만 아담이 그 과일을 먹은 것은 하나님께 직접적으로 불순종한 것이었다. 그는 속임을 당한 것이 아니었다. 그는 노골적으로 죄를 지었다. 어쨌든 하와 역시 이미 죄를 지은 상태였다.[7]

사도 바울은 이 구절을 통해 여자들이 쉽게 속는다는 것을 지적하려는 것이 아니라 하와가 자신의 특별한 상황 속에서 아담에게 복종했어야 함을 지적합니다. 그것이 진리와 관계된 것이라면 더욱 남편의 말을 들었어야 했습니다. 왜냐하면, 남편은 하나님의 말씀을 직접 들은 신뢰할 만한 첫 번째 출처(source)이기 때문입니다. 이러한 타락의 결과, 하나님께서는 뱀, 여자, 그리고 남자의 순서로 저주를 내립니다.

특히, 여자에게 내린 저주는 "내가 네게 임신하는 고통을 크게 더하리니 네가 수고하고 자식을 낳을 것이며 너는 남편을 원하고 남편은 너를 다스릴 것이니라"(창 3:16)는 것이었습니다. 이러한 저주는 "정녕 죽으리라"는 하나님의 준엄한 심판보다 은혜로운 것이긴 하지만 남녀 간의 동등했던 관계에서 다스림을 받는 관계가 되어 버리는 결과를 낳았습니다.

이러한 하나님의 말씀은 불가역적인(irreversible) 것으로서, 성경은 분명하게 남녀의 불평등은 죄의 결과임을 천명하고 있습니다. 그것은 타락 이후 여자는 끊임없이 남자를 소유하려 노력하고 때에 따라서는 남자에게 반항하고 불순종하게 되었고, 남자는 여자를 통제하고 지배하려 노력하게 된 것을 보면 알 수 있습니다.

이처럼 교회 내의 여성이 가르치는 일과 관련하여 이러한 타락의 순서가 주는 의미는 창조 순서 못지 않게 중요합니다. 이에 대해 LAB 주석은 세 가지의 주의사항을 전달합니다.

---

7   Ibid., 88.

첫째, 바울이 타락과 관련해서 아담(창 3:6-7 17-19)을 변호하고 있는 것이 아닙니다. 로마인들에게 보내는 편지에서 바울은 인간의 죄성에 대한 일차적 책임을 아담에게 돌리고 있다(롬 5:12-21).

둘째, 이 절을 일반적으로 여자가 남자보다 쉽게 속는다는 것을 증명하기 위해 인용해서는 안 된다. 에베소에서는 남성인 거짓 선생들의 설득력 있는 언변에 일부 여성들이 쉽게 속았다.

셋째, 마찬가지로 이 절은 창세기 3:16의 "남편은 너를 다스릴 것이니라"는 저주를 반복하려는 의도도 없다. 이 저주는 그리스도 안에서 제거되었다(갈 3:13-14 28을 참조하라).[8]

위와 같은 주의사항에 의지하여 인간의 타락 순서가 왜 그렇게 중요하냐고 질문할 수 있습니다. 왜냐하면, 인간의 타락의 일차적 책임은 아담에게 있으며, 남성인 거짓 선생이 있었으며, 그리스도 안에서 창세기 3:16의 저주가 제거되었다고 볼 수 있기 때문입니다.

그러나 그러한 주의사항이 창조 순서와 타락 순서에 의한 근본적인 원리를 훼손하지 않는다는 것을 알아야 합니다. 왜냐하면, 위에서 논의한 바와 같이 창조 순서는 권위를 생성해 내며, 타락 순서는 권위를 존중해야 함을 보여 주기 때문입니다. 우리는 위의 적용을 다음과 같이 정리할 수 있습니다.

첫째, 사도 바울의 "여자는 교회는 잠잠하라"는 명령은 남녀가 평등하지 않다는 것을 의미하는 것이 아니라 교회의 질서를 위한 것이다.

둘째, 사도 바울의 "여자가 가르치는 것과 남자를 주관하는 것을 허락하지 아니하노니 오직 조용할지니라"는 명령은 교회의 진리 수호를 위한 것이다.

셋째, 사도 바울이 논증하는 창조 순서와 타락 순서는 교회 내의 여자가 남자를 가르치는 사역에 부정적이다.

---

[8] Ibid., 88.

위에서 정리한 것들은 사도 바울이 성경을 통해 우리에게 전하고자 하는 메시지를 추론한 원리들입니다. 우리의 말과 행동 하나 하나가 비그리스도인들에게 주는 영향력을 고려한다면 우리는 조심스럽게 이러한 원리를 실천에 옮겨야 합니다. 그러나 이러한 원리보다 더 긴박하고 중대한 상황이 생길 수 있습니다.

예를 들면, 선교지에서 여성의 목사 안수가 긴급하게 필요한 경우가 있습니다. 복음을 전해야 하는 긴박하고 중대한 상황 속에 있다면 차등적 절대주의를 적용하여 그 원리의 예외로 둘 수 있습니다. 또한, 구약 시대의 위대한 여성 지도자인 드보라가 지도력을 발휘한 것처럼 특별한 예외가 있을 수 있습니다. 그러나 이러한 예외가 빈번하게 일어난다면 그것은 성경적인 원리를 수정해야 함을 의미하기 때문에 매우 유의해야 합니다.

7) 남자와 여자의 관계에 대한 접근 방식

우리는 위에서 남녀관계에 관해 균형감 있게 성경적 관점으로 해석하려고 노력하였습니다. 그 이유는 성경의 권위를 절대적인 권위로 인정하기 때문입니다. 하지만 성경의 권위를 상대적으로 보는 사람들은 성경적 관점이 아닌 다른 방법으로 해석하려고 노력합니다.

첫째, 자연법의 관점으로 해석하려고 노력하는 사람들이 있습니다. 그들의 대표는 바로 가톨릭교회입니다. 그들은 남녀관계에 관한 성경적 관점이 있음에도 불구하고 그들만의 방식으로 접근합니다. 사실 가톨릭교회는 '성경이 말하는 곳에서 말하고, 성경이 침묵하는 곳에서 침묵을 지키라'고 요구하는 '*Sola Scriptura*'의 교리를 믿으면서도, 성경적으로 대답하기보다는 자연법적으로 대답하는 것을 선호합니다. 즉, 자연법이라면 창조질서를 추론하여 도덕적 지침을 제공하기에 충분하다는 것입니다.

윌리엄 C. 스폰(William C. Spohn)은 그의 책 『성경과 윤리』에서 도덕적 안내를 위한 다섯 가지 성경해석 방법을 제시합니다. 그것은 성경을 하나님의 명령, 도덕적 암시, 해방의 부르심, 제자도의 부르심, 응답적 사랑의 기초로 보는 것입니다. 여기서 가톨릭교회가 취하는 성경해석 방법은 도덕적 암시입니다. 도덕적 암시가 의미하는 것은 자연법의 접근이며, 그 접근에는 암시적 추론과 가정의 연속이 전제되어 있습니다. 그렇기에 페미니스트나 동성애자들은 이러한 자연법의 접근을 선호합니다. 왜냐하면, 성경에 의지할 필요가 없기 때문입니다.

둘째, 위에서 예를 든 성경 구절은 사도 바울의 해석이기 때문에 틀릴 수도 있다고 보는 사람들이 있습니다. 그러한 시도는 성경의 무오성(biblical inerrancy)을 훼손하는 것임을 알아야 합니다. 사도 바울의 해석은 하나님의 말씀인 성경의 일부라는 사실을 인정해야 합니다. 자신의 견해를 지지하기 위해 성경을 취사선택하지 말아야 합니다.

많은 페미니스트가 컨텍스트(context)는 사라지고 텍스트(text)만 남았다고 하면서 자신의 견해를 지지하기 위해 성경을 취사선택하여 해석합니다. 그래서 남녀 간의 상보성은 많이 연구하지만 창조의 순서나 타락의 순서는 그다지 관심을 갖지 않습니다. 왜냐하면, 타락의 순서를 언급해 보았자 불리하기 때문입니다.

셋째, 문화적 압력에 굴복하여 성경 구절을 비틀어(distorted) 해석하는 사람들이 있습니다. 프랜시스 쉐퍼(Francis A. Schaeffer)는 이러한 해석방식은 결국에는 성경을 왜곡하게 된다고 경고합니다.

> "극단적인 페미니즘을 이해하는 열쇠는 전적인 평등, 또는 좀 더 적절하게는 차별 없는 평등"이라는 개념에 있다. 우리 시대의 속된 풍조는 남성과 여성의 관계에 있어 절대적이고 자율적인 자유를 열망하게 만들어 그 관계와 관련된 모든 한계와 형태, 특히, 성경이 가르치는 한계를 거부하려는 욕망을 부추긴다. 사실 일부 복음주의 지도자들은 페미니즘을 받아들이기 위해 성경의 무오성에 관한 견해를 바꾸었다. 한마디로 이것은 문화적 순응이다. 현대 정신과 성경의 가르침이 서로 충돌을 일으키는 지점에서 우리 시대의 속된 풍조에 순응하기 위해 직접적이면서도 의도적으로 성경을 왜곡하는 결과

가 빚어졌다.[9]

프랜시스 쉐퍼는 페미니즘의 핵심을 잘 지적하고 그것이 문화적 압력에 의해 교회에서 받아들여지게 될 때 일어나는 성경의 왜곡 현상을 잘 표현하고 있습니다. 그러한 현상은 심화되고 있으며, 복음주의 페미니즘(Evangelical Feminism)이라는 이름으로 우리 앞에 성큼 다가오고 있습니다. 그러므로 우리는 성경의 절대성과 무오성을 굳게 붙잡아야 합니다.

8) 결론

하나님께서는 온 우주만물과 인간을 그분의 창조질서 안에서 창조하셨습니다. 남자와 여자의 관계 또한, 그분의 창조질서 안에서 이해되어야 합니다. 왜냐하면, 하나님은 질서의 하나님이시기 때문입니다(고전 14:33). 하나님께서는 인간을 두 성으로 창조하셨으며, 성은 개개인에게 주어졌습니다. 그러므로 트랜스젠더의 문제는 이러한 창조질서를 거스르는 행위가 됩니다.

또한, 하나님께서는 남자를 여자보다 먼저 창조하셨습니다. 그 이유는 남자가 혼자 있는 것이 좋아 보이지 않았기 때문입니다. 그러므로 남녀관계는 상보적인 관계로 이해되어야 합니다.

그러나 여자는 뱀에게 속아 남자보다 먼저 타락하였습니다. 이러한 창조의 순서와 타락의 순서는 남자의 권위의 생성과 존중을 의미합니다. 그러므로 남녀의 차별철폐를 뛰어넘어 남녀의 완전한 평등성을 주장하는 극단적인 페미니즘 또한 하나님의 창조질서를 거스르는 행위가 됩니다.

성경은 남녀를 차별하지 않지만 구별합니다. 그러한 구별은 인간으로 하여금 하나님의 창조질서를 존중하고 하나님께 영광돌려야 하는 존재라는 의미에서 이해되어야 합니다.

---

[9] Francis A. Schaeffer, *The Great Evangelical Disaster* (Westchester, IL: Crossway, 1984), 130, 134-135, 137.

2. 문화명령은 윤리와 무슨 상관이 있나요?

> **[창 1:27-28]** 하나님이 자기 형상 곧 하나님의 형상대로 사람을 창조하시되 남자와 여자를 창조하시고 하나님이 그들에게 복을 주시며 하나님이 그들에게 이르시되 생육하고 번성하여 땅에 충만하라, 땅을 정복하라, 바다의 물고기와 하늘의 새와 땅에 움직이는 모든 생물을 다스리라 하시니라

17세기 영국의 작가이자 청교도 설교가인 존 번연(John Bunyan, 1628~1688)은 성경 다음으로 많이 읽혔다는 『천로역정』(The pilgrim's progress)을 저술했습니다. 그는 이 책에서 그리스도인(Christian)이 장차 멸망할 도시인 장망성을 떠나 천성을 향해 가는 과정을 묘사합니다. 존 번연이 묘사한 세상은 장차 멸망하게 될 죄악된 도시였습니다.

하지만 지금의 세상은 존 번연이 보았던 세상보다 더 복잡하고, 더 혼란스럽고, 더 죄악된 세상입니다. 그래서 많은 사람이 윤리적 실패를 경험하고 있으며, 지금 당장 무엇을 해야 하는지에 대해서 혼란을 겪고 있습니다. 그러다 보니 하나님께서 주신 문화명령이 무엇인지도 모르고, 또 그 명령을 아주 쉽게 무시해 버립니다.

문화명령(cultural mandate)은 하나님께서 온 우주만물과 인간을 창조하시고 인간에게 주신 최초의 명령입니다. 이 명령은 창조명령(creation mandate)이라고도 말하며, 창세기 1:27-28에 기록되어 있습니다. 하나님께서는 생육하고 번성하여 땅을 정복하고, 땅에 충만하고, 모든 생물을 다스리라고 하는 임무를 주셨습니다.

그렇다면 이 문화명령이 윤리와 무슨 상관이 있나요?

1) 첫째 명령: 생육하고 번성하여 땅에 충만하라

창세기 1:28에서 하나님께서는 아담과 하와에게 "생육하고 번성하여 땅에 충만하라"고 명령하십니다. 이러한 하나님의 문화명령은 아담과 하와에게뿐만 아니라, 노아의 홍수 이후 노아의 여덟 식구들에게도 동일하게 주어졌

습니다(창 9:1). 이것이 의미하는 것은 문화명령은 한 세대나 특별한 사람에게만 적용되는 것이 아니라, 모든 세대를 통하여 모든 인류에게 적용된다고 하는 것입니다. 사실 생육하고 번성하여 땅에 충만하는 것은 인간의 창조 목적이자 인간의 거룩한 책무입니다.

창세기 1:28의 명령을 세분화하면 다음과 같습니다.

첫째, 생육해야 합니다. 생육이라고 하는 단어는 영어로 "Be fruitful"이며 현대인 성경에서는 "너희는 많은 자녀를 낳고"라고 번역해 놓았습니다. 이러한 문화명령에 의하면 낙태를 하지 말아야 합니다. 성경은 구체적으로 낙태를 언급하지 않지만, 다음의 성경 구절들은 분명히 태어나지 않은 아이들의 가치에 대해 함축적으로 언급합니다.

> [시 139:13-16] 주께서 내 내장을 지으시며 나의 모태에서 나를 만드셨나이다 내가 주께 감사하옴은 나를 지으심이 심히 기묘하심이라 주께서 하시는 일이 기이함을 내 영혼이 잘 아나이다 내가 은밀한 데서 지음을 받고 땅의 깊은 곳에서 기이하게 지음을 받은 때에 나의 형체가 주의 앞에 숨겨지지 못하였나이다 내 형질이 이루어지기 전에 주의 눈이 보셨으며 나를 위하여 정한 날이 하루도 되기 전에 주의 책에 다 기록이 되었나이다
>
> [시 51:5] 내가 죄악 중에서 출생하였음이여 어머니가 죄 중에서 나를 잉태하였나이다
>
> [삿 13:3-5] 여호와의 사자가 그 여인에게 나타나서 그에게 이르시되 보라 네가 본래 임신하지 못하므로 출산하지 못하였으나 이제 임신하여 아들을 낳으리니 그러므로 너는 삼가 포도주와 독주를 마시지 말며 어떤 부정한 것도 먹지 말지니라 보라 네가 임신하여 아들을 낳으리니 그의 머리 위에 삭도를 대지 말라 이 아이는 태에서 나옴으로부터 하나님께 바쳐진 나실인이 됨이라 그가 블레셋 사람의 손에서 이스라엘을 구원하기 시작하리라 하시니
>
> [눅 1:35] 천사가 대답하여 이르되 성령이 네게 임하시고 지극히 높으신 이의 능력이 너를 덮으시리니 이러므로 나실 바 거룩한 이는 하나님의 아들이라 일컬어지리라

위의 구절들은 성경이 얼마나 태아에 관심을 가지고 있는지를 보여 줍니다.

시편 기자는 자신을 모태에서부터 만드신 하나님의 신묘막측하심을 찬양하고 있으며, 다윗은 자신의 죄를 철저하게 회개하기 위해 자신의 죄가 자신이 잉태되는 시점으로부터 발생했음을 고백하고 있으며, 삼손의 어머니는 삼손이 나실인이 되기 위해서 모태에서부터 세 가지 금지 사항을 지켰으며, 예수님께서는 온 인류를 구원하시기 위해 성령에 의해 잉태되는 순간 그의 사역이 시작되었습니다.

이러한 구절들은 생명을 소중함을 말씀해 주고 있으며, 낙태는 그러한 생명의 소중함을 저버리는 것이라는 것을 알아야 합니다.

그럼에도 불구하고 성경이 낙태를 명시적으로 정죄하지 않고 있다고 주장하는 사람들이 있습니다. 그래서 낙태에 대한 성경적 논의가 필요하지 않다고 주장합니다. 하지만 그것은 성경의 충족성을 오해하는 데서 오는 잘못입니다. 왜냐하면, 성경의 충족성은 하나님의 말씀이 가진 적실성을 성경으로부터 이성과 추론을 통해 유추할 수 있다는 것을 의미하기 때문입니다.

그런 의미에서 1973년 낙태를 허용한 연방대법원 판결인 '로 대 웨이드'(Roe vs. Wade) 판결은 매우 실망스러운 판결입니다. 이 판결 이후에 로마 가톨릭교회와 복음주의자들은 계속해서 낙태를 비판해 오고 있습니다. 이러한 노력의 일환으로 2021년 9월 1일 텍사스 주 대법원은 '심장박동법'으로 알려진 낙태 금지법(Senate Bill 8)이 통과되었습니다. 태아의 심장 박동 소리를 확인할 수 있는 임신 6주부터 낙태를 금지하는 법안입니다. 비록 강간이나 근친상간으로 임신한 경우에도 낙태할 수 없도록 되어 있어 논란이 예상되지만, 태아의 생명이 얼마나 소중한지를 환기시켰다는 면에 있어서 매우 바람직한 현상이라고 할 수 있습니다.

둘째, 번성해야 합니다. 번성이라고 하는 단어는 영어로 "Multiply"입니다. 이 말은 숫적으로 불어나야 함을 의미합니다. 번성하지 않는 공동체는 미래를 약속할 수 없습니다. 이러한 문화명령에 의하면 번성하지 못하게 하는 모든 종류의 생각, 언행, 관습, 사상, 제도 등을 단호하게 배격해야 합니다.

동성애는 인류를 번성하지 못하게 하는 대표적인 행위이자 사상입니다. 2001년 네덜란드를 시작으로 지난 20년간 스페인, 남아프리카공화국, 프랑스, 미국, 호주, 대만 등은 동성 결혼을 합법화하였습니다. 유럽에서 가장 보수적인 국가로 꼽히는 스위스도 최근 이 대열에 합류했습니다.

우리가 동성애를 바라보는 시각은 동성애를 개인의 영역으로만 보아서는 안 된다는 것입니다. 동성애를 개인의 권리와 자유라고 주장할 수는 있지만, 자녀 생산을 하지 못하는 동성애 결혼을 합법화하고 제도화하는 것은 하나님께서 주신 문화명령에 대한 직접적인 저항이자 반역입니다. 이렇게 이야기하면 동성애와 동성애 결혼을 혼동하지 말라고 반문할지 모릅니다.

하지만 동성애자들은 끊임없이 동성애자들의 결혼을 통해 합법적인 지위를 얻으려고 노력합니다. 그 이유는 동성애를 통해 전염되는 성병이나 AIDS를 치료하기 위한 약이나 비용이 엄청나서 보험 혜택을 얻으려는 것도 포함되어 있습니다.

셋째, 땅에 충만해야 합니다. 영어로는 "fill the earth"로, 하나님께서는 우리 인간이 땅에 충만하게 되기를 원하셨습니다. 그러한 방편으로 하나님께서는 인간의 성(gender)을 남자와 여자로 만드시고 남자와 여자가 성적으로 결합하는 결혼 제도를 제정해 주셨습니다. 결혼의 목적 중 하나는 이처럼 생육하고 번성하여 땅에 충만하라는 것입니다.

그러므로 성은 개인적인 차원에서 인간 됨의 기초이며, 사회적인 차원에서 사회 구성의 기초가 됩니다. 그렇기에 성경은 임신은 하나님의 선물로, 불임은 저주로 묘사합니다. 특히, 시편 기자는 "젊은 자의 자식은 장사의 수중의 화살 같으니 이것이 그의 화살통에 가득한 자는 복되도다"(시 127:4-5)라고 노래합니다.

그런 의미에서 산아제한은 논쟁적인 이슈입니다. 왜냐하면, 인구가 얼마 되지 않았을 때는 땅에 충만하라는 문화명령이 그 정당성을 인정받을 수 있었지만, 지금은 지구의 과잉인구를 걱정해야 할 시기라는 것입니다. 사실 산아제한은 신적인 축복을 거절하거나, 하나님의 목적을 성취하기 위한 수단을 거절하는 것은 아닙니다. 하지만 프레임은 지구의 과잉인구에 대한 수단으로 산아제한을 하는 것은 그것의 연관성에 대한 높은 증명의 부담을 가진다고 말합니다.[10] 그러므로 밑에서 언급하고 있는 정복하고 다스리라는 명령

---

10 John M. Frame, 『기독교 윤리학: 그리스도인의 삶에 대한 교리』, 이경직 옮김 (서울:

을 세심하게 적용한다면, 땅에 충만하라는 문화명령은 현재에도 유효하다고 할 수 있습니다.

2) 둘째 명령: 땅을 정복하라

하나님께서는 아담과 하와에게 "땅을 정복하라"고 명령하셨습니다(창 1:28). 여기서 "땅을 정복하라"는 말씀은 땅을 남용하라는 것이 아닙니다. 왜냐하면, 창세기 2:5에서 땅을 경작할 사람이 없었다고 말하고 있기 때문입니다(개역한글).

영어 NASB에서는 "no man to cultivate the ground"라고 번역해 놓았습니다. 영어 단어 'culture'가 '경작하는 것'(a cultivating)의 의미를 지닌 라틴어 'cultura'를 어원으로 하고 있다는 점을 고려한다면, 땅을 정복하라는 명령은 곡식을 얻기 위해 땅을 가꾸며 비옥하게 만들라는 명령입니다.

그러므로 땅을 정복하라는 문화명령을 수행하기 위해서 땅으로 하여금 좋은 열매를 맺게 하기 위한 온갖 노력과 수고가 필요하다는 것을 의미합니다. 왜냐하면, 만물은 모두 하나님의 것이기 때문입니다(시 24:1). 그러므로 우리 인간은 하나님의 아름다운 창조의 솜씨가 드러날 수 있도록 가꾸는 청지기의 역할을 감당해야 합니다. 그런 의미에서 "땅을 정복하라"는 문화명령이 환경 파괴를 정당화하지 않는다는 것을 알아야 합니다.

3) 셋째 명령: 바다의 물고기와 하늘의 새와 땅에 움직이는 모든 생물을 다스리라

하나님께서는 자신의 형상과 모양대로 사람을 만들고 땅뿐만 아니라, 바다와 하늘에 거하는 모든 생물을 다스리라고 명령하셨습니다(창 1:28). 이러한 명령은 창세기에서만 발견되는 것은 아닙니다. 시편 기자는 인간의 피조물에서의 위치를 다음과 같이 설명합니다.

P&R, 2015), 1015-9.

[시 8:5-8] 그를 하나님보다 조금 못하게 하시고 영화와 존귀로 관을 씌우셨나이다 주의 손으로 만드신 것을 다스리게 하시고 만물을 그 발 아래 두셨으니 곧 모든 소와 양과 들짐승이며 공중의 새와 바다의 물고기와 바닷길에 다니는 것이니이다

이 구절을 보면 인간은 만물의 영장이라는 사실을 확인할 수 있습니다. 왜냐하면, 하나님께서 모든 생물을 인간의 다스림 아래에 두셨기 때문입니다. 이러한 문화명령(cultural mandate)이 문제가 되는 것은 인간의 번영과 즐거움을 위해서라면 인간 중심의 문명을 건설할 수도 있다는 뉘앙스를 가지고 있기 때문입니다. 실제로 환경과 관련하여 이 구절은 환경보호보다는 자연개발의 명분을 제시하는 구절로 사용되고 있습니다.

그렇다면 이 구절을 어떻게 이해해야 할까요?

먼저 생각해야 할 것은 다스림이 주인으로서가 아닌 청지기로서의 다스림이라는 것입니다. 창세기 2:15에서는 "그것을 경작하며 지키게 하시며"라고 말씀하고 있습니다. 즉, 하나님 대신에 경작하며 지킬 임무를 부여받았다는 사실입니다. 그렇기에 인간은 각 생물들의 특성에 맞게 이름을 지어 주기도 하였습니다(창 2:19). 이처럼 인간은 모든 생물에 대하여 하나님의 대리자라는 사실을 잊어서는 안됩니다(골 1:15, 3:10).

또한, '다스리라'는 명령은 그 앞에 나오는 '생육하라', '번성하라', '충만하라', '정복하라'라는 네 가지 명령의 최종 목적을 나타낸다고 할 수 있습니다. 즉, 인간이 생육하고 번성하고 충만하고 정복할 수 있는 상태로 보존되며 다스려져야 한다는 것입니다. 이러한 다스림을 위해서 자연을 연구하여 인류가 필요로 하는 자원을 자연으로부터 얻어야 합니다. 그리고 사회를 연구하여 자연으로부터 얻어진 자원을 효율적으로 공정하게 분배해야 합니다.

그런 의미에서 인간의 생육과 번성을 저해하는 모든 종류의 다스림은 문화명령을 거스리는 죄입니다. 예를 들어, 환경 호르몬은 인간의 생육과 번성을 저해하는 대표적인 독성 물질로 합성계면활성제, 다이옥신, DDT, TBT, 비스페놀A, 프탈레이트 등이 있습니다. 이러한 환경 호르몬은 플라스틱 용기, 합성세제, 살충제, 배기가스, 플라스틱 제품 등 다양한 원천으로부터 나오며, 특히, 쓰레기를 소각할 때 나옵니다. 이러한 독성 물질은 토양을 오염

시키고, 오염된 토양에서 자란 곡물은 동물과 인간을 오염시키고, 그러한 곡물을 먹은 동물의 육류를 섭취한 인간의 몸 속에 자신도 모르게 쌓이게 됩니다. 그러므로 '다스리라'는 명령은 무분별한 개발과 착취, 정복을 정당화하는데 사용해서는 안 됩니다.

4) 문화명령과 지상명령

문화명령은 인류의 시조인 아담과 하와에게 최초로 주어졌습니다. 문화명령을 주신 이유는 하나님을 사랑하고 하나님께 영광을 돌리는 하나님 나라의 건설과 확장 때문이었습니다. 그런 의미에서 문화명령을 굳이 둘로 나누자면, 전반부는 인간의 생육과 번성과 충만에 관련된 명령이며, 후반부는 땅과 자연만물을 다스리라는 명령입니다.

이 명령을 온전히 수행하기 위해서는 두 가지의 사랑이 전제됩니다. 하나는 땅과 자연만물을 다스리라는 명령을 주신 하나님을 사랑하는 것이고, 다른 하나는 인간의 생육과 번성과 충만을 위해 인류를 사랑하는 것입니다. 즉, 하나님 사랑과 이웃 사랑입니다. 그러므로 하나님을 사랑하고 섬기는 종교와, 이웃을 사랑하고 섬기는 윤리는 분리될 수 없었습니다.

하지만 아담과 하와는 타락하였고 종교와 윤리 또한, 타락하게 되었습니다. 종교적으로는 하나님을 경배하지 않고 인간이 신의 자리에 앉아 선악을 판단하려는 교만을 보이고 말았습니다. 윤리적으로는 사람이 사람을 차별하고 학대하며 착취하게 되었습니다. 이러한 종교와 윤리의 타락은 결국 종교와 윤리의 분리를 가져오고 말았습니다. 결국, 인간은 하나님께서 인간의 삶을 터치하지 말아야 한다고 선언하고 말았습니다.

그러나 문화명령은 인간의 타락으로 인해 에덴 동산에서 쫓겨났다고 하여서 무효화되거나 변경되지 않았습니다. 왜냐하면, 아담과 하와에게 주신 명령이 노아에게서도 동일하게 반복되기 때문입니다(창 9:1-7).

또한, 이 명령은 지금도 계속되고 있음을 신약성경은 말씀하고 있기 때문입니다(약 3:7). 랄프 마틴은 야고보서 3:7에서 쓰인 "현재완료 동사 다마제인(δαμάζειν, "정복하다", "길들이다"라는 단어는 신약의 다른 부분에서 오직 막 5:4에서만 발견된다)은 태초 이래 동물 세계가 인간 세계의 통제 아래 있어 왔다는 논쟁을 뒷받침한다"(Moo, 126)고 말합니다.[11] 즉, 이 명령은 현재진행형이라는 것입니다.

그러나 이 명령을 온전하게 수행하기 위해서는 인간의 힘만으로는 부족합니다. 왜냐하면, 인간은 자연을 무분별하게 개발하고 학대하고 착취하고 있기에 피조물은 인간의 타락으로 인해 지금까지 함께 탄식하며 고통을 겪고 있기 때문입니다(롬 8:22). 그 결과 피조물들은 하나님의 아들들이 나타나는 것을 고대하고 있습니다(롬 8:19).

그러므로 문화명령을 온전하게 수행하기 위해서는 하나님의 아들로 이 땅에 오신 예수 그리스도가 필요합니다. 그리고 그 안에 있을 때에만 온전하게 성취될 수 있습니다. 왜냐하면, 만물은 그리스도의 발 아래에 있으며, 만물은 그에게 복종하게 되기 때문입니다(고전 15:27-28). 더 나아가 그리스도를 통해 새창조가 이루어지기 때문입니다.

그러므로 문화명령은 그리스도의 새창조의 능력 가운데에 온전하게 수행할 수 있습니다. 그런 의미에서 문화명령은 그리스도의 지상명령으로 연결됩니다. 다음의 표는 문화명령과 지상명령이 어떻게 연결되는지를 잘 보여줍니다.

[표 71] 문화명령과 지상명령(Cultural Mandate → Great Commission)

제1창조: 하나님의 창조 문화명령(창 1:27-28)			제2창조: 그리스도의 새창조 지상명령(마 28:19-20)	
충만하라	결혼 규례	→	제자 삼으라	영적 결혼
정복하라	노동 규례		침례 베풀라	영적 노동
다스리라	안식 규례		지키게 하라	영적 안식

우리는 위의 표를 통해 하나님의 창조를 통한 문화명령이 그리스도의 새창조를 통한 지상명령으로 연결되는 것을 확인할 수 있습니다. 우리는 프레

---

11 Ralph P. Martin, 『WBC 주석 시리즈: 야고보서』, 홍찬혁 옮김 (서울: 도서출판솔로몬, 2001), 317-8.

임의 삼중접근법의 관점에 따라 다음과 같이 분류할 수 있습니다.[12]

[표 72] 프레임이 보는 문화명령과 지상명령의 일관성

	문화명령	지상명령
규범적 관점	인간을 땅을 정복하고 다른 모든 피조물을 통치한다.	지상명령은 제자 삼는 것, 세례, 가르침을 필요로 한다
상황적 관점	하나님의 명령이 인간의 모든 삶을 다스려야 한다.	그것은 만물에 대한 예수님의 주권적 다스림에 기초한다
실존적 관점	인간은 번성하고 생육하고 땅을 인간으로 채워야 하고 이 땅을 자신의 신적 임재로 채우시는 하나님을 본받아야 한다.	지상명령은 항상 자기 백성과 함께하시는 예수님의 임재를 보증한다

우리는 위의 표에서 확실히 문화명령은 지상명령으로 연결되어 있다는 사실을 확인할 수 있습니다. 그렇기에 이 두 명령이 주는 윤리적 함의는 인간은 언제 어디서나 하나님의 나라와 의를 추구해야 한다는 것입니다(마 6:33). 이러한 추구는 하나님 나라가 가지고 있는 시대와 장소를 초월한 역동성에 기인합니다. 그러한 하나님 나라의 역동성은 씨, 땅 그리고 하나님의 약속이라는 또 다른 삼요소(triad)에서 찾아 볼 수 있습니다.[13]

[표 73] 프레임이 보는 문화명령의 유비

약속, 땅, 씨의 삼요소(triad)		
약속	규범적 관점	신적 약속은 축복을 보증하는 규범
땅	상황적 관점	땅은 인간이 점령하라고 하나님이 주셨던 영토
씨	실존적 관점	씨는 이 땅에 인간의 임재로 창조물 안에 계시는 하나님의 임재와 유사

위의 표는 문화명령은 아담과 하와가 그들의 씨로 땅에 충만하고 땅을 통치하도록 명령하는 하나님의 축복에서 시작합니다. 이처럼 문화명령과 지상명령의 일관성, 그리고 문화명령의 유비가 주는 함의는 이 두 명령이 연속성을 가지고 있다는 것입니다.

12　John M. Frame, 『기독교 윤리학: 그리스도인의 삶에 대한 교리』, 440-2.
13　Ibid., 442.

그럼에도 불구하고 아직도 이 두 명령의 연속성에 대해 의문을 표하는 사람들도 있습니다. 그들은 인간의 타락과 구속, 그리고 그리스도가 이미 만물을 정복하고 충만케 했기 때문에 문화명령이 시대에 뒤진 것이라고 생각합니다.[14] 그렇기에 우리 인간은 땅에서의 번영이 아닌 복음 사역에만 관심을 두어야 하며, 인간의 번영을 위한 세속적인 일은 오직 지상명령을 수행하기 위한 사역의 수단일 때만 의미가 있다고 봅니다.

게다가 문화명령은 아담에게 준 명령이었기 때문에 문화명령은 인간 삶의 주된 초점이 되어야 한다고 믿습니다. 그렇기에 복음을 전하는 것은 단지 문화명령을 성취하는 하나의 방법으로서만 의미를 가지고 있다는 것입니다.

이에 대해 프레임은 반대 의견을 가지고 다음과 같이 인간 삶의 목적을 제시합니다.

1. 하나님 나라는 창조계에 대한 하나님의 주권적 통치이다.
2. 요한복음 13:34-35에서 사랑의 계명은 그리스도가 우리를 사랑하셨던 것처럼 우리가 사랑하라고 요구하신다.
3. 고린도전서 9장에서 바울은 자기 인생의 목표를 복음을 통해서 인간을 구원하는 것(고전 9:19-22, 참고 고전 10:33)과 사실 복음의 유익에서 자신의 몫을 얻는 것으로 언급한다(고전 9:23-27)
4. 빌립보서 3장에서 바울은 다시 그의 삶과 목회사역의 전반적인 동기 부여를 설명한다.[15]

사실 문화명령과 지상명령은 불가분의 관계를 가지고 있습니다. 문화명령과 지상명령은 일관성과 연속성을 가지고 있습니다. 그러므로 복음을 전하는 명령을 수행할 때, 우리는 문화명령을 수행하고 있다는 것을 알아야 합니다.

---

14 Ibid., 443-4.
15 Ibid., 444.

5) 결론

존 번연이 『천로역정』(Pilgrim Progress)에서 묘사했던 세상은 장망성이었습니다. 이러한 세상은 문화명령이 무엇인지도 모르고, 또 그 명령을 아주 쉽게 무시해 버리는 세상입니다. 그러므로 우리 인간은 이러한 세상 가운데에 살면서 삶의 모든 영역에서 문화명령(cultural mandate)을 수행해야 할 시대적 사명감을 가지고 있습니다. 즉, 생육하고 번성하고 땅을 정복하고 모든 생물을 다스리는 데에 있어서 청지기의 역할을 할 것을 요구받고 있습니다.

즉, 인간은 창조주 하나님께 영적인 책임, 노동의 책임, 문화적 책임을 가지고 있습니다. 또한, 지상명령을 수행해야 할 엄중한 책임이 있습니다. 왜냐하면, 지상명령은 문화명령과 일관성과 연속성을 갖는 명령이기 때문입니다. 문화명령과 지상명령은 타락 전과 후에 주어진 명령으로서 하나님의 나라와 영광을 실현하는 공통된 이상을 갖는 명령이라는 사실을 잊어서는 안 됩니다.

3. 십계명이 특별한 이유가 무엇인가요?

[출 20:2-3] 나는 너를 애굽 땅, 종 되었던 집에서 인도하여 낸 네 하나님 여호와니라 너는 나 외에는 다른 신들을 네게 두지 말라

많은 종교가 윤리에 대한 가르침을 가지고 있습니다. 유교에서는 도덕을 매우 중시하며, 삼강오륜(三綱五倫)이라는 도덕 법칙을 제시합니다.[16] 불교에서는 도덕적인 계율로서 팔정도(八正道)를 제시합니다.[17] 기독교에서는 가장

---

16 삼강오륜은 세 가지 강령과 다섯 가지 인륜을 말한다. 3강이란 군위신강, 부위자강, 부위부강이며, 5륜은 부자유친, 군신유의, 부부유별, 장유유서, 붕우유신을 말한다. 유교의 가장 기본적인 덕목인 인의예지신(仁義禮智信)을 반영한 것이 바로 오륜이다.

17 팔정도는 깨달음을 성취하는 원인이 되는 여덟 개의 올바른 길을 의미하며, 정견(定見), 정사유(正思惟), 정어(正語), 정업(正業), 정명(正命), 정념(正念), 정정진(正精進), 정정(正定)의 여덟 가지 수행을 가리키는 불교교리이다.

대표적인 도덕 법칙으로 구약의 십계명을 들 수 있습니다. 하지만 어떤 사람들은 십계명을 고대 근동의 함무라비 법전과 같은 종류의 법전이라고 생각합니다.[18]

함무라비 법전(Code of Hammurabi)은 기원전 1755~1750년경에 고대 바빌로니아의 함무라비 왕에 의해 제정된 것으로 추정되는 법전입니다. 함무라비 법전은 고대 근동에서 가장 길고 가장 잘 조직되고 가장 잘 보존된 것으로 여겨집니다. 이 법전의 범위는 형법, 가정법, 재산법을 포함하여 광범위합니다.

사람들은 출애굽기 20:22-23:19에 나오는 모세의 언약 코드(Covenant Code)와의 유사성, 예를 들어, 인과관계 형식이나 동해보복법(*lex talionis* – 눈에는 눈, 이에는 이)과 같은 것이 발견되기 때문에 이 법전이 모세 율법에도 영향을 미쳤다고 말합니다. 함무라비 법전이 모세의 율법보다 훨씬 이전에 기록되었기 때문에 그렇게 생각할 수도 있습니다.

그렇다면 십계명이 윤리에 있어서 특별한 이유가 무엇인가요?

1) 하나님의 인격성에 기초한다

모세의 법전과 고대근동 법전의 유사성은 종주권 조약(suzerainty treat) 형식을 취하고 있다는 점입니다. 종주권 조약은 종의 나라는 조공을 바치며 주인의 나라는 종의 나라를 보호하는 계약을 의미합니다. 고대근동 국가의 왕들은 봉신과 계약을 맺고 협정 문서를 작성하는데 모세의 법전도 여호와 하나님과 이스라엘 백성 사이에 계약을 체결하는 형식으로 기록하고 있습니다. 그러한 계약 관계는 십계명의 서언에서 찾아 볼 수 있는데, 이것을 시내산 언약이라고 말합니다. 이러한 언약은 출애굽기와 신명기에 기록되어 있습니다.

---

18 고대 근동의 법전은 대체적으로 판례들을 수집하여 문서화한 것이다. 고대 법전들 가운데 가장 오래된 우르-남무 법전(The Code of Ur-Namu, BC 2100-2050년경), 에쉬눈나 법전(The Code of Eshnunna, BC 2000년경), 리핏-이쉬타르 법전(The Code of Lipit-Ishtar, BC 1850년경), 그리고 위의 법전들을 보완한 함무라비 법전(The Code of Hammurabi, BC 1700년경) 등이 모두 왕의 주도 아래서 쓰여진 고대 바벨론의 법전들이다.

사실 종주권 조약은 불평등 조약입니다. 내부적으로 자치권을 보장받는 대신 외교적으로는 많은 인적 경제적 착취를 당하게 되어 있습니다. 그렇기에 조약의 규정을 지키면 살고(축복을 받고), 규정을 지키지 않으면 죽습니다(저주를 받습니다). 이처럼 고대 근동의 종주권 조약은 불평등하게 이루어졌습니다.

하지만 십계명은 불평등하지 않으며 이스라엘 백성이라는 특별한 공동체를 만들어 가는 하나님의 신실한 언약의 모습을 보여 줍니다. 계약(berit) 개념을 중심으로 구약성서신학을 구성하는 구약역사학자인 발터 아이히로트(Walther Eichrodt)는 이러한 하나님과 이스라엘 백성의 언약관계를 다음과 같이 설명합니다.

> 무엇보다도 계약이 모세의 활동을 통하여 체결되었다는 것은 특히, 이스라엘의 온 하나님 체험에서 하나의 기본적 요소, 즉 하나님 계시의 사실적 성격을 강조하고 있다는 점을 유의하여야 한다. 하나님의 자기 계시는 사변적으로 파악되거나 가르침의 형식으로 설명되지 않는다. 하나님은 자기 백성의 삶 속에 개입하여 그들과 관계를 맺고 자신의 뜻에 따라 그들을 빚어 만듦으로써 자기 백성이 자신의 존재를 알게 만든다.[19]

이러한 하나님의 신실한 언약관계는 "너희는 나의 백성이 되고, 나는 너희의 하나님이 될 것이다"라고 요약할 수 있습니다. 즉, 지배자와 피지배자와의 계약 관계가 아니라는 것입니다. 이러한 신실한 언약 이행의 모습 속에서 십계명을 이해한다면, 십계명은 하나님의 인격성에 기초하고 있다는 것을 알 수 있습니다. 하나님의 인격성에 기초한다는 것은 윤리가 의무적인 아닌 사랑의 관계 속에서 자발적으로 이루어진다는 것을 의미합니다.

즉, 신실하게 언약을 이행하는 하나님의 인격을 생각하면 십계명의 조항들이 더 이상 의무적으로 반응해야 하는 것이 아닌 자발적 조항들이 된다는

---

19 Walther Eichrodt, 『구약성서신학(제1권)』, 박문재 옮김 (서울: 크리스챤다이제스트, 1998), 35.

것입니다. 반면 고대 근동의 종주권 조약은 오로지 계약을 지키지 않으면 처벌과 저주만이 기다리고 있기 때문에 비자발적으로 반응해야만 하는 비인격적인 윤리 조항이라고 할 수 있습니다.

2) 내면적 동기를 중시한다

윤리에 있어 십계명의 특별성은 십계명이 형식상의 준수보다 내면적 동기를 중요시한다는 점에 있습니다. 위에서도 언급했듯이, 종주권 조약은 불평등 조약입니다. 이러한 조약은 문서 형태로 남아 있기 때문에 계약 관계에 대한 책임이 존재합니다. 그것이 비록 불평등 조약이라 하더라도 주인의 나라가 계약을 이행하지 않으면 블레임할 수 있습니다.

이와는 대조적으로, 애굽은 법에 대한 자료들을 거의 남기지 않았습니다. 그 이유는 애굽 왕 바로의 말이 곧 진리이며 법이었기 때문입니다. 그 이유는 바로는 태양의 신 라(Ra)의 아들이자 곧 신이라고 주장했기 때문입니다. 이것이 함의하는 것은 바로가 현시점에서 선언하는 말이 곧 법이 된다는 것이며, 따라서 과거의 판례들은 거의 의미가 없습니다. 그러므로 윤리적으로 행동해야 할 내면적 동기를 찾기 어렵습니다. 왜냐하면, 내면적 동기는 법이 일관성을 가질 때에 생겨나기 때문입니다.

사실 십계명 준수의 근본적인 동기는 여호와 신앙에 있으며(출 20:5), 좀 더 구체적으로는 출애굽 사건을 통한 구원에 대한 감사에 있다고 할 수 있습니다(출 23:9; 레 19:36; 신 5:15). 게다가 십계명은 일관성을 가지고 있는 법입니다. 책임과 처벌이 일관적입니다. 게다가 판례 중심으로 되어 있어 불가역적입니다. 애굽 왕 바로와 같은 인간의 변덕스러움이 적용될 여지가 없습니다. 예를 들어, 신명기에서는 "이와 같이 하여 너희 가운데서 악을 제할지니라"라는 문구가 일관되게 등장합니다(신 13:5; 17:7; 22:21, 22, 24; 24:7). 이런 일관성은 내면적 동기를 일관되게 유지하는 장치로서 기능합니다. 그러므로 내면적 동기를 중시하는 현대 윤리의 흐름으로 보아도 십계명은 그 유효성 및 우수성을 가지고 있습니다.

3) 인간의 실존을 중시한다

윤리에 있어 십계명의 특별성은 인간의 실존을 중시한다는 점에서 찾아볼 수 있습니다. 이러한 점은 동해보복법(*lex talionis*)이라고 불리우는 조항에서 극명하게 나타납니다. 두 법은 모두 사람의 생명과 건강과 복지에 관심을 갖고 있습니다. 하지만 이 법들의 차이는 분명합니다.

[표 74] 동해보복법에 관한 함무라비 법전과 십계명 비교

함무라비 법전	십계명
(196항) 만일 한 사람이 다른 사람의 눈을 빼면 그의 눈도 뽑힐 것이다(An eye for an eye). (197항) 만일 그가 다른 사람의 뼈를 부러뜨리면 그의 뼈도 부러질 것이다. (198항) 만일 자유인(freed man)의 눈을 빼거나 뼈를 부러뜨렸으면 그는 금 한 미나(one gold mina)를 지불해야 한다. (199항) 만일 사람의 노예의 눈을 빼거나 노예의 뼈를 부러뜨리면 그 값의 절반을 지불해야 한다. (200항) 만일 한 사람이 다른 사람의 이를 부러뜨리면 그의 이도 부러질 것이다(A tooth for a tooth). (201항) 만일 자유인(freedman)의 이를 부러뜨리면 그는 금 미나의 3분의 1을 지불해야 한다.	(레 24:19-20) 사람이 만일 그 이웃을 상하였으면 그 행한 대로 그에게 행할 것이니 파상은 파상으로, 눈은 눈으로, 이는 이로 갚을지라. 남에게 손상을 입힌 대로 그에게 그렇게 할 것이며 (신 19:21) 네 눈이 긍휼히 보지 말라 생명은 생명으로, 눈은 눈으로, 이는 이로, 손은 손으로, 발은 발로니라 (출 21:26) 사람이 그 남종의 한 눈이나 여종의 한 눈을 쳐서 상하게 하면 그 눈 대신에 그를 놓을 것이며

첫째, 사람의 신분을 구별합니다. 함무라비 법전에서는 다양한 계층의 신분을 상정합니다. 완전히 자유로운 시민(a man), 자유롭게 된 시민(freed man), 그리고 자유가 필요한 노예(slave)입니다.

둘째, 사람의 신분을 차별합니다. 함무라비 법전은 동해보복법에 있어 시민, 자유인, 그리고 노예의 적용이 다릅니다. 예를 들어, 눈(eye)의 경우, 시민은 같은 종류로, 자유인은 금 한 미나로, 노예는 그 값의 절반을 지불해야 합니다. 이(tooth)의 경우, 자유인은 금 미나의 3분의 1만 지불하면 됩니다.

하지만 십계명에 있어서는 그와 같은 구별과 차별이 없습니다. 즉, 만인이

평등하다는 것입니다. 함무라비 법전은 타인의 노예에게 입힌 상해에 대해서 말할 때에 그것이 노예가 아닌 노예의 주인에게 가해진 것처럼 다루고 있습니다. 즉, 노예를 주인의 재산으로 여겼으며, 그것은 고대 근동의 일반적인 현상이었습니다.

하지만 십계명은 노예의 인권을 인정하여 어떤 이유로든 주인이 그에게 상해를 가한 경우에 놓임을 받았습니다. 이것은 히브리법이 노예를 주인의 무조건적인 재산으로 여기지 않았음을 분명히 보여 줍니다. 심지어 이스라엘 백성과 이방인 사이에도 차별이 없었습니다(출 22:21; 23:2-9). 이러한 평등은 하나님 나라의 근본적인 가치이며, 십계명의 전반에 걸쳐 나타나 있습니다.

인간의 존엄성은 인간에게서 연유한 것이 아닌 하나님으로부터 연유합니다. 그것은 인간이 하나님의 형상으로 지음받은 실존적 존재이기 때문입니다. 이것이 함의하는 것은 신분에 따른 윤리의 차이를 만들어내지 않는다는 점입니다. 그만큼 십계명은 인간의 실존의 문제를 중시하고 있다는 것을 보여 줍니다.

4) 결론

많은 사람이 구약 율법의 근간이 되는 십계명의 유효성 및 특별성에 대해 함무라비 법전과 같은 고대근동의 법들과 비교하며 의문을 표시합니다. 그것은 십계명의 본질을 잘 모르기 때문에 일어나는 현상입니다. 십계명은 하나님의 인격성에 기초하며, 내면적 동기를 중시하며, 인간의 실존 문제를 중요하게 생각합니다. 그러므로 십계명은 구약에 있어서 유효한 법이 될 뿐 아니라 신약에 있어서도 시대와 문화와 세대를 넘어서 유효합니다.

게다가 "내가 거룩하니 너희도 거룩하라"(레 11:45)는 하나님의 명령에 이의를 제기할 수는 없습니다. 이러한 사실에 비추어 보아 십계명은 오늘날에도 사람들의 유일무이한 삶의 규범이 되기에 충분하다고 할 수 있습니다.

4. 율법과 권위의 바른 관계는 무엇인가요?

> [롬 2:14-15] 율법 없는 이방인이 본성으로 율법의 일을 행할 때에는 이 사람은 율법이 없어도 자기가 자기에게 율법이 되나니 이런 이들은 그 양심이 증거가 되어 그 생각들이 서로 혹은 고발하며 혹은 변명하여 그 마음에 새긴 율법의 행위를 나타내느니라

대다수의 사람들은 신호등을 잘 지킵니다. 하지만 대통령이나 특별한 사람의 경호를 위해 경찰용 자동차에 의해 호위되거나 유도될 때 신호등을 지키지 않는 것을 목격하기도 합니다. 그럴 때에 신호등을 무시하는 그들을 보며 혼란스러움을 느끼는 사람도 있고, 당연하다고 느끼는 사람도 있습니다. 혼란스러움을 느끼는 사람은 법이 특별한 권위에 의해 무시되는 것이 잘못되었다고 생각합니다.

하지만 당연하다고 느끼는 사람은 법이 특별한 권위에 의해 무시될 때도 있는 것이 그렇게 잘못된 것은 아니라고 생각합니다. 이것을 윤리학의 문제에 적용하면, 율법과 권위의 문제로 귀결됩니다.

그렇다면 율법과 권위의 바른 관계는 무엇인가요?

1) 율법의 위에 있는 권위 패러다임 (The Authority over Law Paradigm)

이 패러다임은 율법보다 권위를 높게 보는 관점입니다. 이 관점은 율법은 단순히 하나님이 명령히셨기 때문에 옳고 참되며, 율법의 진정한 힘은 입법을 지지하는 하나님의 능력에 있다고 말합니다.

성경의 예를 들면, 예수님께서는 인자가 안식일의 주인이라고 말씀하셨습니다(마 12:1-8). 사실 안식일은 십계명 중의 하나이고 안식일을 거룩하게 지킴으로써 이방인들과 구별되는 선민으로써 자부심을 갖게 하는 정통 유대인들에게 있어 타협할 수 없는 중요한 율법입니다. 하지만 예수님께서는 인자가 안식일의 주인이라고 말씀하심으로써 율법보다 높은 권위를 가지신 분이라는 것을 보여 주셨습니다.

하지만 이러한 패러다임을 인간이 사용하게 되면 많은 문제점을 불러 일으킵니다. 예를 들어, 율법 시행규칙인 미쉬나(Mishna)에는 안식일에 해서는 안 되는 일 39가지가 규정되어 있습니다. 이러한 규정은 인간이 만든 것으로 십계명의 궁극적인 취지와는 맞지 않는 부분도 있습니다.

그렇기에 이 규정을 따르라고 하는 것은 하나님을 지키기 어려운 법을 만든 나쁜 분으로 인식하게 만듭니다. 즉, 그의 백성들에게 자신의 법을 강요하는 권위주의적 독재자로 생각하게 만듭니다. 이러한 패러다임에 의하면 하나님은 언제든지 자신의 마음을 바꾸실 수 있으며, 심지어 그가 이미 계시한 말씀도 바꾸실 수 있습니다. 결국, 하나님께서 자의적으로 선택하신 율법을 범했을 경우에도 그러한 범법을 용서하실 만큼 충분히 강력한 입법자가 되실 수 있기 때문에 속죄가 불필요해지는 단점이 있습니다.

2) 율법의 밑에 있는 권위 패러다임(The Authority under Law Paradigm)

이 패러다임은 율법보다 권위를 낮게 보는 관점입니다. 이 관점은 하나님께서 옳고 참된 것을 명령하셨기 때문에 율법은 옳고 참되다고 말합니다. 율법의 참된 능력은 율법의 의와 진실함에 있습니다. 이것을 보다 쉽게 이야기하자면, 법을 제정한 사람에게 법을 제정할 만한 그 어떤 권위가 없다고 생각하는 것입니다. 예를 들어, 인종차별법과 같은 어떤 특별한 법에 대해 시민불복종 운동을 벌이는 것과 같습니다. 법이 잘못되었으니 법을 고쳐내라는 것입니다.

하지만 이 패러다임에 의하면, 법은 자율적이며 신을 초월한다는 점에서 오히려 법이 신이 되버리고 맙니다. 그렇기에 하나님의 선하심을 알 수 있는 것은 그의 지혜로 축소됩니다. 그러므로 하나님의 예배의 합당성에 의문이 제기됩니다. 이 패러다임은 일종의 비인격적 신적 율법주의에 해당합니다. 그런 의미에서 속죄는 불가능하게 됩니다. 왜냐하면, 하나님조차 따라야 하는 그 위에 있는 율법의 범법을 용서하실 수 없기 때문입니다.

3) 율법이 권위인 패러다임(The Authority is Law Paradigm)

이 패러다임은 율법과 권위를 동등하게 생각하는 관점입니다. 이 관점은 하나님의 법은 옳고 참된 하나님의 도덕적 성품을 반영하기 때문에 옳고 참됩니다. 율법의 참된 힘은 율법이 하나님의 도덕성을 반영한다는 사실에 있습니다.

이러한 패러다임을 지지하는 증거는 많습니다. 그리스도인들은 하나님의 율법을 지켰을 때 하나님께서 거룩하신 것과 같이 거룩하게 될 수 있습니다(벧전 1:15-16). 그리스도인들은 궁극적으로 율법을 어길 때 그것은 하나님께 죄를 짓는 것입니다(창 39:9; 시 51:4). 사람들은 하나님의 성품이 피조물과 그들 자신과 역사에 나타나 있음을 봄으로써 율법에 대해 책임을 지게 됩니다(행 17:26-27; 롬 1:18-20; 2:14-15).

속죄는 하나님께서 그분의 아들의 화목으로 말미암아 사람들의 율법을 범한 것을 용서하실 수 있기 때문에 가능합니다(요 3:16; 히 2:17). 하나님의 율법을 거부하는 사람들은 하나님을 재창조하지 않을 수 없습니다(사 44:9-17; 시 115:8; 롬 1:21-23).

4) 적용: 실정법

율법은 공공의 안정과 복리를 위해 국가 권력에 의해 제정되며 강제적으로 시행되는 사회적인 규범입니다. 이러한 강제성을 띤 것을 법학 용어로 '실정법'이라고 합니다. 이에 반하여 이성 내지 자연에 의해 선험적으로 인식되고 시대와 장소를 초월하여 적용될 수 있는 영구 불변의 법칙을 '자연법'이라고 합니다.

율법과 권위의 관계는 이러한 실정법과 자연법의 관계로 생각해 볼 수 있습니다. 실정법이 잘못되었을 때, 우리는 자연법에 근거하여 그러한 실정법을 시정하라고 할 수 있습니다. 그러한 노력들은 생각보다 오래전에 법원에서 시행되었습니다.

13세기 영국의 법률가 브랙턴(Henry de Bracton)는 그의 책 『영국의 법과 관습에 대하여』(*On the Laws and Customs of England*)에서 "군주의 뜻은 법이다"라는 로마제국의 격언을 뒤집고 "왕도 하나님과 법 아래에 있다"고 선언했습니다.[20]

17세기 영국의 판사 에드워드 코크(Sir Edward Coke)경은 의회의 특권이 판례로부터 나오고 그것에 구속된다고 지적했는데 그것은 실정법이 자연법에 의해 구속된다는 것을 의미합니다. 1610년의 본햄 판결(Bonham's case)에서도 "의회제정법이 일반권리 또는 이성에 반하거나, 모순되거나, 실행이 불가능한 경우에는 보통법(common law)이 그것을 통제하며 그러한 법을 무효라고 결정할 것이다"[21]라고 말했습니다.

이러한 판결들은 실정법의 유효성을 판단하는 기준으로 자연법이 쓰여야만 한다는 것을 의미합니다. 그런 의미에서 기독교의 윤리는 실정법과 자연법의 일치를 추구합니다. 왜냐하면, 성경은 율법이 권위이며, 권위가 율법인 패러다임을 사용하기 때문입니다.

5) 결론

율법과 권위의 문제는 우리 생활 주변에서 쉽게 찾아 볼 수 있습니다. 신호등을 지키지 않는 사람들의 예가 그것입니다. 그러한 예는 실정법과 자연법의 관계를 확장시킬 수 있습니다. 실정법은 자연법의 규범적 또는 도덕적 힘을 반영해야 합니다. 실정법이 자연법에 위반될 때 실정법을 시정하라는 명령을 내려야 합니다. 왜냐하면, 기독교의 윤리는 실정법과 자연법의 일치를 추구하며, 율법이 권위인 패러다임을 지지하고 있기 때문입니다.

---

[20] Harvard Law School Library, Bracton Online, [인터넷 자료] https://amesfoundation.law.harvard.edu/ Bracton/ Unframed/English/v2/33.htm (8/21/2021 accessed). Or, Henry de Bracton, *On the Laws and Customs of England* (c. 1250), Vol. 2, p. 33.

[21] Williams Ian, "Dr Bonham's Case and 'void' statutes", *Journal of Legal History*. 27(2): 111-28.

5. 율법의 사용법에 대한 세 가지 은유는 무엇을 의미하나요?

[딤전 1:8-11] 그러나 율법은 사람이 그것을 적법하게만 쓰면 선한 것임을 우리는 아노라 알 것은 이것이니 율법은 옳은 사람을 위하여 세운 것이 아니요 오직 불법한 자와 복종하지 아니하는 자와 경건하지 아니한 자와 죄인과 거룩하지 아니한 자와 망령된 자와 아버지를 죽이는 자와 어머니를 죽이는 자와 살인하는 자며 음행하는 자와 남색하는 자와 인신매매를 하는 자와 거짓말하는 자와 거짓맹세하는 자와 기타 바른 교훈을 거스르는 자를 위함이니 이 교훈은 내게 맡기신 바 복되신 하나님의 영광의 복음을 따름이니라

율법은 구약 시대에서만 유효하지 않고 신약 시대에도 유효한 유일무이한 규범의 원천입니다. 이러한 율법은 다양하게 은유될 수 있습니다. 그것은 고삐, 거울, 그리고 램프입니다. 이러한 은유는 율법이 가지고 있는 다양한 기능과 속성을 반영합니다. 그렇다면 율법의 사용법에 대한 세 가지 은유는 무엇을 의미하나요?

1) 고삐 (Bridle)

율법을 표현하는 은유 중 가장 먼저 언급해야 하는 은유는 고삐입니다. 이러한 은유를 사용하면 머리를 갸우뚱하는 사람도 있을 것입니다. 왜냐하면, 율법은 우리를 정죄하기 때문입니다. 특별히 갈라디아서 3:13에서는 이렇게 말씀합니다.

[갈 3:13] 그리스도께서 우리를 위하여 저주를 받은 바 되사 율법의 저주에서 우리를 속량하셨으니 기록된 바 나무에 달린 자마다 저주 아래에 있는 자라 하였음이라

하나님께서는 율법의 저주에서 우리를 속량하기 위해 그리스도를 보내어 대신 죽게 하셨습니다. 여기서 속량이라고 하는 것은 속전을 지불함으로써 빚이나 노예 상태에서 벗어나는 것을 말합니다. 율법의 저주 아래 있던 우리는 그리스도로 말미암아 하나님의 양자의 명분을 얻게 되었습니다(갈 4:4-5).

여기서 율법은 고삐의 역할을 합니다. 이 말은 율법이 죄를 짓지 않도록 굴레의 역할을 한다는 것입니다. 율법이 죄를 정죄한다는 것을 알고 있기 때문에 굴레(고삐)를 씌어서라도 죄를 짓지 않도록 한다는 것입니다. 제네바 신앙교육서(Catechism) 228번에서는 율법의 유익함에 대해 다음과 같이 설명합니다.

> **첫째**, 율법은 사람들이 자신의 행위를 통해서는 의롭게 될 수 없다는 것을 분명히 해줌으로써 그들을 겸손하게 하며 그 구원을 예수 그리스도 안에서 찾도록 준비시켜 준다.
> **둘째**, 율법은 인간들로부터 그들이 행할 수 있는 것보다 더 많은 것을 요구하기 때문에 그들이 필요한 힘과 능력을 주님께 간구하도록 훈계한다. 이와 같이 인간이 교만하지 않고, 항상 자신을 죄인으로 고백하게 한다.
> **셋째**, 율법은 인간들을 하나님을 경외하는 일에 붙들어 두는 고삐와 같다 (롬 3:20; 갈 2:16, 3:11, 4:5).

여기서 우리는 율법의 이중 역할을 확인할 수 있습니다. 하나는 죄를 정죄하는 기능과 다른 하나는 죄를 짓지 않도록 경고하는 기능입니다. 비록 우리는 율법을 완성할 수 없기 때문에 율법의 정죄함을 받지만, 율법은 우리에게 범죄하지 않도록 노력해야 할 목표를 제시해 줍니다(출 20:20, 갈 3:19, 딤전 1:8-11).

그래서 매일매일 하나님의 은혜에 감사하면서 율법을 완성하신 예수님을 닮도록 노력하게 만듭니다. 그러므로 율법을 쓸모없는 것이라 여겨서는 안 됩니다. 이것을 삼위일체적 관계를 반영하면 성부 하나님의 기능에 해당한다고 할 수 있습니다.

2) 거울(Mirror)

율법을 표현하는 은유 중 하나는 거울입니다. 거울은 자신의 모습을 확인시켜 줍니다. 내가 어떤 모습을 하고 있는지, 때묻은 곳은 없는지 보여 줍니다. 이와 같이 율법은 우리 자신의 영적 상태를 확인시켜 줍니다. 특히, 종교개혁가 칼빈은 율법의 이러한 기능에 대해 다음과 같이 말합니다.

> 율법은 마치 거울과 같다. 마치 거울에서 얼굴에 묻은 얼룩을 보듯이, 그 속에서 우리의 연약함을 보고, 또한, 그 연약함에서 나오는 불법을 보며, 또한 그 두 가지 모두의 결과인 저주를 보는 것이다.[22]

하나님의 율법은 하나님의 완전한 의를 포함하고 있기에 율법은 하나님이 어떤 분이신지를 우리에게 잘 말해 줍니다. 그렇기에 율법은 하나님의 의로우심을 증거합니다. 그러나 율법의 보다 더 중요한 기능은 마치 얼굴에 묻은 더러운 것을 거울에 비춰보는 것처럼 우리의 연약함과 불법을 바라보게 하는 것입니다. 그 결과 우리는 피할 수 없는 하나님의 정죄와 심판에 이르게 되었음을 알수 있습니다.

이것을 삼위일체적 관계로 반영하면 성자 예수님의 기능에 해당합니다. 왜냐하면, 율법은 우리의 연약함과 불의함을 들추어 내어 오직 예수 그리스도 안에서 발견되는 강함과 거룩함을 구할 수 있도록 헤 주기 때문입니다. 그렇기에 성경은 이렇게 말씀합니다.

> [엡 4:13] 우리가 다 하나님의 아들을 믿는 것과 아는 일에 하나가 되어 온전한 사람을 이루어 그리스도의 장성한 분량이 충만한 데까지 이르러야 한다

이것은 우리가 그리스도 안에 있을 때만 가능합니다. 왜냐하면, 누구든지 그리스도 안에 있으면 새로운 피조물이 되기 때문입니다(고후 5:17). 이처럼 율법은 우리의 모습을 비추어 보고 무슨 일을 해야 하는지를 알려 줍니다 (마 19:16-26; 롬 2:19-21; 5:20, 7:7; 갈 3:24).

---

[22] John Calvin, 『기독교 강요 (상)』, 원광연 옮김 (서울: 크리스찬다이제스트, 2003), 437-8.

3) 램프(Lamp)

율법을 표현하는 은유 중 하나가 램프입니다. 램프는 갈 길을 밝혀 주는 기능을 합니다. 시편 119:105에서는 말씀합니다.

> [시 119:105] 주의 말씀은 내 발에 등(lamp)이요 내 길에 빛(light)이니이다

만일 율법이 없다면 인간의 삶은 대혼란과 방황에 빠질 것입니다. 율법은 인간을 진리의 길로 이끄는 중요한 도구입니다. 그런 의미에서 피트니스 트레이너(trainer) 비유를 들어야 할 것 같습니다.

율법은 트레이너의 가르침과 같습니다. 트레이너의 가르침에 순종해야 합니다. 자신의 상식만 가지고 운동하면 안됩니다. 피트니스장에는 많은 거울이 있습니다. 자신의 배 나온 모습을 보라는 것입니다. 이것은 위에서 언급했듯이 율법이 거울의 기능을 하는 것과 같습니다. 하지만 트레이너는 거울만을 보라고 하지 않습니다. 다양한 요소, 즉 체중, 식단, 업무환경 등을 고려하여 가장 적절한 운동방법을 제시합니다. 이것을 삼위일체적 관계로 반영하면 성령 하나님의 기능에 해당한다고 할 수 있습니다.

예수님은 "진리의 성령이 오시면 그가 너희를 모든 진리 가운데로 인도하시리라"(요 16:13)고 말씀하십니다. 성령님께서는 진리에 대해서 알려 주시며, 특별히 예수 그리스도에 대한 가르침을 이해하고 해석할 수 있도록 도와주십니다(요 15:26; 고전 12:3).

성령님께서는 램프처럼 먼저 앞서 가시고, 장애물을 제거하시고, 길을 인도하시는 궁극적인 인도자이십니다. 우리는 이러한 성령님의 인도하심이 없이는 오류에 빠지고 맙니다. 이처럼 율법은 우리의 나아가야 하는 방향과 해야 할 바를 친절하게 알려 줍니다(시편 119장; 롬 3:31; 7:12, 14, 22).

4) 결론

우리는 세 가지 은유를 사용하여 율법이 어떻게 사용되는지를 살펴보았습니다. 이러한 은유를 다음과 같이 표로 정리해 볼 수 있습니다.[23]

[표 75] 율법의 사용법에 대한 세 가지 은유

은유	주된 사용처	관련 성경 구절	기능	삼위일체적 반영
고삐	사회적, 민사적, 정치적	출 20:20; 갈 3:19; 딤전 1:8-11	제한	성부
거울	설득적, 전도적, 신학적	마 19:16-26; 롬 2:19-21; 5:20, 7:7; 갈 3:24	확신	성자
램프	교훈적, 규범적, 교육적	시편 119장; 롬 3:31; 7:12, 14, 22	지시	성령

율법은 우리의 삶의 방식을 제한하지만 보다 율법적으로 살려고 하는 자신의 삶의 방식에 대해 확신시키며, 율법이 지시하는 곳으로 가려고 하는 동기를 부여합니다. 이러한 율법의 다양한 기능들을 안다면, 율법이 인간을 정죄만 하는 나쁜 것이라는 인식에서 보다 자유로울 수 있습니다. 그러므로 율법을 폐지하자고 하거나 필요 없다고 하는 것은 잘못된 생각입니다.

6. 그리스도인은 신율주의(theonomy)를 지향해야 하나요?

> [갈 3:10] 무릇 율법 행위에 속한 자들은 저주 아래에 있나니 기록된 바 누구든지 율법 책에 기록된 대로 모든 일을 항상 행하지 아니하는 자는 저주 아래에 있는 자라 하였음이라

위에서 우리는 율법의 사용법에 대한 은유를 생각하며, 율법을 폐지하자고 하거나 율법이 필요 없다고 하는 것은 잘못된 생각임을 살펴보았습니다. 그러므로 율법은 오늘날에도 절대적으로 필요하며, 율법은 여전히 그리스도인에게 구속력이 있습니다.

---

[23] David Jones, Biblical Ethics Class Note (2006 Summer at SEBTS) 참조.

이러한 율법은 그리스도인에게만 적용되는 것이 아니고 모든 개인에게 적용됩니다. 그렇기에 사회 또한, 율법에 의해 다스려져야 한다고 생각할 수 있습니다. 신율주의(theonomy)는 theos(신) + nomos(법)의 합성어로 사회가 신의 법, 즉 율법으로 통치되어야 한다고 생각하는 주의입니다.

그렇다면 그리스도인들은 신율주의를 지향해야 하나요?

1) 신율주의란?

신율주의는 개인뿐만 아니라 사회 또한 율법에 의해 다스려지고 유지되어야 한다고 주장하는 운동입니다. 이러한 운동은 영역주권(sphere sovereignty), 기독교재건주의(Christian reconstructionism), 지배신학(dominion theology)과 같은 다양한 노력으로 나타났습니다.

영역주권의 주창자는 아브라함 카이퍼(Abraham Kuyper, 1837~1920)[24]로, 그는 이 세상의 다양한 영역에 하나님의 창조하신 고유한 주권이 있다고 보고 그것을 영역주권이라고 불렀습니다. 그 최종 목적은 원(原) 우주의 총체적 회복에 있으며, 특히 이 사회에 모든 영역에서 영역주권이 회복되어야 한다고 주장하였습니다. 영역주권의 개념이 율법이 아닌 하나님의 주권에 초점을 맞추고 있기 때문에 정확히 신율주의라고 보기는 어렵습니다. 하지만 하나님의 주권 안에 율법이 포함되어 있기에 신율주의의 전 단계로서 의미를 갖고 있다고 할 수 있습니다.

기독교재건주의의 주창자는 R.J. 러쉬두니(Rousas John Rushdooney), 그렉 반센(Greg L. Bahnsen), 게리 노스(Gary North), 그리고 많은 후천년주의자들입니다. 러쉬두니(1916~2001)는 교회와 국가의 분리를 지지함에도 불구하고 두 기관이 모두 하나님의 통치하에 있다고 믿었습니다. 그래서 그는 그의 책 『성경법 강요』(The Institute of Biblical Law)에서 구약의 법이 현대 사회에도 적용되어야 함을 주장합니다.

---

[24] 카이퍼(1837-1920)는 네덜란드 개혁주의 목사이자 신학자이자 정치가였다. 그는 하나님께서 만물을 종류대로(after its kind)로 창조한 것을 생물학적 영역뿐만 아니라 모든 창조 세상의 영역으로 확장하였다.

게리 노스(1942~)는 러쉬두니의 사위로 미국 작가이자 오스트리아학파 경제사가로서, 성경에 근거한 경제방법론을 주장한 기독교재건운동의 지지자입니다.

그렉 반센(1948~1995)은 『기독교 윤리의 신율』(*Theonomy in Christian Ethics*)의 저자로서, 전제주의적[25] 입장으로 기독교재건주의에 앞장선 가장 설득력 있는 옹호자입니다. 그는 신율주의자들이 이해하는 것처럼 신율주의의 전반적인 프로그램을 잘 표현하는 "철저히 상세하게 율법이 담고 있는 지속하는 유효성"(validity)이라는 어구를 사용합니다.[26]

왜냐하면, 이 제안은 예수님께서 율법이나 선지자를 폐하러 오신 것이 아니라 완전하게 하기 위해서 오셨다는 마태복음 5:17-20을 함축하고 있기 때문입니다. 따라서 신율주의자들은 자신의 반대자들을 반율법주의자들로 간주합니다.

그들은 동성애, 간음, 수간, 우상숭배, 유괴, 강간 등과 같은 범죄들이 심화되고 있는 것을 목격하고 사회가 사람의 뜻보다는 하나님의 뜻에 의해 다스려지고 유지되어야 한다고 생각했습니다. 그리고 민주주의가 최선의 시스템이라고는 하지만 민주주의의 구조적 모순으로 인해 이 사회에서는 하나님의 뜻을 실현시키기 어렵다고 생각했습니다.

그래서 미국 헌법은 기독교 질서를 영속시키기 위해 고안되었다고 믿으며 성경적인 가치관으로 나라를 재건해야 한다고 생각하여 기독교재건주의를 부르짖게 된 것입니다.

지배신학(dominion theology)의 지지자는 칼빈주의기독교재건주의(Calvinist Christian reconstructionism), 로마가톨릭 통합주의(Roman Catholic Integralism), 은사주의 그리고 오순절 왕국 나우신학(Charismatic and Pentecostal Kingdom Now theology), 신사도개혁(New Apostolic Reformation)들로서, 지배신학이라고 명명된 대부분의 현대 운동은 기독교 민족주의의 측면을 주장하는 종교 운동에

---

[25] 여기서 전제주의는 추리에서 새로운 판단(결론)이 도출될 때의 거점이 되는 미리 알려진 판단을 뜻한다. 여기서 전제는 이성, 경험, 감정이 아니라 믿음이다. 즉, 믿음만이 궁극적인 전제가 되며, 이 믿음 외에 다른 어떤 것도 우선하지 않는다는 것이 전제주의이다.

[26] John M. Frame, 『기독교 윤리학: 그리스도인의 삶에 대한 교리』, 331.

서 1970년대에 발생했습니다.[27] 이렇게 지배신학을 주장하게 된 이유는 죄 많은 세상을 통제하기 위해서는 율법이 필요하기 때문이라고 설명합니다.

하지만 신율주의와 신정주의(theocracy)와는 다릅니다. 신정(神政)은 신권정치(神權政治)의 줄임말로 통치자의 권위를 신의 절대적 권위와 같다고 주장하여 백성의 절대적인 복종을 요구하는 정치입니다. 신정의 개념은 종교지도자가 신탁이라 하여 종교적 행위를 강제하는 종교적 개념으로부터 왔다고 할 수 있습니다.

우리는 그러한 신정이 구체화되고 정치조직으로 성립한 것을 로마가톨릭교회에서 찾아 볼 수 있습니다. 또한, 정치지도자가 신탁이라 하여 자신의 판단을 절대화하고 그것을 백성에게 강제하는 것인데, 그러한 개념은 영국의 로버트 필머(Robert Filmer, 1588~1653) 등이 주장한 왕권신수설에서 찾아볼 수 있습니다.

2) 신율주의의 연속성을 살펴보아야 한다

서론의 논리는 매우 직관적입니다. 다시 한번 정리해 보면 다음과 같습니다.

(전제) 율법 폐지나 율법의 필요성을 무력화하는 것은 잘못된 생각이다.
(전제) 율법은 오늘날의 사회에서도 절대적으로 필요하며 여전히 구속력이 있다.
(결론) 율법은 개인뿐만 아니라 사회에도 적용되어야 한다.

위의 3단 논법에 의하면 율법은 오늘날에도 여전히 유효하다고 할 수 있습니다. 이러한 연속성을 지지하는 성경 구절은 다음과 같습니다.

---

27 Wikipedia, Dominion theology, [인터넷 자료] https://en.wikipedia.org/wiki/Dominion_theology (9/16/2021 accessed).

[갈 3:10] 무릇 율법 행위에 속한 자들은 저주 아래에 있나니 기록된 바 누구든지 율법 책에 기록된 대로 모든 일을 항상 행하지 아니하는 자는 저주 아래에 있는 자라 하였음이라
[약 2:10] 누구든지 온 율법을 지키다가 그 하나를 범하면 모두 범한 자가 되나니

성경은 율법에 대하여 일관적으로 오늘날에도 유효한 법으로 인정하고 있습니다. 누구도 율법책에 기록된 대로 행하지 않으면 저주를 피할 수는 없습니다. 그렇기에 온 율법을 지키다가 그 하나를 범하면 모두 범한 것이 되고 맙니다. 이렇게 율법이 구약 시대와 신약 시대에 연속된다고 보면 신율주의는 정당화됩니다.

하지만 율법이 구약 시대와 신약 시대에 연속되지 않는다고 보면 신율주의는 정당화되기 어렵습니다. 사실 구약과 신약의 연속성(continuity)에 대해서는 많은 논란이 있습니다. 연속성을 주장하는 진영에서는 신약은 구약의 연장선상에서 이해되어야 한다고 보지만, 불연속성을 주장하는 진영에서는 구약은 신약의 복음을 위한 선이해를 제공할 뿐이라고 봅니다. 그래서 구약과 신약이 상대적 독립성을 갖는다고 봅니다.

그렇다면 구약과 신약의 연속성을 어떻게 바라보아야 할까요?

이러한 연속성을 말하기 전 먼저 율법이 어떻게 구성되어 있는지를 알아야 합니다. 왜냐하면, 그러한 구성 요소가 어떤 의미를 지니고 있는지 알아야 연속성을 논할 수 있기 때문입니다.

사람들은 히브리어 성경을 보통 '타나크'(Tanakh)라고 말합니다. '타나크'라고 하는 것은 히브리어 성경이 율법(Torah), 예언(Nevi'im) 그리고 성문(Ketuvim)의 세 부분으로 이루어져 있으며 그 세 가지 종류의 앞 글자만을 조합하여 타나크(Tanakh)라고 부릅니다. 광의로는 율법, 예언, 성문을 다 포함한 구약 성경 전체를 율법으로 보기도 하지만 협의로는 모세오경을 뜻하거나 더 집약적으로는 십계명을 가리킵니다.

70인역에서는 율법을 '노모스'(*nomos*)라고 말합니다. 여기서 율법(Torah)의 구성 요소는 크게 세 가지로 다음과 같이 나눌 수 있습니다.

[표 76] 율법의 세 가지 구성

법의 종류	법의 내용	구약과 신약의 연속성
도덕법(출20:1-26)	창조명령, 십계명과 같은 윤리 규범	연속
예식법(출 24-34장)	제사, 절기, 속죄일, 정결법과 같은 종교의식법	불연속
시민법(출 21:1-24)	범죄와 그에 따른 형벌에 관한 백성의 민법	부분적 연속

구약의 율법은 도덕법, 예식법, 시민법이라는 분명한 명칭을 사용하지 않으며, 신약에서는 그러한 구분 없이 단순히 율법이라고 말합니다. 바울은 율법을 구약성경 전체를 지칭할 때도 있지만(고전 14:21, 34; 갈 4:21), 법과 규범을 지칭할 때도 있습니다(롬 7:21, "내가 한 법을 깨달았노니"). 그렇기 때문에 이러한 구분없이 연속성을 논의하기는 어렵습니다.

먼저 도덕법(moral law)은 연속되고 있다고 보아야 합니다. 왜냐하면, 도덕법에는 창조시 주어진 명령과 십계명이 들어가기 때문입니다. 이러한 창조명령과 십계명은 보편적이며 절대적인 윤리 규범으로서 부족함이 없습니다.

하지만 예식법(ceremonial law)은 연속되지 않고 있다고 보아야 합니다. 왜냐하면, 구약의 예식법들이 더 이상 구속력을 가지고 있지 않기 때문입니다. 예수님의 구속 사역으로 인해 대부분의 예식이 더 이상 유효하지 않습니다(마 5:17; 롬 10:4). 그렇기에 로마서 10:4에서는 "그리스도는 율법의 마침"이라고 천명하고 있습니다.

문제는 시민법(civil law)입니다. 왜냐하면, 시민법의 개념에는 많은 문제를 내포하고 있기 때문입니다. 그러한 문제를 존 프레임은 세 가지로 말합니다.

첫째, 모세오경의 법들은 정확하게 누가 그 법들을 집행해야 하는지 거의 보여 주지 않는다.

둘째, 웨스터민스터 신앙고백서에서와 같이 개혁신학에서 민법과 도덕법 사이의 구분은 민사상으로 간주했던 모든 법이 더는 규범적이지 않다는 것을 보여 준다.

셋째, WCF 19.4는 민법의 "종결"에 대해 중요한 예외를 삼는다.[28]

여기서 첫째 문제는 이해하기 쉬운데, 둘째 문제와 셋째 문제는 이해하기 어렵습니다. 둘째 문제에서 시민법과 도덕법 사이의 구분은 모호할 수 있으며, 시민법으로 구분했던 법이 규범적이지 않는 경우가 많기 때문입니다.

예를 들어, 재산법에 있어 동해보복법(눈에는 눈, 이에는 이), 종에 관한 규율, 정결법과 같은 시민법은 더 이상 규범적이지 않습니다. 셋째 문제에서 WCF 9.4는 재판법(judicial laws)에 관한 것으로 그것들은 그 백성의 국가와 함께 끝났기 때문에 재판법이 더 이상 연속적이지 않다는 것을 의미합니다.

정리하자면, 건축이나 위생 등의 변경으로 무효가 된 경우를 제외하고는 시민법은 신약에서 부분적으로만 유효합니다. 하지만 신약에서 승인된 구약의 시민법은 매우 제한적입니다(고전 5:1; 딤전 5:18). 그렇기에 어떤 민법이 여전히 구속력이 있는지를 결정하는 것은 쉽지 않고 일관적이지 않습니다. 이러한 결정은 법의 성격보다는 편의에 근거한 것이 많아 보입니다. 왜냐하면, 신약의 많은 예가 하나님께서 구약의 시민법을 폐지하셨음을 보여 주는 경우가 많기 때문입니다.

성경은 신구약 전체를 통해서 하나의 주제를 가지며, 그것은 예수 그리스도를 통한 구속이라고 할 수 있습니다. 그러한 구속에 대해 구약은 오실 메시야에 대한 약속이라면 신약은 그 약속의 성취를 말하고, 구약이 오실 메시야에 대한 예언이라면 신약은 오신 메시야에 대한 증언을 말하고, 구약이 예수 그리스도를 나타내는 그림자라면 신약은 실체와 같은 것입니다. 그러므로 연속성은 예수 그리스도의 구속의 역사 속에서 발견될 수 있습니다.

그러나 그러한 연속성을 율법에 적용하는 것은 위에서와 같이 많은 문제를 내포하고 있기 때문에 신율주의를 현실에서 그대로 적용하는 것은 많은 문제가 있다는 것을 알아야 합니다.

---

28   John M. Frame, 『기독교 윤리학: 그리스도인의 삶에 대한 교리』, 326-31 참조.

3) 신율주의의 보편성을 살펴보아야 한다

신율주의가 작동하려면 어떤 시대(시간)나 지역(공간)에 제한되어서는 안 됩니다. 신율주의의 연속성이 시대와 관련된 문제라면, 신율주의의 보편성은 지역에 관련된 문제라고 할 수 있습니다. 그러므로 신율주의가 유효하려면 지역에 관련된 보편성을 따져 보아야 합니다. 이런 보편성의 문제에 있어 예수님께서는 이렇게 선포하셨습니다.

[마 5:17] 내가 율법이나 선지자를 폐하러 온 것이 아니요 완전하게 하려 함이라

예수님의 이 말씀은 보편성과 관련하여 크게 두 가지 의미를 가집니다.

첫째, 율법의 양면성입니다. 예수님께서는 율법을 인정하시면서도 율법과 복음의 차별성을 인정하셨다는 점입니다. 사실 율법은 그 자체로써는 불완전한 것입니다. 그렇기에 사도 바울은 이러한 불완전성을 '초등교사'(개역: 몽학선생)로 묘사합니다(갈 3:24). 즉, 율법은 우리들을 그리스도께로 인도하는 선생의 역할을 한다는 것입니다.

그리스도만이 완전성을 보여 주는데, 그리스도만이 율법의 마침이 되시고(롬 10:4), 사랑은 율법의 완성(롬 13:10)이라고 선포합니다. 즉, 율법이 불완전하다 하여 폐할 수는 없다는 것입니다.

둘째, 율법의 대체성입니다. 예수님께서는 율법을 완전하게 하기 위해서 오셨기 때문에 구약의 율법이 신약의 새로운 법으로 대체되었다는 점입니다. 이러한 대체는 세 가지로 분류할 수 있습니다.

(1) 율법이 폐기되고 신약에서 다른 것으로 대치된 것들이 있습니다. 이러한 대치는 제사법 등에서 이루어졌습니다. 예수 그리스도께서 그의 몸을 단번에 영원한 제물로 드리심으로 구약의 제사법이 폐기되고 신약에서 예배로 대치되었습니다.

(2) 구약의 어떤 제도나 행사가 폐지된 것은 아니나 신약에서 다른 의미와

내용을 가지게 된 것들이 있습니다. 예를 들어, 구약의 안식일이 신약의 주일로, 구약의 할례는 그 의미상 침례로 바뀌었습니다.
(3) 구약의 율법이 신약에서 재해석된 것들이 있습니다. 예수님께서는 산상수훈에서 살인, 간음, 이혼, 맹세, 보복, 이웃 사랑이라는 여섯 가지 반제(反題)를 통해 율법을 재해석하셨습니다. 이 여섯 가지 반제에서 볼 수 있는 예수님의 가르침은 율법이 겉으로 보이는 인간의 행위만을 규제하는 것과는 달리 내면적인 생각과 동기까지 규제한다는 점에서 현격한 차이를 보인다는 점입니다.

그런 의미에서 신율주의는 보편성의 문제에 있어 취약할 수밖에 없습니다. 물론 창조명령과 십계명은 보편적인 도덕 규범으로 인정받고 있지만 그 외의 율법들은 보편적이지 않은 경우가 많이 존재합니다. 그렇기에 더 이상 구약의 시민법을 시행할 신정은 없습니다. 게다가 구약 성경에서 이교도 시민들을 다루는 제한된 법은 있지만(신 23:19-20), 시민법은 이교도 국가에 대해 규정된 적이 없습니다.

물론 존 프레임처럼 신율주의가 많은 부분에 있어 도움이 되는 운동이었다고 말할 수는 있지만, 신율주의를 금과옥조처럼 여기는 것은 잘못된 생각입니다. 그러므로 율법에 순종하는 문제는 단순히 우리가 그것들에 순종할 것인지에 관한 것이 아니라 어떻게 해석하고 적용하느냐의 문제라고 할 수 있습니다.

4) 신율주의는 신학성을 살펴보아야 한다

신율주의가 작동하기 위해서는 신율주의의 근거가 되는 신학이 얼마나 타당한지를 살펴보아야 합니다. 신율주의의 신학은 말 그대로 율법을 무엇보다도 강조하는 신학입니다. 개혁주의 관련 신학교와 기독교 대학에서 가장 영향력 있는 책 중의 하나인 『조직신학』의 저자인 루이스 벌코프(Louise Berkhof)는 이러한 율법의 기능을 세 가지로 분류합니다.

1. 정치적 또는 시민적 용도 (*A usus politicus or civilis*)
2. 논박적 또는 교육적 용도 (*A usus elenchticus or pedagogicus*)
3. 교훈적 또는 규범적 용도 (*A usus didacticus or normativus*)[29]

율법의 기능은 학자에 따라 다양하게 분류하지만 율법의 기능을 위와 같이 세 가지로 분류하는 것이 일반적입니다. 이렇게 율법의 기능을 분류하는 이유는 율법이 복음과 관련하여 어디까지 기능할 수 있는지를 알아 보고자 함입니다. 율법과 복음의 관계에 있어 율법은 제한된 기능을 할 수밖에 없습니다.

여기서 문제가 되는 것은 1세기 유대인들의 율법과 복음의 관계를 어떻게 이해해야 하는지입니다. 만일 1세기 전통 유대인이 언약적 율법주의자였다면, 바울은 이미 만장일치로 합의된 믿음으로 말미암는 '칭의' 문제를 논할 필요가 더 이상 없었을지 모릅니다. 왜냐하면, 구원을 얻는 조건으로 할례와 모세율법의 준수를 주장한다 하여도 언약적 율법주의자는 이미 율법에 대한 준수를 당연하다고 여기기 때문입니다.

하지만 구원을 얻는 조건으로 믿음과 함께 추가적으로 할례법, 음식법, 절기법과 같은 율법을 지켜야 한다고 주장하면 문제가 됩니다. 갈라디아서 4:10에서는 거짓 형제가 들어와 구원을 얻는 조건으로 율법 또한, 지켜야 한다고 주장하고 있는 장면이 나옵니다. 그 거짓 형제가 주장하는 것이 바로 반펠라기우스주의입니다.

전통적으로 율법과 믿음의 관계를 '이신칭의'로 해석합니다. 이러한 해석 방법은 루터, 쯔빙글리, 칼빈이 지지하고 있으며 '바울에 대한 오래된 관점'(Old Perspective on Paul: OPP)이라고 할 수 있습니다. 사도 바울은 갈라디아서에서 거짓 형제와 거짓 교훈에 대해 칭의의 조건으로 '오직 믿음', '오직 은혜'를 계속해서 반복하며 강조합니다.

이에 반해 '바울에 대한 새 관점'(New Perspective on Paul: NPP)을 주장하는 새 관점 학파는 전통적인 칭의론을 새로운 관점으로 해석하는 관점입니다. 이러한 관점을 지지하는 대표적인 인물들은 E. P. 샌더스(E. P. Sanders), 제임스 던

---

[29] Louis Berkhof, *Systematic Theology* (Grand Rapids, MI: Eerdmans Publishing, 1941), 614-5.

(James D. G. Dunn), 톰 라이트(N. T. Wright) 등 입니다.

새 관점의 초기 주창자 중 한 명인 E. P. 샌더스는 바울에 대한 역사적 개신교의 해석이 올바르지 않다고 주장합니다. 새 관점(NPP) 학파에 의하면 1세기 전통 유대인이 율법을 지켜야 하는 이유가 구원을 얻는 조건이 아니라 '구원 얻은 신분의 외적인 표지' 혹은 '언약관계 유지의 조건'으로 할례와 모세율법을 지켜야 한다고 봅니다.

이러한 언약관계를 중시하는 이유는 하나님의 언약에 대한 신실하신 의를 강조하기 때문입니다. 즉, 하나님의 의가 이 땅에서 이스라엘 백성을 통하여 실현되고 있으며, 이스라엘 백성은 그러한 하나님의 신실하신 의를 실현해 내야 하는 의무를 지니고 있습니다. 이렇게 하나님과의 언약관계를 유지하는 것이 최종적 의의 완성이 되며 최종적 구원에 참여하게 된다고 봅니다.

이러한 율법주의를 '언약적 신율주의'(covenantal nomism)라고 칭합니다. 이는 새 관점 학파가 취하고 있는 관점입니다. 언약적 신율주의에서 말하는 최종적 구원은 하나님께서 시작하신 의 안에 최종적으로 머물러 있어야만 가능합니다. 만일 이들이 율법을 준수하지 못하면 언약 바깥으로 쫓겨나고, 이들이 회개하고 다시 율법을 지킨다면 하나님은 은혜롭고 자비로우셔서 그를 언약 안에 받아 주신다는 것입니다.

그러나 언약적 신율주의는 몇 가지 면에서 문제가 있습니다.

첫째, 그리스도의 의가 아닌 하나님의 의를 강조하기 때문입니다. 언약적 신율주의에서는 하나님 나라 백성이 갖추어야 할 의를 그리스도의 의에 그다지 의존하지 않습니다. 언약적 신율주의가 하나님의 언약에 대한 하나님의 신실하심을 강조하는 것은 좋은 일이지만, 그러한 강조가 신자들의 의의 근거인 그리스도를 의존하지 않게 하는 것은 잘못된 것입니다. 그리스도께서는 적극적 순종의 의와 수동적 순종의 의를 완성시키셨으며, 신자들은 그러한 그리스도의 의를 전가받아야 합니다.

하지만 언약적 신율주의에서 하나님 나라의 백성이 되기 위한 의의 근거가 신실하신 '하나님의 의'이기 때문에 그리스도의 의를 필요로 하지 않습니다. 그러다 보니, 신약의 교회에 소속된 하나님 나라 백성은 구원을 받기 위한 다른 조건을 가지게 되어 버립니다.

심하게 말하면, 이들에게 그리스도는 구원의 근거가 아니며 단지 역사적 이스라엘을 완성하시는 분에 지나지 않는다는 단점이 있습니다. 그렇기에 결론적으로 새 관점 학파는 그리스도의 의에 대한 전가 교리를 무시하고 맙니다.

둘째, 언약적 신율주의는 그리스도의 의보다는 인간의 노력과 행위를 강조하기 때문입니다. 비록 율법을 준수하는 것이 구원의 조건이 아닌 언약관계의 유지라고 말하지만 그러한 유지를 위한 인간의 공로와 노력을 필요로 하는 것은 구원에 있어 신인협력설(synergism)을 주장하는 것과 다르지 않습니다. 비록 이들은 율법의 행위가 아닌 그리스도의 은혜로 구원받는다고 말하지만 결국 율법의 행위를 강조하기 때문에 구원은 인간의 공로에 의존하게 되는 모순을 보여 줍니다.

셋째, 언약적 신율주의는 교회에 대한 잘못된 관점을 심어 주기 때문입니다. 언약적 신율주의는 교회를 이스라엘의 확장된 개념으로 바라봅니다. 즉, 교회는 율법과 복음이 대립 관계(antithesis)가 아닌 연속성의 성격을 가지고 있으며 역사적 이스라엘이 이 땅에 실현된 하나님의 나라라고 생각합니다.

하지만 이러한 주장은 교회의 머리가 되시는 그리스도를 통해 구원하시는 하나님의 원대한 계획을 물거품으로 만드는 시도입니다. 왜냐하면, 교회가 단지 역사적 이스라엘의 확장 개념이라고 주장하는 것은 기독교를 유대교에 종속시키는 결과를 가져오기 때문입니다. 이러한 경향성은 메시아닉 교회, 이스라엘 회복운동 등에서 찾아볼 수 있습니다.

5) 결론

신율주의는 하나님의 율법을 이 사회에 적용해야 한다고 말합니다. 이러한 주장은 기독교 윤리가 가진 많은 모호성에 대해 불만이 있는 사람들에게 사회가 하나님의 법을 중시해야 한다는 새로운 시각을 보여 줍니다. 물론 신율주의자들이 하나님께서 다스리는 나라를 지향하고 후천년적 종말론에 입각하여 그리스도의 재림을 앞당기려는 그들의 노력을 폄하하는 것은 아닙니다. 중요한 점은 이러한 노력이 근본주의자나 원리주의자처럼 여겨져서 복음 전파에 도움이 되지 않을 수 있다는 점입니다.

위에서 살펴보았듯이 신율주의는 연속성, 보편성, 신학적인 면에 있어 많은 문제점을 가지고 있습니다. 게다가 신율주의는 교회의 대다수 견해가 된 적이 없습니다. 왜냐하면, 교회와 국가 관계에 대한 신학적 근거가 빈약하기 때문입니다. 그러므로 우리는 복음 전파를 위해 신율주의의 장점만을 취할 필요가 있습니다.

제10장

신약과 관련된 문제

1. 율법과 복음의 관계를 어떻게 보아야 하나요?

[갈 5:13-15] 형제들아 너희가 자유를 위하여 부르심을 입었으나 그러나 그 자유로 육체의 기회를 삼지 말고 오직 사랑으로 서로 종 노릇 하라 온 율법은 네 이웃 사랑하기를 네 자신 같이 하라 하신 한 말씀에서 이루어졌나니 만일 서로 물고 먹으면 피차 멸망할까 조심하라

[롬 3:31] 그런즉 우리가 믿음으로 말미암아 율법을 파기하느냐 그럴 수 없느니라 도리어 율법을 굳게 세우느니라

많은 사람이 구약 시대를 율법의 시대, 신약 시대를 복음의 시대로 구분합니다. 왜냐하면, 구약 시대에는 율법을, 신약 시대에는 복음을 더 강조한다고 보기 때문입니다.

그렇다면 구약 시대에는 복음이 필요하지 않고, 신약 시대에는 율법이 필요하지 않을까요?

언뜻 보기에도 율법과 복음이 둘 다 필요하다고 여겨집니다. 하지만 어떤 사람들은 신약 시대에 있어 율법이 더 이상 필요 없다고 말합니다. 왜냐하면, "그리스도는 모든 믿는 자에게 의를 이루기 위하여 율법의 마침이 되시기"(롬 10:4) 때문이라는 것입니다. 그래서 사람을 옥죄는 굴레인 율법은 폐기시켜야만 한다고 말합니다.

그렇다면 신약 시대에는 율법이 더 이상 필요하지 않을까요?

율법과 복음의 관계는 어떻게 보아야 하나요?

1) 율법과 복음에 대한 다섯 가지 관점

율법과 복음의 관계를 한마디로 정의하기는 어렵습니다. 왜냐하면, 고려해야 할 다양한 요소가 있기 때문입니다. 율법과 복음의 관계가 어떤 윤리적 함의를 가지는지를 고찰하기 위해 먼저 율법과 복음에 관한 다양한 관점을 살펴보겠습니다.

[표 77] 율법과 복음의 다섯 가지 관점[1]

신학적 관점	내용
비신율적 개혁주의 관점 (Willem A. VanGemeren)	그리스도의 의의 완벽함 / 그리스도의 의의 전가
신율적 개혁주의 관점 (Greg L. Bahnsen)	율법의 사회적 적용 / 구약과 신약의 연속성
실용주의 관점 (Walter C. Kaiser, Jr.)	거룩함을 증진시키기 위한 하나님의 은혜로운 인도
세대주의 관점 (Wayne G. Strickland)	그리스도의 복음으로 그리스도의 율법의 시작
수정된 루터주의 관점 (Douglas J. Moo)	모세 율법의 성취로서의 그리스도의 율법

첫째, 비신율적 개혁주의 관점(The Non-Theonomic Reformed View)은 율법을 그리스도 안에 있는 의의 완성의 관점에서 바라봅니다. 즉, 그리스도의 복음 안에서 율법을 정의하는 관점입니다. 이를 위해 창세로부터 모세 언약까지의 구속사 전체에 걸쳐 율법의 의미가 무엇인지를 고찰합니다. 율법은 창조 당시 창조 규례(creation ordinances)로 존재했고, 그것은 모세의 율법에 기록되었습니다.[2]

---

[1] Wayne G. Strickland 외 4인, *Five Views on Law and Gospel* (Grand Rapids, MI: Zondervan, 1996).

[2] Ibid., 18.

하지만 모세의 율법만이 율법은 아닙니다. 율법은 무조건적인 사랑으로 완전한 의를 이루신 그리스도의 복음 안에서 완벽하게 완성되었습니다. 따라서 복음은 은혜를 강조할 수밖에 없으며, 은혜 없는 복음은 상상할 수도 없습니다. 그러므로 진정한 율법의 의미는 그리스도의 복음 안에서만 이해될 수 있습니다.

즉, 은혜를 말하지 않는 율법은 복음이 될 수 없습니다. 따라서 신자들은 율법을 지킴으로써 의를 획득하는 것이 아니라, 그리스도와 연합함으로써만 의를 획득할 수 있습니다. 즉, 그리스도와 연합함으로써 그리스도께서 완성하신 의의 전가를 받아야만 합니다. 그러므로 신자에게 도덕적인 삶은 율법을 지키는 데에 있지 않고, 그리스도와 연합하는 데에 있습니다. 즉, 그분의 크신 사랑에 응답하는 삶이 바로 도덕적인 삶입니다.[3] 왜냐하면, 절대 도덕이신 그리스도께서 완전한 의를 이루셨기 때문입니다.

둘째, 신율적 개혁주의 관점(The Theonomic Reformed View)은 율법을 복음보다 더 강조하는 관점입니다. 이 관점에 의하면 이러한 강조는 개인에게뿐만 아니라 사회에도 적용되어야 합니다. 하나님의 의가 사회에 적용되어야 하며, 시민 정부는 하나님의 형법을 집행해야 합니다.[4]

하지만 이를 시행하는 정부는 없습니다. 왜냐하면, 형법은 구약과 신약이 연속성의 관점에서 불연속되기 때문입니다. 그럼에도 불구하고, 반센은 구약 율법의 연속성을 고찰하면서 하나님의 도덕적 요구의 지속적인 타당성을 강조합니다. 이 관점에 따르면 복음은 율법보다 덜 중요합니다. 반센은 새 언약이 영광과 능력과 최종성에 있어서 옛 언약을 능가한다고 언급함으로써 율법과 복음 사이의 균형을 맞추려고 노력합니다.[5]

하지만 이러한 노력에도 불구하고 그리스도의 복음의 진정한 메시지를 드러내지 못합니다. 그런 의미에서 이 관점은 그리스도 중심의 역사인 구속 역사를 율법보다 가볍게 여기는 관점이라고 할 수 있습니다.

---

3 Ibid., 58.
4 Ibid., 124-32.
5 Ibid., 142.

셋째, 이 관점은 율법을 거룩함을 증진시키기 위한 하나님의 은혜로운 지침으로 보는 관점(The Law as God's Gracious Guidance for the Promotion of Holiness)입니다. 즉, 율법의 진정한 본질을 실용성에서 찾는 관점입니다. 이 관점에 의하면, 율법은 토라의 핵심이 아니며, 언약 신앙은 율법의 지시와 가르침을 성공적으로 따르기 위해 우선시해야 하는 핵심적이고 지도적인 개념입니다.[6]

그렇기에 이 언약 신앙은 사람들이 은혜로 살지 않을 때에 율법에 따라 살도록 격려할 수 있습니다. 왜냐하면, 모든 상황에서 율법이 거룩함을 증진하기 위한 하나님의 은혜로운 지침이 될 수 없기 때문입니다. 이처럼 이 관점은 강제적이며 처벌적인 율법보다 은혜를 강조하는 관점입니다. 따라서 이 관점은 현실 생활에 보다 초점을 맞추고 있습니다.

왜냐하면, 카이저가 "지금 필요한 것은 모세 시대에 필요했던 것처럼 하나님의 율법을 읽고 그에 대해 응답하는 것이다"[7]라고 말했듯이, 율법은 현실과 분리될 수 없기 때문입니다. 그러다 보니 이 관점은 예수 그리스도의 사역에 그다지 주목하지 않습니다. 이는 필연적으로 율법과 복음의 관계성의 약화를 초래합니다. 그러므로 이 관점은 율법과 복음의 관계를 전체적이 아닌 부분적으로 보여 주는 관점이라고 할 수 있습니다.

넷째, 세대주의적 관점(Dispensational View)은 율법을 모세의 율법과 그리스도의 율법으로 구분하는 것으로 시작합니다. 그리고 그리스도의 율법은 그리스도의 복음으로 시작되었다고 봅니다. 즉, 그리스도의 율법은 모세의 율법에 상응하는 것으로써, 하나님의 도덕법으로 정의됩니다.[8]

그러므로 이 관점하에서는 모세 율법의 불연속성을 주장할 수밖에 없습니다. 하지만 모세 율법이 중요한 역할을 하는데, 구약의 모세 율법에 나타난 도덕률은 새 언약의 그리스도의 율법과 평행을 이루고, 이는 오늘날 신자가 하나님의 도덕률을 알게 하려는 목적이 있습니다.[9]

---

6   Ibid., 194.
7   Ibid., 198.
8   Ibid., 276.
9   Ibid., 277.

하지만 이러한 관점은 크게 세 가지 정도의 단점이 존재합니다.

(1) 그리스도의 율법이 무엇인지에 대한 정의가 불분명하다는 점입니다. 그리고 그리스도의 율법과 복음의 차이점이 무엇인지에 대한 정의가 명확하지 않습니다.

(2) 일관성이 없습니다. 그리스도의 율법은 물론 모세의 율법도 하나님의 도덕성을 보여 줍니다. 만일 차이가 있다면 그 관계는 어떻게 되는지에 대한 일관성이 결여되어 있습니다.

(3) 복음의 자리가 불분명합니다. 스트릭랜드는 이 관점을 세대주의적 관점으로 명명하는데, 세대주의적 관점에 의하면 복음 시대는 그리스도와 함께 시작해야 합니다. 그리고 그리스도의 율법은 이웃을 사랑함으로써 이루어진다고 주장합니다.[10] 하지만 여기서 복음의 자리가 불분명한데, 복음이 그리스도의 율법으로 대치된 것처럼 보이기 때문입니다. 복음의 본질은 먼저 개인의 구원에 초점을 맞추어야 하며, 그로부터 이웃 사랑이 흘러나옵니다. 이것은 하나님의 사랑을 체험한 사람에게 가능합니다. 그러니까 복음이 이웃 사랑이라고 하는 그리스도의 율법보다 먼저 와야 하는데, 그러한 복음의 자리를 찾기 어렵다는 점입니다.

다섯째, 수정된 루터주의 관점(Modified Lutheran View)은 그리스도의 율법을 모세 율법의 성취로서 바라보는 관점입니다. 원래 루터주의에서의 율법은 근본적으로 하나님의 선하시고 거룩한 의지의 표현입니다. 그러므로 율법은 사람에게 행하거나 행하지 말아야 하는 것이 무엇인지를 가르쳐 줍니다. 이러한 가르침에 대해 루터는 율법의 두 가지의 기능, 즉 이중적 용법으로 정리합니다.

---

10 Ibid., 278.

하나는 사악한 자를 통제하고 시민적 의를 유지하여 공공의 평화, 만물을 보존하고 세상에서 복음이 전진하는 데 방해를 받지 않게 하기 위한 시민적 용법(*usus civilis legis*)입니다.

다른 하나는 죄인들을 두렵게 하고 책망하여 그들로 하여금 회개하고 그리스도 안에서 은총을 구하도록 인도하는 신학적 용법(*usus theologicus legis*)입니다.

하지만 수정된 루터주의 관점은 이러한 율법의 기능을 적용하는 데에 그 초점이 맞추어져 있습니다. 예수님께서는 때때로 모세의 율법에 근거하여 가르치셨을 뿐만 아니라 그 율법을 제자들과 유대인들에게 적용하셨습니다.[11] 이것은 신약 시대에도 모세의 율법이 유익하며 유효하다는 것을 의미합니다. 즉, 그리스도의 가르침은 모세 율법과 역사적 연속선상에 있습니다.

또한, 이 관점은 그리스도의 사랑을 강조합니다. 예수님께서는 율법을 하나님 사랑(신 6:5)과 이웃 사랑(레 19:18)이라는 두 가지 계명으로 요약하셨는데, 그것은 사랑이 모세의 율법을 성취하는 유일한 통로라는 것을 보여 줍니다. 그러므로 사랑이 없이는 율법의 요구를 이룰 수 없습니다. 바울은 어떤 의미에서건 사랑이 율법을 대체할 수 없으며, 그 참된 의미와 본질을 지적하기 위해 사랑을 강조했다고 봅니다.[12]

그러나 이 관점은 그러한 적용이 얼마나 유효한지 의문시됩니다. 왜냐하면, 모세 율법의 적용이 신약 시대에도 어떻게 연속성을 갖는지에 대해 다른 관점을 가질 수 있기 때문입니다.

더글라스 무(Douglas Moo)는 그리스도의 가르침이 모세의 율법과 역사적 연속선상에 있다고 말합니다. 그러나 바울과 다른 신약성서 저자들의 가르침에 관하여, 무는 (모세 율법을 강제하는 것처럼 보이는 야고보를 제외하고는) 모세 율법의 불연속성을 발견하고 있습니다.[13] 그런 의미에서 수정된 루터주의 관점은 율법과 복음을 연결하는 데에 있어 그 연결고리가 강하지 못하다는 인상을 받습니다.

---

11   Ibid., 356.
12   Ibid., 359.
13   Ibid., 374.

2) 율법과 복음의 윤리적 함의 1: 율법주의에 빠지지 말아야 한다

많은 종교가 선행을 통한 구원 교리를 가지고 있기에 선행을 강조합니다. 그러나 선행의 강조는 율법주의에 빠지게 할 위험성이 있습니다. 율법주의는 바리새인과 같이 율법을 잘 지키는 사람에게는 자신의 의를 강조하게 만들고, 율법을 잘 못지키는 사람에게는 율법의 준엄한 심판 앞에 정죄의식을 갖도록 만듭니다. 그러므로 복음이 없는 율법주의는 매우 위험합니다.

사도 바울은 갈라디아서 5:1-15에서 이러한 율법주의의 위험성에 대해 경고합니다. 율법주의자들은 갈라디아 교인들에게 할례를 받아야 한다고 선동했습니다. 왜냐하면, 그리스도를 믿는다 하더라도 할례를 받아야 의롭게 되고 구원을 얻을 수 있는 영적 이스라엘 백성이 된다고 생각했기 때문입니다(참조. 갈 2:3).

사실 할례의 시행 여부는 예루살렘 공의회가 열릴 정도로 초대 교회의 커다란 쟁점이었습니다(참조. 행 15:1-11). 그렇기에 사도 바울은 갈라디아 교인들에게 "너희가 만일 할례를 받으면 그리스도께서 너희에게 아무 유익이 없으리라"고 단언합니다(2절). 그리고 만일 할례를 받는다면 그는 율법 전체를 행할 의무를 갖게 된다고 경고합니다(3절). 왜냐하면, 할례는 율법의 대표적인 것인데, 그러한 율법을 지킴으로써 의롭다 함을 얻으려고 노력하는 것은 그리스도를 필요로 하지 않는 것이기 때문입니다.

사도 바울은 할례나 무할례를 통해서 구원받는 것이 아니며, 오직 "사랑으로써 역사하는 믿음"을 통해서만 구원받을 수 있다고 가르칩니다. 할례가 사람을 의롭게 만들지 않으며, 무할례가 사람을 불의하게 만들지도 않습니다. 즉, 우리의 행위가 아닌 믿음을 통해서만 구원받는다는 것입니다(엡 2:8).

사실 갈라디아 교인들은 복음을 처음 받아들였을 때에 그리스도 안에서 자유를 누리며 복음적인 신앙생활을 하였습니다. 그러나 복음에서 멀어지게 하는 율법주의의 가르침이 그들을 가로막았습니다.

이에 대해 사도 바울은 율법을 지켜서 구원받는다고 주장하는 것은 잘못된 가르침이며 복음에서 떠나게 하는 일이라고 경고합니다. 그러한 거짓 가르침은, 적은 누룩이 결국 온 덩이에 퍼지는 것처럼, 교회를 파괴하는 심각한 죄라는 것입니다(고전 3:17). 그렇기에 바울은 갈라디아 교회 내에 들어와 선동하는 거짓 교사들(갈 2:4)을 출교시키기를 원했습니다(12절).

바울은 여기서 율법주의를 버려야 할 이유를 다시 한번 강조합니다. 그것은 율법주의가 복음 안에서 얻은 자유를 앗아가기 때문입니다. 율법은 예수님께서 요약하신 것처럼, 네 이웃 사랑하기를 네 자신 같이 하라 하신 한 말씀에서 이루어졌습니다(14절). 이 말씀은 율법으로 돌아가라는 말씀이 아닙니다. 왜냐하면, 율법이 이웃 사랑을 요구하지만 인간은 그러한 요구를 완벽하게 이룰 수 없기 때문입니다.

결국, 율법주의는 실패할 수밖에 없으며 서로 물고 먹는 불화로 이끌 수밖에 없습니다(15절). 사도 바울이 여기서 강조하는 메시지는 아주 분명합니다. 그것은 복음이 아닌 율법주의에 조금이라도 의지하는 것은 그리스도의 십자가의 은혜를 훼손하는 신성모독이라는 것입니다.

3) 율법과 복음의 윤리적 함의 2: 무율법주의에 빠지지 말아야 한다

우리 인간은 연약하여 율법보다는 복음을 선호합니다. 즉, 윤리적인 삶에 있어 율법보다는 은혜를 더 좋아합니다. 하지만 은혜의 강조는 윤리적 동기를 낙심시키는 부정적 효과가 존재합니다. 그렇기에 이신칭의로 종교개혁을 시작했던 루터도 율법폐기론자라는 오해를 받기도 했습니다. 율법폐기론(antinomianism)은 율법주의(legalism)의 반대말로 인식될 정도로 율법이 더 이상 필요 없다고 보는 관점입니다.

사실 성경에는 율법의 무용성을 주장하는 구절들이 적지 않게 발견됩니다. 사도 바울은 자신이 "모든 사람에게서 자유로우나 스스로 모든 사람에게 종이 된 것은 더 많은 사람을 얻고자 함이며, 유대인들에게 내가 유대인과 같이 된 것은 유대인들을 얻고자 함이며, 율법 아래에 있는 자들에게는 내가 율법 아래에 있지 아니하나 율법 아래에 있는 자 같이 된 것은 율법 아래에 있는 자들을 얻고자 함"(고전 9:19-20)이라고 말합니다. 또한, "열심으로는 교회를 박해하고 율법의 의로는 흠이 없지만 무엇이든지 내게 유익하던 것을 내가 그리스도를 위하여 다 해로 여긴다"(빌 3:6-7)고 고백합니다. 게다가 사도 바울은 "그리스도는 모든 믿는 자에게 의를 이루기 위하여 율법의 마침이 되시느니라"(롬 10:4)고 선언합니다.

또한, 히브리서 기자는 "새 언약이라 말씀하셨으매 첫 것은 낡아지게 하신 것이니 낡아지고 쇠하는 것은 없어져 가는 것이니라"(히 8:13)고 말씀합니다. 이 외에도 많은 성경 구절이 율법의 무용성을 암시합니다(갈 2:3-6; 5:2-4). 이렇게 많은 신약의 성경 구절을 종합해 보면, 신약 시대에는 율법이 더 이상 필요 없는 듯이 여겨집니다.

그렇다면 율법은 폐기되어야 할까요?

그렇지 않습니다.

첫째, 성경은 율법을 폐기할 수 없다고 말씀하기 때문입니다. 사도 바울 또한, 믿음으로 말미암아 구원을 얻는다고 주장했기에 율법폐기론자가 아니냐고 비난을 받았습니다. 그러자 사도 바울은 "우리가 믿음으로 말미암아 율법을 파기하느냐 그럴 수 없느니라 도리어 율법을 굳게 세우느니라"(롬 3:31)고 말했으며, 여러 차례 "그럴 수 없느니라"(롬 3:4, 31; 6:2, 15; 7:7, 13; 9:14; 11:1, 11; 갈 2:17; 3:21)고 말함으로써 율법을 폐기할 수 없음을 강조했습니다.

둘째, 율법은 그리스도인들로 하여금 자신이 칭의에 합당한 삶의 모습이 무엇인지를 알게 하기 때문입니다. 많은 사람은 칭의와 성화를 혼돈합니다. 모든 신자는 하나님의 은혜로 믿음을 통하여 구원함에 이르지만(엡 2:7-8), 하나님의 거룩한 말씀들을 잘 지킴으로 믿음이 자라납니다(롬 10:17; 딤전 4:5).

셋째, 구약과 신약 모두 공통적으로 율법을 강조하기 때문입니다. 많은 사람은 구약이 율법을, 신약은 복음을 강조한다고 생각합니다. 하지만 구약은 율법만을 강조하고 신약은 복음만을 강조하지 않습니다. 구약에도 그의 백성들에게 베풀어 주신 엄청나고 놀라운 은혜의 증언이 가득하며, 신약에도 문자적으로 많은 하나님의 명령과 율법이 가득합니다. 그러므로 복음이 아무리 하나님의 선물이라고 하더라도, 무율법주의에 빠져서는 안됩니다.

4) 율법과 복음의 윤리적 함의 3: 율법과 복음의 균형이 필요하다

첫째, 율법과 복음은 서로를 필요로 한다는 사실입니다. 그리스도를 믿음으로 죄와 사망의 법인 율법으로부터 완전히 해방되었다 하더라도(롬 8:2) 율법 없는 복음은 진정한 복음이 될 수 없습니다. 바울은 율법이 죄냐고 반문하며 그럴 수 없다고 말한 것처럼(롬 7:7), 율법을 주신 원래의 목적은 폐기되지 않았습니다.

또한, 복음이 없으면 율법은 소망이 없습니다. 둘 다 구원에 필요합니다(롬 10:4). 초대 영지주의는 율법과 복음이 서로 조화를 이룰 수 없는 상호분리관계라고 주장했습니다. 그러나 개혁파는 율법과 복음은 구별되나 그 둘이 상호분리관계라고 말하지 않습니다.

[표 78] 개혁주의에서의 율법의 용도

용도	가장 중요시한 학자
정치적 / 시민적 용도 (*usus politicus seu civilis legis*)	
신학적 / 영적 용도 (*usus Theologicus seu Spiritualis legis*)	멜랑히톤 / 루터
규범적 / 도덕적 용도(*usus normativus legis*)	칼빈

우리는 위의 수정된 루터주의 관점에서 율법에 대한 루터의 두 가지 용법을 살펴보았습니다. 하지만 루터에게 있어서 율법의 주된 기능은 신학적 용법입니다. 신학적 용법에서 율법은 죄를 깨닫게 하여 죄를 책망하고(롬 3:20; 7:7), 몽학선생과 같이 그리스도께로 인도하는 기능을 가지고 있습니다(갈 3:24). 즉, 율법 그 자체는 구원을 주지 못하지만 구원의 필요성을 깨닫게 하여 그리스도께로 인도한다는 것입니다.

이에 반해 칼빈에게 있어서 율법의 주된 기능은 규범적 용법입니다. 즉, 율법은 천국 백성의 삶의 규범의 역할을 감당한다는 것입니다. 칼빈은 율법이 삶의 규범으로서 여전히 우리에게 유효하다고 보았습니다.

그러나 전통적 개혁파가 놓치지 않고 있는 것은 율법의 행위로는 의롭다 함을 받을 수 없다는 것입니다. 누구든지 율법의 행위를 통하여 구원을 얻으려고 시도한다면 그것은 율법을 잘못 사용하는 것이며, 이신칭의의 복음을 거부하는 무서운 죄를 짓는 것과 같습니다.

특히, 칼빈은 그의 『기독교 강요』에서 복음은 율법을 폐지한 것이 아니라 율법의 약속을 확인하고 실현했으며 '그림자'(umbra)에 '몸'(corpus)을 부여했다고 말합니다(제2권 9.4).[14] 즉, 율법과 복음은 뗄래야 뗄 수 없는 불가분의 관계입니다. 복음은 모든 믿는 자에게 구원을 주시는 하나님의 능력이지만(롬 1:16), 그것은 율법과 선지자들에게서 증거를 받은 것입니다(롬 3:21). 그러므로 율법과 복음의 관계는 신자의 삶에 있어 중요한 윤리적 요소가 될 수밖에 없습니다. 왜냐하면, 율법과 복음의 연관성을 간과하면 율법주의(legalism)나 율법폐기론(antinomianism)으로 흐르기 쉽기 때문입니다.

둘째, 율법과 복음의 균형은 윤리적 삶으로 이끕니다. 사실 이 말은 너무나 당연하지만 우리 주변에서 율법과 복음의 균형을 이루지 못하는 비윤리적 삶의 모습을 많이 발견할 수 있습니다. 어떤 사람은 하나님의 은혜를 전적으로 의지하기보다는 자신의 경건의 노력과 도덕적 열심을 통해 하나님과의 바른 관계를 유지하려고 노력합니다. 또 다른 사람은 은혜를 강조하는 설교를 자주 들으며, 자신의 윤리적 실패를 은혜로 합리화하기도 합니다.

전자는 율법주의의 삶을, 후자는 무율법주의자의 삶을 보여 줍니다.

문제는 이러한 두 가지의 삶의 모습을 한 사람이 동시에 갖고 있다는 것입니다. 왜냐하면, 인간은 천성적으로 율법주의자인 동시에 무율법주의자이기 때문입니다. 인간 안에는 하나님의 은혜보다는 자신의 의를 자랑하려고 하는 율법적인 교만이 뿌리박혀 있는 동시에, 하나님의 율법에 순종하고 따르기 보다는 자신의 육신의 소욕을 따라 자신의 소견에 옳은 대로 행하려는 무율법적 방종이 숨겨져 있습니다.

이러한 인간의 율법주의 성향은 은혜를 거부함으로써 윤리의 절대적 기초인 사랑을 보여 주지 못하며, 인간의 무율법주의 성향은 율법을 무시함으로써 은혜를 값싼 은혜로 변질시켜 버립니다.

14　John Calvin, 『기독교 강요 (상)』, 원광연 옮김 (서울: 크리스챤다이제스트, 2003), 525.

그러나 율법주의가 위험하다고 해서 무율법주의로, 무율법주의가 위험하다고 해서 율법주의로 회귀하는 것은 상황을 악화시킬 뿐입니다. 바울은 율법주의에 대응하여 구원은 하나님의 전적인 은혜임을 강조합니다. 반대로 무율법주의에 대응하여 은혜에 근거한 윤리를 강조합니다.

예를 들어, 사도 바울은 로마서 6:1에서 "은혜를 더하기 위해 죄 아래 거하겠느냐"고 반문합니다. 이처럼 율법주의와 무율법주의의 위협은 교회 안에 항상 존재해 왔습니다. 그렇기에 교회의 역사를 돌아보면 믿음의 선배들은 이러한 양극단의 오류로부터 율법과 복음의 균형을 위해 노력해 온 것을 알 수 있습니다.

5) 율법과 복음의 윤리적 함의 4: 율법이 그리스도를 통해 성취되었다는 것을 알아야 한다

예수님께서는 "내가 율법이나 선지자를 폐하러 온 줄로 생각하지 말라 폐하러 온 것이 아니요 완전하게 하려 함이라"(마 5:17)고 말씀하셨습니다. 이 말씀은 율법은 폐지되었거나 폐기해야 하는 것이 아니라 성취되어야 함을 의미합니다.

그렇다면 죄 많은 인간은 어떻게 율법을 성취할 수 있을까요?

예수님이야 죄가 없으신 분으로서 율법을 완전하게 하셨지만, 인간은 계속해서 율법을 범함으로써 죄를 짓기 때문입니다. 이에 대한 해답은 복음의 정수인 로마서 8:1-4에서 찾을 수 있습니다.

> [롬 8:1-4] 그러므로 이제 그리스도 예수 안에 있는 자에게는 결코 정죄함이 없나니 이는 그리스도 예수 안에 있는 생명의 성령의 법이 죄와 사망의 법에서 너를 해방하였음이라 율법이 육신으로 말미암아 연약하여 할 수 없는 그것을 하나님은 하시나니 곧 죄로 말미암아 자기 아들을 죄 있는 육신의 모양으로 보내어 육신에 죄를 정하사 육신을 따르지 않고 그 영을 따라 행하는 우리에게 율법의 요구가 이루어지게 하려 하심이니라

사도 바울은 율법과 복음의 관계에 있어서 그 균형을 취하는 것이 얼마나 어려운 일인지를 너무나 잘 알고 있었습니다. 복음으로 거듭나 삼층천을 다녀오고 수많은 기적을 경험했던 사도 바울조차 율법과 죄의 멍에 아래, 원치 않는 악을 반복적으로 행하고 있는 자신의 모습을 보면서 "오호라 나는 곤고한 사람이로다 이 사망의 몸에서 누가 나를 건져내랴"(롬 7:24)고 탄식합니다. 그리스도인은 율법이 내린 사형 선고에서 벗어났지만, 율법은 여전히 사람을 구속합니다.

하지만 사도 바울은 그러한 상태를 벗어날 수 있는 방법을 로마서 8장에서 제시합니다. 그것은 곧 그리스도 예수 안으로 들어가는 것입니다(1절). 그리스도 안으로 들어가기만 하면, 생명의 성령의 법이 죄와 사망의 법에서 우리를 해방시킬 수 있습니다(2절). 왜냐하면, 율법이 육신으로 말미암아 연약하여 할 수 없는 그것을 하나님께서 먼저 하셨기 때문입니다(3절).

그러므로 자기 아들 예수 그리스도를 죄 있는 육신의 모양으로 육신에 죄를 정하신 것처럼, 육신을 따르지 않고 그 영을 따라 행하기만 하면 우리에게 율법의 요구가 이루어지게 하신다는 것입니다(4절). 요약하자면, 이미 율법의 요구를 이루신 그리스도에게로 들어가기만 하면, 들어간 그것으로 인해 율법을 이룬 것과 동일한 효과를 가져 온다는 것입니다.

이를 위해 존 파이퍼(John Piper)가 그의 책 『칭의 논쟁』에서 꽤 많은 분량을 할애한 로마서 8:1-4의 주석을 고찰할 필요성이 있습니다. 왜냐하면, 파이퍼 또한 이 부분이 스모킹 건(smoking gun)이라고 생각하기 때문입니다. 그에 의하면 많은 사람이 율법의 성취를 그리스도께서 우리를 위하여 율법에 온전히 순종하시고 완전한 희생 제물로서 돌아가셨을 때, 그때에 율법이 성취된 것으로 생각합니다.

하지만 그는 그렇게 생각하지 않습니다. 그는 그리스도의 죽으심의 목적이 "우리에게(우리 안에서) 율법의 요구를 이루어지게 하려 하심"이라고 말씀하는데, 율법의 요구를 이룬다는 것이 진정으로 무엇을 의미하는지 질문합니다. 그리고 그리스도인과 율법의 관계를 열두 가지 논제를 요약하는 형태로 대답하고 있습니다. 여기서는 지면 관계상 네 가지만 예를 들어 보겠습니다.

1. 로마서 8:4에 기록된 율법의 요구가 이루어지게 하려 하심이라는 말씀은 백성을 향한 참된 사랑의 삶을 의미합니다(롬 13:8-10; 갈 5:13-18; 마 7:12, 22:37-40).
2. 다른 이들을 사랑함으로 하나님의 계명을 성취하는 우리의 행위는 우리의 칭의의 근거가 아닙니다. 칭의의 근거는 그 어떤 다른 행위가 실행되기 이전에 오직 믿음으로만 받을 수 있는 것으로서 오직 그리스도의 희생과 순종에만 있는 것입니다. 율법에 대한 우리의 순종과 성취는 오직 믿음으로 말미암는 존재의 열매이자 증거입니다(롬 3:20-22, 24-25, 28, 4:4-6, 5:19, 8:3, 10:3-4; 고후 5:21).
3. 다른 사람을 사랑함에 있어 하나님의 율법에 대한 성취는 우리 자신의 힘으로서가 아니라 성령 하나님의 임재와 능력에 따른 것입니다(롬 8:4; 갈 5:13-16, 22-23).
4. 성령을 통하여 남을 사랑함으로 하나님의 율법을 성취하는 것은 믿음으로 말미암아 되는 것입니다. 말하자면, 그리스도 안에서 그리고 그 분의 십자가에 못 박히심을 통해 우리를 위하시는 하나님의 모든 것과 우리를 의롭게 하시는 동일한 믿음의 인내로 만족하는 것을 의미합니다(갈 3:5, 5:6; 딤전 1:5; 히 11:6, 24-26, 10:34).[15]

이 열두 가지 논제에서 공통적으로 들어가는 단어는 사랑입니다. 예수님께서는 율법을 하나님 사랑과 이웃 사랑으로 요약하셨습니다(마 22:37-40). 그러므로 율법을 지키기 위해 613개의 조항을 만들고 그것을 지키는 것이 율법의 성취라고 말하는 것은 바리새인들의 착각과도 같습니다.

율법은 원래 사랑의 계명으로 주어졌으며, 율법의 본래 취지인 사랑으로 성취됩니다. 율법의 근원인 십계명의 서언이 알려 주듯이, 죄의 노예였던 우리를 사랑하셔서 죄로부터 해방시키신 그 사랑만이 율법을 성취할 수 있습니다. 그러나 인간은 그리스도의 완전한 사랑과는 비교할 수 없는 불완전한 사랑을 합니다. 그렇기에 파이퍼는 이러한 불완전한 사랑이라도 그것이 어

---

15   John Piper, 『칭의 논쟁』, 신호섭 옮김 (서울: 부흥과개혁사, 2009), 330-45.

떻게 율법을 성취할 수 있는지를 다음과 같이 말합니다.

> **첫째**, 우리의 불완전한 사랑은 그럼에도 불구하고 참된 것이며, 우리의 칭의의 수단으로서가 아니라 그 칭의에서 흘러나오는 것으로서 하나님께 의존적이며, 성령께서 능하게 하시는 것이며, 그리스도를 높이는 사랑입니다. 그러므로 이 사랑은 율법이 목적하는 것으로서 새 언약이 약속했던 새로운 방향인 것입니다. 결론적으로 믿음의 열매로서 그리스도를 높이는 사랑이 바로 율법이 목표하는 것입니다.
>
> **둘째**, 우리의 불완전한 사랑은 그리스도께서 다시 오실 때에 우리 안에서 완성하시고야 말 궁극적인 완전의 첫 열매입니다. 로마서 8:4은 율법의 온전한 성취가 바로 지금 우리 안에서 발생하는 것이라고 말하지 않습니다. 하지만 성령으로 말미암은 우리의 행함이 이제 막 시작되고 따라서 의로운 율법의 요구에 대한 우리의 성취가 이루어지게 되는 것입니다.
>
> **셋째**, 우리의 불완전한 사랑은 스스로 하나님 앞에서 우리의 유일하고도 완전한 의로움이 되시는 예수를 믿는 우리 믿음의 열매입니다. 다시 말하면, 우리 칭의의 근거로서 우리가 의지해야 할 유일한 율법 준수는 예수님의 율법 성취라는 말입니다. … 결국, 율법은 이미 그리스도 안에서 영원부터 영원까지 성취되었기 때문에 우리 안에서 영원히 성취되는 것입니다. 우리의 불완전함과 결핍과 부족은 그분의 완전하심과 충족성의 암시입니다. 그 암시 즉 그리스도의 승귀가 바로 율법의 목적인 것입니다.[16]

인간은 불완전한 사랑을 합니다. 하지만 비록 불완전한 사랑이라도 믿음의 열매로서 그리스도를 높이며, 성령으로 말미암는다면, 율법을 성취할 수 있다는 것입니다. 왜냐하면, 그것이 율법의 목표에 다가가는 것이며, 결국 그러한 불완전함과 결핍과 부족은 그분의 완전하심과 충족하심으로 채워지기 때문입니다.

16　Ibid., 330-45 참조.

그런 의미에서 그리스도와의 연합이라는 표현은 부족합니다. 왜냐하면, 연합이라는 표현은 (약간은) 대등한 관계로 오해할 수 있기 때문입니다. 제임스 던은 율법의 성취는 일대일 곧 항목 대 항목으로의 관계 속에서 "성취하다"를 의미하지 않으며, 보다 심오한 의미로의 "성취하다"를 의미한다고 말합니다.[17]

그러므로 그리스도 안으로 들어간다는 표현이 훨씬 성경적인 표현입니다. 예수님께서는 자주 자기 안에 거하라고 명령하셨고(요 6:56, 14:10-11, 15:4-7, 10; 요일 2:24, 3:24, 4:12-13, 15-16; 요이 1:9, 2:12), 그렇게 그리스도 안으로 들어가면 그리스도께서도 우리 안에 거하신다고 말씀하십니다. 이렇게 그리스도 안에 거하게 되면, 자연스럽게 그리스도의 명령에 복종하게 됩니다(요 14:15). 그러한 복종은 자발적인 복종이 됩니다.

우리는 율법을 지킴으로써 구원받지 못하지만 그리스도의 명령에 복종함으로써 그리스도를 향한 우리의 사랑을 증거해 보일 수 있습니다. 비록 우리의 사랑은 불완전하지만 완전한 사랑(순종)을 통해 율법을 성취하신 그리스도 안에 거함으로써 그리스도의 완전하신 의를 전가받아 율법을 성취하게 됩니다. 그 결과 우리는 죄인으로부터 의인으로, 죽음으로부터 생명으로 옮겨지게 됩니다. 그러므로 율법은 장차 오는 좋은 일의 그림자라고 할 수 있습니다(히 10:1).

그런 의미에서 반게메렌의 관점은 율법과 복음의 관계를 가장 잘 설명하는 관점이라고 할 수 있습니다. 왜냐하면, 반게메렌은 모세 율법의 연속성을 지지함으로써 복음을 율법에 효과적으로 통합하여 강조하기 때문입니다. 무엇보다 가장 중요한 것은 예수님의 십자가의 속죄이며, 이것이 의의 완성이라는 사실입니다(롬 10:4).

---

17 James D. G. Dunn, 『WBC 주석 시리즈: 로마서(하)』, 김철, 채천석 옮김 (서울: 도서출판 솔로몬, 2003), 717.

6) 결론

율법과 복음의 관계는 성경 전체를 이해하는 중요한 열쇠입니다. 왜냐하면, 율법과 복음의 관계를 잘못 이해하면 왜곡된 시각으로 성경을 바라볼 뿐만 아니라 비윤리적 행위가 나타나게 되기 때문입니다. 그러므로 율법과 복음의 올바른 관계를 아는 것은 매우 중요합니다. 우리는 율법과 복음의 올바른 관계를 이해하기 위해 다섯 가지의 다양한 관점을 살펴보고, 네 가지의 윤리적 함의를 끌어냈습니다.

첫째, 율법주의에 빠지지 말아야 합니다.
둘째, 무율법주의에 빠지지 말아야 합니다.
셋째, 율법과 복음의 균형이 필요합니다.
넷째, 율법이 그리스도를 통해 성취되었다는 것을 알아야 합니다.

이러한 윤리적 함의는 신자의 균형있는 삶을 사는 데에 도움을 줍니다.

2. 복음은 윤리적 동기를 낙심시키지 않나요?

> [요 3:16] 하나님이 세상을 이처럼 사랑하사 독생자를 주셨으니 이는 그를 믿는 자마다 멸망하지 않고 영생을 얻게 하려 하심이라
>
> [롬 7:21-25] 그러므로 내가 한 법을 깨달았노니 곧 선을 행하기 원하는 나에게 악이 함께 있는 것이로다 내 속사람으로는 하나님의 법을 즐거워하되 내 지체 속에서 한 다른 법이 내 마음의 법과 싸워 내 지체 속에 있는 죄의 법으로 나를 사로잡는 것을 보는도다 오호라 나는 곤고한 사람이로다 이 사망의 몸에서 누가 나를 건져내랴 우리 주 예수 그리스도로 말미암아 하나님께 감사하리로다 그런즉 내 자신이 마음으로는 하나님의 법을 육신으로는 죄의 법을 섬기노라

요한복음 3:16은 차별 없는 복음의 대표적인 성경 구절로, 성경은 예수

님을 믿으면 누구나 구원받는다는 차별없는 복음을 선포합니다(요 3:15-16, 6:40; 행 13:39; 요일 5:1). 복음은 신약의 핵심 주제이며, 복음의 핵심은 그리스도의 은혜입니다(엡 4:7; 갈 1:6; 고후 13:13; 롬 5:15). 왜냐하면, 구원을 받기 위해서는(혹은 새로운 피조물이 되기 위해서는) 그리스도의 은혜가 필요하기 때문입니다(고후 5:17). 이러한 은혜의 핵심은 바로 죄인을 의인으로 만드시는 칭의에 있습니다. 그러므로 복음의 핵심은 칭의에 있습니다. 그러므로 복음의 강조는 은혜의 강조를, 더 나아가 칭의의 강조를 의미합니다.

여기서 윤리적 문제가 발생합니다. 예를 들어, 아주 간단한 율법을 지키지 못했다 하더라도, 은혜를 강조하면 율법을 지키지 못한 것을 용서해야 합니다. 이처럼 은혜의 지나친 강조는 윤리적 동기를 낙심시킨다는 비난을 받을 수밖에 없습니다.

그러나 율법의 강조는 윤리적 동기를 강화시킵니다. 왜냐하면, 율법은 규범성이 있기 때문입니다. 즉, 율법은 지키라고 있는 것입니다. 이렇게 율법을 지키려는 노력을 성화라고 할 수 있습니다.

그렇다면 율법을 강조하고 복음을 강조하지 말아야 하나요?

그것은 또 그렇지 않다고 말할 것입니다.

그렇다면 이러한 딜레마를 어떻게 해결해야 할까요?

복음은 윤리적 동기를 낙심시키지 않나요?

1) 다섯 가지 칭의 논쟁

위에서의 딜레마는 칭의와 성화의 문제라고 할 수 있습니다. 사실 칭의와 성화의 문제는 기독교 신학의 치열한 전투장이자 반복되고 있는 매우 중요한 주제입니다. 종교개혁은 이 문제로 인해 일어났으며, 500여 년이 지난 오늘날에도 여전히 서로 다른 신학적 견해를 가지고 싸우고 있습니다.

그렇다면 이러한 딜레마는 해결될 수 없는 종류의 것일까요?

여기서는 먼저 다섯 가지 칭의 논쟁과 다섯 가지 성화 논쟁을 살펴보겠습니다.

[표 79] 칭의에 대한 다섯 가지 신학적 관점[18]

신학적 관점	내용
전통적 개혁파 (Michael S. Horton)	이신칭의 / 죄사함과 그리스도의 의의 전가 / 칭의와 성화의 구별
진보적 개혁파 (Michael F. Bird)	의로운 자이신 예수 그리스도를 믿는 믿음 / 하나님의 의
바울 신학의 새 관점 (James D. G. Dunn)	언약적 율법주의 / 언약관계로 들어감과 머무름
동방정교회 신성화 (Veli-Matti Kärkkäinen)	그리스도의 현존과 연합 / 지속적인 성화의 삶
로마가톨릭 (O'Collins & Rafferty)	의화 교리 / 하나님의 은총 / 예정 사상

첫째, 전통적 개혁파의 관점입니다. 이 관점은 1517년 마틴 루터로부터 촉발된 종교개혁의 핵심 논쟁인 '이신칭의'로 대변됩니다. 이신칭의는 믿음으로만 의롭다함을 받는다는 것으로, 아우구스부르그 신앙고백서(Augsburger Konfession), 하이델베르그 요리문답, 웨스트민스터 신앙고백서와 같은 전통적 개혁파의 신앙 고백서에 고스란히 담겨 있습니다.[19]

---

18 Michael S. Horton 외 5인, 『칭의 논쟁: 칭의에 대한 다섯 가지 신학적 관점』, 문현인 옮김 (서울: 새물결플러스, 2015) 참조.
19 **아우구스부르그 신앙고백서(Augsburger Konfession)의 제4조 '의롭다 함을 얻음에 대하여'**
⇨ "하나님 앞에서 의롭다함을 얻는 것은 인간의 업적과 공로로서가 아니라 하나님의 은혜로서 가능하고 우리의 죄를 죽음으로서 대신하신 예수 그리스도를 믿음으로 의롭다 함을 얻을 수 있는 것이다."
하이델베르그 요리문답의 60-62문 ⇨
문 60. 어떻게 하여야 하나님 앞에서 의로와질 수 있습니까?
답: 예수 그리스도께 대한 참된 믿음을 통해서만 가능합니다. 비록 내 양심이, 내가 하나님의 모든 계명을 범하였고 그 계명 중 어느 하나도 지키지 못했으며 아직도 죄로 향하는 성향을 지니고 있다고 고소할지라도 하나님께서는 이렇게 무가치한 나를 그리스도께 대한 참된 믿음으로 말미암아 마치 내가 죄지은 일이 없는 것처럼 그리스도께서 나를 위하여 순종하신 것을 내가 순종한 것처럼 대하시며 그리스도의 완전한 속죄의 의와 성결을 나의 것으로 인정해 주셨습니다. 단지 내가 해야 할 일은 믿는 마음으로 이러한 하나님의 선물을 받는 것뿐입니다.
문 61. 왜 믿음으로만 하나님 앞에서 의로와질 수 있다고 말합니까?
답: 하나님께서 나를 기쁘게 받으시는 것은 내 믿음에서 어떤 가치가 있기 때문이 아닙니다. 오직 그리스도의 속죄와 의와 성결 때문에 내가 하나님께 대하여 의로운 자가 된

이 관점의 핵심은 '그리스도의 의의 전가'입니다. 율법은 하나님의(of) 의의 계시로서, 정죄하며 누구도 똑바로 설 수 없게 하지만 복음은 하나님으로부터 온(from) 의의 계시로서, 죄인들이 "그리스도 예수 안에 있는 속량으로 말미암아 하나님의 은혜로 값없이 의롭다 하심을 얻은 자 되었다"(롬 3:24)고 말하는 기쁜 소식입니다.[20]

이렇게 보는 이유는 "만일 의롭게 되는 것이 율법으로 말미암으면 그리스도께서 헛되이 죽으셨느니라"(갈 2:21)는 말씀처럼 칭의를 부정하면 은혜뿐만 아니라 심지어 그리스도를 부정하는 것과 같기 때문입니다. 그러므로 이 관점에 의하면 칭의는 복음의 핵심이 되기에 부족함이 없습니다. 왜냐하면, 악인을 어떤 행위가 아닌 그리스도의 '의'만으로 의인으로 칭하기 때문입니다.

하지만 이러한 주장은 로마 가톨릭교회의 반발을 불러올 수밖에 없었습니다. 왜냐하면, 로마 가톨릭교회에서는 의롭다 칭함을 받기 위해서는 그리스도의 의와 그리스도인의 성화가 동반되어야 한다고 가르치기 때문입니다. 로마 가톨릭교회에서 "칭의는 죄 사함뿐만 아니라 인간 내면의 성화와 갱신"입니다.[21]

최초의 칭의가 하나님의 은총에서 비롯된 것이라면, 최종적 칭의를 얻기 위해서는 신자의 성화를 필요로 합니다. 그렇기 때문에 칭의는 실제적 본질적으로 의롭게 되는 과정입니다. 이러한 과정에서 자범죄(actual sins)로 인한 죄책을

것입니다. 그리스도의 의를 내 것으로 삼을 수 있는 방법은 오직 믿음뿐입니다
문 62. 왜 선행을 통해서는 하나님 앞에서 의로워질 수 없으며, 왜 선행은 의로워지는 네 전혀 도움이 되지 않습니까?
답: 하나님의 심판 앞에 설 수 있는 의는 절대적으로 완전해야 하며 모든 면에서 하나님의 율법에 어긋남이 없어야 합니다. 그런데 우리가 아무리 최선을 다한다고 해도 그것은 불완전하며 여전히 죄로 더럽혀져 있기 때문입니다.
웨스트민스터 신앙고백서의 제11장 ⇨ "하나님께서는 유효하게 부르신 자들을 또한, 값없이 의롭다고 칭하신다(롬8:30, 3:24). 이 칭의(稱義)는 의를 그들에게 주입해 줌으로써가 아니라, 그들의 죄들을 용서해 주시고 그들의 인격을 의로운 것으로 간주하여 용납해 주심으로써 되는 것이다. 부르심을 입은 그들은 그리스도와 그의 의를 믿음으로 받아들이고, 의존할 때 의롭다 함을 받는 것이다. 그 믿음은 그들 자신에게서 나온 것이 아니고, 그것은 하나님이 주시는 선물이다."

20 Michael S. Horton 외 5인, 『칭의 논쟁: 칭의에 대한 다섯 가지 신학적 관점』, 125.
21 *The Catechism of the Catholic Church* (New York, NY: USCCB, 1995), 492.

해소하려면 연옥에 가서라도 성화를 통해 정화되어야 한다고 가르칩니다.

그러나 전통적 개혁파는 칭의가 죄로 가득한 상태에서 의로운 상태로 변화되는 과정이 아니라고 보았습니다. 즉, 신자는 죄인인 동시에 의인이라는 것입니다. 왜냐하면, 신자들이 하는 어떤 행위도 율법이 요구하는 의에 언제나 미치지 못하기 때문입니다. 그러므로 의롭다고 여김을 받으려면 그리스도의 의가 필요합니다. 이렇게 의로우신 그리스도를 믿는 믿음을 통해서만 온전히 의롭다고 인정을 받을 수 있습니다.

그렇기에 종교개혁자들은 칭의가 성화와 구별된다고 가르쳤습니다. 특히, 칼빈은 칭의를 "기독교의 주요 조항"이자 "종교가 의존하는 주요 원리"이며 "모든 구원 교리의 주된 조항이자 모든 종교의 기초"라고 생각했습니다.[22]

둘째, 진보적 개혁파의 관점입니다. 이 관점은 전통적 개혁파의 '의의 전가 교리'를 진보적(progressive)으로 생각하는 관점입니다. 여기서 진보적으로 생각한다는 것은 '의의 전가 교리'가 나오게 된 근본적인 배경으로부터 교리가 나오기까지의 모든 과정을 점진적(progressive)으로 고려한다는 의미입니다. 전통적 개혁파는 일반적으로 구원사(history of salvation)를 도외시한 채 신학적으로 구원 서정(order of salvation)에 얽매여 바울을 해석합니다.[23]

이렇게 해석하는 이유는 이신칭의를 강조해야 하기 때문입니다. 행위가 아닌 믿음으로써 의를 획득한다는 이신칭의는 믿음과 행위 모두를 강조하는 가톨릭의 주장을 무력화시키는 매우 은혜로운 교리입니다.

하지만 이러한 강조는 바울을 좁게 해석하는 데에 일조하였습니다. 이렇게 바울 신학을 좁게 해석하면 예수님께서는 율법을 순종하심으로 의를 획득한 것이 됩니다. 왜냐하면, 신자들은 율법을 지킴으로써 의를 획득할 수 없기 때문입니다. 의의 전가가 일어나기 위해서는 누군가 율법을 온전히 지켜서 의를 획득해야 하고, 그 후에 그분으로부터 의를 전가받아야 합니다. 이렇게 의의 전가를 받는 행위가 바로 칭의입니다.

---

22 Michael S. Horton 외 5인, 『칭의 논쟁: 칭의에 대한 다섯 가지 신학적 관점』, 128.
23 Ibid., 198.

그러므로 칭의 후에 성화가 이루어지는 구조가 됩니다. 이는 구원론을 칭의(justification) ⇨ 성화(sanctification) ⇨ 영화(glorification)의 순서로 설명할 수밖에 없게 만듭니다.

하지만 진보적 개혁파는 이러한 순서로 칭의를 설명하는 것은 바울의 신학을 넓게 해석하지 못한 결과라고 봅니다. 바울에 있어서 칭의는 그리스도의 대속의 죽음과 능력 있는 부활을 통해 언약으로 맺어진 가족의 구원에 효력을 주시는 의로운 자(Righteous One)이신 예수 그리스도 안에서 구원이 어떻게 일어나는지에 관한 바울의 조건적 사법적 표현입니다.[24]

전통적 개혁파가 예수님의 '의의 전가'에만 초점을 맞추어 칭의를 설명했다면, 진보적 개혁파는 바울 시대의 역사적 상황과 성경신학적 논증을 더 넓혀 칭의를 설명합니다. 즉, 의라고 하는 것은 그리스도가 율법을 준수함으로써 획득한 의의 전가라기 보다는 성경이 일관되게 말하는 그리스도 안에서 믿음으로 의로운 지위를 체험하는 것입니다.

예를 들어, 아브라함은 칭의와 개념이 비슷한 할례를 받기 전인데도 불구하고 하나님께서 그를 의롭게 여겨 주셨다는 것입니다. 그러니까 할례를 받아서, 즉 의의 전가로 아브라함이 의롭다고 인정을 받은 것이 아니라는 것입니다. 그러한 생각을 뒷받침하는 성경 구절은 로마서 1:16-17입니다.

> [롬 1:16-17] 내가 복음을 부끄러워하지 아니하노니 이 복음은 모든 믿는 자에게 구원을 주시는 하나님의 능력이 됨이라 먼저는 유대인에게요 그리고 헬라인에게로다 복음에는 하나님의 의가 나타나서 믿음으로 믿음에 이르게 하나니 기록된 바 '오직 의인은 믿음으로 말미암아 살리라'함과 같으니라

여기서 주목해야 하는 구절은 '하나님의 의'라는 구절입니다. 하나님의 의는 이신칭의가 아닙니다. 이 의는 하나님에게서 연유한 것이며, 로마서의 모든 본문 안에 있는 칭의, 구속, 희생, 죄 용서, 언약의 구성원 됨, 화해, 성령의 선물, 새로운 순종의 능력, 그리스도와의 연합, 죄로부터의 자유, 종말론

---

24 Ibid., 199.

적 신원을 포함하는 구원이라는 총체적 선물 꾸러미라는 것입니다.[25]

이러한 의가 갈라디아서와 로마서가 이야기하고 있는 의의 개념이라는 것입니다. 진보적 개혁파는 이런 방식으로 의를 이해하는 것이 전통적 개혁파의 의의 전가라고 이해하는 것보다 오히려 더 성경적이라고 봅니다.

셋째, 바울 신학의 새 관점(NPP: New Perspective on Paul)의 관점입니다. 이 관점은 샌더스(E.P. Sanders)라는 학자가 바울 신학의 옛 관점이 잘못된 관점이었다고 주장하는 것으로부터 시작합니다. 옛 관점은 유대교가 인간이 율법을 지킴으로써 구원받는다고 주장했기 때문에 바울은 율법을 지킴으로써 구원받는 것이 아니고 하나님의 은혜로 구원받는다고 주장했다는 것입니다.

이러한 옛 관점은 가톨릭교회가 믿음과 행위를 동시에 고려하는 구원론을 주장했기에 루터 이후 개신교 내에서 오랫동안 영향력을 행사할 수 있었습니다. 왜냐하면, 유대교나 가톨릭교회에서의 구원론은 인간의 행위나 공로가 구원에 있어서 매우 중요한 위치를 차지하기 때문입니다.

하지만 샌더스는 BC 2세기에서 AD 2세기까지의 유대교 문헌들을 조사해 본 결과, 유대교를 공로주의로만 해석해서는 안된다고 판단했습니다. 왜냐하면, 그러한 문헌들에서 공로주의 사상을 발견하기가 어려웠기 때문입니다.

오히려 샌더스는 유대인들이 '언약적 율법주의'(covenantal nomism) 안에서 구원을 이루어갔다고 보았습니다. 여기서 언약이 유대교의 입장에서 매우 중요합니다. 고린도후서 3장에서 바울은 새 언약을 옛 언약의 반대편에 두고, 전자를 성령과 삶, "의의 사역"으로 특징짓고 후자를 (율법의) 의문(letter), 죽음과 "저주의 사역"으로 특징지으면서 후자의 시간은 지나갔다(고후 3:6-11)고 말합니다.[26]

그러니까 예수 그리스도의 사역으로 인해 새로운 언약관계가 시작되었고, 구원을 받기 위해서는 이러한 새로운 언약관계 안으로 들어가야 한다는 것입니다. 여기서 중요한 개념이 '들어감'과 '머무름'이라는 개념입니다. 자신들의 행위나 공로가 아닌 하나님의 선택과 은혜로 언약관계에 들어간(getting

---

25 Ibid., 211.
26 Ibid., 269-70.

in) 것이며, 그 언약관계에 머무르기(staying in) 위해서 율법을 지키는 것이라고 설명하였습니다. 이러한 관점에 의하면 결국 행위로 구원을 받는 것이 아닌 하나님의 언약으로 구원을 받습니다.

이러한 샌더스의 입장은 신학계에 큰 파장을 남겼으며, 제임스 던(James Dunn)과 라이트(N.T. Wright)와 같은 학자들에 의해 새 관점 학파를 형성하게 되었습니다. 그러므로 칭의라고 하는 것은 바로 이 언약관계로 들어가도록 하신 하나님의 선택과 은혜의 결과라고 할 수 있습니다.

넷째, 신성화(*theosis*)의 관점입니다. 이 관점은 동방교회 혹은 동방신학이 견지하고 있는 관점입니다. 여기서 신성화(deification)라고 하는 단어가 조금은 생소할 수도 있습니다. 왜냐하면, 칭의보다는 성화 쪽에 가까운 의미로 받아들여지기 쉽기 때문입니다. 그런 의미에서 칭의는 적어도 상호 연관된 세 가지 방식인 하나님께 참여함, 성령을 통해 신자 안에 그리스도가 현존함, 혹은 신성화로 묘사될 수 있습니다.[27] 즉 신성화의 관점에 의하면 칭의는 성화와 그렇게 구별되어 있지 않습니다. 말 그대로 하나님께 참여함(하나님과의 합일, 혹은 연합, 속함)을 통해서 신자 안에 그리스도가 현존하게 되고, 결국 신성화가 되어 간다고 봅니다.

이러한 관점은 루터파와 가톨릭의 영향이 크다고 볼 수 있습니다. 루터파로부터는 루터의 칭의 개념을 받아들였습니다. 즉, 루터에게 칭의는 단순하게 이신칭의만을 의미하는 것이 아닙니다. 믿음을 통해 그리스도가 성령으로 신자 안에 내주하듯이, 칭의를 그리스도와 신자의 연합으로 간주했습니다. 그런 의미에서 루터에게 그리스도의 현존(*in ipsa fide Christus adest*)은 중요한 의미를 가지고 있습니다.

가톨릭으로부터는 성화를 포함한 칭의 개념을 받아들였습니다. 즉, 가톨릭에서는 칭의와 성화를 구분하지 않기 때문에 심지어 의롭다 여김을 받았어도 그리스도인은 여전히 지속적인 갱신이 필요한 죄인이라고 봅니다. 즉, 신자는 지속적인 성화의 노력을 해야 합니다.

---

27   Ibid., 269-70.

그러므로 이 두 개념을 종합하자면, 칭의는 신자가 그리스도의 현존으로 인해 연합되고 이러한 지속적인 성화의 노력으로 신성하게 변화하는 것을 의미합니다.

다섯째, 로마 가톨릭의 관점입니다. 가톨릭교회는 '의화(justification) 교리'로 칭의 개념을 설명합니다. 이 교리는 인간이 어떻게 '의화'되어 구원을 얻는가와 관련된 교리입니다. 가톨릭교회에서는 예수 그리스도를 믿는 믿음과 함께 선행을 실천해야 한다고 가르치며, 루터교는 오직 예수 그리스도를 믿는 믿음만으로 구원을 얻는다고 가르칩니다. 이러한 교리의 충돌은 종교개혁을 가져 오는 결정적 계기가 되었습니다.

그렇다면 가톨릭교회는 왜 선행을 강조할까요?

그것은 인간에게는 필수적인 의지의 자유가 있으며, 이 의지의 자유는 올바른 상태와 자극을 통해 하나님을 향해 움직일 수 있다고 보았기 때문입니다.

그래서 가톨릭에서의 칭의는 법정적 선언의 결과가 아닌 실제적, 본질적으로 의롭게 되는 과정으로 간주됩니다. 그렇기에 가톨릭에 의하면 칭의는 첫 칭의와 최종적 칭의로 구분됩니다. 첫 칭의는 세례시에 발생하며 원죄로 인한 죄책과 타락을 근절시킵니다. 그리고 은혜로 내재된 첫 칭의는 신자와 협력하여 최종적 칭의를 얻게 됩니다. 최초의 칭의가 오직 은총에 의한 것이라면 최종적 칭의는 신자의 행위에 의존합니다. 그러므로 칭의는 결국 죄인이 내적으로 변화하는 과정이라고 할 수 있습니다.

문제는 우리 인간이 하나님으로부터 의화라는 보상을 받을 만한 선한 행동을 의도하거나 그것을 수행하는 것이 가능한지에 대한 것입니다. 인간은 죄에 저항할 능력이 없고 죄의 상태를 넘어설 수 없습니다. 이는 인간에게 하나님과 독립적으로 선을 자유롭게 선택할 능력이 있다는 그 어떤 개념도 거부하는 어거스틴의 『은총과 자유의지에 관하여』(*De gratia et libero arbitrio*)라는 논문집에서 다시금 분명하게 나타납니다.[28] 만일 정말로 타락 상태 이후에도 인간에게 선을 행할 어떤 능력이 여전히 남아 있다면, 그리스도의 죽음이 헛된 일이 될 것입니다.

---

28   Ibid., 405.

그러나 이러한 인간의 무능력은 또 다른 문제를 가져옵니다. 그것은 만일 인간이 의롭다 여김을 받으면 당연히 계명을 준수해야 하는데, 그러한 계명을 지키는 것이 전혀 불가능하다고 주장할 수는 없다는 점입니다. 이에 대해 가톨릭교회는 선행에 대한 인간의 의지를 촉진시키는 것이 하나님의 은총으로 주어진다고 말합니다.

이처럼 가톨릭교회에서는 의화, 은총, 예정 사상에 있어 인간의 자유의지를 좀 더 높이는 방향으로 흘러갔습니다. 인간이 은총의 도움 없이 자유의지를 기반으로 스스로 하나님의 계명을 성취하는 일에 무능하다고 주장하는 것을 가리켜 이단적이라고 규탄하기도 했습니다.[29]

2) 다섯 가지 성화 논쟁

[표 80] 성화에 대한 다섯 가지 신학적 관점[30]

신학적 관점	내용
루터주의적 관점 (Gerhard O. Forde)	**오직 믿음만을 강조** / 이신칭의 / 의인이자 동시에 죄인 / 성화에 있어서의 진보: 새로운 것의 침입 / 자발성 / 보살핌 / 소명 / 진실성과 투명성
개혁주의적 관점 (Sinclair B. Ferguson)	**믿음과 신자의 책임적 참여 강조** / 그리스도와의 연합 / 죄로부터의 해방 / 새로운 피조물 / 영적 전쟁 / 필요한 고행 / 그리스도를 본받음 / 성화의 수단 / 말씀 / 하나님의 섭리 / 교회의 교제 / 성찬
웨슬리주의적 (Laurence W. Wood)	**믿음과 신자의 책임적 참여 강조** / 두 번째 복 / 온전한 성화 / 출애굽과 정복 / 마음의 할례
오순절주의적 관점 (Russell P. Spittler)	**성령의 고유한 역할 강조** / 신오순절주의, 은사주의 운동 / 오순절주의의 체험 / 오순절주의이 순종 / 기도 / 거룩한 웃음 / 마유악령론
신비주의적 관점 (E. Glenn Hinsen)	**성령의 고유한 역할 강조** / 관상 기도 / 사랑의 사다리 올라타기 / 하나님과의 교감 / 행동하는 세계에서의 관상 기도

---

29   Ibid., 409.
30   Sinclair B. Ferguson 외 4인, 『성화란 무엇인가』, 이미선 옮김 (서울: 부흥과개혁사, 2010) 참조.

첫째, 루터주의적 관점입니다. 이 관점에 의하면, 성화는 오직 믿음으로 말미암은 칭의에서 시작됩니다. 즉, 성화는 신자가 의롭다고 여김을 받는 삶입니다. 그러므로 신자는 매일의 삶 속에서 옛 사람을 벗어버리고 새 사람을 입는 삶을 살아야 합니다. 이러한 성화의 개념은 두 가지의 개념으로 이해될 수 있습니다.

하나는 가톨릭이 칭의의 개념을 과정으로 이해했듯이, 신자는 의인이자 동시에 죄인입니다.
다른 하나는 루터교가 칭의를 그리스도와 신자의 연합으로 간주했듯이, 성화는 새 사람을 입는 과정으로 이해할 수 있습니다. 의인이자 동시에 죄인으로서 새 사람을 입기 위해서는 부단한 노력이 필요합니다.

이러한 점은 루터주의적 관점에서 매우 중요합니다. 왜냐하면, 옛 사람이 오직 은혜로만, 오직 믿음으로만 여김을 받는다면 도덕적으로 해이해지지 않을까 우려되기 때문입니다.

그런 의미에서 루터주의적 관점에서는 도덕적 삶과 성화를 구별합니다. 도덕적인 삶을 깎아내릴 필요는 없지만, 그러나 도덕적 삶을 성화 즉 거룩해지는 것과 똑같은 것으로 여겨서는 안 됩니다.[31] 왜냐하면, 도덕적 삶은 옛 사람이 이 세상에서 해야 할 일이기 때문입니다. 즉, 도덕적인 삶을 산다는 것과 성화의 삶을 산다는 것은 다릅니다.

이러한 차이는 성화가 오롯이 생명의 수여자이신 성령님의 사역이기 때문에 일어납니다. 신자는 성화에 있어서 진보를 이루기 위해서는 새 사람을 창조하시는 성령님의 도움이 필요합니다.

따라서 루터주의적 관점에서의 성화는 총체적인 상태로서 칭의에 포함되어 있으며, 진정한 성화는 처음부터 성령님이 성화의 문제를 책임지신다는 것을 단순하게 믿는 데에 있습니다. 이것은 인간이 부단히 노력하여 선행과 도덕성의 진보와 성장을 이룬 것같이 보이지만, 실상은 성령님께서 내주하

---

31   Ibid., 20.

심으로 진보와 성장을 이룬 것을 의미합니다.

그러한 성장을 보여 주는 단초는 바로 자발성과 보살핌에 있습니다. 또한, 일상생활 속에서 소명을 붙잡아 살며, 진실한 생활과 투명한 삶을 살아내려고 노력하는 것에 있습니다. 그러므로 루터주의적 관점에서 성화는 칭의 과정의 연속된 과정으로서 칭의와 절대로 분리시킬 수 없는 개념이 됩니다.

둘째, 개혁주의적 관점입니다. 퍼거슨은 개혁주의적 관점 하의 성화에 있어 두 가지 특징을 제시합니다. 예수 그리스도 스스로 우리의 성화 또는 거룩함이 되었다(고전 1:30)는 것과 그리스도와의 연합을 통해 우리 안에서 성화가 이루어진다는 것입니다.[32] 그리스도는 우리의 성화시며, 그리스도 안에서 성화가 성취되고 완성됩니다.

그리스도는 우리의 죗값을 스스로 담당하셔서 죄의 형벌을 면제하기 위해 우리를 대신해 죽으셨을 뿐만 아니라 우리를 위해 직접 우리 인간 본성을 성화시키기 위해 사시고 죽으시고 다시 살아나셔서 높임을 받으셨습니다.

이러한 연합에 있어 두 가지 요소가 중요합니다.

하나는 성령님의 사역으로 성령을 통해서만 그리스도와 연합할 수 있다는 것입니다.

다른 하나는 신자의 믿음으로 우리가 그리스도를 믿어 그분 안으로 들어갈 수 있다는 것입니다. 즉, 그리스도와의 연합 속으로 들어가는 것입니다. 퍼거슨은 이러한 논리를 바울에게서 찾습니다.

1. 우리는 그리스도를 통해 죄의 용서를 받는다.
2. 이렇게 죄의 용서함을 받으면 그리스도에게 연합된다.
3. 우리가 연합되어 있는 그리스도는 죄에 대해 죽으셨다.
4. 우리는 그리스도와 연합되어 있기 때문에 우리 역시 죄에 대해 이미 죽었다.
5. 우리가 죄에 대해 이미 죽었다면 우리는 계속해서 죄 안에 살 수 없다.

32　Ibid., 77.

6. 따라서 우리는 은혜를 더욱 풍성하게 하기 위해 계속 죄를 지을 수 없다.[33]

이러한 논리의 내용은 개혁주의 신학에 있어 성화의 토대가 됩니다. 개혁주의 신학은 인간에게 뿌리를 내리고 있는 것이 아니며 인간이 도달해 놓은 성결이나 성화에 근거하는 것이 아니라 하나님이 그리스도 안에서 행하신 것을 근거로 합니다.

따라서 성화란 자신이 그리스도 안에서 창조된 새로운 피조물이라는 사실을 몸소 보여 주는 것입니다. 그러므로 신자는 육에 속한 것은 무엇이든 죽여야만 합니다. 이러한 삶의 모습은 그리스도를 본받는 삶(살전 1:6)의 모습으로 나타납니다.

여기서 중요한 개념은 성화는 '노력하지 않고도 우리가 거룩해진다'는 신비한 체험이 결코 아니라는 사실입니다. 신자는 성화하기 위해 부단히 노력해야 합니다. 이러한 노력이 필요 없다고 말할 수 없습니다. 하지만 하나님께서는 우리의 마음, 의지, 감정, 행동에 관여함으로 우리를 성화시켜 나가십니다.

그러므로 우리는 하나님이 성화시켜 가시는 과정에 가담하기만 하면 됩니다. 하나님께서는 이러한 성화의 수단으로 말씀, 하나님의 섭리, 교회의 교제, 그리고 성찬이라는 수단을 제공하십니다. 결론적으로 개혁주의적 관점에서 성화는 그리스도처럼 되어 가는 것을 의미합니다.

셋째, 웨슬리주의적 관점입니다. 이 관점은 성결을 강조하는 관점으로 성결은 그리스도의 순전한 사랑이 신자의 내적 실체가 되는 과정입니다. 이러한 과정은 그리스도의 형상 안에서 새로워지는 것을 의미합니다. 이렇게 새롭게 되기 위해서 거듭남의 역사가 있어야 하며 성결의 과정을 거쳐야 합니다.

웨슬리는 여기서 성화와 온전한 성화 사이를 구별해야 하다고 말합니다. 성화는 거듭나는 순간에 시작되지만, 온전한 성화는 사랑이 온전해지는 것

---

[33] Ibid., 86.

을 계속적으로 체험하는 것입니다.[34] 그러므로 웨슬리주의적 관점에서 온전한 성화는 매우 중요한 개념이 됩니다.

사람들은 '온전한 성화'에 대해 심리적 콤플렉스를 가질 수 있습니다. 왜냐하면, '온전한 성화'라는 용어는 완전 무결함이나 천사적 완전함처럼 들릴 수 있기 때문입니다. 그러나 '온전한 성화'라는 용어는 그리스도인의 완전과는 다르다고 웨슬리는 말합니다.

웨슬리에 의하면 그리스도인의 완전은 결코 흠 없다는 평가를 받을 수 있는 자격을 의미하지 않으며, 성령을 통해 그리스도와 정직하고 진솔한 관계를 진정으로 맺게 해 줄 수 있는 사랑의 완전함을 의미합니다.[35]

이러한 관계 때문에 우리는 은혜 안에서 성장할 수 있으며 인간적 삶에 계속해서 나타나 혼란을 주는 부정적이고 상한 감정에서 내적으로 치유될 수 있습니다. 특히, 웨슬리는 이러한 온전한 사랑을 성령 충만과 같은 것으로 보았습니다.

이를 위해 웨슬리는 두 가지 사례를 가지고 성화를 설명합니다.

하나는 출애굽과 정복의 예입니다. 그는 아브라함의 약속을 성취하는 출애굽과 정복을 세대주의적으로 해석하며, 예수님의 역사와 연결시킵니다. 즉, 성화의 은혜(오순절 주제)는 실제로 칭의(부활절 주제)때 시작된다는 것입니다.

다른 하나는 할례의 예입니다. 그는 그리스도인의 완전을 할례의 언약적 언어를 사용하여 실명합니다. 마음의 할례가 "영혼의 습관적인 기질"로 종교적 작품들에서는 '성결'이라는 용어로 사용되고 있으며, 마음의 할례는 죄에서 깨끗해짐 즉, '육체와 영혼의 모든 더러움에서' 깨끗해짐을 의미한다는 것입니다.[36] 할례 의식이 정결의 개념을 함축하는데, 하나님의 임재 안에서 살아가는 삶을 상징하기 때문에 "전 생애 동안의 정화와 성화의 상징"이라는 것입니다.

---

34 Ibid., 147.
35 Ibid., 151.
36 Ibid., 168.

정리하자면 이 두 가지 사례에서 성화와 온전한 성화의 차이점을 발견할 수 있습니다. 출애굽이 성화의 시작이라면, 온전한 성화는 정복에서 이루어집니다. 육체의 할례가 성화의 시작이라면, 온전한 성화는 마음의 할례에서 이루어집니다. 그러므로 웨슬리주의적 성화의 개념은 온전한 성화를 강조하는 관점이라고 할 수 있습니다.

넷째, 오순절주의적 관점입니다. 이 관점은 오순절주의가 20세기가 시작되기 수십 년 전부터 시작되었다고 생각하면 최근의 관점이라고 할 수 있습니다. 오순절교는 대체로 그리스도의 삶에서 좀 더 가치 있는 것 즉 "온전한 사랑, "그리스도인의 완전", "성화" 그리고 최종적으로 "성령 세례" 등의 다양한 신앙으로 다시 불타오를 체험을 추구함으로써 개인 및 교회의 부흥을 추구했던 주로 웨슬리주의에서 기인한 신앙 부흥론자 그룹인 19세기의 성결교회에서 유래했습니다.[37]

즉, 오순절교는 성화에 있어 개인의 체험을 중요시합니다. 특히, 고전적 오순절주의에서는 개인의 성결을 강화하면서도 죄의 성향을 근본적으로 제거시키는 회심 이후의 정결 체험인 "제2의 은혜"로 정해진 성화의 개념을 확고하게 고수합니다.

여기서 20세기의 처음 50년에 일어났던 오순절주의와 50년 이후에 일어났던 은사주의 운동 사이의 관계는 매우 밀접해서 차이점보다는 비슷한 점이 더 많습니다.

예를 들어, 오순절주의와 은사주의 모두 방언을 긍정합니다. 하지만 오순절주의는 방언을 초기 증거라고 주장하는 반면, 은사주의는 방언을 필요한 것으로 여기지는 않는다는 차이점이 있습니다. 그런 의미에서 오순절주의에서 오순절 체험은 매우 중요합니다. 사도행전 2장, 10장, 19장 그리고 고린도후서 12장에 나타나 있는 성령의 침례 사역을 개인적으로 영접하는 체험이 없다면 오순절 교인이 될 수 없을 정도로 체험을 중요시합니다.

하지만 이러한 개인적 체험의 강조는 장점과 단점이 있습니다. 장점은 개인에 맞는 그리스도인으로 다듬어진다는 점이며, 단점은 영적 우월성을 주

---

[37] Ibid., 204.

장하는 근거 없는 자화자찬격인 엘리트주의에 대한 유혹을 떨쳐 버리기 어렵다는 점입니다. 또한, 구체적으로 승리를 위한 기회주의, 사랑이 없는 엘리트주의, 은사적 특징에 대한 왜곡된 관심, 비역사적 사회적 불감증, 신학적 빈곤성 등은 위험하다고 할 수 있습니다.[38]

정리하자면, 성화에 대한 오순절주의적 관점은 개인의 오순절 체험을 통해 영적 우월성을 가질 정도의 성화를 추구하는 것이라고 할 수 있습니다.

다섯째, 신비주의적 관점입니다. 이 관점은 성화를 하나님과 교제하고 소통하고 대화하는 것으로 파악합니다. 그 수단으로서 바로 하나님을 사랑하는 마음으로 경청하는 관상 기도가 사용됩니다.

관상 기도는 시편 19편에서 설명한 바와 같이 하나님의 창조질서 안에 내재한다는 전제에 근거합니다. 개신교는 때때로 관상 기도 전통을 "행위로 말미암은 의"로서 멀리하거나, 신비주의가 선행으로 구원을 받으려 하거나, 또한, 자신의 방법으로 하늘에 가려 한다고 판단하는 경향이 있습니다.

그러나 이러한 경향은 신비주의적 관점과는 거리가 있습니다. 왜냐하면, 관상 기도는 자신을 굴복시켜 청결하지 않은 자를 청결한 자로, 죄인을 성인으로, 사랑스럽지 않은 사람을 사랑스러운 사람으로 변화시키는 능력이 있기 때문입니다.

신비주의적 방법의 핵심은 하나님과의 교감, 소통, 대화가 일어나게 되는 기도로, 기도는 하나님과의 연합이라는 황홀경으로 가기 위해 음성으로 표현하는 것부터 시작해 여러 가지 형태로 모든 방법을 확장시켜 나갑니다.[39]

그렇다면 이러한 관상 기도가 성화와 어떤 특별한 관계가 있을까요?

그것은 관상 기도와 행동 사이에는 상호 관련성이 있기 때문입니다. 관상 기도는 자신이 가지고 있는 의도를 정화해 주며, 어려운 과업에 직면할 수 있도록 내적 힘을 강화시키며, 세계를 바라보는 자신의 비전을 변화시키며, 삶의 우선순위를 결정해 줍니다. 그러므로 신비주의적 관점에서 관상 기도는 성화를 이루는 주요한 수단이 됩니다.

38　Ibid., 231.
39　Ibid., 277.

3) 칭의/성화 논쟁의 딜레마

우리는 위에서 칭의와 성화에 대해 다섯 가지 관점을 살펴보았습니다. 이렇게 다양한 관점들이 존재한다는 것은 칭의와 성화의 개념을 바르게 이해하기 위해서는 고려해야 할 요소가 많다는 것을 의미합니다. 그러다 보니 칭의와 성화의 개념은 너무나 복잡해서 어떤 관점이 바람직한 관점인가에 대해 혼란스러울수 있습니다. 여기서 우리는 '가장 단순한 것일 수록 뛰어나다'는 오컴의 면도날(Ockham's razor)의 원리를 적용시켜 양보할 수 없는 전제를 단순화해 보려고 합니다.

[표 81] 칭의/성화 논쟁에서 양보할 수 없는 전제

칭의는 하나님의 선물이다	=	성화만으로는 구원받지 못한다
결정론과 자유의지론은 양립가능해야 한다	=	칭의와 성화로 구원을 받는다

첫째, 칭의는 하나님의 선물입니다. 웨인 그루뎀은 칭의를 다음의 다섯 가지로 설명합니다.

1. 칭의는 하나님에 의한 법적인 선언을 포함한다.
2. 하나님은 우리가 그의 보시기에 공의롭다고 선언하신다.
3. 하나님께서는 그리스도의 의를 우리에게 전가시키셨기 때문에 우리를 의롭다고 선언하실 수 있다.
4. 칭의는 우리 안에 있는 어떤 공적 때문에 아니라 순전히 하나님의 은혜로 우리에게 임한다.
5. 하나님은 그리스도에 대한 우리의 믿음을 통해 의롭게 하신다.[40]

이러한 칭의에 있어서 인간의 어떤 공적도 들어갈 여지가 없습니다. 칭의와 성화의 개념이 아무리 복잡하다 하더라도 칭의가 하나님의 선물이라는

---

40   Wayne Grudem, 『조직신학 (중)』, 노진준 옮김 (서울: 은성, 1997), 355-371.

점은 양보할 수 없는 전제입니다. 이러한 칭의는 인간에게 있어 최고의 복음이 될 수밖에 없습니다. 왜냐하면, 죄의 댓가는 사망인데(롬 6:23), "불법의 사하심을 받는 복" "죄의 가리우심을 받는 복" "주께서 그 죄를 인정하지 않는 복"(롬 4:7-8)을 받기 때문입니다.

게다가 하나님께서는 하늘에 속한 모든 신령한 복을 거저 주십니다(엡 1:3-6). 이러한 복은 하나님의 전적인 은혜의 선물입니다. 여기에는 인간의 믿음이라는 공로도 들어갈 수 없습니다. 그렇기에 정확하게 표현하자면 이신칭의가 아닌 이은칭의(以恩稱義)가 되어야 합니다.

> [롬 3:23-24] 모든 사람이 죄를 범하였으매 하나님의 영광에 이르지 못하더니 그리스도 예수 안에 있는 속량으로 말미암아 하나님의 은혜로 값 없이 의롭다 하심을 얻은 자 되었느니라
>
> [딛 3:7] 우리로 그의 은혜를 힘입어 의롭다 하심을 얻어 영생의 소망을 따라 상속자가 되게 하려 하심이라

성경은 위와 같이 일관성 있게 이은칭의를 말씀합니다. 이것은 성화만으로 칭의를 받을 수 없다는 말과 같습니다. 우리는 복음과 율법과의 관계에서 이미 논증했듯이, 율법주의의 위험성에 빠지지 말아야 합니다. 율법주의에 빠지면 율법을 통해 칭의를 획득하려고 노력하게 됩니다. 하지만 위에서 논증했듯이, 그것은 율법과 복음에 대한 바른 관점이 될 수 없습니다.

둘째, 결정론과 자유의지론은 양립 가능해야 하다는 짐입니다. 결정론을 하나님의 의지라고 본다면, 자유의지론은 인간의 의지입니다.

그렇다면 구원에 있어서 결정론이 맞을까요?

아니면 자유의지론이 맞을까요?

사실 논리적으로는 양립불가론이 될 수밖에 없습니다. 하지만 신학적으로는 양립이 가능하고, 양립이 가능해야만 합니다. 그 이유는 다음과 같습니다.

(1) 결정론이 맞다고 하면 선악과 문제를 해결하기가 어렵기 때문입니다. 선악과는 인간의 자유의지로 따 먹은 것으로서, 만일 하나님께서 인간이 선

악과를 따 먹도록 결정했다면, 그것은 하나님께서 죄를 짓도록 만드는 것이라는 누명을 씌우는 것이 됩니다.

(2) 자유의지론이 맞다고 하면 인간의 구원 문제를 해결하기가 어렵기 때문입니다. 인간이 자유의지로 하나님을 믿어서 구원을 받았다면 그 공로는 인간에게 조금이나마 돌려집니다. 즉, 신인협력설(synergism)이 될 수밖에 없습니다. 그러므로 결정론과 자유의지론은 양립해야만 합니다. 이러한 양립 가능을 보여 주는 증거는 웨스트민스터 신앙 고백서, 더 위대한 선을 위한 변론, 십자가와 그리스도의 부활 그리고 성령의 열매 등을 들 수 있습니다.[41] 이러한 증거들은 신학적으로 결정론과 자유의지론의 양립을 보여 주는 분명한 증거들입니다.

여기서 제기되는 딜레마는 칭의가 하나님의 선물이라는 전제와 결정론과 자유의지론은 양립해야만 한다는 전제가 강하게 상충된다는 점입니다. 즉, 결정론과 양립가능론이 상충됩니다. 만일 양립가능론이 맞다면, 하나님의 의지와 인간의 의지 또한, 양립 가능해야 합니다.

그러나 우리는 구원에 있어서만큼은 하나님의 의지가 강하다는 것을 알고 있습니다. 왜냐하면, 구원은 하나님의 선물이기 때문입니다. 그 대표적인 사례가 사도 바울입니다. 사도 바울은 그리스도인을 핍박하기 위해 다메섹으로 가다가 하나님의 전적인 의지로 인해 회심한 사람입니다. 즉, 구원론에 있어서는 결정론을 취할 수밖에 없습니다.

만일 구원론에 대해서 결정론을 취해야 한다면 윤리에 대해서도 결정론을 취해야 할까요?

그것은 그렇지 않습니다. 왜냐하면, 그것은 선행과 같은 윤리적 동기를 낙심시키기 때문입니다. 어차피 구원받기로 결정되어 있으면, 선행과 같은 윤리적 삶에 대해 그다지 신경쓰지 않아도 됩니다.

그렇기에 가톨릭교회에서는 첫 칭의는 물론 최종적 칭의도 중요시하면서 윤리적 삶(선행)을 장려합니다. 그리고 지은 죄가 있다면 고해성사를 통해 보속을 내리고, 이 세상에서 해결되지 못한 잠벌은 연옥에 가서라도 보속(성

---

41 양정모, 『비블리컬 변증학』 (서울: CLC, 2021), 104-108.

화)해야 한다고 가르칩니다. 칭의와 성화 문제에 대한 윤리적 대전제는 칭의는 윤리적 동기를 낙심시켜서는 안 된다는 것입니다. 즉, 복음(=은혜=칭의)은 윤리적 동기를 낙심시키지 말아야 합니다.

그러나 우리는 선험적으로 선행에 대한 동기를 낙심시키는 것은 잘못된 것임을 알고 있습니다.

그렇다면 이러한 윤리적 딜레마를 어떻게 풀어야 할까요?

이러한 딜레마를 풀기 위해 우리는 반대의견을 갖고 있는 가톨릭과 칼빈 양편의 근거를 하나하나 살펴보도록 하겠습니다.

4) 딜레마에 대한 가톨릭의 관점

종교개혁(1517)은 가톨릭의 칭의 교리에 반대하여 일어났습니다. 그렇기에 칼빈은 칭의교리를 기독교의 "핵심 요체"(the main hinge)라고 할 정도로 중요하게 여겼습니다.[42] 즉, 종교개혁의 핵심은 행위가 아닌 믿음으로 구원을 받는다는 이신칭의에 있습니다.

그러자 가톨릭교회는 개신교를 이단으로 정죄하고자 트렌트 공의회(Council of Trent, 1545~1563)를 열었습니다. 이 공의회를 통해 자신들의 칭의 교리를 다시 한번 확정하고 이 교리에 반대하는 자는 파문을 받아야 한다고 규정하였습니다. 트렌트 공의회는 칭의와 성화를 동일시하며 행함 있는 믿음으로의 구원을 강하게 주장하였습니다. 이러한 주장은 현재 사용되고 있는 가톨릭 교리서에도 고스란히 반영되어 있습니다.

---

[42] John Calvin, *Institutes of Christian Religion*, trans. F. L. Battles (Philadelphia, PA: Westminster, 1959), III.xi.1.

[표 82] 칭의와 성화에 관한 가톨릭 교리들(from 가톨릭 교리서) [43]

1266조	거룩한 삼위께서는 세례받는 사람에게 성화하는 은총 곧 의화하는 은총을 주신다
1446조	고해성사는 죄인들에게 회개하고 의화의 은총을 회복할 수 있는 새로운 가능성을 제공한다
1989조	의화는 단순히 죄를 용서받는 것뿐만 아니라 또한, 성화와 내적 인간의 쇄신도 내포한다
1992조	의화는 신앙의 성사인 세례로 주어진다
1993조	의화는 하나님의 은총과 인간의 자유 사이에 협력 관계를 이룬다
1993조	의화는 회개를 촉구하는 하나님의 말씀에 대한 신앙의 동의 안에서 그리고 그 동의에 앞서고 그것을 보전하는 성령의 이끄심에 사랑으로 협력하는 행위를 통해서 표현된다
2019조	의화는 죄의 용서와 성화와 내적 인간의 쇄신도 내포한다
2020조	우리는 세례를 통하여 의롭게 된다

가톨릭교회는 트렌트 공의회를 통해, 종교개혁으로 인해 논란이 되었던 칭의에 대한 법령(Decree Concerning Justification)를 공표합니다. 이러한 법령을 칭의 교령이라고도 부릅니다.

[표 83] 트렌트 공의회 칭의 교령

1장	인간을 의롭게 하기 위한 자연과 법의 무능
2장	경륜과 그리스도 재림의 신비
3장	그리스도로 말미암아 의롭다 하심을 받은 자
4장	은혜의 상태에서 죄인의 칭의와 그 형태에 대한 간략한 설명
5장	성인의 칭의를 위한 준비의 필요성과 그 진행상황
6장	준비방법
7장	죄인의 의는 무엇이며 그 원인은 무엇인가?
8장	믿음으로 인한 죄인의 칭의는 어떻게 이해되어야 하는가?
9장	이단자들의 헛된 확신에 대하여
10장	수여받은 칭의의 증가
11장	계명의 준수와 그 필요성과 가능성

---

43 Catechismus Catholicae Ecclesiae (Citta del Vaticano: Libreria Editrice Vaticana, 1997). 한글 번역판, 『가톨릭교리서』 (서울: 한국천주교중앙협회, 2008, 개정판).

12장	예정에 대한 성급한 추정은 피해야 한다
13장	인내의 선물
14장	타락한 자들과 그들의 회복
15장	모든 대죄는 은혜의 상실이지 믿음의 상실이 아니다
16장	칭의의 열매, 즉 선행의 공로와 그 공로의 본질

칭의 성화와 관련하여 이 칭의 교령에서 주목할 만한 교령은 다음과 같습니다.

1장에서는 인간은 아담의 범죄로 인해 죄의 종이 되었고, 마귀의 권세 아래에 있게 되었지만, 자유의지는 그 능력 면에 있어서 약화되지 않았고, 소멸되지도 않았다고 말합니다. 즉, 인간은 원죄의 영향 아래 처하게 되었지만 인간의 자유의지가 전적으로 타락한 것은 아니라고 봅니다.

3장에서는 칭의를 받기 위해서는 거듭나야 하며, 그리스도의 수난의 공로로 말미암아 의롭게 되는 은총이 주어진다고 말합니다.

4장에서는 물과 성령으로 거듭나지 아니하면 하나님 나라에 들어갈 수 없다고 말합니다. 즉, 물세례를 받아야만 합니다.

5장에서는 죄로 말미암아 하나님께로부터 끊어진 자들이라 하더라도 하나님의 살리심과 도우심의 은혜를 통해 그 은혜에 자유롭게 동의하고 협력함으로써 그 은혜를 그들의 칭의로 변경할 수 있다고 말합니다. 즉, 칭의에 있어서 일차적으로 하나님의 은혜가 필요하고 인간의 자유의지는 많은 부분 손상되었지만, 칭의를 얻기 위해 인간은 자유롭게 하나님의 은혜와 협력할 수 있다고 봅니다. 즉, 구원에 있어서 인간의 자유의지는 매우 중요한 역할을 감당합니다.

6장에서는 인간이 칭의의 은혜를 얻으려면 하나님께서 인간의 의지를 움직이고 준비하라고 하는 하나님의 부르심에 응답하고 협조해야 한다고 말합니다.

7장에서는 '죄인의 의는 무엇이며 그 원인은 무엇인가'라는 질문하고 다섯 가지의 원인을 제시합니다.

[표 84] 트렌트 공의회 칭의 교령에서 칭의의 다섯 가지 원인

목적인(final cause)	하나님과 그리스도의 영광과 영원한 생명
동력인(efficient cause)	우리를 정화시키고 성화시키는 긍휼의 하나님
공로인(meritorious cause)	우리를 의롭게 하려고 희생당한 예수 그리스도
도구인(instrumental cause)	세례성사
형상인(formal cause)	하나님의 의

이러한 다섯 가지 원인을 통해서 칭의가 이루어지는데, 이러한 성품이나 준비 후에는 죄사함뿐만 아니라 불의한 사람을 의롭게 하는 은혜와 은사의 자발적 수용을 통한 속사람의 성화와 갱신(renewal)인 칭의 그 자체가 뒤따른다고 말합니다. 이 설명에 의하면 칭의는 성화를 포함하고 있기 때문에, 칭의는 성화와 갱신을 포함하는 지속적인 일련의 과정이 됩니다.

또한, 믿음에 희망과 사랑이 더해지지 않으면 사람을 그리스도와 완전하게 결합시킬 수도 없고 그리스도의 몸의 산 지체가 될 수도 없다고 말합니다. 즉, 이신칭의가 아닌 이신망애칭의(以信望愛稱義)가 되어야 한다는 것으로서, 소망과 사랑이라는 인간의 수고가 있어야 한다는 것을 의미합니다.

9장에서는 자신의 죄가 사함을 받았다고 하는 구원의 확신을 자랑해서는 안된다고 말합니다. 또한, 진정으로 칭의받은 자들은 자신의 의롭게 됨을 조금의 의혹도 없이 내적으로 확신해야 한다고 주장해서는 안 되며, 죄 사함과 칭의가 믿음으로만 이루어진다고 여겨서도 안 된다고 말합니다. 이는 하나님의 자비와 그리스도의 공로로 값없이 죄가 용서됨을 인정하면서도 구원의 확신을 가지지 못하게 됨을 의미합니다.

10장에서는 이렇게 의롭다 칭함을 받고 하나님의 친구와 동지가 된 사람은 덕에서 덕으로 나아가고, 사도가 말한 대로 날마다 새로워지는데, 그것은 땅에 있는 지체를 죽이며(골 3:5), 지체를 의의 병기로 줌으로써 성화에 이르게 한다고 말합니다. 그들은 하나님과 교회의 계명을 지킴으로써, 그리고 선행과 협력하는 믿음으로써, 그들의 의가 증가된다고 말합니다. 즉, 칭의는 하나님과 교회의 계명을 지킴으로써, 또한, 선행을 통해서 증가시켜야 하는 것이라고 봅니다.

5) 딜레마에 대한 칼빈의 관점

칼빈은 이신칭의의 교리가 선행을 무너뜨린다고 주장하는 것에 대해 성경적으로 반박하는 것이 얼마나 중요한지에 대해 잘 알고 있었습니다. 그렇기에 그는 그의 『기독교 강요』 제3권 제16장의 제목처럼 "칭의의 교리에 오명을 씌우기 위한 교황주의자들의 거짓 비난에 대한 반박"의 근거를 다음의 네 가지로 제시합니다.

> 1. 칭의의 교리는 선행을 장려하고 높임
> 2. 믿음으로 말미암는 칭의는 선행에 대한 열심을 자극함
> 3. 하나님의 영광과 그의 은혜가 선행을 일으키는 동기임
> 4. 칭의의 교리는 죄를 멀리하도록 자극함[44]

첫째, 칭의는 교리는 선행을 장려하고 높인다는 것입니다. 이신칭의의 교리에서 중요한 것은 믿음의 위치입니다. 칼빈은 어떻게 믿음으로 의롭다 하심을 얻을 수 있는지에 대해 설명합니다. 그것은 믿음으로 그리스도의 의를 붙잡을 뿐만 아니라 동시에 반드시 거룩함도 함께 붙잡는 것이 되기 때문이라는 것입니다. 왜냐하면, 그리스도께서 "우리에게 지혜와 의로움과 거룩함과 구원함이 되셨기" 때문입니다(고전 1:30).

그러므로 그리스도로 말미암아 의롭다 하심을 얻은 사람은 반드시 동시에 거룩하게 됩니다. 즉, 그리스도를 소유하는 것은 동시에 그의 거룩하심에 참여하는 자가 됩니다. 그러므로 칭의를 받는다는 것은 거룩함을 장려하는 의미를 갖고 있다는 것입니다.

둘째, 믿음으로 말미암는 칭의는 선행에 대한 열심을 자극한다는 것입니다. 칼빈에 의하면 상급에 대한 소망을 제거해 버리면 사람들이 올바른 삶을 살려고 조심하지 않게 될 것이라고 하지만 이것은 완전히 잘못된 논리입니

---

[44] John Calvin, 『기독교 강요 (중)』, 원광연 옮김 (서울: 크리스찬다이제스트, 2003), 346-352. 참조 요약.

다. 만일 사람이 오로지 상급 때문에 하나님을 믿고 섬기는 것은 전혀 무익한데, 하나님은 아무것도 바라지 않는 무조건적인 예배와 무조건적인 사랑을 받기를 원하시기 때문입니다.

그렇기에 사람을 자극하고 격려하는 것으로 따지자면, 우리의 구속과 부르심의 목적에서 나오는 것보다 더 효과적인 격려와 자극은 없습니다. 이를 지지하기 위해 칼빈은 다음과 같이 성경적 근거를 제시합니다.

> 하나님이 먼저 우리를 사랑하셨기에 그를 사랑하여 보답하지 않는다면 그것이야말로 불경하며 배은망덕한 처사이며(요일 4:10, 19), 그리스도의 피가 우리의 양심을 죽은 행실에서 깨끗하게 하고 살아계신 하나님을 섬기게 하며(히 9:14), 한 번 깨끗해진 상태에서 더러움에 오염되어 거룩한 피를 욕되게 한다면 그것이야말로 가증되고 거룩하지 못한 행동이며(참조, 히 10:29), 우리가 원수의 손에서 건지심을 받고 종신토록 주의 앞에서 성결과 의로 두려움이 없이 섬겨야 한다고 가르치며(눅 1:74-75), 우리가 죄로부터 해방되어 자유로운 정신으로 의를 배양하게 되었다고도 가르치며(롬 6:18), 우리의 옛 사람이 십자가에 못 박혔으며(롬 6:6) 새 생명 가운데서 살리심을 받았다고도 가르쳐야 한다는 것입니다(롬 6:4).[45]

이와 같은 성경적 근거는 차고도 넘칩니다(골 3:1-3, 마 6:20; 딛 2:11-13; 살전 5:9; 고전 3:16-17; 고후 6:16 ; 엡 2:21; 5:8-9; 살전 5:4-5, 9; 4:3; 딤후 1:9; 롬 6:18; 요일 4:11 ; 요 13:34; 요일 3:10; 2:10-11; 고전 6:15, 17; 12:12, 25; 요일 3:3; 벧전 2:21; 참조. 요 15:10; 13:15). 종합하자면, 믿음을 높임으로써 오히려 행위가 장려되고 격상된다는 것입니다.

셋째, 하나님의 영광과 그의 은혜가 선행을 일으키는 동기라는 것입니다. 칼빈에 의하면, 사도들의 글에는 모든 선한 일에 관하여 하나님의 사람을 교훈하는 권면과 격려와 책망의 말씀들이 가득하지만(참조. 딤후 3:16-17), 공로에 대한 언급은 전혀 나타나지 않습니다. 오히려 그 강력한 권면들은 모두가

---

45 Ibid., 348.

바로 우리의 구원이 우리의 공로에 근거한 것이 아니라 오직 하나님의 긍휼하심에 근거한 것이라는 사실에서 나온다는 것입니다.

예를 들면, 바울은 한 서신서에서 그리스도의 의 외에는 우리에게 생명의 소망이 없다는 사실을 입증하는 데 거의 전부를 할애하고는 권면 부분에 들어가서 황공스럽게도 하나님께서 베푸시는 그 긍휼하심에 의지하여 우리에게 권하는 것을 보게 됩니다(롬 12:1). 마찬가지로 혹시 하나님께 영광을 돌리고자 하는 마음이 강하게 일어나지 않는다면 하나님께서 베푸시는 은혜를 기억하는 것만으로도 선행을 하고자 하는 마음이 일어나는 데 족할 것이라고 말합니다.

넷째, 칭의의 교리는 죄를 멀리하도록 자극한다는 것입니다. 칼빈에 의하면 죄사함의 가치가 너무도 크고 귀하기 때문에 사람이 아무리 선한 것으로 갚으려 해도 갚을 수가 없고, 그렇기 때문에 값없는 선물로밖에는 그 은혜를 받을 길이 없습니다.

이러한 칭의의 교리는 자기들이 죄를 지을 때마다 그리스도께서 그의 고귀한 피를 흘리지 않도록 막을 방도가 자기들에게는 없다는 것을 깨닫게 되고, 더 나아가서, 인간의 선행을 통해서 정결케 된다는 가르침을 받는 사람들보다도 죄를 훨씬 더 두렵게 생각할 것이라고 설명합니다. 그러므로 배설물에 불과한 그들의 그 초라한 행위의 보속을 받으시고 하나님께서 진노를 돌이키신다고 떠벌리지만, 그 의는 너무도 귀하여 행위의 보속 따위와는 견줄 수가 없으며, 따라서 그 의를 회복하기 위해서는 오직 하나님의 긍휼하심을 피난처로 삼아야 한다고 가르쳐야 한다는 것입니다.

6) 첫 번째 윤리적 함의: 칭의와 성화의 관계성

우리는 "복음은 윤리적 동기를 낙심시키지 않나요"라는 질문에 대답하기 위해 칭의와 성화에 관한 다섯 가지 관점을 살펴보고, 그 복잡한 논쟁을 오컴의 면도날 원리를 이용하여 칭의/성화 논쟁의 딜레마로 단순화시켜서 그에 대한 가톨릭과 칼빈의 관점을 균형감있게 살펴보았습니다.

이제 복음이 윤리적 동기를 낙심시키지 않는지에 대한 윤리적 함의를 종합할 시간이 되었습니다.

첫 번째는 칭의와 성화의 관계성의 문제입니다. 복음이 윤리적 동기를 낙심시키지 않기 위해서는 칭의와 성화의 관계를 어떻게 이해하느냐가 중요합니다. 가톨릭에서는 성화를 칭의에 포함시켜서 칭의교리를 구성하며, 성화에 대해서는 특별하게 다루지는 않습니다. 이는 칭의와 성화를 동의어로 보기 때문입니다.

가톨릭에서는 칭의를 첫 칭의와 최종적 칭의로 나누고, 첫 칭의(하나님) + 최종적 칭의(인간) = 구원이라는 도식으로 설명합니다. 여기서 첫 칭의의 주체는 하나님이시고, 최종적 칭의의 주체는 인간입니다. 이렇게 칭의가 나뉘어져 있기 때문에 최종적 칭의가 매우 중요한 요소가 됩니다. 왜냐하면, 최종적 칭의를 받지 못하면 구원을 받지 못하기 때문입니다.

최종적 칭의를 받기 위해서는 모든 죄를 사함받아야 합니다. 그래서 신자는 고해성사와 보속을 행해야 합니다. 만일 마지막 고해성사 후 지은 죄에 대해 고해성사를 하지 못하고 죽는 경우, 그러한 잠벌은 연옥에 가서라도 보속해야 합니다. 그래야 천국으로 올라갈 수 있습니다.

여기서 첫 칭의를 칭의, 최종적 칭의를 성화라고 본다면, 가톨릭의 관점은 윤리적으로는 매우 우수하다고 할 수 있습니다. 왜냐하면, 최종적 칭의를 받기 위해 수많은 고해성사를 통해 회개하고, 회개에 합당한 열매를 맺기 위해 보속을 행해야 하기 때문입니다. 그런 의미에서 심지어 작은 죄라도 죄를 범하지 않기 위해 노력하게 되고, 결과적으로 죄의 동기를 낙심시키며 선행의 동기를 증진시킵니다.

하지만 이러한 주장은 신학적으로 받아들이기는 매우 어렵습니다. 왜냐하면, 칭의는 하나님의 선물이기 때문입니다. 이것은 위에서도 논의했듯이 양보할 수 없는 대전제입니다. 아마도 가톨릭교회에서 최종적 칭의를 성화로 표현하지 않는 것은 그런 점을 고려한 것이 아닌가 생각됩니다. 즉, 최종적 칭의라고 함으로써 하나님의 법정적 선언을 존중하고 구원은 하나님의 선물이라는 전제를 만족시키려는 고육지책이 아닌가 생각됩니다.

그럼에도 불구하고 최종적 칭의의 주체는 인간이 될 수밖에 없고 구원의 선물을 인간이 획득하는 구조로 되어 있기 때문에 아무리 윤리적으로 우수할지라도 가톨릭의 칭의에 대한 교리는 신학적으로 탈락하고 맙니다.

그렇다면 루터나 칼빈이 속해 있는 전통적 개혁파는 칭의와 성화의 관계를 어떻게 설정할까요?

전통적 개혁파에서 칭의는 죄인을 의인으로 만드시는 하나님의 법정적 선언으로 정의합니다. 전통적 개혁파의 문제는 칭의와 성화를 하나의 과정으로 이해한다는 데에 있습니다. 그래서 대부분의 조직신학책은 자신들의 죄를 회개하고 그리스도를 믿음으로 칭의를 받아야 하며, 그 후에 그리스도를 닮아 가려는 거룩한 성화의 삶을 살아야 하고, 그 결과 종말론적으로 영화롭게 된다고 가르칩니다. 즉, 칭의(justification) ⇨ 성화(sanctification) ⇨ 영화(glorification)의 순서대로 구원의 서정이 이루어진다는 것입니다.

하지만 이런 방식으로 이해하면 윤리적 동기를 낙심시키고 도덕적 해이를 가져 올 가능성이 클 수밖에 없습니다. 여기에 최소 두 가지의 문제점이 있습니다.

(1) 칼빈의 반박은 그렇게 효과적이지 않다는 점입니다

죄인은 자신의 죄를 회개하고 예수 그리스도를 믿음으로 칭의를 받습니다. 그리고 그러한 칭의에 합당한 성화의 삶을 살아야 하는 윤리적 의무가 있습니다. 하지만 이렇게 칭의와 성화를 과정으로 이해하면 인간의 죄된 본성으로 인해 성화의 삶에 대한 동기는 크게 저하됩니다. 왜냐하면, 예수님을 믿는 순간 칭의를 받는다고 가르치기 때문입니다.

이에 대해 칼빈은 이신칭의의 교리가 윤리적 동기를 낙심시키지 않는다고 『기독교 강요』에서 네 가지의 반박을 제시합니다. 하지만 그러한 반박들을 보면 매우 순진한(naïve) 접근이라는 인상을 받습니다. 즉, 인간의 선한 양심에 호소하는 듯이 느껴지며, 신앙이 깊은 사람들에게 적용될 만한 반박처럼 느껴지기 때문입니다.

신앙이 얕은 사람들에게 그러한 호소는 인간의 죄성을 고려할 때 유효하지 않습니다. 또한, 신앙이 깊더라도 인간의 죄성은 윤리적 동기를 낙심시킬 수 있습니다. 그래서 칭의에 합당한 성화의 열매를 맺지 못할 수 있습니다.

예를 들면, 하나님의 마음에 합한 자라는 칭호를 받았던 다윗도 한 순간에 밧세바와의 간음죄를 범했고, 우리아를 살인교사하는 범죄를 저질렀습니다. 만일 그러한 범죄를 선택함에 있어 그것이 가톨릭에서와 같이 최종적 칭의(구원)와 관계된 것이라고 한다면, 어느 정도 억제력을 발휘했을 가능성이 큽니다.

하지만 칭의 후에 성화의 과정이 이어진다고 하면 확실히 윤리적 동기를 증진시키기는 어려워 보입니다. 성경은 "선을 행할 줄 알고도 행하지 아니하면 죄니라"(약 4:17)고 말씀합니다. 윤리적 삶에 대한 동기 부여가 없거나 약하다면 그것은 성경이 요구하는 윤리가 아닙니다.

(2) 관점의 교정보다는 성화의 노력을 폄하한다는 점입니다

칭의와 성화를 과정으로 보는 관점의 문제점은 성화의 노력을 폄하하는 데에 있습니다. 전통적 개혁파는 참된 믿음으로 칭의된 신자는 성화의 과정을 시작하며 점진적으로 예수 그리스도의 형상을 본받아가고 성화의 열매를 맺게 된다고 말합니다.

그렇다면 성화의 열매를 맺지 못하는 것에 대해서는 어떻게 이야기할까요?

전통적 개혁파에서는 성화의 열매가 나오지 않는 경우는 두 가지 중 하나라고 말합니다. 하나는 그의 신앙고백이 거짓인 경우로 거듭나지 않았거나, 다른 하나는 신앙고백은 참되나 아직 신앙이 약한 경우이기 때문이라는 것입니다.

그렇다면 전통적 개혁파의 관점이 아닌 다른 관점하에서의 성화의 열매를 맺기 위해 노력하는 것, 예를 들어, 교회사에서 펠라기우스의 구원론, 가톨릭교회에서 최종적 칭의를 얻기 위한 노력, 그리고 성결이나 온전한 성화를 강조하는 교단의 칭의에 대한 교리와 같은 것에 대해서는 어떻게 이야기할까요? 아마도 그러한 관점들은 율법주의나 도덕주의적 성향을 가지고 있기 때문에 신학적으로 문제가 많다고 이야기할 것입니다.

문제는 도덕적 해이와 비윤리적 삶이 아닌 진정한 성화의 모습이라 하더라도 전통적 개혁파의 칭의론이 아니라면 그러한 성화를 향한 열심과 노력을 율법주의나 도덕주의라고 비난한다는 점입니다. 이러한 율법주의 때문에 이신칭의를 강조할 수밖에 없다고 말합니다. 즉, 성화의 강조를 하나님의 칭의의 아름다운 주권을 훼손하는 것으로 인식합니다.

그렇다면 성화를 강조하지 말아야 할까요?

그것은 또 그렇지 않다고 말할 것입니다. 여기서 문제가 되는 것은 칭의만으로도 성화의 노력을 강화시킬 수 있다고 하면서 성화의 노력을 폄하하는 것뿐만 아니라, 칭의와 성화를 과정으로 보게 되면 윤리적 동기를 증진시키기 어렵다는 사실을 인정하지 않는다는 것입니다.

그렇다면 윤리적 동기를 증진시킬 수 있는 방향으로의 교정이 필요합니다. 즉, 율법주의가 나쁘다면 율법주의를 대체할 만한, 즉 성화의 노력을 증진시킬 수 있는 관점을 제시해야 합니다. 그러나 그런 제시없이 성화에 대한 노력을 율법주의라고 정죄하는 것은 문제가 될 수밖에 없습니다.

이러한 문제점을 잘 알고 있었던 칼빈 또한, 칭의와 성화가 서로 분리될 수 없는 단일한 은혜인 동시에 구별되어야 할 "이중적 은혜"(two-fold grace)로 보았습니다. 칭의와 성화의 은혜는 같은 근원에서부터 흘러 나오며, 서로 밀접하게 연결되어 그리스도인의 삶의 전 과정에 걸쳐 항상 함께 한다는 것입니다. 하지만 그는 신자의 실제적인 변화나 거룩함은 칭의에 조금도 기여하지 못하며, 따라서 그리스도의 의로움만이 칭의의 완전한 근거가 된다고 보았기에 칭의와 성화를 날카롭게 구분합니다. 즉, 칼빈조차 칭의와 성화를 구분하고 있습니다. 그런 의미에서 새 관점 학파 진영으로 분류되는 김세윤은 칭의와 성화를 구분하지 않고 동의어로 봅니다.

> 성화와 칭의는 사실상 동의어입니다. … 이 둘은 세례 때 함께 일어납니다. 세례 때 우리가 받는 구원을 '죄(죄책, guilt) 사함을 받고 하나님과의 올바른 관계에 회복이라는 관점'에서는 '칭의'라고 하고, '죄(오염) 씻음을 받고 거룩

한 백성으로 비쳐짐'으로 볼 때는 '성화'라고 합니다.[46]

전통적 개혁파에서는 이렇게 칭의와 성화를 동의어로 보는 것에 대해 하나님의 구원과 은혜의 선물로 주어지는 칭의를 불완전한 것이 되게 하는 것이라며 반대합니다. 또한, 하나님의 은사와 부르심에는 후회함이 없다(롬 11:29; 민 23:19)는 말씀과 같이 칭의의 완전성을 강조합니다. 그렇기에 칭의와 성화를 동의어로 보지 않습니다.

하지만 칭의와 성화를 동의어로 보는 것이 칭의를 그렇게 불완전하게 만드는 것은 아닙니다. 왜냐하면, 칭의가 아닌 성화로 구원을 받는다고 주장하는 것이 아니며, 예수님께서는 "천국은 침노를 당하나니 침노하는 자는 빼앗느니라"(마 11:12)고 말씀하시며, 천국에 관한 비유들(마 13:1-58), 특히, 밭에 감추인 보화를 발견한 후 숨겨 두고 기뻐하며 자기의 소유를 다 팔아 그 밭을 사는 감추인 보화 비유를 통해 천국에 대한 열심과 노력을 칭찬하셨기 때문입니다.

그러므로 전통적 개혁파가 이신칭의를 법정적 선언으로 이해하여 구원을 과정으로 설명하는 것은 진보적 개혁파가 지적하듯이 바울을 협소하게 해석한 결과가 아닌지 반문해 보아야 합니다. 그리고 이러한 관점에서 더 나아가 진보적 개혁파와 같이 바울을 광범위하게 해석하는 노력이 필요합니다.

예를 들어, "의로 여기다"(count righteousness)라는 뜻을 진보적 개혁파에서는 다음의 두 가지 본문으로 비교합니다.[47]

[표 85] 진보적 개혁파의 "의로 여기다"의 해석의 차이

사람이 (For we hold that one)	율법의 행위와 관계없이 (apart from works of the law)	믿음으로 의롭게 된다(롬 3:28) (is justified by faith)
하나님은 (God)	행위와 관계없이 (apart from works)	의로 여기신다(롬 4:6) (counts righteousness)

46 김세윤, 『칭의와 성화』 (서울: 두란노, 2013), 181.
47 Michael S. Horton 외 5인, 『칭의 논쟁: 칭의에 대한 다섯 가지 신학적 관점』, 220.

위와 같은 차이가 나는 것은 바울이 하나님이 인간을 의롭다 칭함이 율법의 행위와 전혀 별개임을 보여 주기 위해 창세기 15:6의 언어를 이용했기 때문이라는 것입니다. 즉, "믿음이 의로 여겨졌다"는 말은 하나님 자신이 인간 주체와 올바른 언약관계 안에 계시기 위해 행위가 아닌 오직 믿음을 요구하신다는 뜻입니다. 즉, 칭의를 그리스도의 의가 전가되는 법정적 선언으로 연관짓지 않았다는 것입니다. 이렇게 칭의와 성화에 대한 관계성의 새로운 돌파구를 찾는 노력이 필요합니다.

7) 두 번째 윤리적 함의 – 칭의의 상실 가능성

전통적 개혁파의 칭의론은 루터가 칭의를 법정적 의미로 해석하고, 칼빈이 칭의를 예정론으로 해석한 것의 결합이라고 할 수 있습니다. 그리고 칭의 후에 성화의 과정으로 가는 구원의 서정으로 설명합니다.

전통적 개혁파는 한편으로는 율법주의적 요소를 안고 있던 로마 가톨릭의 구원관을 배격하기 위해 오직 은혜에 근거한 칭의론을, 다른 한편으로는 은혜는 반드시 윤리적 삶을 산출한다는 사실을 각각 치밀한 논증으로 설명하였습니다.

그러나 전통적 개혁파의 기대와는 달리, 사람들은 루터의 법정적 선언을 "한 번 칭의된 자는 영원이 칭의된 것"으로, 칼빈의 예정론을 "한 번 칭의된 자의 구원은 영원히 보장"되는 것으로 해석하기를 선호합니다. 즉, 칭의를 구원과 바로 연결시켜 설명합니다.

[표 86] 윤리적 동기를 낙심시킬 수 있는 교리의 결합

루터의 법정적 선언	+	칼빈의 예정론
한 번 칭의된 자는 영원이 칭의된 것	+	한 번 칭의된 자의 구원은 영원히 보장

물론 칭의(구원)는 하나님의 선물이라는 전제는 양보할 수 없는 전제이기 때문에 어느 정도는 이해할 수 있는 발언입니다. 하지만 이 발언은 윤리적으로는 매우 위험한 발언입니다. 왜냐하면, 성경의 여러 곳에서 칭의의 상실

가능성을 말씀하고 있기 때문입니다.

> [히 6:4-6] 한 번 빛을 받고 하늘의 은사를 맛보고 성령에 참여한 바 되고, 하나님의 선한 말씀과 내세의 능력을 맛보고도, 타락한 자들은 다시 새롭게 하여 회개하게 할 수 없나니 이는 그들이 하나님의 아들을 다시 십자가에 못 박아 드러내 놓고 욕되게 함이라
>
> [벧전 4:17-18] 하나님의 집에서 심판을 시작할 때가 되었나니 만일 우리에게 먼저 하면 하나님의 복음을 순종하지 아니하는 자들의 그 마지막은 어떠하며, 또 의인이 겨우 구원을 받으면 경건하지 아니한 자와 죄인은 어디에 서리요

특히, 히브리서 6장의 말씀은 전통적 개혁파의 입장인 "한 번 칭의된 자의 영원히 칭의된 것"이라는 전제에 금이 가게 하는 파괴적인 성경 구절입니다. 이 구절은 배교의 가능성에 대해 이야기하고 있는 구절로, 배교는 하나님의 선물에 대한 단호한 거부와 관련됩니다. 그것은 역사적으로 가데쉬에서 출애굽 세대가 저지른 하나님의 약속에 대한 거부와 유사합니다(히 3:7-4:2).[48]

물론 배교의 가능성을 무시하는 사람도 있지만, 성경은 여러 곳에서 배교의 가능성에 대해 언급하고 있다는 사실을 알아야 합니다(수 22:22; 대하 29:19; 살후 2:3; 마 24:10-12; 히 10:26 참조).

이런 배교의 가능성 그리고 칭의의 상실 가능성이 있음에도 불구하고, 어떤 방식으로 삶을 살더라도 "한 번 칭의된 자의 구원은 영원히 보장된다"는 가르침은 윤리적 오용과 남용의 대상이 될 수밖에 없습니다. 또한, 그러한 가르침하에서는 실제로 신자들의 도덕적 해이와 비윤리적 삶의 모습으로 나타날 수밖에 없습니다.

이러한 교리의 결합을 조직신학적으로 설명하자면, 칭의와 영화 사이의 성화에 대한 중간적 교리에 대한 설명이 빠져 있습니다. 루터의 법정적 선언은 회개하고 예수님을 믿을 때 벌어지는 칭의(justification) 사건을 의미하고,

---

48 William L. Lane, 『WBC 주석 시리즈: 히브리서』, 채천석 옮김 (서울: 도서출판솔로몬, 2006), 436.

칼빈의 예정론은 개인과 우주의 종말에서 벌어지는 영화(glorification) 사건을 의미합니다.

모든 과정이 중요하지만 윤리적 입장에서는 칭의와 영화 사이의 성화가 가장 중요합니다. 왜냐하면, 신자의 삶은 세속적인 세상에 빛의 자녀로서 모범을 보여야 하기 때문입니다. 그러므로 처음과 끝만을 결합하여 칭의론을 설명하는 조직신학책은 윤리적 관점으로 보면 사실상 폐기되어야 합니다. 왜냐하면, 윤리적 동기를 낙심시킬 수 있는 교리들의 결합이기 때문입니다.

성경은 "두렵고 떨림으로 너희 구원을 이루라"(빌 2:12)고 명령합니다. 이 구절 또한, 매우 논쟁적인 구절로 영어성경(NIV)에는 "work for your salvation"이 아니라 "work out your salvation"으로 번역되어 있습니다. 그래서 구원을 위한 행위가 아니라 'live out'과 같이 구원에 합당한 행위를 하라고 해석해야 한다고 주장합니다. 이러한 주장은 이미 구원을 받았다는 것을 전제로 해석하는 방식을 취합니다.

하지만 여기서의 구원(σωτηρία)은 그리스도를 영접하는 순간 믿음으로 얻어지는 칭의적 측면과 성령으로 성결케 되어가는 성화적 측면을 고려한 구원을 의미합니다(빌 3:12; 롬 14:19; 고전 9:24-27; 딤전 6:12). 게다가 구원을 '이루라'에 쓰인 동사인 '카테르가제스테'(κατεργάζεσθε)라는 명령은 현재시제로 사용되었습니다. 이는 구원이 완전히 이루어질 때까지 나태하지 말고 성화의 삶을 살기 위해 힘쓰라는 명령입니다. 즉, 구원은 완료형이 아닌 현재진행형입니다.

결론적으로 구원은 "already but not yet"의 긴장 상태에 있다고 보아야 합니다. 구원은 이미 이루어져 있지만, 그 구원은 아직 완성된 것은 아닙니다. 그러므로 하나님 말씀인 성경의 여러 곳에서 칭의의 상실 가능성에 대하여 언급하고 있는 것을 우리는 진지하게 받아들여야 합니다. 혹시 모를 칭의의 상실 가능성을 방지하기 위해서라도 긴장 상태를 유지해야 합니다. 그러한 긴장상태가 윤리적으로 나쁜 것이 아니며, 그러한 긴장상태를 유지하는 삶이 성경이 원하는 삶의 방식이라고 굳게 믿습니다.

그럼에도 불구하고 굳이 칭의를 법정적 의미로 해석하기를 원한다면, 법정에 서는 시간을 개인의 종말 혹은 우주의 종말에 이루어지는 것으로 해석해야 합니다. 즉, 칭의가 예수님을 믿는 즉시가 아닌 개인과 우주의 종말에 이루어진다고 보아야 합니다. 최후의 심판인 백보좌 심판에서는 양과 염소를 가르듯, 신자와 불신자를 가르게 됩니다. 그 가르는 기준은 각 사람의 행위입니다(왕상 8:32; 겔 7:8, 36:19; 벧전 1:17; 계 20:13).

특히, 계시록에서는 "자기 행위를 따라 책들에 기록된 대로 심판을 받는다"(계 20:12)고 선언합니다. 그러므로 신자의 삶은 구원의 완성을 향한 치열한 전투가 되어야 합니다(롬 13:11-14).

이와 비슷하게 칭의가 종말론적으로 유보되었다라고 보기 보다는 종말론적 완성의 측면에서 보아야 한다고 주장하는 사람도 있습니다.

> 칭의는 우리의 행위에 의한 것이 아니라 예수 그리스도의 공로에 의한 것이기 때문에, 처음 믿을 때 받은 칭의는 성화 과정에서 자칫 죄를 범하더라도 신분이 바뀌는 것이 아니라 그리스도의 공로로 씻음을 받고 견지된다.
> 다윗은 중죄를 범했으나 회개하고 용서받고 칭의를 유지했다. 베드로도 예수를 부인했으나 회개하고 용서받고 칭의를 유지했다. 그리고 최후의 심판 때도 그리스도에 대한 우리의 믿음 안에서 처음 믿을 때 받은 칭의는 완성, 재확인된다.
> 이러한 하나님의 종말론적 구원은 알파고(Alpha-Go)처럼 기계적으로 조작된 인간이 아니라 지성과 감정과 의지를 가진 인격적인 존재인 신자가 하나님의 인격적인 현존 앞에 끊임없는 감사와 은혜 누림과 회개와 자기 성찰을 요구하는 가운데 이루어짐을 분명히 해야 한다. 종교개혁자 루터는 칭의의 열매로서의 선한 행실을 말했고, 칼빈도 성화를 "지속적 칭의"를 강조하였다.[49]

하지만 이러한 완성의 개념으로 보는 것은 가톨릭의 첫 칭의와 최종적 칭의의 개념과 별반 다르지 않습니다. 왜냐하면, 종말론적 완성은 칭의를 완성하기 위해, 가톨릭의 의화 교리는 첫 칭의를 유지하기 위해 노력하는 삶으로

---

[49] 김영한, "성화 없는 칭의는 죄인의 칭의 아닌 죄의 칭의 (II)" [인터넷 자료] https://www.christiantoday.co.kr/news/291019 (5/11/2022 accessed)

본다면 완성과 유지가 어떻게 다른지 이해하기 어렵기 때문입니다.

그러므로 칭의의 상실 가능성이라는 표현보다는 구원의 상실 가능성이라는 표현이 더 잘 어울리는 표현입니다. 왜냐하면, 칭의는 단회적인 사건으로 보는 것이 하나님의 판단의 엄중함과 최종성을 높여 주는 방식이기 때문입니다. 그러므로 칭의를 단회적인 사건, 그리고 구원의 상실 가능성을 고려할 때, 전통적 개혁파가 주장하듯이 그리스도를 영접할 때 칭의를 받는 것이 아닌 심판의 날에 칭의가 이루어진다고 보는 것이 신학적으로나 윤리적으로나 보다 설득력 있는 관점이라고 할 수 있습니다.

8) 세 번째 윤리적 함의: 자유의지의 역할

칭의와 성화의 딜레마에서 자유의지는 매우 중요한 개념입니다. 왜냐하면, 아무리 칭의와 성화의 신학적 문제들을 세심하게 논쟁하여도, 자유의지가 진정한 의미의 자유의지가 아니라면 그러한 논쟁이 쓸모없는 논쟁이 되기 때문입니다. 그러므로 자유의지가 칭의나 성화에서 진정으로 구현될 수 있느냐의 문제는 매우 중요한 문제입니다.

가톨릭교회의 트렌트 공의회 칭의 교령 1장에 의하면, 인간의 자유의지는 손상되었으나 소멸되지 않았습니다. 5장에 의하면 인간의 자유의지가 비록 약화되었고 하나님의 은혜가 본질적이고 우선적이지만, 구원을 받고 의롭다고 칭함을 받는 일에 대하여 하나님의 은혜와 협력해야 합니다. 즉, 인간이 칭의의 은혜를 얻으려면 의지를 움직이고 준비시키라는 하나님의 부르심에 응답함으로써 하나님께 협조해야 한다는 것입니다.

10장에 의하면 칭의는 믿음으로만 이루어지는 것이 아니고 소망과 사랑으로도 이루어집니다. 칭의를 받은 사람은 칭의를 증진($justiticationis\ incremento$)시켜야 할 의무가 있는데, 주 안에서 의와 성화의 도구인 소망과 사랑의 수고로 칭의를 증진시켜야 한다는 것입니다. 이러한 관점을 요약하면, 인간의 자유의지는 최종적 칭의를 얻는 데에 부분적으로나마 기능한다는 것입니다.

그러나 칼빈에 의하면 인간은 전적으로 타락하였습니다(total depravity). 아담은 자유의지를 가지고 선을 행할 수 있었으나, 타락으로 말미암아 죄의 노예가 되었습니다. 즉, 이러한 타락은 지정의의 전적인 타락을 의미합니다.

성경은 아담 이후 모든 인간은 출생 때부터 죄 중에 거하였고(시 51:5), 마음으로 생각하는 모든 계획이 항상 악할 뿐이며(창 6:5), 또한, 감정적으로 하나님을 받아들이려고 하지 않으며, 의지적으로도 하나님을 배척하고 악을 선택합니다. 그 결과 인간은 본질적으로 죽었고(롬 5:12), 마귀의 올무에 사로잡혔으며(딤후 2:26), 보지도 듣지도 못하는 소경과 귀머거리와 같으며(막 4:11), 깨닫지도 분별할 수도 없는 상태에 처해 있으며(고전 2:14), 하나님에게서 멀어져 쓸모없게 되었습니다(롬 3:9-12).

하지만 하나님의 의지는 너무나 강해서 하나님의 원하시는 때에 하나님의 원하시는 방법으로 사악한 자라도 중생시킨다고 말합니다. 즉, 성령님의 활동이 너무나 강력하며 효력이 있기 때문에 성령님의 역사를 인간이 거부할 수 없다는 것입니다.

이처럼 자유의지에 대한 관점은 극과 극을 달립니다. 이 둘의 관점을 간략하게 표현하자면, 자유의지의 부분적 무능력(partial impotency)과 전적 무능력(total impotency)과의 싸움이라고 할 수 있습니다.

즉, 가톨릭은 칭의와 성화의 전 과정에서 성령님의 활동에 협력하거나 협력하지 않는 것을 인간이 선택할 수 있다는 관점이며, 칼빈은 선택할 수 없다는 관점입니다. 즉, 칭의 전에는 죄의 노예가 되어 선의 의지가 없지만, 칭의 후에는 성령님께서 선한 의지를 주셔서 강권적으로 선을 행하도록 만든다는 것입니다.

사실 가톨릭과 칼빈의 관점 모두 수긍할 수 있는 부분이 있습니다. 가톨릭의 관점은 모든 사람이 회개하기를 원하시는 하나님(벧후 3:9)을 생각하면 어느 정도 수긍할 수 있습니다. 하지만 칼빈의 관점은 죄와 허물로 죽은 인간(엡 2:1-5)을 생각하면 어느 정도 수긍할 수 있습니다. 이러한 양쪽의 관점을 고려하면 자유의지의 무능력이 부분적인지를 논의하기 어렵습니다.

그렇다면 칭의와 성화의 윤리적 관점과 관련하여 자유의지를 어떻게 이해해야 할까요?

이 문제는 교회 역사상 가장 논쟁적인 문제 중 하나이기 때문에 윤리적 함의만을 도출해 보겠습니다.

먼저 고려해야 할 것은 위의 딜레마에서 도출해 낸 전제입니다. 하나는 칭의는 하나님의 선물이라는 것과 다른 하나는 결정론과 자유의지론은 양립해야 한다는 전제입니다. 먼저 '칭의는 하나님의 선물'이라는 전제에 합당한 논리는 예수님을 믿을 때에 인간의 자유의지는 전적으로 무능력하다는 것입니다.

"누구든지 그리스도 안에 있으면 새로운 피조물"(고후 5:17; 갈 6:15)이라는 선언은 어떤 사람도 자기 스스로 새로운 피조물이 될 수 없음을 의미합니다. 즉, 피조물은 수동성과 무능성의 의미를 내포하고 있습니다. 그러므로 자유의지가 부분적으로 타락했기 때문에 성령의 사역에 협력할 수도, 협력하지 않을 수도 있다고 가르치는 가톨릭의 칭의 교리는 이러한 전제와 강하게 상충합니다.

그렇다면 칭의 후 이루어지는 성화의 삶에 있어 칭의 후에도 자유의지는 계속해서 무능력한 상태일까요?

인간이 칭의 후에 새롭게 하시는 성령님의 불가항력적인 역사로 자유의지를 갖지만, 실상은 성령님이 우리 안에서 의지를 갖도록 역사한다는 칼빈의 가르침은 위의 두 번째 양립가능론의 전제와 상충합니다. 왜냐하면, 인간은 새로운 피조물이 된 이후에는 타락했던 자유의지가 원상태로 회복되는 과정이라고 보아야 하기 때문입니다.

예수님께서는 천국이 가까웠으니 회개하라고 명령하셨습니다. 그 천국은 물리적 장소가 아닌 하나님의 통치로 다스려지는 곳입니다. 즉, 이 지상에서 그러한 천국을 경험한다는 것은 타락했던 자유의지가 원상태로 회복되고 있음을 말해 줍니다. 하지만 인간의 욕심으로 말미암아 이러한 자유의지를 오용 혹은 남용할 수 있습니다. 그러므로 자유의지의 전적인 무능력을 가르치는 칼빈의 칭의 교리는 양립가능론의 전제와 강하게 상충합니다.

정리하자면, 인간의 자유의지는 칭의 전에는 전적으로 타락하여 아무리 선행을 하더라도 그러한 선행이 하나님을 기쁘시게 할 수 없습니다. 왜냐하면, 하나님께 영광을 돌리고자 하는 올바른 동기에서 하는 선행이 아니기 때문입니다(눅 6:33). 하지만 칭의 후에는 전적으로 타락했던 자유의지가 회복하는 과정에 있으므로 "영혼 없는 몸이 죽은 것 같이 행함이 없는 믿음은 죽은 것이니라"(약 2:26)는 말씀처럼 행함으로 그 믿음을 보여 줄 수 있습니다.

9) 네 번째 윤리적 함의: 삼위일체의 협동 사역

우리는 위에서 칭의와 성화의 관계성, 칭의의 탈락 가능성, 자유의지의 역할에 관해 살펴보았습니다. 그러나 이러한 고찰에도 불구하고 칭의와 성화의 딜레마를 속시원히 해결하기는 어렵습니다. 그것은 칭의와 성화에 대해 삼위일체의 협동 사역의 관점으로 보지 않기 때문입니다. 즉, 삼위일체의 협동 사역의 관점으로 보면 위에서 제시된 딜레마를 어느 정도는 해결할 수 있다고 봅니다.

[표 87] 칭의와 성화에 있어 삼위일체의 협동 사역

성부	목적	(엡 1:3-4) 찬송하리로다 하나님 곧 우리 주 예수 그리스도의 아버지께서 … 곧 창세 전에 그리스도 안에서 **우리를 택하사 우리로 사랑 안에서 그 앞에 거룩하고 흠이 없게 하시려고**
성자	방법	(엡 5:25-27) 남편들아 아내 사랑하기를 그리스도께서 교회를 사랑하시고 그 교회를 위하여 자신을 주심 같이 하라. 이는 곧 **물로 씻어 말씀으로 깨끗하게 하사 거룩하게 하시고** 자기 앞에 영광스러운 교회로 세우사…
성령	관계	(벧전 1:2) 곧 하나님 아버지의 미리 아심을 따라 성령이 **거룩하게 하심으로 순종함과** 예수 그리스도의 피 뿌림을 얻기 위하여 택하심을 받은 자들에게 편지하노니…

첫째, 칭의와 성화의 관계성은 성부의 사역으로 알 수 있습니다. 칭의는 성부 하나님의 영원하신 경륜 가운데의 하나님의 목적을 나타냅니다. 창세 전에 죄 많은 나를 선택하신 목적은 하나님의 사랑 안에서 거룩하고 흠이 없게 하시기 위한 것입니다.

여기서 칭의와 성화의 관계성을 파악할 수 있습니다. 여기서 하나님의 선택을 칭의라고 한다면, 그러한 칭의는 하나님의 은혜의 결과입니다. 그러니까 칭의와 성화의 관계가 시간의 순서를 의미하는 것이 아니라는 것입니다.

다시 강조하자면, 칭의와 성화의 관계성을 칭의를 받고 성화하는 구원의 서정으로 이해하면 안됩니다. 칭의와 성화의 관계는 성화를 했기 때문에 칭의가 이루어진 것이 아니라는 관계로만 보아야 합니다. 이렇게 보게 되면 칭의는 하나님의 선물이라는 대전제를 만족시킵니다.

둘째, 자유의지의 역할은 성자의 사역으로 알 수 있습니다. 칭의는 예수 그리스도의 피흘림의 수난의 공로로 말미암아 이루어집니다. 즉, 예수 그리스도를 믿음으로 의의 전가가 이루어져 칭의를 받습니다.

성경은 신자가 그리스도 안에 있으면 새로운 피조물이 된다고 말씀합니다(고후 5:17). 즉 영적으로 새생명이 탄생하게 되는 것입니다. 인간의 자유의지는 타락하였지만 이러한 새생명의 탄생으로 말미암아 인간의 자유의지는 새로워집니다. 예수님을 믿지 않을 때의 자유의지는 칼빈의 5대 교리처럼 전적으로 타락했습니다(total depravity). 그렇기에 영적으로 거듭나지 않은 사람의 자유의지는 타락된 상태로 악하게 사용될 수밖에 없습니다.

하지만 아이가 태어나서 자라면 자유의지를 사용할 수 있게 되는 것처럼 신앙이 성장하면 온전히 자유의지를 사용할 수 있게 됩니다. 그러한 자유의지의 사용으로 죄의 유혹을 이겨 낼 수 있으며, 심지어는 순교하기까지 자신의 목숨을 다해 하나님을 사랑할 수 있습니다. 그러므로 자유의지의 회복은 성화를 증진시킵니다. 즉, 자유의지를 성자의 사역으로 이해하면 칭의가 윤리적 동기를 낙심시키지 않아야 한다는 전제를 만족시킵니다.

셋째, 칭의(구원)의 상실 가능성은 성령님의 사역으로 알 수 있습니다. 중생을 통해 영적 새생명을 얻은 사람은 영적으로 그리스도의 장성한 분량이 충만한 데까지 자라나야 합니다(엡 4:13). 그리고 최종 목표인 성령의 열매를 탐스럽게 맺어야 합니다. 이렇게 자신의 죄인됨을 고백하고 영적으로 태어나고 자라나고 열매를 맺기 위해서는 성령님의 거듭남의 역사와 내주하심이 있어야 합니다.

흙으로 만든 아담에게 그 코에 생기를 불어 넣으신 것, 그리고 에스겔 골짜기의 마른 뼈들이 살아 군대가 된 것은 성령님의 거듭남의 역사를 보여 줍니다. 그러나 영적으로 태어났다고 해서 모두 아름답게 성장하는 것은 아닙니다. 아름답게 성장하기 위해서는 성령님께서 내주하셔야 합니다. 왜냐하면, 에스겔 골짜기의 마른 뼈들이 살아 군대가 된 것처럼 성령님만이 모든 활동의 힘을 공급해 주시기 때문입니다.

그러므로 영적으로 태어나고 열매를 맺기 위해서는 계속해서 성령님께서 내주하실 수 있도록 노력해야 합니다. 이러한 노력을 성화라고 할 수 있습니다. 이렇게 성화의 삶을 살기 위해서는 치열하게 악의 영들과 씨름하며 전투해야 합니다(엡 6:12).

그러나 이러한 씨름과 전투를 피하고 육의 욕심을 따라 살게 되면 육체의 열매를 맺게 됩니다. 이러한 육체의 열매는 "우상 숭배와 주술과 원수 맺는 것과 분쟁과 시기와 분냄과 당 짓는 것과 분열함과 이단과 투기와 술 취함과 방탕함과 또 그와 같은 것들"입니다(갈 5:16-21).

그러므로 예수님께서 그 열매로 나무를 안다고 말씀하신 것처럼(마 12:33), 성령의 열매를 맺지 못하는 사람들은 성령님께서 내주하지 않는 사람입니다. 즉, 성령의 화석화를 시키는 사람입니다. 그러므로 아무리 성령님의 거듭남의 역사를 경험했다 하더라도 성령님의 내주하심이 없는 사람은 성화의 삶을 살지 못하게 되고, 결국 히브리서 6장에 나오는 쓸모없게 된 땅처럼 버려지게 됩니다. 즉, 구원을 받지 못합니다.

그러므로 두렵고 떨림으로 구원을 이루기 위해서는(빌 2:12), 성령님을 계속 소유해야만 합니다. 그래서 예수님께서는 여러 비유를 통해서 성령을 소유해야 한다고 말씀하셨고(마 12:38-45), 성경은 성령을 소멸치 말라고 명령하는 것입니다(살전 5:19).

전통적 개혁파는 칭의(구원)의 상실 가능성을 부인함으로써 성화의 노력을 폄하하고 윤리적 동기를 낙심시키고 말았습니다. 성경이 배교의 가능성을 무시하지 않는 것처럼, 칭의(구원)의 상실 가능성 또한, 무시하지 않습니다. 다행히 성령님께서는 우리에게 이렇게 말씀하십니다.

[빌 2:13] 너희 안에서 행하시는 이는 하나님이시니 자기의 기쁘신 뜻을 위하여 너희에게 소원을 두고 행하게 하시나니

즉, 성령님께서 하시는 대로 맡기고 의지하기만 하면 성화의 삶을 살 수 있습니다. 하지만 이러한 최소한의 노력도 하지 않는 사람은 칭의(구원)의 상실 가능성을 진지하게 받아들여야 합니다.

10) 윤리적 딜레마를 해결하기 위한 새로운 패러다임

그런 의미에서 구원의 서정(과정)을 설명하자면 다음과 같은 표로 표현할 수 있습니다.

[표 88] 구원의 서정에 대한 새로운 패러다임

전통적 개혁파	새로운 패러다임
칭의 ⇨ 성화 ⇨ 영화	중생 ⇨ 성화 ⇨ 칭의

전통적 개혁파와 같이 구원의 서정을 칭의 ⇨ 성화 ⇨ 영화의 과정으로 가르치면, 위에서 제기된 윤리적 딜레마를 풀 수 없습니다. 하지만 중생 ⇨ 성화 ⇨ 칭의의 과정으로 가르치면, 위에서 제기된 윤리적 딜레마를 어느 정도는 깔끔하게 해결할 수 있습니다. 또한, 구원에 있어 삼위일체의 협동 사역을 아주 쉽게 설명할 수 있습니다. 즉, 윤리적으로나 신학적으로나 많은 부분들이 해결됩니다.

첫째, 중생은 성령님의 거듭남의 역사입니다. 사람은 그리스도를 처음 믿을 때에 칭의를 받는 것이 아니라 회심의 역사, 중생(거듭남)의 역사를 경험하게 됩니다. 이렇게 거듭난다고 하는 것은 영적으로 태어난다는 것을 의미합니다. 그것은 성령님의 강권적인 역사 때문에 가능합니다. 즉, 구원은 성화의 노력만으로 얻을 수 없는 것이라는 전제를 만족시킵니다.

예를 들어, 십자가 상의 우편 강도는 성령님의 강권적인 역사로 그리스도를 믿음으로 영적으로 태어나서 구원을 받을 수 있었습니다. 즉, 십자가 상의 우편 강도는 자신의 노력(성화)만으로 구원을 받는 것이 아니라는 것을 분명하게 보여 줍니다. 그러므로 중생은 신자의 삶의 여정에 있어 매우 중요합니다. 왜냐하면, 일단 아이가 태어나면 물과 음식을 먹게 되고 대체적으로 생존하게 되는 것처럼, 영적으로 태어나면 대체적으로 성화의 삶을 살아가게 되기 때문입니다. 이는 곧 복음 전파가 중요하다는 것을 보여 주며 선교를 장려하는 구조를 갖게 됩니다.

둘째, 성화는 그리스도의 말씀의 역사입니다. 영적으로 태어났다고 해서 모두 구원받는 것은 아닙니다. 물과 음식을 섭취하지 않으면 죽는 것처럼 성령과 그리스도의 말씀을 섭취하지 않거나 섭취하는 데에 게으르면 죽게 됩니다. 즉, 구원의 상실 가능성이 존재합니다.

이렇게 성령과 말씀을 섭취하는 활동이 바로 성화의 삶입니다. 그러한 성화의 삶을 살게 되면 자연스럽게 성령의 열매를 맺게 됩니다. 그러나 성령과 그리스도의 말씀이 아닌 악의 영과 사탄의 말을 섭취하면 육신의 열매를 맺게 됩니다. 그러므로 인간은 자유의지를 사용해서 성령과 그리스도의 말씀을 섭취하려는 노력을 해야 합니다.

예를 들어, 가룟 유다는 예수님을 만났을 때 성령님의 강권적인 역사로 영적으로 태어났을지 모릅니다. 그러나 나중에는 성령과 그리스도의 말씀을 섭취하기 보다는 사탄의 말을 섭취했기 때문에 육신의 열매를 맺고 말았습니다. 그러므로 자유의지가 윤리적으로 매우 중요한 의미를 가지게 됩니다. 왜냐하면, 하루 하루를 살아가는 성화의 삶에 따라 구원이 좌우되기 때문입니다.

이는 곧 성화의 치열한 삶에 대한 동기 부여가 필요함을 의미합니다. 이렇게 구원의 상실 가능성이 존재한다는 것은 윤리적으로 선행에 대한 동기를 부여하기 때문에 윤리적으로 매우 우수한 관점이라고 할 수 있습니다.

셋째, 칭의는 성부 하나님의 법정적 선언으로 볼 수 있습니다. 이러한 성령의 열매를 맺게 되면 자연스럽게 칭의를 받습니다. 칭의를 개인과 우주의 종말에 이루어지는 것으로 보는 것은 칭의의 완전성과 최종성을 담보합니다. 만일 칭의를 신자의 삶에 있어 예수님을 처음 믿을 때에 이루어지는 것으로 보게 되면 그러한 칭의는 완전성과 최종성을 담보하지 못합니다.

왜냐하면, 구원의 상실 가능성이 있기 때문입니다. 하나님께서 칭의하셨는데 칭의받은 사람이 구원받지 못하는 상황이 벌어지는 것은 곧 하나님의 권위를 훼손하는 신성모독입니다. 그리고 그러한 칭의는 교리의 왜곡 혹은 구조적 모순을 가져옵니다. 왜냐하면, 칭의에 대한 하나님의 권위를 훼손하는 것을 방지하기 위해 "한 번 칭의된 자의 구원은 영원히 보장된다"는 교리의 왜곡으로 이어지기 때문입니다.

이러한 구조는 비극적으로 하나님의 칭의를 값싼 칭의로 여기게 되는 신성모독을 범하고 맙니다. 즉, 칭의가 신자의 삶에 있어 예수님을 믿을 때에 이루어지는 것이라고 간주하면 어떠한 경우라도 신성모독을 범할 수밖에 없는 구조적 모순에 봉착할 수밖에 없습니다.

결론적으로 칭의와 성화의 관계를 칭의 ⇨ 성화 ⇨ 영화라는 구원의 서정으로 이해하면 삼위일체적 협동 사역을 적용하기 어렵고 윤리적으로 문제가 많습니다. 결정적으로 신성모독을 범하는 구조가 됩니다. 그러나 칭의와 성화의 관계를 중생 ⇨ 성화 ⇨ 칭의라는 구원의 서정으로 이해하면 삼위일체적 협동 사역을 쉽게 이해할 수 있으며, 신학적으로나 윤리적으로나 딜레마를 어느 정도 해결할 수 있다는 장점이 있습니다.

11) 결론

복음의 핵심은 은혜입니다. 하지만 은혜를 강조하면 율법의 준수 의식을 고취하기 어렵습니다. 그렇기에 복음은 윤리적 동기를 낙심시킨다는 비난을 받습니다. 여기서 은혜의 핵심은 칭의입니다. 사실 칭의의 교리는 죄인을 의인으로 만드는 하나님의 아름다움을 나타내는 보석과 같은 교리입니다. 그러므로 그러한 비난을 피하기 위해서라도 칭의와 성화에 대한 바람직한 윤리적 관점이 필요합니다.

우리는 그러한 질문에 대답하기 위해 우리는 칭의와 성화의 다섯 가지 관점, 윤리적 딜레마, 그러한 딜레마에 대한 가톨릭과 칼빈의 가르침을 살펴보았습니다. 여기서 우리는 네 가지의 윤리적 함의를 끌어낼 수 있습니다.

첫째, 칭의와 성화의 관계성
둘째, 칭의(구원)의 탈락 가능성
셋째, 자유의지의 역할
넷째, 삼위일체의 협동 사역

특히, 삼위일체의 협동 사역이 중요한데, 이렇게 삼위일체의 협동 사역으로 이해하게 되면 칭의와 성화의 많은 난제가 해결되기 때문입니다. 결론의 결론으로서 복음은 윤리적 동기를 절대로 낙심시켜서는 안 됩니다. 만일 복음이 윤리적 동기를 낙심시키는 어떤 신학적 견해가 있다면, 그 견해는 단호히 배척되어야 합니다.

3. 예수님의 도덕 법칙은 사랑으로 귀결되지 않나요?

> [막 12:29-31] 예수께서 대답하시되 첫째는 이것이니 이스라엘아 들으라 주 곧 우리 하나님은 유일한 주시라 네 마음을 다하고 목숨을 다하고 뜻을 다하고 힘을 다하여 주 너의 하나님을 사랑하라 하신 것이요 둘째는 이것이니 네 이웃을 네 자신과 같이 사랑하라 하신 것이라 이보다 더 큰 계명이 없느니라

예수님의 윤리는 크게 두 가지로 압축될 수 있습니다. 하나는 '하나님 사랑'이고 다른 하나는 '이웃 사랑'입니다(마 22:37-40; 막 12:29-31; 눅 10:27). 이렇게 두 가지로 압축된 윤리의 핵심 용어는 사랑입니다.

그러나 사람들은 이러한 사랑에 대한 강조가 상황윤리와 다른 점이 무엇인지에 대해 의문을 갖습니다. 왜냐하면, 조셉 플레처(Joseph Fletcher, 1905~1991)도 사랑을 윤리의 절대적 기준으로 삼고 있기 때문입니다. 그는 그의 책 『상황윤리: 새로운 도덕』에서 사랑과 정의를 동일시하고 기독교 윤리를 상황윤리로 파악합니다.

그렇다면 예수님의 도덕 법칙은 사랑으로 귀결되지 않나요?

1) 조셉 플레처의 상황윤리

상황윤리는 미국 성공회 신학자인 조셉 플레처에 의해 발전된 윤리입니다. 모든 상황에서 구속력을 가지는 보편적 도덕 원칙이 있다는 도덕적 절대주의에 대한 반대에서 비롯된 윤리입니다. 그는 기독교에서 주장하는 하나님

사랑과 이웃 사랑이라고 하는 기독교 윤리 규범에 근거하여 윤리적 문제를 해결하는 것이 옳다고 보았습니다.

예를 들면, 낙태에 대해 절대주의를 적용하면 절대주의는 낙태를 절대 허용하지 않을 것입니다. 하지만 이러한 절대주의는 상황이 가지고 있는 복잡성과 고유성을 무시하고 문제 처리에 있어 냉담하고 비인간적인 방식을 초래한다고 생각합니다. 이러한 상황의 복잡성과 고유성의 맥락에서 어떤 결정을 내려야 할지 모를 때에 사랑이라고 하는 절대적 기준이 도움을 줄 수 있다는 것입니다. 그리고 그것이 성경적인 접근 방식이라고 믿습니다.

조셉 플레처는 이러한 사랑에 대해 다음과 같은 여섯 가지의 명제를 끌어냅니다.

[표 89] 상황윤리의 여섯 가지 명제

직역	의역
1. 사랑은 본질적으로 선한 것이다.	1. 사랑만이 항상 선한 것이다.
2. 사랑은 도덕적 진리이다.	2. 사랑만이 유일한 규범이다.
3. 사랑과 정의는 동일하다.	3. 사랑만이 정의이다.
4. 아가페는 이타적인 사랑이다.	4. 사랑하는 것은 좋아하는 것과 다르다.
5. 행위에 있어 결과만이 중요하다.	5. 사랑은 모든 수단을 정당화시킨다.
6. 도덕적 행위는 모든 상황이 고유하다고 가정해야 한다.	6. 사랑은 구체적인 결단을 내린다.

위의 여섯 가지 명제를 보면, 사랑은 여기서 절대적인 규범이 되기에 충분해 보입니다. 사랑만이 항상 선하며, 유일한 규범이며, 정의라고 한다면 그것을 절대적인 규범이 아니라고 말하기가 어렵기 때문입니다. 또한, 간음하다 현장에서 붙잡힌 여인을 살려 주시고 자신 또한, 십자가에 못박히신 예수님의 고귀한 사랑을 생각하면 사랑이 윤리에 있어 얼마나 중요한지를 깨달을 수 있기 때문입니다.

그럼에도 불구하고 상황윤리는 많은 비판을 받고 있습니다. 이러한 비판을 구체적으로 다루기 전에 상황윤리가 받는 오해에 대해 분명하게 해 둘 필요가 있습니다. 그것은 '상황'이라는 용어 때문입니다. 그것은 아무런 원칙

없이 상황에 따라 그때그때 형편에 맞추어 윤리적 판단을 하는 것을 상황윤리라고 오해합니다. 그래서 상황윤리는 윤리적 규범의 상대적인 타당성만을 인정하고 상황에 따라서 범법행위도 정당화될 수 있다고 생각합니다.

결국, 상황윤리는 도덕률 폐기론으로 이어질 위험이 있다고 주장할 수 있습니다. 하지만 그것은 상황윤리를 지칭하는 것이 아니라 원칙이 없는 무율법주의를 지칭하는 것입니다. 상황윤리에서 윤리적 판단의 원리와 근거는 사랑입니다. 이러한 사랑에 근거하여 판단하고 행동하는 것이 상황윤리입니다.

2) 상황윤리의 실용주의(pragmatism) 비판

플레처는 상황윤리를 논하기 위해서는 네 가지 전제가 필요하다고 말합니다. 그것은 실용주의, 상대주의, 실증주의, 그리고 인격주의입니다. 여기서는 먼저 상황윤리가 함의하고 있는 실용주의에 대해 비판하도록 하겠습니다.

플레처의 상황윤리는 사랑을 절대적인 윤리 규범으로 봅니다. 계명이나 율법 또는 규범을 지키는 이유는 사랑이라는 절대적인 윤리 규범 때문입니다. 즉, 사랑을 실천하려는 목적에 부합할 때 타당성을 갖는다고 봅니다. 사실 사랑이라고 하는 절대적인 규범을 따르는 것이 그리 나쁜 것은 아닙니다. 그리고 누구든지 상황을 전혀 고려하지 않고 판단을 내릴 수는 없습니다.

또한, 윤리적 딜레마를 만나게 되면 사람들은 어찌할 바를 모릅니다. 어떤 선택을 해야 되는지 기준이 안서는 경우가 많이 있습니다. 그럴 때에 상황윤리는 매우 도움이 됩니다. 왜냐하면, 어떠한 상황에서도 사랑의 기준을 적용하면 윤리적 딜레마의 순간에 있어 손쉽게 대처할 수 있기 때문입니다.

이러한 플레처의 견해는 기독교에 큰 영향을 주었습니다. 왜냐하면, 미국의 철학자이자 심리학자이자 교육자인 존 듀이(John Dewey, 1859~1952)가 제안한 실용주의와 결을 같이 하고 있으며, 실제로 실용주의는 복잡한 상황 속에서 갈등을 해결하는 유용한 틀을 제공하기 있기 때문입니다.

그러나 상황윤리의 실용주의는 비판의 대상이 될 수밖에 없습니다. 왜냐하면, 상황윤리가 매우 현실적이고 즉각적으로 실천에 옮길 수 있다고 해서 그런 결정이 항상 옳다고 할 수는 없기 때문입니다. 실용주의는 어떤 원칙의 실행 가능성에 큰 의미를 두고, 비현실적이고 실행 불가능한 것으로 판명된 원칙은 거부합니다. 즉, 실용주의는 그 어떤 행위도 실행되지 않으면 의미가 없다고 봅니다.

하지만 플레처는 자신의 주장을 합리화하기 위해 도덕규범을 어길 수밖에 없는 예외적인 경우를 상정합니다. 예를 들면, 제2차 세계대전 중에 수용소에서 석방되기 위한 방편으로 임신을 하기 위해 다른 남자와 성관계를 갖고 가족에게 돌아온 독일의 베르크마이어 이야기, 미인계를 사용하는 애국적 간첩행위, 강간을 당해서 임신한 태아의 낙태 문제와 같은 것입니다.

이러한 한계 상황 속에 사랑을 적용하면 매우 실행 가능한 것으로 여길 수 있으나 모든 상황이 다 한계 상황이 될 수는 없습니다. 한계 상황 속에서 사랑의 적용이 매우 실천적이며 실용적이라고 하여 모든 상황 속에서 사랑을 적용해야 한다고 주장하는 것은 일반화의 오류라고 할 수 있습니다. 왜냐하면, 모든 상황 속에서 상황을 규범보다 우선시하는 것은 잘못된 윤리 결정이 될 가능성이 매우 높기 때문입니다.

3) 상황윤리의 상대주의(relativism) 비판

두 번째 비판은 바로 상황윤리의 상대주의에 관한 것입니다. 상대주의는 절대적인 도덕 이론을 거부하며, 행동의 도덕적 옳고 그름은 상대적이라고 수상합니다. 상황윤리는 이러한 상대주의에 기반하고 있습니다. 상황윤리는 윤리적 결정을 하기 위해서는 상황에 의존할 수밖에 없습니다. 즉, 상황윤리는 모두 상황에 달려 있습니다. 이렇게 상황에 달려 있기 때문에 상황윤리는 항상 상대주의적 요소를 품고 있습니다.

그렇기 때문에 상황윤리의 상대주의적 요소는 비판의 대상이 될 수밖에 없습니다. 왜냐하면, 비록 한 상황에서 좋은 결정이 다른 상황에서 나쁜 결정이 될 수 있기 때문입니다.

우리는 여기서 인간의 행위에 대한 선과 악, 옳고 그름을 판단할 때 규범윤리와 상황윤리로 나누어 생각할 수 있습니다. 규범윤리는 윤리적 법칙이나 원리에 따라 판단하며, 상황윤리는 상황을 고려하여 윤리적 행위를 판단합니다. 상황윤리의 상대주의가 비판을 받는 것은 상황윤리가 상황을 규범보다 우선시한다는 비판을 받고 있다는 말과 같습니다. 그것은 규범이 절대적이라고 한다면, 상황은 상대적이라고 할 수 있기 때문입니다.

우리는 상황을 무시할 수는 없지만, 그렇다고 원칙이나 규범을 무시할 수도 없습니다. 따라서 규범윤리와 상황윤리는 상호보완적이 되어야 합니다. 즉, 절대적인 규범을 지키기 위해 상황을 고려하는 것이지, 상황을 고려하기 위해 절대적인 규범을 무시해서는 안 됩니다. 그러므로 상황윤리의 상대주의적 접근방식은 본말이 전도된 논리라고 할 수 있습니다.

4) 상황윤리의 실증주의(positivism) 비판

세 번째 비판은 바로 상황윤리의 실증주의에 관한 것입니다. 실증주의는 영어로 'positivism'이라고 말합니다. 직역하자면 '적극주의'라고 할 수 있습니다. 이렇게만 말하면 실증주의가 무엇을 의미하는지 잘 알기 어렵습니다. 이를 좀 더 쉽게 말하자면 실증주의는 과학을 적극적으로 수용하는 주의입니다.

과학은 어떤 사건의 배후에 있는 형이상학적 원인을 찾으려는 사변적인 것을 배제하고, 관찰이나 실험으로써 검증할 수 있는 지식만을 인정합니다. 즉, 경험에 의해 입증된 것만을 받아들이는 주의입니다. 상황윤리는 이러한 실증주의에 기초하고 있습니다. 사랑을 적용해 보았더니 경험상 좋은 결과를 가져왔다는 것입니다. 즉, 윤리적 딜레마의 순간에 여러 규범을 적용하는 것보다 사랑이라는 규범을 적용하는 것이 좋은 결과를 가져온다는 것입니다.

플레처가 사랑에 주목하게 된 성경 구절은 요한일서 4:7-12의 가르침입니다. 특히, 다음 7절의 구절입니다.

[요일 4:7] 사랑하는 자들아 우리가 서로 사랑하자 사랑은 하나님께 속한 것이니 사랑하는 자마다 하나님으로부터 나서 하나님을 알고

이런 성경 구절들을 보면, 확실히 사랑이라는 규범이 모든 것의 가장 중요한 기준임을 알 수 있습니다.

하지만 우리는 플레처가 제시하는 상황윤리가 얼마나 사랑을 도구화하는지 알 수 있습니다. 경험상 좋은 결과를 가져 온다고 믿었기 때문에 사랑은 좋은 결과를 가져오는 도구가 됩니다. 특히, 그가 내세우는 "행위에 있어 결과만이 중요하다"는 다섯 번째 전제는 사랑을 도구화하는 것을 잘 보여 줍니다. 왜냐하면, 사랑은 모든 수단을 정당화시키기 때문입니다.

게다가 플레처가 제시하는 상황들은 대체적으로 극단적인 한계 상황에서 일어날 수 있는 경우들이 대부분입니다. 그는 그러한 경우들에 있어 사랑을 보편적인 윤리기준으로 삼고 적용하고 있습니다. 비록 사랑이 좋은 결과를 가져올지 모르지만, 사랑이 수단이 된다면 법의 범위를 뛰어넘을 수 있습니다. 게다가 상황윤리는 법의 범위를 뛰어넘는 행위라도 정당화할 수밖에 없습니다. 이러한 구조적인 문제점은 상황윤리가 피해갈 수 없는 큰 단점이라고 할 수 있습니다.

5) 상황윤리의 인격주의(personalism) 비판

네 번째 비판은 바로 상황윤리의 인격주의에 관한 것입니다. 인격주의는 한마디로 인격을 존중하는 주의입니다. 칸트는 "인간을 수단으로 대하지 말고 목적으로 대우하라", 또한, "너 자신과 다른 모든 사람의 인격을 언제나 동시에 목적으로 대우하도록 행위하라"는 명언을 남겼습니다. 이러한 명언들은 인격주의의 다른 표현들입니다. 상황윤리는 이러한 인격주의를 기초로 하고 있습니다.

그렇기에 상황윤리는 한 사건에 있어 '법이란 무엇인가'를 묻기보다는 '누가 도움을 받을 것인가'를 더 중요하게 여깁니다. 그리고 그것을 묻도록 강요합니다. 법은 사람이 따라야 하는 어떤 것이라기보다는 사람에게 혜택을 주는 것이어야 한다고 생각합니다. 즉, 상황윤리는 사람을 먼저 생각하며, 행위자의 복지에 몰두합니다. 그만큼 사람의 중요성을 강조합니다.

하지만 상황윤리는 인격주의를 택함으로써 사회적인 측면을 소홀히 다루고 있다는 비판을 받고 있습니다. 사람을 소중히 여기는 것은 인정할 만하지만 모든 경우에 사람이 소중한 것은 아닙니다. 사람과 법의 관계에 있어 사람은 법을 따라야 합니다. 그리고 법을 따르지 않는 사람을 소중하게 여길 필요는 없습니다. 범법한 사람에게 혜택을 주기 위해 법이 존재하는 것이 아니라, 사회 공동체의 유익을 위해 법이 존재합니다.

또한, 상황윤리가 취하고 있는 인격주의는 신본주의라기보다는 인본주의라고 할 수 있습니다. 이것은 신과의 관계에 있어 인간이 우위를 점하려는 사고체계입니다. 인간 본위의 사고체계는 필연코 신을 무시할 수밖에 없습니다. 예를 들어, 한 사람이 자신의 성이 마음에 들지 않는다고 하여 성전환을 한다거나, 특별한 상황 속에서 간음을 하는 것은 인간 본위의 사고방식에서 나온 것입니다. 그것을 사랑이라는 것으로 포장한다 하여도 그것은 진정한 사랑이 될 수 없습니다.

6) 상황윤리의 성경적 적용

위에서 간음하다 현장에서 붙잡힌 여인에 대한 예를 들었습니다(요 8:1-11). 상황윤리자들은 그러한 예가 상황윤리를 지지하는 사례라고 이야기할지 모릅니다. 하지만 우리는 이 사례가 상황윤리를 지지하는지에 대해 좀 더 깊은 고민을 해야 합니다. 왜냐하면, 예수님의 행위는 상황윤리가 취하고 있는 실용주의, 상대주의, 실증주의, 인격주의를 따르지 않기 때문입니다. 그럼 한 가지씩 적용해 보도록 하겠습니다.

먼저 실용주의와 관련하여, 간음하다 현장에서 붙잡힌 여인을 사랑하는 방식은 다양할 수 있습니다. 즉, 예수님의 사랑의 실천 가능한 옵션은 다양합니다. 간음하다 현장에서 붙잡히기 전에 여인을 만나실 수도 있었으며, 또한, 자신에게 데리고 오지 않도록 하실 수도 있었습니다. 예수님은 다양한 방법으로 사랑을 실천하실 수 있으셨습니다.

또한, 상대주의와 관련하여, 예수님의 사랑은 상대주의적인 것이 아닙니다. 왜냐하면, 예수님은 모든 사람이 떠나가고 여인과의 대화에서 "다시는 죄를 범하지 말라"고 명령하셨습니다. 그것은 예수님이 얼마나 규범을 중요시하고 있는지를 보여 줍니다. 이는 예수님이 절대주의를 수호하고 있는지를 보여 주는 아주 분명한 예입니다.

또한, 실증주의와 관련하여, 예수님의 사랑은 경험상 항상 좋은 결과를 가져오기 때문에 간음하다 현장에서 붙잡힌 여인을 사랑하여 용서한 것이 아닙니다. 물론 그 여인이 다시는 죄를 범치 않을 것이라고 예상을 할 수는 있지만, 실제로 그렇게 했는지는 미지수입니다. 또한, 예수님은 이스라엘 백성을 죽기까지 사랑하셨지만, 이스라엘 백성은 예수님을 십자가에 못박았습니다.

또한, 인격주의와 관련하여, 예수님의 사랑은 인격주의를 따르지 않았습니다. 물론 간음하다 현장에서 붙잡힌 여인의 인격을 존중했지만, 예수님은 모든 순간에 인격주의를 따르지는 않았습니다. 예수님은 성전 정화 사건을 통해서 항상 인격주의를 따르지 않았다는 것을 보여 주셨습니다.

7) 결론

우리는 윤리 규범에 있어 사랑이라고 하는 윤리 규범이 얼마나 소중한지 잘 알고 있습니다. 예수님 또한, 사랑이라고 하는 윤리 규범을 실천하라고 명령하셨기 때문입니다. 하지만 예수님의 윤리는 사랑만을 절대적인 규범으로 삼는 상황윤리가 아닙니다. 왜냐하면, 상황윤리는 실용주의, 상대주의, 실증주의, 인격주의와 관련하여 비판을 받지만, 예수님의 윤리는 그러한 비판으로부터 자유롭기 때문입니다.

비록 상황윤리가 윤리 문제의 중요성을 사회 속에 부각시키는데 공헌한 것은 분명하지만 상황윤리는 결정적으로 규범과 상황 속에서 상황을 선택함으로써 규범을 무시하는 구조적인 한계가 있습니다. 하지만 예수님의 윤리는 규범과 상황 모두를 선택하심으로써 규범도 준수하고 상황도 고려하는 것을 볼 수 있습니다. 그러한 대표적인 경우가 바로 간음하다 현장에서 붙잡힌 여인에 대한 예수님의 대응 방식입니다.

다시 한번 강조하자면 규범이냐 상황이냐는 양자택일의 문제가 아닙니다. 그러므로 예수님의 윤리를 상황윤리로 치환하는 우를 범해서는 안 됩니다.

4. 예수님의 산상수훈은 윤리적으로 문제가 있지 않나요?

> [마 5:38-45] 또 눈은 눈으로, 이는 이로 갚으라 하였다는 것을 너희가 들었으나 나는 너희에게 이르노니 악한 자를 대적하지 말라 누구든지 네 오른편 뺨을 치거든 왼편도 돌려 대며 또 너를 고발하여 속옷을 가지고자 하는 자에게 겉옷까지도 가지게 하며 또 누구든지 너로 억지로 오 리를 가게 하거든 그 사람과 십 리를 동행하고 네게 구하는 자에게 주며 네게 꾸고자 하는 자에게 거절하지 말라 또 네 이웃을 사랑하고 네 원수를 미워하라 하였다는 것을 너희가 들었으나 나는 너희에게 이르노니 너희 원수를 사랑하며 너희를 박해하는 자를 위하여 기도하라 이같이 한즉 하늘에 계신 너희 아버지의 아들이 되리니 이는 하나님이 그 해를 악인과 선인에게 비추시며 비를 의로운 자와 불의한 자에게 내려주심이라

산상수훈(The Sermon on the Mount)은 마태복음 5~7장에 걸쳐 있는 예수 그리스도의 설교이자 특별한 가르침입니다. '천국의 대헌장'(Magna Carta), '그리스도의 전(全) 교훈의 요약', '천국시민 헌장', '황금률'(The Golden Rule of Morality)이라고도 불립니다. 이 짧은 세 장의 분량 속에 팔복, 주기도문, 황금률 등 이루 헤아릴 수 없는 보석 같은 말씀이 들어 있습니다.

윤리적 관점으로 볼 때, 산상수훈은 예수님의 윤리적 가르침의 결정체입니다. 그런데 사람들은 예수님의 산상수훈이 윤리적으로 문제가 있다고 생각합니다. 왜냐하면, 산상수훈은 일반 사람들의 상식에서 벗어난 이야기를 하거나, 율법의 가르침에 반대되는 이야기를 하기 때문입니다.

예를 들면, 토라(Torah)는 "눈은 눈으로, 이는 이로 갚으라"고 가르치지만, 예수님께서는 "악한 자를 대적하지 말고, 오른편 뺨을 치거든 왼편도 돌려대며, 속옷을 가지고자 하는 자에게 겉옷까지도 가지게 하며, 억지로 오 리를 가게 하거든 십 리를 동행하라"고 가르치기 때문입니다. 이와 같이 산상

수훈에는 반제(반대명제, antitheses)[50]가 무려 여섯 가지나 나옵니다(마 5:21-48). 이 반제들은 보통 사람들의 상식과는 반대되는 것을 가르치기 때문에 윤리적으로 많은 도전을 받을 수밖에 없습니다.

그렇다면 예수님의 산상수훈은 윤리적으로 문제가 있지 않나요?

1) 살인

구약에서 살인금지의 명령은 십계명 중 여섯 번째(두 번째 돌판 중 두 번째) 계명에서 발견할 수 있습니다(출 20:13; 신 5:17). 사람은 하나님의 형상대로 지음을 받았으며, 인간 생명은 누구도 침범할 수 없는 신성불가침의 영역입니다. 물론 여기서의 살인은 비합법적이며 고의성을 가진 살인을 의미합니다.

그래서 전혀 의도하지 않은 살인의 경우(민 35:22-23), 도피성(asylum)을 두어 회중들 앞에서 재판을 받을 때까지 피해자의 유가족으로부터 복수를 당하지 않도록 하는 제도를 두었습니다(민 35:25). 하지만 계획적이며 의도적인 살인의 경우, 살인은 사회 공동체의 존속에 해악을 끼치는 천인공노할 큰 죄이므로 살인한 자는 반드시 죽여야 한다고 율법은 규정하고 있습니다(출 21:12; 레 24:17; 민 35:16-21).

이에 대해 예수님께서는 경고하십니다.

> [마 5:22] 형제에게 노하는 자마다 심판을 받게 되고, 형제를 대하여 라가라 하는 사는 공회에 잡혀 가게 되고, 미련한 놈이라 하는 자는 지옥 불에 들어가게 되리라

---

[50] 반제라고 하는 용어는 반대명제의 줄임말로 바리새인, 서기관, 율법학자들이 생각하는 율법의 테제(these)에 대해 예수님께서 그러한 율법의 테제를 새롭게 해석하신 것을 말한다(antitheses). 그렇기에 학자들 가운데에는 '반제'(anti-these)라는 표현을 사용하는 것을 비판한다. 왜냐하면, 예수는 율법 자체를 반대하는 것이 아니었기 때문이다. 그런 의미에서 테제가 율법의 형식을 중요시한다면, 안티테제는 율법의 참된 취지와 내면의 동기를 강조한다.

여기서 '라가'라는 말의 문자적인 의미는 '바보', '돌대가리'입니다.[51] 즉 형제에게 '라가'라고 하거나 '미련한 놈'이라고 말하면서 분노하지 말라는 것입니다.

그런데 여기서 주목해야 하는 것은 노하는 자마다 심판을 받게 된다는 말씀입니다. 심판을 받아야 할 사람은 살인자이지 분노한 자가 아닙니다. 그럼에도 불구하고 예수님께서는 "노하는 자마다 심판을 받게 된다"고 말씀합니다. 그것은 살인의 동기 그 자체가 바로 살인이라는 것을 말해 줍니다. 즉, 분노하는 것은 어리석은 일입니다. 왜냐하면, 그것은 우리를 건설자가 아닌 파괴자로 만들며, 우리의 자유를 빼앗아 죄의 포로로 만들기 때문입니다.

그렇기에 사도 요한은 "그 형제를 미워하는 자마다 살인하는 자"(요일 3:15)라고 선언합니다. 그런 이유로 예수님께서는 예배를 드리다가 형제에게 원망 들을 만한 일이 생각나면 먼저 가서 형제와 화목하라고 권면합니다(마 5:24).

이를 윤리적인 관점에서 보면 결과보다는 동기를 중시하는 예수님의 윤리를 보여 줍니다. 이것이 왜 그렇게 중요한지는 오늘날 폭력이나 살인 범죄의 통계를 보면 알 수 있습니다. 이러한 범죄의 발생 최다 원인은 우발적 동기입니다. 이러한 우발적 동기는 마음속에 숨겨둔 뿌리 깊은 분노에 기인합니다. 자신을 무시하고 경멸했던 상대방에 대한 감정이 차곡차곡 쌓여 있는데, 그러한 감정을 격발(trigger)하게 되면 우발적으로 분노가 폭발하여 살인하는 큰 죄까지 저지르게 됩니다.

그러므로 "살인하지 말라"는 율법의 금지 명령을 지키는 것은 단지 법적인 살인 행위를 피하는 것만으로는 충분하지 않습니다. 그런 의미에서 예수님의 반제는 오늘날 분노를 다스리기 어려운 많은 사람에게 합당한 처방전이라고 할 수 있습니다.

51　Donald A. Hagner, 『WBC 주석 시리즈: 마태복음(상)』, 채천석 옮김 (서울: 도서출판솔로몬, 1999), 247.

2) 간음

"간음하지 말라"(출 20:14)라는 계명은 십계명에도 나올 정도로 매우 중요한 계명입니다. 고대 사회에 있어 간음은 혈연적으로 맺어진 부족 공동체의 유지에 치명적인 위협을 가하는 것이었습니다. 그래서 이스라엘의 율법은 간음죄를 살인죄 다음으로 악한 죄로 여겼으며, 두 유형의 죄는 죽음으로 다스려졌습니다.

성은 하나님에 의해 주어졌으며, 합법적 성적 관계 안에서 성을 사용해야 합니다. 그것은 경건한 자손을 얻기를 원하시는 하나님의 계획 안에 있는 계명입니다(말 2:15). 그렇기에 성적 범죄인 간음은 이스라엘 백성들이 야훼가 아닌 다른 신들을 좇는 방식을 묘사하는 데 자주 사용되었습니다(참조, 겔 16:32; 호 4:13).[52]

이 계명에 대해 예수님께서는 "음욕을 품고 여자를 보는 자마다 마음에 이미 간음하였느니라"(마 5:28)고 말씀하십니다. 여기서 말하는 음욕(lust)은 라틴어 'luxuria'에서 온 말로서 "자신을 위해 상대방의 육체와 감정을 허랑방탕하게 사용하는 성적 욕망"을 가리킵니다.[53] 즉, 간음이 물리적으로 행해지지 않았다 하더라도 음욕을 품고 여자를 보기만 해도 이미 간음했다는 것입니다.

이 구절에 나오는 '프로스'(πρὸς)는 목적을 나타내는 전치사로 적극적인 의도를 가지고 음욕을 품고 끊임없이 쳐다보는 것을 의미합니다. 여기서 마틴 루터가 "새가 머리 위를 날아가는 것은 막을 수는 없지만 새가 머리 위에 둥지를 트는 것은 막을 수 있다"고 말한 것처럼, 예수님께서 아름다운 여자를 보고 자연스럽게 눈길이 가는 것을 정죄한 것이 아닙니다. 예수님께서 정죄한 것은 의도성과 목적성에 있습니다. 식욕이 행동을 낳는 것처럼 내면의 관능적인 욕망을 채우기 위해 여자를 바라보는 것은 예수님의 기준에서는 이미 간음을 범한 것입니다.

---

52 Michael Wilkins, 『NIV 적용주석 시리즈: 마태복음』, 채천석 옮김 (서울: 도서출판솔로몬, 2009), 274.
53 신원하, 『죽음에 이르는 7가지 죄』 (서울: IVP, 2012), 185.

그런 의미에서 눈과 손은 일반적으로 성범죄의 두 범인이라고 할 수 있습니다. 그 대표적인 경우가 바로 다윗입니다. 다윗이 왕궁 옥상에서 거닐다가 그 곳에서 한 여인이 목욕을 하는 장면을 보았는데 심히 아름다워 보였다고 성경은 묘사합니다(삼하 11:2).

즉, 음욕은 마음의 병이며, 잠재적인 죄의 근원입니다. 그렇기에 예수님께서는 음욕의 원인이 되는 눈을 뽑고 손을 찍어 내버리라고 요구하신 것입니다(마 5:29-30). 왜냐하면, 육신의 죄는 영원한 심판으로 이어지기 때문입니다(골 3:5; 롬 6:13; 12:1-2; 13:14). 이와 같은 예수님의 반제는 성의 거룩함을 강조하는 하나님의 순결법이 인간의 기준보다 얼마나 높은지를 보여 줍니다.

이를 윤리적인 관점에서 보면 잠재적 죄의 근원을 죄로 인정하는 예수님의 높은 윤리를 보여 줍니다. 그런 의미에서 아리스토텔레스의 엔텔레키(entelechy) 개념을 소환할 수 있습니다. 엔텔리키 개념은 '질료가 형상을 얻어 완성하는 현상'을 가리키며, 생명력(life force)라고도 합니다.

혹자는 이것을 '창발성'(emergent property)라고도 말합니다. 즉, 질료가 그 목표인 형상을 실현해 나가는 과정을 의미합니다. 다른 말로, 목적론의 실현태이자 목적을 구체적으로 나타낸 완성태입니다. 라이프니츠 또한, 자신의 모나드를 내부의 자기 결정적 활동을 엔텔레키(entelechies)라고 불렀습니다. 쉽게 말하면, 가능태가 현실태가 되어가는 과정으로서 하나의 잠재적인 것이 현실적인 것이 되기 위해 활동하는 것을 의미합니다.

결국, 음욕은 엔텔레키의 과정을 거쳐 간음하도록 만듭니다. 다윗은 간음만 한 것이 아니라, 자신의 간음을 정당화하기 위해 살인교사까지 하게 되었습니다. 이것은 음욕이 현실태가 되기 위해 얼마나 왕성하게 활동하고 있는가를 보여 주는 증거라고 할 수 있습니다.

3) 이혼

오늘날 이혼은 가장 논쟁적인 문제입니다. 이혼은 파괴적이며 고통을 수반합니다. 그럼에도 미국의 이혼율은 절반에 육박할 정도로 이혼율은 계속해서 증가하고 있으며, 심지어 기독교 지도자들의 가정에까지 침범하고 있습니다. 이혼은 한 세대 전보다 흔해졌으며, 이혼은 더 이상 정죄받지 않는 분위기가 형성되어 있습니다.

그러다 보니 많은 사람이 이혼을 쉽게 결정합니다. 그러나 이는 하나님께서 원하시는 결혼과 이혼의 모습이 아닙니다. 그러므로 이 시대는 이혼에 대한 성경적인 통찰력이 그 어느 때보다 필요한 시대입니다.

신명기 법전에서는 "누구든지 아내를 버리려거든 그에게 이혼 증서를 줄 것이라"(신 24:1-4)라고 규정하고 있습니다. 이혼한 여자는 여성 차별적인 문화 속에서 법적으로 여전히 전 남편의 소유이며, 한 남성의 아내입니다. 그러므로 이혼한 여자가 재혼하려면 법적으로 전남편과의 관계가 완전하게 끊어져 있어야 합니다. 이혼 증서가 필요한 이유는 이혼한 여자가 재혼할 수 있도록 법적인 자유를 주기 위해서입니다.

그런데 자신의 정욕을 채우기 위해 결혼한 후 이혼 증서도 주지 않고 여자를 버리는 남자들이 많았습니다. 즉, 많은 남자들이 의도적으로 이혼 증서법을 자주 오용했습니다.

예수님 당시에도 이혼은 논쟁적인 이슈였습니다. 그 당시 샴마이 학파와 힐렐 학파는 신명기 24:1에 대한 주석을 놓고 서로 논쟁을 벌였습니다. 신명기 24:1에 나오는 부인에게서 "발견한 수치스러운 일"이 무엇이기에 정당한 이혼의 근거가 되는지 열띤 토론이 있었습니다.

보수적인 샴마이 학파는 이혼의 허용조건을 엄격하게 제한했으며, 자유적인 힐렐 학파는 폭넓게 해석했습니다. '수치스런 일'이라는 표현을 두고 샴마이 학파는 결혼관계를 파괴하는 간음행위로 좁게 해석한 반면에 힐렐 학파는 '수치스런'과 '일'로 나누고, '수치스런' 행위로는 간음을, 그리고 '일'에는 아내가 저녁음식을 태운다든가, 접시를 깨뜨리든가 하는 일들까지 포함시켰습니다.[54] 이러한 자유주의적 해석은 그 당시에 더 통용되었던 것 같습니다.

> 본문의 축자적인 의미와 부합하는 샴마이 학파의 주석과는 달리 힐렐 학파는 이 구절을 다음과 같이 해석했다. 즉, 부인이 a) 간음했거나 b) 무엇인가

---

[54] Joachim Jeremias, 『신약신학』, 정충하 옮김 (서울: 새순출판사, 1991), 327-328.

남편의 마음에 들지 않을 경우에는 남편은 부인과 이혼할 자격을 갖게 된다는 것이다. 따라서 힐렐 학파는 남편의 일방적인 이혼권을 완전한 자의에 맡겨 버렸다. 필로와 유세푸스가 힐렐파의 견해만을 알고 있었고 이 견해를 옹호한 것으로 보아 주후 1세기 전반기에 이미 이 견해는 통용되었음에 틀림없다.[55]

이러한 해석이 득세하던 그 시대에 예수님께서는 "누구든지 음행한 이유 없이 아내를 버리면 이는 그로 간음하게 함이요 또 누구든지 버림받은 여자에게 장가드는 자도 간음함이니라"(마 5:32)고 말씀하셨습니다. 즉, 이혼증서의 원래 취지가 어디에 있는지를 다시 한번 상기시킨 것입니다.

즉, 모세는 여성의 최소한의 보호 장치인 이혼 증서를 주어서 이혼을 허락했지만, 예수님께서는 "모세가 너희 마음의 완악함 때문에 아내 버림을 허락하였거니와 본래는 그렇지 아니하니라"(마 19:8)고 말씀하셨습니다. 즉, 이혼증서가 인간의 완악함에 근거한 것이라는 것입니다.

즉 예수님은 신명기 법전에 대한 해석에 대해 신명기로 대응하지 않으시고 창세기로 대응하셨습니다. 즉, 최초의 창조질서(마 19:3-6)는 그러한 이혼을 정당화하지 않는다는 것입니다. 그래서 예수님께서는 "하나님이 짝지어 주신 것을 사람이 나누어서는 안 된다"(막 10:9)며 이혼을 허용한 모세의 율법을 새롭게 해석하셨습니다.

하나님께서 보시기에 유일하게 좋지 않았던 것은 사람이 혼자라는 사실이었습니다(창 2:18). 여자는 이 필요를 충족시키기 위해 창조되었습니다. 그리고 생육하고 번성하라는 축복과 명령을 받았습니다(창 1:28). 그러므로 결혼은 이러한 축복과 명령을 성취하는 것이어야 합니다. 결론적으로 이혼은 하나님의 창조 계획에는 없는 개념입니다.

사도 바울은 이러한 관계를 그리스도와 교회 사이의 친밀한 관계의 비유로 사용합니다(엡 5:22-23). 그리스도와 교회의 관계가 끊어질 수 없는 관계

---

[55] Joachim Jeremias, 『예수 시대의 예루살렘』, 한국신학연구소번역실 옮김 (서울: 한국신학연구소, 1992), 463.

인 것처럼 부부관계도 그러해야 한다는 것입니다. 또한, 사도 바울은 결혼은 성적인 죄를 피하는 한 가지 방법이라고 말합니다(고전 7:1-6). 즉 결혼이라는 울타리 안에서 섹스의 육체적 기쁨을 함께 나누어야 한다는 것입니다. 그러므로 울타리 밖에서의 성 관계는 한 몸으로 결합된 남녀관계를 해치는 죄입니다. 게다가 하나님은 이혼을 미워하십니다(말 2:14-16).

이혼에 관한 예수님의 반제를 윤리적인 관점에서 보면 인간의 끊임없는 육체적 욕망에 대한 경고와 경제적 사회적 약자였던 여자에 대한 자비를 보여 주신 예수님의 수준 높은 윤리를 확인할 수 있습니다. 왜냐하면, 예수님께서 "아내를 버리는 남자는 그녀로 하여금 간음하게 하는 것"이라고 말씀하신 것은 그 당시 사회에서는 이혼을 당한 여인이 홀로 살아 갈 길이라고는 매춘 행위밖에 없었기 때문입니다.[56]

4) 맹세

맹세는 사람들이 자신의 말을 믿지 못할 때 자신보다 더 높고 뛰어난 권위에 있는 존재를 걸고 하는 단언을 말합니다(히 6:16). 하나님께서는 자신보다 더 뛰어난 존재가 없기 때문에 자신을 가리켜 맹세하시고(히 6:13), 자신의 거룩함을 두고(시 89:35), 자신의 위대한 이름으로(렘 44:26), 자신의 삶을 두고(겔 33:11) 맹세하셨습니다.

그리한 맹세 중 가장 위대한 맹세는 인간이 구세주가 되시는 예수님을 믿음으로써 구원을 받게 되리라는 맹세입니다(히 7:20-28).[57] 이처럼 구약성경에서 하나님은 자주 맹세로 약속의 성취를 보증하셨습니다(창 9:9-17).[58]

하지만 인간의 맹세는 진실인지 아닌지 알 수 없습니다. 그렇기에 율법에서는 "헛 맹세를 하지 말고 네가 맹세한 것을 주께 지키라"(레 19:12; 민 30:2; 신 23:21-23)고 명령합니다. 실제로 이스라엘에서는 거짓 신에게 맹세하는 것

---

56 Donald A. Hagner, 『WBC 주석 시리즈: 마태복음(상)』, 258.
57 Everett F. Harrison 외 2인 편집, 『Baker's 신학사전』, 신성종 책임번역 (서울: 도서출판엠마오, 1986), 196.
58 Michael Wilkins, 『NIV 적용주석 시리즈: 마태복음』, 277.

이 금지되었습니다(렘 12:16; 암 8:14).

이에 대해 예수님께서는 "도무지 맹세하지 말라"(마 5:34)고 명령하십니다. 왜냐하면, 그 당시 많은 사람이 온갖 속임수를 사용했는데, 그중에는 맹세도 있었기 때문입니다. 특히, 그 당시 종교지도자들은 하나님에 대한 맹세까지 하면서 자기 배를 채우려 했습니다. 그들은 혹시라도 그 맹세가 거짓으로 밝혀질 경우를 대비하여 하나님의 거룩한 이름을 사용하는 것을 피하고 하늘, 땅, 예루살렘, 자신의 머리 등을 사용하여 맹세했습니다.

그렇기에 예수님께서는 맹세에 관해 이렇게 말씀하십니다.

> **[마 5:33-37]** 하늘로도 하지 말라 이는 하나님의 보좌임이요 땅으로도 하지 말라 이는 하나님의 발등상임이요 예루살렘으로도 하지 말라 이는 큰 임금의 성임이요 네 머리로도 하지 말라 이는 네가 한 터럭도 희고 검게 할 수 없음이라 오직 너희말은 옳다 옳다, 아니라 아니라 하라 이에서 지나는 것은 악으로부터 나느니라

이러한 말씀을 직접 들었을 베드로는 몇 년 후에 예수님을 모른다고 세 번이나 부인하였고, 심지어 저주하며 맹세하기까지 하였습니다(마 26:74). 이 사건이 주는 의미는 우리 인간은 특별한 상황 가운데서 저주하며 맹세할 수 있는 연약한 존재라는 것입니다. 그렇기에 예수님은 단순히 "옳으면 옳다"고 말하고, "아니면 아니라"고 말하라고 명령하십니다.

사실 신약성경에서 맹세는 전적으로 금지된 것은 아니었습니다(고후 1:18; 갈 1:20). 예수님의 요지는 "예"나 "아니오"라고 말해도 충분히 믿어 줄 수 있는 사람이 되어야 한다(고후 1:15-24)는 것과 우리의 단순한 말이라도 사인한 문서나 계약서처럼 신뢰할 만한 것을 생각할 수 있게 해야 한다는 것입니다.[59]

맹세에 관한 예수님의 반제는 윤리적인 관점에서 공동체의 규범성과 덕윤리에 대해 시사하는 바가 많습니다. 공동체에 있어서 신뢰와 정직은 사회를 지탱하는 기본덕목입니다. 공동체의 신뢰와 정직이라는 규범성이 상실되면,

---

59 Ibid., 278.

거짓과 맹세가 난무해집니다. 진실성과 신뢰성이 보장되는 그런 공동체를 만들기 위해서는 개인의 덕성에 호소할 수밖에 없습니다.

그러므로 "말이 많으면 허물을 면하기 어려우나 그 입술을 제어하는 자는 지혜가 있느니라"(잠 10:19)는 말씀처럼, 어떤 맹세도 필요 없는 진실한 사람, 정직한 인격자가 되도록 덕을 쌓는 것이 얼마나 중요한지를 보여 줍니다.

5) 복수

율법의 복수에 대한 규정은 "눈은 눈으로, 이는 이로 갚으라"(출 21:24; 레 24:20; 신 19:21)는 것입니다. 많은 사람이 이 규정이 기독교의 사랑의 정신과는 배치되는 것이라고 오해하지만 이 규정은 함무라비 법전 196항에도 나와 있는 정당한 규정입니다. 이를 동해복수법(*lex talionis*)이라고 하는데, 이 법은 개인의 사사로운 처벌 대신 당한 만큼만 되돌려 주게 함으로써, 폭력의 확산과 악순환을 막는 법으로서 예수님 당시 모든 민사법의 기초와 원리였습니다.[60]

예수님도 이에 대해 알고 계셨지만, 예수님께서는 이렇게 말씀하십니다.

> [마 5:39-42] 악한 자를 대적하지 말라 누구든지 네 오른편 뺨을 치거든 왼편도 돌려 대며 또 너를 고발하여 속옷을 가지고자 하는 자에게 겉옷까지도 가지게 하며 또 누구든지 너로 억지로 오 리를 가게 하거든 그 사람과 십 리를 동행하고 네게 구하는 자에게 주며 네게 꾸고자 하는 자에게 거절하지 말라

사실 이 동해복수법의 율법 조항은 피해자와 가해자 모두 공평한 정의의 실천을 전제하고 있기 때문에 "악한 자를 대적하지 말라"는 예수님의 말씀은 피해자를 고려하지 않은 것처럼 여겨질 수 있습니다. 그럼에도 불구하고 예수님께서는 다른 사람에게 고통을 주기보다는 자신이 기꺼이 손해를 입는 것을 선택하라고 말씀하십니다. 그리고 그것을 몸소 실천하셨습니다.

---

60   Joachim Jeremias, 『산상설교』, 박상래 옮김 (왜관: 분도출판사, 1973), 55.

[표 90] 복수에 대한 네 가지 반제와 실천

	반제	실천
심한 모욕	(마 5:39) 누구든지 네 오른편 뺨을 치거든 왼편도 돌려 대며	(요 18:22) 그러자 곁에 섰던 한 경비병이 예수님의 뺨을 치며
심한 손해	(마 5:40) 또 너를 고발하여 속옷을 가지고자 하는 자에게 겉옷까지도 가지게 하며	(요 19:23) 군인들이 예수를 십자가에 못 박고 그의 옷을 취하여 네 깃에 나눠 각각 한 깃씩 얻고 속옷도 취하니
심한 강제	(마 5:41) 또 누구든지 너로 억지로 오 리를 가게 하거든 그 사람과 십 리를 동행하고	(마 27:32) 가다가 시몬이란 구레네 사람을 만나매 그에게 예수의 십자가를 억지로 지워 가게 하였더라
심한 요구	(마 5:42) 네게 구하는 자에게 주며 네게 꾸고자 하는 자에게 거절하지 말라	(눅 6:34) 너희가 받기를 바라고 사람들에게 꾸어 주면 칭찬 받을 것이 무엇이냐 죄인들도 그만큼 받고자 하여 죄인에게 꾸어 주느니라

첫째, 예수님께서 "네 오른편 뺨을 치거든"이라고 말씀하시는데, 때리는 사람이 오른손잡이라고 가정할 경우 손바닥이 아닌 손등으로 때렸다는 말이 됩니다. 그것은 상당한 모멸감을 주는 행위입니다. 그럼에도 왼편까지 돌려 대라는 것은 보복할 생각을 완전히 버리고, 상대방의 의사에 완전히 자기 자신을 내어 맡기라는 뜻이 내포되어 있습니다. 예수님께서는 나중에 '수난'을 당하시면서, 몸소 이 같은 태도의 본이 되어 주셨습니다(마 26:67-68, 27:30; 벧전 2:23).[61]

둘째, 예수님께서 말씀하신 "속옷"은 판결에 의해 마땅히 내어 주어야 할 것을 의미합니다. 당시 채권자는 소송을 통해 채무자의 속옷을 요구하는 일이 있었습니다. 하지만 "겉옷"까지도 선선히 내어 주라고 가르치셨는데, 그 당시 사람들이 겉옷을 이불로도 사용했다(출 22:26-27; 신 24:12-13)는 사실을 알게 되면, 그 가르침이 얼마나 놀랄 만한 일인가를 알 수 있습니다.

셋째, 당시 로마 군인들은 점령지 백성들에게 자기의 군장을 5리까지 지고 가도록 할 수 있는 권한이 있었다고 전해집니다. 그 대표적인 예가 예수님의 십자가를 대신 진 구레네 시몬의 경우입니다. 하지만 예수님께서는 5

---

61 Donald A. Hagner, 『WBC 주석 시리즈: 마태복음(상)』, 265.

리뿐만 아니라 10리까지라도 동행하라고 가르치십니다. 이러한 예수님의 기준은 세상적인 기준을 뛰어넘는 기준임을 알 수 있습니다.

넷째, 달라는 사람에게 주고 꾸려는 사람에게 거절하지 말라는 것은 가난하고 힘없고 도움이 필요한 사회적 약자의 부탁이나 요구를 거절하지 말라는 의미를 가지고 있습니다. 이러한 사회적 약자에게 되받을 가능성은 없습니다. 하지만 이 반제는 그러한 가능성을 고려하지 않고 자비롭고 너그럽게 도움을 주라는 극강의 반제라고 할 수 있습니다.

이러한 복수에 대한 예수님의 반제는 모욕 ⇨ 손해 ⇨ 강제 ⇨ 요구의 계단으로 상승합니다. 그러므로 이 반제는 산상수훈의 핵심이자 결정체라고 할 수 있습니다. 법과 상식을 뛰어넘어 은혜와 자비로 향하는 삶의 방식은 많은 사람에게 영감을 주었습니다.

특히, 사회 지도자들과 사상가들에게 윤리적 영향을 미쳤음을 역사를 통해 확인할 수 있습니다. 초대 교회나 교부들은 말할 것도 없고 종교개혁가들 그리고 톨스토이(L. Tolstoy), 간디(M. Gandhi), 마틴 루터 킹(M. L. King Jr.) 같은 사람 모두가 산상설교로부터 직접적인 영향을 받았습니다.

톨스토이는 "악한 자를 대적하지 말라"(마 5:39)는 이 말씀에 근거하여 군대징집, 전쟁, 감옥, 사형제도를 비판하였습니다.

간디는 자신의 비폭력운동이 산상수훈에 뿌리를 두고 있다고 말합니다.

> 예수는 비폭력적 비협력의 위대한 가르침을 그렇게도 그럼갑고 설득력 있는 방법으로 표현했다. 그대의 억압자에 대한 그대의 비협력이 주먹에는 주먹이라는 식이 되면 그것은 폭력적이고 길게 보아 효과가 없다. 그대의 비협력이 그대의 억압자에게 그가 필요로 하는 것을 모두 제공하는 것이 될 때 비로소 그것은 비폭력적이다.[62]

---

62 Harvey Cox, 『예수 하버드에 오다』, 오강남 옮김 (서울: 문예출판사, 2010), 437-8.

그리고 민권운동가였던 마틴 루터 킹 목사에게 있어서 산상수훈에 나타난 원수 사랑의 정신은 민권운동의 전략적 수단이기에 앞서 기본철학이며 이념이었습니다.[63] 그러므로 비폭력 무저항 정신의 기초인 이 반제는 악을 선으로 이기는 예수님 윤리의 우월성을 보여 줍니다.

6) 원수 사랑

예수님께서는 여섯 번째 반제에서 상식과 대치되는 반제를 말씀하십니다. 세상 사람들의 상식은 "네 이웃을 사랑하고 네 원수를 미워하라"(마 5:43)는 것입니다. 내 이웃을 사랑하고 원수를 미워하는 것은 인지상정이자 당연한 상식입니다. 그래서 예레미아스는 이 율법을 "너희 동족은 사랑해야 하나, 너희의 적은 사랑할 필요가 없다"로 번역하는 것이 옳다고 주장합니다.[64]

이러한 인간의 상식과는 반대로 예수님께서는 "너희 원수를 사랑하며 너희를 박해하는 자를 위하여 기도하라"(마 5:44)고 명령하십니다. 사실 내 이웃을 사랑하는 것은 어렵지 않지만, 원수를 사랑하는 것은 매우 어렵습니다.

사실 구약에서 "너는 네 형제를 마음으로 미워하지 말며 … 원수를 갚지 말며 동포를 원망하지 말며 네 이웃 사랑하기를 네 자신과 같이 사랑하라"(레 19:17-18)고 명령하고, 출애굽기 23:4-5에서도 원수의 재산권을 지켜 주라고 명령하고 있습니다. 율법 어디에도 원수에 대한 증오를 가르치지 않습니다. 그럼에도 불구하고 사람들은 원수를 미워하고 저주합니다. 그것은 원수 사랑이 얼마나 어려운지를 보여 줍니다.

그런 의미에서 예수님께서는 우리가 그분의 원수였을 때 먼저 우리를 사랑하셨습니다(롬 5:10). 그래서 "우리가 아직 죄인 되었을 때에 그리스도께서 우리를 위하여 죽으심으로 하나님께서 우리에 대한 자기의 사랑을 확증"(롬 5:8)하셨습니다. 그렇기에 예수님께서는 자신을 배신하고 반역한 자들을 사랑하셨을 뿐만 아니라 "너희를 박해하는 자를 위하여 기도하라"(마 5:44)고

---

63 Martin L. King. Jr., *Stride Toward Freedom* (New York: Harper & Row, 1958), 84.
64 Joachim Jeremias, 『신약신학』, 312.

명령하심으로써 이러한 사랑의 대상을 박해하는 사람들에게까지 확장하셨습니다.

이러한 원수 사랑은 그리스도인으로서의 완전함과 성숙함을 의미합니다. 왜냐하면, 이웃 사랑은 세리와 이방인들도 할 수 있는 것이기 때문입니다(마 5:46-47). 예수님께서는 최고선이시며 사랑과 의의 근원이신 하나님께서 온전하신 것처럼 온전하라고 권면합니다(마 5:48).

이는 바리새인들의 의를 훨씬 초월하는 것입니다. 여기서 사용된 '텔레이오스'라는 단어는 히브리어 '타민'을 번역한 헬라어로 구약에서는 이 단어가 흔히 윤리적인 고결성을 나타내는 데 사용되곤 했습니다(예를 들어, 창 6:9, 17:1; 삼하 22:24-27; 시편 및 쿰란문서).[65] 이는 완전하고 완벽하다는 의미이며, 내가 거룩하니 너희도 거룩하라"(레 19:2; 벧전 1:16)는 율법의 의도와 다르지 않습니다.

7) 결론

산상수훈은 천국 백성이 가져야 할 올바른 마음과 삶의 지침에 대해 정확한 표준을 제시하고 있습니다. 그중에서도 여섯 가지 반제는 율법과 상식을 뛰어넘는 그리스도인이 가져야 할 올바른 윤리적 가치관을 보여 줍니다.

이러한 여섯 가지 반제를 다음과 같이 정리할 수 있습니다.

[표 91] 여섯 가지 반제

관련십계명	주제	떼제(Thesis)	안티떼제(Antitheses)
6계명	살인	Do not commit murder 창 9:5-6; 출 20:13; 민 35:16-18	Do not hate 마 5:21-26
10계명	간음	Do not commit adultery 출 20:14; 레 20:10	Do not lust in your heart 마 5:27-30; 18:8-9;
7계명	이혼	Certify your divorce 신 21:1-4	Do not divorce 마 5:31-32; 고전 7:10-13;

---

65   Donald A. Hagner, 『WBC 주석 시리즈: 마태복음(상)』, 271.

3계명	맹세	Keep your vows 레 19:12	Do not make vows 마 5:33-37; 히 6:13
6계명	복수	Retaliate 출 21:24	Do not retaliate 마 5:38-42
8계명	원수	Hate your enemies (참조) 레 19:17-18	Love your enemies 마 5:43-48

이러한 여섯 가지 반제는 하나님 아버지께서 온전하심 같이 온전한 존재가 되어야 함을 가르치고 있습니다.

첫째, 살인과 관련하여, 결과보다 동기를 중시합니다.
둘째, 간음과 관련하여, 외적 행위보다 내면적 마음을 중시합니다.
셋째, 이혼과 관련하여, 소극적 수동적 태도보다 적극적 능동적 태도를 중시합니다.
넷째, 맹세와 관련하여, 표면적인 말보다 신뢰할 수 있는 인격을 중시합니다.
다섯째, 복수와 관련하여, 사회적 통념보다는 자비의 실천을 중시합니다.
여섯째, 원수와 관련하여, 표면적 사랑보다 실천적 사랑을 중시합니다.

이러한 가르침은 단순히 율법조항이나 가르침에서 그치면 안됩니다. 왜냐하면, 예수님께서 먼저 삶으로 실천하심으로써 본을 보이셨기 때문입니다. 그러므로 여섯 가지 반제는 기독교 윤리가 보여 줄 수 있는 최상의 덕윤리 혹은 성품 윤리를 보여 주는 극강의 황금률이라고 할 수 있습니다.

5. 그리스도를 본받는다는 것이 윤리적으로 어떤 의미인가요?

> **[롬 15:5]** 이제 인내와 위로의 하나님이 너희로 그리스도 예수를 본받아 서로 뜻이 같게 하여 주사
>
> **[고전 11:1]** 내가 그리스도를 본받는 자가 된 것 같이 너희는 나를 본받는 자가 되라
>
> **[요삼 1:11]** 사랑하는 자여 악한 것을 본받지 말고 선한 것을 본받으라 선을 행하는 자는 하나님께 속하고 악을 행하는 자는 하나님을 뵈옵지 못하였느니라

많은 사람은 자신이 존경하고 본받고 싶은 사람이 있습니다. 그 사람이 석가모니나 공자가 될 수 있고 부모가 될 수 있습니다. 하지만 성경은 우리에게 그리스도를 본받아야 한다고 말씀합니다(롬 15:5; 고전 11:1; 엡 5:1; 딤후 1:13). 하지만 예수님을 본받는 것은 너무나 어려워 보입니다. 왜냐하면, 예수님은 다른 어떤 인간과는 비교할 수 없는 완벽한 분이시기 때문입니다.

그러한 분을 본받으라고 하는 것은 달성할 수 없는 목표를 달성하라는 말과 같다고 생각할 수 있습니다. 그 결과 낙심하고 절망할 수 있습니다. 그렇기에 심지어 사도 바울조차 "내가 그리스도를 본받는 자가 된 것 같이 너희는 나를 본받는 자가 되라"(고전 11:1)고 말합니다.

그렇다면 그리스도를 본받는다는 것이 윤리적으로 어떤 의미인가요?

1) 목적론적 전통

예수님을 본받는다는 것은 목적론적으로 매우 의미있는 접근방법입니다. 왜 그것이 세속적인 목적론과 비교할 때 의미가 있을까요?

첫째, 세속적인 목적론적 윤리는 자신이나 공동체 전체의 행복을 궁극적인 목표로 하기 때문입니다. 이러한 목적론적 전통의 대표적인 사상은 바로 공리주의입니다. 공리주의는 최대 다수의 최대 행복을 추구합니다. 하지만 성경은 우리에게 예수님을 본받아야 한다고 강조합니다. 에베소서 4:13을 보면, 이렇게 말씀합니다.

[엡 4:13] 우리가 다 하나님의 아들을 믿는 것과 아는 일에 하나가 되어 온전한 사람을 이루어 그리스도의 장성한 분량이 충만한 데까지 이르리니

여기서 목표는 "그리스도의 장성한 분량이 충만한 데까지"입니다. 이것은 세속적인 목적론적 윤리보다 고차원적인 목표 지점입니다. 그리스도를 믿는 것과 아는 일에 하나가 되어 온전한 사람이 되고, 그리스도의 장성한 분량이 충만한 데까지 이를 때에 자신이나 공동체의 행복에 기여하게 될 수 있습니다. 이처럼 그리스도를 본받는다는 것은 개인의 행복만을 최우선으로 여기는 세속적인 목적론적 윤리의 목표 지점보다 고차원적인 목표 지점인 거룩을 목표 지점으로 하기 때문입니다.

둘째, 그리스도를 본받아야 하는 이유는 그리스도 또한, 목적론적 삶을 직접 실천에 옮기셨기 때문입니다. 예수님께서는 온전히 거룩한 목적을 좇는 삶을 사셨습니다. 예수님은 자기 목숨을 많은 사람의 대속물로 주시기 위해 오셨다고 세상에 오신 목적을 밝히셨습니다(막 10:45).

이것은 예수님께서 세상에 오시기 수 천년 전에 이미 하나님께서 계획하신 것이며(창 3:15), 하나님의 뜻을 행하며, 그 뜻을 성취하는 삶을 위해 사셨습니다(요 4:34). 그러므로 그리스도를 본 받는다는 것은 이처럼 거룩한 목표를 따르신 예수님을 따르는 삶을 살아야 한다는 것을 의미합니다.

셋째, 그리스도인에게는 하나님의 영광이라는 목표가 주어졌기 때문입니다. 그리스도인은 먹든지 마시든지 무엇을 하든지 하나님의 영광을 위하여 하라는 목표가 있습니다(고전 10:31). 그리스도인이 윤리적인 삶을 살고 그리스도를 본받아야 하는 이유와 목적은 바로 하나님의 영광을 위한 것입니다.

그러므로 그리스도를 본받는다는 것은 세속적인 목적론적 윤리와 차원이 다릅니다. 물론 세속적인 목적론적 윤리관 또한, 행복이라는 하나의 목적을 지향한다는 점에서 나쁘지 않다고 말하지 모릅니다. 하지만 이 양자 사이에는 전혀 다른 목표 설정의 간극이 존재합니다. 게다가 인격과 행동 전체를 닮아야 할 표준이 없습니다. 그러므로 행복을 목적으로 하는 세속적인 목적론적 윤리는 거룩을 목적으로 하는 기독교 윤리를 본받아야 합니다.

2) 의무론적 전통

예수님을 본받는다는 것은 의무론적으로도 매우 의미 있는 접근방법입니다.
왜 그것이 세속적인 의무론과 비교할 때 의미가 있을까요?

첫째, 세속적인 의무론적 윤리는 절대적 규범을 제시하지 못하기 때문입니다. 세속적인 의무론적 윤리는 인간이 지켜야 할 규범을 찾아 체계화하려고 노력합니다. 이러한 노력의 대표자는 바로 칸트이며, 그는 이러한 의무론을 정언명령과 가언명령을 사용하여 체계화했습니다. 특히, 정언명령은 어떠한 경우라도 지켜야 하는 명령이라고 주장했습니다.

하지만 그 명령을 지키라고만 했지, 그것을 왜 지켜야 하는지는 증명하지 않았습니다. 아니 못했다고 해야 합니다. 왜냐하면, 그가 고안한 정언명령은 인간이 발견하고 체계화한 규범이기 때문입니다. 이렇게 이야기하면 칸트는 가언명령은 조건이 붙기에 규범적이라고 할지 모릅니다. 왜냐하면, "누구든지 나를 따라오려거든 자기를 부인하고 자기 십자가를 지고 나를 따를 것이니라"(마 16:24)라고 말씀하신 예수님의 명령도 "나를 따라오려거든"이라는 조건이 붙은 것처럼 보이기 때문입니다.

하지만 이것은 칸트식의 조건과는 다른 의무론적 조건이라는 것을 알아야 합니다. 왜냐하면, 내용적으로는 이미 정언명령이 이루어지고 있기 때문입니다. 그리스도를 본받는다는 것은 이미 예수님을 따르는 삶이며, 동시에 우리의 삶의 각 상황에서 부여되고 있는 자기 십자가를 지는 것입니다. 이는 가장 궁극적인 정언명령이라고 할 수 있습니다. 게다가 그리스도를 본받는 삶은 그리스도께서 주신 계명을 지키는 삶입니다.

여기서 예수님의 계명은 하나님의 말씀이라는 절대적 권위를 가지고 있습니다. 예수님은 신성을 가지신 하나님으로서 그분의 계명은 절대적 구속력을 가진 규범이 되기에 충분합니다. 그러므로 그리스도를 본받는 삶은 그의 계명을 지키는 것이고, 그 계명은 의무론적으로 절대적인 정언명령입니다. 따라서 절대적인 규범을 제시하지 못하는 세속적인 의무론은 절대적인 규범을 확실하게 제시하는 기독교 윤리를 본받아야 합니다.

둘째, 그리스도를 본받아야 하는 이유는 그리스도 또한, 의무론적 삶을 직접 실천에 옮기셨기 때문입니다. 예수님의 섬김과 기도와 십자가는 이를 잘 나타내고 있습니다. 예수님은 최후의 만찬에서 제자들의 발을 씻기신 후, 본인 자신이 보이신 모범을 따르라고 하셨으며(요 13:14-15), 서로 사랑하라는 계명을 주셨습니다(요 13:34, 15:12).

또한, 예수님은 겟세마네 동산에서 나의 원대로 마시옵고 아버지의 원대로 되기를 원한다고 거듭 기도하셨습니다(마 26:42). 이러한 의무론적 실천의 절정은 십자가이며, 십자가에 달려 죽으심으로 하나님 사랑과 이웃 사랑이라는 계명을 성취하셨습니다. 그렇기에 예수님께서는 자신을 따르려는 자들에게 날마다 자기의 십자가를 지고 따르라고 요구하셨습니다(눅 9:23-24).

사도들도 이러한 예수님을 본받으라고 격려하고 있습니다.

> **[벧전 2:21]** 이를 위하여 너희가 부르심을 받았으니 그리스도도 너희를 위하여 고난을 받으사 너희에게 본을 끼쳐 그 자취를 따라오게 하려 하셨느니라

이렇게 예수님을 본받아야 하는 이유는 충분합니다. 왜냐하면, 예수님은 하나님의 뜻을 위해 사랑이라고 하는 희생과 의무를 실천에 옮겼기 때문입니다.

3) 실존론적 전통

예수님을 본받는다는 것은 실존론적으로도 매우 의미있는 접근방법입니다. 왜 그것이 세속적인 실존론과 비교할 때 의미가 있을까요?

첫째, 세속적인 실존론적 윤리는 계속해서 실패를 경험할 수밖에 없기 때문입니다. 실존론적 전통의 윤리는 인간의 내적 성품을 강조합니다. 특히, 아리스토텔레스는 이상적인 사회를 이루기 위해 덕을 갖춘 시민이 되어야 한다고 주장하였습니다. 이러한 덕은 중용의 덕이라고 할 수 있으며, 이러한 중용의 덕을 함양하기 위해서는 많은 노력을 해야 합니다.

양극단으로 치우치지 않기 위해 중용의 덕을 이성적으로 판단하여 매일 실천해야 합니다. 하지만 이러한 인간의 노력으로 중용의 덕을 함양하는 것은 매우 어려운 일입니다. 왜냐하면, 인간은 죄된 본성을 가지고 있기 때문입니다. 그 결과 인간의 노력만으로는 이러한 덕을 함양하는 것은 실패를 경험할 수밖에 없습니다.

마찬가지로 기독교의 윤리 또한, 인간의 내적 성품을 강조합니다. 하지만 기독교의 윤리가 세속적인 실존론적 윤리와 다른 점은 인간의 노력과 성령님의 도우심으로 덕을 함양할 수 있다는 점입니다. 그리스도인은 성령님의 거듭남의 역사로 새로운 성품을 향한 여정이 시작됩니다.

그리고 이 여정은 예수님 앞에 서는 순간까지 계속되며, 이러한 여정을 성화의 과정이라고 말합니다. 물론 로마서 7:16-25과 갈라디아서 5:16-26에서 묘사되었듯이, 그리스도인은 인간의 죄된 본성과 성령님이 주시는 새로운 성품 간의 치열한 전투 속에서 살아가게 됩니다. 여기서 성령님의 도우심이 없는 사람은 실패하고, 성령님의 도우심이 있는 사람은 성공합니다. 그 점이 세속적인 실존론적 윤리와 다른 점입니다.

둘째, 그리스도를 본받아야 하는 이유는 그리스도 또한, 실존론적으로 본받을 만한 삶을 사셨기 때문입니다. 만일 신성을 가진 예수님께서 인간의 이러한 치열한 전투의 경험이 없으셨다면 우리는 그리스도를 본받는다는 것에 큰 의미를 두기 어려울 것입니다. 더 나아가 인간의 할 수 없음을 보고 낙담하고 좌절할 수밖에 없습니다.

하지만 예수님께서는 이러한 치열한 내적 전투를 경험하셨습니다. 히브리서 4:15에서는 이렇게 증언합니다.

> [히 4:15] 우리에게 있는 대제사장은 우리의 연약함을 동정하지 못하실 이가 아니요 모든 일에 우리와 똑같이 시험을 받으신 이로되 죄는 없으시니라

예수님께서는 실존론적으로 이러한 치열한 전투를 경험하시고 승리하셨습니다. 이러한 승리가 주는 의미는 하나님께서 자신의 아들로 양자 삼는 일에 정당성을 부여한다는 것입니다.

그렇기에 사도 바울은 믿음, 소망, 사랑이라는 그 유명한 신학적 덕(theological virtues)을 강조하고 있습니다. 또한, 사도 베드로도 믿음, 덕, 지식, 절제, 인내, 경건, 형제 우애, 사랑이라는 여덟 가지의 덕을 강조합니다(벧후 1:5-7). 사도 베드로는 굉장히 다혈질의 사람으로 알려져 있습니다.

그는 예수님을 만나고 난 이후, 이러한 내적 성품이 얼마나 중요한가를 깨달았습니다. 그렇기에 그는 사도 바울보다 훨씬 더 다양한 덕의 함양을 강조했고, 이러한 덕을 "신성한 성품"에 참여하는 것이라고 보았습니다(벧후 1:4). 그러므로 그리스도를 본받는다는 것은 이러한 덕을 함양함으로써 신성한 성품에 참여하는 것이 됩니다. 이것은 세속적인 실존론적 윤리가 범접할 수 없는 차원의 윤리가 됩니다.

4) 결론

성경은 우리에게 예수님을 본받아야 한다고 강조합니다. 예수님은 목적론적으로 거룩을 추구하셨고, 의무론적으로 하나님의 뜻을 위해 희생을 감수하는 모범을 보이셨고, 실존론적으로도 본받을 만한 분이셨습니다. 그렇기에 성경은 그리스도를 본받아야 한다고 강조합니다(고전 11:1; 요삼 1:11; 엡 5:1; 롬 15:5).

하지만 세속적인 윤리적 전통들은 그리스도를 본받는다는 것이 어떤 의미를 지니는지 종합적으로 파악하지 못합니다. 게다가 자신들만의 논리로 자신들의 윤리적 전통의 정당화를 시도하고 있기 때문에 윤리적 실패를 경험할 수밖에 없습니다.

그리스도를 본받는 것은 기독교 윤리에서 중요한 역할을 합니다. 왜냐하면, 이 시대는 본받아야 할 인격의 부재를 경험하기 때문입니다. 게다가 그리스도를 본받는 삶 자체는 그러한 세속적인 윤리적 전통들을 모두 포함합니다. 그러므로 그리스도인은 하나님의 영광이라는 목표를 위해 때로는 희생이 따를지라도 그리스도의 아름다운 덕을 선포할 책임이 있습니다(벧전 2:9). 사실 그리스도를 본받는 삶은 쉬운 삶은 아닙니다.

하지만 우리에게 그리스도는 윤리의 궁극적인 목표가 됩니다. 그렇기에 사도 바울은 예수님을 본받기 위해 많은 고난을 무릎쓰고 달음박질하는 삶을 살았고, 그의 제자들에게 그러한 자신을 본받으라고 권면하였습니다(빌 3:10-17). 이러한 일에 있어 구름같이 둘러싼 허다한 증인들이 믿음의 경주를 하는 자들을 응원하고 있다는 사실은 큰 위로가 되며(히 12:1), 그 길이 얼마나 영광스러운 길인가를 보여 줍니다.

6. 신학적 덕이 윤리와 무슨 상관이 있나요?

> [고전 13:13] 그런즉 믿음, 소망, 사랑, 이 세 가지는 항상 있을 것인데 그중의 제일은 사랑이라
>
> [살전 1:3] 너희의 믿음의 역사와 사랑의 수고와 우리 주 예수 그리스도에 대한 소망의 인내를 우리 하나님 아버지 앞에서 끊임없이 기억함이니
>
> [살전 5:8] 우리는 낮에 속하였으니 정신을 차리고 믿음과 사랑의 호심경을 붙이고 구원의 소망의 투구를 쓰자

고대로부터 덕에 대한 관심은 적지 않았습니다. 플라톤은 지혜, 용기, 절제, 정의의 4주덕을, 공자는 성인의 다섯 가지 덕목으로 인의예지신(仁義禮智信)을, 불교에서는 깨달음을 이루기 위해 불자의 여섯 가지 실천덕목으로 육바라밀(六波羅蜜)[66]을 제시합니다. 성경은 믿음, 소망(희망), 사랑(자선)이라는 세 가지의 특별한 덕을 언급합니다(고전 13:13; 살전 1:3, 5:8). 이 세 가지의 특별한 덕을 신학적 덕(theological virtues)이라고 부릅니다.

---

[66] 육바라밀은 여섯 가지의 깨달음의 세계에 이르는 길이란 뜻으로, 보시, 지계, 인욕, 정진, 선정, 지혜를 가리킨다. 보시는 이웃을 위해 베푸는 것, 지계는 여러 가지 계율을 지키는 것, 인욕은 분한 마음이나 온갖 번뇌 등을 잘 참고 어려움들을 잘 극복하는 것, 정진은 게으름을 피우지 않고 끊임없이 노력하는 것, 선정은 마음을 고요히 가라앉히고 잡다한 생각을 쉬는 것, 지혜는 사물을 밝게 꿰뚫어 보는 깊은 슬기를 의미한다.

[표 92] 동서양의 덕목 분류

세 가지	기독교	믿음, 소망, 사랑
네 가지	플라톤	지혜, 용기, 절제, 정의
다섯 가지	공자	인, 의, 예, 지, 신
여섯 가지	불교	보시, 지계, 인욕, 정진, 선정, 지혜

이 신학적 덕은 아퀴나스가 명명했다고 알려져 있습니다. 이를 신학적 덕이라고 부르는 이유는 신학적 덕에 의해 우리는 하나님께 적절하게 인도될 뿐만 아니라 오직 하나님에 의해 우리 영혼에 주입되기 때문이며, 성경에 나타나 있는 신의 계시에 의해서만 그것들을 알게 되기 때문이라고 말합니다.[67] 특히, 사도 바울은 이 덕 중에서 사랑(자선)을 더 강조하고 있습니다. 그렇다면 신학적 덕이 윤리와 무슨 상관이 있나요?

1) 덕윤리가 왜 다시 주목받는가?

서양 철학에서 독보적인 위치를 차지하는 초기 철학자는 플라톤과 아리스토텔레스입니다. 플라톤은 지혜, 용기, 절제, 그리고 정의라고 하는 4주덕(cardinal virtues)이 실현된 국가를 이상적인 국가로 보았습니다. 아리스토텔레스 또한, 인간의 행복을 위해서 중용의 덕을 실천해야 한다고 보았습니다.

위의 [표 30]에서 보듯이 4주덕은 중용의 덕이 되기에 충분해 보입니다. 왜냐하면, 적음(부족함)과 많음(넘침)의 어느 쪽에도 치우치지 않아서 양 극단에 있는 사람들에게 비난받을 여지가 많지 않기 때문입니다. 그렇기에 4주덕은 꽤 오랫동안 인기가 있었으며 도덕 철학의 관심사였습니다.

하지만 근대에 들어와서 이러한 덕윤리는 도덕 철학의 관심에서 멀어졌습니다. 왜냐하면, 칸트의 윤리학과 공리주의가 득세하였기 때문입니다. 칸트의 윤리학은 최종 목표보다는 윤리를 결정하는 인간의 의무를 강조하는 의

---

67 Joseph Delany, "Hope", *The Catholic Encyclopedia* Vol. 7. (New York, NY: Robert Appleton Company, 1910).

무론적 윤리입니다. 공리주의는 의무보다 최대 다수의 최대 행복이라는 최종 목표를 강조하는 목적론적 윤리입니다. 이러한 의무론적 윤리와 목적론적 윤리는 덕윤리의 도움을 받지 않아도 도덕 철학의 대부분을 다룰 수 있었습니다.

하지만 윤리적 딜레마 상황에 있어 의무론적 윤리와 목적론적 윤리는 서로 다른 결과를 가져 올 수 있습니다. 예를 들어, 불가피하게 차악을 선택해야 하는 순간, 의무론적 윤리는 차악도 악이기 때문에 차악을 선택하지 말라고 조언할 것입니다. 하지만 목적론적 윤리는 차악이 가져오는 행복을 고려하기 때문에 차악이라도 선택할 수밖에 없다고 조언할 것입니다.

이러한 상충적인 결과 때문에 이 두 가지의 도덕 철학을 아무리 정교하게 적용한다고 하더라도, 이 두 가지의 윤리로는 딜레마 상황을 근본적으로 해결하기 어렵습니다.

게다가 아무리 규범을 촘촘하게 만들어도 사람들은 그러한 규범을 지키면서 빠져 나갈 구멍을 만들어 내고 맙니다. 쉬운 예를 들자면, 부동산 투기를 방지하기 위해 여러 법들을 아주 촘촘하게 만들어도, 사람들은 자신의 이익이라면 그러한 법의 망을 빠져 나가 기어코 부동산에 투기할 수 있습니다. 그렇기에 아무리 규범이 훌륭하다고 하더라도 이를 지키는 사람의 성품이 덕스럽지 않으면 규범을 지키지 않습니다. 그러므로 이를 해결할 수 있는 덕윤리에 관심을 갖게 되었습니다.

이러한 덕윤리에 대한 관심은 1958년 G.E.M 앤스콤(1919~2001)의 『현대 도덕 철학』(Modern Moral Philosophy)이 출산된 이후 급격하게 늘어났습니다. 칸트의 의무론적 윤리와 공리주의의 목적론적 윤리를 비판하고 아리스토텔레스와 같은 고대의 덕윤리로 돌아가야 한다는 것입니다.

이러한 덕윤리의 대표 철학자는 알래스데어 매킨타이어(Alasdair MacIntyre)와 스탠리 하우어워스(Stanley Hauerwas)입니다. 특히, 매킨타이어는 1981년 발행된 『덕의 상실』(After Virtue)에서 아리스토텔레스의 덕 이론을 답습하는데 그치지 않고, 존재와 당위의 구분, 인간관, 형이상학의 문제까지 그 논의를 확장하였습니다.

이렇게 덕과 같은 성품을 중시하는 덕윤리는 개인뿐만 아니라 공동체에도 적용해야 한다는 공동체주의로 발전하게 되었습니다. 이러한 공동체주의의 대표적 주창자는 마이클 샌델(Michael Sandel)로, 아리스토텔레스의 덕윤리를 재해석하여 존 롤스(John Rawls)의 평등적 자유주의에 대응하는 공동체주의를 발전시켰습니다.

매킨타이어나 샌델은 의무론적 윤리와 목적론적 윤리가 행위를 중시하는 것을 비판하고 구체적인 상황과 맥락, 인간관계를 고려하여 공동선을 추구해야 한다고 주장합니다.

2) (사랑) 신학적 덕은 도덕적 탁월성(moral excellence)을 지향한다

현대의 덕윤리는 아리스토텔레스의 윤리학의 영향이 지대합니다. 그는 자신의 윤리학을 전개함에 있어 '아레테'(arete)를 중요하게 생각했습니다. 아레테(ἀρετή)는 탁월하다는 뜻을 지닌 그리스어로, 이 탁월함의 개념은 궁극적으로 한 인간이 가지고 있는 기능이나 잠재력을 최대한 발휘하는 것을 의미합니다.

여기서 아리스토텔레스에게 중요한 것은 기능이나 잠재력을 최대한 발휘할 수 있는 준비상태입니다. 그러한 준비상태는 바로 습관이나 성품에 달려 있는데, '아레테'의 상태가 지속적이지 않다면 그것을 '아레테'라고 부르지 않기 때문입니다. 그는 "덕(arete)은 행동과 감정의 선택을 결정하는 마음의 안정된 성향이며, 본질적으로 우리와 관련된 중용의 준수로 구성되며, 이것은 사려깊은 사람이 결정하는 것처럼 원칙에 의해 결정된다"[68]고 말합니다. 즉, 중용의 덕을 실천하는 습관을 통해 '아레테'의 상태를 유지할 수 있다고 보았습니다.

하지만 중용의 덕을 실천하는 습관을 통해 '아레테'의 상태를 유지하는 것은 무모한 도전이라고 할 수 있습니다. 왜냐하면, 사랑이 빠져 있기 때문입니다. 그러면 '아레테'와 사랑이 무슨 관계가 있느냐고 질문할 것입니다. 그

---

68 Aristotle, *Nicomachean Ethics*, trans H. Rackham (Cambridge, MA: Harvard University Press, 1934), II vi 15.

것은 '아레테'의 상태를 유지하기 위해서는 사랑이 절대적으로 필요하기 때문입니다. 4주덕은 궁극적으로 도덕 행위자를 위한 것이지 온전하게 상대방을 위한 것이라고 할 수 없습니다.

사실 신학적 덕 가운데에도 도덕 행위자를 위한 것이 있습니다. 그것은 믿음과 소망입니다. 하지만 신학적 덕에는 사랑이라는 덕이 존재합니다. 사랑은 도덕 행위자를 위한 것이 아닌 상대방을 위한 것입니다. 상대방을 배려하고 사랑하지 않고서 '아레테'를 주장할 수는 없습니다.

그렇기에 사도 바울은 "그중에 제일은 사랑이라"고 선언하고 있는 것입니다(고전 13:13). 그러므로 다른 어떤 덕윤리가 도덕적 탁월함을 주장하기 위해서는 사랑이라고 하는 덕이 제외되어서는 안 됩니다. 따라서 도덕적 탁월함은 신학적 덕에 의해 온전히 성취될 수 있다는 것을 알아야 합니다.

3) (믿음) 신학적 덕은 하나님과의 관계성을 지향한다

세속적 덕윤리에서 '아레테'는 탁월함을 지향합니다. 이러한 탁월함은 지속적인 습관과 훈련으로 가능합니다. 그런 의미에서 고대 그리스인들은 '파이데이아'(*paideia*)를 '아레테'를 성취하기 위한 중요한 부분으로 인정하였습니다. '파이데이아'는 국가의 이상적인 멤버를 양육하고 교육하는 것을 의미합니다. 이렇게 양육하고 교육해서 국가가 원하는 탁월한 멤버가 되도록 하는 것이 '파이데이아'의 목적입니다.

그래서 한 소년을 탁월한 남성으로 훈련시키기 위해서 신체 훈련뿐만 아니라 웅변술, 수사학, 과학, 수학, 의학, 음악 등을 가르쳤습니다. 이렇게 '아레테'의 개념은 인간 중심적이며 세속적입니다.

하지만 신학적 덕은 하나님과의 관계성을 지향합니다. 그렇기에 사도 바울은 다음과 같이 권면합니다.

> [빌 4:8] 끝으로 형제들아 무엇에든지 참되며 무엇에든지 경건하며 무엇에든지 옳으며 무엇에든지 정결하며 무엇에든지 사랑 받을 만하며 무엇에든지 칭찬 받을 만하며 무슨 덕이 있든지 무슨 기림이 있든지 이것들을 생각하라

아마도 사도 바울은 '아레테'의 개념을 분명히 알고 있었을 것이며, 이 구절은 '아레테'의 개념을 되풀이한 것이라고 볼 수 있습니다. 이에 대해 제럴드 호손(Gerald Hawthorne)과 같은 주석가들도 필자와 같은 생각을 가지고 있습니다. 하지만 사도 바울은 세속적 '아레테'의 개념에서 더 나아가 "이것들을 생각하라"고 권면합니다.

그렇다면 무엇을 생각하라는 것일까요?

그것은 바로 8절에 이어진 9절에서 찾아 볼 수 있습니다.

> [빌 4:9] 너희는 내게 배우고 받고 듣고 본 바를 행하라 그리하면 평강의 하나님이 너희와 함께 계시리라

이에 대해 호손은 "그리스도인에게 헬라의 도덕 철학에서 받아들인 용어의 도움으로 체계화된 삶과 교제는 하나님의 계명에 대한 순종, 즉 그리스도에게 속한 것으로부터 나오며, 교회 안에서 역사하고 계시는 성령의 소유로부터 나오는 순종을 요구한다는 것"[69]이라고 말합니다. 즉, 세속적 '아레테'를 추구한다고 하여도 사도 바울에게 받고 듣고 본 바를 행하는 것이 필요하다는 것입니다.

이처럼 사도 바울은 '아레테'의 개념마저 하나님과 관계성 속에서 그것을 추구하라고 말합니다. 그러니까 헬라적 의미의 '아레테' 개념이 인간 중심적이고 세속적이라고 한다면, 성경적 의미의 '아레테' 개념은 하나님 중심적이며 우주적 교회를 포함하고 있는 개념이라고 할 수 있습니다.

그런 의미에서 믿음과 같은 신학적 덕은 하나님과의 관계성을 지향하고 있다는 것을 알 수 있습니다. 그러므로 세속적인 '아레테' 개념의 덕윤리는 신학적 덕과 비교하여 하나님과의 관계성을 결핍하고 있는 윤리라고 할 수 있습니다.

---

69 Gerald F Hawthorne, 『WBC 주석 시리즈: 빌립보서』, 채천석 옮김 (서울: 도서출판솔로몬, 1999), 355.

4) (소망) 신학적 덕은 삶의 의미를 부여한다

세속적 덕윤리는 위에서 언급하였듯이, 칸트의 의무론적 윤리와 공리주의의 목적론적 윤리를 비판하였습니다. 의무론적 윤리는 인간의 올바른 행동이나 도덕적 의무나 원칙을 강조합니다. 이러한 강조는 사람들로 하여금 'Do'와 'Do not'과 같은 당위나 도덕적 명령의 형식을 중요시하게 만든다는 것을 의미합니다.

그러다 보니 규칙과 원리를 따르는지에 대한 인간의 윤리적인 행위에만 관심을 가질 뿐, 의무를 인식하고 그것을 실행하는 도덕적 주체인 인간 내면에 대한 탐구는 소홀하게 됩니다. 그렇기에 현대의 덕윤리학자들은 근대의 의무론적 윤리가 도덕적 의무를 북돋우는 데만 열중한 나머지, 도덕적 품성이 인간의 마음속 깊숙이 자리 잡고 있다는 사실을 깨닫게 하는 일에는 실패했다고 주장합니다.

덕윤리는 목적론적 윤리에 대해서도 목적론적 윤리가 결과만을 중시할 뿐, 그 결과를 가져오는 인간 내면의 도덕적 품성에 대해 무관심하다고 비판합니다. 이러한 비판들에 근거하여 그들은 덕윤리를 주창하게 되었습니다.

하지만 그들이 왜 덕윤리를 주창하게 되었는지는 이해할 수 있을지라도 왜 덕을 쌓아야 하는지에 대해서는 설명하지는 않습니다. 그들은 단지 그것이 공동체를 위해 필요하니까 그렇다고 설명할 것입니다.

그러면 왜 공동체를 위해 필요할까요?

그러면 그것이 공동선이기 때문이라고 대답될 것입니다. 결국, 덕이 필요한 이유는 그것이 선이라고 보기 때문입니다.

여기서 그러한 선은 어떻게 인식할 수 있을까요?

하지만 그들은 이 질문에 대해 대답하기 어렵습니다. 왜냐하면, 그들이 생각하는 공동선은 (위의 상대주의에 관한 논의에서도 다루었지만) 결국은 상대주의적일 수밖에 없기 때문입니다. 그리고 대부분의 경우 공동선을 추구한다 하더라도 사람들이 알아주지 않습니다. 게다가 그것이 얼마나 선한 것인지 확신하지 못하며, 또한, 덕을 쌓아야 할 마땅한 동기를 찾기 어렵습니다. 그렇기 때문에 세속적 덕윤리는 삶의 의미를 어느 정도는 찾을 수 있지만, 근본적인 삶의 의미는 찾기 어렵습니다.

   그러나 신학적 덕은 그런 의미에서 인간 내면의 도덕적 품성에 대해 관심을 가지고 있으며, 왜 덕을 쌓아야 하는지에 대해서도 대답할 수 있습니다. 우리는 여기서 성경이 사도 베드로의 덕을 통하여 주는 통찰력에 대해 살펴보아야 합니다.

> **[벧후 1:4]** 이로써 그 보배롭고 지극히 큰 약속을 우리에게 주사 이 약속으로 말미암아 너희가 정욕 때문에 세상에서 썩어질 것을 피하여 신성한 성품에 참여하는 자가 되게 하려 하셨느니라

   사도 베드로는 덕을 쌓는 이유를 신성한 성품에 참여하는 자가 되어야 하기 때문이라고 설명합니다. 그러니까 신성한 성품에 참여하는 것이 신학적 덕의 궁극적인 목표라는 것입니다. 신성한 성품에 대한 간절한 소망은 인간 내면의 도덕적 동기를 북돋우며, 미래를 향한 인간의 삶에 큰 의미를 부여합니다. 소망이 없는 삶은 무기력한 삶입니다.

   내세에 대한 소망은 삶 전체에 덕스러운 삶을 살아내는 원동력이 됩니다. 그러므로 신학적 덕은 인간 내면의 도덕적 동기를 지속적으로 북돋울 뿐만 아니라, 삶 전체에 삶의 의미를 부여하는 귀중한 윤리라는 것을 알아야 합니다.

5) 사도 바울의 덕과 사도 베드로의 덕

   사도 바울은 그의 서신서를 통해 믿음, 소망, 사랑의 덕을 강조하였습니다. 이 덕들은 신학적 덕이라 불리울 정도로 너무나 잘 알려져 있습니다. 하지만 사도 베드로의 덕은 잘 알려져 있지 않습니다. 사도 베드로를 주목해야 하는 이유는 그가 꽤 급하고 다혈질적인 사람이라고 알려져 있기 때문입니다.

   그런 그가 예수님의 승천 이후 사도직을 감당하면서 성도들에게 덕을 강조한 이유는 자신의 급하고 다혈질적인 과거를 되돌아보며 덕이 얼마나 삶에 있어 중요한가를 깨달았기 때문입니다. 사도 베드로가 강조한 덕들은 다음과 같습니다.

[벧후 1:5-7] 그러므로 너희가 더욱 힘써 너희 믿음에 덕을, 덕에 지식을, 지식에 절제를, 절제에 인내를, 인내에 경건을, 경건에 형제 우애를, 형제 우애에 사랑을 더하라

이러한 여덟 가지의 덕을 보면 사도 바울의 신학적 덕보다 다섯 개가 더 많습니다. 그만큼 사도 베드로는 덕을 강조하는 사람이었다는 것을 알 수 있습니다. 사실 베드로가 이러한 덕을 강조하게 된 이유는 영지주의자들의 거센 신학적 조류 때문이었습니다.

영지주의자들은 사람들이 어떻게 세상의 "썩어짐"을 피하고 대신 어떻게 "신성한 성품"(물리적 세계가 아니라 영적 세계에 속한 신성)에 참여할 수 있는가를 놓고 장황하게 논쟁했습니다. 그리고 그들은 사람들은 엄격한 규칙들을 지키거나 아니면 모든 형태의 쾌락과 즐거움을 거절함으로써 물질적인 세상에서 벗어나 영적인 영역으로 들어가기 위해 노력해야 한다는 결론을 내렸습니다.

하지만 사도 베드로는 이들의 용어를 사용해서, 이들의 결론이 옳지 않다고 말합니다. 즉, 사람들은 그리스도의 죽음과 부활을 통해서 썩어짐을 피할 수 있으며, 이러한 덕을 쌓음으로써 하나님의 선물인 신적 성품에 참여할 수 있다고 말하고 있습니다.[70]

간략하게 말해서 영지주의자들은 "신성한 성품"에 참여하는 방법으로 그 당시 유행하던 스토아주의의 금욕적 방법을 제시했지만, 사도 베드로는 하나님께서 주시는 약속을 믿고 여덟 가지의 덕을 쌓음으로 "신성한 성품"에 참여할 수 있다고 강조한 것입니다.

여기서 영지주의자들이 제시한 금욕적 방법과 사도 베드로가 제시한 덕을 쌓는 방법이 비슷하게 보일 수 있습니다. 하지만 여기에는 근본적인 차이가 있습니다. 그것은 믿음의 유무입니다. 그렇기에 사도 베드로는 8덕 중에 믿음을 가장 먼저 제시합니다. 믿음이 중요한 이유는 믿음의 진실한 체험이 도덕적인 변화와 선행을 수반하기 때문입니다.

---

[70] Bruce B. Barton외 3인, 『LAB 주석 시리즈: 베드로전후서·유다서』, 류호영 옮김 (서울: 성서유니온선교회, 2008), 249-250.

그런 의미에서 사도 바울의 신학적 덕 또한, 믿음을 가장 먼저 제시한 것을 볼 수 있습니다. 즉, 영지주의자들이 생각하는 도덕적 탁월성은 금욕주의와 다르지 않지만, 사도 베드로가 생각하는 도덕적 탁월성은 오직 그리스도와의 믿음의 관계 속에서만 발견된다는 것입니다. 이런 수준 높은 도덕적 탁월성에 대한 동기는 그리스도의 탁월한 도덕적 품성을 연모하고 닮으려는 믿음에서 비롯됩니다.

그러므로 사도 베드로의 8덕은 믿음 없는 세속적 덕윤리가 가질 수 없는 수준 높은 도덕적 탁월성에 대한 끊임없는 동기를 제공해 준다는 면에서 그 탁월성은 비교 불가라 하겠습니다.

6) 일곱 가지 덕과 일곱 가지 대죄

서양 철학에서 4주덕은 오랫동안 인기 있는 철학적 전통입니다. 이 4주덕을 영어로 'cardinal virtues'이라고 말합니다. 여기서 'cardinal'이라는 뜻은 '으뜸의'라는 뜻이며, 그 이유는 이보다 덜 중요한 태도들이 이 '으뜸덕'에 의해 결정되기 때문입니다.

이 4주덕은 소크라테스까지 거슬러 올라가며, 플라톤과 아리스토텔레스에서 확실하게 나타납니다. 특히, 플라톤은 이상 국가를 이루기 위해서는 각자 주어진 신분에 충실할 때 조화를 이룬다고 생각했습니다.

[표 93] 플라톤의 4주덕의 적용

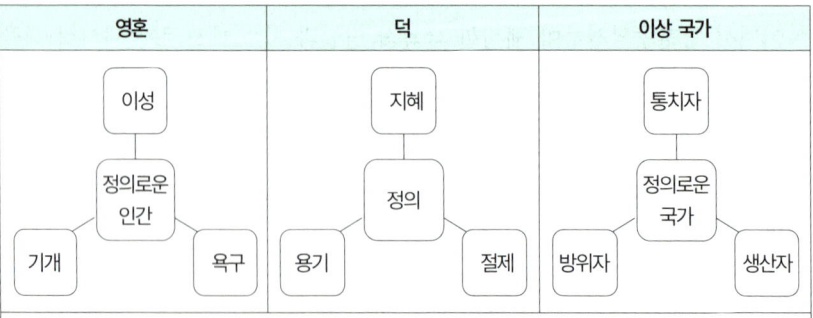

* 3선으로 연결된 것은 세 가지의 요소가 조화를 이룰 때 정의를 이룬다는 뜻이다.
* 통치자는 철학자, 방위자는 군인, 생산자는 장인 신분을 의미한다.

위의 표에서 보듯이, 지혜와 용기와 절제가 조화를 이룰 때 정의가 이루어집니다. 마찬가지로 이성과 기개와 욕구가 조화를 이룰 때 정의로운 인간이 되며, 통치자와 방위자와 생산자가 조화를 이룰 때 정의로운 국가가 됩니다. 여기서 지혜의 덕은 주로 이성의 작용과 연결되며 통치자의 주요 덕목이지만, 지혜의 덕이 꼭 통치자에게만 필요한 것은 아닙니다.

마찬가지로 용기의 덕이 주로 기개의 작용과 연결되며 방위자의 주요 덕목이지만, 용기의 덕이 꼭 방위자에게만 필요한 것은 아닙니다. 특히, 절제의 덕은 주로 욕구의 작용과 연결되며 생산자의 주요 덕목이지만, 절제의 덕이 꼭 생산자에게만 필요한 것은 아닙니다. 왜냐하면, 플라톤은 절제의 덕이 이성, 기개, 욕구 3부분의 '우호와 화합의 결과'라고 보고 있기 때문입니다.

그러므로 이러한 4주덕의 조화를 통해 이상적인 국가를 이루려고 생각한 철학적 전통은 그 당시 신분 사회의 안정과 번영을 위한 것으로 인기를 끌기에 충분했습니다.

하지만 로마제국이 등장하고 콘스탄티노플 칙령에 의해 기독교가 공인된 이후 신학적 덕에 대한 관심이 생겼습니다. 암브로시우스, 어거스틴, 토마스 아퀴나스 같은 로마 후기와 중세 그리스도교 신학자들은 이 4주덕을 받아들였습니다. 왜냐하면, 이 덕목들이 고대 철학자들이 지향했던 가장 고상한 미덕을 간단하게 요약해 놓은 것이라고 여겼기 때문입니다.

이 4주덕을 '자연적 덕'이라고 한다면, 세 가지의 덕을 '신학적 덕'이라고 말합니다. 왜냐하면, 신학적 덕은 자연에서 나오지 않고 하나님께로부터 그리스도를 통한 특별한 선물로 주어지기 때문입니다. 이 자연적 덕과 신학적 덕을 합하면 일곱 가지의 덕이 됩니다.

여기서 숫자 7은 신의 수로 알려져 있으며 완전수입니다. 왜냐하면, 하나님께서 창조를 완전히 마치시고 7일째에 안식하셨기 때문입니다. 또한, 7이라는 숫자는 (일곱 가지의 덕과 반대되는 일곱 가지 중대한 죄와 같이) 인간 행동의 전영역을 포함한다고 여겨졌기 때문입니다. 그런 의미에서 신학자들은 4주덕과 세 가지 신학적 덕을 종합화하려고 노력하였고, 이런 7덕을 가지고 있는 사람을 완벽한 인간이라고 생각하였습니다.

이와 반대로 일곱 가지 중대한 죄를 7죄종(septem peccata capitalia)이라고 합니다.[71] 이 일곱 가지 중대하고 치명적인 죄는 교만, 시기, 탐식, 색욕, 분노, 탐욕, 게으름입니다. 가톨릭교회는 죄를 대죄와 소죄로 나누어 생각하지만 7죄종은 대죄와 소죄에 속하는 어떤 죄로 보기 보다는 모든 죄를 유발시키는 원인을 제공하는 죄입니다. 그렇기에 7죄종은 사람이나 상황에 따라 대죄가 될 수도 있고 소죄가 될 수도 있습니다.

이 7죄종과 비슷한 개념을 성경에서 발견할 수 있습니다. 잠언 6:16-19에서는 하나님께서 미워하시는 일곱 가지의 악이 나옵니다.

[표 94] 가톨릭교회의 7죄종과 잠언의 7가지 악

가톨릭교회의 7죄종	잠언의 7가지 악
교만(superb: pride)	교만한 눈
탐욕(avaritia, greed)	거짓된 혀
색욕(luxuria, lust)	무죄한 자의 피를 흘리는 손
분노(ira, wrath)	악한 계교를 꾀하는 마음
탐식(gula, gluttony)	빨리 악으로 달려가는 발
시기(invidia, envy)	거짓을 말하는 망령된 증인
게으름(pigritia seu acedia, sloth or acedia)	형제 사이를 이간하는 자

7죄종의 내용은 다음과 같습니다.

- 교만: 자신에 대한 과도한 사랑으로 남보다 자신이 더 낫다고 여기는 욕망
- 탐욕: 소유에 대한 강력한 갈망과 사랑
- 색욕: 육체적 쾌락에 대한 강렬한 욕망
- 분노: 제어할 수 없는 증오심과 그러한 감정
- 탐식: 음식에 대한 남용과 섭취의 과잉
- 시기: 다른 사람의 소유, 행복, 재능, 능력에 대한 슬픔과 비난
- 게으름: 육체적 게으름뿐만 아니라 너무 바빠서 정작 중요한 일에 시간을 쓰지 않는 태도

---

71 7죄종과 관련하여 히에로니무스 보쉬(Hieronymus Bosch, 1450-1516)는 "7죄종과 네 가지 종말"이라는 그림을 그리기도 했다. 7죄종은 교만, 시기, 탐식, 색욕, 분노, 탐욕, 게으름이며, 네 가지 종말은 죽음(Death), 판단(Judgment), 천국(Heaven), 지옥(Hell)이다.

가톨릭의 이 7죄종을 잠언 6:16-19의 악과 매칭하는 것은 힘들어 보입니다. 이러한 7죄종을 외우기 쉽게 SALIGIA라는 약어로 표현할 수 있습니다. 이러한 7죄에 대응하는 7덕을 다음과 같이 비교해 볼 수 있습니다.

[표 95] 일곱 가지의 덕과 일곱 가지의 죄 비교

덕 Virtus	겸손 Humilitas	사랑 Caritas	정숙 Castitas	인내 Patientia	절제 Temperantia	친절 Humanitas	근면 Industria
죄 Peccatum	교만 Superbia	탐욕 Avaritia	색욕 Luxuries	분노 Ira	탐식 Gula	시기 Invidia	게으름 Acedia

7) 결론

고대로부터 덕에 대한 관심은 남달라서 많은 철학자와 종교들은 덕을 쌓아야 한다고 주장하였습니다. 그것은 규범을 강조하는 의무론적 윤리나 행복을 강조하는 목적론적 윤리가 가지고 있는 한계를 해결해 주기 때문입니다.

그런 의미에서 기독교에서 주장하는 신학적 덕은 다른 덕윤리보다 탁월합니다. 왜냐하면, 다른 덕윤리는 믿음, 소망, 사랑이라는 덕목을 가지고 있지 않거나 결여되어 있기 때문입니다. 신학적 덕의 사랑은 도덕적 탁월성(moral excellence)을 지향하며, 신학적 덕의 믿음은 하나님과의 관계성을 지향하며, 신학적 덕의 소망은 삶의 의미를 부여합니다. 그러므로 덕윤리의 궁극적 지향점은 신학적 덕에 있다는 사실을 알아야 합니다.

함께 읽으면 좋은 책

기독교의 핵심 진리 변증하기

비블리컬 변증학
BIBLICAL APOLOGETICS

양정모 지음 | 신국판 | 372면

기독교인이라면 꼭 알아야 할 진리들을 차근차근 쉽게 설명합니다. 무엇을 믿어야 하고 알아야 하는지, 그리고 무엇을 변증해야 하는지를 깔끔하게 정리해 줍니다. 이 책은 철학적 사변보다 성경으로 기독교의 핵심 진리를 설명하고 변증학 일반에서 시작해 세계관, 신 존재, 특히 삼위일체에 대한 논의로 확장하다가 기독교 정당, 십일조, 유신진화론, 빅뱅 이론, 구원의 유일성 등 독자들이 일상에서 접할 수 있는 주제로 마무리하고 있어 변증서가 마치 조직신학 개론서처럼 여겨질 수 있는 한계를 극복했습니다.

일본문학 총서 4

사카구치 안고(坂口安吾)
추리소설 명작 1

사카구치 안고(坂口安吾) 추리소설 명작 1

사카구치 안고坂口安吾 지음
이성규·오현영 옮김

차 례

저자 소개 : 사카구치 안고(坂口安吾) / 6
역자 머리말 / 9

■ **투수 살인 사건投手殺人事件** ················· 13
  1. 속구 투수와 여배우가 몸을 양도하는 것 ········ 13
  2. 1월 19일 정오 ~ 1시 ···················· 34
  3. 미행 ································ 42
  4. 살인사건 ···························· 53
  5. 열차 안의 계약 ······················· 71
  6. 해결 편 ····························· 83

■ 난킨무시 살인 사건南京虫殺人事件 ·············· 95
　1. 사라진 남자 ································· 95
　2. 살해당한 나나코 ························· 105
　3. 미인과 가인(佳人) ······················· 115
　4. 아버지의 추리 ···························· 122
　5. 미스 난킨무시의 고백 ················ 128

■ 그림자 없는 범인影のない犯人 ············· 133
　1. 진찰 거부 편 ····························· 133
　2. 긁어 부스럼 편 ························· 143
　3. 살인사건 편 ······························ 155

■ 저자 소개

사카구치 안고(坂口安吾)[1906년〈메이지(明治) 39년〉 10월 20일 - 1955년〈쇼와(昭和) 30년〉2월 17일]는 일본의 소설가, 평론가, 수필가로 본명은 사카구치 헤이고(坂口炳五)이다.

니이가타(新潟) 현(県) 니이가타(新潟) 시(市) 출신으로, 도요(東洋)대학 인도철학 윤리학과 제2과를 졸업했다.

쇼와(昭和)시기의 제2차 세계대전 전후에 걸쳐 활약한 일본의 근현대 문학을 대표하는 소설가의 한 사람이다. 순문학(純文學 ; 순수문학)뿐만 아니라, 역사소설이나 추리소설, 문예나 시대 풍속에서 고대 역사에 이르기까지 광범위하게 소재를 다룬 수필이나 프랑스문학의 번역, 바둑이나 장기 등의 관전기 등 다채로운 활동을 통해 부라이하(無賴派)[1]라고 불리는 지반을 쌓았다.

---

1) 부라이하(無賴派) : 제2차 세계대전 이후의 한 시기, 왕성한 활약상을 보이며, 주목을 받은 다자이 오사무(太宰治), 사카구치 안고(坂口安吾), 이시카와 준(石川淳), 오다 사쿠노스케(織田作之助), 다나사 히데미쓰(田中英光) 등을 중핵으로 하는 일군의 작가들에게 부여된 명칭.

제2차 세계대전 이전에는 파르스(소극 ; 笑劇)적 난센스 작품 『바람박사(가제하카세; 風博士)』로 문단의 주목을 받고, 일시적으로 활동이 둔하고 혼미하다가, 전쟁 직후 발표한 『타락론』『백치』로 그 시대의 총아가 되었고, 문학 분야의 신인상인 아쿠타가와 류노스케(芥川龍之介) 상(賞)의 선고위원을 제21회에서 제31회 동안 맡아, 마쓰모토 세이초(松本清張), 쓰지 료이치(辻亮一), 고미 야스스케(五味康祐) 등의 작가를 추천했다.

주제는 파르스[소극 ; 笑劇]·행운유수·대오각성·절대 고독·위대한 낙오자·역사 탐방이고, 대표작으로는 『바람박사(風博士)』(1931), 『일본문화사관(日本文化私觀)』(1942), 『타락론』(1946), 『백치』(1946), 『이류 사람』(1947)이 있으며, 특히 추리소설 분야에 『불연속살인사건』(1947), 『복원살인사건』(제19장으로 미완성, 1949), 『선거살인사건』(1953), 『투수살인사건(投手殺人事件)』(1950), 『지붕 밑의 범인』(1953), 『난킨무시살인사건(南京虫殺人事件)』(1953), 『그림자 없는 살인(影のない犯人)』(1953), 『심령살인사건』(1954) 등이 있다.

탐정작가클럽상(1948), 문예춘추독자상(1950) 등의 수상 이력이 있다.

사카구치 안고(坂口安吾)는 정력적이고 다채로운 활동을 전개한 점은 평가되나, 도중에서 집필을 방기한 미완성, 미발표의 작품도 많아, 약삭빠르게 처신하는 소설가라고는 할 수 없지만, 그의 작풍에는 독특하고 이상한 매력이 있다는 점에서, 희유의 작가라고 불리고 있다[2].

---

2) [フリー百科事典『ウィキペディア(Wikipedia)』를 일부 인용하거나 참고하여 적의 번역함.

■ 역자 머리말

본 역서에서는 사카구치 안고(坂口安吾)의 추리소설 중에서 『투수살인사건(投手殺人事件)』(1950), 『난킨무시살인사건(南京虫殺人事件)』(1953), 『그림자 없는 살인(影のない犯人)』(1953)의 3편을 소개한다.

『투수살인사건(投手殺人事件)』(1950)의 초출은 『강좌(講座) 구락부(俱樂部)』 제2권 제5호(1950.04.10)이고, 저본은 『좌담(座談)』 제3권 제6호 - 제7호, 제4권 제1호 - 제3호」이며, 번역에 있어서는 인터넷 도서관 「青空文庫」(『사카구치 안고(坂口安吾) 전집 9』 치쿠마(筑摩) 쇼보(書房), 1998년 9월 20일)에서 제공하는 파일을 이용했다.

『난킨무시살인사건(南京虫殺人事件)』(1953년)의 초출은 『긴구(キング)』 제29권 제5호」(1953.04.01.)이고, 번역에 있어서는 인터넷 도서관 「青空文庫」(『사카구치 안고(坂口安吾) 전집 13』 치쿠마(筑摩) 쇼보(書房), 1999년 2월 20일)에서 제공하는 파일을 이용했다.

『그림자 없는 살인(影のない犯人)』(1953)의 초출은, 『별책(別冊) 소설 신초(新潮)』제 7권 제12호(1953.09.15.)이고, 번역에 있어서는 인터넷 도서관「青空文庫」(『사카구치 안고(坂口安吾) 전집 14』치쿠마(筑摩) 쇼보(書房), 1999년 6월 20일)에서 제공하는 파일을 이용했다.

역자(이성규)는 지금까지 일본어 관련 분야에서 주로 일본어학, 일본어교육을 중심으로 연구해왔으며, 얼마 전부터는 일본어 구어역(口語譯) 성서의 언어학적 표현에 주목하여, 일련의 결과를 사회에 제출한 바 있다. 일본어 성서를 한국어로 옮기는 기초 작업을 통해, 성서라는 공통점이 지니고 있음에도 불구하고, 양 언어의 성서 사이에는 유사점도 무론 있지만, 상이점 또한 존재한다는 사실이 극명하게 드러났다. 그동안 번역은 언어학 분야의 작업 아니라는 지론을 견지했는데, 성서 연구를 통해 번역이 고도의 언어학적 고찰에 기초하여 윤문(潤文)에 있어서 신중한 접근이 필요하다는 것을 깨닫게 되었다.

역자인 이성규와 오현영은 본문 비판, 윤문 번역, 주, 해설에 관해 의견을 나누고 검토했다. 그리고 본문의 일부 어휘 및 표현에 관해서는 인하대학교 대학원 박사과정 일본어학 전공의 나카무라 유리(中村有里)님(인천대학교)의 다대한 조언을 받았기에 감사의 뜻을 표한다.

특히 일본어는 한국어에 비해 상대적으로 언어형식이 분화적인 면이 있고 분석적인 표현이 주를 이루기 때문에, 한국어로 그것을 그대로 옮기면 부자연스럽거나 용장감(冗長感)을 지울 수 없다. 그렇다고 해서 한국어 표현에 지나치게 방점을 둘 경우에는 일본어의 생생한 어감을 제대로 살리지 못하며, 또한 일본어에서는 구별하여 사용하고 있는 미세한 감정 표출을 언어화할 수 없다. 번역에 있어서는 먼저 치밀한 본문 비판에서 출발하여 당해 작품에 대한 언어학적 분석을 거친 연후, 그에 상당하는 어휘와 표현을 결합하는 것이 중요하다고 판단한다. 지금 언급한 내용은 실은 이상적인 과정인지라, 과연 본 역서가 이에 부합하는지는 독자의 판단이라고 사려된다.

2022년 9월
역자 이성규(李成圭)·오현영(吳晛榮)

투수 살인 사건 投手殺人事件

1. 속구 투수와 여배우가 몸을 양도하는 것

새해도 벌써 9일이 되었는데 계속되는 설날 술 때문에 머리가 아프다. 호소마키(細卷) 선전부장이 후두부를 가볍게 문지르면서 아사히(朝日) 촬영소 문을 지나려고 하자, 버릇없이 가까이 다가온 남자가,

라오 모쿠스케 "어이! 호소마키 씨. 기다리고 있었습니다. 드디어 나타났군요. 아카쓰키 요코(曉葉子)가. 인터뷰하려고 했더니 거절당했어요. 나중에 만나게 해 주세요. 이 신세는 나중에 갚겠습니다."

이렇게 말하고 머리를 긁으면서 히쭉히쭉 웃은 것은 센

바이(専売)신문 사회부 기자인 라오 모쿠스케(羅宇木介) 등이었다.

호소마키[1] "정말이야? 아카쓰키 요코가 와 있어?"

라오 "왜 어째서 내가 거짓말을 해야만 되는 것입니까?"

호소마키 "뭐라고? 자네는 또 아카쓰키 요코를 졸졸 쫓아다니는 거야? 너무 끈덕져."

라오 "장사이에요. 다 짐작하고 계시면서도. 만나게 주세요. 부탁합니다."

호소마키 "기, 기다리고 있어. 몬에이(門衛) 군. 이 남자를 화롯불을 쬐게 내버려 두게. 멋대로 촬영소 안을 돌아다니게 하지 마. 부탁해."

아카쓰키 요코는 연말부터 한 달 가까이 회사에 얼굴을 내밀고 있지 않다. 세밑 때는 남편인 이와야 덴구(岩矢天狗)가 요코를 내놓으라고 두세 번 고함을 친 적이 있었다. 덴구(天狗)는 요코하마의 흥행사(興行師 ; 프로모터)로 도박꾼,

---

[1] 원전에서는 문말 표현이나 조사 사용 등을 통해, 성별이나 경어적 상위자나 하위자를 파악할 수 있어, 해당 발화 주체가 명기되어 있지 않지만, 본 역서에서는 독자의 가독성을 고려하여 이를 가능한 한 명시하기로 한다.

성가신 녀석이다. 요코의 의상까지 전당포에 잡혀, 도박을 한다고 하는 악당으로 지금까지 요코가 도망가지 않은 것이 이상할 정도였다.

그러나 요코에게 연인이 있다는 소문을 언뜻 들은 것은 겨우 3일 전이다. 게다가 그 연인이 직업 야구 체스터 일군의 명투수 오시카(大鹿)라고 한다. 강속구(스모크 볼)로 프로에 입단하자마자, 30승 가량 거둔 신인왕으로 스모크 피처(연기 투수)라고 이름을 날리고 있다.

이 이야기가 사실이라면 선전 효과 100퍼센트라고 하는 셈인데 너무 이야기가 지나치게 재미있다. 엉터리 소문일 것이라고 생각했지만, 라오 모쿠스케가 끈질기게 요코를 찾고 있는 것을 생각하면, 글쎄? 라고 생각했다. 센바이(專売) 신문은 네이비컷군을 가지고 있는 유명한 야구신문이다.

호소마키가 부장실에 들어가자, 젊은 부원이 와서,
"아카쓰키 요코와 고이토 미노리가 뵙고 싶다고 기다리고 있습니다만."
호소마키 "흥. 역시 진짜인가? 데리고 와."
아카쓰키 요코는 신출내기 뉴 페이스이지만, 호소마키가

발탁하여, 상당한 역을 두세 번 배당해 주었다. 기대에 어긋나지 않고 좋은 연기를 보여주어서, 이제부터 유명해지려고 하는 찰나. 호소마키도 발탁한 보람이 있다고, 약간 자랑하려고 하는 참이었기 때문에, 방에 들어온 요코와 뉴 페이스 동료인 미노리를 매섭게 노려보고,

호소마키 "바보 같은 놈. 이제부터 유명해진다고 하는 중요한 순간에 한 달이나 어디를 서성거리다가 온 거야? 대답 여하에 따라서는 용서하지 않겠어."

요코 "죄송합니다."

    요코는 입술을 깨물고 눈물을 참고 있는 것 같다. 아버지라고도 생각하는 호소마키의 분노에 자애심이 가득 찬 것이 뼛속까지 전해지는 것이다.

요코 "변명은 하지 않겠습니다. 저, 가출해서 사랑을 하고 있었습니다."

호소마키 "이봐! 이봐! 초장부터 헛소리도 작작해!"

요코 "정말이라니까요. 적어도 부장님께 고백하려고 계속 생각했습니다만, 오히려 폐를 끼쳐서는 안 된다고 말씀드리는 것을 참고 있었습니다."

호소마키 "흥. 상대는 누구야?"

요코는 그것에는 대답하지 않고, 죽기를 각오한 얼굴을 들며,

요코 "제 연기에 미래가 있을까요? 어떤 힘든 공부도 마다하지 않겠습니다."

호소마키 "그게, 어쨌다는 거야?"

요코 "10년 걸려 스타가 된다고 하면, 그때의 출연료를 300만 엔 정도 쳐서, 지금 주셨으면 합니다."

요코는 창백하고 심각한 얼굴로 호소마키의 정말 어이없다는 표정을 응시하고 있었는데, 얼마 안 있어 쓰러져 정신없이 울고 말았다.

미노리가 대신 이야기했다.

미노리 "요코 씨 애인은 체스터의 오시카 선수입니다."

호소마키 "역시, 그런가?"

미노리 "가출했을 때부터 제가 의논 상대가 되어, 숨겨주거나, 이와야 덴구 씨와 교섭했습니다만, 덴쿠 씨는 위자료 300만 엔을 내놓으라고 말씀하시는 겁니다. 오시카 씨는 어제 간사이로 돌아갔습니다. 300만 엔으로 자기를 양도받을 구단을 찾으러. 그저께는 종일 말다툼하고 있었던 것 같습니다. 요코 씨는 반대하

셨습니다. 그리고 오시카 씨에게 선수로서의 명예를 훼손시키는 것보다, 차라리 회사에 돈을 빌리러 온 것입니다. 요코 씨의 딱하고 가엾은 마음을 부디 헤아려 주십시오."

호소마키 "흠. 당치 않은 소리를 뻔뻔히 지껄이고 있네."

큰소리로 야단쳤지만, 신경이 과민해서는, 감당할 수 없는 촬영소 근무라서, 똥배를 흔들며, 의외로 태연한 체하는 것이다. 그러나 머리에 번쩍이는 것이 있어, 두 사람을 방에 남겨두고, 스카우트인 게무야마(煙山)의 방을 찾아갔다. 스카우트라고 하는 것은 유망 선수를 발굴하거나, 매수해서 빼돌리는 역할로 여기에 인재가 없으면 팀을 강화시킬 수 없다. 게무야마는 일본에서 이름이 꽤 알려진 명 스카우트였다.

호소마키는 게무야마의 방으로 뛰어들었다.

호소마키 "이봐! 괜찮은 이야기가 있는데."
게무야마 "무슨 이야기야?"
호소마키 "실은 이만저만한 이야기야."
라고, 전말을 이야기하며 들려준다.

게무야마 "흠. 괜찮은 이야기 정도가 아니잖아? 오시카는 하이무라(灰村) 감독이 어릴 때부터 기른 선수이니까, 움직이지 않을 것이라고, 각 구단에서 포기한 남자야. 그러나 300만 엔은 비싸네. 그런 금액은 각 구단에 전례가 없다고 생각하는데, 그러나 300만의 가치는 있어. 그 녀석이 들어오면, 우승은 틀림없어. 당장 사장에게 이야기해 보지 않겠나?"

시키시마(敷島) 사장 방을 찾아가서 의논했는데, 300만이라는 가격은 아무리 해도 너무 비싸다. 작년 트레이드는 50만에서 80만이 최고라는 말을 들었고, 올해는 베스트 텐의 상위 선수로 100만, 한 사람 정도는 150만, 200만 선수가 생길지도 모른다고 이야기되고 있어. 구단이 15개로 늘어나서, 선수 쟁탈이 격화되어, 높은 가격을 부르고 있는 것이다.

시키시마 "아무리 삼진왕이라고 해도 기껏해야 신인선수가 아닌가? 100만도 너무 비싸지."

배짱이 큰 시키시마지만 이렇게 말하는 것은 당연하다.

게무야마 "그러나 말씀입니다. 그 친구가 구단에 들어오면,

틀림없이 우승합니다. 우승하면 싼 겁니다. 여하튼 오시카는 300만이 필요하다. 300만이 필요하니까, 움직이는 겁니다. 그렇지 않으면 절대로 움직이지 않는 선수니 시세를 도외시하고 300만 채워 주십시오."

시키시마 "그럼 이렇게 하자. 아무튼 300만 채우면 되는 거지. 오시카에게 100만, 아카쓰키 요코 출연료로서 200만, 이것으로 교섭해 보게. 아카쓰키 요코의 200만도 예외지만, 언젠가는 되돌아올 돈이니까, 체념하지."

게무야마 "그렇습니까? 그럼 그것으로 교섭해 보겠습니다."

그래서 게무야마는 당장 그 날 밤 열차로 교토에 달려갔다. 교토에는 오시카와 요코가 사랑의 보금자리를 틀기 위한 비밀 운둔처가 있다. 그것은 오시카와 요코만 알고 있다. 거기는 아라시야마(嵐山)의 한쪽 구석에 있는 아틀리에이다. 몸채에서 꽤 떨어진 독립된 건물이다. 주인인 화가가 죽은 뒤에는 사용되고 있지 않는 것 같다. 게무야마와 호소마키는 요코로부터 바로 그 주소를 전해 듣고, 이야기가 해결될 때까지는 아무에게도 알리지 말고 모습을 숨기고 있으라고 알아듣게 말한 후에 뒷문에서 돌려보내고, 게무야마도 뒷문을 통해 빠져나가 교토에 달려간 것이다.

지도를 의지해서 와 보니 오른쪽 이웃과 뒤는 절 왼쪽 옆이 고분(古墳)으로 앞에 대나무 숲이 밀생한 산이라는 몹시 적막한 곳.

첫 대면이지만 게무야마 스카우트라고 하면, 야구계에서 유명한 수완가, 그의 방문을 받으면 선수는 일류 중의 일류로 격상되는 것이다. 오시카는 경의를 표하며 맞이했다.

게무야마 "실은 아카쓰키 요코가 어제 회사에 나타나서, 출연료 300만 엔을 가불해 달라고 말해서 말이지. 자네가 300만으로 양도되는 것이 차마 눈 뜨고 볼 수 없다고 하는 거야. 그러나 스타라면 어떨지 모르지만, 앞날을 예측할 수 없는 뉴 페이스에게 300만은 고사하고, 30만도 회사로서는 꺼리는 것이 당연한 것이지. 그렇지만 자네와 한데로 합쳐서, 자네들이 필요한 300만 전액을 다 맞추려고 하는 것인데, 어떨까? 자네 계약금으로 100만, 요코에 대한 선급금으로 200만이라는 내역인 것이지. 자네의 100만이라는 계약금은 적은 금액이라고는 생각하지 않는데."

오시카 "베풀어 주시는 후의에 대해 감사드립니다. 적기는커녕 신인인 저에게 100만이란 계약금은 너무 과분한 말씀입니다만, 그러나 저도 무리라는 것을 잘 알고 있으면서도, 300만으로 양도해 갈 곳을 찾고 있었습니다. 요코 씨에게 폐를 끼쳐서는, 남자 체면이 서지 않습니다. 어떤 불리한 조건으로 예를 들어 평생 구단에 구속되어도 상관없으니까, 300만의 계약금을 원합니다."

게무야마 "역시 그런가? 자네가 그런 각오라면 이야기는 다르다. 그러면 자네의 의향을 사장님께 전해, 의논하고 나서, 대답할 터이니, 기다리고 있게나. 자네는 이미 다른 구단에 중간에 사람을 통해 다리를 놓았는가?"

오시카 "아뇨. 아직 안 했습니다. 어디라고 해도 구단을 지정하지는 않았습니다만, 전 유칸스포츠의 여성 기자인 우에노 미쓰코(上野光子)가 간사이 방면에서 프리랜서의 여성 스카우트 간판을 내걸고 있습니다. 어느 구단에도 소속되지 않고 잘 알려진 자신의 이름을 이용해서, 다리를 놓겠다는 것입니다. 어젯밤, 우에노 미쓰코를 만나서 희망 사항을 전달했습니다."

게무야마 "흠. 안 좋은데, 부탁했나?"

게무야마가 오시카의 얼굴을 쳐다보자, 빨개졌다.

오시카 "아무리 해도 어쩔 수가 없었습니다. 저는 프로 1년 차이어서 구단에 다리를 놓는 방법을 생각해낼 수가 없어서."

우에노 미쓰코라고 하면, 야구계에서는 이름이 꽤 알려진 여자였다. 구제 고등학교의 여학생 시절에는 배구인가 뭐인가 하는 선수였다고 하는데, 오 척 세 치 정도의 멋진 체구, 육체파 미인이다. 좋은 시합을 쫓아, 동분서주, 유칸스포츠에 관전기를 쓰며, 스포츠팬의 인기를 얻고 있었는데, 선수들에게 대해서는 몹시 영향력이 있는 존재였다. 그 이유는 일류 선수의 태반이 미쓰코의 유혹의 마수에 걸려 관계를 맺고 있고, 그것을 이용하여 상대를 꼼짝하지 못하게 누르고 있기 때문였다. 그녀에게 내막을 폭로당하면, 대부분의 유명 선수가 가정 분란을 일으켜서 신경쇠약이 되지 않을 수 없다.

 그 영향력을 이용해서, 프리랜서의 여자 스카우트를 하기 시작한 것이다. 오시카가 얼굴을 붉히고 있는 점을 보아도, 그도 또한 유혹에 넘어간 한 사람이라고 짐작이 된다.
게무야마 "미쓰코는 이 은신처를 알고 있나?"
오시카 "아뇨, 이 집은 요코 씨 이외에는 아무도 모릅니다. 우에노 미쓰코와는 밖에서 연락하고 있습니다."
게무야마 "그래? 그것은 다행이군. 미쓰코가 획책을 부려도, 300만이라는 거금은 어느 구단도 내지 않을 거라고 생각하는데 가령 그런 데가 있다고 하더라도 보류해 두게. 금방 회답을 가지고 올 테니까."
오시카 "예. 그럼 기다리고 있겠습니다. 요코 씨에게 걱정하지 말라고 전해 주십시오."
게무야마 "좋아, 알았어."

 게무야마는 곧장 도쿄로 되돌아간다. 300이라고 하면, 교섭에 응할 구단이 있으리라고는 생각되지 않지만, 다만 문제는 센바이(専売)신문이다. 거기는 타격은 일류 선수를 즐비하게 갖추었지만, 투수가 부족하다. 큰 자본을 활용해서, 필사적으로 투수를 스카우트하는 데에 암약하고 있다. 그 신문의 기자가 아사히(朝日) 촬영소 문 앞에 요코를 잠복하여 감시하고 있는 것을 보아도, 이 신문은 오시카의 소문을 안 것 같다.

게무야마가 교토 역에서 급행을 타자, 차 안에서 우에노 미쓰코와 부딪쳤다. 날씬하게 뻗은 몸을 모피로 두르고, 어디 귀부인인가 하고 오인할 수 있는 상황이다.

게무야마 "어라, 성대하게 차렸네. 무슨 사업상의 볼일이라도 있는 거야?

우에노 "어머나, 게무야마 씨이야 말로. 누구를 스카우트하러 오신 거야? 오시카 투수?"

게무야마 "뭐라고! 오시카가 움직이는 거야?"

우에노 "시치미를 떼지 말고. 당신 회사의 아카쓰키 요코와 오시카 씨의 로맨스, 조금 가르쳐 줘요."

게무야마 "아니, 뭐라고? 처음 듣는데. 자네는 어디에서 듣고 온 거야?"

우에노 "그렇게 시치미를 뗄 거라면 듣지 않아도 상관없어요."

미쓰코는 히쭉 웃으며 자기 자리로 가 버렸다.

게무야마는 결국 일이 안 좋게 흘러간다고 생각했다. 미쓰코가 간사이의 구단과 접촉하는 한, 오시카의 양도는 성공할 가능성이 없다. 그러나 도쿄에 간다고 하면, 제일 먼저 센바이(專売)신문 그 다음은 사업 경쟁자인 사쿠라(桜) 영화회사이다. 이 두 개가 큰 자본을 활용해서, 유명 선수를 종횡무진으로 스카우트하고 있다. 실제로 아사히 영화의 러키 스트라이크에서도 3명 스카우트 당했다.

이것은 방심할 수 없다고 게무야마도 만반의 준비를 하고 마음을 굳혔다.

회사에 돌아오자 오시카의 의향을 사장에게 전하고, 또한 우에노 미쓰코가 상경하여, 오시카를 팔아넘기는 획책을 꾸미고 있는 것도 덧붙여 말했다.

시키시마 사장 "뭐라고? 센바이(專売)신문이나 사쿠라 영화에 넘기려고 획책을 해봤자, 신인 투수에게 300만을 낼까? 기껏해야 100만이야. 단지 50만도, 다른 선수로부터 불평이 나올 거야?"

게무야마 "그러나 계약 조건에 따라 다르기 때문에 통틀어 말할 수 없습니다."

시키시마 "그래서 말이야. 가장 유리한 조건도 고작 해야 100만이야."

게무야마 "아니, 센바이(專売)신문에 필요한 것은 투수입니다. 이것은 방심할 수 없습니다. 우리가 원하는 것도 제일 먼저 투수이고 그 다음은 3번과 4번이 부족해요. 만일 러키스트라이크에 오시카가 들어오고, 3번에 피스의 고쿠후 일루수, 4번에 캐멀의 모모야마 외야수를 가질 수 있으면, 공수 모두 백만 불. 우승은 반드시 가능합니다."

시키시마 "그러면 우승은 단연코 정해진 거나 다름없어. 고쿠후와 모모야마를 빼낼 수 있나?"

게무야마 "반드시 빼내겠습니다. 100만씩으로 빼내겠습니다. 그것을 조건으로 오시카에게 300만을 주십시오. 저도 스카우트를 하는 이상은 절대로 취할 수 없다는 오시카를 취하고 싶습니다. 우에노 미쓰코에게 지고 싶지 않습니다."

시키시마 "뭐, 자네, 구쿠후와 모모야마를 빼내고 나서 이야기하는 것으로 하지 않겠나? 100만씩 두 명을 빼내면, 오시카 일도 생각해 보지. 세 명이 다 모이면 우승은 반드시 가능하니까."

게무야마 "그럼 부딪혀 보겠습니다. 두 사람이 오케이하면 오시카는 꼭입니다."
시키시마 "음, 두 사람의 오케이를 먼저 들려주게."
게무야마 "좋습니다. 삼일 후에 길보를 가지고 오겠습니다."

  게무야마는 즉시 다시 서쪽으로 내려갔다.
  고쿠후와 모모야마와 부딪혀 보았더니, 100만 엔이면 오케이라고 한다. 게무야마는 기뻐했다. 삼일 안에 돈을 챙겨 올 테니까, 다른 계약은 거절해 달라고 다짐받고 나서, 안심하고 오시카를 찾아갔다.
게무야마 "야, 정말 답이 늦어 실례가 많았네. 실은 여차여차해서 고쿠후와 모모야마의 참가를 조건으로 그 때에는 자네에게 300만 내주겠다고 해. 그럭저럭 고쿠후와 모모야마에게는 성공했으니까, 기뻐해 주게. 금방 되돌아가서 300만 챙겨 올 테니까."
오시카 "그렇습니까? 실은 좀 거북한 일이 생겼습니다."

게무야마 "어떤 일인가?"

오시카 "실은 이와야 덴구에게 20일 300만 지불하겠다는 약속을 맺었습니다. 20일이 다가오는데 게무야마 씨에게서 답은 안 오고, 다급해진 생각이 들었을 때 어제 우에노 미쓰코와 연락이 닿았기 때문에, 센바이(専売)신문이나 사쿠라 영화에 부탁해 줘, 어떤 불리한 조건이라도 상관없다 고 부탁했습니다."

게무야마 "그건, 난처한데. 우에노 미쓰코의 대답은?"

오시카 "19일 정오에 음식점에서 만나기로 되어 있습니다. 반드시 성공해 보이겠다, 고 잘라 말했습니다."

게무야마 "그거, 참 곤란하게 되었군. 오늘은 17일이지. 18일 아침에 도착해서 야간열차로 출발하여 19일 아침에 도착하면 우에노 미쓰코를 앞지를 수는 있지만, 그렇게까지 할 필요는 없겠지. 내 쪽이 확실해. 밤기차로 돈을 운반하는 것은 위험하니까, 19일 아침에 출발해서 저녁 때 도착한다. 내 쪽은 확실하니까, 우에노 미쓰코가 어떻게 되든 간에 딱 잘라 기절해 주지 않겠나? 그렇지 않으면 우에노를 바람맞히고 만나 주지 않았으면 하네."

오시카 "예. 확실하다면 그렇게 하겠습니다."

게무야마 "물론 확실해. 20일에 이와야 덴구에게 돈을 지불하는 것은 어디야?"

오시카 "이와야 덴구가 교토에 오기로 되어 있습니다. 요코 씨도 19일 밤에 이쪽에 도착하게 되어 있습니다."

게무야마 "그래? 그렇다면, 19일 중에 시간에 댈 수 있으면, 되는 셈이야. 반드시 약속을 지킬 테니, 자네도 지켜 줘. 아카쓰키 요코를 위해서도 우리 회사를 제일 먼저 생각해 줘."

오시카 "네. 알겠습니다."

그래서 게무야무는 안심하고 도쿄로 돌아갔다. 시키시마 사장에게 이상의 이야기를 하고, 우에노 미쓰코의 이야기가 거기까지 되고 있는 이상 물러날 수가 없다.

시키시마 "알았어. 약속대로 오시카를 취하자고. 오늘 저녁 때까지 500만 챙겨 놓겠어."

게무야무 "그렇습니까? 가방을 가지고, 받으러 오겠습니다."

시키시마 "자네는 오늘밤에 출발하나?"

게무야무 "아뇨, 내일 아침에 출발합니다. 밤기차로 돈을 운반하는 것은 위험하고 우에노 미쓰코와 부딪혀도 곤란하잖아요. 아침 급행 제일 빠른 것이 7시 30분에 출발합니다. 9시발 특급 쓰바메가 늦게 발차해서 일찍 그쪽에 도착하지만, 특급은 아는 얼굴을 만나니, 일부러 7시 30분에 출발하겠습니다."

시키시마 "그게 좋겠지."

저녁 때까지 시간이 있어, 고이토 미노리 집에 찾아가서, 아카쓰키 요코를 만났다. 300만 엔의 계약이 성사되었다고 뜻을 알려주자, 안심하고 눈물을 글썽였다.
게무야마 "자네도 내일 교토에 간다고 하지 않았나?"
요코 "네."
게무야마 "너무 눈에 띄지 않도록 해. 몇 시 기차이지?
게무야마 "오후 1시에 도쿄발입니다. 교토에는 밤 11시쯤이면 도착할 것입니다. 이와야와 약속이 있어서요. 기차 안에서 이와야와 둘만의 이야기를 매듭 짓을 생각입니다."
게무야마 "그거, 오시카 군이 알고 있나?"
아카쓰키 "아니오."
요코는 고통스러운 듯이 고개를 숙였다.

게무야마 "무척 위험한 이야기잖아? 내가 교토 역으로 마중
하러 나가 줄까?"

요코 "아니오, 위험은 없습니다. 몸을 지키는 방법을 알고
있으니까요."

게무야마 "그래? 그럼, 조심하게."

    오후 3시 반쯤, 게무야마는 500만 엔을 수령했다. 천 엔짜리 지폐로 380만 엔. 백 엔짜리 지폐로 120만. 백 엔짜리 지폐가 큰일이다. 트렁크 두 개의 짐이 되고 말았다.

    그런데 그 날 밤 6시쯤이다.

    센바이(專売)신문의 사회부의 전화가 울린다. 마침 그 자리에 있던 라오 모쿠스케가 수화기를 집어 들자, 귀에 익지 않은 남자 목소리로,

    "센바이(專売)신문이지요. 예, 저 있잖아요. 야구에 정통한 사람한테서 부탁을 받았습니다만, 내일 아침 7시 30분발 하가타 급행으로 럭키 스트라이크의 게무야마 스카우트가 타니까, 미행해 보게나, 라는 이야기입니다. 안녕히 계세요."

    짤각 끊어졌다.

    아카쓰키 요코에게 매달려서 오시카와의 로맨스, 오시카

의 거처 등을 뒤쫓고 있던 모쿠스케는, 깜짝 놀라서, 긴쿠치(金口) 부사장을 뒤돌아보고,

모쿠스케 "이상한 전화인데요. 이만저만한 이야기입니다."

긴쿠치 "흠. 부장에게 알려."

부장 자택에 전화로 지시를 구하자,

부장 "실은 말이야. 오시카에 관해서는, 우에노 미쓰코가 스카우트 이야기를 가지고 왔어. 우에노 미쓰코는 오늘 밤 야간열차로 교토에 가 예정인데, 이 스카우트는 금액에서 이견이 좁혀지지 않았기 때문에 실패할지도 몰라. 게무야마가 나간다고 하면, 이것도 오시카 스카우트야. 이쪽이 스카우트에 실패하면, 아카쓰키 요코의 로맨스를 폭로해 줘. 게무야마를 미행해 봐. 그리고 오시카의 사랑의 보금자리를 찾아내. 게무야마를 미행해 가면, 자연히 알 수 있을 것이다. 알았지."

모쿠스케 "예."

그래서 모쿠스케는 전표를 받아 출장 준비를 끝냈다.

2. 1월 19일 정오 ~ 1시

어느 요정 별실에서 마주 보고 이야기하고 있는 것은, 오시카와 우에노 미쓰코이다.

우에노 미쓰코 "사쿠라 영화에서는, 일류 투수 두세 명 스카우트에 성공한 것 같아. 그래서 오시카 씨를 받아 주지 않는 거예요. 그래서 센바이(專売)신문에 흥정했지만, 아무리 해도 100만까지야. 음, 그게 사실 말이지, 당신이 받을 수 있는 최고 금액이야."

오시카는 오히려 안심한 얼굴이다.

오시카 "아뇨, 이제 그 이야기는 됐습니다. 정말 신세를 많이 졌습니다."

우에노 미쓰코 "어머. 시원시원하네. 역시 럭키 스트라이크가 좋네. 아카쓰키 요코가 있는 데가."

오시카 "아뇨, 그런 이야기는 없어요."

우에노 미쓰코 "거짓말 하지 마. 오늘밤에 게무야마 군이 이쪽으로 오지요?"

오시카 "그런 이야기, 몰라요."

미쓰코의 미간에 바르르 짜증스러운 모습이 나타났다.

우에노 미쓰코 "흥! 당신, 센바이(專売)신문의 네이비컷군에 이적해요. 약속한 300만 엔 내겠어요. 센바이(專売)로부터 100만. 내가 200만. 내 전 재산이야.

오시카 "이제 돈은 필요 없게 되었습니다."

우에노 미쓰코 "무슨 소리를 하는 거야? 왜 당신이 300만 엔 필요했던지, 나는 똑바로 파악하고 있어. 누구한테서 들었다고 생각해? 이와야 덴구 씨야. 내일 20일이지? 그가 교토로 아카쓰키 요코의 위자료, 받으러 오기로 되어 있잖아. 300만 낼 수 있어?"

오시카 "네, 뭐, 어떻게든 됩니다."

우에노 미쓰코 "생각이 무르고, 미지근한 사람이네. 게무야마 군이 돈 같은 거, 가지고 오지는 않아. 가지고 오는 것은 100만뿐이야. 그것으로 어떻게든 해결이 돼?"

그 점이 오시카의 급소이다. 뭐라고 해도 300만이라는 거금은 손에 쥐어 보지 않으면, 뜬 구름을 잡는 것 같은 것으로 감이 안 잡힌다. 자기도 모르게 할 말을 잃어버리고,

고개를 숙이고 말았다.

우에노 미쓰코 "나는 게무야마 군을 만났어. 100만으로 속일 작정이지. 나머지는 아카쓰키 요코의 의리로 질질 끌 심사이야. 비겁하지 않아. 당신, 그래도 괜찮아."

  미쓰코의 눈이 형형하게 불을 내뿜고 있다.

우에노 미쓰코 "설령 이와야 덴구와 같은 불량배가 상대라도 남의 부인과 몰래 정을 통해, 손해배상을 지불하지 못하면, 남자로서 체면을 잃고 마는 거야. 야구선수의 망신이 아니야? 내가 200만 낼 테니까, 이와야 덴구에게 돈다발을 내동댕이치는 거야."

오시카 "당신에게서 돈을 받을 이유가 없어요."

우에노 미쓰코 "이유가 없어도 돈을 못 내면 어떻게 할 거야?"

오시카 "어떻게든 해 보겠습니다. 나는 각오하고 있습니다."

우에노 미쓰코 "무슨 각오야?"

  오시카는 남자답게 얼굴에 결의의 빛을 나타냈다.

오시카 "그때는 아마 죽겠습니다."

우에노 미쓰코 "바보 같은 소리 하지 마."

미쓰코는 쓴웃음을 지었지만 이윽고 안색을 부드럽게 했다.

우에노 미쓰코 "미래의 세계적인 거물급 투수가 그런 것으로 죽는다는 것은, 칠칠치 못한 짓이야. 나한테서 돈을 받을 이유가 없다고 했는데 나와 결혼해요."

오시카는 깜짝 놀라 눈을 들어올렸다.

우에노 미쓰코 "놀랄 일 아니잖아? 작년 여름은 즐거웠어. 난, 당신의 첫 등판 때부터 일본 제일의 거물이라고 생각했어. 피스의 강속구 좌완 투수 잇푸쿠 군이 질투했어. 왜 저런 애송이를 상대로 해야 하는 거야? 라며, 따지고 덤비고. 당신의 삼진 기록 같은 거, 애송이 씨에게 순식간에 깨지니까 하며 말해 주었지. 잇푸쿠 군, 작년 연말부터 집요하게 내게 프러포즈했어. 오늘도 거리에서 우연히 만났어. 잇푸쿠 군, 교토에 살고 있지? 그래서 말이지, 당장 결혼하자, 묵고 가라고 해서, 확실하게 말해 줬어. 나는 2, 3일 중에 오시카 씨와 결혼한다고. 잇푸쿠 군, 얼굴이 파래지고 화를 냈어."

오시카는 정말 불쾌한 기분이 치밀어 올랐지만, 그러나 그 다음 어떻게 하면 좋을까 생각하니 어둠이 있을 뿐이다. 가슴이 메어지는 슬픔이다.

우에노 미쓰코 "뭘, 우울해하는 거예요? 명랑하고 똑바로 해요. 나와 결혼해요. 그리고 네이비컷트로 이적해요. 게무야마 군이랑 럭키 스트라이크의 비열함을 조소해 주는 거예요. 난 당신을 위해 200만 엔 잃어버리는 것은 아무렇지도 않다고 생각해."

오시카는 차갑게 눈을 치켜뜨고,

오시카 "당신과 결혼하는 거라면 이렇게 뼈를 깎는 심정으로 300만 엔 때문에 고생은 안 해요."

미쓰코의 안색이 바뀌었다.

우에노 미쓰코 "뭐라고 했어?"

오시카 "나는 아카쓰키 요코 씨와 결혼하고 싶습니다. 그래서 이렇게 고통스러운 심정으로 있는 겁니다."

우에노 미쓰코 "흥! 결혼할 수 없어. 이와야 덴구에게 300만 엔 낼 수 없을 걸."

오시카 "그 때의 각오는 이미 정했어요. 그 누구의 신세도 지지 않겠습니다. 저 혼자서 해결하겠습니다. 여러 가지로 귀찮은 것을 부탁해서 죄송합니다. 그럼 가 보겠습니다."

우에노 미쓰코 "기다려!"

오시카 "아뇨, 내 마음을 어지럽히지 마세요."

 획 돌아보고 만류하는 손을 뿌리치고 오시카는 떠나 버렸다. 미쓰코가 쫓아 나갔을 때는 이미 오시카의 모습은 없었다.

 미쓰코는 동동 발버둥 쳤다. 무슨 일이 있어도, 오시카의 주소를 알아내야 한다. 알아내고 말겠다. 그리고 복수해 주겠다. 럭키 스트라이크로의 이적 이야기를 싹 깨버리고 300만 엔을 허사로 만들어 이와야 덴쿠에게 줄 지불을 방해한다. 그리고 자기에게 매달리지 않을 수 없도록 해 주겠다. 천하의 여자 스카우트 우에노 미쓰코는 누구에게도 지지 않는 여자인 것이다.

 언제 도착할지는 모르지만, 오늘 밤 중에는 게무야마가 올 것이다. 왜냐하면 내일 아침까지 300만의 계약금을 오시카에게 건넬 필요가 있을 테니까. 그녀는 게무야마를 교토역에서 잠복하고 감시할까 생각했다. 그러나 잠복하고 뒤를 미행했다고 하더라도, 그때는 이미 그들의 상담은 끝나 버린다.

 미쓰코가 골똘히 생각하며 걷고 있자, 잇푸쿠 투수를 딱 만났다.

잇푸쿠 "아까는 잘도 막말을 하고 도망쳤지. 야, 미쓰코."

미쓰코 "뭐야? 사람들이 많이 다니는 거리에서."

잇푸쿠 "흥. 어디라도 상관없어. 너, 정말 오시카와 결혼할 거야?"

미쓰코 "후유!"

잇푸쿠 "이봐. 만일 결혼할 생각이라면 너나 오시카 중에서 어느 한쪽을 죽여 버릴 거야."

미쓰코 "대단하네."

잇푸쿠 "이봐 너 말이야, 거짓말이라고 해."

미쓰코 "글쎄? 어떨지 지금으로서는 확실치 않으니까. 2, 3일 중에 알 수 있어. 오시카 씨와 결혼할지 안 할지."

잇푸쿠 "오시카는 어디에 살아?"

미쓰코 "나도 그게 알고 싶어."

잇푸쿠 "흥. 숨기지 마. 따끔한 맛을 보고 싶어."

미쓰코 "숨길 게 뭐가 있어요? 나도 찾고 있는걸. 당신이 찾을 수 있으면 찾아봐."

잇푸쿠 "알았어. 찾아보겠다. 따라와."

미쓰코 "어디야?"

잇푸쿠 "대충 짐작 가는 데가 있어. 오시카가 아라시야마(嵐山)의 종점에서 하차한다는 소문이 있거든."

미쓰코 "거기라면 또 기요타키행 전차도 있잖아?"

잇푸쿠 "뭐든지 상관없어. 오기가 나서 찾아 보일 테니. 내가 오시카와 무릎을 맞대고 직접 담판해서 녀석이 손을 떼겠다고 하면, 미쓰코는 나와 결혼하는 거다."

미쓰코 "글쎄, 어떨까? 오시카 씨와 결혼하지 않는다고 해서, 똑 당신하고 결혼한다고는 할 수 없어."

잇푸쿠 "그렇게는 말하게 내가 내버려 두지 않겠어."

미쓰코 "그럼 어떻게 할 거야?"

잇푸쿠 "여하튼 오시카의 은신처를 찾아내고 말 테니까, 따라와."

잇푸쿠는 미쓰코를 억지로 끄는 것처럼 하며 걷기 시작했다. 미쓰코도 크다고 해도, 6척이나 되는 잇푸쿠의 굉장한 힘에 잡히면 어쩔 수가 없다.

그러나 종횡무진의 묘책으로 자신감이 가득 찬 미쓰코, 일단 유사시의 준비에는 충분한 확신이 있기 때문에, 이 나무로 만든 인형처럼 거의 도움이 안 되는 바보의 일념으로 오시카의 은신처를 알 수 있다면, 뜻밖의 행운이라고 몰래 득의의 미소를 지으며 끌려갔다.

3. 미행

같은 날 아침 도쿄역, 7시 30분발 하카타행 급행 발차 10분전. 긴쿠치(金口) 부부장과 라우 모쿠스케(羅宇木介)가 게무야마의 모습이 나타나는 것을 기다리고 있다.

낯선 지역에서의 추적에 혼자서는 위험하다고 해서, 긴쿠치 부부장도 동행하기로 된 것이다.

라우 모쿠스케 "아, 왔어, 왔어요."

긴쿠치 "어떤 사람이야? 게무야마는?"

라우 모쿠스케 "되게 큰 가방 두 개를 들고 있으니까, 저 남자입니다."

긴쿠치 "저 헌팅캡을 쓴 사람?"
라우 모쿠스케 "그렇습니다."

　45, 6세의 옹골차고 야무진 남자. 이 게무야마, 야구 스카우트로 유명하지만, 원래는 검도와 유도를 잘 하는 사람, 5척 4치 5푼의 보통 키이지만, 딱 벌어진 체격이다. 스카우트로서는 명성이 있지만, 그 사생활에 있어서는 항간의 소문이 상당히 곱지 않다. 긴자에 카바레를 경영하고 있는데, 여기까지 말하면 나머지는 당연하겠지요. 설명이 필요 없다는 설명. 무허가의 상사 회사도 경영하고 있고, 온갖 사기, 아슬아슬한 고비에서 법망을 빠져나가는 것이 이상할 정도이다. 그러나 야구 스카우트로서는 실적을 내서 명성은 자자하고 그 덕분에 그쪽에서는 어두운 소문을 듣지 못한다. 사람을 빼돌리는 작업 자체가 사기 사업과 유사하니까, 그것으로 충분히 만족하고 있는지도 모른다.

　게무야마가 차에 탄 것을 끝까지 지켜보고 긴쿠치와 모쿠스케는 중앙의 2등차에 탄다. 거기에는 게무야마는 타고 있지 않다.
긴쿠치 "그럼. 1등차인가? 그렇지 않으면 가장 앞에 있는 2

등차인가? 모쿠스케, 보고 와."

모쿠스케 "예."

   모쿠스케는 휙 하고 둘러보고 왔는데,

모쿠스케 "어허 참. 적은 여간내기가 아닙니다. 놀랐습니다."

긴쿠치 "무엇을 감탄하고 있어?"

모쿠스케 "1등차에는 없습니다. 가장 앞에 있는 2등차에도 없습니다만. 도대체 어떻게 된 거야? 3등차 구석에 마스크를 쓰고 얼굴을 감추고 있어요. 아까 복장을 보고 알아 차렸으니, 간파했습니다만, 게무야마 씨, 미복으로 여행하고 있습니다. 사정이 있다는 것입니다. 보아하니, 두 개의 트렁크는 돈 뭉치야."

긴쿠치 "이제야 겨우 알아차렸나?"

모쿠스케 " 애가 타네."

긴쿠치 "게무야마도 자기 돈이 아니야."

모쿠스케 "듣고 보니 그렇군. 딱한 것은 샐러리맨이군. 그러나 게무야마 씨의 월급봉투는 나보다 꽤 묵직할 거야."

라고, 모쿠스케는 애처롭게 말하고 있다.

   무사히 교토에 접어든다. 교토 도착은 오후 6시 41분 예정이다.

긴쿠치 "모쿠스케. 게무야마의 차에 가서 감시하고 있어."

모쿠스케 "예."

그러나 모쿠스케는 교토에 도착가기 전에 시무룩한 얼굴을 하고 돌아왔다.

모쿠스케 "게무야마 모습이 보이지 않습니다."

긴쿠치 "화장실에 간 게 아냐?"

모쿠스케 "게무야마가 앉아 있던 주위 사람들에게 물어보았는데, 모두 모른다고 해요. 그리고 일단 망으로 된 선반을 보며 걸었습니다만, 그 트렁크 같은 것은 두 개 다 없어졌습니다. 제가 자만한 것 아니지만, 트렁크에 돈 뭉치가 있다고 꿰뚫어보고 나서 지금까지 곰곰이 마음에 새겨두었기 때문에 제 딴에는 몰라볼 리가 없다고 생각합니다."

교토에 도착하다.

두 사람은 개찰구가 있는 데서 버티며 눈을 크게 뜨고 보고 있었지만, 게무야마는 기차에서 내려오지 않는다. 기차를 내리는 손님은 보이지 않게 되었다.

정차 시간은 15분이나 있어서 환승선의 플랫폼(승강장)을 조사했지만, 찾을 수 없다. 확인하는 차원에서 다시 한 번 차내를 점검하자 교토에서 많은 승객들이 갈아타서, 빈 자리도 꽤 눈에 띄는 가운데, 있어, 있다.

게무야마는 이번에는 맨 앞부분의 2등차의 한 가운데에 머플러로 얼굴을 가리고, 오버 깃을 세우고, 잡지를 읽고 있다. 바로 그 가방은 좌석 밑에 밀어 넣고 발로 누르고 있다.

모쿠스케 "실로 조심성이 많은 녀석이네. 부단히 좌석을 바꾸고 야단을 떱니다. 이렇게 되면, 절대 놓치지 않겠다. 내가 여기에서 망을 보겠습니다."

긴쿠치 "알겠어. 나도 망을 보겠어."

두 사람은 눈치 채지 않도록 그 후방의 떨어진 빈 좌석에 자리를 잡았다.

게무야마는 오사카에서 내렸다. 자동차를 잡는다. 두 사람도 차를 잡아 추적한다. 신요도가와(新淀川)를 건너, 스이타(吹田) 부근으로 돌아와서, 작은 주택 앞에 멈춘다.

긴쿠치는 직접 내려가서, 게무야마의 운전수에게,

긴쿠치 "우리는 수상한 사람이 아니다. 신문기자다. 좀 사정

> 이 있어, 미행하고 있으니, 미행하기 쉽게 커브돌 때, 잘 부탁해."

라고 하고 팁을 손에 쥐여 주었다.

그리고 게무야마가 들어간 집 문패를 보고 놀랐다. 캐멀 군단의 강타자 모모야마 외야수의 집였다.

긴쿠치 "적은 모모야마인가? 이건 허를 찔렸네. 과연 제법 하네."

14, 5분이나 지나자 게무야마는 나왔다. 다시 추적을 계속한다. 차는 국도를 쏜살같이 달려, 쭉쭉 교토 방향으로 돌아간다. 좁은 길을 꼬부라들어, 다다른 곳이 야마자키 마을. 상당한 대문 구조를 한 집 안으로 게무야마는 사라져 들어갔다. 그곳 문패를 조사하니, 피스군단의 소중한 보물이며 안타를 잘 치는 고쿠후(国府) 일루수의 생가이다.

긴쿠치 "이것은 갈수록 기이하네. 제법 하는데. 꽤 상당하네."

모쿠스케 "괴물 이름에 어긋나지 않습니다. 적이지만 장하군. 이것으로 돈 뭉치가 어지간히 줄었을 거야"

모쿠스케는 돈 뭉치만 신경 쓰고 있다.

긴쿠치 "모쿠스케, 이 계약금 얼마라고 생각해?"

모쿠스케 "너무 심한 것을 생각하는 능력은 없습니다."

다시 14, 15분 지나자 게무야마가 나타난다. 자동차는 쏜살같이 교토로 향한다.

모쿠스케 "역시 제반사를 깔끔히 마무리 짓고 오사카의 은신처에 가는 건가? 적은 순서를 생각하고 있어. 우리의 추적을 알고 있지는 않을까요?"

긴쿠치 "그럴지도 몰라. 기차 안에서 우리를 틀림없이 알아차린 것일까?"

모쿠스케 "아무래도 안 되겠어요. 돈 뭉치가 줄어듦에 따라 내 배도 고파지는 것 같네. 빨리 횟술을 마시고 싶네."

차는 교토 거리에 들어갔다. 차가 멈춘 곳은 가와라마치(河原町) 시조(四条)를 내려가서 들어간 뒷골목의 맵시 있는 집. 그러나 아주 작은 요릿집 같은 곳. 그러나 여관 간판이 매달려 있다. 거기까지 데려다 주고 자동차는 돌아간다. 두 사람도 차에서 내렸다.

모쿠스케 "그럼 여기가 오사카의 은신처인가? 좋아, 이렇게 된 이상 나도 여기 묵겠다."

긴쿠치 "좋아, 그렇게 하자고."

두 사람이 여관 현관에 서자 노파가 종종걸음으로 나와,

노파 "어서 오십시오."

모쿠스케 "방 있습니까?"

노파 "방 말입니까? 모처럼 오셨는데 만원입니다."

모쿠스케 "지금 한 사람 들어갔지요?"

노파 "네, 예약을 하셨습니다."

모쿠스케 "죽 오랫동안 묵고 있는 사람이 한 사람 있지요?"

노파 "어떤 분인가요?"

모쿠스케 "6척 정도의 큰 남자입니다."

노파 "모르겠는데요."

모쿠스케 "지금 들어간 사람의 지인인 젊고 몸집이 큰 남자인데."

노파 "모르겠는데요."

어쩔 수 없어서, 두 사람은 "뒤로 돌아"이다. 시계를 보자 9시 50분.

모쿠스케 "아, 여기에 우동 집이 있네, 한 잔 마시며 물어 봐야겠다."

긴쿠치 "술이 있을까?"

청주를 뜨겁게 해 달라고 하고, 앞에 있는 여관에 몸집이 큰 남자가 묵고 있지 않은지 넌지시 속을 떠보는데, 요령부득이다.

모쿠스케 "주인아저씨, 야구 안 보나?"

가게 주인 "야구라면, 밥보다도 좋아해요."

모쿠스케 "체스터의 오시카 선수, 알아?"

가게 주인 "스모크 피쳐지? 그 사람을 후원하고 있어요?"

모쿠스케 "그 몸집이 큰 남자야. 앞에 있는 여관에 묵고 있지 않나? 그런 인물은."

가게 주인 "본 적이 없어요."

　　모른다면 여기에 오래 있어도 소용없다.

모쿠스케 "될 대로 돼라. 부딪쳐 부서져라. 차라리 게무야마에게 면회를 신청하자. 상대가 어떻게 나올지 이판사판이다."

긴쿠치 "알았어."

　　그래서 다시 여관으로 되돌아와서,

모쿠스케 "아까 들어온 게무야마 씨를 만나고 싶은데."

노파 "예. 게무야마 씨는 산책하러 나가셨습니다."

모쿠스케 "어유."

　모쿠스케는 괴성을 질렀다. 긴쿠치는 역시 다른 사람과 달리 침착하게,

긴쿠치 "어떤 모습이야? 여관의 도테라(ドテラ)2)은."

노파 "아뇨, 양복이었습니다."

모쿠스케 "그런데 가방을 들고 나갔습니까?"

　모쿠스케, 가방에 대한 집념, 큰 목소리로 자기도 모르게, 큰소리로 외친다. 노파는 깜짝 놀라,

노파 "아뇨, 가방은 두고 갔습니다. 산책이라고 하며."

모쿠스케 "흠. 매우 기이하고 이상한데."

　두 사람은 실망하고 밖으로 나갔다.

긴쿠치 "뭐, 어쩔 수 없지. 어디 한 번 지국에 들려 보지."

　지국에 들리자 저녁 5시경 본사로부터 긴쿠치 앞으로 전화가 와서 오후 10시 47분 도착하는 급행으로 아카쓰카 요코와 이와야 덴구가 교토에 도착할 테니까, 그 시간에 교토역으로 가 봐라, 라고 지시되어 있다.

　그런데 그들은 실패했다. 곧장 지국에 갔으면 좋았을 것

---

2) 도테라(ドテラ) : 큼직하게 솜을 두껍게 둔 소매가 넓은 일본 옷.

을, 신쿄고쿠(新京極)를 어슬렁거리다가, 꼬치구이로 한 잔 들이켰으니까, 지국에 나타난 것이 11시 5분이다.

아! 라고 외쳤지만, 사후 약방문. 그래도 기차가 늦게 도착할지도 모른다고, 불쌍한 하나님 찾기, 나가려고 하자,

"아 참. 그렇지. 당신들 대신으로 다른 사람들이 맞이하러 가 있어요."

모쿠스케 "누가 말이지요?"

"정확히 5시 반쯤이었습니다. 우에노 미쓰코 여사가 나타나서 오시카와 마음을 터놓고 이야기를 했는데, 본사가 돈 내는 것을 꺼려해서 계약이 타결되지 않는다고 하더군요. 곪을 대로 곪았습니다. 그래서 이런 전화가 있었는데, 오시카의 문제에 관계가 있는 것은 아닌가 하고 했더니, '물론 있지', '이거라면 아직 희망은 있다'고 하며 뛰쳐나갔습니다. 정거장에서 두 사람을 붙잡아서 대화를 하면, 어떻게든 될 가능성이 있다고 하며 갑자기 힘을 되찾은 것 같습니다."

긴쿠치 "아, 그래? 이쪽은 전혀 기운이 돌아오지 않는데."

라고, 그래도 차를 몰아 역으로 가 보았지만, 급행열차는 정각에 도착해서 내린 손님이 지금쯤 서성거릴 리가 없다. 두 사람은 여관을 잡고 정말 횟술을 마시게 되고 말았다.

4. 살인사건

아마도 두 사람이 아직 홧술을 다 마시지 않을 시각이었을 것이다. 오전 2시 반쯤였다.

오시카에 아틀리에를 빌려주고 있는 하마키 집안의 정원에 면한 복도의 덧문을 두드리며 도움을 청하는 여자 소리가 났다. 하마키 다로(葉卷太郎), 지로(次郎) 형제가 덧문을 열자, 서 있는 것은 피투성이의 아카쓰카 요코이다.

하마키 "아. 아카쓰키 씨, 어떻게 된 겁니까?"
요코 "오시카 씨가 죽어 있습니다."
하마키 "뭐라고요? 당신 어떻게 되신 것입니까? 어디 다치신 데는 없습니까?"
요코 "아니오, 저는 정신을 잃고 쓰러졌습니다. 지금까지 정신을 잃고 있었습니다. 빨리 경찰을 부르세요."

그래서 경찰의 활동이 시작된 것이다.

아틀리에는 2간(間) 반에 3간(間)의 양실이 한 칸뿐. 그 밖에 세면장과 화장실이 달려 있을 뿐이다. 침대와 옷장과 책상과 테이블에 의자가 3개 있다.

　오시카는 출입구로부터 한 간(間) 정도 떨어진 곳에서 비스듬히 중앙을 향해 위를 보고 쓰러져 있었다. 상처는 모두 배후에서 예리한 칼로 찔린 것으로 등에 네 군데 목에 한 군데 난도질을 당해 있다.

　주위는 선혈의 바다를 이루고 있다. 벽에서 천장까지 칼에 찔렸을 때 나온 피가 튀어 있다.

　아카쓰카 요코는 경찰의 신문에 대답하며 말했다.
요코 "제가 여기에 온 것은 오전 영시 조금 지났을 때라고 생각합니다. 입구 문에는 자물쇠가 채워져 있지 않았습니다만, 아틀리에 전등은 꺼져 있었습니다. 저는 그러나 문을 열고 들어간 오른쪽에 스위치가 있는 것을 알고 있어서 바로 전등을 켰습니다. 나는 실내를 한눈에 보고 정신을 못 차렸습니다. 달려가서 좀 안아 일으키려고 한 것 같이 기억하고 있습니다. 이미 오시카 씨가 죽어 있는 것을 알아차리고, 저는 그 자리에 정신을 잃고 말았습니다. 문득 정신이 번쩍 들어 하마키 씨의 정원 덧문을 두드린 것입니다."

확실히 요코는 피바다 속에 쓰러져 있었음에 틀림없었다. 의복도 얼굴도 손도 피투성이였다.

경찰관 "어. 이상한데. 누군가 시신에 발이 걸려 넘어진 건가? 여기에 피가 묻은 손자국이 있어. 당신은 발이 걸려 넘어지지 않았지요?"

요코 "저는 걸려 넘어지지 않았습니다. 금방 전등을 켰으니까요?"

경찰관 "음. 여자 손바닥은 아닌 것 같다. 피해자의 손바닥보다는 작지만."

확실히 누군가 손자국과 신발 자국을 남기고 도망친 사람이 있었다.

경찰관 "아카쓰키 씨는, 담배를 피웁니까?"

요코 "아니오, 오시카 씨도 담배는 피우시지 않습니다."

경찰관 "듣고 보니 그러네. 그래서 재떨이 대신에 사발을 사용하고 있는 거군. 그러나 확실히 적어도 남자 한 명과 여자 한 명이 담배를 피웠어. 남자가 한 대, 여자가 두 대."

범인은 그 사람이다. 요코는 금방 생각했다. 그러나 담배를 피운 여자라고 하는 사람은 누구일까? 우에노 미쓰코일까? 요코는 경찰관에게 털어놓았다.

요코 "나는 범인을 알고 있습니다. 그 사람이 틀림없습니다."

경찰관 "당신은 보았습니까?"

요코 "아니오. 저와 함께 도쿄에서 왔습니다. 제 남편인 이와야 덴구입니다."

경찰관 "함께 여기까지 왔습니까?"

요코 "아니오. 교토역까지 함께였습니다. 저는 이와야와 이혼하고 오시카 씨와 결혼하기로 되어 있었습니다. 오시카 씨는 제가 낼 위자료로 이와야에게 300만 엔 건네기로 되어 있었습니다. 내일 정오에 받기로 되어 있었습니다만, 이와야는 내일 오후 3시에 어떤 사람에게 지불할 필요가 있어 오늘밤 중에 돈이 필요하다는 말을 꺼냈습니다. 저는 오늘 저녁에 게무야마 씨가 오시카에게 300만 엔을 건넸던 것을 알고 있고, 이와야 태도에는 달라진 데가 없고, 그가 원하는 것은 돈뿐이고, 달리 원한을 품고 있는 데가 없는 상황을 간파했기 때문에, 그럼 오늘밤 안에 오시카 씨로부터 돈을 받아요, 같이 은신처에 가요, 라고 아무런 생각 없이 은신처를 가르쳐 주었습니다. 세이란지(青嵐寺) 옆의 아틀리에라고 하면 금방 알 수 있을 것입니다. 세이란지는 유명한 절이고 이웃집도 한 채밖에 없습니다. 저는 가능한 한 빨리 위자료를 건네고 관계를 끊고 싶은 기분뿐이어서 설마 일이 이렇게 되리라고는 생각하지 않고 가르쳐 주고 말았습니다."

경찰관 "음. 두 분은 함께 여기에 온 것이 아닙니까?"

요코 "함께 올 예정이었습니다. 교토역에 내려서 개찰구를 나오자, 저를 불러서 세운 사람이 있었습니다. 모르는 여성분입니다만, 우에노 미쓰코라는 프로 야구 스카우트라고 자기소개를 하셨습니다. 우리가 서서 이야기를 하고 있는 동안에 안달복달하던 이와야 겐구는 모습을 감추고 말았습니다. 저는 그가 서두르는 이유를 알고 있었습니다. 내일 3시까지 요코하마에 돌아가기 위해서는 영시 32분발 도쿄행 이외에는 없습니다. 그것이 가장 마지막 열차입니다. 우리가 교토역에 도착한 것은 오후 10시 47분이니 남은 시간이 1시간과 45분밖에 없습니다. 자동차로 왕복해도 빠듯해서 거의 여유가 없습니다. 이와야 모습이 안 보여서 깜짝 놀라 뒤를 쫓으려고 했더니, 우에노 씨가 제 팔을 잡고 말렸습니다. 가게 해 주지 않는 것입니다. 저는 그러나 이와야가 서두르는 이유가 그냥 기차 시간 때문이라고 믿고 있어서, 커다란 불안은 갖지 않았습니다. 그리고 우에노 씨가 시키는 대로 역에 가까운 다방에 들어갔습니다.

경찰관 "무슨 이야기를 했습니까?"

요코 "우에노 씨는 제게 오시카 씨와의 결혼을 그만두어라 라고 말씀하시는 것입니다. 오시카 씨는 체스터 군의 하이무라 감독에게 지켜야 할 도리도 있고 체스터와의 계약에 특수 사정도 있으니 눈에 눈이 멀어 다른 구단으로 이적 하면, 연맹의 문제가 되고 출장 정지는 고사하고 프로 야구에서 매장되어 버린다고 말씀하시는 것입니다. 사랑 때문에 오시카 씨가 야구계로부터 버려지는 것을 차마 볼 수 없어서 충고하러 왔다고 말씀하십니다. 하지만 저는 오시카 씨로부터 들어서 알고 있었습니다. 오시카 씨는 하이

무라 감독께서 키워 주신 은혜는 있습니다만, 체스터와의 계약은 한 시즌뿐이고 이번 시즌 계약은 다시 약속하지 않았다는 것입니다. 저는 그것을 주장해서 우에노 씨와 논쟁을 하게 되었지만, 끝도 없어서 일어났습니다. 그것 때문에 2, 30분 허비했겠지요. 그리고 저는 자동차를 잡아 여기로 혼자서 왔습니다."

경찰관 "이 은신처를 알고 있는 사람은 누구누구입니까?"
요코 "두 사람 이외에 제가 가르쳐 준 사람은 게무야마 씨와 이와야뿐이고 나머지는 짚이는 데가 없습니다."

그런데 안채에 사는 하마키 다로(葉卷太郎)가 의외의 증언을 했다.

하마키 "오늘밤 9시경이었습니다. 잇푸쿠 씨가 우리 집 현관에 와서 여기에 오시카 씨가 묵고 있을 거라고 말씀하시는 것입니다. 제가 아틀리에로 안내해 주었습니다."

경찰관 "잇푸쿠는 어떤 사람이지?"
요코 "피스의 좌완 강속구 투수 잇푸쿠 씨예요."
경찰관 "아, 그런가? 그리고 그 밖에 방문객은 없었습니까?"

하마키 "그건 모르겠습니다. 잇푸쿠 씨는 우리 집에 와서 물으셨기에 안 것입니다. 그렇지 않으면, 꽤 떨어져 있고 나무숲으로 가려져 있어서 아틀리에의 상황을 알 수 없습니다. 게다가 겨울에는 해가 저물면 덧문을 달아 버리니까요."
경찰관 "무슨 이상한 소리를 듣지 않았습니까?"
하마키 "아무 것도 듣지 못했습니다. 푹 자고 있었으니까요."

그래서 관할 경찰서에 수사본부를 설치하고, 시신을 검시하고 현장은 감식원의 철저한 조사와 집안 수색이 실시되었다. 판명된 사실에서 특히 주목할 점은 다음과 같은 것이었다.

— 오시카는 럭키 스트라이크와 새 계약을 하고, 300만 엔 받은 것 같은데 그 300만 엔은 분실되었다.
— 계약서는 고개를 숙이고 엎드린 가슴 안 주머니에 있고, 엎드리고 있었기 때문에 피로 더러워져 있지 않지만, 1월 19일에 계약한 것이다. 오시카의 서명은 묵필로 쓰여 있지만, 이 방에는 먹도 붓도 없다.

― 출혈 상황에서 보아 가해자의 의복은 피를 뒤집어썼을 것이다.
― 자상에 의해 판단하건대 범인은 상당한 완력이 있는 것 같다.
― 오시카의 바지 주머니에 우에노 미쓰코의 명함이 있고, 도쿄 주소는 인쇄되어 있지만, 교토의 아파트의 주소가 연필로 기입되어 있다. 미쓰코 자신의 글씨 같고 여자 글씨다.
― 피에 젖은 신발 자국과 손자국이 있는데 피해자의 것도 아니고 요코의 것도 아니다.
― 테이블 위에 사발을 재떨이 대신으로 쓰고 있고 두세 개비의 꽁초가 있고 두 개비에는 립스틱이 묻어 있고 한 개비에는 묻어 있지 않다.
― 그러나 찾아온 손님에게 차를 대접한 흔적은 없다.
― 피해자의 지문은 사방에 있는데 그밖에 특히 주목할 만한 지문은 발견되지 않는다.
― 범행 시간은 경찰의의 검시에 따르면 오후 9시부터 12시경까지의 간격이 있고 또한 정확히는 해부를 기다려야 한다.

아직 밤이 새려고 하늘이 점차 밝아오는 시각에 형사는 잇푸쿠 투수가 깊이 잠든 때를 노려서 수사본부로 연행했다. 또 명함에 쓰인 아파트에서 우에노 미쓰코가 연행되어 왔다.

두 사람의 방은 각각 수사했지만, 피가 묻은 의류나 분실된 돈뭉치는 발견되지 않았다.

그 밖에 수사본부에서 찾고 있는 것은 게무야마와 이와야 덴구인데, 아직 게무야마의 숙소는 그들에게 알려지지 않았다.

먼저 잇푸쿠가 취조를 받았다.

수사 주임은 교토에서 알아주는 뛰어난 사람이라고 알려진 명탐정 이코 이(居古井) 경부(警部)[3]이다.

이코 "자네는 어젯밤에 오시카 군한테 갔었지요."

잇푸쿠 "네. 점심시간 지나 1시경부터 밤 9시경까지 찾아서 결국 그의 은신처를 찾아냈으니까요."

이코 "저녁밥도 안 먹고."

잇푸쿠 "저녁은 먹었어요."

---

3) 경부(警部) : 한국의 경위(警衛)에 상당하는 직급.

이코 "어째서 그렇게까지 무리하면서 찾을 필요가 있었습니까?"

잇푸쿠 "한시라도 빨리 해결하고 싶은 문제가 있었습니다. 나는 우에노 미쓰코에게 프러포즈했습니다만, 미쓰코는 오시카와 결혼하고 싶다고 하는 겁니다. 그래서 오시카의 본심을 들을 필요가 있었습니다."

이코 "오시카 군의 대답은 어떠했습니까?"

잇푸쿠 "간단해요. 오시카는 다른 여자와 결혼할 예정이라고 합니다. 미쓰코에게 거절했다고 단언했습니다. 앞으로 미쓰코한테서 손을 뗄 거냐고 물었더니, 손을 떼는 것도 떼지 않는 것도 없고, 다른 여자와 결혼하는데, 미쓰코와 관계를 맺고 있을 수가 없다고 말해서, 이야기는 간단 명쾌합니다. 그래서 나는 안심하고 돌아왔습니다."

이코 "그건 몇 시경입니까?"

잇푸쿠 "글쎄요. 9시쯤 찾아갔으니까, 뭐, 20분 정도 이야기를 나누고 금방 돌아왔습니다. 신쿄고쿠에서 축배를 들고 돌아와서 잤습니다."

이코 "그대는 오시카 군의 집에서 담배를 피웠습니까?"

잇푸쿠 "어떻게 했더라? 아, 맞아. 피웠습니다. '재떨이를 빌려줘'라고 하자, 사발을 가지고 왔습니다. 그 녀석은 담배를 피우지 않는 것 같습니다."

이코 "그 사발에는 누군가의 꽁초가 들어 있었습니까?"

잇푸쿠 "아니오, 씻어 둔 사발입니다. 아무것도 들어있지는 않았습니다."

이코 "아, 정말 고마워요. 아, 잠깐. 오시카 군은 럭키 스트라이크로 이적한다는 이야기를 안 했습니까?

잇푸쿠 "아니오. 그런 이야기는 듣지 못했습니다. 단지 돈이 필요한 일이 있어, 미쓰코에게 트레이드를 부탁했다고 말했습니다. 그것 때문에 미쓰코를 만날 뿐 결혼 이야기 같은 것은 없다고 변명하더군요."

이코 "고마워요. 이른 아침부터 일부러 오시게 해서 미안합니다. 이제 잠깐만 기다리고 있으세요."

잇푸쿠의 증언을 믿으면, 그가 돌아간 다음에 여자가 아니 남자일지도 모르지만, 여하튼 립스틱을 바른 인물이 방문해서 담배를 두 개비 피운 것이다.

이코이 경부는 미쓰코를 불렀다.

이코 "어젯밤은 늦은 것 같군요. 오늘 아침은 또 이른 아침부터 일부러 오시게 해서 미안합니다. 어젯밤 오시카 군을 찾아간 것은 몇 시쯤이었습니까?"

미쓰코는 흥하며 잡아떼며 대답을 하지 않았다. 그녀의 육체는 시원시원하게 뻗어 있고 당당한 위세를 발하고 있었다.

이코 "훌륭한 몸매네요. 키와 몸무게는 얼마나 되십니까?"

미쓰코 "1미터 66. 체중은 57킬로."

이코 "57킬로. 정말 나와 똑같네요. 그런데 오시카 군으로부터 트레이드 의뢰가 있었다고 합니다만, 그 이야기는 어떤 식으로 되어 있습니까?"

미쓰코 "계약이 성립했다면 이야기할 수 있습니다만, 제 경우는 아직 성립되지 않아서 공표할 수 없습니다. 구단의 비밀이기 때문입니다."

이코 "그러나 오시카 군이 이적하면 연맹 규약에 저촉되어 야구계에서 추방되니까, 결혼에서 손을 떼라고 아카쓰키 요코 씨를 협박하셨다고 하던데요."

미쓰코 "협박 같은 걸 누가 하겠습니까? 아카쓰카 요코야말로 보통내기가 아니에요. 그 사람은 꽃뱀입니다. 이와야 덴구와 공모해서 300만 엔을 우려내기 위한 일을 했습니다."

이코 "허. 어째서 그런 것을 알고 있습니까?"

미쓰코 "저는 역 개찰구에서 두 사람이 도착하는 것을 기다리고 있었습니다. 두 사람은 개찰구에서 나왔습니다만, 이와야 덴구가 요코에게 이렇게 말했습니다. 나는 오늘밤에 추운 밤 열차에 흔들리며 돌아가는데, 같은 시간에 처가 남자와 농탕치고 있다고 생각하면 '한심해.'라고. 그러자 요코가 '300만 엔이면 큰 벌이이잖아?'라고 허물없이 말했습니다. 저는 불끈불끈 화가 치밀었습니다."

이코 "과연 그렇군요. 그것뿐입니까?"

미쓰코 "그것으로 충분하지 않습니까?"

이코 "당신은 게무야마 씨를 만나지 않았습니까?"

미쓰코 "만나지 않아요."

이코 "오시카 군을 만난 것은 몇 시입니까?"

미쓰코 "정오부터 30분 정도입니다."

이코 "아니오, 어젯밤 방문 시각을 여쭤보고 있는 것입니다."

미쓰코는 힐끗 반항의 기색을 보였지만, 내뱉듯이 말했다.

미쓰코 "9시 반쯤이겠지요. 아무런 용무도 없었어요. 그냥 가와라마치(河原町) 시조(四条)의 다방에서 중학생이 오시카 씨의 이야기를 하고 있었습니다. 세이란지(青嵐寺) 옆의 아틀리에에 있다고 이야기하고 있는 것을 언뜻 들었기 때문에, 아무런 볼일도 없이 어슬렁어슬렁 가 볼 생각이 들었을 뿐이에요."

이코 "그때 잇푸쿠 군을 만나지 않았습니까?"

미쓰코 "아틀리에에 가까운 곳에서 스치듯 지나갔습니다. 나는 자동차였는데 그는 걷고 있었습니다. 나는 시선을 딴 데로 돌리고 모른 체하며 통과했습니다."

이코 "잇푸쿠 군은 당신을 알아차리지 못했습니까?"

미쓰코 "모르겠습니다. 저는 순간적으로 시선을 딴 데로 돌렸으니까."

이코 "그러고 나서?"

미쓰코 "아틀리에는 금방 알았습니다. 오시카 씨는 나를 보자, 지금 잇푸쿠 씨가 막 돌아갔다고 말했어요. 저는 그를 조롱했습니다. 요코 부인이 오니까 마음이 들떠서 진정이 안 되지요? 라고."

이코 "그는 요코 씨와 이와야 씨가 같은 열차로 10시 47분에 도착하는 것을 알고 있었습니까?"

미쓰코 "제가 그것을 말해 주었습니다. 함께 오다니 이상하네 라고. 그리고 센바이(專賣)신문의 기자가 역에 숨어서 기다리고 있다고 말해 줬더니 흠칫하더군요. 그래도 도착 시간은 가르쳐 주지 않았습니다. 왜냐하면 내가 나가서 맞이할 필요가 없었으니까요. 그리고 이미 도착했을 때라고 거짓말을 했습니다."

이코 "럭키 스트라이크와 계약을 맺은 이야기를 하지 않았습니까?"

미쓰코 "저는 물어보았습니다만, 그는 말을 얼버무리고 대답을 안 했습니다. 그러나 저는 알았습니다. 그의 태도에 차분한 안심감이 넘쳐흐르고 있었기 때문에 계약에 성공했구나 하고 알았습니다. 낮에 만났을 때는 심란해서 혼란스러웠으니까요."

이코 "그리고 몇 시경에 거기를 나왔습니까?"

미쓰코 "10분인가 20분 거처를 알았기에 조롱해 주려고 들렸을 뿐이에요. 10분에서 20분 정도 밖에 차를 대기시켜 두었으니까요."

이코 "당신은 담배를 피웠지요?"

미쓰코 "물론요. 저는 담배 없이는 10분간 공기를 들이마시고 있을 수 없어요."

이렇게 말하고 그녀는 케이스에서 담배를 꺼내서 불을 붙였다.

이코 "당신은 일부러 교토에 아파트를 빌리고 계십니까?"

미쓰코 "프로야구 관계자는 대개 그렇습니다. 늘 동서를 왕복하니까요. 일일이 여관에 묵는 것보다 아파트를 빌려 두는 쪽이 편리합니다. 스카우트와 같은 것은 남의 눈을 피해 일을 진행시킬 필요가 있으니까, 대개 사람들에게 알려지지 않는 아지트를 가지고 있는 법입니다. 게무야마 씨 정도의 뛰어난 수완가라면, 반드시 아지트 서너 개를 준비하고 있을 것입니다."

이코 "당신은 하나입니까?"

미쓰코 "네, 한 개. 아직 신참이니까요."

이코 "당신은 게무야마 씨의 아지트를 알고 있습니까?"

미쓰코 "아니오. 게무야마 군은 그것을 남에게 알리는 그런 사람이 아니니까요."

이코 "그러면 당신이 오시카 군 곁을 떠날 때는 그 분은 생생했겠군요."

미쓰코 "제가 죽였다라고 말씀하시는 것입니까?"

이코 "아니오, 무슨 이상한 것을 알아차리시지는 않았는가 하고 여쭤보고 있는 거예요."

미쓰코 "뭐 하나 색다른 것은 알아차리지 못했습니다. 저는 차로 역에 갔습니다. 역에서 아카쓰키 요코 씨를 붙잡을 때까지, 아무도 만나지 않았습니다. 자동차 운전수를 찾아 물어보시면, 알 것입니다."

이코 "과연 듣고 보니 확실한 증인이 있는 셈이군요. 어떤 운전수였습니까?"

미쓰코 "저는 기억하고 있지 않습니다만, 상대방은 기억하고 있겠지요. 어젯밤 이야기이니까요."

이코 "그렇고말고요. 그러면 10시 가까이까지 오시카 군은 살아 있던 것이군요."

미쓰코 "그렇습니다."

이코 "이거 참. 정말 고생 많았습니다. 이제 잠깐 조사가 끝날 때까지 기다리고 있으세요."

요코, 미쓰코, 잇푸쿠 세 증인을 경찰서에 잡아두고 모인 자료만으로 수사회의가 열렸다. 여하튼 이와야 덴구와 게무야마의 행방을 찾는 것이 선결 과제였다.

5. 열차 안의 계약

긴쿠치와 모쿠스케는 8시 반쯤 지국의 젊은 사람이 문을 두드려서 깨우는 바람에 일어났다. 횟술의 숙취 때문에 머리가 아프고 정말 기분이 상쾌하지 않았다.

"큰 사건이 일어났습니다. 오시카 투수가 어젯밤 살해당했습니다. 지국장은 수사본부에 달려가 있습니다."

모쿠스케 "아니. 예기치 않은 괴사건이네. 범인은 누구야?"

"아직 알 수는 없습니다. 원한, 도둑, 강도, 제설이 분분해서. 지국장으로부터의 전화로는 럭키 스트라이크에서 받은 300만 엔이 분실되었다고 합니다."

모쿠스케 "거짓말하지 마!"

긴쿠치 "아니, 이 무슨 폭언을 하는 거야!"

모쿠스케 "애당초 우리로 말하면 두 사람이 뜻이 맞아 한가로운 여행을 하는 사람은 말이야 도쿄의 민완 기자이시다. 우리는 아침 7시 반부터 밤 9시 반 지나서까지 게무야마를 뒤쫓고 있어. 그의 행적을 두루두루 알고 있어."

긴쿠치 "이봐, 이봐. 너무 흰소리를 치지 마."

라고 역시 긴쿠치 부부장은 다르다. 모쿠스케를 말리지만 모쿠스케 전혀 기가 죽지 않는다.

모쿠스케 "아뇨, 두루두루 알고 있습니다. 게무야마는 밤 9시 반까지는 확실히 오시카를 만날 거라고. 9시 반까지는 300만 엔은 게무야마 가방 속에 있고 9시 반 지나서는 여관에 두고 있었습니다. 오시카는 몇 시에 살해당했나?"

"밤 9시에서 12시 사이입니다."

모쿠스케 "그거, 봐요."

긴쿠치 "이봐, 이봐, 모쿠스케. 당황하지 마. 우리도 사건 속의 인물이야. 생각해 봐. 우리로 말하면 왜 게무야마를 뒤쫓았는가, 이건 이상한 인물의 전화에 의한 것이야. 이것은, 곤란해. 어떤 사람인지 우리를 비웃고 있는 배후의 인물이 있어. 수사본부에 출두하자."

그래서 두 사람은 수사본부로 나갔다.

이코 이(居古井) 경부(警部)는 두 명의 이상한 진술에 약간 어이없는 모습이다.

이코 "그러면 당신들은 도쿄에서 죽 교토까지 게무야마 씨를 미행해 온 것이군요."

모쿠스케 "말씀하신 대로입니다."

경부는 형사 한 사람에게 명령해서 두 사람한테서 들은 여관 이름을 가르쳐 주고, 게무야마에게 출두해 달라고 명했다. 형사는 즉시 나갔다.

이코 "그러면 오사카에 내려서 모모야마, 고쿠후 두 선수를 방문하고, 그 다음은 곧장 교토에 왔다는 것이지요. 전혀 오시카를 만날 시간은 없는 셈이군요. 9시 반경까지."

모쿠스케 "그렇습니다. 그러나 말입니다. 우리가 말이죠, 우동을 먹고, 술을 마시고 있을 시간에 게무야마는 산책하러 나가 버렸어요. 그러나 가방은 가지고 나가지 않았다고 해요."

이코 "그러나 9시 반에 우에노 미쓰코가 오시카를 방문하고 있습니다만, 그 때는 계약을 주고받은 뒤라서 완전히 안심하고 있었다고 합니다."

모쿠스케 "어쩌면 그런 일이?"

이코 "무명의 정체불명의 인물로부터 걸려온 전화로 미행을 명령한 것이지요."

모쿠스케 "아뇨, 게무야마의 출발 시간을 알려주러 걸려온 것입니다."

이코 "그 점이 조금 재미있군요."

모쿠스케 "이상한 전화가 가끔 걸려오기 마련입니다. 신문사라는 데는. 대개 가짜 전화입니다만, 이번만은 게무야마의 출발시간부터 바로 그것. 도쿄의 출발점에서 교토의 상행열차까지 빈틈없이 주사위놀이가 만들어져 있어요. 역시 설날 탓인가?"

이코 "참으로 이상하네요. 미행 상황을 자세히 이야기해 주세요."

그래서 모쿠스케가 옳지 됐다는 듯이 누누이 설명하게 된다.

거기에 게무야마가 끌려왔기 때문에 두 사람과 교대했지만, 게무야마는 중절모에 하얀 머플러, 가방 두 개를 들고 나타났다. 그것을 보자 모쿠스케가 스치듯 지나가며 괴상한 비명을 질렀다.

모쿠스케 "어라. 이 사람은 마술사인가? 어제는 헌팅캡에 거무스름한 머플러였어."

　게무야마는 눈알을 굴리면서 모쿠스케를 매섭게 노려보고, 이코이 경부 앞에 섰다. 권하는 의자에 앉더니, 그는 킥 하고 웃고 가방을 열고,

게무야마 "이봐. 헌팅캡과 거무스름한 머플러는 여기에 있습니다. 우리는 되도록 사람 눈을 피해야 하는 장사이니, 여러 가지로 조심합니다."

이코 "과연 그렇군. 우에노 미쓰코 씨도 그렇게 말하고 계셨습니다.

게무야마 "그녀도 여자이면서도 상당히 잘 합니다."

이코 "당신은 어제 계약금과 계약서를 가지고 가미가타에 차를 올라타고 오신 것이지요?"

게무야마 "말씀하신 대로입니다."

이코 "오시카 선수와 계약을 맺으신 것은 몇 시경입니까?"

게무야마 "아니. 그게 기묘합니다. 열차가 마이바라(米原)에 도착하자, 오시카가 올라탔습니다. 어떻게 이 열차를 타고 있는 것을 알았느냐고 물어보았더니, 그렇게 알고 있던 것은 아니지만, 도저히 죽 교토에 기다

리고 있을 수 없는 불안이 엄습해서 어슬렁어슬렁 마이바라까지 급행을 맞이하러 나왔다고 하더군요. 마이바라와 교토 사이는 급행은 논스톱입니다. 그래서 우에노 미쓰코와의 복잡한 사정 등도 차 안에서 이야기해 주었습니다만, '아니, 걱정하지 마, 안심해.'라는 것으로, 열차 안에서 계약서를 주고받고, 300만 엔을 건네주었습니다. 새 천 엔짜리 지폐는 이럴 때 편리해서, 300만 엔이라고 해도 이쪽저쪽 주머니에 쑤셔 넣을 수 있습니다."

이코 "그런데 그 계약서는 먹으로 서명되어 있었습니다만,"
게무야마 "맞습니다. 자, 보십시오."

　게무야마는 가방을 열고, 먹통에 붓통이 달린 휴대용 문방구를 꺼내 보였습니다.

게무야마 "야구선수들은 벼루나 붓을 뭐, 가지고 있지 않은 이가 많은 법입니다. 그래서 저는 꼭 들고 다니고 있습니다."

이코 "역시 세심하군요. 그런데 당신은 도쿄에서 미행한 사람이 있는 것을 알고 계셨습니까?"

게무야마 "아니오. 그것은 몰랐습니다. 그러나 직업상 항상 미행하는 사람이 있는 것을 예상하고 행동하고 있습니다."

이코 "과연 그렇군요. 그것으로 이해가 되었습니다. 그런데 당신의 도쿄 출발시간을 누가 알고 있었을까요?"

게무야마 "그렇군요. 사내에서는 음, 사장. 그리고 누구일까요? 맞아. 많은 사람이 알고 있을 리는 없습니다. 대부분이라면 9시 특급이라고 생각하겠지요. 1시간 반 늦게 출발해서 교토에 도착하는 것이 1시간 40분 정도 빠르니까요. 그러나 특급은 아는 얼굴을 마주치는 일이 많아서 저는 거의 이용하지 않습니다."

이코 "실은 말씀입니다. 출발하시기 전날 밤 센바이(專賣)신문에 당신의 출발 시각을 알려준 전화가 있었습니다. 물론 무명의 인물로부터입니다. 아까 괴성을 낸 것은 미행한 기자이지요."

게무야마 "하하. 그것은 묘하군요. 내 출발 시각을 말이지요. 누구일까? 아카쓰키 요코는 알고 있었을지도 모르지만, 그런 것을 할 리는 없다."

이코 "당신의 간사이 여행의 용무는 이제 끝난 것입니까?"

게무야마 "말씀하신 대로입니다. 묘한 일 때문에 오시카와의 계약이 빨리 끝나서, 교토에 묵지 않아도 되었는데, 여관 예약을 해 두었으니까, 천천히 쉴 생각으로. 최근 10일간 세 번이나 간사이를 왕복했으니까요."

이코 "교토에서는 항상 그 숙소입니까?"

게무야마 "아니오. 이번 세 번뿐입니다. 저는 정해진 숙소에는 좀처럼 묵지 않습니다. 게다가 교토보다도 오사카, 고베, 난카이엔센(南海沿線) 등에 볼일이 많아서요."

이코 "숙소에 도착하고 나서, 산책하셨다고 합니다만."

게무야마 "그렇습니다. 선물을 사러 나갔습니다. 그런 것은 거의 안 하는 성격이고, 할 여유도 없습니다만, 그 날은 오랜만에 느긋하게 보낼 기분이 생겨, 선물 등도 살 생각이 들었습니다. 마지막으로 이런 것을 샀습니다. 교베니(京紅 ; 교토 특산의 립스틱), 향주머니, 여성용 접부채, 모두 여자 선물입니다. 아하하."

게무야마는 트렁크를 열고, 선물의 물품들을 보여주었다. 같은 물건을 몇 개나 샀다. 하는 김에 두 개의 트렁크 안을 보여 달라고 하고 보았는데, 변장 도구와 세면도구 외에는 아무것도 없다.

이코 "언제쯤 산책에서 돌아오셨습니까?"

게무야마 "글쎄요? 시조(四条)에서 산조(三条), 그리고 나서 기온(祇園)까지 어슬렁어슬렁하며 이것저것 보며 돌아다니고 다시 신쿄고쿠로 돌아와서, 조금 잠을 자기 전에 술을 마시고 숙소에 돌아온 것은 12시 반쯤이었나요. 한 시 가까웠는지도 모릅니다."

이코 "정말 고생이 많으셨습니다. 이제 잠깐 모든 취조의 윤곽이 잡힐 때까지 기다리고 있으세요."

게무야마 "이거 참. 정말 애써서 손에 넣은 선수를 죽이는 바람에 진절머리가 났습니다. 모처럼의 고생도 물거품이 되었습니다." 게무야마는 쓴웃음을 지으며 자리를 떴다.

이코 이 경부는 요코를 불러 게무야마의 출발 시각을 알고 있었는지 물었는데 아침 출발이라고만 알고 있었지만, 시각은 알지 못했다고 하며 또 그것을 누구에게 이야기하지도 않았다고 대답했다.

그곳으로 형사가 강제로 연행해 온 것은 이와야 덴구였다. 37, 38 정도의 작은 몸집이지만, 완력이 세게 보이는 남자다. 그는 묻지도 않았는데, 갑자기 크게 소리쳤다.

이와야 "농담하지 마. 내가 시키면 방에 들어갔더니, 시신에 걸려 넘어져서 두 손을 땅에 짚었어. 라이터를 켜서 실내를 보았다. 스위치를 찾아서 전등을 켜고 이건 큰일 났다고 생각했어. 바로 손을 씻고 전등을 끄고 도망쳤어. 3분에서 5분 정도밖에 있지를 않았다. 확실히 이미 죽어 있었어. 신발 자국이나 손자국은 있을지도 모르지만, 닦고 있을 틈도 없어. 운전사를 찾아 물어봐. 자동차를 기다리게 해 놓고 사람을 죽을 수가 있다는 거야? 그러나 여하튼 간에 사람들은 나를 의심할 것으로 생각하면 당황하게 돼. 300만 엔은 날아가고 요코하마에도 돌아갈 수 없어. 될 대로 되라고 매춘부가 있는 숙소로 갔어."

얼굴이 빨갛다. 술을 마신 것 같다. 의복의 가슴과 소맷부리, 무릎에 군데군데 피가 묻어 있다. 상당히 많이 닦아 낸 것 같은데 잘 보면 알 수 있다.

손자국과 신발을 조사해 보니 확실히 이와야 것에 틀림없다.

이코 "너는 요코에게 미련이 없었는가?"

이코 이 경부가 날카롭게 물었다.

이와야 "약간 있어. 그러나 300만으로 팔린다면 아무리 반한 여자라도 내놓는다." 그는 냉담하게 웃었다.

이코 "좋아. 그럼 기다리고 있어. 운전수에게 물으면 알 수 있는 일이다. 어떤 운전수야?"

이와야 "그쪽에서 마음대로 찾아봐."

이코 "음, 그렇게 하지. 저쪽에서 쉬고 있어."

이와야 덴구를 물러나게 하고, 이코 이 경부는 발돋움했다.

이코 "어젯밤 교토의 택시는 가라시야마를 왕복한 것이 꽤 있을 거야. 한 번 찾아봐 줘. 그리고 시간표를 보여 줘. 하카타행 급행의 마이바라 도착은 오후 5시 5분인가. 교토에서 오후에 출발해서 마이바라에서 그것을 타고 돌아가는 데에는 한 가지밖에 없다. 교토발 오후 2시 25분. 마이바라 도착 4시 30분인가."

이코 이 경부는 눈을 감고 생각에 잠겼다.

이코 "마이바라까지 나간, 적적하고 불안한 기분은 알겠지만, 그러나 잠깐 계약서를 보여 줘."

그것을 손에 들고 노려보았다.

이코 "달리는 열차 안에서 이렇게 똑바로 붓으로 쓸 수 있나? 정차 시간 이외에는 말이야."

그는 다시 생각에 잠겼지만, 잇푸쿠 투수를 부르게 했다.

이코 "자네는 오시카 군의 집에서 돌아올 때 우에노 미쓰코 씨의 자동차와 스치며 지나갔다면서?"

잇푸쿠 "아뇨. 모르겠습니다."

이코 "그러나 자동차와 스치며 지나갔었지?"

잇푸쿠 "글쎄요 어떨까요? 기억이 없습니다."

이코 "그래도 그런 호젓한 길에 꽤 늦은 시간인걸. 인상에 남을 것 같지 않은가?"

잇푸쿠 "하지만 여러 가지 생각을 하고 있던 탓이겠지요."

이코 "그런가? 정말 고마워."

이코 이 경부는 오랜 명상 뒤에 중얼거렸다.

이코 "아무래도 범인은 그 사람밖에 없어. 확실해."

그리고 회심의 미소를 지었다.

범인은 누구인가?

「투수 살인사건」의 모든 열쇠는 지금까지 남김없이 다 나왔습니다. 작자는 더는 일언반구의 부언도 필요치 않습니다.

수상쩍고 이상한 인간이 우왕좌왕하고 독자 여러분의 추리를 방해합니다만, 여러분께서는 논리적으로 이미 범인을 충분히 지적할 수 있을 것입니다.

범인은 누구일까요?

자, 범인을 찾아 주십시오.

6. 해결 편

이코 이 경부는 일어나서 명령했다.

이코 "미안하지만, 각 서에 지원을 부탁해. 인상이 희박해지면 곤란한데. 오늘 중으로 찾아내."

"무엇을 말입니까?"

이코 "자동차 말이야."

"자동차는 이미 찾으러 사람들을 내보냈습니다. 이와야

덴구와 우에노 미쓰코를 태우고 아라시야마(嵐山)를 왕복한 자동차 두 대."

이코 "아냐, 그게 아냐. 편도밖에 가지 않았던 자동차를 말하는 거야. 아라시야마까지 편도 사람을 실어 나른 자동차 모두 찾아서 운전사를 데리고 와."

"전부 말입니까?"

이코 "전부. 기점은 어디부터라도 상관없어. 단 어제저녁 때 5시경부터 아라시야마까지 사람을 실어 나른 자동차. 그리고 남자를 실어 나른 자동차만이면 충분해. 또한 승객이 한 사람보다도 많은 것은, 안 불러도 좋아. 저녁 5시부터 심야 12시경까지 남자 한 명을 태우고 아라시야마로 달린 자동차, 전부 호출해."

이코 이 경부는 잠시 생각하고 말을 덧붙였다.

이코 "하나 더더욱 중대한 그러나 더 뜬구름을 잡는 듯한 찾을 물건이 있는데 말이야. 먼저 아파트, 다음에 하숙. 여염집 하숙(전문적으로 하숙을 하는 것이 아닌 하숙)도 포함해. 상점이 아닌 여염집도 별장도 사원도 말이야. 그리고 여관. 모든 곳을 찾아봐. 방을 빌리고 있으면서, 빌린 사람이 가끔 나타나지 않는 그런 곳을 전부 찾아내야 해. 그리고 빌리는 사람이 어젯밤에 나타나지 않았는지 물어보고 와. 빌리는 사람은 남자, 중년 남성이다."

각 서에서 지원이 모이자, 이코 이 경부는 방과 자동차를 두 개의 부대로 나누고, 일동에게 주의를 시키고, 각각 구역을 정해 팔방으로 수사에 분산시켰다.

그리고 이와야 덴구와, 게무야마와, 잇푸쿠 남자 3명 및 아카쓰카 요코, 우에노 미쓰코, 총 5명의 관계자를 경찰서의 유도장에 감시를 붙여 쉬게 했다.

이윽고 경관 한 명이 이코 이한테 와서,

"도쿄의 신문기자가 귀찮게 해서 애를 먹고 있습니다. 우리를 감금하다니 이게 어찌 된 일이냐? 내보내라고 고함을 쳐서 말이지요. 날뛰지를 않나, 소동을 피우지를 않나, 감당할 수가 없어요."

이코 "아, 그래? 그들도 도장에 가두었는가? 그들은 괜찮아. 내보내 줘. 그리고 여기로 데리고 와."

모쿠스케는 울화통이 터뜨리고 긴쿠치는 히쭉히쭉하면서 안내를 받아 다가왔다.

모쿠스케 "괘씸하네. 교토의 경찰은."

이코 "자, 자. 용서해 줘."

모쿠스케 "그만둬. 우리는 수사의 힌트를 주려고 천양무궁(天壤無窮)4)의 자선적 정신에 의해 숙취인데도 불구하고 이런 속계에 강림해 준 것이다. 아, 이거 참."

이코 "미안해, 미안. 숙취 약을 변상할 테니 기분을 풀게. 때마침 점심시간이네. 도시락을 먹고 가 주게."

 이코 이 경부는, 산토리 위스키를 꺼내서 두 사람에게 따랐다.

모쿠스케 "수회죄가 안 되나?"

 모쿠스케는 기분을 풀고 건배했다.

모쿠스케 "이봐요, 이코 이 씨, 우리는 다소의 진력을 아끼지 않았으니까, 그쪽도 좀 기밀을 말해 주지 않겠습니까? 다른 신문에 말하지 않는 것을."

이코 "그건 자네, 말할 것도 말하지 않을 것도 뭐가 있어? 자네들 미행일지는 호평을 받을 거야."

모쿠스케 "치켜세우지 마시게."

---

4) 천양무궁(天壤無窮) : 하늘과 땅처럼 영원하고 무궁하다는 말.

이코 "그런데 어제 아침 7시 30분이었지. 자네들이 게무야마 씨의 모습을 최초로 발견했을 때 그의 복장은 어땠어?"

모쿠스케 "오늘 복장과 마찬가지야. 모자와 머플러가 다를 뿐이야."

이코 "마스크는?"

모쿠스케 "그때는 쓰지 않았어. 마스크를 쓰고, 머플러에 파묻혀 있으면, 분간할 수가 없어. 나는 얼굴을 두 번 보았을 뿐이야."

이코 "그래? 잘 알았다."

모쿠스케 "놀리지 마시게. 첫 번째 힌트를 하나 부탁해."

이코 "아하하. 첫 번째 힌트는 자네가 주었잖아."

모쿠스케 "이거 안 되겠네. 그럼 두 번째 힌트는?"

이코 "두 번째 힌트는 우에노 미쓰코가 제공했지."

모쿠스케 "어떤 힌트 말이야?"

이코 "좀 기다려줘. 오늘 중에 틀림없이 알 수 있어. 범인을 검거해 보일 테니. 자, 자네에게 세 번째 힌트만 줄 테니까. 됐어? 찔려 나온 피 보라가 벽에 튀었으니까, 범인은 전신에 뒤집어썼을 거라고 생각해. 그런데 요코 이외에 의복이 피투성이가 된 인물은 없다. 이와야 덴구의 의복에 혈액은 부착되어 있지만 피를 뒤집어썼다는 성질의 것은 아니야. 그러나 범인의 의복은 틀림없이 피 보라를 뒤집어썼을 거야. 그리고 누구의 방에서도 피 보라의 의복은 나오지 않아. 이것이 세 번째 힌트야."

모쿠스케 "전혀 모르겠는데요."
이코 "그럼 그대들은 미행일지라도 쓰고 있게나. 길보가 오면 제일 먼저 알려 줄 테니까."

저녁 무렵이 되었다. 날이 저물었다. 6시경이다.

전화벨이 울린다. 수화기를 쥐고 듣고 있던 이코 이 경부는 순식간에 긴장했다. 수화기를 내려놓고, 두 사람에게 소리쳤다.

이코 "자, 함께 오게나, 은인들. 자네들 덕분이야. 자네들이 범인을 가르쳐 준 거야. 그 이유는 차 안에서 설명할게. 자, 출동이다. 범인을 알았다."

이코는 두 사람을 데리고 자동차에 올라탄다. 여러 대의 차가 연이어 달리기 시작했다. 그리고 이코는 기분 좋게 설명하기 시작했다.

이코 "자네들의 미행을 분석하면 범인을 알게 돼. 알겠나? 열차 안에서 마스크를 쓰고, 머플러에 얼굴을 파묻고, 때때로 자리를 옮기고, 모자와 머플러를 바꾸며 변장한다고 하는 게무야마가 추위가 극심한 이른 아침의 바깥 공기 속을 열차에 올라탈 때까지 마스크도 쓰지 않고 얼굴을 드러내고 역 구내를 걸어서 온 것을 생각하면, 먼저 이 사건의 수수께끼의 일각이 풀리는 거야. 왜 얼굴을 노출 시키고 걸어왔는가? 어떤 사람에게 얼굴을 보일 필요가 있었기 때문이야. 어떤 사람이란 바로 그대들이야. 여기까지 알면 전화의 수수께끼가 풀리겠지. 전화를 건 사람은 바로 게무야마 자신이야. 그는 자네들에게 미행당할 필요가 있었던 거지. 왜냐하면, 7시 30분발 열차를 탔다고 꾸미기 위해서."

모쿠스케 "그럼 타지 않았던 것입니까?"

이코 "탔습니다. 잠시만 말이지. 아마 아타미(熱海)나 시즈오카(静岡) 부근에서 하차해서, 그 후 온 특급 쓰바메로 갈아탔을 것이야. 왜냐하면 교토에 자네들보다도 한발 앞서 도착할 필요가 있었거든. 쓰바메는 1시간 반이나 늦게 출발하지만, 교토에 도착할 때까지는 따라잡아서 약 1시간 40분이 시간 차가 벌어지게 되었단 말이지. 바로 이 1시간 40분에 일을 할 필요가 있었던 거야. 교토에 도착하자마자 그는 차를 빨리 몰게 해서, 오시카의 아틀리에에 서둘러 도착해 300만 엔을 건네고 계약서를 주고받았지. 왜 이렇게 할 필요가 있는가 하면, 돈을 건네고 계약서를 교환하고 나서가 아니면, 오시카를 죽여도 300만 엔을 빼앗을 수 없기 때문이지. 그러나 게무야마는 자네들한테 미행을 당하고 있었지. 미행을 달고 오시카 은신처에 뛰어들 수는 없는 거지. 왜냐하면, 그대들은 오시카의 행방에 가장 집착하고 있었기 때문에 은신처를 알게 되면, 기자 본령을 발휘해서 즉시 뛰어들어 로맨스 건 등을 꼬치꼬치 신문할 테니까. 그러나 범행 시간은 오후 11시 30분 정도까지밖에 허락되지 않았지. 왜냐하면 요코와 이와야 덴구가 10시 47분에는 교토에 도착해서, 대략 11시 반 전후에는 아라시야마까지 오기 때문이다. 자네들이 끈덕지게 따라붙으면 기회를 잃어버리는 되므로, 특급 쓰바메로 갈아타고 1시간 40분의 시간차를 이용해 아라시야마의 오시카의 은신처까지 왕복하고 온 것이지. 그리고 그것을 속이는 방법으로서는 오시카가 마이바라까지 마중 나와서 차 안에서 계약서를 교환했다고 하는 계략을 준비해 둔 것이고, 그러나 말이지. 공교롭게도 계약서의 서명이 확실한 해서(楷書)로 말이야 정차 중이 아니면 결코 쓸 수 없는 서체였지. 마이바라에 정차 중에는 우선 서명할 시간은 없었지. 왜냐하면, 오시카가 게무야마를 찾는 시간 대강의 사정을 설명하고 청취할 시간이 필요할 텐데, 처음부터 계약서를 쑥 내미는 것은 있을 수 없기 때문이지. 열차가 마이바라를 출발하면 교토까지 논스톱이거든. 나는 그것을 알아차렸을 때 나도 모르게 웃었지. 회심의 미소라는 것을 말이야. 그리고 거의 사건의 전모를 풀 수가 있었다네. 두 번째 힌트는 우에노 미쓰코가 제공힌 것인데, 미쓰코가 아파트를 아지트인 것처럼 게무야마에게도 아지트가 있음에 틀림없다고 했지. 그러면 세 번째 힌트의 수수께끼가 풀리지. 피투성이의 옷이 그 아지트에 숨겨져 있었다는 것이지. 강탈당한 300만 엔도 아지트에 있었고. 산책하는 척하며 여관에서 나온 게무야마는 먼저 아지트로 달려가서 의복을 갈아입고, 다시 아라시야마로 급행했지. 갈아입을 의류도 가지고 갔는지 모르지. 아틀리에에 도착하자마자, 마중 나온 오시카가 되돌아서는 순간에 갑자기 한 번 찌르고 무턱대고 마구 푹 찌르고, 그러고 나서 얼굴이랑 손의 피를 씻고 돈을 빼앗고 의복도 갈아입고 아지트에 돌아간 것이지. 그리고 다시 원래 복장으로 갈아입은 후, 전부터 사 둔 선물 등을 가지고 도중에 신쿄고쿠에서 한 잔 마시고 여관으로 돌아온 것이지. 취조가 끝나서 용의를 벗고 나서 300만 엔과 피투성이의 의류를 바로 그 텅 빈 가방에 담고 도쿄로 가지고 가서 처분할 생각이었겠지."

그가 이렇게 설명을 마쳤을 때 차는 우즈마사(太秦)의 아지트에 도착했다. 거기는 아파트였다. 그리고 주인이 없는 방 두 개에서 피투성이의 의류와 300만 엔과 흉기가 이미 발견되어, 그들의 도착을 기다리고 있었다. 이코는 빙긋 한 번 웃고 예상한 물건들을 가리키고, 두 사람의 어깨를 두드렸다.

이코 "이것이 그대들로부터 힌트를 받은 사례야. 다른 신문 기자들이 오기 전에 당장 지국으로 달려가서 도쿄 본사에 전화하게. 그리고 바로 그 미행일지를 몹시 서둘러서 다 쓰는 것이야. 그럼, 잘 가요."

그는 히쭉 웃으며 두 사람의 귀에 입을 대고,

이코 "신문사의 금일봉과 내 경찰 금일봉 중에서 어느 쪽이 무거울까? 아하하."

웃으면서 두 사람을 방에서 내쫓으며 "잘 가요."라고 속삭였다.

난킨무시 살인 사건_{南京虫1) 殺人事件}

1. 사라진 남자

하카와 순사[2] "여기 여 주인은 어떤 사람일까?"

이 집 앞을 지날 때 하카와(波川) 순사는 습관적으로 문득 그렇게 생각한다. 널판장으로 둘러싸인 작은 집이지만 젊은 여자 한 사람이 살고 있고, 굉장한 미인이라고 평판이

---

1) 난킨무시(南京虫) : 속어로 매우 작은 여성용 금딱지 손목시계를 가리킨다.
2) 원전에서는 문말 표현이나 조사 사용 등을 통해, 성별이나 경어적 상위자나 하위자를 파악할 수 있어, 해당 발화 주체가 명기되어 있지 않지만, 본 역서에서는 독자의 가독성을 고려하여 이를 가능한 한 명시하기로 한다.

높다.

경찰의 호구 조사 명부에는 '히루메 나나코(比留目奈々子), 28세, 직업은 피아니스트'로 되어 있지만, 듣지 못하던 이름이다. 아니나 다를까 드물게 피아노 소리가 나는 적도 있었지만 늘 셰퍼드와 같은 맹견이 짖어 대고 있는 것으로 유명했다.

오늘도 셰퍼드가 짖어 대고 있다. 그러자 새된 여자의 목소리가 들려왔다.

히루메 나나코 "뭐라고요! 소포 … 몰라요. … 협박하는 겁니까?"

하카와 순사는 엉겁결에 서서 멈추었다. 띄엄띄엄 밖에 들을 수 없지만 들린 부분은 뭔지 모르지만 온화하지 않다. 여자 말투도 예삿일이 아니고 서슬이 시퍼런 것 같다.

남자 목소리가 뭔가 장황하게 그것에 대답하고 있는 것 같지만, 이것은 소리가 작아서 전혀 들을 수 없다. 아마 현관 앞에서 응대하고 있는 것 같다. 다시 여자의 목소리.

히루메 나나코 "모른다니까요. 뭡니까? 트집을 잡고 경찰에 알리겠어요."

이 목소리를 들은 순간 문밖에 있던 하카와 순사는 무의식적으로 드르륵 하고 출입구의 문을 열고 쑥쑥 들어가 버렸다. 이 집의 혼자 사는 여 주인이 필시 기뻐해 줄 것이라고 생각했기 때문이다.

그런데 묘한 상황이 되었다. 현관의 봉당에 남자 2명이 있다.

여주인인 나나코(奈々子)는 실내에서 두 사람을 내려다보고 서로 노려보는 모습이었는데 제복의 순사가 들어왔기 때문에 동시에 돌아본 3명 중에서 오히려 누구보다도 낭패한 기색을 보인 것은 나나코였다.

나나코 "무슨 볼일이 있으십니까?"

라고 숨을 헐떡이면서 엄하게 묻는다.

하카와 순사 "지나가는 길에 경찰에 '알리겠어요'라는 목소리를 듣고, 엉겁결에 뛰어 들어왔습니다만, 제가 무슨 도움을 드릴 일이 있습니까?"

나나코 "아뇨, 아무것도 아닙니다. 집안사람에게 친한 나머지 농담한 거예요."

하카와 순사 "그렇습니까? 제 귀에는 농담처럼은 들리지 않았습니다만…."

하카와 순사는 두 명의 남자를 관찰했다. 한 사람은 체격이 다부진 건달처럼 보이는 젊은 남자인데, 양복은 고급으로 상당이 돈을 들인 복장이다. 다른 한 사람은 병약하게 보이는 인텔리 풍의 안경을 쓴 남자로 추운 듯이 양손을 오버 주머니에 찔러 넣고 있다. 봉당 위에 가죽 제 보스턴백이 놓여 있었다. 강매하는 사람치고는 두 사람의 복장은 나쁘지는 않다.

나나코 "아무것도 아니니까, 제발 돌아가 주십시오."

나나코가 이렇게 말한 이상 더는 있을 수도 없어서 관찰도 도중에서 끝내고 물러날 수밖에 없었다.

하카와 순사 "아무래도 기묘한 조합이다. 집안사람의 친한 사이끼리라고 말했지만, 그렇지 않은 모습이었다. 저 보스턴백 안은 뭘까? 왠지 모르게 신경이 쓰이는데."

하카와 순사는 당년 45세라는 출세를 못하는 명물 남자이다. 전부터 철저하게 주입된 육감이라는 것을 문득 생각해내고,

하카와 순사 "맞아. 이게 육감이라는 것이야."

1정(一町)³⁾ 정도 앞에 있는 잡화점 골목을 돌면 하카와 순사의 자택이다. 집에 돌아오면 한 차례 목욕하고, 저녁 식

사를 기대하고 막 집으로 돌아왔지만, 그럴 계제가 아니다. 좋다, 변장하고 추적하는 거야, 라고 몹시 서둘러서 자기 집에 뛰어들었다.

하카와 순사 "양복과 오버를 빨리 꺼내 줘. 저녁 준비는 뒤로 미뤄. 이봐, 유리코(百合子), 너도 외출할 채비를 해. 이상한 놈을 쫓는 거야."

하카와의 딸, 유리코도 여자 경찰이었다. 마침 비번으로 집에 있어서 양장으로 변장시키고, 같은 사무실의 사원 남녀가 회사를 파하고, 집에 돌아가는 도중이라고 하는 아베크의 모습. 몹시 서둘러서 되돌아가자, 나나코 집에는 다행히 두 사람이 아직 있는 것 같은 모야이었다. 개가 윙윙 계속 으르렁거리고 있다. 아무래도 두 사람은 집에 들어앉은 것 같았다.

유리코 "실내에 들였다면, 이상한 손님이 아니잖아?"
하카와 "그런지도 몰라. 그러나 하기 시작한 일이니까, 상황을 끝까지 지켜보자."

---

3) 1정(一町) : 거리나 지적(地積) 단위의 하나. 1정은 60간(間 ; 약 1,818m).

남에게 보이지 않는 곳에 숨어서 기다리고 있자, 이윽고 두 명의 남자가 출입구 밖으로 나타났다. 건달풍의 남자는 바로 그 보스턴백을 손에 들고 있다.

두 사람은 전찻길로 가는 방향과는 반대의 호젓한 쪽으로 걸어간다.

하카와 "저쪽 방향으로 간다면, 걸어서 갈 수 있는 데에 사는 집이 있을 거야. 알아내자." 유리코 "네, 그렇게 하지요."

두 사람은 30간(間)[4] 정도의 사이를 두고 뒤를 쫓기 시작했다. 입에서 나오는 대로 대화하면서, 자못 주위를 신경 쓰지 않는 통행인인 척하며 뒤를 쫓았다. 아무래도 이것이 좋지 않았던 것 같다.

두 사람은 좀처럼 걷는 것을 멈추지 않는다. 드디어 세타가야(世田谷)의 구역을 지나 시부야(渋谷) 구(区)에 들어갔다. 여기부터 언덕에 다다르면, 전쟁으로 대부분 피해를 입었지만, 큰 저택 지대. 이 언덕을 지나면, 시부야의 번화가 쪽으로 나온다.

---

4) 간(間) : 길이의 단위로 6척(尺), 약 1.818미터에 상당한다.

세타가야에서 전차에서 내려서 시부야구까지 걸어서 귀가하는 근무하는 사람이라고 하는 것은 이상하다. 이 부근으로 귀가하기 위해서는 다른 정류장에서 내려야 한다. 하카와와 딸은 아뿔싸라고 얼굴을 마주 보고,

하카와 "상대에게 들켰는지도 몰라. 그러나 녀석들도 전차를 이용하지 않고, 이 정도 걷는다고 하는 것은 수상해. 녀석들은 서둘러 두 패로 나누어져서 달리기 시작할지도 모르니, 그때는 보스턴백을 든 녀석 쪽을 거머리같이 쫓자."

하카와 "총 가지고 왔어?"

유리코 "가지고 있어요."

　드디어 언덕의 큰 저택 지역에 다다랐다. 저택 하나가 넓이 몇천 평, 그중에는 만 평을 넘는 그런 대저택도 있다. 높은 돌담이 끝없이 꼬불꼬불 구부러지며 이어지고 낮에도 사람 통행이 거의 없어 적막한 곳. 돌담과 정원의 수목은 옛날 그대로의 모습이지만, 돌담 안의 저택은 불타서 흔적도 없는 것이 많다.

　두 명의 남자는 돌이 많은 비탈길을 따라 돌았다. 그 순

간 '꽝' 하며 지축을 흔드는 소리가 났다.
하카와 "거기서 기다려!"

 순사와 그 딸은 정신없이 달렸다. 자기 스스로도 형편없이 추적하는 모습에 맥이 빠져 간격이 다소 멀어져 갔었는데도 끝까지 운이 나빴다. 이윽고 길모퉁이로 나오자 지금 막 건달 풍의 남자가 인텔리 풍의 남자를 어깨에 올리고 높은 담 위로 밀어 올리려는 참였다. 순사와 그 딸이 그것을 알아차린 순간에 인텔리 풍의 남자는 담 안쪽으로 모습을 감춰 버렸다.

 하카와 순사는 오버 아래에서 총을 꺼내고,
하카와 "손을 들어. 경찰이다."

 남겨진 남자는 도망치는 기색도 없이 마치 아무 일도 없었다는 듯이 손을 들고,
남자 1 "뭡니까? 이상한 사람이 아니에요."
하카와 "보스턴백은 어떻게 했어?"
남자 1 "그런 것은 가지고 있지는 않습니다."

 처음 쿵하며 땅이 울린 것은 돌담 안쪽으로 보스턴백을 내던진 소리다. 하카와 순사는 그것을 알아차리고, 그럼 이

남자를 붙잡아야 할 것인지, 돌담 안으로 뛰어든 남자를 쫓아야 할지, 하면서 엉겁결에 높은 돌담을 올라보았다. 그것이 운이 다한 것이다.

갑자기 팔에 총을 맞아 불이 이는 듯한 통증을 느낀 순간 손의 총도 불을 뿜어내며 땅으로 떨어진다. 그 순간 명치를 일격 당해 넘어졌다. 그와 동시에 유리코도 일격을 당해 땅으로 휙 날아갔다.

유리코는 아픔을 참고 도망치는 발소리 쪽을 눈으로 보았다. 남자는 돌담 반대쪽 골목으로 갑자기 꼬부라들더니 사라져 버렸다.

그러고 나서 2분 정도 있다가 총소리 때문에 급히 달려온 순찰 중인 순사가 유리코와 하카와를 도와 일으켜 주었다. 사정을 들은 순찰하던 순사는,

순찰 중인 순사 "그렇습니까? 그럼 이 담 안에 있는 남자를 찾는 것이 사건 해결의 지름길이군요. 그러고 보니 이 저택 안에는 도베르만과 셰퍼드의 무시무시한 것이 있어요. 그 개들이 정원에 풀어놓아져 있는 한, 그 남자는 반죽음을 당할 겁니다. 그런 소리는 듣지 않았습니까?"

그런데 총이 불을 뿜어내며 땅에 쓰러지고 나서 근처의 개들이 모두 웡웡 짖어 대기 시작했다. 짖고 있는 것을 보니 사방의 멀고 가까운 곳에는 개들뿐이다. 특히 한 마리의 개 소리에만 주의할 수 없는 상태였다.

순찰 중인 순사 "아직 8시이니, 부탁해서 저택 안을 조사해 봅시다. 진(陳)이라는 중국인 집이니까, 좀 번거로울지도 모르겠습니다만."

대문을 돌아 안내를 청한다. 문지기의 작은 집이 있고 중년의 일본인 하녀가 얼굴을 내밀었다. 안쪽의 본댁과 연락한 후, 의외로 간단히 정원 내의 수사를 허락해 주었지만, 아니나 다를까 입구에는 무시무시한 도베르만과 셰퍼드가 있어 한 발만 더 들어오면, 덤벼들 것 같은 태세로 노려보고 있다.

하카와 "그 개를 묶어 주지 않겠습니까?"
문지기 "네, 지금 묶어 두겠어요."
하카와 "죽 풀어 놓습니까?"
문지기 "네, 그래요. 날이 저물면 매일 밤 풀어 놓습니다."
하카와 "그러면 녀석은 상처를 입었겠군."

그런데 정원을 구석구석 찾았지만 남자의 모습은 어디에도 보이지 않는다. 개와 격투를 벌인 흔적도 없다. 담을 뛰어내린 장소에 약간 흐트러진 것이 눈에 띌 뿐이다.
하카와 "어라! 뭘일까요?"
회중전등으로 끈질기게 찾아 돌아다닌 유리코는 남자가 뛰어내린 지점의 나무뿌리에 작은 빛나는 것을 발견하고 집어 들었다.
유리코 "금으로 된 손목시계네요. 부인용의 금딱지 손목시계. 남자가 여성용 금딱지 손목시계를 팔에 두를까?"
기묘한 수수께끼의 습득물이었다.

2. 살해당한 나나코

이튿날, 비번인 하카와 순사는 명치를 맞은 통증도 있어 정오가 조금 지났을 무렵까지 자고 있었다. 그러자 나는 듯이 돌아온 유리코가 두드려 깨웠다.
유리코 "큰일 났어. 히루메 나나코가 살해당했어요. 살해당한 것은 어젯밤입니다. 그 두 사람이 범인이에요."

하카와는 통증도 잊고 자리에서 벌떡 일어났다.

유리코도 아래턱을 맞아 입술이 터지고 턱이 부어 미인 여경도 얼굴이 엉망이다. 남에게 얼굴을 보이고 싶지 않아서 쉬고 싶었지만, 어젯밤 보고가 있어서 경찰서에 나가 보니 나나코가 살해당한 것이 발견되어 소란 피우고 있었다.

유리코 "범인의 얼굴을 본 것은 아버지뿐이니까, 바로 와 달래요."

하카와 "그 두 사람이 범인이라고 정해진 거야?"

유리코 "확증이 있는 것 같아요. 그 밖에 여러 가지 중대한 사실을 안 것 같아요. 살해당한 나나코는 의외로 거물인 것 같다고 해요. 암흑가의 수수께끼의 여자 두목 미스 금딱지 손목시계."

하카와 "정말이야?"

명치의 통증도 휙 날아가고, 하카와는 서둘러서 옷을 입었다.

그 무렵 도쿄 요코하마를 중심으로 큰 손의 난킨무시(南京虫)[5] 밀매꾼이 나타났다. 이게 굉장한 절세의 미인이다.

비밀리 지정한 곳에 어디에서인지도 모르게 나타나서, 마구 대량의 난킨무시(금딱지 손목시계)를 백에서 꺼내서 돈과 바꾸고 사라져 버린다. 그녀의 신변에는 호위를 맡은 두 명의 젊은이가 있고, 거래가 끝날 때까지 총에 손을 대고, 망을 보고 있다. 마약을 취급하는 일도 있다. 어디의 누구인지도 모르지만, 동료들 사이에서는 '미스 난킨무시'라고 불리고 있다. 당국은 간신히 스파이를 집어넣는 데에 성공해서 '미스 난킨무시'의 존재까지 밝혀 냈지만 밀수 루트는 고사하고 '미스 난킨무시'의 주거도 이름도 모르는 것이다.

그러나 살해당한 나나코 시신 옆에서 '미스 난킨무시'의 수수께끼를 풀어 줄 것 같은 많은 중대한 물건이 나타났다.

나나코는 팔에 마약을 주사 맞아 살해당했다. 일본 전통 옷차림으로 조금도 흐트려진 데도 없고 잠자는 듯이 편안하게 죽어 있다. 도난품이 없으면, 오히려 자살이라고 생각되는 그런 죽을 때의 모습이었다.

그런데 나나코의 시신을 조사한 경찰의(警察醫)[6]는 깜짝

---

5) 난킨무시(南京虫) : 속어로 매우 작은 여성용 금딱지 손목시계를 가리킨다.
6) 경찰의(警察医) : 경찰의 수사에 협력하는 의사로, 주로 검안으로 사

놀라면서 자기도 모르게 소리를 냈을 정도였다. 나나코 팔이며 넓적다리며 무수한 주사 자국으로 근육이 딱딱해져 있는 것이다. 마약 상습자였다. 벽장 속에서는 그것을 입증할 모르핀의 앰풀이 다수 발견되었다.

아마 두 명의 범인은 나나코에게 마약을 주사를 놓아 주겠다고 하고, 보다 강력한 것을 주사한 것이라고 생각되었다. 그러나 하카와 순사는 그것을 의심했다.

하카와 "음, 나나코는 두 명의 남자를 집안사람이라고 말은 했지만, 현관에서 서로 쏘아 보며 말싸움하고 있었고 무섭고 사나운 얼굴을 하고 있다는 점에서 도저히 남자에게 주사를 놓게 하거나 남자 눈앞에서 스스로 주사를 놓는 것도 좀 생각할 수 없네."

그런데 나나코의 작은 집에서 발견된 여러 가지 물품은 극히 의외의 것으로 또 중대한 사실을 말해 주는 것이었다.

벽장 안에 외국제 과즙 통조림이 몇 개나 있었다. 그 빈 깡통도 하나 있었다. 그런데 그 빈 깡통에는 과즙이 들어있

인 불명의 시신을 조사해서 사인을 의학적으로 판단하는 업무를 행한다.

었던 같은 흔적이나 냄새가 남아 있지 않았다.

그 통조림을 많이 넣어 보내온 것 같은 커다란 양철 깡통이 있는데 벽장 안에서 나온 통조림 수는 그 1/3도 되지 않을 정도다. 그리고 부족분의 통조림은 나나코의 집으로부터 발견할 수 없었다.

더 의아한 것은 그 통조림 짐의 포장 종이 같은 것이 발견되었는데, 그것은 홍콩에서 하네다(羽田) 도착의 비행기 편으로 나나코 앞으로 보내진 것을 말해 주고 있었다. 그리고 틀림없이 홍콩에서 발송된 증거에는 그것을 싸는 데에 사용된 것 같은 홍콩 발행의 신문지가 많이 벽장 안쪽에 틀어박혀 있었다.

더욱 의아한 것이 있었다. 책상 서랍 안이나 반짇고리 속이나 필통 안에서까지 아무렇게나 넣어 둔, 합계 53개라는 난킨무시가 발견된 것이다.

시신 옆에 나나코의 핸드백이 마구 뒤져서 버려져 있었는데, 그 안에도 뒤지다가 빠뜨린 난킨무시가 하나 남아 있었다. 아마 범인은 핸드백 안에 있던 난킨무시만을 훔쳐 가지고 간 것 같다.

하카와 "그러면 히루메 나나코가 '미스 난킨무시'였던가? 과연 죽은 얼굴조차도 나도 모르게 몸서리가 치며 부둥켜안고 싶어지는 그런 미인이네. 홍콩에서 비행기로 보내지는 통조림 중의 약 3분의 1이 진짜 과즙이고 다른 3분의 2는 금딱지 손목시계라는 셈인가? 범인이 보스턴백을 들고 온 수수께끼가, 이것으로 풀리는 셈이군."

하네다 세관을 비롯해 관계 우체국의 배달부까지 조사를 진행해 보니, 짐이 나나코에게 보내진 것은 당일 오전 중의 일이었다. 그런데 그 이전에도 약 4개월 전부터 총 다섯 번에 걸쳐 같은 짐이 홍콩에서 배달된 것을 알게 되었다.

그러나 하카와 순사는 아직 왠지 모르게 풀지 못하는 것이 있었다.

하카와 "내가 엉겁결에 서서 멈추었을 때, 나나코가 소리친 말이라는 것은 이런 것입니다. 소포 … 그런 거 몰라. … 협박하는 것이에요? -- 대략 이런 의미였습니다. 즉 범인이 난킨무시의 도착을 알고 찾으러 왔으니까, 그런 소포가 아직 오지 않았다고 속였을 것이다.

그것이 애초부터 나나코가 살해당한 원인이야."

듣고 보니 앞뒤가 딱 들어맞는 것 같다. 하지만 하카와의 머리에는 왠지 증명할 수 없지만, 어딘가 틀린 것이 있는 그런 느낌이 들어 떠나지 않았다. 그러면 그 육감도 완전히 버릴 것도 아닌 것을 거의 입증할 일이 생겼다.

범인을 본 것은 하카와 순사와 딸뿐이지만, 두 사람의 인상을 토대로 몽타주 사진을 만들었다. 인텔리풍의 안경을 쓴 남자는 하카와 순사 혼자밖에 보지 않았으니까, 신뢰하기 어렵지만 건달풍의 젊은이 쪽은 두 사람의 인상을 합쳐가는 사이, 두 사람 모두 이 얼굴을 몹시 닮았다고 단언했을 정도의 초상화가 완성되었다.

반년 정도 전까지 나나코의 남편이었던 가쓰마타(勝又)라고 하는 실업가에게 이 초상화를 보여주자,

가쓰마타 "이 남자가 나나코 집에 출입하는 것을 서너 번 보았습니다."

하카와 "같이 다니던 사람과 함께입니까?"

가쓰마타 "아뇨. 제가 본 것은 항상 이 남자뿐입니다."

하카와 "무슨 용건으로 출입하고 있던 것입니까?"

가쓰마타 "실은 그것을 알았기 때문에, 차츰 나나코와 헤어

질 기분이 되었습니다만, 이 남자는 나나코에게 모르핀을 팔아넘기기 위해 와 있었습니다. 모르핀이 생명 줄이니까, 나나코는 이 남자 없이는 살 수 없는 상태였다고 할 수 있겠지요."

하카와 "그러면 정부이네요."

가쓰마타 "아니오. 적어도 제가 남편일 동안은 이 남자가 정부였던 정황은 없습니다. 이 남자 없이는 나나코가 살아갈 수 없었다는 의미는 모르핀이 나나코의 생명 줄였다는 의미입니다. 그리고 내가 아는 범위에서는 두 사람의 관계는 상거래뿐인 것 같았습니다."

하카와 "나나코 씨의 생활비는 얼마나 들었습니까?"

가쓰마타 "제가 주었던 정액은 매월 5만 엔 거기에 이것저것 합치면 7만 엔이 되었는지도 모릅니다만, 나나코는 모르핀의 비용을 위해 하녀 쓰는 것도 절약하고 있을 정도로 항상 생활에 쪼들려 있었습니다."

이 증언에 이르러서 그때까지의 예상이 믿을 수 없게 된 것이다. 명색이 '미스 난킨무시'라고 하는 사람이 그렇게 생활에 쪼들려 있을 리는 없다. 그녀가 그때까지 벌어들인 금액은 아마 1억 이상에 달할 것이라고 생각었다.

　그렇다고 하더라도 '미스 난킨무시'가 밀매선상에 등장하고 나서, 아직 5개월 정도밖에 되지 않으니까, 가쓰마타와 헤어진 이후의 일이지만 지금도 나나코의 벽장에는 과즙 통조림과 모르핀의 앰풀 이외에 유달리 눈에 띄는 물건은 아무것도 없다. 미녀에게는 목숨이라고도 할 만한 의상 종류도 아무것도 없고, 입고 있는 일본 전통 옷이 단벌옷과 같은 것였다. 피아노조차 전부 팔아 버린 것 같고, 자취도 없어진 것이다. 자신이 마약 밀매를 하면서도 마약을 위해 소지품을 다 팔아 생활에 쪼들리고 있는 '미스 난킨무시'는 생각할 수 없다.

유리코 "아버지 육감은 맞는 것 같아요. 이 사건에는 표면에 드러나지 않는 내막이 숨겨져 있다고 생각해."

　유리코에게 이런 말을 듣자 하카와는 쑥스러워하면서,

하카와 "내 육감이 맞았다는 자신도 없어. 뭔가 이상하다고 생각하는 것이 있을 뿐으로 뭐가 이상한지 알 수 없는 형국이니까 말이야."

유리코 "무엇이 이상한지 제가 말해 볼까요?"

하카와 "음."

유리코 "진(陳)씨의 저택 안에 뛰어들은 범인이 왜 맹견에게 습격을 받지 않았는가라는 수수께끼야. 난 진 씨 집의 도베르만과 셰퍼드에 관해 조사해 보았어. 경찰견 훈련소에서 1년 이상이나 훈련받은 특출 나게 우수한 개이야. 그 밖에 실내에는 보스턴 테리어와 복서라고 하는 소형 맹견도 키우고 있어. 모르는 사람은 그 저택 안에 한 걸음도 들여놓을 수 없는 그런 무시무시한 곳이야."

유리코 "정원이 넓으니까, 한구석에서 일어난 일에는 다른 한구석에 있는 개는 알아차리지 못할 거예요."

하카와 "혹은 그런 일인지도 모르지만…."

　유리코는 얼마 안 있어 상쾌하게 소리쳤다.

유리코 "저는 여하튼 부딪혀 보겠어요. 내 육감도 왠지 모르게 정체를 파악할 수 없지만, 하지만 할 일을 내동댕이치고 둘 수 없는 그런 기분이 있어요. 이제부터 진 씨 저택에 뛰어들어가 보겠어요."

　이럭저럭 유리코의 얼굴의 붓기도 빠져서 정말 순진하고 천진난만한 귀여운 옛날 얼굴로 돌아가 있었다.

3. 미인과 가인(佳人)

    유리코는 미혼 여성 다운 보통 양장으로 갔지만, 여경 신분은 숨기지 않았다.

유리코 "지난밤에 이 저택 안으로 도망쳐 들어와서 행방불명이 된 어떤 사건의 용의자 일로 조언을 받을까 해서 찾아뵈었는데, 주인어른을 만나 뵙고 싶습니다만."

문지기 "주인어른은 사업 일로 대만에 여행 중인데."

유리코 "대리하실 분은 안 계십니까?"

문지기 "따님이 계시지만 만나주실까 어떨까?"

유리코 "그 밖에 가족은 안 계십니까?"

문지기 "부인도 없고 아드님도 없어. 수컷은 지금으로서는 개뿐야."

유리코 "따님께 꼭 만나 달라고 부탁해 줘요."

문지기 "순사 같은 건 정말 싫은데, 뭐 여자이니까, 말을 전해 주지."

그런데 의외로 쉽게 허락이 떨어져서 저택 안으로 안내되었다. 이 집도 전쟁으로 불탄 것을 진 씨가 땅을 빌려 말끔한 양옥을 세운 것이다. 방수는 10실 정도로 정원에 비교해서 그렇게 큰 집은 아니었다.

큰방으로 안내된 유리코는 나타난 진 씨의 아가씨의 아름다움에 자기도 모르게 한순간 숨을 죽이고 말았다. 자연스럽게 확 홍조를 띠고, 그다지 능숙하지 않는 영어를 부자연스럽게 구사하면서,

유리코 "갑자기 찾아와서 죄송합니다. 저는 여경, …"
라고 말하기 시작하자, 아가씨는 방긋방긋 웃으면서,
아가씨 "일본어로 말하세요. 난 일본인과 똑같이 일본어를 잘 해요. 일본에서 자라서. 당신은 정말 여자 순사?"
유리코 "네, 그렇습니다."
아가씨 "어머, 정말 귀여운 순사이네요. 남자 범인을 잡은 적 있어요?"
유리코 "아니오. 아직까지는 없습니다만."
아가씨 "맹견이 어슬렁거리는 중국인 저택 안에 혼자서 오는 것을 걱정했어요."
유리코 "네. 그래서 아가씨를 뵙고 눈이 멀었습니다."

아가씨 "말씀을 잘 하네요. 대답할 수 있는 범위의 일은 뭐든지 대답해 줄 테니, 용건을 말해요."

유리코 "지난밤에 이 저택 안으로 도망쳐 들어온 채로 행방이 사라져 버린 용의자에 관한 것인데, 그 때 정원에 풀어놓은 도베르만과 셰퍼드가 침입자를 보고도 놓친 이유를 모르겠습니다."

아가씨는 정말 동의하는 듯이 끄덕였다.

아가씨 "그건 정말 이상한 일이에요. 하지만 모르는 사람들이 공상할 정도로 개는 영리하지도 않고 예민하지 않은 것 같아요. 이것은 개를 키우는 사람의 감상입니다."

유리코 "댁에 드나드는 남자라면 개는 침입자를 보고도 놓칠까요?"

아가씨 "특별히 개와 친하면 말이지요. 하지만 개가 보고도 놓칠 정도로 친한 남자라고 하면, 아마 아버지 외에 없겠지요."

유리코 "아버님은 지금 일본에 계시지 않지요?"

아가씨 "맞아요. 벌써 반년 이후 죽 대만에 가 있어요. 그러나 난세니까, 국제적인 사람은 대개 신출귀몰하는 것 같아요. 어쩌면 내가 모르는 사이에 일본에 돌아와 있는지도 몰라요. 만일 아버지가 그 침입자라면, 연령은 60세 정도 은발에 5척 5치 정도의 싹싹한 남자입니다."

유리코 "용의자의 연령은 30정도, 신장은 5척 3치 이하 정도라는 이야기입니다."

아가씨 "그럼 아버지가 아니에요. 신장은 여하튼 간에 연령은 거짓말을 안 하니까요."

유리코 "그 날 밤 누군가가 저택 안에 침입한 기척을 알아차리지 못했습니까?"

아가씨 "당신들이 정원을 찾아 돌아다닐 때까지 특별히 알아차린 것은 없었던 것 같습니다. 독서에 빠져 있었으니까요."

유리코 "우리가 떠난 다음은요?"

아가씨 "글쎄요? 그런 것도 없어요."

　유리코의 질문은 거기까지로 이야깃거리가 끊어지고 말았다. 이런 청초하고 가련한 아가씨에게 정체를 알 수 없는 범인에 대해 더 이상의 질문은 소용이 없다는 것이다.

그러나 마지막으로 이상한 용기를 불러일으켜서, 큰마음을 먹고 물었다.

유리코 "이런 질문은 정말 예의를 모르는 사람이라고 생각하시겠지만, 아까 난세라고 말씀하셨는데, 그것에 면해 용서해 주십시오. 실은 이 저택 안으로 도망쳐 들어온 용의자라고 하는 것은 밀수품 매매의 용의자입니다. 밀수품이라고 하면 상식적으로 일본인의 손에 건너기 전에 먼저 외국인을 생각합니다. 제가 댁을 찾아온 것도 거기에 기대를 걸고 있었기 때문입니다. 아가씨를 만나 뵙고 그 기대도 잃어버렸습니다만, 혹시 몰라서 다시 한번 물어보겠습니다. 솔직히 말하겠습니다. 아버님께서는 밀수품 매매에 관여하고 계시는 것이 아닙니까?"

솔직한 것에도 정도가 있을 것이다. 다른 사람에게는 오히려 이렇게는 말할 수 없지만, 숨이 막힐 정도로 호감이 가는 아가씨이니 오히려 이렇게 잘라 말하는 것 이외에 방도가 없었다. 아가씨는 비둘기가 장난감 총을 맞은 것처럼 눈을 깜박거렸지만, 유리코를 상냥하게 노려보고,

아가씨 "설령 정말로 그렇다고 하더라도, 그렇습니다 라고 누구라도 말할 리가 없어요. 당신은 정말 어째서 갑자기 대담무쌍한 질문을 한 거예요?"

유리코 "그것은 그 아까 말씀하신 것 때문입니다. 난세니까, 국제적인 사람은 신출귀몰한다고."

아가씨 "일본의 여경은 민감하네요."

유리코 "그럼 역시 그렇습니까? 어머나 죄송해요."

아가씨 "사과할 필요 없어요. 이런 난세에 타국으로 돈 벌러 와 있는 국제적인 사람은 어차피 그것밖에 장사할 게 없겠지요. 그러므로 당신의 육감은 맞는지도 모르지만, 밀수품에도 최고급에서 최하급의 것까지 있어요. 정부나 다른 세력이 몰래 그것을 장려하고 있는 그런 밀수도 있을지도 몰라요."

유리코 "미안합니다."

아가씨 "괜찮아요. 그래서 만일 아버지가 그렇다면, 그다음은 어떻게 돼요?"

유리코 "이제 됐습니다."

 유리코는 입을 누르며 웃음을 터뜨리고 싶은 것을 참으면서, 일어났다.

유리코 "다시 이상한 것을 여쭤보기 위해 찾아올지도 모르겠습니다만, 만나주시겠습니까?"
아가씨 "네, 네. 얼마든지 오세요. 근무처의 볼일이 있을 때뿐만 아니라, 알았지요?"
유리코 "고마워요."

 유리코는 가슴을 두근거리면서 정신없이 밖으로 뛰어나갔다. 시부야 역 쪽으로 걷기 시작하자, 뒤에서 불러서 걸음을 멈추었다. 아버지였다.

하카와 "걱정이 되어서 슬쩍 상황을 엿보고 있었다. 결과는 어때?"
유리코 "집에 돌아가서 이야기할게요."

 유리코는 아버지 손을 잡고 어린이들 소풍처럼 크게 흔들면서 상기되어 걷고 있었다.

4. 아버지의 추리

집에 돌아와서, 유리코는 진 씨 저택 안에서의 상황을 아버지에게 이야기했다.

아버지는 자못 의의라는 얼굴로 유리코의 이야기를 다 들었는데, 문득 허전한 듯이 말했다.

하카와 "여자는 원래 그런 거야?"

유리코 "왜요?"

하카와 "너처럼 틀림없고 견실한 사람도 멍해지면 그렇게 되는가 하는 것이다. 왜냐면 너는 대단한 결심을 하고, 나간 거잖아? 왜 맹견이 침입자를 습격하지 않았는가 하는 멋진 의문에서 출발해서."

유리코 "멋진 의문이라니 아버지는 말이야, 놀리고 있네. 개가 있는 위치 반대쪽으로 침입자가 뛰어내린 경우 저택 안이 넓으니까, 개도 눈치를 채지 못했을 거라고 말했음에도."

하카와 "그렇게는 말했지. 그러나 그 다음에 생각이 들었어.

아무래도 네 의문은 가장 급소를 찌르고 있지 않은가 하고."
유리코 "오히려 가장 급소에서 벗어나 있어요. 지나치게 그럴싸한 것은. 우연이라고 하는 중요한 현실을 잊게 할 우려가 있어요."

아버지는 안타까운 듯이 고개를 가로저었다.
하카와 "나는 네 안전이 걱정되어서, 네가 진 씨 저택에서 나올 때까지 이 사건 때문이 아니라 네 안전을 위해 이 사건에 관해 생각했다. 그래서 지금까지 얽매이고 있어서 알아차리지 못했던 무서운 것을 깨닫게 되었어. 네 이야기를 듣고 나서, 드디어 그 확신이 깊어졌다. 자, 따라와. 내 확신을 확인하는 거야."
유리코 "어디로 가는 겁니까?"
하카와 "안심하라니까. 진 씨 저택이 아니야. 경찰에 가는 거야. 그리고 너에게 보여주고 싶은 것이 있어."

아버지와 딸은 경찰에 갔다. 그리고 아버지가 딸을 데리고 간 곳은 이 사건의 증거품 앞이다.
하카와 "여기 55개의 여성용 금딱지 손목시계가 있다. 54개

는 나나코의 집에서 나왔는데, 하나는 진 씨 저택 내
의 범인이 뛰어내린 지점에서 습득한 것이다. 어느
것이 그것인지 알겠어?"

유리코 "알았어요. 팔찌가 달려 있는 것이 그거예요."

하카와 "맞아."

    그다음 아버지는 피해자의 현장 사진을 꺼내서, 딸에게 보여주었다.

하카와 "이 사진을 좀 보렴. 뭐 생각나는 게 없어?"

    그것은 평화롭게 죽어 있는 나나코의 상반신이었다.

하카와 주사를 맞아 죽었으니까, 왼쪽 팔은 어깨 근처까지
소매가 벗겨져 있는 상태로 되어 있는데, 그것 이외
는 특별히 다른 데도 없어."

유리코 "특히 생각나는 게 없을 것 같잖아?"

하카와 "그럼, 다음은 이거야."

    아버지는 증인의 증언을 한 권의 책으로 정리한 것을 열고 한 군데를 찾아냈다.

유리코 "여기를 읽어 보렴."

    그것은 부근 시계장사의 증언이었다. 그것에 의하면 당

일 정오가 조금 지났을 무렵에 나나코가 난킨무시를 하나 팔러 왔다. 시계를 판 돈으로 이번에는 시계 팔지를 사서 돌아갔다고 하는 것이다. 시계를 팔았으니까, 오히려 팔찌가 필요 없는 물건이 하나 늘었을 터인데, 팔찌를 사 가지고 돌아갔으니, 몹시 기이하게 생각한 시계장사가 말했다.

유리코 "그러네요. 시계장사는 이상하게 생각했겠네요?"
하카와 "너는 이상하지 않아?"
유리코 "하지만 그녀는 안 가지고 있으니까, 산 것이겠지요?"
하카와 "당연하지. 그 팔지는, 이봐! 난킨무시와 함께 주사를 맞은 나나코의 왼쪽 팔에 채여 있잖아?"
유리코 "그래요. 그렇다면 이쪽에 있는 난킨무시는?"

아버지는 그렇게 말하면서, 진 씨 저택 안에서 주워온 난킨무시(南京虫) 팔지를 집어 들고, 대롱대롱 흔들어 보였다. 유리코의 안색은 차츰 창백해졌다. 유리코는 자기도 모르게 테이블을 꽉 잡고,
유리코 "그러니까 아버지는 뭐라고 하는 거예요?"
하카와 "고집을 부리는 것은 그만둬."

아버지는 팔지가 달린 난킨무시(南京虫)를 원래 장소로

돌려놓았다. 나나코 집에서 발견된 54개는 시계뿐이고 팔찌는 없었다.

하카와 "네 육감은 대단해. 나는 네가 그날 밤 진 씨 저택 정원에서 이 시계를 주운 순간 중얼거린 말을 기억하고 있어. 남자가 난킨무시(南京虫)라는 것은 이상해라고 너는 중얼거렸어. 하긴 이튿날이 되자, 나나코의 시신이 발견되고, 실내에서 난킨무시가 지천으로 나왔다. 그래서 진 씨 저택 내에서 주운 난킨무시의 특이성이라는 것이 갑자기 희미해지고, 범인이 걸었던 곳에 난킨무시가 하나둘 떨어져 있는 것은 당연하다고 누구 할 것이 없이 가볍게 믿어 버렸지. 나도 물론 그랬다. 이윽고 오늘이 되어서 거기에서 주운 난킨무시에 한해 팔지가 달려 있는 것을 알아차린 거야."

유리코는 초조한 것처럼 소리를 질렀다.

유리코 "그래서 어떻게 했다는 겁니까?"

아버지 얼굴은 굳어졌다.

하카와 "경찰관다운 태도가 아니야. 따라서 두말할 나위 없이 -- 너, 제대로 알고 있잖아? 진 씨의 저택 안으로 도망쳐 들어간 것은 남장한 여자였음에 틀림 없어. 범인이 떨어뜨린 것은 난킨무시가 아니라 그녀 자신의 소지품, 그녀 팔에 차고 있었던 거야. 나나코의 팔에는 그녀의 난킨무시가 제대로 채워져 있었으니까, 그것 이외는 생각할 수 없잖아?"

유리코 "큰 부잣집 아가씨가 사람을 죽이고 물건을 훔칠 필요는 없잖아요?"

하카와 "나도 그것을 생각했어. 그러나 네가 그렇게 진 씨 따님의 미모에 현혹당했으니까, 나는 새로운 힌트를 얻었어. '미스 난킨무시'는 절세미인이라고 하잖아? 어때? 그래서 알게 된 거 아니야?"

유리코 "알게 된 것이 아니에요."

하카와 "좋아, 좋다고. 이제 곧 알게 돼. 여하튼 그 저택 안으로 도망쳐 들어간 남자 얼굴은 나만 봤으니까. 아무리 검은 빛을 띤 도란[7]을 처바르고 안경을 쓰고 있어도, 내가 직접 만나 본인 여부를 확인하면 알 수 있을 것이다."

---

7) 도랜(독일어) Dohranl : 배우 화장용 유성의 분.

5. 미스 난킨무시의 고백

 하카와 순사는 딸에게만은 자기 예상을 이야기했지만, 아직 다른 누구에게도 털어놓지 않았다. 산전수전을 다 겪어 노회(老獪)한 경험자에게 털어놓는 데에는 신중을 요하며, 예상대로 되면 일생일대의 성대한 성공이 된다. 그로서는 난생처음 경험하는 큰 사건으로 생각하면 생각할수록 가슴이 두근거릴 뿐이다. 설레는 가슴을 억누르고, 경찰서 내를 아무 생각 없이 걷거나 하면서, 열심히 작전을 손질하여 마무리하고 있다.
 그 시간에 딸의 모습이 어딘가로 사라져 버린 것을 알지 못했다.
 유리코는 어느 사이엔가 경찰서를 빠져나가 이미 진 씨 집 현관에서 따님과 대좌하고 있었다. 거의 망연자실하게 여기에 다다르고 말았다.
 역시 진 씨 댁 따님은 창백해졌다. 그러나 유리코가 아버지의 추리를 다 이야기하자, 조용히 유리코의 손을 잡고 꽉 잡았다.

아가씨 "고마워요. 유리코 씨. 정말 기뻐요. 제 어머니는 유리코 씨처럼 나를 위로해 주지 않았어요."

따님이 눈물을 지어서 유리코도 눈물을 머금고,

유리코 "그럼 정말 그랬나요?"

아가씨 "어마나, 제대로 알고 급히 달려오셨으면서. '미스 난킨무시'는 확실히 저입니다. 그리고 나나코 씨를 죽인 공범자도 틀림없이 저입니다. 제 아버지는 대만이 아니라 홍콩에 있습니다. 그리고 난킨무시와 마약을 일본에 우송하고 있었습니다. 점점 밀수 루트가 간파되고 성가시게 되어 새로운 방법을 생각했습니다. 그것은 마약 환자를 찾아내서 마약을 미끼로 밀수하는 짐의 가짜 수령인으로 꾸민 것입니다. 나나코 씨는 그 수령인의 한 사람이었던 것입니다. 그런데 어느 날 몰래 짐을 열어 내용물을 알고 욕심에 눈이 멀어 짐의 도착을 부인한 것입니다. 그러는 사이에 마약이 떨어지게 되면, 내 동행인이 가끔 나나코 씨에게 그렇게 해 준 것처럼 주사를 놓아 준 것인데, 그는 나나코 씨가 변심하는 바람에 새로운 밀수 루트가 발각되는 것을 두려워한 나머지 나나코가 지각이 없을 때 다량의 주사를 놓아서 살해해 버린 것입니다."

　아가씨는 이제 평정심을 되찾으려고 하고 있었다. 그리고 미소조차 띠며 계속해서 이야기했다.
아가씨 "나는 아버지의 파트너 역할을 맡아 수억의 돈을 손에 쥐었지만, 아버지가 이번에 일본에 돌아오면, 아버지를 죽일 생각이었습니다. 난세이니까, 제 마음은 악귀가 되었습니다. 돈을 벌어 복수해 주고 싶었습니다. 나를 괴롭힌 사람에게도 괴롭히지 않은 사람에게도 특히 아버지에게 복수해야만 했어요. 왜냐하면, 그는 아버지가 아니기 때문입니다. 그는 제 남편입니다. 나는 돈으로 팔려온 내연의 처 중의 한 사람입니다. 그리고 나는 일본 사람입니다."

　따님은 세게 힘을 주어 유리코의 손을 꽉 쥐고 일어났다. 그리고 미소 지어 보였다.
아가씨 "내 일본 이름과 내력만은 나와 함께 영원히 무덤 속에 묻게 해 줘요. 나는 이제부터 지금과 같은 내용을 고백서를 쓰고 죽겠습니다만, 내가 일본인이고 그의 처라는 것만은 쓰고 싶지 않습니다. 자존심이 허락하지 않습니다. 당신에게만 털어놓았습니다만, 만일 내가 당신에게도 거짓을 고하고 죽었다고 하면, 사후의 적적함에 견딜 수 없겠지요."

어리둥절하며 그 자리에서 꼼짝을 못하게 된 유리코를 남기고 따님은 조용한 발걸음으로 자기 방으로 가는 계단을 올라갔다.

그림자 없는 범인 影のない犯人

1. 진찰 거부 편

이 온천 도시에서 아마 마에야마(前山) 별장이 가장 큰 별장일 것이다. 그 옆에 나미키(並木)병원이 있다. 이 병원에서 그날 밤 중대한 회의가 열리고 있었다. 모이는 사람은 세 명. 주인인 나미키(並木) 선생(55세), 검술사인 우시쿠 겐사이(牛久玄斎) 선생(70세), 잇토보리(一刀彫)[1] 목조가(木彫家)로 남화가(南画家)[2]인 이시카와 교로쿠(石川狂六) 선생(50세), 모두 선생(先生)이라고 불릴 만한 세 분이다.

---

1) 잇토보리(一刀彫) : 작은 칼 하나로 조각해서, 그 거친 터치를 살린 목조(木彫) 기법.

2) 남화(南画 ; なんが) : 에도(江戸) 중기 이후, 남종화의 영향을 받아, 독자적인 양식을 추구한 신흥 화파의 작품.

나미키(並木) 선생[3] "당신이 멍청한 소리를 입 밖에 내는 바람에 일이 이렇게 된 것입니다."라고 나미키(並木) 선생은 목을 졸라 죽일 것 같은 눈매로 교로쿠(狂六)를 노려보았다. 그 무서운 눈초리에 교로쿠는 부들부들 떨며,

교로쿠(狂六) 선생 "바보 같은 소리 하지 마. 당신 눈매는 살인적이야. 누구든지 그 눈을 보면 독살당할 것 같다고 생각할 거야. 그만둬. 나에게 독약을 먹이는 것은."

나미키(並木) 선생 "뭐라고. 그냥 듣고 넘길 수 없어."

겐사이(玄齋) 선생 "뭐, 자. 집안싸움은 그만둡시다."

라고 역시 가장 연장자인 겐사이(玄齋), '그의 말 한마디로 누구나 승복하는 절대 권위가 있는 말'이었다. 대단했다. 검술로 단련한 바위 같은 몸, 활기찬 음성, 바르고 단정한 모습. 홀딱 반할만한 위엄이다. 교로쿠는 머리를 긁으면서,

교로쿠(狂六) 선생 "그러나 이봐요. 내 탓으로 삼지만, 그것은

---

[3] 원전에서는 문말 표현이나 조사 사용 등을 통해, 성별이나 경어적 상위자나 하위자를 파악할 수 있어, 해당 발화 주체가 명기되어 있지 않지만, 본 역서에서는 독자의 가독성을 고려하여 이를 가능한 한 명시하기로 한다.

　　　　내가 입이 가볍고, 이상한 소리를 무의식중에 입 밖
　　　에 내는 버릇이 있는 것도 사실일지도 모르지만, 당
　　　신들도 요즘 인상이 변했군. 옛날의 포동포동한 어
　　　른의 풍격(風格)4)이 사라졌어요. 왠지 모르게 마음
　　　속에 엉큼한 계략을 가지고 있는 인상이다. 내 입 탓
　　　으로 하는 것은 너무하다고 생각해."
라고 중얼거리면서, 적의 살기를 무서워한 것인지 기회만
있으면 도망가겠다고 하는 태세이다.

　원래 일의 발단은 마에야마(前山) 집안의 당주(当主) 잇사쿠(一作)가 왠지 모르게 병이 났기 때문이다. 마에야마(前山) 집안사람들은 틀림없이 나미키(並木) 선생이 독약을 먹였을 거라고 생각하고, 그의 진찰을 거부하고 다른 데에서 의사를 부르게 되었다.

　마에야마 집안이 왜 그렇게 생각했는가 하면, 나미키 선생은 전부터 이 크고 넓은 별장을 빌려서 의학 여관을 개업하고 싶다는 간절한 염원의 포로가 되어 있었기 때문이다. 온천이란 원래 병자를 위한 것이다. 그런데 요즘의 온천 여

---

4) 풍격(風格) : 풍채와 품위. 인품.

관은 모두 건강한 사람을 대상으로 삼고 있다. 그러나 나미키 선생의 견해에 의하면 사람은 모두 환자이다. 병을 가지지 않은 사람은 존재하지 않는다. 그들은 다만 자기 병을 모를 뿐이다.

만일 여기에 의학 온천 여관이라는 것이 개점해서 거기에 묵는 손님은 명의의 진찰을 받고, 자기 병을 발견해서 적절한 처방을 받아 주말의 하루를 휴양을 취하고 돌아간다면, 그들의 행운은 심대함에 틀림없다. 그러고 나서 그것을 전해 듣고 사람이 많이 몰려 크게 번성할 것이라는 생각이었다. 이것을 듣고 즉시 일소에 부친 것은 교로쿠였다.

교로쿠 "온천에 입원하러 오는 한가한 사람은 없어. 먼저 당신이 그런 생각을 시작한 것은 당신의 평판이 나빠서 환자가 오지 않게 된 탓이 아닌가? 색다른 새로운 취향의 여관을 열어 돈을 벌고 싶은 일념이 아닌가? 그런데 세상을 위해 사람을 위해라고 말하고 싶어 하는 생각이 우습기 짝이 없어. 그런 생각으로 아무리 취향을 돋우려고 공을 들여 봤자 돈을 벌 수 있겠습니까? 나도 돈을 갖고 싶어서 어쩔 수 없으니, 정말 돈벌이가 되는 이야기라면 당장 덤벼들지만. 별장을 빌려 여관으로 하고 싶으면, 보통 여관으로 충분하지 않을까? 무엇 때문에 그 여관에 당신과 같은 돌팔이 의사가 나타나서, 손님을 진찰할 필요가 있는 거야? 완전히 망치는 것이 아닌가? 유령이나 뭐나 나타나는 쪽이 당신이 나타나는 것보다도 멋이 있어. 그러나 뭐라고 할까? 당신이 나타나는 것은 곤란하지만, 겐사이 선생이 나타나는 것은 하나의 궁리일지도 몰라."

교로쿠는 이렇게 말했을 때 자기의 착상이 얼마나 훌륭한지 자기도 모르게 무릎을 쳤다. 그는 흥분해서 소리를 질렀다.

교로쿠 "아, 맞아. 셋이서 여관을 하지 않겠어? 겐사이(玄斎) 선생이 그 바르고 단정한 모습으로 현관에서 정중하게 손님을 맞이하여, 조용하면서도 정숙하게 다다미에 이마를 비벼 대면서 '잘 오셨습니다.'라고 하면, 굉장할 거야. 지배인이라고 히면 안 됐지만, 이 지배인의 품격. 여행은 기분의 문제이니까. 지배인이 나쁘다면, 술집에는 고용된 마담이라는 것이 있으니

고용된 마담도 좋아. 겐사이 선생, 70이 되셨다고 하지만 늘그막에 더욱더 요염해졌어. 몇 년 전부터 16, 17의 연동(變童)5)의 성적 매력이 배어 나오게 되었다고 생각합니다만, 바로 이것이 검술의 현묘한 점일지도 모르겠어. 젊을 때의 심오한 검의 노고가 노년에 이르자 젊은 무사의 성적 매력이 되어 되살아난 것 같아. 젊은 처자에게 인기가 있을 거라고 생각해. 어쩌면 17, 18의 여학생의 연인이 생길지도 몰라. 아무래도 그런 예감이 들어."

교로쿠는 선천적으로 경솔하게 믿어 버리고, 쉽게 감동하고, 생각없이 무의식중에 입 밖에 내는 버릇이 있다. 검술을 나라에서 법으로 금하는 시기에 가난의 구렁텅이에 있는 겐사이를 추켜올려봤자 코피도 나지는 않는다.

교로쿠 "이봐, 셋이서 여관을 하자고. 나는 역에 나가 손님을 여관으로 끌어들이는 일이라도 뭔든지 할게. 나미키 선생은 목욕지기라도 해. 손님 등을 닦고 나오면 걷잡을 수 없이 오진하니까. 목욕탕 뒤에서 물 온

---

5) 연동(變童) : 남색(男色) 파는 일을 직업으로 하는 미소년.

도의 조절이라도 하는 거야."

그런데 교로쿠가 목하 큰 문제의 중대한 것을 입 밖에 낸 것은 바로 다음의 말였다.

교로쿠 "그러나 이봐, 마에야마 잇사쿠(前山一作)님이 살아 있는 동안에는 결단코 별장을 빌려주지 않을 테니까. 빨리 죽어 주어야 하는데. 그러면 달리 부수입도 있을까? 하나코(花子) 부인은 정말 천하일색이니까. 히히! 두 선생, 이상한 얼굴을 하네. 알고 있어, 자네. 그녀에게 반한 것은 나 혼자 아니니까. 두 선생의 노쇠한 가슴에 용암이 질퍽질퍽 타서 문드러져 있군. 지금까지 곰곰이 살펴보니, 의사 선생도 검술 선생도 실로 애처로운 인간이네요. 게다가 나보다도 가난에 찌들고, 돈에 찌들고, 여자에 찌들고 있으니까. 나이 먹은 보람도 없고 말이야. 의사 선생이 마에다님에게 독약을 먹이고, 검술 선생이 한밤중에 마에다님을 일도양단해도, 나는 미워할 수 없어. 오히려 그 사람을 사랑할 거야."

듣는 사람이 두 선생뿐이라면 좋았을 텐데 그 자리에 마에야마 잇사쿠(前山一作)님의 장남 고이치(光一)라는 야쿠자 풍의 청년이 있었다. 고이치는 하나코의 아이가 아니다. 하나코 씨는 후처이다. 아직 스물여덟이다. 고이치보다 단지 세 살 연장이다.

고이치는 카리에스6) 때문에 깁스를 하고 있는 주제에 권투 글로브를 사와서 격투기 연습에 열중하거나 갑자기 결심하고 그림이나 프랑스어 공부를 시작하는 등 전혀 지리멸렬한 청년이었다.

그러나 아무리 지리멸렬해도 마에야마 잇사쿠라는 인물은 그의 아버지이다. 바로 그 잇사쿠 씨에게 독약을 먹이고 일도양단으로 해치우고 싶다는 것은 천성이 경솔한 교로쿠로서도 너무 심한 말이지만, 그런데 그다음 말을 들어 보면 납득되는 이유는 있었다.

교로쿠 "히히! 고이치 군, 알고 있어. 하나코 부인을 노리고 있는 것은 여기에 있는 세 선생만 아니니까. 미망인도 아버지의 유산에 포함되니까, 상속받아도 이상하지 않다고 꼭 믿고 있는 것 같잖아."

---

6) 카리에스[독일어] Karies] : 뼈의 만성 염증. 골저(骨疽).

고이치 "물론 선생님의 주장에는 찬성입니다. 그녀는 보기 드문 미인이에요. 아버지에게는 과분해. 또한 매우 성적 매력이 있는 여성입니다. 게다가 그녀는 자신이 바람기가 있는 것을 자각하고 있지 않습니다."

여성에 관해서는 닳고 닳은 심미가였다. 그는 노쇠한 친구들을 배반할 의지는 없었지만, 다만 진실을 전하는 의미에 있어서(즉, 그 진실이 그의 마음에 드셨기 때문이기도 하지만) 여동생인 마리코뿐만 아니라 당사자인 하나코 부인을 향해 세 선생의 언설을 하나하나 자세히 보고하게 된 것이다.

고이치 "하, 하, 하. 재미있었습니다. 결국 교로쿠 선생이 가장 순정인 것 같으면서도 가장 교활하네요. 자기가 어떻게 하겠다는 것을 말하지 않고 나미키 선생이 독약을 먹이고 겐사이 선생이 야심한 시각에 일도양단하면, 이라고 말한 것입니다."

이것만으로 끝나면 좋았을 것이지만, 그리고 얼마 후 잇사쿠 씨가 원인 불명의 병에 걸려서 비트적비트적 자리에 눕고 말았다. 그래서 정조가 굳은 여자인 하나코 부인이 화를 내고 나미키 선생의 출입 금지를 발령하고 다른 데에서 의사를 부른 것이다.

이 보고를 겸해 고이치(光一)는 세 선생을 찾아가서, 진실을 전하는 기쁨에 있어서 일의 전말을 하나하나 자세히 털어놓고 말했다. 그리고 세 선생을 위로하는 의미에서인지 다음과 같이 이야기를 맺었다.

고이치 "요컨대 그녀는 지금으로서는 정조가 굳은 여자입니다. 여자의 곧은 절개를 지키는 여성 그 자체입니다. 자기 본능에 관해서는 끝까지 지각이 없으니까요. 요컨대 그것뿐이에요. 앞으로가 낙이라고 말씀하시는 것입니까? 하! 하! 정말 만만치 않은 분이야."

2. 긁어 부스럼 편

 나미키 선생이 마에야마 집안의 출입 금지를 당하는 것은 한 곳의 단골을 잃는다는 의미로만 끝나지 않는 것이다.
 나미키 병원의 건물은 마에야마 집안의 것이다. 마에야마 집안의 선조는 천식 기타 지병으로 어려움을 겪었기 때문에, 나미키 선생에게 학비를 대주고, 의학교를 졸업시키고, 별장 옆에 병원을 세워 준 것이다. 그러므로 마에야마 집안의 출입 금지를 당하면, 그의 의사로서의 신뢰도 인간으로서의 신뢰도 몽땅 잃어버릴 뿐만 아니라, 의사의 간판도 사는 집도 잃어버려야 하는 그런 두려움이 있었다.
 그래서 나미키 선생은 즉시 '세 선생 회담'을 소집한 것이지만, 이 사건은 다른 두 선생에게도 탐탁지 않은 의미가 있었다. 왜냐하면, 검술 선생도 조각 선생도 마에야마 집안의 저택 안에 기거하고 있었다. 그 이유는 마에야마 집안의 선조는 천식 퇴치를 위해 검술수업(修業)[7]에 뜻을 두고 별

---

7) 수업(修業) : 학업(學業)이나 기술(技術)을 익히며 닦는 것.

장 내에 도장을 만들어 거기에 신카게류(神陰流)[8]의 달인인 겐사이 선생을 거주하게 했기 때문이다. 고단본(講談本)[9]을 읽으면, 히라테 미키(平手酒造)가 폐병 환자였던 것 같은 이야기는 있지만, 천식이 있는 검객의 이야기는 안 나온다. 해보니 검술이 천식에 효과가 있을지도 모른다고 해서 시작했다고 하는 이야기였다.

그리고 잇사쿠 씨는 어릴 때부터 절름발이이고 병약하고 격무를 맡을 수가 없어, 돈벌이는 오로지 선대(先代)에게 맡기고, 자기는 풍류지도(風流之道)에 힘쓰고 있었다. 그 때문에 초등학교 중학교의 동급생이던 교로쿠 선생을 불러들여 별장 내에 아틀리에를 만들어 주었다.

이번 전쟁으로 마에야마 집안의 본댁(本宅)은 소실되고, 그리고 다른 별장이나 땅 대부분은 재산세로 남의 손에 넘어가고 지금은 이 별장이 남아 있을 뿐이지만, 덕택에 겐사

---

8) 신카게류(神陰流) : 잇토류(一刀流), 신토류(神道流)와 어깨를 나란히 하는 검도 3대 유파의 하나. 神陰流, 新影流라고도 표기한다. 무로마치(室町)시대 말기, 가미이즈미 이세노카미 히데쓰나(上泉伊勢守秀綱)가 창안하여, 시조가 된다.

9) 고단본(講談本) : 야담(野談) 이야기를 책으로 정리한 것.

이, 교로쿠 두 선생은 거의 수입도 없음에도 불구하고 이 살기 힘든 난세를 어떻게든 오늘날까지 꿋꿋이 살아갈 수 있었다. 이런 사정이기 때문에, 나미키 선생의 출입 금지가 이상하게 발전할 경우, 그들의 유일한 안주할 땅을 잃어버릴 두려움이 있었다.

어쩌면 이 저택 내에서 추방될지도 모른다고 하는 것을 알고 가장 충격을 받은 것은 신카게류(神蔭流)의 겐사이 선생였다.

아시다시피 패전 후에는 검술이 금지되어, 신카게류(神蔭流)가 고생해도 아무런 이익을 얻을 수 없을 뿐만 아니라, 겐사이 그 사람이 민주주의의 원적(怨敵)[10]과같이 어린이들도 아내들도 선생을 업신여기는 것이다.

교로쿠가 여관의 공동 경영을 제창하고, 겐사이의 당당한 풍채가 고용 지배인으로서 천하일품이라고 외쳤을 때는 그 혜안에 탄복하고 광희(狂喜)[11]한 것이었다. 그 순간부터 겐사이는 고용 지배인의 당당한 모습에 이끌려, 자나 깨나

---

10) 원적(怨敵) : 원한이 있는 적.
11) 광희(狂喜) : 미칠 듯이 기뻐하는 것.

자기의 위풍에 가득 찬 고용 지배인 모습이 눈에서 떠나지 않는다.

  겐사이는 신카게류(神蔭流) 이외에 우라센케류(裏千家流)12)나 우메와카류(梅若流)13) 등에도 다소의 소양을 가지고 있고, 어떤 연유인지 어릴 때부터 옷차림이라는 것에 묘하게 구니(拘泥)14)하는 성격이어서, 그 때문인지 여러 지역의 직물에 관해서는 이상하게 세심한 지식이 있었다. 그리고 피륙을 모으는 취미 등도 있어, 그것이 패전 후의 생활에 크게 보탬이 되었는데, 메이지(明治), 에도(江戶), 무로마치(室町) 시대의 피륙 등도 약간은 수중에 모으고 있었다. 자기 취미를 위해서만은 아니고, 검술 관련의 단골집에서 그것을 비싸게 강매하는 그런 상술을 옛날부터 하고 있었다.

---

12) 우라센케류(裏千家流) : 일본 다도의 산센게(三千家)의 하나. 센노리큐(千利休)의 손자, 소탄(宗旦)의 사남 센소(仙叟) 센소시쓰(千宗室)가 에도(江戶) 초기에 차실(茶室) 곤니치안(今日庵)을 이어, 개창한 다도의 유파. 본가(本家)인 오모테센케류(表千家流)에 대해, 그 거처가 뒤에 있었다는 것에서 이 명칭이 있다.

13) 우메와카류(梅若流) : 1921년에서 1954년까지 노가쿠(能樂) 시테카타(シテ方)의 유파이다.

14) 구니(拘泥) : 일정한 일에 얽매이는 것.

오래된 연보라 가스리(絣・飛白)15)의 사쓰마조후(サツマ上布)16)가 다행히 아직 수중에 있어서, 그것에 하나이로모멘(花色木綿)17)의 안감을 대고, 一라쿠고(落語)18)에서는 웃음거리가 될지도 모르지만, 이 거친 복장이야말로 고용 지배인으로서 유흥 방면에 소상한 복장이 아닌가라는 등 곰곰이 생각에 잠겼다. 조용하고 정중하게 목욕탕 탈의실에 두 손을 땅에 짚고, 이마를 비벼대며,

'어서 오십시오'라고 마지막 소리를 혀로 굴리며 삼키는 것처럼 발음한다.

교로쿠가 말하지 않았던가? 70세가 되어 더욱 젊어지고, 17, 18세의 연동(變童; 미소년)과 같은 신선하고 생기가 있는 성적 매력이 넘쳐흐르고 있다고. 자신도 요즘 갑자기 그 생기발랄함이 자각되어 왠지 모르게 별난 생각이 들었지만, 결국에는 다른 사람들까지 미소년의 생기발랄함을 알아차

---

15) 가스리(絣・飛白) : 붓으로 살짝 스친 것 같은 잔무늬가 있는 천.
16) 사쓰마조후(サツマ上布・薩摩上布) : 저마를 수직 명주로 짠 것. 원래 류큐(琉球)로부터의 공납물인데, 사쓰마(薩摩)번(藩)이 판매했다.
17) 하나이로모멘(花色木綿) : 엷은 남색으로 물들인 무명.
18) 라쿠고(落語) : 만담(漫談).

렸던 것이 아닌가? 정말 신카게류(神蔭流)의 기적일 것이다. 패전과 함께 그때까지 하루라도 쉰 적이 없는 칼을 휘두르는 것을 그만두었기 때문에, 정기가 뒤로 틀어박혀 안에서 나오게 되었는지도 모른다. 70이 되어 미소년[變童]으로 다시 젊어지는 것. 기적이야, 기적.

겐사이 "검으로 단련한 이 몸은 히로뽕 같은 것 맞지 않아도 생기발랄하게 다시 젊어지는 거야. 여학생들이 반하는 것도 나쁘지는 않고만. 바로 그 체력에는 자신이 있어."

요즘은 거울을 보는 것이 유일한 낙이다. 이리저리 꼼꼼히 거울을 보고 싶어서 어쩔 수가 없었다. 어디가 어떻다고 하는 것도 아니지만, 어디를 보아도 만족했다. 자기 자신의 모든 부분이 죄다 거울에서 재인식함으로써 그냥 정말 만족해서 어쩔 수 없다. 그런데 여관 개업은 고사하고, 이 저택 안에서 쫓겨나갈지도 모른다고 하니, 겐사이가 신카게류(神蔭流)의 오의(奧儀)에 반해 놀라 자빠진 것은 어쩔 수 없었다. 윤이 나고 싱싱한 노인도 무참하게 풀이 죽어,

겐사이 "실은 교로쿠(狂六) 선생이라고도 생각되지 않는 중
대한 실언이었습니다. 그러나 교로쿠 선생은 신시대
를 깊이 이해하시고 또 신시대의 쪽도 교로쿠 선생
을 이해하고 있는 것 같으니까, 제발 선생님, 살려
주십시오."

교로쿠 "뭐라고요? 제가 살려내라고요? 내가? 이상한 말을
하네? 검술 선생은. 당신 요즘 좀 이상하지 않습니
까? 부인이 말했어요. 하루에 이삼십 번 거울을 보고
있다고 하지 않습니까?"

겐사이 "아뇨, 그것은 무사도의 비법입니다."

교로쿠 "하! 거울을 보는 것이 있잖아요?"

겐사이 "여러 신사의 신체(神体)19)도 대개 신령으로 모시는
거울이 많은 법입니다만, 거울도 구슬도 검도 일체
의 것입니다. 이것이 무술의 오의이고, 제가 나이 먹
고 나서 다시 젊어지는 것도 즉 삼위일체에 의해…."

교로쿠 "하하! 그런데. 선생님. 내가 17, 18의 연동(變童; 미
소년)과 같은 성적 매력이 나왔다고 말해서 그래서

---

19) 신체(神体) : 신령을 상징하는 신성한 물체.

망상에 이끌렸군요."

겐사이 "당치도 않소."

교로쿠 "그거 봐요. 빨개졌잖아? 말보다 증거가 중요해요[20]. 당신도 생각한 것보다 말주변이 좋지 않은가?"

겐사이 "아뇨, 정말 시대에 버림을 받고, 기댈 데도 없는 신세입니다. 부디, 선생님, 살려 주십시오."

교로쿠 "과연. 이봐요? 역시 무예의 오의를 깨달은 분이라서 변전(変転) 자유자재 또한 그리고 신묘한 어투가 아닙니까? 당신은 검 수행을 하는 한편 골동품의 브로커 등도 하고, 옛날에는 축재도 명인, 여자를 구슬리는 것도 명인이라고 하는 사람들의 이야기를 들은 적이 있었는데, 그러고 보니 거짓이 아닌 말이네."

겐사이 "당치도 않소."

교로쿠 "실은 말이지요. 선생님. 그 선생님의 신묘한 화술을 확실하다고 보고, 부탁이 있습니다만, 여하튼 나는 지껄이기 시작하면 경솔해져서 말이지요. 특히 미인 앞에서는 혀가 잘 돌지 않아요. 실은 말이지요, 나는

---

[20] 말보다 증거가 중요해요 : 이러쿵저러쿵 논하는 것보다도 증거를 제시함으로써 만사가 분명해진다는 것.

삼사 년부터 음모로 붓을 만드는 것을 생각해서 행선지 같은 데에서 여관방의 쓰레기를 모아 달라고 부탁해서, 음모를 찾아내서 붓을 만들어 보았습니다. 대단히 좋습니다. 아니, 이건 말이지, 아직 나 있는 음모를 뽑아 만들면 안 됩니다. 자연히 빠져 떨어진 그런 털이 적당합니다. 그래서 내 평생의 염원으로 숭배하는 미녀의 음모를 모아 붓 하나를 만들고 싶습니다만, 그런 실례되는 것을 내 입을 통해 하나코 부인에게 말할 수 없어서 -- 아니, 나는 말이지, 경솔하니까 사실을 그만 나도 모르게 입 밖에 낼 우려가 있습니다. 하나코 부인의 거실과 침실의 쓰레기를 매일 아침저녁에 모아다, 베풀어 주시기를 부탁드릴 수 없을까요?"

겐사이 "이제 곧 추방당할 위기에 처해 있으면서도 그와 같은 것을 부탁할 수 있습니까?"

교로쿠 "음. 그런가?"

겐사이 "그러나 그 낙천적인 데가 교로쿠 선생의 가치입니다. 우리들 사상은 이미 진부합니다. 선생의 그 새로운 사상으로, 아무쪼록 이 위기를 타개해 주셨으면

합니다."

역시 신카게류(神陰流)의 달인이니만큼 완급을 알고 있고, 나미키 선생처럼 교로쿠의 실언에 맞 대놓고 힐난하는 그런 미흡한 데가 없다. 결국 신카게류(神陰流)의 오의에 의해 교로쿠는 바삭바삭 막다른 곳에 몰려, 위기 타개를 위해 싫어도 그가 고군분투로 맞서지 않으면 안 되게 되고 말았다. 그래서 교로쿠는 고이치(光一)에게 주선을 부탁해서, 몰래 하나코 부인과 회담하고,

교로쿠 "즉 독약을 먹인다고 하는 것도 일도양단으로 한다는 것도 내 실언으로 본인이 그런 말을 한 것은 아닙니다."

고이치 "하지만 말이지. 요컨대 그들 마음에 있는 것을 당신이 알아맞힌 거잖아. 내게도 그 실감이 찌르르 왔으니까."

교로쿠 "그만둬. 자네가 옆에서 말참견하면 안 되잖아. 자네는 자리를 떠."

고이치 "옵서버이에요. 게다가 정숙한 양갓집의 마담과 대면하는 것이 당신 혼자라고 하는 것은 오늘날의 이 혼

란한 시대를 배경으로 또 이 별난 잡거족(雜居族)을 배경으로 양식 있는 사람은 방치할 수 없습니다."

교로쿠 "이상한 소리를 하네. 지리멸렬한 것은 자네가 아냐?"

고이치 "있잖아요, 마담. 이 사람은 말이지. 매춘여관 같은 방에 떨어진 음모를 주워 모아 붓을 만들고 있어요. 그래서 마담의 거실과 침실의 쓰레기를 매일 아침저녁으로 내게 쓸어 모아 달라고 말합니다만…"

교로쿠 "그만둬. 나는 '행선지의 여관 같은 곳의'라고 했어. 매춘여관 같은 데라고 말하지는 않았어. 이거 실례가 아니야?"

고이치 "당신, 매춘여관 이외에 묵은 적이 없지? 예를 들어 아타미(熱海). 당신, 어디에 묵었어? 이토가와(糸川) 밖에 모르지?"

교로쿠 "그만두라니까. 자네는 묵비권이라는 것을 행사해."

고이치 "차제에 뒤바뀐 것이지요? 당신이 그것을 하는 것입니다."

교로쿠 "시끄러워. 무엇 때문에 왔는지, 알 수 없게 되었잖아? 실은 그 나미키 선생의 문제입니다만, 선생이 독약을 먹인다는 등은 당치도 않습니다. 대저 의사는 독약에 정통하니까, 독살하면 탄로나는 것을 알고 있습니다. 그러니까 독살은 아마추어가 사용하는 수법으로 나는 탐정소설을 읽고 있어서 -- 그렇다고 하더라도 의사가 독살의 수법을 사용한 예도 약간 있습니다만 -- 그러고 보니 꽤 있었나? 옛날에 읽은 것은 잊어버렸어. 부인도 탐정소설의 애독자이니 속일 수 없구면."

하나코 부인 "제가 나미키 선생을 거부한 것은 선생의 진단이 형편없으시기 때문이에요. 아무리 탐정소설을 애독해도, 설마 선생님이 독약을 먹이시는 것 같은 것은 생각도 하지 않아요."

교로쿠 "그럼 혐의가 풀린 것입니까?"

고이치 "교로쿠 선생, 정신을 차리세요. 나까지 창피해져요."

교로쿠 "그런가? 진단이 형편없어서라고. 바로 그런가. 이것은 결정적이네."

고이치 "그래요. 정말 이의가 없습니다."

교로쿠 "흠. 그 녀석은 돌팔이 의사니까. 어째서 이 집안의 선대는 그 선생에게 학비를 대준 것일까요? 쓸데없는 일을 했군."

고이치 "당신의 잇토보리(一刀彫)의 솜씨와 비슷한 거잖습니까? 쓸데없는 일을 하고 있구나 하고 누군가가 틀림없이 말하고 있어요."

교로쿠 "그만둬. 자네는 시끄러워. 전혀 나는 자네와 대화를 나누고 있는 것이 아니야? 자네와 대화를 하고 있다면, 이런 무리를 하지 않아도, 언제든지 할 수 있지 않은가? 오늘은 전혀 안 되네. 부인, 실례했습니다." 라고 교로쿠는 고심한 보람도 없이 후퇴하지 않을 수 없었다.

3. 살인사건 편

그런데 한 달쯤 병들어 누운 후 잇사쿠(一作)님은 이렇다 할 것도 없이 죽어 버린 것이다.

오타 선생 "아무래도 이상하네요. 주치의로서 전혀 면목이 없습니다만, 병의 원인이 확실치 않습니다. 처음에는 고혈압 때문에 달리 이렇다 할 것은 없는 것처럼 생각하고 있었습니다만 ….”

라고 나미키 선생 대신 뽑혀서 진찰을 담당한 오타(太田) 선생이 장례식이 끝나고 나서 고이치에게 입 밖에 낸 것이다.

고이치 "그러면 타살이라는 의미입니까?"

오타 선생 "아뇨. 그렇지 않습니다. 여하튼 해부해서 병의 원인을 확인해야 했을지도 모른다는 것뿐입니다."라고 오타 선생은 얼버무렸지만 -- 얼버무린 것도 아니지만, 고이치가 지근대며 추궁하자, 결국 얼버무린 그런 결론이 된 것이다.

고이치 "이봐요, 선생님, 무엇인가 특수한 독약을 사용한 경우에 전문 의사가 보아도 외부에서는 독살인지 어떤지 분간할 수 없는 그런 약품이라고 하면, 어떤 것이 있을까요?"

오타 선생 "그런 까다로운 약품을 써서 독살하는 등의 예는 일본에서는 생각할 수 없어요."

고이치 "왜 그렇습니까? 전쟁에 패한 나라는 독약의 사용법도 할 수 없는 법입니까?"

오타 선생 "일반적으로 비전문가는 이것을 자유자재로 사용하는 생활이나 지식의 기초가 없기 때문입니다."

고이치 "비밀리에 공부할 수 없습니까? 예를 들어 말씀입니다. 일본인은 읽고 쓰는 교육이 보급되어 있는 것은 세계 제일이라고 합니다만, 그런 독살 방법이 글자로 쓰여 공표되어 있다고 하면, 그래도 역시 일본인은 독살을 자유자재로 사용하는 생활의 기초가 없다고 할 수 있을까요?"

오타 선생 "그런 독약은 일반적으로 손에 넣는 것이 곤란해요."

고이치 "살인을 위해서는 범인은 필시 상당한 무리는 하겠지요."

오타 선생 "하여튼 살인이 아닙니다."

고이치 "왜입니까?"

오타 선생 "이제 와서는 때가 늦었어요. 해부하지 않았기 때문에."

이 대화를 나눈 인물이 고이치(光一)이기 때문에 이 대화가 순식간에 세상에 퍼진 것은 당연하다. 그렇다고 해서 특별히 경찰이 움직이기 시작한 것은 아니지만, 마에야마 집안의 저택 안에 사는 사람들이 각자 남을 의심해서 큰 소동이 벌어졌다.

교로쿠 "역시 일을 저질렀는가? 아무리 돌팔이라고 해도 의사임에 틀림없으니까. 해 보면 사람을 살리는 약에 비하면 죽이는 약은 조제가 간단한 것 같아. 환자가 부쩍 줄고 나서 선생의 눈매는 매서운 분위기가 있어. 정신이 돈 것이 아닌가?"

라고 하는 그런 관찰이 행해지고 있었다.

그런데 나미키(並木) 선생은 세상의 소문에는 신경을 쓰지 않고, 그런데 범인은 누구일까? 장남인 고이치가 가장 의심스럽지만, 겐사이(玄斎)도 교로쿠(狂六)도 보통내기가 아니니까, 어떤 기괴한 행동을 한다고 하더라도 이상하지는 않다. 이렇게 생각하며 나미키 선생은 모든 사람을 의심했지만, 게다가 기묘하게도 그는 의사이면서도 어떤 사람이 '어떤 약품을 사용해서 죽였는가?'라고 하는 것을 생각하지 않고 어떤 사람이 '어떤 심리에 의해 이 범죄를 저질렀는가?'라고 하는 심리 탐구에 오로지 흥분하고 있던 것이다.

그때 교로쿠가 나미키 선생에게 말했다.

교로쿠 "이상한데. 당신, 의사이지? 그럼에도 불구하고 왜, 누가 어떤 약품으로 죽였는가 하는 것을 생각하지 않는 거야? 당신, 요컨대 그것을 생각하고 싶지 않은 거지? 그래서 심리문제 쪽으로 얼버무리고, 속이고 있는 거야. 요컨대 당신이 죽였으니까 말이야."

이런 말을 들어도, 나미키 선생은 누군가 다른 사람이 그런 말을 들은 것처럼 아주 태연하게 항상 방관자와 같은 얼굴을 하며 평안한 웃음을 짓고 있었다.

교로쿠 "내게만 자백하게나. 마음이 가벼워질 거야. 나는 말이야. 잇사쿠님을 죽인 사람에게 경의를 표한다고 전부터 신불(神仏)에게 약속했으니까."

나미키 "이 범인은 대단히 성욕이 강한 사람이야. 당신도 성욕이 강하지만, 겐사이 선생이 70 노인이지만, 아직도 그분은 40대, 30대의 장년과 같아요."

교로쿠 "이 사람은 의사 학교에서 무엇을 공부했을까? 아무리 속이기 위해서도 의사는 의사답게 속일 수 없을까?"

나미키 "여기 하나의 예가 있습니다만, 겐사이 선생은 이렇게 생각했어. 부녀자를 기쁘게 만들기 위해서는 하소연하는 것이 가장 좋다고 하는 생각입니다. 이것은 노인이 인생을 달관한 후에 체득하는 생각의 하나로서 고생한 사람의 견해입니다. 그래서 겐사이 선생은 하나코 부인에게 구애했습니다만, 하나코 부인이 바람에 날리는 버드나무 가지처럼 건성으로 받아넘기고 있어서, 바람에 날려 미풍에 말이지요, 산들산들하고 버드나무의 가지가 흔들린다. 운치가 있어 좋네요."

교로쿠 "무슨 말을 하고 있는 겁니까? 이 영감은. 아무래도 머리가 이상한 것 같아. 그러나 겐사이 선생이 구슬렸고 하는 것은 처음 듣는 일이네. 그 할아버지는 말이야. 그러나 확실히 요즘 굉장히 성적 매력이 있어, 구슬릴지도 몰라. 완급이 자유자재, 바작바작, 검의 오의에 의해, 신묘하니까 말이야."

나미키 "그러나 겐사이 선생 이외에 또 한 사람, 하나코 부인에게 구애한 초로의 사람이 있어. 예술가인데. 조각을 하고 있어. 그러나 등을 달게 할 뿐 언설에 운치가 없어."

교로쿠 "어라! 당신, 알고 있었어? 누구에게 들었어?"

나미키 "아무튼 성욕의 문제입니다. 성욕이 강한 사람이 여자에게 구애도 하면, 결국 사람을 죽이게 됩니다."
교로쿠 "그만둬. 제대로 여자로 구슬리지 못하는 그런 뒤에서 죽치고 있는 인물이 독약을 먹이는 거야."

이러쿵저러쿵 하는 사이에 하나코 부인이 행방을 감추고 말았다. 연인이 생겨서 도쿄에서 새살림을 차린 것 같다.

행방을 감추기 전에 골동품상을 불러 상당수의 값이 나가는 물건을 전부 팔아 버렸다. 마에야마 집안은 재산가이니까, 여러 가지 값나가는 서화나 골동품 등이 있었다. 도쿄의 본댁에 소장하고 있던 보물을 불타기 전에 별장으로 옮겨놓아 두었기 때문에, 그대로 남아 있었기 때문이다. 하나코 부인이 판 것은 그 몇 분의 일인가로 전체에서 보면 미미한 수이었던 같지만, 그녀가 골동품상에서 받은 돈은 삼백 만이나 사백 만이었다고 하는 이야기다. 고이치는 새어머니가 보물 일부를 파는 것을 알고 있었지만, 잠자코 있었다. 아니 그것뿐만 아니다. 새어머니에게 연인이 생긴 것을 일찍부터 알고 있었지만, 보고도 못 본 체하고 있었다.

고이치 "마담은 아직 젊으니까. 게다가 미모가 대단한 걸요. 나 같은 청년에게 마담이라고 불리는 것은 안 됐어.

빨리 평범한 여자로 해 주고 싶었어. 아! 하하하."
라고 묘하게 잘 이해하는 말을 하고 있었다. 그때 눈을 번뜩인 것은 교로쿠다.

교로쿠 "흠. 그러면 마에야마 잇사쿠 살인의 범인은 절세미인일지도 모르네. 그렇다면 더는 불만은 없어."

고이치 "독단적인 추리는 그만두는 게 좋아요. 살인 같은 거, 없었을지도 모르잖습니까?"

교로쿠 "그만둬. 묘하게 이해를 잘 하는 그런 말을 하잖나? 나도 경솔했어. 이 범인이 얼마나 근사한지 잊고 있었네. 여하튼 의사가 봐도 모르는 것처럼 죽인 것이니까 말이야. 멋진 일이야. 이 근사한 것을 잊어서는 안 돼. 그리고 달리 범인이 있을 수 있는 상황을 만들기 위해서 나미키 선생의 진찰을 거부했다고 하면, 이건 정말 예술적인 명작이 아닌가? 우리는 이 집에서 추방되지는 않을까 하고 생각해서 비지땀을 흘렸으니까. 얼빠진 이야기야. 나미키 선생이니 겐사이 선생 따위에게 이런 예술적인 살인을 할 수 있을 리가 없어."

고이치 "하하하. 잇토보리(一刀彫)의 조각보다도 명작 같습니다."

교로쿠 "건방진 소리 하지 마."

그런데 어느 날 일이었다. 고이치의 여동생 마리코가 회사에 출근하기 위해 서두르고 있을 때 때마침 아침 산책 때 어깨를 나란히 하고 있던 오빠에게 말했다.

마리코 "아버지를 독살한 것은 오빠이지?"

고이치 "그만둬."

마리코 "마담에게 연인이 생기도록 한 것도, 마담이 가출하도록 슬며시 지혜를 빌려준 것도 오빠야. 마담의 연인이란 사람은 오빠 친구인 불량청년이 아닙니까?"

고이치 "그런가?"

마리코 "시치미 떼네. 오빠란 사람은 욕심이 많은 사람이야. 그렇게까지 해서 재산을 가지고 싶을까?"

고이치 "나도 마리코 군에게 한 마디 말해 두지만, 아버지를 독살한 것은 의외로 마리코가 아니야? 뭐, 누가 범인이어도 상관없지만. 다음에 재산을 독점하기 위해 나를 죽이거나 하지 않으면 말이야."

마리코 "피차 마찬가지야. 유산을 독점하기 위해 나를 죽이는 것만은 그만두어요."

고이치 "서로 그것은 그만둡시다."

    그리고 오빠와 여동생은 입을 다물고 오른쪽과 왼쪽으로 갈라섰다. 요컨대 누가 범인지 짐작 못 하는 것 같다. 그리고 누가 범인이라도 상관없는 그런 기묘하게 무관심한 시세가 도래된 것 같다. 전쟁이라고 하는 대 살인이 다가오는 기색이 몸에 닥쳐오고 있기 때문인지도 모른다. 지리멸렬은 지금은 모든 것에 관해 그럴지도 모른다.

■ 역자 소개

• 이성규(李成圭)

(현)인하대학교 교수, 한국일본학회 고문
(전)KBS 일본어 강좌 「やさしい日本語」 진행, (전)한국일본학회 회장
한국외국어대학교 일본어과 졸업
일본 쓰쿠바(筑波)대학 대학원 문예·언어연구과(일본어학) 수학
언어학박사(言語学博士)
전공 : 일본어학(일본어문법·일본어경어·일본어교육)
저서 :
『도쿄일본어』(1-5), 『현대일본어연구』(1-2)〈共著〉, 『仁荷日本語』(1-2)〈共著〉, 『홍익나가누마 일본어』(1-3)〈共著〉, 『홍익일본어독해』(1-2)〈共著〉, 『도쿄겐바일본어』(1-2), 『現代日本語敬語の研究』〈共著〉, 『日本語表現文法研究』1, 『클릭일본어 속으로』〈共著〉, 『実用日本語』1〈共著〉, 『日本語 受動文 研究の展開』1, 『도쿄실용일본어』〈共著〉, 『도쿄 비즈니스 일본어』1, 『日本語受動文の研究』, 『日本語 語彙論 구축을 위하여』, 『일본어 어휘』Ⅰ, 『日本語受動文 用例研究』(Ⅰ-Ⅲ), 『일본어 조동사 연구』(Ⅰ-Ⅲ)〈共著〉, 『일본어 문법연구 서설』, 『현대일본어 경어의 제문제』〈共著〉, 『현대일본어 문법연구』(Ⅰ-Ⅳ)〈共著〉, 『일본어 의뢰표현Ⅰ』, 『신판 생활일본어』, 『신판 비즈니스일본어』(1-2), 『개정판 현대일본어 문법연구』(Ⅰ-Ⅱ), 『일본어 구어역 마가복음의 언어학적 분석(Ⅰ-Ⅳ)』, 『일본어 구어역 요한복음의 언어학적 분석(Ⅰ-Ⅳ)』, 『일본어 구어역 요한묵시록의 언어학적 분석(Ⅰ-Ⅲ)』
역서 :
『은하철도의 밤(銀河鉄道の夜)』(미야자와 겐지)〈공역〉, 『인생론 노트(人生論ノート)』(미키 기요시)〈공역〉, 『두 번째 입맞춤(第二の接吻)』(기쿠치 간)〈공역〉
수상 :
최우수교육상(인하대학교, 2003)
연구상(인하대학교, 2004, 2008)
서송한일학술상(서송한일학술상 운영위원회, 2008)
번역가상(사단법인 한국번역가협회, 2017)
학술연구상(인하대학교, 2018)

• 오현영(吳晛榮)

계명대학교 일어일문학과 졸업
일본 쓰쿠바(筑波)대학 대학원 문예·언어연구과(응용언어학) 수학
언어학박사(言語学博士)
(현) 연세대학교 학부대학 강사
전공 : 일본어학(일본어담화론·일본어교육·일본어통번역)
저서 : 『韓国人日本語学習者の初対面接触場面における自己開示の研究』(2022)
역서 : 두 번째 입맞춤(第二の接吻)』(기쿠치 간) 〈공역〉 (2022)
논문 : 「한국인 일본어학습자와 일본어 모어화자의 자기개시의 남녀차 -회화
  데이터 분석으로부터-」일본어교육연구 Vol.99 (2022)
  「初対面会話における沈黙の男女差について」한국일본언어문화학회
  Voo.56 (2021)
  「初対面会話における沈黙について― 韓国人日本語学習者と日本語母語話
  者の会話データを中心に―」한국일어일문학회 Vol. 117(2021)
  「自己開示と共起する「笑い」について― 韓国人日本語学習者と日本語母語
  話者の自然会話を対象に―」한국일본어문학회 Vol.87(2020)
  이외 다수.

초판인쇄	2022년 09월 25일
초판발행	2022년 10월 02일
옮 긴 이	이성규·오현영
발 행 인	권 호 순
발 행 처	시간의물레
주 소	경기도 파주시 숲속노을로 150, 708-701
전 화	031-945-3867
팩 스	031-945-3868
전자우편	timeofr@naver.com
홈페이지	http://www.mulretime.com
I S B N	978-89-6511-404-8 (03830)
정 가	12,000원

* 잘못된 책은 바꾸어 드립니다.